金嘍啰

梦 萌◎著

文匯出版社

图书在版编目（CIP）数据

金喽啰 / 梦萌著. —上海：文汇出版社，2016.8

ISBN 978-7-5496-1784-5

Ⅰ. ①金… Ⅱ. ①梦… Ⅲ. ①长篇小说–中国–当代 Ⅳ. ①I247.5

中国版本图书馆CIP数据核字（2016）第180687号

金喽啰

著　　者 / 梦　萌
责任编辑 / 甘　棠
封面装帧 / 于　飞　刘　橙

出版发行 / 文匯出版社
上海市威海路755号
（邮政编码200041）
经　　销 / 全国新华书店
照　　排 / 上海歆乐文化传播有限公司
印刷装订 / 常熟市大宏印刷有限公司
版　　次 / 2016年8月第1版
印　　次 / 2016年8月第1次印刷
开　　本 / 720 × 960　1/16
字　　数 / 415千
印　　张 / 23.5

书　　号 / ISBN 978-7-5496-1784-5
定　　价 / 38.00元

目录

第一章 可爱而又可恶的互联网

CHAPTER 1

中国人把失业叫下岗。这并非中国人好面子或善于粉饰，而是说明汉语太丰富、太会意、太形象了。就说失业这个词吧，在过去，无论教课书还是报纸电台，失业是专对资本主义社会而言的，一提起资本主义就想到失业，一提起失业就想到资本主义，失业简直就成了资本主义的代名词。但中国却不然，因为中国一直实行"低工资，广就业"的政策，所以中国始终与失业无缘，自然国家统计部门就没有这个量化指标，官方也闭口不提而老百姓则闻所未闻了。可是到了上个世纪末叶，随着改革开放步伐的加快，中国社会结构发生了翻天覆地的变化，经过一系列急风暴雨式的调整、优化和重组，一大批企业员工被淘汰出局，失去了工作和饭碗，于是一向被中国人不以为然的失业现象才引起人们的格外关注。同是失业，但中国人却不叫失业，而叫下岗。与失业相比，下岗听起来就温和多了、亲切多了、自信多了。不是嘛，警察和解放军站岗也要换岗呢，下岗只是暂时的，过一天两天，还会再上岗呀！听听，同一个意思，用汉语表达出来就比英语、俄语、法语、西班牙语等更形象逼真和具有感情色彩。难怪现时代外国人都一个个争先恐后地学习汉语，汉语的魅力由此可见一斑。

来源：民众信网

题目：汉语的魅力

作者：司令俊男

司令俊男深为自己的这个帖子沾沾自喜。

司令俊男是昨晚在民众信网发这个帖子的。自从下岗后，司令俊男先给一家报纸拉广告，后搞古董字画生意，再后糊里糊涂打了场糊里糊涂的官司又糊里糊涂地赔了五六万元，从此一蹶不振，心灰意冷，整天泡在网上消磨时间。

司令俊男迷恋网络是受儿子影响的。儿子小俊上网成瘾，每天都要在网吧泡几个小时，有时竟通宵达旦，学习成绩每况愈下。他一时气得没主意，就只好动武，轻者罚站，重者关禁闭，更甚者撸耳光。这却让妻子景旒儿忍受不了，斥他是永远长不大、干不成事的孬孩子。孬孩子怎能教育出好孩子呢？从此后，小两口就经常发生争执，慢慢地，由争执而吵嘴，由吵嘴而赌气，由赌气而分居，直到最后不得不分手。与其说是和妻子离婚，毋宁说和儿子绝情更确切。司令俊男总是这么认为的。他常说，儿子是爱情的稀释剂，是家庭悲剧的总导演。他像鲁迅写作一样，恨透了儿子，称他是“魔鬼”，是最让人头痛无奈的“坏蛋”。

但时间一长，他还是有些沮丧，如此失去工作、失去妻子、失去儿子的“三失”生活可怎么过呀！在这段被称为耶稣蒙难的日子里，他突然想起导致这场灾难的罪魁祸首，想起令儿子走火入魔的互联网。是呀，他怎么也不相信，一个并不存在的虚拟世界，怎有如此大的魔力，怎能把一个品学兼优的孩子突然变成一个神魂颠倒、怪戾乖张的纨绔子弟呢？难道这就是当年帝国主义要在中国第三代身上实现“和平演变”预言的兑现吗？呵呵，真是不可思议！如此“和平演变”，他妈的也太容易、太残酷了啊！

如此想着想着，坑害儿子和毁坏家庭的互联网，这个该杀该绞的恶魔，不知不觉引起他强烈的好奇。他决计亲自试一试，体验体验，于是便托熟人花两千元买了台二手电脑，又花六百元办了入网手续。卖电脑的是一位漂亮小姐，服务态度非常好，不但来家里给他安装调试，还免费教他学电脑和上网。他学得很快，只十多天就学会了拼音打字和上网。网络这东西真是奇妙无比，魔力无比。他好似变成了儿子，又好似与儿子置换了位置，也入魔般迷恋上网络。只是儿子玩网络有父母管束，而他上网却是“天不管地不收”罢了。

初入这个世界，人仿佛在太空遨游，又似在大海潜行，真是痛快极了，尽兴极了！那多如星海的网站、网址、网页等，那浩瀚无垠的频道、功能、栏目等，直让人眼花缭乱，无所措手足。他开始只是读新闻、听音乐、看大片，后来又迷上下棋。下棋有专门棋室，都是单间，一进门，有人就给你派来对手。通过交流和试战，如果旗鼓相当，就继续博弈；如果差别太大，就握手拜拜。这时有人会给你再派一个水平相当的棋手，直到你满意。开局后有专门裁判，一切按章办事，现实中的一切伎俩如悔棋、偷子儿、争吵、围观、起哄等，在这里都不复存在。或输，或赢，或平，都一清二楚，公平公正。每赢一局就亮一只灯，亮到一定数量就可升级，将得到一个档次更高的对手和棋室。司令俊男一手臭棋在这里很难插手，下一两盘对方就兴趣大跌，连连喊着要换人。但他并不甘心，仍缠着粘着和一个个人试手，又很快和一个个人分手。他不在乎输赢，而只在乎这种形式本身所产生的过程。时间一长，自尊心大受挫折，他就慢慢对这个游戏厌恶起来了。

后来他又聊天，一进聊天室，但见聊天的人们排着长队，正虎视眈眈地窥视自己。他低头不敢正视他们，既羞羞答答，又畏畏缩缩，单怕被人耻笑和遭白眼。那感觉他妈的和现实一模一样！他趁人不注意向队伍扫视一遍，偷偷辨认一个个稀奇古怪的网名。这些名字太诱惑人了，太刺激人了。听听，什么一夜情呀、想妹妹呀、梦中情人呀、爱你没商量呀……这还算含蓄的，更有大胆者竟在名字上公然兜售色情和拉皮条卖淫，什么010呀、猫吃糨糊呀、一宿三百元呀、老板找美女呀、高潮到天明呀，等等。当然也有优雅文明的谦谦君子，但这些名字夹在他们中间却很难引人注意。司令俊男大脑皮层一阵抽搐，意识立即变得懵懂起来，连连抱怨诅咒。真他妈的混蛋！这不是旧社会的妓院吗？蓦地，一个可怕念头袭上心来。啊，难道，难道儿子小俊也是因此走火入魔的？天呐！这还了得，这还了了了得！他在聊天室踯躅好大一会儿，心情总算平静下来，便试图找一位具有绅士风度的男士聊聊，或许他能为自己解惑答疑。于是，网猫大叫，鼠标乱点，他连续邀请好几位，但人家全都不理不睬，侥幸聊几句，刚报过性别和生辰八字，对方就88不见了。

他不解其意，专门请教卖电脑的小姐，才知88是拜拜的意思。她解释说，网上聊天多是异性，同性谁乐意和你磨嘴皮子？接着他问，那还有，还有010是什么意思？电脑小姐扑哧笑了，歪着头，笑而不答。旁边一个小子不耐烦，用圆珠笔在他手心写下DD两个字符，挤挤眼，又去看杂志。那么，他更莫名其妙，就问，那么DD又是什么呀？那小子回过头，生硬地说了“你的鸡巴”四个字，埋头再不理他。这下可乐坏满屋子的人，大家都瞧着他哄堂大笑。他语塞眼瞪，这，这这……嗨呢！他在心里骂着。这叫什么话，这叫他妈的什么话嘛！……他满脸胀得通红，尴尬地扭头走了，真后悔不该买这个满是88、DD和010的鬼电脑！

互联网是一个虚拟而又真实的世界，现实生活的一切情节和细节，在这里无奇不有。聊天虽是虚拟世界一个很小平台，但比起其它多如牛毛的功能和频道，更具有人情味和泛情浪漫情调。在网上可以谈情说爱，可以销售产品，可以招徕募捐，可以招聘求职，可以发广告，可以推销自己，可以公然拉客，可以模拟床事，可以男扮女装或女扮男装……

就说后者吧，男人起个诱人的女人名字，就能瞒天过海，使一些馋涎欲滴的男士像绿头苍蝇似的围着你不肯丢手。此刻，若你真有某种需求的话，就可与他情意缠绵地共享鱼水之欢。这种模拟床上做爱的方法也很简单，就和小说、电视、黄碟上的情节差不多，只是没有图像和声音，全凭互相对答的文字刺激生理器官。看到那边的他如此投入和这边的你同样入迷，你就会忍俊不禁，窃笑那家伙他妈的真是个白痴，不分公母，和自己同性弟兄较什么劲、动什么真?！但要是换个位置，男扮女装的不是你而是对方，而且你也有这方面需求，当一阵天翻地覆过后，谁担保与你模拟做爱者不是和你一样的同性弟兄呢?！当然了，一般人只看重过程而不在乎结果，所以此种把戏在网上盛行一时。后来虽然政府强化管理，严加防范，并配以技术支持，这种混乱局面才有所收敛。但那些资深玩家则嗤之以鼻，不以为然，该模拟的照样模拟，该意淫的照样意淫。道理很简单，就是官方过滤程序是死的而人是活的，只须把煽情或滥情的文字间隔一个字符，就可逃避检测，蒙混过关，继续模拟床上做爱。

但无论前者还是后者，都与司令俊男无关。他从不玩此等把戏，认为那是流氓猥亵行为，是感情和精力的巨大浪费。他只要结果，只要侥幸时遇上一位知音，真心真意地尝试一下网恋，然后情情手牵地共渡爱河。

他开始指点那些名字青春亮丽、高雅纯洁的女士。因为他的名字也很儒雅诱人，加之语言优美风趣，所以颇得女士小姐欢心，每点即聊。有的甚至主动上门，他一时忙得应接不暇，简直成了掉进女人堆里的贾宝玉。在两三个月的聊天中，他突然发现自己颇有即兴写作才能，虽然打字和电脑速度都很慢，但打出的文字却很流畅、风趣、优美，有的极富哲理和煽情味。他的思想反应也很敏捷，得心应手，妙语连珠，对答如流。特别是关于爱情和情感的一些议论，具有很强的针对性和现实意义，仿佛老中医点中穴位，使那些女士一个个乐颠颠地都愿意和他交流沟通。这对于独身寡居的司令俊男来说，无疑是填补生活与感情空白的最好佐餐。

聊天成了司令俊男的唯一专业，除吃饭外他几乎全天都趴在电脑前敲打键盘，痴迷程度不亚于当初儿子玩网络游戏。他每天只做一顿饭，早晨吃了中午吃，中午吃了晚上吃，天天吃的都是黏糊涂剩饭。一两个星期买一次菜，品种无非土豆、洋葱、茄子、萝卜等大宗货，原因是既便宜又放不坏。还有馒头和方便面，一买就是一大筐，塞得冰箱不时吱吱叫着报警。每晚聊天到深夜，第二天起床先开电脑，根本想不起洗漱，更别提按时洗澡和理发了。有时聊到兴奋处就忘记一切，所以常遭受生活的嘲弄和惩罚。三次烧开水熬干水壶，至今只好用煮饭的铁锅烧开水。一次忘记关水龙头，水漫了一屋，直淹到楼下新装修的房子，人家声言要打官司索赔。对门王师傅见他一周半月不出门，以为他病了，几次敲门，劝他想开些，离了就离了，以后有机会再找一个或把小俊他妈接回来。天好地好，不如亲儿发妻好！谢过王师傅，他关上门，又侃侃而谈地与人聊起来。聊天完全打乱生活秩序和节奏，他也和儿子玩网络游戏一样，达到痴迷和不能自拔的程度。他恍然大悟，这才真正弄懂网络的魔力所在，弄懂儿子走火入魔和屡教不改的根源所在。

司令俊男赌气好多天不再摸电脑，但他耐不过寂寞，总得做些什么呀！人一旦无事可做，那是很难受、很可怕的。为什么现在人都热衷于打麻将、跳舞、上网、喝酒、旅游，就是闲得太无聊了。还有，医院为什么人满为患，说穿了其实许多病就是闲着得来的。所以他想，虽然自己眼下还不想找工作，也不想天南海北地奔波打工、做生意挣钱，但也不能成为无所事事的二流子呀！他必须找一个既宽松自由、又能调整心态和生活节奏的最合适的消遣方式。想想下岗七八年的拼搏，那简直就像红军二万五千里长征一样艰难曲折，像耶酥身负十字架一样饱尝人生的痛苦和磨难。更让他痛心疾首的是失去妻子和儿子，这个创伤短时期难以治愈。想到这里，他重新启动电脑，想寻找与网友聊天的文字，以此打发时光。他匆匆挂上聊天大厅，刚一进门却动摇了，面对成千上万的网友和快速滚动的文字，要想找到几个月前的对话，无异于大海捞针啊。

他最终放弃这个想法，但他没有放弃那些文字。他努力回忆着，决心一篇不漏地重新写作，还要在论坛上发表。自从告别聊天后，他又迷恋上论坛。他没想到，那些记者、作家、教授、自由撰稿人，常为作品难以发表和出版叫苦连天，一旦到了网络论坛，那简直不值一提，易如反掌。在这里，各色人等，一律不用走后门拉关系，也不用看别人的眼高眉低，都可以发表言论，发表文章，发表自己的文集或专著。当司令俊男看到自己名字和文章赫然出现在论坛上时，激动得几个晚上都失眠了。他仿佛这才发现自我价值和人格尊严，同时也发现一个消磨时间的最好方式。

从此以后，他把全部精力都用于即兴写作和发表作品。他不知这算不算作品。他只知道人们把它叫帖子或网络文学。不管叫什么，只要写出来，发出去，一吐为快，也是一种享受。抱着这个目的，他整天都伴着键盘和鼠标，敲敲打打，辛勤耕耘，半年下来，居然成为一个小有名气的网络作家。他每发一个帖子，就关心着读者多少，点击率如何，有无跟帖评论。他一次次地搜索文件，一次次打开观看，果然读者不少，跟帖评论也不少，认同和表扬的话很让他得意忘形。其中有一篇题为《爱的痴情》，被通栏顶置一年，点数突破十多万，跟帖上百篇，被斑竹排成树枝形，看着实在令人感动。有一次他无意识发现，自己看自己文章还能给自己增加点数，这就使虚荣心有了一个新的端口，于是一闲下就频频点自己作品，只看标题不阅读，显示器的点数果然增加不少。这和现实中投机取巧完全一样，既真实又有趣，所以日子也过得真实有趣。

但有的时候，他又觉得很无聊。是呀，发那么多文章得那么多点数有什么用处，有什么效益呢？长此以往，靠什么生活，靠什么给儿子抚养费呢？仅有的四万元是留下供儿子读大学的，总不能坐吃山空呀！有几次，他收到不知从哪发来的邮件和在论坛看到的野广告，只须花二百多元就可建一个网页，由自己独立经营管理，可以发广告，可以发文章照片，还可以出卖网页拉下线，下线再拉他们的下线，依次金字塔式发展，就形成一个庞大的网络体系，然后自己从中提取一定比例的钱，其经济效益相当可观。他将这个信息分析了又分析，论证了又论证，后来还是否定了。虽然他不懂何为传销，但他还是觉得那种模式很有些传销的气味。所以他未建网页，而是我行我素，悠哉悠哉，仍在论坛和发帖的虚荣中打发时光。

就说那篇《汉语的魅力》吧，刚一发表就接二连三地有人点击，再往后，点击的频率越来越高，只两天就达三万多点。很快，斑竹（版主）慧眼识英雄，立即把这篇文章推荐为精品，顶置到前十名。他一时激动，也加入读者大军，一口气点了一百二十点。要不是困得头昏脑胀、哈欠连连，说不定会一直点下去。基于此，所以第三天早晨他刚一起床，就打开电脑，急着要看这篇文章的点数，看他的鸿文能不能创造一个奇迹。

司令俊男撒完尿返回电脑前，电脑缓慢的启动程序恰好到位，他立即打开主页，然后点民众信网，点论坛，好啦，文章的目录全出来了。他一一浏览顶置的前十名，奇怪的是没见自己那篇文章。他又由后向前查看，还是没有那篇《汉语的魅力》。这就奇了怪了！他只好利用别的功能查询。点题目，输入，搜索，找见了，终于找见他视为经典之作的《汉语的魅力》了。但令他震惊的是，这篇文章不但失去顶置桂冠，被淹没在帖子的汪洋大海之中，而且原先那么多点数也不翼而飞。他心里一阵觳觫，大吃一惊，连连叫苦不迭。莫非，莫非自己所干的苟且之事被发现了？好厉害，他妈的网络好厉害！自作聪明的司令俊男，万万没有想到，独自一人在自己屋里投机取巧，竟被网络监测得一丝不露。这真应了那句古话，“要得人不知，除非己莫为”，看来，虚拟世界，也是有章可循、有法可依的啊！

这件事对他的情绪影响很大，无心再写文章，思想一片茫然。他只能百无聊赖地阅读自己的帖子。他现在不叫那些文字为文章，而只叫它帖子。他认为文章应该是最真实、最干净、最优美的东西，像他那样投机取巧的文字，岂能与文章同日而语呢？他心猿意马，无心思读。正当他要关机时，卧室电话铃响了。他以为是儿子电话，也许是景旒儿的。她前几天打过电话，要他把儿子这学期的学费准备好，让儿子来拿。他忙得把这事忘了。他后悔和儿子失约。他相信电话一定是他娘俩问这事。他忙拿起电话，里边却传来一个陌生女人的声音。

“俊男，你好，听出我的声音了吗？”

“你是谁？我怎么一点也听不出来。”

“贵人多健忘，真忘记大姐了？”

司令俊男一时糊涂起来。他压根没有什么大姐，更没有人这么昵称他俊男呀！无论小时还是现在，也无论学校还是单位，人都叫他司令或司令俊男，压根没人这么称他俊男呀！那么她是谁？她怎能知道自己的真实姓名和电话号码？他感到惊讶和蹊跷，咽了口唾沫，听她下边怎么说。

“当真听不出来？我就是桂平筠桂老师呀！”

“呀！是你？桂老师……”他猛的震惊，接着一股酸溜溜的东西堵在喉咙口，话语也变得吱吱唔唔的了。

“是呀，是我呀，是你的体操教练呀！”

“桂老师好！你有什么事吗？”

“老师关心学生呗！说说，你现在情况怎样？”

“谢谢老师！我现在情况不好。”

“怎么不好，快说说我听。”

“下岗了，也离婚了。”

“这很正常嘛！不破不立，有破才有立。”

“话是这么说，但一时还难以超越传统的羁绊。”

“那就反传统呗！你要知道，世界上许多有成就的人，无不是反传统的英雄。”

“那是伟人和领袖，我们区区老百姓，还谈什么反传统？”

“无论伟人还是领袖，也无论富豪还是大腕，都是从老百姓干起的呀！”那边电话好似出了点故障，桂老师稍顿一下，接着又说，“特别在战争动荡年代和经济转型时期更是如此。想想改革开放之初，那些敢于弄潮的个体户，哪个不是反传统的先锋，又有哪个把事情没弄成、没改变自己的命运呢？还有原先的股票、互联网和至今还在热炒的房地产，凡是当前在中国经济领域起领军的行业，无一不是首先从反传统开始的，无一不是给最先投奔它麾下并为之赴汤蹈火者最丰厚回报的。按部就班、坐享其成、靠捡别人掉下馍渣渣活命的人，永远也改变不了吃不饱饿不死的尴尬命运！”

“桂老师的话很有高度和深度，听了使我茅塞顿开。”

“好了，不说了。以后有什么打算，需要什么帮助，就给我打电话，我会鼎力相助。我现在南方一家著名大公司，手里还有一些权力，不用白不用。谁叫咱们是亲如母子的师生关系呢！请记住我的手机号，一定来电话。好了，就到此呗。拜拜，祝你晚上做个好梦！”

桂老师说完就挂机了。而这边的司令俊男却很长时间还没回过神来。一是觉得桂老师和二十年前判若两人，太有点居高临下；二是真想不到她还没忘她经常在体育室单个教练的这个体操队员；三是她的确给他提供了许多重要信息，有的甚至是商机，使他暂且自闭的心态出现了一丝儿松动。他不能不对她的话作一番考虑，也不能不对自己当前的现状作一些必要的调整。

第二章

来了情人别了儿子

CHAPTER 2

这一晚司令俊男彻底失眠了。他仿佛又进入互联网虚拟世界，把时空浓缩得非常窄狭。那时他十六七岁，在县城读高二。一天下午，他正参加学校体操队训练，突然表弟芒芒急促促跑来，告诉他父亲病重，让他立即请假回家。等他赶回家时，看到院子早已搭好棚子，设了灵堂，哥哥和妹妹趴在灵前哭得死去活来。他脑袋嗡的一下，觉得天塌了，不管不顾地扑到父亲身上，号啕大哭起来……葬埋父亲后，哥哥挑起全家重担，既要供他和妹妹上学，又要洗衣做饭，还要没黑没明地在地里干活。他实在于心不忍，就自作主张地把行李拿回家，再也不上学了。哥哥气得撸了他好几个耳光，随后弟兄俩抱着放声大哭。

从此后司令俊男辍学在家，忙时帮哥哥干农活，闲时就去城里打工挣钱。一天傍晚，他独自在县城转悠，突然迎面走来一位时髦女子。他觉得那女子面熟，她好像也认出他，相遇时两人都不约而同地站住了。

“哎呀！这不是体操冠军俊男嘛？”

“你是？……”

“你忘了？我原是县体委体操教练桂平筠，现在是市职校体美老师。”

“喔！想起来了，你还把你的体操服送给我，太感谢桂老师了！”

“你在哪所大学读书？”

“我辍学了，现在水泥制品厂干活。”

“天呐，太造孽了！这么学习好身体棒的帅哥儿，怎能干那粗活重活哟！”

“我父母都去世了，我不能让哥哥受拖累。”

“这样吧，你来市职校读书，学制两年，毕业后可安排工作。”

“真的，真的能安排工作？”

“当然是真的，这样既可早就业，也可减轻家里负担呀！”

“太感谢桂老师了！那我什么时候去？”

“明天就来吧，我在车站接你。”

他连做梦也没想到，正处在人生十字路口的他，无意间得到她的拯救。对于自小失去母亲的他来说，还有什么比这更值得庆幸和珍视的呢？从此他更加敬重和热爱她。他是以那种孩子对母亲的心情来敬重和热爱她的。他感到自己太幸运了，能得到迟来母爱的补偿，能得到从未体验过的母爱的温馨和爱抚，想必九泉之下的母亲也会感到慰藉呢。想想桂老师对自己关怀备至，体贴入微，恩爱有加，他经常感动得偷偷流泪。就这样，慢慢地，慢慢地，一种超越母爱的情感悄然滋长和放纵他的心情。

这种滋长和放纵最先来自一件比基尼体操服。在市职校，桂老师不但免费让他插班学习，还让他参加校体操队。她给校长夸下海口，说半年后，她要让司令俊男成为全省体操冠军，为学校捧回一个大金杯。除了正常训练外，桂老师还经常给他“开小灶”。课间休息、晚自习后、星期天等，都是单独训练的最好时机。十七八岁正是青春骚动期，整天和女老师厮混一起，师生情、母子爱，嫉妒得其他队员都忌恨了。

那是省运会前的一个星期日，司令俊男提前走进训练厅，见桂老师还没来，他就对着镜子做基本动作练习。他的专项是自由体操，除了运动技巧外，他更迷恋于对线条、形体和造型美的追求。他展示着每个动作、每个细节、甚至包括每个眼神，力求精益求精，尽善尽美。正当他一遍遍重复这些单调而富有生命和美感的动作时，镜子里突然出现了桂老师的面庞。而且她的下巴已担在自己肩头，颜面已贴住自己脸颊，与此同时一双纤嫩温柔的手臂从身后包抄过来，已紧紧箍住了他汗津津的腰臀。他徒然凝固了，全身失去平衡。他像喝醉酒，感到脊梁的烧灼和臀部的温热。他醉眼朦胧，有意从镜子里端详她。他发现她今天更加漂亮美丽，春情荡漾，几乎要把一米七的他彻底融化一般。他再也无法控制自己，猛地回转身，和她紧紧地拥抱在一起。

只一小会儿，她突然丢开他，捡起掉在地毯上的一件比基尼体操服，把他拉进体械室。“换上这件新的吧，身上那件有汗臭味，让我洗洗。”她说。他没说话，像孩子似的转过身换衣。桂老师咯咯笑了，嗔他，“在阿姨面前，怎么还羞羞答答的？”几年前县运会时他就听她说过这样的话，所以现在听了便不再感到拘束和害羞。但就在他刚脱下体操服露出一副裸体时，那像母亲一样爱着他的桂老师，用她体操教练健美而性感的身体，将他定格在一摞红、黑、蓝三色的运动服上了……

可喜的是，那次在省全运会上，他力战群雄，果然夺得一项冠军。要不是后来他与桂老师的事情被人发现，要不是紧接着的毕业分配，说不定他会被选到省队成为一名体操运动员呢。虽然没成为专业运动员，但凭他的特长和为市上争得的荣誉，他很容易地被分配到当时全市效益最好的照相器材厂。工厂的流水线生产和严格的军事化管理，使他根本没时间关心周围其它事情，不久他又认识了景旒儿并很快建立起恋爱关系，加之师生恋的负面影响和心理压力，所以他便和桂老师失去联系。

这些天来，司令俊男懒得再去上网，再去玩那毫无用处的聊天和文字游戏。桂老师的话对他启发和鼓励太大了！他仿佛大梦初醒，悔恨自己不该消沉、封闭和自甘堕落。是呀，必须立即从网络的虚拟世界里解脱出来，必须面对现实去干一番事业。不为自己，也要为儿子创造一个良好的物质基础和生存环境。他暗暗警告自己，决不能让儿子像自己一样被勾引在职校里，被诱奸在练功房里，被抛弃在下岗工人队伍里。

司令俊男开始走访有关部门和亲朋好友，注意收集各方面信息，计划选择一个最理想的“短平快”项目，去开创属于自己的事业。他想，如果需要的话，给儿子上大学的四万元也可以动用。舍不得娃就打不住狼，干事业嘛，哪有不掏本钱的！十多天下来，他收集了大量的信息资料，其中最引起他兴趣和关注的有两项。一是在网络公司申请一个网站，不过不是发展下线，而是给企业写报告文学，每篇两三千元不等，写好就在自己的网站上发表，这无疑是一份不要刊号的报刊。他最偏重这个项目，不但写了计划和申请，还和网络公司洽谈两次。但过后与几个朋友商量时，才知这里边也有个市场问题。据他们说，前些年让那些狗杂种记者和作家，早把报告文学写得泛滥成灾了，现在的企业家根本不上这个当；二是找电信局朋友帮忙，开办一个移动通信服务部，既可代收电话费，又可维修手机，还可兼顾销售手机、小灵通、TV卡、MP3等。这个项目他也情有独钟，已与电信局谈妥一切事宜，聘请景旒儿的弟弟景颇儿当业务主管，并选好门面房，约定后天下午签合同付第一季度房租。他已从银行取出六千元，给楼下跑水受淹的刘科长家赔一千元，给儿子学费和生活费两千元，剩下的钱刚够缴一个季度房租。至于装修门面、置办设施和进购货物，等下一步再说吧。

他一时兴起，往席梦思床上一倒，仰面朝天，兴致勃勃地哼起秦腔唱段：“狂风吹起长江浪，黄鹤楼上有埋藏……”刚唱到尽兴处，突然电话响了。这段时间他很讨厌电话座机，计划等服务部开张了，就立即买手机。他没理会座机，接着继续唱：“喝令甘宁前去往……”不料电话又响了。他仍没接，却把唱词忘了。他索性从头开始，以便续接忘记的唱词。刚唱了第一句，电话又嘟嘟叫起来。他怔了一下，估计一定是景旒儿或儿子，不然，谁会给自己接二连三打电话呢？他不敢怠慢，忙爬起来抓住话筒，电话却是桂老师打的。

“俊男，你好。现在情况怎样？有什么举动？找回迷失的自我了吗？”

“桂老师，没想到我刚要开张，就接到你的电话，真是大吉大利呀！”

“开张什么？是公司还是工厂？这些传统项目风险很大，你考察论证好了吗？”

“我要开一家电信服务部，手续都已办妥，只等签合同付款开张呢。”

“俊男，听大姐话，先别签合同，等见面后再说。我马上坐飞机，两个小时就到。”

桂平筠说完就关机了。但这却让司令俊男为难起来。签合同还是不签，开张还是不开，他必须重新考虑。桂老师的话不能不听。他后悔当时没和她联系。他一时糊涂起来，搞不请为什么会出现这个偏差。按理，是她给了自己启发和鼓励，是她使自己重新振作起来要干一番事业，可偏偏就在选择该干什么时却忘了她，忘了征求她的意见或让她推荐一个好项目。难道这是潜意识里师生恋的情结在作祟，是自己对那段羞于回首的风流韵事有意回避？现在想起来，这种耿耿于怀的逆反心理，实在太渺小无趣。想当初，不是她在十字路口拯救了他，至今自己还不是一个农村野小子吗？现在和当初很相似，自己又面临人生的十字路口，她的出现该是多么重要和值得庆幸呀！想来想去还是自己不好，是那无聊的聊天和帖子把自己搞得昏头转向，竟然在关键时刻失去正确的判断力。他长嘘口气，看来现在只有一个等字，只有等她来了再从长计议。

下午六点多，桂平筠风尘仆仆地来到司令俊男家。刚一见面，她几乎认不出司令俊男，因为他比过去长高了一两寸，看起来非常魁梧健美。而司令俊男对她却一眼就认出来，她还是那么漂亮标致，还是那么楚楚动人。能看得出，二十年沧桑并未淡化她的美丽，长途飞行并未削弱她的神采，包括一蹙一颦、一举一动，依然丰姿绰约，风韵犹存，处处展放着现代女性必备的气质。

“桂老师辛苦了，要不要冲个澡？”

“不必了，先说事情呗。”桂平筠说着把一包沱茶放到茶几上，坐下说：“俊男，你的眼光不错。是的，现在电信行业很有卖点，也很热门。但你想过没有，光电信系统的子弟家属，以及子弟家属的子弟家属，从事电信经营的该有多少人？还有那些当官的子弟家属，以及他们的子弟家属的子弟家属，又该有多少人？再加上国外电信大公司的介入，铺天盖地都要抢这个大蛋糕。而蛋糕还是那么大，吃的人却成千成万倍地增长，你凭什么和人家争抢呢，能争得过人抢得过人吗？……”

“那……那，那你说怎么办？”

“你现在有多少资金？”

“四万元，是留给儿子上大学的。”

“是这样，你不如和我去南方，投资三万多元，三四个月就基本收回成本，一年可挣五六万，干好了能挣十几万。”

“真的？真有这么好效益？”

“这是国家试点项目，西部大开发，向边少穷地区倾斜，投资少，见效快，回报高，风险几乎为零。”

“你得告诉我，去了干什么事？”

“边贸，零关税，国家政策优惠。具体细节就别问了，只管跟着我干，管保不出两年，就可改变你的命运！”桂平筠这才一反刚来时矜持的神态，一只手放在他的大腿上，另一只手越过单人沙发抓住他的另一个肩头，脸也随之温柔地贴了过来。“怎样，还下不了决心？俊男呀，大姐可是爱你疼你，才给你提供这个信息，要是旁人，我才懒得搭理呢！”

离婚后将近一年所积蓄的能量和不再陌生的师生恋，像开天目似的激发起他久违了的全部的雄性冲动。司令俊男终于失控了，回转身来，以守为攻，猛扑上去，将桂平筠死死地裹挟在自己强壮的身胚下。

通过二十年后的首次肉体交流和沟通，标志着他们淡忘不再的旧情业已得到修复。这对司令俊男来说，也许是报恩，也许是有求于她，也许是为了自己暂时的生理需求。这种复杂心态必然产生复杂的运行过程。爱欲正是这样，一旦夹杂功利色彩，这个运行过程便多了匆促而少了持久、多了造作而少了温情、多了慌乱而少了安谧、多了虚张声势的咋呼而少了全神贯注的绸缪。所以整个过程，他觉得有点忙乱和遗憾。

但这种旧情的续接和修复，在桂平筠的心里却有着魔鬼般的神奇力量。那是成功宴上的饕餮，是为达某一目的预支的巨额钞票，是打开情欲之门的自由放纵。在她看来，情欲就像自来水龙头，用时拧开，不用时关上。至于何时开，何时关，那是检验一个女子是否时髦新潮、是否宠荣永驻的唯一标准。反正她向来都很自信，觉得自己把关与开的关系、时和度的考量都把握运用得恰到好处，娴熟自如。想一想，如果没有她刚来时的矜持和武断，能有他现在的急不可耐吗？如果没有她现在的缱绻纵欲，能有他明天的唾手可得吗？说放就放，说停就停，这就是功利主义比爱情至上主义更有市场的秘诀所在，也是金钱与权力常常出问题的根源所在。处于这一心理作用和情欲观念，所以桂平筠在这场续接和修复过程中，还是游刃有余的，还是淋漓尽致的，还是高涨满足的。

他们一夜无言，肌肤之切和生命交融把他们的话语热炒成爆米花一样的单音节。直到第二天天大亮，他们才像搁浅沙滩的一对海豚睁开疲惫的眼睛，逐渐清醒过来和恢复了语言功能。

“俊男，好宝贝！昨晚你为什么心不在焉？是累了还是顾忌，要不就是不适应大姐？真是傻瓜！你知道吗，感情愈隐约愈好，爱欲愈陌生愈好，难道你没有这样的感受？也许这就是你的悲剧根源。虽然我不认识你前妻，但我猜想一定是你在感情和细节上太认真，自己和自己较劲，才把好事办成坏事，才自找苦吃。干事业也是这个道理，机遇来了，你却麻木不仁，瞻前顾后，甚至自己和自己过不去，机遇就会擦肩而过，好事成了憾事，到时候后悔也来不及。你说是不是这个道理？……”

司令俊男本来就在桂老师面前有些木呐，没想到她现在变得如此能说会道，滔滔不绝，这样以来他就更显得沉默寡言。他觉得她把自己的心思全揣摩透了，把自己要说的话全说完了，他还有什么可说的呢？过了一会儿，他的思路好不容易又回到昨晚早该决断的事情上了，于是打断她的话，问道：“桂老师，你昨晚说的事，让我考虑几天再说吧。”

“傻瓜，还考虑什么呢？”桂平筠说着从他头下抽出一只胳臂，赤裸裸跳下床，拿起小坤包，反转身又上床躺在他身旁。她打开包，拿出一张火车票，顺手递给他：“我把车票都给你买了，硬卧，后天晚上九点。时不可失，机不再来，越快越好。”

司令俊男一看票，奇怪地问：“这是你回来的车票呀！”

桂平筠瞥了一眼，忙在包里又翻：“哎呀，拿错了！我给你找，看，是这张。”

司令俊男看着票，果然是后天去南方的硬卧，便问：“你不是说回来坐飞机吗？”

“当然坐飞机！但我知道车票难买，就赶到车站提前买了。”

“那，那张返程车票是谁的？”

“这……是我买票时顺手拣的。怎么，你吃醋了？”

“不是的，我只是也想坐飞机。我还没坐过飞机。”

"好宝贝，以后飞来飞去，飞机会把你坐腻的！"

"你说移动通信服务部的事怎么办？"

"快把服务部的事退了。如今传统生意太难做，投资大，开销大，风险大，受的苦和累更大，辛苦一年，是赔是赚，只有鬼知道！不说别人，就说我，闯荡了十五六年，啥事没干过，啥苦没吃过，结果还不是赔个精光？经验和教训告诉我，只有反传统，只有打擦边球，才能成就大业，才能位居财富的象牙宝座。"

"那就这么定了，我得抓紧处理眼下的事情，后天跟你去南方。"

"先办个银行卡，存三万五千元，去了考察后如果不想干，钱还是你的。记住，要带上身份证和复印件。这事先不要给别人声张，也包括你的前妻和儿子。"

桂老师走后，司令俊男退掉电信服务部的事，然后办了信用卡，存了钱，接着准备好出门的行李。现在，剩下唯一该处理的就是把学费和生活费交给儿子，还可以考虑要不要向他道个别或厮混一天。儿子今年就要高考了，听老师说他彻底告别网络游戏，学习进步很快，考上大学没问题。偶尔他也听景旎儿说过，她还说她娘俩离了他，真是三生有幸，飞来鸿福。这话他信，自己在儿子问题上有错误，也经常反思和检讨。但不管怎样，儿子还是自己的儿子，老子还是他的老子呀！所以，他正是为了儿子才下决心跟桂老师去南方闯荡，正是为了这份亲情才有理由给儿子告个别或和他多呆一天。就在他刚要给儿子打电话时，门铃却笛笛响了。他忙打开门，一看正是儿子小俊。

"哎呀！果然是儿子！我正要给你打电话呢！"

"你是杨白劳躲债，躲都躲不及，还会给我打电话？"

他指着茶几上一沓钞票说："我何时躲债来？你瞧，两千元，早准备好了。"

儿子数也不数，随手把钱装进衣袋，转身在屋子瞧来瞧去。

"儿子，你应该先打个电话，万一我不在，不是扑空了？"

"我故意搞突然袭击，看你是不是谈恋爱。"

"净瞎说！我和谁谈恋爱？"

"你谈恋爱我不反对，但劝你别找个潘金莲。"

"难道我长得丑，像武大郎？"

"我看你像西门庆！"

"哎哎，你别再懵我。最近我看过一篇文章，西门庆可是一位民族资本家，中国的资本主义萌芽就是从那时开始的。放到现在，肯定是个房地产督头或商界大亨。"

“别转移视线，我说的是他好色。”

“没大没小，谁家孩子敢这么说老子？”

“爸呀！我只是说你找的女人如果没我妈优秀，我可坚决反对！”

“哈哈，这话才像我儿子说的。不过告诉你，截止目前我还没这个计划。”

“那就把我妈接回来呀！”

“正是为了这个，我才要到南方去创业，等挣下钱再向她证明，我可不是啥事也干不成的孬孩子！那时不用接，她会自动回来。”

“爸你真的去南方，去打工？依我看，这个决定很伟大，你早就该出去闯闯，别再上网发你那臭帖子啦！”

“对了，网上有一部很好的高考复习大纲，我给找找，你自己下载吧。”

“老爸别操心了，我现在一不上网，二不迷信复习大纲，但敢打赌，保证考上北大！”

“那就好，爸为你高兴。不过我请求，你给你妈打个电话，在我这呆一天吧。”

“不行，我要去学校补课，只能到车站送你。几点的车？”

“唔，那就算了，晚上也不要送了。”

“为什么？难道你有同行，或者是意中人？”

“别瞎猜！我们好几个人呢，又没多少行李，就不耽误你学习了。”

“好呀，那就在此分手告别呗！”

说完，小俊和爸爸热烈地拥抱起来。司令俊男抱着小俊，感受着他的体温和骨肉亲情，再也忍不住，两行热泪濡湿了儿子的鬓角。

第三章 列车，黑夜里流动的棺材

CHAPTER 3

火车出八百里秦川，钻秦岭，入四川盆地，一路都是在黑夜里奔驰的。黑夜像一个很大很大的坟茔，火车是坟茔里的棺材，旅客则是棺材里的死尸，两眼一闭，什么都看不见，什么也不知道，糊里糊涂地便与黑夜融为一体了。

硬座车厢一片狼籍，货架上塞满大包小袋，仿佛空间还不够用，就一直从货架漫溢到衣帽钩、茶几、座位下边甚至走道。顶灯早已熄灭，只有两端各一盏灰蒙蒙的地脚灯打着盹儿。微弱的灯光抹煞了男与女、胖与瘦、官与民的界限，都一个个横七竖八地搅合在一起，混乱拥挤的程度不亚于红卫兵大串联。车厢与车厢衔接处人满为患，躺着和站着已不分横竖。偶尔有两三个烟鬼还在大口地腾云驾雾，他们驱除瞌睡和梦见周公者享受瞌睡一样虔诚率真，只是目的相同而方法各异罢了。卧铺车厢稍微安静一些，旅客们在各自房间昏然入睡，轻微的梦呓和沉重的鼾声彼此呼应，唱着一首首生命蛰伏暂歇的歌。顶灯和壁灯全熄了，地脚灯眯缝着眼，给茶几和走廊地毯投上一层淡淡的光。偶尔能感觉到列车拐弯或进隧洞的差别，这时再听那生命蛰伏暂歇的歌，便觉得更加隐隐约约，忽近忽远，好像是从地层深处传来幽灵的祈祷。

而此时，躺在硬卧车厢十一房间上铺的司令俊男，怎么也睡不着。他也在祈祷，是为自己这次南行祈祷。他知道，这次南行不但动了血本，也把人格和名声搭上了，真可谓破釜沉舟、背水一战啊！

司令俊男姓司令，名俊男，是略识字逗的父亲给他起的。哥哥叫多男，是农耕社会农人希望多得男丁的习俗。多亏上帝恩典，母亲二胎果然又生了个男丁，而且长得比哥哥更漂亮，就起了俊男这个名字。但小家伙不知为什么，自小对这个名字反感，只要谁叫声俊男，就立即大哭大叫，好似被蝎子蜇了一般。相反叫司令或司令俊男，他却嘎嘎笑得合不拢嘴，会一直陪你玩到瞌睡打盹为止。后来慢慢长大，这种忌讳更强烈，村里人都说这娃精神一定出了毛病。对门四爷肠胃不好，经常屙稀，而且又急又紧。有一次他放学走到涝池岸，四爷憋得难受，见他就喊："俊男，快来给四爷解裤带！"他跑到跟前，不但没解，还故意把裤带紧了紧，结果让四爷屙了一裤裆。读小学二年级时，女老师在课堂上喊："俊男同学，请上来演算这道题。"她连喊四五声，他却装着没听见。同学们急了，都小声催他"快上去"，结果他跑出教室，爬上一棵大椿树。老师和同学在树下急得团团转，齐声劝他："俊男，危险，快下来！"而他就是不下来，并喊道："我不叫俊男，我不下去！"同桌的秦二蹲喊："司令，你不下来，树上的花大姐会尿你一脸！"他这才乖乖地下了树。从此后，老师同学再不叫他俊男了，村里大人小孩也再不叫他俊男了。大人们都说："这娃人小心大，是个将星，长大一定能参军当司令！"

其实他并不是这个意思，也没有其它深刻的想法，只是不喜欢俊男这个名字而已。后来读书多了有了文化，才逐渐弄清为什么不喜欢这个名字。原来他认为这名字太作秀，当然那时他还不懂得作秀这个词而说的是骚情，且专门为女人骚情的那种。听听，俊男，俊男，软软绵绵，有多么骚情呀！简直就是贾宝玉第二，简直就是为博得女人欢心才起这名字的么！这算什么话，这算什么男子汉大丈夫嘛！所以他潜意识里对女人有一种逆反心理和排斥性，不愿和女生玩，不愿和女生同桌，有时还出鬼点子欺侮女生。直到桂老师叫他俊男并和他有了乃事后，他才彻底改变这种病态心理。桂老师是他第一个零距离接触的女性，也是唯一叫他俊男的人。在职校两年，桂老师给了他多少关怀和帮助，又给了他多少甜蜜和温情啊！从此以后，他才慢慢对女人内涵有所了解，对女人或明或暗有所接近与好感。

他还清楚地记得，就在即将毕业分配那个月，他突然发现桂老师情绪消沉，不爱说话，眼睛好多天都是红红的，还有意回避他。他不知发生了什么，不知自己在哪儿伤害了她。直到他离开学校，进了工厂，也没见桂老师一面。第一次领工资那天，他专程去学校看她，想请她吃饭，也算是对她的感谢。可门卫说桂老师已被学校解聘，现在去哪和干什么，谁也不知道。为什么？这是为什么啊？！他问过许多同学，他们也和他一样，觉得不可理解。那么优秀的老师，为什么说辞退就辞退呢？工人下岗难道老师也下岗吗？后来他从其他老师的话中才品出一些味道，原因不是别的，正是他和她的那段师生恋导致这一切的啊！他一下懵了，悲哀极了。他甚至几次独自跑到学校旁边的小河边偷偷流泪。是自己连累了她，是自己伤害了她啊！桂老师，桂老师，我辜负了你，对不起你呀！……

他不知那段日子是怎么过来的。无限的内疚和悔恨，无限的留恋和思念，这些被称为感情的东西是那么缠绵而复杂、温馨而剧烈地摇撼一个男子汉的心旌。在经历这场感情纠葛后，他对女人和爱情的认识开始升华。他不再排斥女性，反而对女性有了执著的追求和渴望。

他是在一次全市幼儿体操比赛时和景旒儿认识的。当时她是文教幼儿院的带队老师，他是大会评委。在评委点评时，他对她们幼儿院的舞美配合、音乐伴奏、造型和动作设计等，都给予很高评价，自然给的分也最高。过后他才得知，这一切都是一个叫景旒儿的幼儿老师设计和指导的。他对她很佩服，便主动约她作了一次长谈。之后，她常来请他去幼儿院作体操指导，时间一长，相互有了好感，不久就谈恋爱了。

婚后小两口生活甜蜜而幸福。但谁也没想到，儿子小学毕业时，工厂却面临破产倒闭。单一的黑白照相机已被淘汰，彩色照相机、傻瓜照相机、一次性照相机、手机照相机、数码照相机等纷纷上市，当年红极一时的照相器材厂只有卖厂房设备了。工厂提出“自找门路，生产自救”。设备科长知道他认识人多，门路广，就给他三万元，让他去搞生意为科里创收，按百分之十提成。他第一个想到的就是桂老师，她下海早，一定干得不错，或许能帮自己。但他一直打听不到她的下落，这条线很快就断了。

后来还是景旒儿出的主意，她说现在毛料和毛毯在市面很抢手，能不能找她舅想些办法呢？这话还真说到点子上。他到省城景旒儿的舅家一说，事情办得很顺利。她舅是毛纺厂销售科长，开票只须签个字就行了，而其他人却要寻情钻眼排长队，三五天也不一定能开下票拿到货。他一次把三万元全开了票，那天提货时设备科长亲自押车，拉了整整一面包车。那时毛毯和毛料很稀罕，根本不愁销路，只要从厂里开出货，就肯定赚钱。两个多月，他先后开回二十多万元的货，那可是一笔大生意呀！科长夸他干得不错，给他放一个月假，按出差对待，让他好好休息休息和媳妇亲热亲热。

他很感激科长，只在家呆了一星期，就急匆匆赶回厂里。但一切都晚了！拉回的货已经全部卖完，至于怎么卖的、亏了还是赚了，他一概不知。他找科长打听，科长不耐烦地说：“你把票据整理一下，科里给你报销。”说完转身就走。他一看没下文，忙跟到科长办公室问：“当初说提成的事怎么办？”科长眼一瞪，反问他：“你背后给自己开了多少货，倒手一卖就是钱，难道还没有提成多？”他气得肺都要炸，一拳砸坏桌上的玻璃板，气咻咻地摔门走了。他在家睡了四天，再回厂子时，厂里宣布他下岗。而科长呢，不久就被提拔到市轻工局当了副局长。几年后他才听说，科长正是那次大发其财，不但自己得了几万元，还给局里好多领导送去毛毯毛料，所以升了官，所以大家都叫他“毛毯局长”。

景旒儿是个最能吃亏、最能忍让、最能满足的人。她像哄幼儿宝贝似的安抚和劝说他。她说，，司令呀司令，我妈说来，吃亏是吃不死人的，但赌气上火却会要命。你想开些，别再上火赌气啦！不给就不给，下岗就下岗，权当你没做生意创收，权当舅舅没当销售科长，权当你不是体操冠军没分到照相器材厂……只要全家团团圆圆、身体健健康慷，这比啥都重要！司令，听我话，别再想那些了，振作起来，和农民工一样，一切从零开始。我就不信天下能有吃死人的亏？俊男，你说话呀！……他当然明白，景旒儿从不叫他俊男，也许她听妹妹说过他的忌讳，不管怎样，总之他们结婚十多年，她还没这样叫过他一声。她今天能这样叫他，那是交织着多么复杂的感情，寄托着多么巨大的希望啊！他理解她的心情，不再上火赌气，该吃就吃，该睡就睡，天晴了，地绿了，太阳和月亮又你追我赶地旋转起来了。

“笛——”一阵清脆的汽笛声把时间倒了回来，想必列车该进什么站了。司令俊男爬起来，调过头，趴在小窗上朝外望。窗外像坟茔一样漆黑，什么也看不见。他只能耸起耳朵听汽笛。他有感于如今科技就是发达先进，连火车的叫声也赶潮流，不再像老牛爬坡“呜呜”叫，而变成银铃般的“笛笛”声。特别在万籁俱静的深夜，听起来就像女人悠长的叫床声，让人听着听着不由就产生某种想法和冲动。这时，随着汽笛声的逗情，慢慢地，黑夜突然出现几点亮光，像坟茔前蜡烛香火似的微弱幽暗。这标志着列车就要进站或正在经过一个不知名的城镇。司令俊男趴在小窗上窥视，一会儿挤眉弄眼，一会儿呲牙咧嘴，但还是什么也没看见。汽笛仍像女人悠长的叫床声，应和着列车轻微的颠簸，揉搓得他浑身烧灼难耐。

时间又被他拉了回去。他接着刚才的思路，继续回忆这几年奔波和拼搏所经历的令人不堪回首的往事。说真的，直到现在，他一想起给《秦州晚报》拉广告的那些日子，心里仍耿耿于怀。他想，如果不是自己文化底子薄，如果不是秦二尊这家伙心太黑，他也许一辈子吃定了报纸广告这碗饭。说起来，中国广告事业发展较晚，企业对广告认识还不全面深刻，所以发展潜力和空间很大，自然伸缩性和猫腻也很大。广告部主任秦二尊正是靠拉广告发迹的。这个秦二尊，就是把他从大椿树上叫下来的小学同学秦二蹲。他嫌“二蹲”难听，就狠心剁掉一只脚，这才成了秦二尊。他大学毕业后分配《秦州晚报》当记者。不过记者只是个幌子，拉广告才是真目的。他先给企业写消息通讯，可谓笔下生花，企业一高兴，接着就提出发广告。要不他便写报告文学，这可是拉赞助的大动作。总之，无论是消息通讯还是报告文学，也无论是拉广告还是要赞助，他都会把它们排列组合、分赃搭配得有条不紊，恰到好处。那时候领导干部正处于新老交替、胶着扯锯之际，老的老，小的小，老的想留个好名声，小的要显示政绩，所以便不分新闻广告，不讲便宜贵贱，发了就发了还不是为了单位好。这就使秦二尊如鱼得水，呼啦啦几年下来，竟成了腰缠万贯的大亨。再后来，他财大气粗，打通各个环节，一举承包了广告部。那年他找他时，这家伙不但买了别墅买了车，还办了一家彩印厂，牛得世上都没马了。秦二尊听了他的来意，满口许诺：“干脆给我拉广告，老同学嘛，破例给你百分之三十提成！”

有了报社的工作证，那可真是如虎添翼，司令俊男很快就打开局面。起初秦二尊还算讲信誉，每次都能按许诺兑现提成，仅一年时间，自己就有整有零地拿回八万多元。那家伙看他大有喧宾夺主的势头，心生一计，把他拉来的广告，小宗的给报社，大宗的就暗和企业串通“扯稿”拆台，然后在他的彩印厂私下印刷，再设法夹在报纸里发行。这样一来，他走到哪他的手就伸到那，大宗广告全被偷梁换柱弄到他的彩印厂去了，只剩下一些“火柴盒”和“三句半”广告，两年才挣了五六万元。实在无法可忍，他就想出一个对策，凡是遇到大宗广告，就和企业串通，以多报少，就是企业给的钱多，交给报社的少，余下的给企业领导一点回扣，剩下的就归为己有。这个对策使用一年，那家伙仍蒙在鼓里，只一个劲地斥责他“老汉上床两三下，再蹬再挣没熊咧！”

有一次他去某煤矿联系广告，单程一百多公里，换三次车，又步行十余里，凉鞋都被拐得没了系系，只好光着脚走，等赶到时，十个脚指头磨破五对，感动得矿长满口答应发广告。他说：“妈的，要发就发整板。咱煤矿工人还没在报上亮过相呢，就凭兄弟十个带血脚趾头，也值得花十万！”合同签的五万，矿上实给九万，多余四万矿长得一万，他得三万。秦二尊知道其中有猫腻，多次去矿上拆台，因为矿长得了钱，自然事情包得天衣无缝。那家伙气急败坏，一口咬定只给半个版。矿长也来了气，半版就半版，只要有这回事，谁还在乎半版和整版的差别哩！这就是中国广告业不成熟、不规范和伸缩性大的弊端，广告商正是钻这个空子才投机暴富的。

他和秦老板决裂是在航空城的那笔广告生意上。他经过几次周旋，来来去去半个月，终于和航空企业谈成二十八万元三个月的专栏“署名广告”。签合同那天，秦二尊和业务员老晋不知怎么也来了。既然都是报社的，又是顶头上司，企业老板便不再回避，只好让他俩也参与这笔生意。合同签得很顺利，自然先头的猫腻也不存在了。回去的路上，秦二尊很高兴，说这笔生意算是合作项目，三人各百分之十提成。他没说话，算是默认了。但等到月底结账时，那家伙又变了卦，说专栏部也要提成，还有其它开销，只能按百分之五结算。他听后火冒三丈，当场给了他一个“见心锤”，结完账，冲出门，从此和这龟孙子拜拜。

虽然和秦二尊闹得不痛快，但必定因他而挣得二三十万元，所以他不再恨他。这些钱对他来说可是一笔天文数字呀！他先花八万元买了套房，接着又花六万元备齐全部家具和电器。景旒儿乐得整天都舒展着幼儿体美老师的妩媚，连声夸老公真能干真有魄力，同时也对她的权当理论更加津津乐道。她常给他吹枕头风：“老公你想，不是吃亏，不是权当，能挣这么多钱吗？说起来，还多亏设备科长没给你提成，多亏厂里让你下岗了！所以呀，二尊给你耍手段，那也是帮你哩！少给的钱，权当给他儿子考大学送礼了，权当你在他手下少干了一年。西边不亮东边亮，一条赤道分南北。如果没有赤道，南和北还不照样存在？你说是不是这个道理？”他呶嘴在她耳根拱了一下，也借题发挥道：“按你的理论，挣这么多钱，权当你找了个当科长局长的老公，权当我是个贪污腐败分子。”她温存地抱住他的脖子，嗔道：“净瞎说！这是劳动所得，怎能和贪污腐败相提并论呢！再说了，如今官员贪污的指标日日飙升，都是百万千万上亿的，谁还稀罕这点钱渣渣？”

司令俊男这样想着，越想越觉得过去的事很有意思，越想越生出许多难以名状的羞愧和感慨。他想继续想下去。他觉得想有时也是很好的享受。反正睡不着，不如就享受这想的享受吧。下来该是和景旒儿离婚的事了。但当他刚进入时光隧道时，那像女人深夜叫床的汽笛声又响起来。那声音勾引得他魂不守舍，根本无心再享受那想的享受。他探着头，伸长脖子，向下铺看去，却看不见桂老师的脸。但他能感到她的气息。她的嘴偶尔发出像梦呓、像呻吟、又像吮涎那样似有似无的响声。看来她睡得十分香甜。他很羡慕她如此好的睡眠。他想，其实睡和想一样，也是一种生命的享受。也许睡的享受比想的享受更受人青睐。这样一想，他原先想的念头就彻底动摇了。他不想再想了。他也想和桂老师一样，啥也不想地进入睡眠状态。

而此时，下铺的桂平筠根本没睡。她也和司令俊男一样睡不着。她不是回想她的身世和经历。她认为自己的经历太曲折，太具有悲剧色彩。所以她不想想，不想在此时此地陷入回忆的泥潭。她不像司令俊男那样，总是在想的藤萝中寻找突破，编织自己的花篮。她认为想有时也是一种罪恶，无论是理想还是梦想，是回想还是幻想，是臆想还是妄想，都是这样。它们的可恶之处，一是把事情搞得越来越复杂，使人失去正确的判断力；二是具有很强的蛊惑性和怂恿性，好与坏、伟大与卑贱、高尚与卑鄙都源出于此，人类的一切进步和堕落也都源出于此。这似乎和她给司令俊男说的自相矛盾。是的，是自相矛盾，这一点她并不否认。她承认自己是在前矛后盾中生活的，思想与语言的矛盾、语言与行动的矛盾、心理与表情的矛盾、今天与昨天的矛盾、此地与彼地的矛盾等等，都集于一身，都在她的身上要平衡。她简直成了一只被这些矛盾五马分尸的羔羊，失去自我，身不由己。有时她却表现得很张扬，甚至痴迷和疯狂。她以为这都是那些不同类型的想煽惑和怂恿的结果。她觉得自己整天在这些繁复的矛盾游戏中活得很累很累。但她又不得不这样继续下去，好似周围始终有一个气数或磁场支配着，她只能坚持到底，不能有丝毫懈怠。这些心理和环境因素，使她的人格更加脸谱化、影子化，人性却成了晾晒在后墙上一张干瘪的羊皮。所以她不想想，不想想任何人与事，只想在混乱不堪和自相矛盾的意识中进入亚睡眠状态。

就说现在吧，在这黑夜漫长孤独的旅途中，她不是不想和司令俊男聊聊天，叙叙旧，甚或亲热亲热，而是她的事业和上苍暗示她不能这样做。她必须把情呀爱呀的暂时包裹起来，就像司令俊男把钱装进带有小兜儿和拉链的防盗裤衩里一样，使人不由产生揶揄和无助的感觉。爱和情就像发酵剂，一旦掺入人这堆面团，就会迅速发酵膨胀。这是她理智和事业绝不允许的。如此一来，在感性上，她又不得不蒙受一种无名的骚扰和压抑。譬如车票，按理完全可以买一张中铺和下铺，也可以买两张下铺，这样距离更近，不但便于聊天，也便于互相照顾。但她不能这样，她只能买一张上铺和一张下铺，中间隔着一张中铺，才能避免节外生枝。虽然有夹生感和距离感，虽然心理和感情都难以接受，虽然司令俊男已有所怀疑并提出异议，但她还得硬着头皮这么干。还有刚才，就是司令俊男上卫生间之后，她也曾试图违背自己的理性原则，想一想那些令人或激动或潸然的旧事，事业的、感情的、财富的、权力的、滑稽的、浪漫的、成功的、失败的、悲的、喜的、忧的、愁的、痛的、苦的，等等。但最后还是以失败告终。她分析其原因一是自己思想混乱，一时很难理出一条正确的思路；二是她的意识中已形成一个难以改变的思维定势，只能在混沌无奈状态下遵从行业的纪律和上苍的旨意。这就使她外表看起来讳莫如深，而其实内心却充满自相矛盾的煎熬。

桂平筠就在似梦非梦、似想非想的亚睡眠状态中消磨时光，陪伴着旅途的寂寞与孤独。这种生活培养了她孤独的嗜好。亚睡眠又是孤独最好的表现形式和温床。所以她对孤独有着情人般的缠绵和割舍不离的情愫。现在，面对一铺之隔的她的学生和情人，惟有关闭感情的闸门，惟有守望和拥抱孤独，才是她应有的选择。

这种状态延续了很长时间，直到天亮，她才从迷茫混沌中回归到现实里来。司令俊男还没有醒。他的一只裤腿从脚旁吊下来。桂平筠趿上鞋，把他的裤腿塞上去，然后拎着洗漱工具去卫生间。车厢里很少有人走动。她很宽松地撒完尿，随后走进盥洗室，开始料理芳容。她洗毕脸，拿出一瓶“玉兰牌”菁华素，给手心挤了一团，双手镟镟，然后给面额、脸颊、脖颈和手臂搽，继而又上下左右地摩挲了几遍。她留着一头淡褚色短发，刚刚染过，还能嗅出铅和锌的气味，梳齿耘时便有了一种金属感。接下来就是画眉、涂口红之类，活做得都很淡雅，很清爽。这些冗繁的程序大约五六分钟就完成了，看起来灵巧而舒畅，柔顺而敏捷，就像表演自由体操的技巧和细节。

从盥洗室回来，司令俊男仍然熟睡未醒。她没打搅他。她喜欢他的这种休眠状态，这样可以删削许多不必要的枝节。邻居房间陆续有人起床，走廊上的人慢慢多起来。广播放着轻快的音乐。列车员走来走去，仿佛清点人数，又好似检查昨晚是否出现事故。

桂平筠拉开窗帘，坐在折叠椅上，用一只手撑着腮帮，全神贯注地欣赏沿途景色。青山、绿水、稻田、水牛、桑园、翠竹、美人蕉、夹竹桃……这些南方特有的物种和田园风光，对她来说已经司空见惯。她在这条线路上来来回回不下二十次。她可以倒背如流地说出西安至春城所有的列车班次，还可以不假思索地认出沿途的大小城市。作为一个出生于渤海之滨、成长于黄土高原的青岛女人，她虽然还对这条线路寄予热望和希冀，但已不再像初识时那么充满渴望和激情。所以她现在没兴趣观景赏光。她肚子不饿，也不想进早餐。她觉得索然无味，又回到床位上，将被子和枕头摞在一起，背靠在上边，拿出一本书看。

这是美国作家奥格·曼狄诺的《羊皮卷》。说是长篇小说，其实是一本教人怎样推销产品、怎样索取财富的工具书，所以书名又叫《世界上最伟大的推销员》，是当今世界最为畅销的书。这部书的成功之处是它改变了成千上万人的生活与命运，人们从书中得到神奇的力量，从而走上财富和人生的象牙宝座。除了这本书外，桂平筠还有一本《成功八部》，也是教人怎样实现自我、走向成功的畅销书。她把这两本书视为《圣经》，奉若神明。可以这么说，这几年她走到哪，这两本书就陪伴她到那。她每天可以不吃不喝，但不能不阅读这两本书。她不赞成文革时“天天读”的做法，但她很欣赏这种灌输法和挤压式的潜移默化效果。那时她虽然很小，而这种效果所形成的潜意识却久久淤积在大脑皮层的最深处，至今仍难以弭除。所以她像当年父辈“天天读”那样，也死读死啃这两本书，让它们的思想占据每一个大脑细胞，从而使自己在思想和精神上为成功打下坚实基础。

她读得很认真。其实她读书只是个样子，而真实意图是默诵。她可以一字不漏地把第三部分“成功誓言”的十章背得滚瓜烂熟。她其所以还要拿着书，那只是为了做出一种姿态，一种无上虔诚的姿态，就像电影中修女手捧《圣经》口里念念有词的姿态一样。瞧她的样儿，还真有点修女的情调，不停地眨着眼，鼻翼一张一翕，时而点头，时而撇嘴，虔诚恭敬的神情真令人感动。

正在这时，列车在一个站上停下来。隔壁有几个人下车，吵嚷得她一时入不了境。不大一会儿，下去的下去了，上来的上来了，吵闹声一阵高过一阵。从那一句句不离“啦”与“哟”的口音，立即就听出他们是四川人，这说明列车还没有驶出成都平原。

隔壁新上来的四五个四川人，急急忙忙地放好行李，就围在一起吃肉喝酒。一只烧鸡、几包猪杂碎、两瓶成都老窖，刹间，整个车厢便有了饕餮的气氛。看得出这是和自己做一样生意的人，事业的成功使他们春风得意，财大气粗，所以举止行为便旁若无人。他们大口地吃肉，大口地喝酒，大口地说话，把还想睡懒觉的人一个个都惊醒了。司令俊男也醒了，他睁开眼，在有限空间打了个挺，然后探头朝下铺窥看。

“桂老师，现在到哪了？”

“还没走出天府之国。你再睡一会儿呗。”

“不睡了，观赏风光！”司令俊男打了个哈欠，懒洋洋地下了床。

“那就快去洗漱，”桂平筠放下书，拿出洗漱兜儿，拉着他就往门外走，“一会都起床了，上卫生间还得排队。”

司令俊男接过洗漱兜儿，拽了她一下：“你歇着，我自个儿去。”

到了厕所，他见她还跟在身后，便悄声道：“别跟了，我会屙屎拉尿。”

桂平筠不由分说，夺过洗漱兜，一把将他推进厕所：“注意裤衩，拉好拉练！”

等他出来时，她已给他牙刷挤好牙膏，口杯接满清水。她站在他身旁，一直看着他洗漱完毕。

回到座位，她拿出方便面，一人一盒，打开来，加好调味，就去接开水。

司令俊男在塑料袋里翻出茶叶蛋和香肠，坐了会儿，又去接她。当两人返回时，原先的座位已被那些四川人占了。他们只好另择座位，坐下来就开始进餐。司令俊男剥好鸡蛋，给桂平筠递过去，她却推回来。

“你吃呗，我不想吃。”

“为什么？”

“不想吃就不想吃，没有为什么。”

他又剥了只香肠，递给她，她却像华老栓忌讳血一样忙转过脸去，连推的动作也省略了。“我减肥，不吃肉食。”

司令俊男把鸡蛋和香肠放进方便面，用勺子搗搗，便滋滋有味地吃起来。

吃完饭，桂平筠清理掉垃圾回来，对司令俊男耳语道：“不要和别人说话，以免惹麻烦，如今社会复杂得很，必须提高警惕。”

司令俊男点头答应，而心里却在抱怨：“怎么还把我当职校学生看待？真是的……”

桂老师再三嘱咐后，这才回到她的铺上，摊开书，又像修女似的默诵她的“圣经”。司令俊男总算清净下来，便趴在茶几上，兴致勃勃地欣赏起窗外的风景。列车已走了将近二十个小时，还没走出四川地界，那么中国该有多大，世界该有多大！他真后悔这些年自己只在家门口瞎扑腾，很少出远门。这是多大的差距和遗憾呀！思想和认识的局限性，往往就在这些方面凸现出来了。这时他更加佩服桂老师，一个女人，多年来一直奔波于大江南北，投身于商海大潮，那是一种怎样的生活方式和精神境界啊！不过，他又想，既然如此，那么，她为什么又像修女一样封闭自己呢？又为什么表现得那么谨小慎微呢？不让他和别人说话，不让他喝别人的酒，不让他接别人的名片，难道那酒会有蒙汗药，名片会传染艾斯病毒？真是小题大做，不可思议！

列车驶出成都平原，沿途完全成了另一番景象。两岸山脉形成合围之势，苍苍黛黛地包抄而来。群山连绵不绝，重重叠叠，一直绵延到很远的空蒙。江河就是从空蒙里化出的，湖泊就是从空蒙里化入的，一路氤氤氲氲，把公路都粘得无法甩脱了，把火车都粘得钻进隧洞里出不来了……再看那雾霭和山岚，谁也猜不透它们到底是从哪儿来的。太阳隐隐约约，就在那雾霭和山岚中浮荡，搭眼看真像茫茫草原滚动的一只马球。

此刻，他突然觉得自己也像一只滚来滚去的马球，正被无数马蹄和球杆追逐着，驱赶着……

第四章 一沟二沟和三沟

CHAPTER 4

司令俊男醒来后，两眼一骨碌，发现自己不是睡在家里，也不是睡在列车上。他定了定神，眉头一舒，才突然想起这个叫爨城的地方。昨晚，从春城下车后，又乘两个小时大巴，赶到这里已是十一点多。先是桂老师把他带到一个门上写着998的家里，然后领教了家长萨雷所谓的搭平台，接着一干人为他设宴接风洗尘。再后来，他就记不清自己是怎么贪杯的、怎么离席的、怎么上床的、怎么和一个叫三哥一个叫小范的人睡在这个屋子里的。

吃罢早饭，仍是那几个人，坐在一起聊起来。司令俊男感到很满足，心想，这下该谈工作了。他接过桂老师剥的橘子，掰了一瓣，填进嘴里，嚼了几下，便向萨雷道：“萨大哥，你们家来了这么多人，公司效益肯定很好吧？”

萨雷捋了捋时下少有的大背头，大嘴一咧，白晃晃牙齿就流淌出滔滔不绝的话语。他说：“兄弟，不瞒你，我们从事的是国家一个试点项目，也是中央进行西部大开发和向边少贫地区政策倾斜的重大举措。说白了就是做生意。而这个生意既是一个特殊生意，又是一个人人都能干而且人人都能赚钱的生意。首先要端正心态，和传统观念拜拜！你想想，如今传统生意多么难做！竞争激烈不说，恐怕首先得有十多万元流动资金，然后租场地呀、招员工呀、进货呀、跑销路呀、交纳各种税费呀、应付工商和税务等官僚机构呀，如此辛苦一年，是亏是盈，谁能担保？所以发达国家发明了一种新的商业模式。世界上最大的跨国公司和最富的人，有许多就是靠这个模式发迹的。所以说，这是一个平民百姓的事业，也是一个产生百万富翁的事业！”

萨雷像教授讲课似的，既自信又充满激情，顿了一下继续说：“就说小范吧，他是我的亲外甥，大学毕业在一家大型商贸中心工作，月薪两千多元，月奖一千元。但这只能过一个平淡日子，要想步入上流社会，根本没他的份儿。那该怎么办？他可算有胆有识，毅然辞掉工作，投奔这里来挣大钱，改变自己命运，实现人生价值。还有老三，他是我的亲弟弟，七十年代大学生，当过科长、厂长、经理，后来企业一倒闭，全家仅靠每月五百元社保救助过日子。你想想，他不背水一战，就永远别想翻身！再说我，在云南当了八年兵，复员回家后，当过乡长、副局长、分厂厂长，干了多半辈子，也算个副县级，却没挣下钱。企业改制时，我亲自制订减员方案，又主动提出先减自己。之后，我就在社会上闯荡，做生意、办工厂、搞建筑，什么神都成了，结果啥也没干成。最主要的原因，就是竞争激烈，传统生意不好做。说来也算天无绝人之路，也算我和云南有缘，被朋友叫来帮忙，就干上这生意。至今才七八个月，我已挣到三四万元，把本钱拿回来了，下边只等着挣大钱哩。桂老师是我的朋友，我不能不把这个好生意介绍给她。你是她的朋友，她也不忍心让你失去这个发财机会，所以把你也叫来了。听说你是全省体操冠军，还搞过广告、当过记者和网络作家。真了不起！是天才，是全才！你在这里一定大有作为，不但能挣大钱，也能发展你的特长，写一本书，绝对出大名。当然了，既来之，则安之，心也不要急，慢慢考察，看是不是个投资少、见效快、回报高的短平快项目。看好了，认准了，就抓住不放，不要让机遇擦肩而过。不然，白马过隙，失去机遇，将造成终生遗憾！”

“那么，我将来具体干什么呢？”司令俊男看了桂老师一眼继续说，“我没做过生意，能不能把我分在桂老师手下？”

萨雷说：“具体细节等你考察完了再说。至于在谁手下，这是明摆的事，你永远都在桂老师手下。我不是说了嘛，这里是家庭式管理。过几个月，你和桂老师也得搬出去，建立自己的家。这些都是后话，你现在不要多想，等会儿就开始考察。其它事到时候有人会给你安排好，大家都会给你帮忙。这里人才济济，实行人性化管理，既是一座无围墙的大学，又是一座有围墙的军队。好了，我还有别的事，八点半，让老三和平筠带你去考察。”

他说完看了看时间，和司令俊男握过手，就急急忙忙地下楼走了。

萨雷走后，司令俊男觉得言犹未尽。他想，萨雷讲话很实在，也很实际，没有花腔。唯一缺憾是采用灌输法，这样就显得武断和咄咄逼人，根本不给人留下插话和思考的余地。但他转念一想，也许这是职业习惯，是行业风格，一种新理念和新模式大概正是从这方面体现的。他心里这么想着，但表情上并没有丝毫流露。

八点半，司令俊男在三哥和桂老师陪同下，出发去公司考察。刚出门三哥就说，如今是现代商业社会，新的经营理念和模式还不能被一般人认同和接受，这很正常。但作为干事业的人，没必要追求漂亮的写字楼、高大的厂房和舒适的办公室，关键要看它的机制和效益，看它能不能挣到钱。

这些话听着总是让司令俊男心里发堵。不就是考察嘛，去公司就去公司，去工厂就去工厂，说这些话干什么？真是多此一举！

桂老师觉察到他的情绪变化，就显示出当年体操教练的温柔。过马路时，她像情人似的牵着他的手，宁可在斑马线里多呆几分钟，也不许他闯红灯或横穿马路；走过市场时，她又像幼儿老师一般拥着他的肩，挽着他的臂，惟恐他不小心走失或掉队；上台阶或过人行便桥时，她又似孝顺的儿女一样搀扶着他，偶尔还在他身上拍拍打打，绝不允许他身上落下一星半点的尘屑。这些细节一一被三哥看在眼里，除了觉得好笑之外，心里多少还有点嫉妒。而在司令俊男心里，虽然能引起他对旧情的偶间回忆，但作为男子汉内心仍有许多反感。是呀，好就好，爱就爱，有必要这么矫情和夸张吗？

他们从西关新村出发，经爨城党校门口，过一条主干大道，再入文化城西口，再过一个菜市场，然后再过一条大道，这才来到一个叫花科的住宅小区。小区规模相当大，能看出开发建设不久。从规划布局、装饰档次、环境设施和居民生活习惯看，原先这里应是近郊农村，后来才开发并纳入城市管理。小区里仍感受不到现代化国营大公司的气息和氛围。司令俊男心里奇怪，暗想，既是著名国营大公司，为什么会在居民小区呢？这时他才突然领会到刚才萨雷和三哥说话的潜台词，才明白桂老师其所以那么矫情的原因。慢慢地，一种被戏弄和欺骗的感觉在他心头油然而生。但他没有表示任何不满和质疑，尽量压抑着这种刚刚萌发的情绪，不让它有丝毫的显露和扩散。

他们三人像小偷“踩点”和赌徒“全帮”似的，在小区里转来转去，指指点点，窃窃私语。与此同时，时不时还发现和他们同样神色举动的一拨儿一拨儿的不速之客。当地居民好像已经习以为常，并未引起多大惊慌，既不和他们搭话，也不表示亲近，始终保持着一定距离。这些不速之客，一拨儿与另一拨儿相遇时，无论认识还是不认识，也同样互不搭理，互不干扰。这似乎也已形成习惯，一切都显得很正常，没有什么可值得大惊小怪的。这些人和他们一样庄重而神秘，仿佛背负着同一个信仰和使命。心照不宣这个词用在这里真可谓恰如其分。

三人在小区转了好大一会，终于找见一个要找的门牌，然后绕过去，再找见与之对应的后门，这才驻足等候。大约过去五六分钟，后门打开了，里边走出和他们同样的一拨儿人，自然仍是互不搭理。桂老师率先进门，接着三哥和司令俊男接踵而进。上了三楼，楼型布局和西关新村差不多，也是三室一厅。敲门进去，立即有一位很干练的男士上前相迎，自我介绍说他姓裴名斐，然后让座，每人一杯水。这水清澈似杯，这杯透明如水。而且四人座次也很讲究，裴斐独坐一侧，三哥、桂老师和司令俊男同坐另一侧。那边坐的是方凳，这边坐的是沙发，中间隔着一个茶几。这边三人座次也很规范，三哥在左，桂老师位右，司令俊男居中。整个场面，很像电视里孔老夫子给门徒讲学。

相互寒暄一番，便开始了所谓的考察。裴斐问过司令俊男一些基本情况后，便很熟练地介绍道："看来这位司令先生很有学养，但不知道你注意没注意当今世界经济发展的总趋势。随着人类社会的文明进步和科学技术的快速发展，一个没有国家、没有人种、没有贫富界限的全球经济一体化格局正在形成。这是一股不可抗拒的历史潮流，也是每个国家特别是第二三世界国家面临的必然挑战。就说我们国家吧，加入世贸组织以后，我们将经受双重考验。一是按世贸组织规则，外国资本、企业、产品和技术将大量进入中国市场，我们该怎么办？二是正因为世贸组织这只手的神奇魔力，我国的资本、企业、产品和技术也要走向世界，我们又该怎么办？这两个怎么办归结成一句话，就是如何保护和发展我们的民族工业。"

讲到这里，裴斐停了下，呷口水，同时也礼貌地示意三人喝水，然后清清嗓子，继续说："这个问题暂时放下，我先介绍世界流通领域一种先进模式，答案自然就出来了。这个先进的营销模式就叫连锁销售，我今天重点介绍的就是它。什么叫连锁销售？简单说就是企业在通过店铺销售的同时，由推销员经过现场展示和服务，把产品介绍并以终端消费交付给客户，而客户又以推销员身份和同样方式推销产品的一种销售模式。这种销售模式诞生于第二次世界大战后，由于购买力下降，消费市场萎缩，产品大量积压，面对严重危机，资本家就采取这种店连店、人连人、层层连锁的办法，刺激购买力，激发市场，才使经济逐渐得以复苏。资料显示，现今世界最富的五十人中，就有十六人是搞连锁销售的。但中国这样的企业太少，相反外国企业如安利、雅芳、完美、仙丽妮娜等，大量进入我国，已形成庞大的网络攻势。中国企业要想保住国内市场和占有世界市场，就必须建立和培育自己的网络销售体系，以便在市场争夺战中始终掌握主动权。要达到这个战略目标，连锁销售无疑是一个很好的法宝。"

裴斐见司令俊男满不在乎的样子，暂时停顿下来，顺手从茶几上拿起烟盒。但他并未直接取和递烟，而是很巧妙地将一根烟抽出约二公分，然后坦向对方并示意他们自己动手拿。司令俊男摇摇手，说声谢谢，纹丝未动。三哥毫不客气地从盒子抽出一根，和裴斐一起点着，屋子里顿时充满烟草气味。裴斐吸了几口烟，像在梳理思路重新选择突破口，又似在考虑应采取什么方式刺激一下这个大蜡座子的胃口。大约半分钟，似乎已有了头绪，他便长长地吐出一股烟雾，又开始讲演。

“连锁销售除了能有效保护民族工业外，还有以下几条重要作用。一是为国家创造大量税收。由于连锁销售是按几何倍增原理操作运行的，所以销售额是传统销售的几百几千倍，自然缴纳的税款也是几百几千倍；二是刺激和促进当地经济发展。譬如在爨城，现在来此搞连锁销售的约十万人，就按六万算，每人每月电话费一百元、生活费二百四十元，还有交通费、招待费和其它日用消费，每年给当地创造税收几亿元……”

司令俊男这时才有了点兴趣，便插话道：“好是好，但这些问题都是中央考虑的，与平头百姓没多大关系。我们只想着怎么能挣钱！”

裴斐眼睛一亮，觉得正在茬口上，所以激情更加高涨，神采更加飞扬。他给司令俊男续了些水，优雅而兴奋地接着前边的话说：“是的，那些大政方针，该是上层考虑的，我们老百姓只关心效益和实惠。这方面后边有专人介绍和算账，我现在只能说个大概。这就是我谈的第三个问题，即我们将得到什么实际利益。这个行业既是消费群体，也是经销商和投资者。例如你，可以投资三千八百元购买一份产品，就取得一个资格，可以在全国范围招聘你的业务员，限额三名，也就是三份产品。然后他们再发展他们的业务员，依次层层复制，就形成你的销售网络，从此你将受到几何倍增原理的眷顾。只须一两年，你就可获得三百八十万元的高额回报。当然了，如果你认购十份产品，那回报就更高了，将达到八百万元。”

很显然，司令俊男的情绪此刻由兴趣转化为兴奋。他看了桂老师一眼，随之回头急问裴斐：“那么这些钱是怎么来的？该不是从天上掉的吧？”

裴斐忍不住笑了，笑得很爽朗，感染得三哥和桂老师也会意地笑起来。这一笑气氛活跃了许多，司令俊男不再拘束，裴斐的演讲更有了激情。

“当然不是天上掉下的，而是你实实在在的劳动所得，是你销售产品应得的提成。这个问题以后还会有人专门给你介绍，我就不罗嗦了。我要说的是连锁销售的第四个作用，就是创造更多的就业机会。现在社会上流传着这样一首顺口溜：政府忙着卖厂呢，企业让人下岗呢，部队减员收枪呢，大学毕业下乡呢，农民进城乱嚷呢，城市青年胡闯呢。这首顺口溜虽有点戏谑成分，但的确说出了当前就业的现状和压力。司令先生，我在网上读过你那篇《汉语的魅力》，实在太棒了！文笔好，说论好，立意更好。我完全赞成你的观点！中国人死爱面子，分明是失业却不叫失业，而是拐着弯儿称下岗，真不知该赞美汉语的魅力还是该批评这种虚伪的风气呢？”

裴斐这一席话像一根强心针，一下刺中司令俊男的性格弱点。他这时不仅仅是兴奋，可以说完全到了亢奋状态。他一没想到自己的帖子能让他看见，二没想到他对自己的帖子评价这么高。虚荣而又喜欢冲动的体操冠军啊，这时好像正在省运会领奖台上骄傲得忘乎所以了。瞬间的感觉使他动了真情，连说话都带着微颤的效果。“这，这……这只是真实感受而已，因为我……我也是个下岗工人啊！”

裴斐演说到了一锤定音的火候，语言便有了更多煽情味：“是呀，如今下岗工人太多了，但像你这样有能力有抱负的却不多！连锁销售正适合像你这样的下岗工人，当然还有复转军人、大中专毕业生、城市待业青年、刚富裕起来的农民，以及提前内退的干部等。不妨算一算，安利公司在全球有三百三十万人的销售网络，我们不敢妄想，如按十分之一算，该是三十三万人。一个网络三十三万人，那么一千个、一万个网络呢？如果按一千个网络算的话，就可安置三亿多人。这样还有下岗工人吗？还会羞羞答答、弯弯绕绕地把失业叫下岗吗？所以我说，从以上五点，就可以看出，连锁销售是一个创造百万富翁的行业，是一个人人能干而且人人能成功的行业。这就是我开头没有回答而现在得出的全部结论！我的介绍告一段落，司令先生有什么不明白的问题，可以提出来共同探讨。”

司令俊男深深嘘了口气，三哥和桂老师也深深嘘了口气。后者是因为裴斐的讲演太精彩了，就像一部惊心动魄的电视连续剧，一环套一环，处处设伏笔，直到最后才点破主题，打动人心，收到了极好的效果。而前者，唯一的考察者司令俊男，却仍沉浸在虚荣和冲动中不能自拔。

“那么，咱们公司叫什么名字，地址在哪呀？”他兴致勃勃地问。

“玉莹公司，总部在深圳，意大利独资企业。”裴斐很自信地说。

司令俊男还想问什么，只见裴斐站起来，并握住他的手，意思就是送客，他便不再多言，跟着三哥和桂老师下楼去了。

刚出门，三哥悄声对桂老师说：“裴斐一沟作得太好啦！”

司令俊男觉得稀奇，追问道：“什么是一沟？”

三哥看了下桂老师，转而答道："就是交流沟通的意思，共有七沟。为提高效率，现在合并了，简化为三沟，分别叫一沟、二沟和三沟。"

司令俊男问："那么现在该干什么？"

桂老师瞪着三哥抢答："回家休息吃饭，下午听二沟。"

下午两点半，三人准时出门去听二沟。司令俊男听说二沟是一个叫俞溟的女子讲，还听说她离异独身，已当了经理，是萨雷体系的头目。二沟的地方不比一沟近，出门朝南，穿越西关新村，再通过铁路桥洞，一直到电视大厦，才进了一个叫道南的住宅小区。路上见闻和一沟差不多，只是没跑冤枉路，很容易就找到该找的门牌，时间也恰到好处。进门上二楼，便见一个女子在门口恭候，想必她就是俞溟。听过介绍，果然是她。

客厅摆设和一沟现场一模一样，也是一只方凳，一套沙发，中间隔着一个茶几。座次、坐向，以及杯子与热水瓶放的位置，都相似乃尔。俞溟没有多少客套话，给每人倒杯开水，就直奔主题。

"这位兄弟上午听得怎样？如果还有什么疑问，等会儿一并提出，我有义务为你解答。现在我要讲的是连锁销售的模式和奖金分配制度，就是我们能不能挣到钱、怎么挣钱、合法不合法。那好，咱们先从模式说起，传统销售只局限于三级批发、一级零售。就像一条水渠，渠上只有斗渠，而斗渠没有分渠、引渠和毛渠，所以灌溉面积很有限。相反，如果开了以下配套渠道，效益就更大了。其基本模式是，购得三份至六百份产品，也就是说每人伞下发展三至六十个人，就可依次升为业务员、业务组长、销售主任、经理、高级业务员。连锁销售的网络是等腰梯形，能登上平台的是一个群体，而且拿完三代提成必须出局。它的优势就在于此，失败几率几乎为零。再看奖金分配制度，整个销售收入为一个大蛋糕，其中返还厂家的生产成本、利税等百分之四十二，销售系统提成百分之五十五，剩余百分之三为高级业务员销售补助。然后再把百分之五十五的销售提成按级别分成不同比例，这些都是实实在在的劳动所得。简单地说，如果发展三名业务员，且都是高起点，那么就基本拿回成本；如果伞下累计发展九名业务员，且都是高起点，那么每月将拿到万元工资；如果伞下累计发展六十名业务员，且都是高起点，那么每月工资将达到六位数，拿完三代提成后出局，出局时共可挣到八百万元。"

俞溟讲这一大段话时表情很平淡，有明显死记硬背的痕迹。但她的声音带有磁性，听起来很优美。讲到这里，她停下来，喝着水，放松一下，同时又偷偷地观察司令俊男的表情。这也是搞沟通人的一个职业习惯，善于从对方表情变化中得到反馈信息，从而调整自己的谈话思路、姿态、声调和语气。此时在她看来，这位司令先生脸上和她一样平淡，甚至有点儿呆板。为什么会产生这样的效果呢？她首先从自身检查，是的，她感觉到了，今天自己表现反常，谈话缺乏激情，没有感染力。这是为什么呢？是他的帅气扰乱自己的心绪？她不能多想，也没时间多想。她只认准一个道理，就是必须用自己的热忱点燃他的热忱，用自己的激情激发他的激情。

她极力调整自己的情绪，继续说道："不瞒你，原来和我一起干的人全都成功走了，只剩下我一人还在这里。我已干了一年半，亲自送走的高级业务员就有二十几名。其中有个叫孙才才的，原来和我一个厂，下岗后啥事都不会干，只好蹬三轮车，媳妇也和他离婚了。但他人诚实，心眼好。他是两年前来的，和我是旁系，推荐人就是已到深圳总部的高级业务员尤大姐。孙才才来了一年没发展一个业务员，尤大姐答应给几万元让他回去。但他就是不回去，整天给原先干活的老板宇文豪打电话，声称这里有个好生意，能赚大钱，让他快来。电话打了半年，缠得宇文豪实在没办法，就赶来看这家伙发什么神经。结果来了一考察，宇文豪不但当即申购，而且很快叫来许多生意圈的朋友，不到一年两人都成了高级业务员。还有外体系一个叫欧培科的，原来在西安八仙庵做古董生意，被朋友叫来后，他很快把其他做生意的朋友也叫来了，只半年，就升成高级业务员去深圳了。司令先生，你恐怕还不知道，我也是个下岗工人。尤大姐和我是好姐妹，她来这里不久把我也叫来了。我来了一年没啥进展，看着周围的人都成功走了，她也劝我放弃。但我的性格不让我放弃，我仍然坚持着，努力着。现在我已四百多分，升为经理，平均每月拿上万元，再过几个月也要成高级业务员了。司令先生，你想想，像我们这些弱势群体，做梦也想不到会有今天啊！所以在尤大姐的告别宴会上，平时滴酒不沾的我，足足喝了半瓶茅台酒。我真的醉了，也哭了。是呀，是谁给了我的今天？是理想和机遇，是这个行业啊！……"

这才是俞溟本来的水平，才是俞溟想要的效果。讲到这里，她不由自主地停下来，但停下来仍能看到她的嘴唇在轻轻蠕动、胸脯在微微起伏，两眼已充盈着晶莹的泪光。这说明她对这番即兴发挥很满意。她其所以违背行业纪律说这么一大段话，完全是潜意识的无端流露，是不经意的真情倾诉。面对同是下岗工人的哥们弟兄，她自然而然地展示出女性怜悯和同情的本能，自然而然地以一种同命相连的心情来剖白自己的心迹。所以她不再拘泥于行业纪律，无所顾忌地借题发挥了。

对于司令俊男来说，也许是她的经历引起他的共鸣，也许是她的真情打动他的心怀，总之这时他完全被俞溟的话感染了。是呀，像她和他这样的下岗工人，谁能给这个走向成功、实现自我价值的机会呢？是再就业么，是下岗培训么，是设备科长么，是老同学秦二尊么，是景旒儿的权当理论么？不，不不。他们只能给一餐一顿的施舍，只能给侥幸而得的嗟来之食，只能给自欺欺人的阿Q精神胜利法。真正能改变自己命运的惟有连锁销售，惟有这个千载难逢的机遇！而这个机遇不正在自己面前么？基于此，作为男子汉大丈夫，真应该赌一把，也值得一赌啊！

司令俊男不无激动地说："太好了，你的话太让人感动了！同是下岗工人，你能干我为什么不能干？你能成功我为什么不能成功？"

俞溟调整一下姿势，对视着他，此时一束阳光恰好映在她的额头，使她显示出中年女性少有的那种朦胧的妩媚。她向他投去赞许的微笑，略带恭维的口吻道："司令先生过勉了。这不是我说得怎么好，而是这个行业太令人渴慕了！你是我接触的新人中悟性最好、思路最清晰、心态最良好的人。这个行业正需要你这样高层次、高水平的人。"

司令俊男还想继续和她谈论下去，却见她站起来，桂老师几乎同时也站起来并说时间到了，他只好空留遗憾地和她握手告别。

三沟由一位名叫商映的工商所长讲，主要区分连锁销售与传销的关系，消除负面影响。商映去年竞争县工商局长败北后，一气之下跑到老战友萨雷这里来了。这之前萨雷曾多次给他打电话，说他在云南搞边贸，亟需一个懂政策的咨询顾问，要他把那烂毬所长撂了，快到这里来，每月五千元，比贪污腐化稳当保险得多。但他一直不相信萨雷的话，更不想丢掉升官的机会。直到竞选落马，心情郁闷，这才辞掉工商所长。他来了一看形势，当场把萨雷大骂一通。更让他接受不了的是，过去他是打击传销的执法者，如今却要充当传销干将，这不是侮辱人格吗？什么连锁销售，他妈的完全是传销变种！后来实在碍于情面，他就硬着头皮听听看看，竟然大感惊奇，想不到世上还有这种行业，还有这么好的发财机会！就这样，他不但自己参加了，不久又把妻子萸萸叫来了，在千里之外建起另一种意义的家。从此以后，商映就成了萨雷一张王牌，成了整个体系作三沟的高手。

商映很风趣幽默，什么三字经、歇后语、顺口溜等，张口就是一段段，逗得笑声一串串，把官员"耍嘴皮卖舌头"的语言菁华发挥运用得无以复加。他讲了传销的产生历史、演变过程、网络模式和引入中国后的状况，以及国家为什么要取缔等，接着又与连锁销售加以比较，有根有据，说理充分。讲时自然少不了那些歇后语和顺口溜，在轻松自由的气氛中不经意地达到洗脑效果，使听者只有唾弃传销而独钟连锁销售的份儿。

司令俊男并不垂青商映的语言菁华和大道理，他看重的是他的大盖帽和工商服。好家伙！执法人员，光往那儿一坐，本身就是法律的标志，谁还在乎那些滔滔不绝的语言菁华呢？另外，从心理和性格角度分析，司令俊男处事的一贯原则是绝不受制于人，善于通过独立思考做出判断。尽管这些判断时有失误，过后又突然猛醒，后悔莫及，但他还是改不了这个习惯。所以他现在既排斥桂老师的旧情依依，又厌弃萨雷的诡秘讪笑，更不受工商所长花言巧语的蒙蔽。他认准了商映帽子和肩章上的国徽，它们向他发出一个重要信号。他此刻的一切思维意识都是沿着这条路径向前发展的。这样以来，思路就简化多了，问题也简化多了。

第五章 浮世绘：疯狂的淘金者们

CHAPTER 5

晚饭仍是“十三花”，仍是啤酒加白酒，仍是众星托月般的恭维和频频干杯。司令俊男起初只喝啤酒不喝白酒。他知道这种用粮食酿成的液体菁华，常使人在麻木陶醉中失去意志力和判断力。他眼下太需要这两样东西了，所以他不能在麻木和陶醉中迷失自我。可能今天的考察实在令人满意，所以人人都有点贪杯。三哥昨晚说他感冒不能喝酒是假的，今天完全撕去伪装，一杯接一杯地咂咂下肚，目的就是为了揶揄司令俊男和他一醉方休。司令俊男只好舍命陪君子，一次次端起白酒和三哥碰杯。小范敲着边鼓助阵，劝酒的酸话让女士们都有些脸红。杜老师更是不请自醉，眼里的情人突然变成两个鼻子四个耳朵。只有萨雷保持着绅士风度，在一阵自斟自酌中洋溢着满脸自信。正是他满脸自信的讪笑，才提醒司令俊男，才让他使出一切逃酒耍赖的伎俩，一路闯关斩将。但他还是装出一副醉醺醺的样子，以免扫大家的兴。现在，除了两位女士和萨雷外，其余人都有了醉意。看到这个场面，萨雷和女士们连忙把他们搀进各自房子，再三叮嘱一番后自个走了。

司令俊男躺了四五分钟，趁女士们正在厨房忙碌，就悄悄溜出去了。他沿门前大街朝东走。街上人很多，一拨拨的，又说又笑，都操着不同口音。他感到很神秘，也很稀奇，就默默加入他们的队列。再往前，人愈来愈多，人群潮水般向前涌动。他知道前边是西门广场，那里今晚肯定举办群众活动或文艺演出。

走不多时，突然发现广场放喷泉，一股股奇形怪状的水柱射向夜空，在灯光映照下十分壮观。司令俊男穿过人群，加快脚步，至大会堂前匆匆过了马路。紧挨马路是一条河，河床全都衬砌了，两侧修成下陷式亲水平台。平台上聚了不少人，河水就从脚下流过，人和水搅合在一起，看起来影影绰绰。过了大桥，广场上到处都是人，完全可以用摩肩接踵来形容。许多人观赏喷泉，有的大声咋唬、有的撩水嬉戏、有的拍照留念。喷泉呈莲花状分布，几十股泉眼错时启闭，多层舒展，忽高忽低，忽左忽右，在欢快的音乐声和彩灯中变幻着各种姿态。

大部分人散落在周边的花坛、草坪、鱼池和绿化带。周围华灯璀璨，音乐柔和，充满神奇色彩。凡是能坐的地方，都被来得早的人占领了，有玩扑克的、有下象棋的、有闲聊的、有打手机的、有谈情说爱的、也有什么都不干闲坐着给眼杠劲的。特别是走道两侧和花坛的大理石台沿上，挤挤挨挨地坐满了男男女女，极像屋檐下嗷嗷待哺的燕儿，抑或北方大雪天院子铁丝上落的一排麻雀。桥头与河堤大理石栏杆靠着一些女郎，衣服都时髦新潮，打扮都花里胡哨，神情都游离匆忽，一看就知道是出售色情的妓女。偶尔有三三两两或老或少的嫖客，装模做样一步步向她们靠拢，先是揶揶揄揄，继而勾勾搭搭，须臾之间，要么分手拜拜，要么勾肩搭背地招摇而去。

广场很大，人很多，看情状足有两三万，其中百分之八九十是外地人。听他们说话的口音，既有京腔京调的北京人，也有咬字很重DT不分的陕西人；既有爱吃大葱舌根很硬的山东人，也有以麻辣出名说话很快的四川人；既有爱吃醋嗓音有点沙哑的山西人，也有像鸭子呱呱叫的上海人；既有鼻音和喉音都很沉闷的甘肃人，也有如鲠在喉说话快而张不大嘴的闽粤人……他们表情都很兴奋，能感到内心充满着一种无法遏止的渴望。司令俊男突然想起十五世纪美州大陆掀起的淘金热，便对面前这些人产生无限敬佩而不可思议的复杂心情。他们远离家乡，远离父母妻儿，千里迢迢来到神奇的西南边陲，也是为了淘金吗？这里真的有金可淘吗？但在当地人眼里，他们个个都是腰缠万贯的富豪，所以他们把他们像财神爷一样敬礼膜拜。而这些被视为富豪的外地人，却视当地人为保护神，仿佛自己的财富和成功与否就掌握在他们手中。这大概就是经济杠杆的魔力。司令俊男隐约感到，此刻，冥冥之中有一只看不见的手，正把千千万万个不同地域、不同民族、不同口音、不同身份的人指拨牵引而来，为了利益的最大化，互相利用和被利用、互相保护和被保护，实现着亘古未有的一次社会重组与民族大融合。

此间，如果说外地人是用语言互相沟通的，那么当地人却是用歌声和音律彼此交流的。你瞧，他们像北方人跑竹马耍社火似的，这儿一堆，那儿一圈，笙箜丝弦，锣鼓铙钹，把天上星星都弹得滚来滚去，把茫茫夜幕都敲得簌簌落下。就在阵阵天籁之声中，一位位歌手登台了，一个个舞女亮相了。歌声如泣如诉，似梦似幻；舞姿阿娜婆娑，缥缥缈缈。特别是那些六七十岁的阿公阿婆，跳起舞来，手鼓花样繁复，腰铃叮咚悦耳，舞姿优美率真。最吸引人的是那些青年男女，或花前月下、或河畔树丛，到处都是他们亮喉对歌、倾诉表白的场所。这里的男人都是厚脸皮，拦住任何一个女人都敢唱情歌；这里的女人都很疯张，面对任何刁钻的男人都敢一展歌喉。

听这首山歌该有多么张扬和煽情呢！

哥是麒来妹是麟，
麒麟合欢成婚姻。
来年生个麒麟子，
不晓阿爸是何人……

司令俊男这里听听，那里看看，久久地徜徉在歌舞音律之中，心里既好奇又激动。他真想舒展一下腰肢，亮一亮体操运动员的身手，但苦于没有器械，便跟着阿公阿婆学起烟盒舞。那舞步看起来很简单，学时却很繁杂，忽儿旋转，忽儿马步，忽儿碎步如莲花落，忽儿曲臂摆手似蜂蝶振翅。他学了几分钟仍不得要领，怎么跳都像唐老鸭，逗得旁边两位小姐忍不住掩嘴偷笑。

“你的个子太高，跳这种舞不合适。”其中一位小姐很大方地说。

“呵，你是陕西人？”他也毫不拘束地问。

“西安人。你呢？”

“渭北秦州。乡党么，你说我跳什么舞合适？”

“你这么高的个子，跳交际舞肯定很潇洒。”

“这里没有舞厅呀！”

“城里有”另一个小姐说。

“难道这儿还不是城里？”

“进了城门才算城里。”

“你一定是才来的？”

“来三四天了。”

“觉得怎样？”

“正在考察哩……”

司令俊男说着猛一抬头，突然发现旁边有人正注视自己。他心头一惊，立即认出是萨雷。这家伙，难道他跟踪盯梢？他刚要回避，却见他笑嘻嘻地走来。

“司令老弟，你怎么一个人？”

“他们都醉了，我一人没意思，就来了。”

“你的酒量这么好！我以为你也醉了。”

“我喝了解酒茶，没事。”

“但你不该一个人出来，要注意安全。走吧，我陪你转转。”

老萨瞟了两位小姐一眼，径自拉着司令俊男就走，警惕的样子仿佛那两位乡党就是恐怖分子。他带着他绕过草坪，穿过桥头走廊，然后在两个大花坛之间漫步。老萨给他讲了爨城的许多优点，特别强调气候如何佳甚，水土如何绝好。他说他在这八九个月，不用吃药打针，便秘和关节炎全好了。真的，他说，你看奇不奇？

这时喷泉关闭了，有的人开始撤离。他俩走到顶头，又转身沿河堤往回走，刚要过桥，只见桂平筠和小范急匆匆赶来。桂老师有点气喘吁吁，迎头就抱怨司令俊男不该独自出来，吓得大家到处乱找。老萨脸上没了讪笑，摆摆手，说不要再抱怨，以后注意就是了。接着他问萨风呢？他说他是老大哥，又是房配，就不该粗心大意。

萨风就是萨雷的弟弟，排行老三，大家都叫他老三或三哥。桂老师说三哥到西边沿河公园找去了。说着她拿出手机给三哥打电话。他们在桥头等了一会，三哥几人果然赶来。萨雷对桂老师和司令俊男交代一下，让他们先回去休息，他和老三说会儿话。

桂老师几人走后，萨雷把萨风大骂一通。他斥责他来了半年多，思想根本没到位，心态不好。喝酒是为烘托气氛，做做样子，怎么就动真格的？他说他不停使眼色，而他却二五不挂，不瞅不睬。喝喝喝，就知道喝那马尿！也不想想，一辈子喝酒，喝坏了多少大事好事？以后再这样，整个网络非弄乱弄垮不可！真是的，喝了也罢，怎么又蒙头大睡？他训斥凭他的酒量，怎能醉得连一个人都看不住？这房配是怎么当的？没看看，司令俊男是何等人？高智商，狡猾得很！表面态度很好，而骨子里逆反心理特强。他说要不是他有意留一手，今晚不知会发生什么事呢！

萨风一直没说话。按他的脾气，这是绝无仅有的事。过去都是他给他哥撒气的。但他知道自己今天干了瞎事，所以只管埋头受亲哥训斥。但他仍不以为然，更搞不清司令那家伙眼看着醉烂如泥，怎么就没事一般跑出来了？

“我眼睁睁看他醉了睡了呀！”

“真是猪脑子！他根本没喝多少酒！”

“怎么会呢！那么多白酒哪去了？”

“他桌前放了条干毛巾，酒把毛巾全倒湿了，还不算袖筒和桌下洒的。”

萨风摸着宽下巴，两眼瞪得一样大：“原来如此，这家伙，真没想到！”

萨雷诡谲地笑说：“所以我才跟踪，不然他要听了别人的话，这事非砸不可！”

“没事吧？”

“多亏我及时干预，要不这时，他怕和西京两个娘们正嘀咕胡谝呢。”

“还是哥你想得仔细周到，以后我要格外小心。”

“小不忍则乱大谋。特别咱们这事，开始时必须严密谨慎，弄不好一个小细节，就会砸了锅，前功尽弃。从现在起，你必须全程跟进，一点也不能马虎。听说桂平筠过去和他有一腿，这种关系更有利，可让她多从感情上拉拢，忆忆旧情。他也是她的第一个邀约人，要千方百计把他搞定拿下。”

三天的考察都很顺利，接下来的节目是参观度假村。听三哥说，去参观的度假村是夔城档次最高的住宅小区，其目的一是为了招商引资，促进当地经济发展；二是吸引外来人口，扩大城市规模。他说，如今，全国大小城市都像发酵一样膨胀扩张，比赛似的提升城市等级，而评定等级的两个硬件就是面积和人口，偏偏夔城的这两个硬件都是弱项。所以，当地政府提出建设最好的别墅，创造最好的环境，力争五年使城市面积扩大一倍，人口突破百万。

三哥说到这里，有些激动，随地吐了口痰，接着说他要是把钱挣到手，第一件事就在这儿买一套别墅，把老婆娃全搬来。桂老师嗔道，别想着买别墅，先把随地吐痰的坏毛病改了。三哥咧嘴一笑，说实在遗憾，真要挣八百万，恐怕还是个土豹子。桂平筠就说，她才不愿与土豹子为邻呢，她要在青岛买别墅，再买一辆高级小轿车。三哥怂恿她现在就该学开车。桂老师说他总改不了土豹子毛病，到那时身缠数百万，还能自己开车嘛！那怎么办？什么怎么办，这还用问，雇佣专职司机呗！

司令俊男一路没吭声，只是默默听他们一对一答。他觉得他俩演双簧，虽然演技不咋样，但的确很有诱惑力，很吊人胃口。所以当桂老师问他成了百万富翁后最想干什么时，他不假思索地说他要办一家体操学校，为青少年免费提供教学和训练。桂老师瞟他一眼，连连叫好，说真要办体操学校，她就再去当教练！

别墅的确很豪华，都是三层欧式小楼，亭亭玉立在花卉树丛之中。白色栅栏，歌特式屋顶，中国古典式走廊和门厅。每家院里都有草坪、花园、凉亭、小桥，巧妙地被一条弯弯曲曲的小溪环绕贯通。进了门厅，使人不得不惊叹，曾以树为巢以洞为窝的人类，竟然使居室发展得如此富丽堂皇，超群绝伦。瞧那镂花玻璃轴门、仿瓷釉面地砖、钢化玻璃巴台、花岗岩巨型立柱、铜质花艺楼梯扶栏、花影婆娑的天井平台、烤瓷涡式浴池……此时欲望已堕落成一个失足少女，只要有人招手就会轻而易举地被勾引而去。司令俊男此时真有点失足少女的心态和随人而去的冲动。

来别墅参观的人很多，都是操着不同口音的外地人，都是追求百万富翁之梦的淘金狂，也都是像失足少女一样充满彷徨与渴望的迷失者。他们三三两两，喜笑颜开，惊乍赞叹。他们身旁都有像桂老师和三哥一样的演说家，一个个被煽惑鼓动得没有欲望也欲望欲燃了，不想失足也身不由己地成为失足少女了。正如一位安徽阜阳女士所说："看了这别墅，咱住的那单元房，简直就是猪窝狗窝。谁不想搞网络发大财，改变自己的命运啊！"

傍晚时分，桂老师通知司令俊男参加宴会，并炫耀似的告诉他，这里几乎每天都有宴会，而且规模很大，档次很高。接着她又解释说，行业太大了，天天有人升经理，一当经理就请客，你请他，他请你，请来请去没完没了，让当地饭店酒楼把钱赚扎了。她说这和公家的吃喝风完全不同，都是自己掏腰包，一当经理，月薪上万，谁还在乎这点破费呢?

赴宴前，萨雷让桂老师和萨风他们先走，他和司令俊男随后就到。路上他又用灌输法给司令俊男演讲了一通。他不失一切时机给他灌输自己的思想，灌输连锁销售的模式和理念。他正是用这种办法搞定拿下他的四个业务员的。他现在也要用同样办法搞定拿下司令俊男。看得出来，萨雷对他的灌输法情有独钟。他认为，人的大脑体积总归有限，这些东西多了，那些东西势必就少了。为什么佛徒口不离阿弥陀，基督徒口不离阿门？这和他的灌输法如出一辙，都是为了最大限度地占领大脑空间，久而久之，就自然形成一种意识积淀和思维定势。于是便有了宗教的虔诚痴迷，有了心理学上说的情结和潜意识，有了法轮功和传销的洗脑。这种意识积淀和思维定势的程度如何，全取决于灌输的容量和频率的密度。所以他必须加大容量和密度，使灌输法尽快在司令俊男身上获得成功。但司令俊男对灌输法深恶痛绝，嗤之以鼻。他采取以守为攻的战术，这个耳朵进，那个耳朵出，看他萨主任奈若何?

宴会在一家叫潇湘大酒楼的三星级酒店举行。酒楼座落在广场东边的盘江畔，一律仿古建筑，前后呼应，错落成趣。门前场地和天棚下聚了许多人，男士都西装革履，女士都打扮时髦。他们以精英和成功者自居，谈笑间便掩饰不住踌躇满志和春风得意的轻狂。踩着红地毯进入楼厅，里边同样人头攒动，像张学友歌会似的热烈奔放。楼梯口并列站着两排迎宾者，胸前都戴着大红花，由此断定他们该是宴会的主人新升的经理。萨雷和他们一一握手祝贺，然后领着司令俊男上了二楼宴会厅。宴会厅很大，环境设施也很考究优雅。十几张圆形餐桌叉花着已坐了不少人，都在天南地北地高谈阔论。桂平鸰发现他俩，连忙挥手招呼，旁边的俞溟和三哥也站起来向他们致意。萨雷走到他们席前，把司令俊男交给俞溟，然后转身向另一张餐桌走去。

俞溟今天打扮得特别漂亮，挽了云髻，做了花发，画了细眉，颜面灿若朝霞。她上穿一件米黄色开襟羊毛衫，下着一件藏青色收摆筒裙，线条流畅而略显暴露，看起来甚是妩媚性感。她将司令俊男安置自己身旁，问这问那，絮絮如柳。她问他考察得怎样，是否认可，如果认可就及早申购，早几天和晚几天效果大不一样。她说她听说他要编一本网络销售的书，表示大力支持，要是出版，她可包销一万册。她还说今天的宴会最有说服力，证明这个行业多么实在，成功离我们多么亲近。她说如果让那些怀疑者亲临现场感受一下，他们就不会再说连锁销售是传销了。要是传销，能这么张扬显派？当地执法机关能坐视不理？哼，这些人真是不可理喻！

大约过去半个钟头，所有餐桌座无虚席，主持人这才宣布宴会开始。首先由一个什么大经理宣读简单的祝酒词，接着全场举杯起立，然后新升的经理一一和大家碰杯致谢。宴席很丰盛，鸡鸭鱼蛋和生猛海鲜，在这里实现着最完美的排列组合与艺术升华。据说许多都是云南名菜，如荷叶蜜汁火腿，乃正宗宣威货，创始人就是邓小平的老岳丈。人们一边看着议论着，一边开始动起筷子，觥筹交错是此时的最好写照。这些食客们，彬彬有礼者有之，吆五喝六者有之，惶惶不知所措总改不了稼娃习性者亦有之。巴尔扎克再怎么笔下生花，再怎么被称为描写法国上流社会舞会酒宴的行家里手，也绝对描绘不出眼下这一场景和人群。他们是一些社会最底层的普通百姓，是一些狂妄的寻梦者。他们多数人不在于展示身份地位，而是狂热地品尝着手气和运气。他们衷心祝贺新经理们的成功，视他们为自己的榜样，希望有一天自己也能掏腰包大请大宴。

新经理们敬酒过后，俞溟也站起来，举杯提议，来，为司令先生光临，为司令先生早日申购加入连锁销售行业，干杯！全桌人都一齐举杯，向司令俊男表示欢迎。再下来，三哥、商映、小范和商映的爱人荑荑等，也轮番给司令俊男敬酒。也许是这种场面让他激动，也许是萨雷不在使他松懈了警惕，反正司令俊男横下一条心，无论怎样也要舍命以陪君子。他有请必应，频频和大家碰杯。三哥一看他动起真的，早把萨雷的话丢到耳背后去了，一次次碰杯，一次次见底，好一身酒胆豪气！俞溟看司令俊男喝得差不多了，就不住给他夹菜，并给他说些夔城风味小吃和饮食习惯的话。桂老师在另一边，也不时夹菜给他，让他适可而止，不要贪杯。

商映有点感冒，处于礼节，也喝了几杯，这便有理由免去民间语言菁华的专长。但嘴还是不听话，时不时蹦出几句顺口溜，席间气氛也活跃了许多。起初是三哥引起的，他说如今喝酒用处可大了，陪领导赴宴不会喝酒，就别想提拔。喝酒、跳舞、打麻将，已成为升官发财的三大宝。

商映忙打断他的话："你没听说吗？亲不亲，一口扪；上不上，看酒量；升不升，比酒盅；一两二两老百姓，三两四两原地停，上了半斤动一动，一斤二斤再扶正。"

大家都被逗笑了，有人问他赌博该怎么说。

"送烟酒不鲜，送空调显眼，送支票怕检，送赌最保险。"商映顿了一下又说，"输个五百能得奖，输个一千能入党，输个五千当科长，输个上万当局长。"

有人便问："还有跳舞呢？"

商映看了萸萸一眼，诡谲一笑，继续说："科员跳舞搂一搂，科长跳舞动了手，处长跳舞领着走，厅长包奶到永久。"

此段含笑量最大，所以笑声也最高，有人已笑得前仰后合。

三哥也笑了，因为带着醉意，笑就贼逗："老商，那你……你这工商所长，算是科级呀，也该……该动手了吧？……"

商映没反应，而一旁的萸萸却坐不住了，手握一听罐装饮料，竖眉瞪眼说："敢？他敢？他要真敢，我就和他离！"

三哥仍笑得贼逗："商映才盼这……这一天呢！你想想，他成了百……百万富翁，还会要……要你吗？"

萸萸也不相让，反唇相讥："他要成了百万富翁，那我也一样呀！"

老三继续笑逗："对对，到那时，你就……就把他休了，重找……找个奶油小生。"

商映忙向三哥抱拳讨饶："谢谢瞎哥，别再煽火，不然今晚，我就别想进门！"

大家笑得不亦乐乎，突然唰的一声，三哥把一杯啤酒向商映泼去，醉醺醺地嚷道："你竟敢……敢叫我瞎哥！我怎么瞎了？是给萸萸瞎……瞎了？……"

商映尴尬地擦着脸，愠色怨道："过去都这么叫呀！再说关系好才这么叫，关系不好还懒得理呢！真是不识好歹！"

众人讨个没趣，都连忙解劝。俞溟走过去，一边给商映擦衣服拉他坐下，一边指责三哥不该失态。三哥只是抱头不吭声。荚荚站起来，不由分说，把两瓶还没打开的白酒往塑料袋一装，就要走。俞溟眼尖手快，趁机把几听罐装饮料也塞给她，示意她快走。荚荚向三哥哼了声，气冲冲地提前离席。

桂老师望望三哥和商映，又看看荚荚，不屑地摇着头。突然，她的目光扫过其它餐桌，终于看见萨雷。她忙指着给司令俊男看，并俯耳说，萨雷旁边那个女的，就是他的腿。司令俊男这才发现，萨雷身旁坐着一位年轻俊秀的女子，两人正脉脉含情，谈笑风生。桂老师又低声告诉他，说这个行业很严，不许谈恋爱，不许偷鸡摸狗乱搞，所以大家对他意见很大。真是的，这家伙毫不在乎，实在可恶！

第六章 在游山玩水中摸不着北

CHAPTER 6

司令俊男真没想到，爨城的所有公园竟然全部免费。而且听桂老师介绍，不但如此，这里的小商小贩统统不办执照不纳税。卖菜的当天没卖完，用塑料纸一盖，明天再来卖，而菜摊却毫发无损。瞧这里的民风民俗多么纯朴！

司令俊男一边走一边感叹着。他在桂老师和小范陪同下，沿盘江河堤一直朝北走去。河堤全部浇注成台阶式亲水平座和观赏平台，河水清澈见底。西岸就是沿河公园，长约三四公里，宽至喽啰山麓，没围墙，没大门，全程敞式开放。公园到处是奇花异草，古树怪石，姹紫嫣红，葳葳蕤蕤，令人眼花缭乱。走到尽头，一条宽百余米、高百阶的陡坡甬道，把偌大的山体辟为一个接天连地的花草幕墙。幕墙由红黄白三色花草镶拼成图案和汉字，又点缀十几座风车，白色风叶被风吹得缓缓旋转，远远望去，壮观极了！顺着幕墙下的广场往前走，一条小溪穿越怪石罅隙，悄然而随意。再往前走，小溪遽然汪成几处碧潭。蓦然抬头，一座瀑布从天而降，立即感到氤氲的水汽水雾扑面而来，一会儿就凝湿人的头发和睫毛。瀑布宽约百十米，高二三十米，瀑帘平整垂直，如奔雷，似滚雪，将蕴蓄千年的水力毫不吝啬地抛落一地，激起丈余水柱和浪花。他们在瀑布下留连一阵，然后沿崎岖小道向山腰攀援而上。

关于喽啰山的传说，范主动讲了两种说法。一种是说，孙悟空护送唐僧西天取经后，花果山的喽啰们抄南路暗中尾随，希望在西天和师傅会面。不料走到这里，猴儿们误食一种野果，全都中毒而亡。孙大圣一个跟头翻来，一声声呼叫着喽啰们，喽啰们！但猴儿们再没有了往日的亲昵撒欢，已化成一块块奇形怪状的石头。另一种说法是，宋朝时，这里部族大乱，狼烟四起，大理国在朝廷支持下平息了叛乱，三十七部落歃血为盟，西南方统。大宋皇帝一时高兴，赠给每个部落一尊金喽啰。但迎取金喽啰的官员中途遭劫，三十七尊金喽啰从此下落不明。当地官员为昭示皇恩浩荡，将此山更名为喽啰山。

范主动说时两眼总是笑眯眯的，显得神秘而滑稽。桂平�不屑一顾，撇着嘴嗔他生编硬造。他就赌咒发誓，说他是听瞎瞎大爷说的，不信到步行街去问。她说一听瞎瞎大爷的名字，就不是好人，狗嘴里能吐出象牙？司令俊男没言传，但心里却对瞎瞎大爷发生兴趣，他为什么要取这个稀奇古怪的名字呢？

半坡有一环山大道，蟒蛇似的蜿蜒爬行。两岸全是高大的柏树、松树、圣诞树，参差扶摇，遮天蔽日。树间葛条密布，藤蔓丛生，像一团团绿云填充着林间仅有的空隙。沿大道继续前行，不多时便到了喽啰山公园。这是一座以喽啰山为主体的山地森林公园，方圆数公里。沿石阶小道登山，途中泉水潆洄，林木森森，古树奇石琳琅满目。

从公园出来，街上随时可见几辆小马车与宝马和奔驰赛跑。瞧那马儿，没有黔之驴的乖戾，没有汗血马的暴烈，但不屈不挠、永往直前的精神却令人无比激动。当停车歇息时，才看清那马儿甚小，高约一米，长不过米半，活脱脱一只高大凶猛的藏獒。它们被安顿在僻静处，嘴和屁股都挂着一个长长的布袋，一边嚼食草料，一边排泄粪便，安详平静得好似从不把“塞翁失马”和“伯乐识千里驹”当回事儿。

这里的人个子不高，皮肤黝黑，五官紧凑而略显拘谨。男人们精明仔细，一根又长又粗的烟筒咕噜噜总不离嘴，仿佛里边藏满取之不尽的心思和计谋。女人们都善于负重，七八层楼的砖瓦和沙石料，全凭她们肩扛背驼，似乎那已成为一种生存技巧与生活艺术。还有一种负重本领，就是她们背上的婴儿背篼。背篼用各种布料缝制，上面绣着“喜鹊登枝”和“麒麟送子”等图案，两端有背带和腰带，精美得像一件手工艺品。少妇出行时，先将婴儿裹了，驮在背上，然后绑好背带和腰带，一个爱的巢窠就营造好了。婴儿安坐其中，妈妈也洒脱了许多，即刻，咿咿呀呀的童音撒得满街皆是。在集市和小店铺里，常见这些“袋鼠”妈妈，一边忙前忙后料理生意，一边摇曳逗弄背篼里的婴儿，使整个摊点和店铺都洋溢着母性的温馨。

下午去温泉山庄游泳。不知是萨雷有意安排，还是小范真的有事，去游泳馆只有他们师徒二人。说实在的，六七天来，先是桂老师在车上的讳莫如深和处处设防，接下来是神神秘秘的考察，师生俩根本没有单独亲热的机会，这让司令俊男着实有点难受。这下好了，没有第三者，而且是游泳，那该有多么浪漫呀！此时他的情欲比钱欲强盛迫切得多。在他看来，人对发财的渴望只是想想而已，正如他以前认为想纯粹是想的享受那样，真正要实现起来除了机遇外还有个时间问题，这就是后来萨雷一再给他灌输的持久性；而情欲就不同了，那是很实际、很物质、很即兴的东西，来得就容易多了。这些东西对他来说，不啻囊中探物似的举手之劳吗？至于桂老师，他猜想，她一定也有这样的渴望。她这几天的矜持和回避，只是为了某种利益而装出来的，其实她内心比自己更焦灼。他能看出这一点。再说了，男女之间的关系，不一定都非床第之事不可，两情相悦、亲亲热热在一起说说笑笑，也是很好的享受嘛！

温泉山庄距城区不远，坐公交车只半个多小时路程。山庄座落在三座小山的山岔里，不只是一个两个，从车窗看去到处都是白墙蓝顶的建筑，像漫山遍野丛生的蘑菇。桂老师告诉他，这里地热资源很丰富，外埠和本地企业纷纷投资开发，已建成的别墅、疗养院、汤浴馆、沐浴城、游泳馆多得很。正说着车到站了，他们走进一家规模很大的游泳馆。剪了票，桂老师从小兜里掏出一个纸包塞给他。他打开一看，原是一件比基尼泳衣。比基尼！这个不止一次艳遇的尤物，立即勾起他的回忆，不禁又找回当年器械室里的感觉。他期待后边的安排，心想如果有一个单间休息室，那就更完美了。但没有下文，却见桂老师把他领到男更衣室，说了句“记好把裤衩洗了”，就一把将他推了进去。等他从更衣室出来时，桂老师已在泳池里游了好一阵子。

泳池很大，分为浅水区和深水区。此时桂老师正在深水区练习水上花样。她过去练过一段时间，只是业余爱好，动作很生疏，现在再练时更不得要领，连连失手，但仍吸引来许多人看稀奇。司令俊男穿着比基尼泳装，使本来高大的身材更显得魁伟挺拔。他站在深水区，水已淹到了脖颈。他不会游泳，小时候在村子涝池只是瞎扑腾钻燕窝。他不怕丢丑，就钻了个燕窝。他在水下呆了近两分钟，才憋着气露出水面，头发像比基尼一样紧贴着头颅，水唰唰往下流。他敏捷地举起双手，从头顶到面颊捋了几遍，这才坐在水下台阶观赏桂老师的表演。只见她一会儿两腿凌空如仙鹤展翅，一会儿双臂造型若芙蓉出水。特别是四肢微蜷作柔姿仰泳时，那被比基尼箍得紧绷绷的乳房，在水面划出一个个紊乱的弧影。她很投入，也很张扬，似乎还有一点宣泄的成分，像要超越什么又要解脱什么似的，充盈着一种傻乎乎虔诚率真的情绪。他没有干扰她。大约十几分钟过后，她猛然跃出水面，作了个喜儿痛斥黄世仁的瞬间芭蕾动作，几乎使所有人都尖声惊叫起来。啊！太美了，太刺激了！瞧那S型线条，瞧那比基尼渗透出的性感，怎能不令人激动啊！？司令俊男完全被她的柔姿和性感所迷惑，忘情地鼓起掌来。这时她才发现他，随之敛起姿势，在空中作了个浅浅的飞吻，倏的一下，滑到他面前。

“我还不知你会水上花样，真是棒极了！”他接过她划来的手臂。

“你学不，我教你。”她划进他的臂弯，不待聚拢，又鱼似的游走了。

“我想去浅水区泡一泡。”

“你那么高，浅水不好。”

“那你练吧，我就在这泡。”

“你不高兴？”她复又拢来，抓住他的手，向前一拽，“来，我教你，玩呢嘛！”

他木偶似的任由她指拨摆弄。她教了几个与体操相似的动作，他还是找不到感觉，四肢和躯干轻飘得没一点劲儿。他脚下突然一滑，喝了几口水，忙趁势抱住她的腰。他差点晕了，触电似的把她裹得更紧。他感觉到了，她的下身是那么灼热，嘴唇在微微颤动，全身释放着无限渴望。她闭着眼，像死一般，只有身体还在抽搐，激荡得涟漪急速扩散。这感觉只维系了二三十秒，她便醒悟过来，恢复了常态。而他的双手仍紧紧抓着她的乳房，像猴子在水中捞起两个月亮。她终于挣脱他的嵌制，一头扎入水中，忽上忽下，忽左忽右，疯狂地舒展四肢和扭摆腰臀，延续着尚未消退的抽搐。水可以蒙蔽人的眼睛，却掩盖不了他们的欲望。他们就这样以水为介质，像一对热恋的海豚，一会儿卿卿我我，一会儿相依相偎，用那些谁也理解不了的动作和气息，传达着各自的爱慕和渴望。人们都以传神的目光羡慕和赞美他们，这是一对多么快乐和幸福的情侣啊！

在回去的路上，桂老师让司令俊男晚上到她屋子来。她说那两个女子是借的房配，下午就走了，晚上只她一人在屋子。回家后桂老师亲自下厨做饭。三哥不在。小范忙去帮厨。屋里只有司令俊男和老韩。老韩刚回来，两人还不认识。互相介绍后便闲谝起来。他问他，当局长好好的，为什么也来干这事？老韩摇摇头，无奈地说是被朋友骗来的嘛。怎么是骗来的呢？他说交了几万元，至今不知交给谁了。司令俊男轻愣一声，怎么会这样呢，不就是玉莹公司吗？在深圳呀！他咳了声，说谁知道呢，不说咧。老韩叹着气，连忙转身闭上门，复又压低声音，要他别和他说话，他是个动摇分子，领导戒备得很。司令俊男忙问他这几天干啥去了？他说老萨怕他影响新人，让他借住别的地方去了。司令俊男又问他觉得这事怎样？他说，按理中央颁布了直销条例，这事就该正大光明，但他们总是偷偷摸摸、鬼鬼祟祟的。更令人不解的是闭口不提直销和直销条例。他问他有没有直销条例。老韩从枕头下摸出一本书，递给他，再三叮咛不要让人知道，只能偷偷看。司令俊男刚把书藏在被子下，这时门嗵的一声被踹开。桂老师闯进来，气冲冲地朝老韩喊，老韩老韩开饭了，快去吃饭，你胡说些啥嘛！

晚饭吃得不痛快。三哥听桂老师说了老韩的事，心里窝着一肚子火，不住地用眼瞪他，用话损他。老韩脾气好，只是闷头吃饭，没吱声。桂老师更生他的气，这个老韩，怎么能说出那种话呢？这不是拆墙脚吗？真是的，老顽固，动摇分子！她越想越生气，自然话少了，吃饭也少了。她的情绪立即感染了司令俊男，他也很少说话，饭菜到口里如同嚼蜡。只有小范无事一般，一边给嘴里拨拉饭，一边挤眼窃笑。

饭后老韩无趣地出去了。三哥和桂老师来到司令俊男屋子，他们要及时消除老韩的影响，所以必须立即跟进。谈论的主题是投资去向，即玉莹公司到底是怎样一个公司，具不具法人资格。司令俊男的观点是，只要公司具有法人资格，这事就能干，到时候出了问题也知道该找谁。如果公司不具有法人资格，这事就不可靠。三哥说玉莹公司有名有姓，是著名的意大利独资企业。司令俊男不依，问他，不是要保护民族工业吗，却为什么与外国企业合作专卖他们的产品？三哥说这是国家试点项目，上边怎么决策就怎么干，管那么多干啥？桂老师也一边插话，说“业务洽谈”说得明明白白，没搞清楚就别乱说。司令俊男把头一摆，提高嗓门说，别提那“业务洽谈”了！这么大的业务，这么多的人，仅凭几张白纸，而且连红坨坨也没有，就可瞒天过海？真是太拙劣了，连街上的骗子都不如，骗子骗人还伪造个公章呢！桂老师没想到他如此傲慢无理，顿时气急败坏，大声斥责，说正是如今骗子太多，才不盖公章，盖了公章反而让人怀疑是假的！司令俊男声音更大，简直就是质问，说这不是因噎废食、杯弓蛇影么？怎么能因为假的多了，真的反而成为缩头乌龟？！

三个人说着说着就争辩起来，到后来竟发展成争吵，声音大得街上人都能听见。司令俊男并不相让，大声质问，再说了，既是国家试点，请把文件或报纸拿出来，哪怕只有几个字腿腿，也可说服人嘛！三哥也来了气，像喝醉酒，声音如雷贯耳，他讥讽他不自量力，中央文件是能随便看的吗？文件在公司老总手里，可惜级别太低看不到。司令俊男说，关系群众利益，每个老百姓都有知情权。桂老师显得很蛮横，说这个行业就这么特别，不该问的别问，不该知道的别知道，这是纪律！司令俊男无奈地叹息，说公司连个红坨坨都没有，谁信？三哥斥他怎么又提公章的事？温总理出门办事不带公章，照样令行禁止！司令俊男兴头又起，说，但温总理代表国务院，国务院门前还挂着牌牌哩！玉莹公司牌牌在哪？三哥噎住了，待会儿缓和口气说，谁想干就干，不想干打道回府，这就是文件精神！司令俊男苦笑一下，戏谑地说，这还差不多，说了实话，道理上也讲得通。这怕是三哥思想吧？三哥嘿嘿笑着没回答。司令俊男也嘿嘿笑着，但心里却一直纳闷。听听那些论调，太离谱了，前矛后盾，让人如堕五里雾中。

司令俊男感到很茫然，好不容易从电脑网络解脱出来，想不到又陷入另一个扑朔迷离的网络世界。通过这些天的观察体验，他发现这个网络世界比那个网络世界更虚幻复杂，充满着矛盾、斗争、险象、欲望、诱惑和刺激。人一旦被这些东西掳掠，就会失去自我，自觉不自觉地被一股无形力量裹胁着走入歧途。明知是陷阱，却要硬着头皮去跳；明知是谬论，却不愿也不想去戳穿。大家都面面相觑，你看着我，我看着你，人云亦云地朝着一个死胡同里挤。司令俊男此时就处于这一心理状态。他像儿子玩电脑游戏和自己上网聊天一样，昏昏噩噩、痴痴迷迷地怎么也摸不着北。

第七章 神秘编码和“喽啰诗”

CHAPTER 7

司令俊男要申购了！

这个喜讯立即传遍萨雷全家，也就是他的那个体系。

三哥首先以功臣自居，因为正是他的没有思想的“三哥思想”挽救了这个败局，使司令俊男最终心甘情愿地认可了，同时他的“三哥思想”也在全网络广为传播。

下来是桂平筠，她终于松了口气，终于有了自己的第一条腿。那天晚上争吵过后，大家不欢而散，使原先的幽会彻底泡汤。司令俊男没去找她，她也没心思叫他和等他。她给萨雷打电话，情绪很低落，对老韩更是耿耿于怀。萨雷说不要怕，要沉住气。这也许是件好事，爱争辩、爱发火的人，往往更容易接受和认可。他还开玩笑暗示，说她不是与他有过暧昧关系吗？该出手时就出手，一定要把握时机，不能功亏一篑。他最后劝她放心睡个好觉，等明天他再和他谈一次。他说他的直觉告诉他，司令俊男很快就会认可，搞定拿下不会有多大问题。果然两天后，当师生俩在千里之外完成一次天地之合后，他终于认可了，接受了，她的心也算从半空中掉下来了！

再就是萨雷，他虽然说保险系数很大，但实际内心也很空虚，底气不足。他分析，从心理角度看，司令俊男具备外部环境和性格条件，一是离异，二是下岗，三是求富和求爱心切，四是性格外向容易冲动。这些决定着他起码有百分之八十的认可度。但正因为他具备这些特点，所以难度会更大。关键要把握火候，抓住他的人性弱点，步步为营，环环紧扣。如果稍有不慎，一个环节出现失误，使其人性弱点发展膨胀为个性特征，那时连上帝也毫无回天之力。正是处于这些考虑，他才让桂平筠该出手时就出手，他才请俞溟出面施以女性的温柔。他相信人是感情动物，感情能熔化石头，感情也能创造奇迹。曹操没有对关羽大宴小宴款待和感情投入，会有以后的华容道绝处逢生吗？至于什么名讳公章，那就更简单了。既然是做生意，就像改革开放之初一样，那些发财心切的人，三个五个或八九个凑到一起，啥生意赚钱就做啥，还在乎什么名讳和谁都可以随便刻的红坨坨呢？

这里有必要说一下俞溟，她现在是经理，只要管好手下三个分支就可以了，不必插手主任以下的事情。也就是说，她只对萨雷、杜航、白石山三人负责，包括三哥、商映和桂老师在内，都没有直接过问的必要，特别是发展新人。但她也明白，这些网下隔代的业务员，直接影响自己的业绩，关键时候不能撒手不管。所以当萨雷提出要她做司令俊男工作时，她欣然答应了。这是她第一次也是第一个和隔着两代的新人谈话。她没有说多少大道理，她以为大道理对他这样档次的人来说，无疑是此地无银三百两。她只表现出女性的柔情，以真情打动人心，以虔诚获得信赖。这些她都一一做到了，而且做得很好，因为她本身就具有这样的心性气质，做出来便不怎么虚假造作。

那天她约司令俊男共进晚餐，两人灯下双影，对斟对酌，很有些浪漫情调。餐馆叫禾香基，和肯德基差不多，在三楼，紧临主干大街。他们叙说各自的经历，互倾心中的苦闷和彷徨，在一杯杯红葡萄酒的烧灼下点燃起共赴成功之路的火炬。他们的眸子都闪耀着酒一样的亮辉，出了餐馆又进了舞厅，被轻曼乐声和微微醉意怂恿着，已无力驾驭自己，周身滚烫灼热得足以烧毁整个舞厅！

现在该说说司令俊男了。客观地说，促成他最后下定决心的原因有两个，首先是“三哥思想”，实际也可以说是萨雷的灌输法起了作用。起初，司令俊男对萨雷的讪笑和灌输法很反感，经过这段时间观察，才知道那其实是一种很有实用价值的思想工作方法。同时他也很佩服萨雷的耐心和语言表述能力，用自己开始的话说就是他是个笑面虎，是个老奸巨滑的家伙。现在看来这话不无偏颇。试想，在这个官本位和拜金主义的现实中，在这个商场就是战场的激烈残酷的竞争中，不当笑面虎能行吗，不老奸巨滑能行吗？萨雷正是这样一层层拆除了他的心理设防，这就是司令俊男赖以为论的唯一思想依据：三万元和八百万元相比，完全值得一赌，值得一搏啊！再说了，不就是两三个人么，容易得很，不出一月，他管保叫来一大队人马，让那些穷亲戚朋友也和自己一起暴富！

另一方面就是感情因素，桂老师不用说，除了感情之外，她的信誉度更不容置疑。其次就是俞溟，虽然接触时间很短，但她的魅力深深打动了他。他简直不敢相信，一个已届不惑之年的独身女子，至今身上还散发着如此纯情率真的气息，还像少女一样充满着生命活力和无限憧憬。现在，尽管他仍不愿放弃景旎儿，也无意高攀这个所谓的成功女子，但心里总对她有着某种隐约的渴望。如果说这一渴望还是杂乱无章的幻象的话，那么紧接着桂老师的赐予就使他有了一种归宿感。

就在那天晚上，当俞溟坐出租车把他送回西关新村时，桂老师一直在门口等着。她没让他回他屋子，而是领他直接进了自己卧室。多日的禁锢和压抑，使这对旧时的情人同时爆发出爱欲的地震。他们删除一切繁文缛节，直接进入肌肤与肌肤、灵魂与灵魂的交流沟通。粗制滥造的矮床不堪重负，咔嚓咔嚓，接连压坏几块板子。他们无心顾及，索性扯下一条床单，顺势滚到地板上。在一阵山崩地裂的快感中，他们饱尝着脱胎换骨的生命体验，思维变得特别模糊。桂老师说他该拿定主意了。他说是的是该拿定主意了。明天就申购呗。好的明天就申购吧。十份呗。十份就十份，一切听老师安排。桂老师的枕头风，比起俞溟的贴面舞更诱人。许多男人的判断力和意志力，就是这样被淆解殆尽的。司令俊男此刻还能说什么呢？

申购仪式在998司令俊男的屋子举行。按规定俞溟不能在申购会上出现，而只能站在门口附近放风盯梢，目的一是给人造成她不染钱款的印象；二是提高警惕，以免发生事故。据说有的体系申购后，刚出门就被强盗劫洗一空，所以必须加倍小心。

参加申购仪式的人很多，屋子坐不下，许多人都坐在走道里。除了萨雷家的人外，俞溟体系的另外两家杜航和白石山家的人也来了。白石山留一把乱丛丛的长须，光脑袋，形象古怪，像个道士。他是俞溟的小学同学，吉林长白山人，伞下已有五六个业务员，都是东北农民。杜航是俞溟的第一条腿，原在西安一家保险公司当业务经理，他现在伞下已有十几个人，多是直系亲属。俞溟的最后一条腿就是萨雷，他的四条腿分别是萨风、商映、桂平筠和范主动。商映伞下有妻子荚荚和老董两口子。三哥萨风只有老韩一条腿。桂老师即将生出的腿就是司令俊男。小范还没腿，仍是单个司令。

这些人的这些关系，司令俊男自然还不清楚，但感到他们的神情都很庄重严肃，使会场充满了神秘色彩。他和谁也没打招呼，默默地坐在桂老师身旁，目光惶惑地扫视着面前这个特殊场景和人群。方桌旁，坐着两人，一个是讲一沟的裴斐，一个是女的不认识。他们正埋头整理桌上的表格，态度很专注。萨雷独坐一旁，笑面虎的胚胚脸泛着一层亮光。

不大功夫，萨雷站起来宣布申购仪式开始。他首先介绍了裴斐他们两人，原来他俩都是外体系的经理，代表深圳总公司办理申购手续。接着，他让桂老师与司令俊男来到桌前，面向两位经理坐着。在桂老师的引导下，司令俊男把照片、身份证和三万三千五百元递了过去。两位经理问过姓名年龄之类，便分头填写订购单和数钱。经理又问他需要什么产品？他回答要一套西服，一套化妆品。他提前就想好了，西服自己穿，化妆品给景旒儿。他也搞不清楚，自己为什么光想着她，特别是这次出远门后，每每关键时刻心里总是忘不了景旒儿。会场非常安静，只能听见数钱的声音和人们或粗或细的鼻息声。司令俊男努力挺直腰板，但还是觉得很别扭，脑海不时冒出当年和景旒儿在民政处领结婚证，抑或办离婚证那种奇妙的感觉。

好在时间不长，点清钱款、签字画押和量了身材尺寸后，裴斐把钱用报纸一包，装进一个很不起眼的提兜里，这才站起来对填写的表格作了说明。他说从现在起，司令俊男先生就是公司的一名业务员，这些资料将输入公司电脑，并发给他一个相应的营业编码，就可在全国范围内招收自己的业务员。他说订购单一式三份，一份公司存档，一份交生产厂家按单加工，一份留给业务员。但考虑业务员经常搬家，容易丢失，所以这一份暂时由本体系经理保管。另外，现在收的钱，必须二十四小时内打入公司帐户，否则，经办经理就会被开除。他说，大家想想，能干到经理一级，离成功只一步之远，谁会看上这点小钱而丢掉百万富翁的大蛋糕呢？

大家都散去了。司令俊男觉得心里空落落的。刚才突然袭来的一个不祥预感，由于根本没给他留下咨询和申辩的余地，现在已变得混乱不堪。但无论怎么混乱不堪，而"不祥"这两个字眼仍很清晰和执拗地在脑海里盘桓，搅合得他一时心乱如麻，魂不守舍。他趁桂老师不注意，独自偷跑了。他来到喽啰山公园，躺在一块石板上，想好好梳理一下思绪，检验自己的思路是不是出了偏差，哪儿出了偏差，真要出了偏差还有没有挽回的余地？

他想起那场本不该发生的官司。大概与秦二尊分手的头一年，他在古玩市场扑腾了两年，虽赚了五六万，但因涉嫌一个文物案，罚的钱比赚的还多。正在他情绪低落时，表弟芒芒领来一个亲戚，叫张兵，说他承包一段公路改建工程，要买一台挖掘机，想借他几万元，月息二分，借期半年。为了弥补古玩生意的损失，他没多考虑，就借给他三万元。半年后，张兵果然如期连本带利还清了。两个月后，张兵独自来找他，说他又急需一笔钱，希望能再支持他一次。有了第一次信誉，他仍没多考虑，就借给他五万多元。谁料，张兵这次把钱拿走后，几乎在人间蒸发了。后来终于找见人，他却变着戏法推托，今年推明年，明年推后年，一直推了七八年。他实在没法，只好起诉到法院。法官公然向他索贿，他因为交了诉讼费，身上再没钱，就答应过几天给他送来。但就在他“过几天”的当儿，张兵捷足先登，贿赂了法官，合伙设套让他往里钻。张兵说他没钱，愿把挖掘机折价抵消。他说挖掘机能卖十多万，看在当初支持的份上，吃亏就吃亏了！法官装聋卖哑，一不估价，二不算利息，采取“断堆堆”的办法，把挖掘机断给他。那时他正和景旒儿打离婚，整天迷迷糊糊，明知陷阱，还是眼睁睁往里跳，就稀里糊涂地签字了。结果把挖掘机开回去，两万元也卖不掉，连本带利损失了七八万元。直到现在他仍不敢想这事，一想起就悔恨万分，气得浑身直哆嗦。为什么如今骗子这么多，为什么自己总是眼睁得大大的上当受骗呢？

而眼下，不又是一个圈套，自己不又重蹈覆辙了吗？他冷静考虑了一番，那个不祥的预感一下子变得清晰起来。首先是为什么不签合同，只用订购单代替，订购单有法律效力吗？其次是订购单没盖公章，不等于把钱交给一个毫无根底的陌生人了吗？另外，作为唯一法律凭证的订购单，为什么不发给本人，而由收款人的甲方保管，万一出问题拿什么和他们论理呢？这三个问题都是一般常识，连农村卖鸡蛋的老太太都懂，为什么他们全然回避舍弃呢？是疏忽还是有意？……啊！？他一阵惊惧，猛地坐起来，两眼瞪得大大的，只觉得气闷心堵。

啊！骗局，骗局，大大的骗局！他这才徒然猛醒，悔恨至极。他恨自己他妈的真是个事中迷，是个事后诸葛亮！他用拳狠砸胸脯，真想放声大哭一场。天呀，地呀，景旒儿呀！这是为什么啊！他感到从未有过的恐惧。此时再回首前后所见所闻，那奇怪的邀约、那神秘的考察、那水上花样、那宴席、那舞会等等，还有桂老师的讳莫如深、俞溟的柔柔温情、以及萨雷的讪笑、商映的顺口溜、三哥的“三哥思想”……全都充满着诱惑，充满着阴谋。浑头！笨蛋！他不住咒骂自己。三万多元，这是他唯一的积蓄呀，是留给儿子上大学的钱呀！呵呵，他怎么向儿子交代呢，怎么向景旒儿交代呢？他踱来踱去，猛地飞起一脚，将一棵小树狠狠踹折。护林员走过来要罚款，他扔去一张十元，连眼也没眨，趔趄地走了。

司令俊男不知该去哪，该干什么。他踽踽出了公园，顺着大街盲无目的地闲游。半个多小时后，他来到一条步行街，走进一家小酒馆，不要菜，只开了三瓶啤酒，几分钟就喝得精光。走出酒馆，他两眼发瓷，跌跌撞撞地穿过拥挤的摊点。几个身着少数民族服饰的妇女，惊讶地瞧着他掩嘴偷笑。布店门前有许多人正在买被罩，讨价还价的声音不绝于耳。

后来他又来到一家自选商店，门前小广场有一老人拆字算卦。老人身旁蹲着一只猛犬，他一眼就认出那是一只绝好的藏獒。藏獒向他呜呜叫着扑了几下，老人这才抬起头，嘿嘿笑着拉他坐下。原来老人既算卦，又卖药。他看出他心里有事，就一再坚持要给他算一卦。他执拗不过，便不推却，由他为之。他问过生辰八字，看过手纹，然后闭目养神，口中念念有词。须臾，老人睁开双眼，目光烁烁，从一个古老奇特的小木盒拿出一张纸，仔细地叠好，神秘地交给他，再三叮嘱等回去再看。他要掏钱，老人摇摇头，连忙把他推开。听他口音，是关中乡党。

他仍不想回去，在街上转了一圈，大约下午四五点，才在西门内小花园坐下，掏出纸条来看。这是一张黄表纸，上面毛笔楷书几句诗：

爨字本是烧饭锅，宋祖赐给金喽啰；
三十七部排排坐，途中遭劫无着落。
世代怨愤苦求索，得失有无谁少多？
得了失了有了无，贫了富了少了多。

东西两爨怎评说？统筹蒙氏南诏国。
命中喽啰就喽啰，何必金蝉要脱壳！
浊酒一壶心不浊，贵贱祸福谁对错？
贵了贱了福了祸，凭了贱了对了错。

司令俊男看了几遍，也没看出所以然。凭感觉，他认为这是一首宣扬虚无主义的歪诗，是佛教阴阳轮回、福祸相倚的棒喝箴言。但不管怎么说，读了这首诗，他的情绪突然有所好转，先头的怨恨也消除了许多。按他原先想法，回去后非要和桂老师、萨雷大闹一场不可，甚至孤注一掷，把他们的阴谋大白于天下。说来也怪，这首诗就像一杯解酒茶，一下子把自己心中的醉意怨气全都驱散殆尽。他把纸条摺好，装进衣袋，然后悻悻地出了西门。

天色已晚，广场上人慢慢多起来，他没敢逗留，急匆匆地朝回走。路上他已盘算好，回去就给他们提出退款，能退更好，实在不给退，也只好硬着头皮上贼船了。正如瞎瞎大爷所说，“得了失了有了无，贫了富了少了多”，也许世上事情原本如此，是福是祸，是对是错，谁也说不清，随它去了吧！

回到998，几个屋子门全锁着，家里空无一人。他只好在门外百无聊赖地等。走道静悄悄的，靠墙绷着一根铁丝，铁丝上挂着毛巾和几件衣物。他有点憋，好在卫生间和水管在楼梯转角，他随便拿条毛巾，先进厕所撒尿，然后在水管擦洗。他上到走廊正要挂毛巾，突然发现桂老师的裤衩和奶罩。这两件什物立即发生连锁反应，忙摊开毛巾一嗅，果然臊气扑鼻，正是那晚他和她共用的臊布。他一阵恶心，刚要下去再冲洗时，桂老师和范主动回来了。

桂老师抓着楼梯扶手，生气地叫起来："你干什么去了？让大家到处找！真是的，太不象话了！唉吁……"

司令俊男忙遮掩着挂好毛巾，吱唔道："没事，我出去转转。"

"你把桂老师都吓哭了。"范主动一边笑着一边开门。

"严肃点！快给你三舅打电话，就说他回来了。"桂老师说了小范几句，进门后又对司令俊男说："俊男，从今天起，你必须做到两条，一是保持良好心态，二是要听话。这个行业是半军事化，像你这样随随便便、松松垮垮，怎能步入百万富翁行列？"

司令俊男还是觉得一身臊气，摊开双手在脸上擦了擦，对她说："我不想干了，能不能把钱退给我？"

"什么你说什么？"桂老师吃惊地望着他，"为什么？"

"我，我我……"他本想谎称景旒儿要与他复婚，觉得不妥又改了口，"我儿子上学出了点麻烦，我得回去。"

她拉他坐下说："这我理解，人之常情嘛。但必须上够二十堂课、串够二十次体系，才能请假回去。"

"我的意思是儿子离不开我，回去就不来了。"

"你想把三万多元打水漂儿？"

"难道不能退？"

"说得轻巧！我告诉你，从申购时起，那钱就分干分净了，也包括你将分到的六千五百元，就是你下一月的工资。"

"我不要工资，只要把本退了，不然少退一些也行。"

"不行，绝对不可能！你就死了这份心吧！"

正在这时，三哥走进来。他问司令俊男怎么了，干什么去了？司令俊男只是扭头不吭声。等了会儿，桂老师才说他打退堂鼓，不想干了，要回去。三哥故作热情地拉着他，说好呀，真要回去，大家到车站送行，不罔来此一趟么！桂老师又说他要求退钱。三哥摸摸宽下巴，惋惜地说这钱早已分赃搭配完毕，谁也无法挽回。接着他又给他讲了许多革命志士不屈不挠、浴血奋战的事迹和道理。他说方志敏宁把牢底坐穿的意义，国际歌不靠神仙皇帝的精神，毛主席提出把革命进行到底的口号，不都是这个意思吗？还有裴多菲“若为自由故，二者皆可抛”的著名诗句，更值得效法。三哥越讲越上劲，看司令俊男不做声，以为他的说教大见成效，又滔滔不绝地说起来：“其实，裴多菲的诗，最适合司令老弟目前的心情。不就是留恋前妻吗？那完全是井底之蛙！你想想，真要成了数百万富翁，还愁没有伟大的爱情，没有最靓的美女？所以现在，你就要以裴多菲的诗句为座右铭，若为八百万，皇上老子都不念。这才是最好的心态！司令老弟，你说是不是这个道理？”

司令俊男嚯地站起来，咬着牙，双手使劲一摆。三哥以为他要动手打架，便耸起肩，握紧拳，做好迎战姿势。桂老师和小范也慌了手脚，插在中间把俩人隔离起来。而司令俊男全然没有打架的意思，只是向三哥撇了下嘴，哼了声，仄身而过，拉开被子，蒙头睡了。

第八章 桂老师如魔的身世

CHAPTER 8

三哥来到桂老师的屋子。屋里放着两张床，两个床头柜，两把折叠椅。墙上贴着美人头，布置美化得简洁明快。三哥没坐，一边踱步一边思谋，最后摸着下巴说，现在对司令一要继续跟进，稳住他好好学习；二要断其后路，让他死心塌地安下心来；三要感情笼络，使他有亲近感，不然那毛糙脾气最易发作，到时局面将不好收拾。桂平筠说一三条都好办，就是第二条断其后路，怎么断？三哥瞥她一眼，说她和他过去有暧昧关系，干脆现在把结婚证领了，作一对合法夫妻。桂平筠断然摇头，说不可能，一是年龄相差大，二是她还等她爱人，就是他死在国外，还有女儿呢。那么，三哥又摸着大下巴说，那么得另给他介绍一个，把他的心拴住。桂平筠歪着头，笑说，不是有现成的吗？别操心了！谁，谁是现成的？俞溟，俞经理呀！凭啥这么说？人家都私下幽会了呢。那是谈工作嘛！真是土豹子！也不动脑筋想想，谈工作能谈到晚上十一点多？嘿嘿，不过，他说，这还真是个好事哩！三哥摸着下巴，偷笑说，应该加加温，促成此事呀！桂平筠说但愿如此。三哥笑着问她会不会吃醋？她说她只要他这条腿，现已申购，至于其它事，与她无关，她吃什么醋呢？三哥乐了，说必须给萨雷提个醒，要他从中撮合，把这事办成，也是成人之美么！说着就自个出门找他哥萨雷去了。

萨风走后，桂平筠本想看看《羊皮卷》，刚翻到“成功誓言”，只看了几行就看不进去了。她合上书，试图背诵，但同样只背了一段，也背不下去了。她感到惊讶，为什么老走神呢？是这几天太忙没看没背的缘故，还是安了条腿，思想松懈了？她现在懒得连这个问题也不愿思考，只想好好睡觉。但一看手机才八点，时间还早，就躺在床上胡思乱想起来。

桂平筠原来说她不愿回顾往事，那完全是假的，是装出来的。因为她的确经历曲折，苦难深重，所以才不堪回首。说起来她也是高干子女，父亲原是某军队院校副院长，按军衔应为少将，母亲是某大学副教授。可惜父亲站错队，属于“四人帮”线上的人物。当得知“四人帮”被粉碎后沮丧到了极点，未等组织采取措施，他就在办公室服毒自杀了。死口无对，许多是他不是他的责任，都落在他身上，他的罪恶罄竹难书。母亲因此受到牵连，积怨成疾，不久病故。那时她才七八岁，哥哥也只读小学六年级。他和哥哥先从部队搬到学院，后又从学院搬到平民区，哥哥从此辍学，挑起养家糊口的重担。哥哥后来当了建筑工人，一次从脚手架摔下来，送到医院当天就随父母走了。她哭了整整三天三夜，直哭得死去活来。后来她被姑姑收养，读完高中课程，高考成绩很差。多亏姑姑托人帮忙，她才通过关系考入体育学院。

家庭不幸和被人唾弃的感觉，一直伴随她的青少年时代，这就给她性格注入争胜好强、万事不求人的特质。她要凭自己能力干出成绩，要让社会承认自己，也要使自己融入社会。在体院时，她的学习成绩一直很好，运动水平也很拔尖，如果不是比赛场上两次失误，她肯定会进入国家体操队。正是这两次失误，才将她定位于县体委和后来的市职校。在县体委三年，她结过婚，但不久丈夫就抛弃了她，原因是身份地位相差悬殊。现在回想起来，她在职校对司令俊男的爱恋，一半是处于真情，一半是对前夫炫耀和报复。她第二次结婚是职校之后，丈夫是高校一名讲师，比她大八岁。夫妻生活十年，有一女儿。当女儿九岁时，他不知怎么知道了职校的事情，两人感情出现裂痕，直到他带着女儿出国，七八年音信全无。这种家庭悲剧使她的承受力到了极限，感情和性格也开始出现偏差。

争胜好强的她不甘心爱情与婚姻的失败，继而又在事业上疯狂地闯荡拼搏。这一重大转变从心理角度分析，一是为了转移和化解内心痛苦，二是要用成功和财富证明自己的价值。她当时并未意识到这些，完全处于混混沌沌和懵懵懂懂的随意冲动，以至发展到后来的精神障碍，才有了上面心理医生的话。她觉得他说的话很正确，她以后走过的道路也说明这一点。直到今天，她一想起过去，实在羞于启齿。她前前后后办过体操学校、开过饭馆、炒过股、经营过美容院，吃尽酸辣苦甜，受尽千辛万苦，有成有败，有赔有赚。后来要不是参加传销，或许她还可以过一个衣食无忧、潇洒自由的日子。但自从入了传销的门，完全打乱生活，身不由己地被引诱裹挟着走向苦难的深渊，走向人生的穷途末路。

那是在湖南某市，她被青岛一位亲戚以举办体操大赛名义骗去，去了就别想脱身。那里的环境气氛，充满着白色恐怖，使人整天处于高度戒备和惶惶不可终日的状态。他们实行的是高压管理，除了跟踪盯梢、限制自由外，谁不听话或反叛就会遭到毒打。当然她是特别受优待者，主要是她的美丽，再加上那位亲戚的关系，所以没受多少磨难。但她忍受不了那种环境气氛。更让她不能接受的是，一个价值三百多元的摇摆机，经过层层加价，到了下层竟高达两千多元。这不是太坑人了吗？但他们有许多高深的理论和不同凡响的教育方法，把欺骗说成善意谎言，把发展网络说成世界潮流，把拉人头说成人力资源，把违法说成反传统，把六亲不认说成是成功的垫脚石……人们就这样在不知不觉中得以洗脑，那些匪夷所思的理论便从此顺理成章，实践起来自然也就心安理得了。为了捞回本钱，为了实现虚拟的成功，一层逼着一层去骗人，去发展下线，以此壮大自己的网络,获得更大利益。有的时候也不用逼，处于那一身份地位和环境形势，人性本能就会激发大家不得不想法子去干不愿干又不能不干的事。

那时她已离开那座令人痛心疾首的西北古城，是从老家青岛来湖南的。她正是以那种顺理成章的理论，试图让老家的亲戚朋友也暴富起来。她编织了许多所谓的善意谎言，只两三个月就叫来十余人，而且在她鹦鹉学舌似的说教下，他们一个个很快就加入了。她已经升到B级，即将成功的喜悦使她感到很满足。但不久就发现，她的下线发展很慢，有的一年多还在原地踏步。他们多是下岗工人和农民，不但血本无还，也没其它经济来源。生活就这么滑稽和奇妙，她用从他们身上骗来的钱不得不把他们供养起来。时间一长，没发展新人，没提成收入，大家坐吃山空，她和他们都无法承受了。

事情最先从小徽开始。他是她堂侄，来了两个月，眼看无利可图，就要翻把，逼着上线退款。他的上线是她大表姐夫，也就是小徽的大表姨夫。大表姐夫家里情况更不妙，孩子上大学，大表姐患乳腺癌，处处急需用钱。大表姐夫处于无奈，也找他的上线要退款。他的上线就是自己的下线，也就是她的三表妹的大表姐夫的小姨子。而这时三表妹的其他下线也正和她闹事，她就找她的上线表姐来讨要对策。但就在这时，小徽和大表姨夫打起来。他长得高大雄壮，一砖下去，就把大表姨夫砸倒在地，还没送到医院就断气了。她当即昏厥过去，醒来后咬牙支撑着跑回来料理后事。她连夜把大表姐夫尸体运回老家，匆匆葬埋后，给了大表姐两万元，又返回湖南处理堂侄的事。虽然大表姐答应不起诉，但因属刑事案，小徽得到法律惩罚，判刑十一年。前后三四个月，出了这么多事，不但花光传销挣的钱，而且把原先积攒的钱也搭进去了。更让她感到恐惧的是，接连发生的悲剧和欠下这么多良心债，使她的灵魂永不安宁。

就在此时，其他下线的人也到处找她闹事，吓得她整天东藏西躲。而且，从行业内部传来消息，整个湖南全省传销人员和家属串通一起，要在省会长沙举行大规模集会游行。上边已发了通知，凡B级人员必须严格管好本体系，阻止下线人员外出，更不允许参与游行。但当时传销已成为天恼人怨的过街老鼠，根本没人再理那一套，纷纷冲出重围，从四面八方会聚长沙。那天她也去了，她觉得自己不去对不起大表姐夫，也对不起侄子和其他父老乡亲。她必须向政府表明态度，向被自己蛊惑的受害者谢罪和赎罪。早晨七八点，长沙市各主干大道万头攒动，人流如潮，人们打着写有“坚决要求政府取缔传销”、“传销传销，害群之马”、“向传销讨还血债”的标语和横幅，浩浩荡荡地向市政府涌去。中午十一点，人越来越多，据后来官方披露和媒体报道，当时号称十万大军，道路堵塞，交通瘫痪，政府大院被团团包围。人们这里一圈，那里一堆，有的散发传单，有的发表演说，都用自己的遭遇和血泪控诉传销的罪恶。她没有抛头露面，更不敢发表演说，只夹杂在陌生人中间偷偷为他们助威。

有一个年轻女子哭天喊地，向人们痛说她的遭遇。她说她女婿把给他弟弟结婚的两万元全部拿来搞传销，买的摇摆机没人要，放得生了锈。弟弟无钱结婚，媳妇告吹，一时气得昏头，跑来和他哥算账，弟兄俩打得昏天黑地。他哥把弟弟打成了脑震荡，弟弟打坏他哥的一条腿，现在两人都在医院躺着呢！她说她是瞒着公公来长沙的，没敢把这事告诉他，不然又要搭上老人家一条命……

她还没说完，一位大娘号啕大哭起来。她像农村妇女哭丧那样，一边悲愤地哭着，一边有节奏地向人诉说。她说她儿子搞了一年传销，把家里搞得鸡飞狗跳墙。先是把车卖了，后来把奶牛也卖了，气得他爸躺在床上干瞪眼没钱治病。媳妇到湖南来找，他却像中了魔，动手打她。媳妇一时糊涂，跳楼摔死了。媳妇尸首送回的那晚，他爸也活活气死了……老天爷呀！这是遭了哪辈子孽呀？凭啥这般摧杀人呀？……

真是字字血、声声泪，一次次拷打着桂平筠的灵魂。她流着泪，偷偷离开现场，又偷偷返回驻地。她草草收拾完行李，惊慌失措地逃走了。她没回青岛，又逃往大西北，蛰居于那座令她同样不堪回首的秦州古城。也许是为了逃避，也许是为了寻找新的出路，当她接到萨雷电话，没做任何考虑，就急急匆匆来到西南边陲这个叫爨城的地方。

萨雷是她第一个丈夫的战友，她只见过几面，当时印象很好，所以对他没有一点怀疑，也寄予很大希望。她想东山再起，一切从零开始，一定要把事干成，挣更多的钱，以弥补那些穷乡亲们的损失……

想到这里，她突然觉得身上像爬满了虱子，痒痒麻麻，浑身不自在。她擦了把泪，翻转一下身体，刚要继续想下去时，手机响了。

萨雷在电话里说："平筠，老三已给我说了情况。司令的反复很正常，你不要怕。问题是你得加强警戒，搞好深度跟进。记住必须时时跟进，处处跟进，不能有丝毫疏忽大意。另外我已联系好了，明天去圣诞新村十四楼333号，把这家伙打击一下，效果肯定不错。龚大宽你可能还不认识，他有这方面的天才，任何桀傲不驯的家伙，在他手下都变得乖乖爽爽。记住时间，上午九点半。"

桂平筠一直没说话，只是不住呃呃地应诺。末了，她关掉手机，从床上爬起来，走出屋子。她推推司令俊男屋子的门，门关着。她又贴耳在门上听，终于听见熟悉的鼾声，又轻手轻脚地回到自己卧室。她给盆子倒了些热水，洗洗脸，泡泡脚，然后脱衣钻进被窝。她仍不能入睡，前后左右把被筒团了又团，这才安静下来，又接着先头的思路继续想下去。

那天，当萨雷接她来到这个叫爨城的地方，当她跟着他走进998时，她脑海立即出现湖南的情景。她一时震怒，把正吃的一个雪糕朝他脸上狠狠摔去，扭转身就走。萨雷一把拉住她，硬把她按坐在沙发里。萨雷喋喋不休地给她讲大道理，什么国家试点啦、短平快项目啦、与传销本质不同啦等等，而她却神经质似的抱着头只是不听。她后悔极了，也恐慌极了，真想不到刚脱离虎口，怎么又掉进狼窝里呀！而这时萨雷笑面虎的脸一直没有松懈。他对她说："不说大道理了，但你不能不正视现实，不能不考虑你目前的处境。就说你大表姐夫吧，你的区区两万元，能买他的一条命？再说你侄子小徽，十一年铁窗生活啊！他的青春和前途就这样白白葬送了？还有你三表妹和其他乡亲，他们仍到处找你，要和你算帐，要讨回损失。这一切，难道你能推脱掉逃跑得了吗？正因为这些，你更应该破釜沉舟，背水一战，在这里挣更多的钱，以弥补他们的损失，彻底根除你心头这块肿瘤！"

萨雷这番话打动她的心，她勉强留下来，不久便加入了。说真的，她太佩服萨雷了！他像福尔摩斯一样能想方设法收集各种情报，又善于对情报进行全方位多视角的分析推论，所以常把一些不可能的事变成可能，把一些几乎遗忘的关系挖掘出来使其重放光芒。他只来了八九个月，就发展四条腿，不但命中率百分之百，而且比规定还多一人，这在全行业是绝无仅有的。更令人刮目相看的是，他轻而易举地给情人尹杭杭也补了两条腿。时至今日，她也没搞清当初他是怎么知道她电话的，又是怎么知道她在湖南情况的，而且掌握得那么全面仔细？她所以最终被他搞定拿下并一步步走到今天，正是他抓住自己对乡亲们深度愧疚又急于弥补的心理弱点啊！

从此后她心里便有了一个明确目标，这就是快发展下线，挣更多的钱，以弥补和安抚那些受害的亲戚朋友。她完全接受了行业理论，认为这的确是一个好机会，是改变自己窘境的唯一出路。她为自己前途编织了美丽的花环，从一个噩梦进入另一个锦绣般的美梦。为了实现这一美梦，她一切从严要求，无论生活还是学习，也无论感情还是纪律，她都像修女一样约束和禁锢自己。半年多了，她完全遗忘了性欲，对偶尔遽来的微妙感觉，也会千方百计压抑和包裹起来。她甚至不愿与男性接触，实在回避不了的，她也不热不冷，始终保持一定距离。她深知情欲是一坛烈酒，可以麻痹人的神经，怂恿人的欲望。只有封住情欲的酒坛，才能确保万无一失，特别在这个行业和自己当前的境遇下，任何花心情事都万万使不得。

与此同时，她又痴迷忘我地学习业务，除了那两本行走不离的书外，她把三四万字的教材一字不漏地手抄三遍，一有时间就阅读背诵。按规定，每天早晨六点半起床，七点学习，七点半吃饭。开始大家还能遵守，慢慢地，萨雷总是有事顾不上，三哥不是上厕所就是去锻炼，小范睡着叫不起，老韩公然反对“天天读”，全家只剩下她一人。但她依然坚持到底，雷打不动。连锁销售的操作法则和传销大同小异，所以她的理论水平提高很快，而且善于把二者巧妙地结合起来，许多资深经理也自愧弗如，抢着请她带人、搞房配。虽然她还没资格沟通和做大鼓之类工作，但她在几次全体系会上作的实话实说却引起很大轰动。她珠泪滂沱，娓娓而谈，用亲身经历控诉传销的罪行，大赞特赞连锁销售的好处和带给她的美好希望。

虽然如此，私下她又不得不冷静思考。是的，必须接受传销的经验教训，不能发展亲属和知已朋友，要打擦边球，注重边缘化，应首先发展那些认识而又不相知、亲密而又无亲缘的人。司令俊男就属于后一种，实践也证明这个邀约目标选对了。正因为她有这一主导思想，所以她的下线发展很慢。半年多了只发展一条腿，按这一速度，要成为高级业务员，不知要等到什么时候呢？……

这样想着，想着，她就不知不觉睡着了。

第九章 《羊皮卷》和"天天读"

CHAPTER 9

早晨起床后，桂平筠先熬稀饭馏馍，然后和往常一样，一个一个叫人学习。老韩仍借住在外没回来，三哥不见人影，只有小范看在新人面上才磨磨蹭蹭来了。司令俊男昨晚和三哥争吵后，一直没睡着，越想越骂自己是笨蛋傻帽，被他们要了骗了。后来把算卦老人的诗读了几遍，心里才有所缓冲。所以他没说什么，洗漱完毕，就跟着来了。桂老师给他一本《羊皮卷》、一个笔记本、一个小电话本、一支圆珠笔和她手抄的学习资料，要他从今天开始抄资料，必须二十天抄完，一个月熟记，三个月能背，并要融会贯通。她还强调，这些东西是她给他买的，以后他来了新人也一样，这是行业制度，要一层层复制。说完开场白就开始学习。

三个人两个听众，但桂平筠俨然一位学者姿态，朗读很认真，很有激情，一嘴流畅的普通话比在职校时更委婉动听。她读的是《羊皮卷》，读时偶然夹杂一些自己的理解体会，言简意赅，语气和用词都很到位。读了一会儿，她突然想起锅上的饭和馍，就让小范快去看看。小范一去再没回来，学习只剩下师徒二人。两个人怎么了，一个人也要坚持到底！她心里想，别人她不强迫，但对自己的腿，一切按行业制度办事，不然怎么复制后边的人呢?

吃过早饭，司令俊男独自在屋子看资料。他不想抄，想先看一遍再说。这些资料分两大部分，一是素质教育，一是操作教育。其中许多提法和名词过去都没听过，有的虽然这几天才听说，但那只是皮毛，似懂非懂，而这些资料却讲得非常翔实具体。他看了一会，突然纳闷，这么系统繁多的教材，为什么不打印而要人手抄呢？真是稀奇古怪，这个行业他妈的真是神秘莫测。

还不到九点，桂老师就带他去串体系。去的地方叫圣诞新村，规模很大，有几十栋住宅楼，布局造型和西关新村差不多。在标着333的三楼上，一位姓龚的男士接待了他们。串体系和沟通的形式一样，包括坐序、坐姿、水杯等完全相同。老龚是一位很健谈而又绝对武断的家伙，只让了杯水，寒暄几句，就滔滔不绝地高谈阔论起来，从辛亥革命到共产党诞生，从北伐战争到红军长征，从八年抗战到全国解放，从文化革命到改革开放……直讲得窗子玻璃贼亮贼亮，阳光在屋里杲杲飞翔。最后的落脚点只有三个字：反传统。他还一再解释说，所谓反传统就是与主流社会相左，就是走钢丝，就是顶风船，就是钻法律的空子和打擦边球。不如此就别想取得高额回报，就别想成为百万富翁。他说，翻开社会发展史看一看，人类每一步进化和发展无不是反传统的结果。司令俊男不得不佩服他超强的记忆和语言表达能力。他讲话无论史实还是典故，无论信息还是情报，其速度和密度都是空前绝后的，根本不给人留下思考的时间和提问的空间。

也就在这时，当老龚喝水的瞬间，他终于抓住机会，急忙插话问道：“但龚先生，不管怎么说，我还是不明白，我们认购时交的钱，总得让公司给条子上盖个公章，总得让自己保存这唯一凭证呀！而现在连这些民间法律常识都办不到，恐怕就不只是钻法律空子的问题吧？”

老龚并不着急，浓黑的眉毛动了动，盯着对方，好像为了弥补刚才的缺失似的，以更高的速度和密度夸夸其谈起来。他说他这个问题提得好，也是其他新人共有的思想包袱。其实说起来很简单。他自问自答，如今社会上什么人最多？骗子最多。什么东西最多？假的东西最多。就说假的东西吧，什么假烟、假酒、假药、假钱、假户口、假离婚、假文凭、假执照、假农药、假种子、假子宫膜、假火车票、假招商引资……连人也有假的，什么假教授、假高干、假记者、假处女、假夫妻、假老总、假公安，假老外、假华侨，等等等等。这么多假货假人漫天飞，难道就没有假公司、假公章吗？正是不与这些假的为伍，所以玉莹公司才不要也不用公章。这正是它的与众不同之处，也是本行业反传统的具体表现。至于为什么不让本人保管订购单，那都是皮毛之事，不足挂齿。只要把前边的大目标确定了，其它问题就迎刃而解。正如古人所说，皮之不存，毛之焉附？好啦，时间已到，就不多赘言了。对不起，以后有机会再见！

司令俊男把头一摆，气冲冲地径自走了。桂平筠讨个没趣，赶忙追上去。刚一下楼，司令俊男恼火地骂起来：“他妈的啥玩意嘛！什么大道理，什么反传统？纯粹是狗皮膏药，纯粹是邪教洗脑！谁安排的这鸟串体系？再这样灌米汤，老子就回家不干了！”

桂平筠没见过他发这么大脾气，更想不到他竟敢这样对自己说话，便针锋相对地说：“这是组织安排的，你给谁发脾气？动不动不干了，不干了就回去。你前边走，我后边跟，都去过那穷日子，这就心安理得了？”

司令俊男瞪着桂老师说：“我郑重声明，以后再安排这样的节目，我真的撒手不干了！本人说到做到！”

不等桂老师开口，司令俊男把头一摆，气呼呼地走了。

晚上又有宴请。傍晚时分，先是桂老师通知司令俊男，没想到他一口回绝。后来萨雷亲自请他，他还是不去。萨雷解释说，又有一批人升经理，实在推脱不掉，只好应酬。去去也好，多认识一些人，多交一些朋友。一个篱笆三个桩，一个好汉三个帮。这个行业的最大特点就是人帮人。谁本事再大，要单枪匹马，那可是寸步难行啊！司令俊男说他真的头痛，去不成。萨雷就要送他去诊所。司令俊男被逼到三角旮旯，索性以邪对邪，扔下他不管不顾地走了。萨雷一看这架势，便给老韩打手机，要他立即赶来陪司令去逛。过了一会，只见老韩从巷口向这里走来，萨雷给他交代一番，转身走了。

老韩老远看见司令俊男朝后山走去，便加快步子跟在后边。快要赶上时，他却回过头，发现老韩，就站着等。老韩为人忠厚，不会伪装说谎，更不会打官腔卖关子，所以表情很不自然，举止别扭，只怕对方怀疑他跟踪盯梢。

司令俊男迎着他喊：“老韩，你咋没去赴宴？”

老韩有些不好意思：“我嘛，老落后，上不了席面。”

“以后我就成你的伴儿了。”

“哪能呢，你年轻，又是名人，比我强。”

两人继续向山上走去。其实这算不了山，只是一个很大的土丘。山上葱茏蓊郁，一条石子路直通顶端。半坡有一条水渠，渠堤用混凝土浇注，两旁林木参天。他们离开石子路，顺着渠堤朝前走。

司令俊男诚恳地说：“我感觉咱俩能说得来。”

老韩看他一眼，苦笑说：“新人都能和我说得来，但时间一长，人家就瞧不起我了。”

“为什么？”

“人往高处走，水往低处流，谁愿理我这老落后？”

“我觉得你的观念一点也不落后呀！”

“不说这了。”老韩转变话题，“你怎么没去赴宴？”

“我觉得太庸俗，不就是摆架势刺激人的胃口嘛！”

“嘿嘿，你的看法很尖锐。”老韩笑着，笑得苦涩而诡谑。

“我把你的书基本看完了，越看心里越虚。既然国家颁布了直销条例，为什么他们还要极力封闭和回避呢？”

“我也和你一样迷惑。哎，都说你听沟时提了一百个问题？”

“哪有那么多，只三条，直到现在没个明确答复。”

“哪三条？”老韩刚问毕，手机响了，他一听，又把手机给了司令俊男。

司令俊男听出俞溟声音，忙解释：“俞大姐，谢谢你的美意。实在对不起，我真的不舒服，想出来散散心……是，是的，我和老韩在一起……那好，好的……再见。”

他把手机还给老韩，接着回答说：“一是公司有没有法人资格，二是订单没有公章，三是为什么不让本人保管订单。”

“问得好，这都是本质问题，当初我也问过，他们只是搪塞。至今我仍心存疑虑，所以他们就叫我老顽固老落后，特别是你那桂老师，整天神经兮兮，像个巫婆。”

“她有些心理变态，我理解。”司令俊男突然想起算卦老人的诗，忙从身上掏出来让他看：“你看看，这诗和那老人肯定有来历。”

“好诗！太有趣了！”老韩看完连连叫好，接着又看了两遍，一边看一边字斟句酌地研究着，“爨是云南古代一个部落，分东爨和西爨，那是唐代的事，后来归统于南诏国。三十七部却是宋代的事，可能搞混淆了。不过这里说了许多为人处事的道理，很值得借鉴。这是哪来的？”

“是一位算卦老人给的，他硬要给我算卦，算后就给了这，也不解释，让我自己悟，你说奇怪不？”

老韩惊叫起来：“他在哪？现在去找！这一定和咱们的事有关。”

“他在步行街摆地摊，现在晚了，恐怕已经回家。”

“那咱俩说好，明天吃罢午饭去步行街。”

“好呀，我正要向他请教呢。”

第二天午饭后，司令俊男蒙过桂老师，偷偷溜出去。一会儿老韩也来了。两人抄近路进了西门，然后走进步行街。正是午休时间，街巷里人不多。来到超市门前小广场，老人和藏獒果然都在。不过他没有算卦，也没有人围着他凑热闹。他在三轮摩托车篷里午休，身旁蹲着藏獒。藏獒一身黑毛，脖颈和脸腮的毛特别长，蹲在那里酷像一只黑狮子。而老人却是一头白发，一捧银须，像一堆雪。一黑一白，透出一股天地玄黄之气。司令俊男要叫他，却被老韩阻止了。就在这时，老人好像根本没睡，自动坐起来，把藏獒吆喝出去，然后用浓重的关中口音请他俩上坐。

这是一顶很古怪的帐篷，好似用一种兽皮制作的，已经很薄很柔软了。帐篷呈长方形，像关中送葬用的棺罩，平顶，前有帘，可升可降。帐内后围正中画着一个八卦太极图，黑白两鱼阴阳互补，盈满闭合。车蓬左右两侧各用毛笔小楷书写了一段文字，大意是说爨字的来历。他俩来不及细读，便坐下来和老人攀谈。

老韩问他："老者今年高寿？"

老人用手指比划着，爽声道："七十三，八十四，阎王叫咱商量事。"

"听你口音是西北人？"

"出皇上的地方，陕西关中。"

"怎么，你也是关中人？咱们还是乡党呢！"

司令俊男插问："你是关中哪县的？"

老人有些激动，说："雍县，祖籍西南边地爨城，可谓返老还乡么。"

老韩接着说："我是周原县的，和雍县连畔种地。不知你老贵姓？"

老人捋捋长胡须道："姓爨名大夏，人称爨大侠，也有叫爨瞎瞎的。"

老韩惊恐地叫起来："啊呀！你就是爨大侠？大名鼎鼎的爨大侠！真是有眼不识金镶玉，失敬了。"

"臭名远扬，不值一提。"

"你过去编的顺口溜，散发的诗传单，我都收集保留着。"

司令俊男忙问："什么顺口溜，什么诗传单？"

老韩看了老人一眼，说："他原是中学历史教师，五八年被划成右派，后来虽然平反，但一直没恢复公职，上访二十多年。他心里愤愤不平，就编顺口溜散传单，都是抨击腐败和品评人世不公的话。其中有几首被美国'世界之音'播出后，全世界各大媒体竞相转发，流传很广。后来国家安全部动用大批人力，在全国查找，查了几个月，终于在雍县查到。一了解，他的情况实在悲惨，就责令当地政府限期解决。不久他就复了职，分了房，补了工资……老人家，你为什么不在雍县安享清福？”

“朽木一根，还要那空房干啥？这就寻根问祖来了。”

“你给我那诗里，说的金喽啰指啥？是金罗汉吧？”司令俊男问。

“说是喽啰就喽啰，何必金蝉要脱壳！”老人不愿明示。

“真的有三十七个金喽啰，真的途中丢失了？”老韩急问。

“得了失了有了无，贫了富了少了多。”他仍神秘地念着。

“你应该给我说明那首诗的意思。”

“贵了贱了福了祸，褒了贬了对了错。”

“我还是不明白。”

“知无！知无！”他站起来朝藏獒喊，大概知无是它的名字，果然藏獒跑了过来。他抚摩爱犬的脊梁，黑白二色格外分明。“不明白就好好悟去，悟是一种精神大道。天地玄黄，庄老牛耳，全在一个悟字。好了，今天我说得太多，犯了出门人大忌。以后有时间再聊吧。”

老人语气断然，毫无余地。两人只好告别，坐在西门小花园闲聊。

“说不定他也和咱一样搞网络，搞不下去了，才靠算卦卖药谋生。”

“不可能，像他这样通达的人，怎会和我们一样上当受骗？不过，这的确是个谜。”

第十章 司令俊男，名字像个日本人

CHAPTER 10

下午上课学习，地址在192，是商映的家。参加的人比那天申购时还多，约有三十多人。很明显多了几个姑娘，现场气氛显得活跃。商映坐在沙发上，抚摸着一个姑娘头，不住地向人炫耀她的聪明美丽。另外两个姑娘在里屋，正和几个小男孩唧唧呱呱地说话。一个东北口音的男子进门刚坐稳，就冲着商映喊："商哥，你家姑娘真漂亮！"

商映眉飞色舞地笑说："我要有这个漂亮姑娘，就不到这挣百万了。"

另有人问："这与百万有啥关系嘛！"

商映说："当然有关系了！千金，千金，有了千金，谁还稀罕百万呀！"

东北汉子追问："不是你家的，那是谁家姑娘？"

商映仍卖着关子："也可以说是我家的，但不是老家的家。可惜老家的姑娘让公家计划了！"

有人就逗荑荑："嫂子，你是不是把一个姑娘计划了？"

荑荑笑着说："什么计划不计划的，哪能由谁一人？就像这百万事业，得靠大家互相帮衬才能成功！"

众人一齐鼓掌叫好："好呀！荑荑学习大有长进，比喻太妙了！"

商映故意逗笑说："她学得好，是本人复制得好。"

老韩打哈哈说："白天晚上都复制，当然进步快啦！"

大家又哈哈大笑起来。

那位东北男人还在追问："这姑娘到底是谁家的嘛？没人要我就发展下线了。"

姑娘指指老董和岳月，自我介绍："我叫董朵朵，从上海刚来，是看我爸妈的，这里真好玩！"

商映骄傲地说："她是我们家最高学历，大本，我的重点培养对象，将来讲一沟绝对呱呱叫，比我的满嘴顺口溜强多了！"

朵朵站起说："我有工作，是上海一家大公司。我才不想搞这事呢！"

岳月向朵朵招着手，叫她："快来坐这，时间已到，马上就学习了。"

朵朵走过来，扒着母亲肩膀，黏黏糊糊地坐下，不再作声。这时三哥才到，说声对不起，有点事，来迟了。说罢看手机，时间刚好。他向商映点点头，然后站起来宣布上课。他首先自我介绍说："我们这个行业是自我推荐的行业。我叫萨风，陕西人，推荐人是萨雷。"

下来是那位东北汉子，他说："我叫曹漕，东北人，推荐人是白石山。"

接着是一个东北小子，他摸着脖梗，结巴地说："我叫黄善，也有人叫我黄鳝，推荐人是我舅。"

话音未落，逗得众人捧腹大笑。

有人问："黄鳝，你舅是谁，不会是黄鼠狼吧？"

曹漕忙站起拱手说："推荐人是在下，曹漕。孩子刚来，请各位包涵。"

再下来有人继续介绍："我叫党自觉，东北人，推荐人是白石山。"

轮到桂老师介绍时，她站得很直，态度很神圣："大家下午好！我们这个行业是自我推荐的行业。我叫桂平筠，来自陕西，推荐人萨雷。谢谢大家！"

以下按座次，每人都作了类似的自我介绍。有的庄重，有的严肃，有的敷衍，有的故意搞笑。司令俊男还在胡思乱想，老韩突然用胳膊肘撞他，提醒该他了。

他茫然站起，鹦鹉学舌似的说："我叫司令俊男，推荐人是桂老师。"

众人嘘声四起，都唧唧喳喳议论起来。

"哎呀！听那名字，像个日本人？"

"嗨，那有啥奇怪，和国际接轨嘛！"

"说明咱们网络大，连日本鬼子也来了。"

又是一阵哄堂大笑。萨风忙喊不许笑，肃静肃静，请继续介绍。

滑稽而有趣的自我介绍终于结束。萨风三哥强调了一下课堂纪律，然后说道，今天由商主任上素质课，大家鼓掌欢迎！在一阵热烈掌声中商映站起，做了同样的自我介绍后，就开始讲课。

“我今天讲素质课，先得弄清什么是素质。素质就是素养和品质。就像西瓜，有七生西瓜、沙瓤西瓜、冰糖西瓜、响膛西瓜等；又譬如香烟，有飞马、有前门、有红梅、有白沙、有石林、有国宾、有阿诗玛、有红塔山、有一枝笔、有大中华等。不同档次的烟不但品质、产地、香料、炮制方法不同，而且外表包装也不同。内在和外表的差异，反映出烟的品质和档次，也可以说素质。说到这，我又犯老毛病了，顺便说一段顺口溜。说的是：百姓抽的烂飞马，三陪小姐抽茶花，领导抽的阿诗玛，老总抽的大中华，剩下懒汉没啥抽，到处捡着烟把把……大家别笑，这也反映不同人的不同素质。例如大老板，嘴里噙的烂飞马，咋看都像大中华。又如乞丐，嘴里抽的大中华，咋看都像烟把把。所以说，素质是客观存在，装模作样是装不出来的。对于我们搞网络的人来说，素质更显得重要。不但要有常人的良好素质，还要有超常的特种素质，说穿了就是耶酥殉难和日本武士道精神。在通向成功和财富的路上，没有这种精神将一事无成。”

商映喝了口水，放下杯子，注视着里边的白开水，仿佛那里装着更多的顺口溜和幽默段子。他稍顿一下，继续开讲了。

“现在我重点讲一讲超强自信。罗斯福说：‘别把上帝当自己，要把自己当上帝。’但丁说：‘把自己的权杖交给别人，无异于自取灭亡。’是的，上帝只有一个，而自己也只有一个，所以自己就是自己的上帝。正像国际歌唱的，不靠神仙皇帝，只有自己解放自己。外界的因素，或褒扬、或贬损，或推动、或拉扯，都会转瞬即逝，然惟有你内心的自我永世独存。如果自己连自己都不相信，自己对自己都缺乏信心，那么上帝也会瞧不起你。这里我给大家讲个故事。说是过去有个穷人，儿子被财主家的狗咬了，他领着儿子去找财主讲理，路上把什么细节都设想好了，甚至计划如果对方不道歉赔赏，就赖着不走或砸坏他家的祠堂。可是去了一看人家门高宅深、家丁成排、丫鬟如云，他怎么也打不起精神，心里更没了底气。进了头门心慌乱，进了二门腿打颤，进了庭院扭头转。财主问他有何事？他连头也不敢抬，结结巴巴说，没事没事，看你家狗在不，我打了一只兔，等会儿让孩子送来喂狗……大家看看，他是不是个熊囊鬼？他的悲哀就在于没有自信。这里我不得不再说一段顺口溜。自信啊自信，手中连枷棍。有它胆子大，敢闯天门阵。无它熊囊鬼，枉在世上混。大家想想是不是这个道理？所以说，如果你想摘一支爱情的花朵，就要不怕荆棘刺扎，不怕蜂虫叮咬，该出手时就出手；如果你想使自己才华不被埋没，就要敢于展示，善于展示，牢记一句格言，‘天降大任于斯人也’！如果你想获得事业成功，就要有‘唯我独谁’的雄心，甘作第一个吃螃蟹的人；如果你想步入百万富翁行列，就要首先具备百万富翁的心态和自信，相信自己是天下最优秀者！”

讲到这里，商映停下来，看看时间，然后说：“时间到了，今天素质课就讲到这里。最后再罗嗦两句。素质素质，人的本质。天生不来，贵在学习。学习学习，联系实际。提高素质，发展有序。当了主任，再升经理。一年高级，两年出局。百万爱你，才叫素质！完了，谢谢大家！”

商映讲完后，萨风站起来说：“今天的课就到这里。新人需留下商主任联系电话，就请他签名。”

他一说完，一部分人立即出门开拔，一部分人围着商映签名。还有一部分人不走也不签名，三个一堆四个一圈地闲聊起来。这些寄居异乡的人们，多是单身，没有家庭拖累，自然时间就很充裕。为了打发无聊的空闲时间，所以他们都抓紧每天一聚的机会，亲热亲热，交流交流。特别是那些女人，一反家长里短、男婚女嫁的老话题，满嘴说的都是一沟二沟、房配跟进、有腿没腿等让陌生人费解的名词。

上午串体系，下午去学习，周而复始。爨城西郊的大路多少条、小区多少个、楼房多少座，他们都记得清清楚楚。串体系和上课一天换一个地方，他们的脚步几乎丈量完十几个小区的旮旮旯旯，每人每天都要走二三十里。走路是这里的主要业务之一，他们一个个都练就“鼓上蚤”般的飞毛腿，如果王军霞来此练几个月，管保能再拿一届奥运会长跑冠军。

正如萨雷在会上常说的一句口头禅：这行业就有这个特点，先练腿，后练嘴，再练指头快如飞（数钱）。当然练腿时，你左我左、你右我右，人人机会均等；但练嘴就不同了，必须以腿（下线）定位。例如房配和带人是练嘴的低级阶段，那些立场不坚定、认识不到位、心态不好的，像老韩和司令俊男，就没有这个机会；又如一沟二沟，这是练嘴的中级阶段，标准很高，除非经理以上的人才能担此大任。至于数钱，也的确需要练一练手指头，每当发工资时，铮铮响的数钱声，着实让人入迷。不过数钱的人有限，发展了下线才有钱可数，未发展的就只能干攥拳头。钱的多少也不一样，认购的份数多了钱就多，份数少了钱就少。以十份为例，新人直接提成六千五百元，推荐人间接提成五千四百元。这么多钱数起来还真不容易，心一慌，数着数着就乱了套。如此数法，一旦成功要领八百万，不知会数到猴年马月去！所以所以，不好好练练手指头能行吗？

这天发工资，又出现不少新面孔。老韩悄悄告诉司令俊男，那些新面孔都是刚来的，还没认购，让他们参加是为了发挥钱的诱惑作用，促使他们早日认购。现场气氛的确令人激动。经理俞溟早已分好钱，一沓一沓地按姓名装在一个提包里，叫一个人拿出一沓。先由俞溟数一遍，其实她已提前数过，再数时便多了炫耀的成分。瞧那白白嫩嫩的手指头，在红色百元大钞中上下飞翻，犹如一只翩翩飞翔的蝴蝶，优美极了！她数过后再由提成者数。这些或男或女、或老或少的人，数时就笨拙多了。有的从前往后数，有的由后朝前数，有的拨拉着数，有的掰开来数。无论姿态还是动作，也无论速度还是表情，他们和俞经理比起来就相差悬殊了。这说明他们在练腿练嘴的同时，真需要好生练练手指头呢！

该轮司令俊男领工资了。他坐在俞溟身旁，近距离欣赏她那像蝴蝶翩翩飞翔的玉手，心里便有了比钱还强烈的诱惑。俞溟数钱的速度明显降低了，一对滴溜溜的眸子时不时向他微笑，像蝴蝶似的手立即就乱了指法，连数两遍都出现差错。司令俊男有点儿痛惜，也为了掩饰，就很武断地从她手中夺过钱，数也不数地装进衣兜。这些微妙表现自然逃脱不了桂平筠的眼目，所以她数钱时就很仔细，惟恐俞溟把该属自己的钱划拨给了司令俊男。

司令俊男领到直接提成的六千五百元，似乎心里塌实了许多。也许这正是他后来能坚持到底的精神动力。一月能拿到这么多钱，在传统行业里简直不可想象！这种自欺欺人的思想使他很有些得意，当下就去步行街请了一次老韩。他俩没再去麻烦瞎瞎大爷，但他的诗对安定他们的心却起了很大作用。老韩不愧学问高深，把那首诗琢磨了又琢磨，最后用“既来之，则安之”六个字作出恰当注释，俩人的心绪才稍微安定下来。老韩滴酒不沾，说话非常清晰。他说这事好是好，关键是邀约人，怎么邀约，能不能邀约来，邀约来能否认可，都是未知数。他说他最为难的是给亲戚朋友张不开口。尽管是善意谎言，但总归还是谎言呀！一辈子没骗过人，老了老了却要学着说谎，这难度实在太大了。所以他说他最近想得最多的是，怎么才能把善意谎言的“含谎量”降到最低水平。司令俊男连声附和，说他想，邀约时应使谎言与事实之间的距离最大限度地缩小和贴近，这样或许能减轻一些心理压力，良心上也过得去。他说他回去就拟名单，到时让他指导指导。老韩说可以可以。两人说说笑笑出了酒馆。

第十一章 网络多大你的财富就多大

CHAPTER 11

所谓列名单，就是把熟悉的人用笔写出来，以作为邀约时选择的对象，用行业的话说就叫作人力资源库。这里边学问可大着呢！列名单的方法有好多种，一是按地址列，分村镇、县市、省区；二是按职业列，如复员军人、下岗工人、退休干部、做生意的、农民、教师、刚毕业的学生等；三是按身份关系列，如亲属、同学、战友、同事、棋友、牌友、舞友等。名单列出来后，再根据行业标准和前人经验，对名单进行筛选。重点目标是那些仕途不畅、怀才不遇、下岗待业、闲居在家、致富无门、受过挫折又爱折腾、有经济基础和发财欲望的人。经过筛选，再排成梯队，然后把他们的电话、地址等资讯标注其后。名单列好后就可邀约，邀约过程中根据情况变化，可以随时补充和修改名单。

司令俊男回来并没列名单，而是在心里把所有认识的人齐齐回忆扫描了一遍，从中筛选出两个一号种子。一个是市体委黄主任，他和他是莫逆之交，现退居二线，在家闲居，老伴过去跑过生意，胆大爱折腾。另一个就是景旒儿她弟，大学毕业分到水利局，觉得没意思，就辞职下海，扑腾几年，啥也没弄成。电信服务部告吹后，自己总觉得心里有愧，如果把他叫来，也算是补偿。接着他把他俩比较了又比较，最后决定先给黄主任打电话。他现在还没手机，原先的手机给了景旒儿。他独自出门来到话吧，拿起电话拨号时，却忘记黄主任的电话号码。他扭身要走，突然想起该给儿子打电话报个平安。他于是又拨儿子的手机，刚拨三个数，桂老师猛地闯进来，用手按断了电话。

“你打电话应该给我说一声，用我的手机，既便宜又方便。”

“给儿子报个平安，两三分钟，能贵多少嘛！”

“以后花钱很多，必须节俭。”桂平筠说着拉他出了话吧，拿出自己手机：“给，手机，给景旒儿打呗。”

司令俊男有点不满，问：“你怎么知道我给她打？”

桂平筠瞟他一眼：“儿子正上课，你给鬼打电话呀！”

司令俊男暗自吃惊，想不到她这么精明仔细，就把手机还给她，说：“那就算了，晚上再打吧。”

“这几天千万别打电话邀约人，你还没学习到位，邀约一个失败一个。这可是无数人的经验之谈，你绝不能重犯这个错误。”

他没说话，心里更吃惊，她不但精明仔细，而且防范戒备心很强。这让他觉得很不自在。

“上午十点串体系，听听别人的教训，你就明白了。”

回到家里老韩还在看书，范主动早遛得没了人影。司令俊男佩服老韩这种爱学习的精神，像学者教授一样孜孜不倦。他没打搅他，自个拿出学习教材，心不在焉地看着。老韩大约看完一个段落，然后合上书，来到司令俊男面前。

“明天我要搬家了。”

“为什么？”

“我的新人马上要来。”

“真的，你的新人要来？”

“四五个月了，终于邀约来一个新人。”

“把握怎样？来了能不能留住？”

“问题不大。他原先是粮油公司经理，我是民政局长，关系不错。这家伙很有经济头脑，不到五十岁就辞职，自己搞粮食生意，前几年挣了不少钱。后来粮食市场疲软，生意不好做，就在家闲着。我一打电话，他满口答应，把钱都带着呢。”

“你是怎么邀约的？”

老韩苦笑着说：“我说我在一家大公司管人事，需要一个部门经理，月薪三千，管吃管住。他一听高兴极了。”

司令俊男被逗笑了：“这个善意谎言棒极了！哈哈，人事部长，真有趣！哈哈哈……”

老韩很不自然地也笑了：“到了这个行业，再老实的人也能学会说谎。”

还不到九点半，桂老师就叫司令俊男去串体系。出了门，范主动和董朵朵正在岔路口等着，四个人同去一家串体系。他们抄近路穿过菜市场和世纪大道，路上和他们一样的人很多，三三两两，来来去去，像赶集似的络绎不绝。司令俊男问，朵朵，这么快就认购了？朵朵说，体验体验，这里真好玩！司令俊男说肯定没上海好。她说上海是大机器生产，人是机器的奴隶。还是这里好，有山有水，天阔地广。范主动讥讽她天真烂漫，有点眼高手低。桂平筠为朵朵辩护，嗔小范有眼无珠。人家大学本科，能舍弃好工作，离开大上海，这才是百万富翁的心态！朵朵笑说，她只是离不开父母，又觉得好玩，所以才来看看，并不像阿姨说的那么高尚。

从高速路口下去，是一片荒草地，长满一人多高的艾蒿和水葱。草地一角被踩出一条崎岖小道，时有小水潭挡住去路。水潭里随意放着一些不规则的石头砖块，走时便多了些许芭蕾的意味。看得出来，这里原本无路，是最早一批外地人走出来的。太阳红彤彤的，草地被蒸腾出一片雾气，远处的建筑和近处的人都影影绰绰。

走过草地，接着穿越一座铁路涵洞。出了涵洞就是商映住的小区。小区与铁路之间是瓜果市场，东北角有一公厕，后边的粪池紧挨铁路，必须侧着身子才能通过。粪池就在脚下，粪便污物历历在目，瞧一眼令人头晕目眩。朵朵一手掩着鼻子，一手被范主动牵着，像走钢丝一般小心翼翼地通过。桂平筠虽是轻车熟道，但扑鼻而来的臭气早把仅有的一点热情冲得荡然无存，顾自掩鼻而过，丢下司令俊男在浓重的阿姆氩气中很长时间缓不过气来。好不容易冲出公厕的阴影，眼前是一片麦田，顺着地埂向东，过一条土路，又是一片蚕豆地。蚕豆长得很茂盛，开着白色的花，植株下端已结出一嘟噜一嘟噜胖胖的豆荚，招人喜爱。朵朵揪了几个豆荚，掰开来，手心立即露出一窝嫩豆儿，像翡翠似的晶莹剔透。朵朵做贼一般，趁机又楸了一把，装进衣兜，说回家煮了一定好吃。过了蚕豆地，来到一个像农村一样的小区，叫做竹村。桂平筠领着大家在村里转了一阵，却始终没找见该找的门牌。她用手机不知和谁联系，也没结果，大家就一直站在蚕豆地畔闲聊。

司令俊男还未从公厕的臭气中解脱，只觉得心里发堵，沮丧极了。咳，这算啥和啥嘛！整天跑来跑去，像耗子一样，还奢谈百万富翁心态，真是滑稽可笑到极点！他越想越生气，越想越对桂平筠有了种种看法。他不想理她，自个顺着田垄转到对面一个村子。城市的脚步仿佛还未走到这里，耳闻目染，仍能感受到农村的气息。这里的房子多是平房，仅有的楼房也只两三层，不像其它小区那样七八层高。村前屋后，生长着一丛丛竹子和美人蕉，从缝隙里随处可见鸡鸭犬豖出没的身影。门前有一条衬砌的水道，不知是泉水还是河水潺潺流过，清澈见底。几个妇女在一旁洗衣服，叽叽喳喳的什么也听不懂。两个老妪靠墙坐着，不说话，也没表情，仿佛被阳光焊住不动了。从家门口经过，能看见门厅里坐着几个男人，每人手里都捧着大烟筒，咕噜噜吸得津津有味。

大约过了半个小时，桂老师和范主动才向司令俊男呐喊招手。他急匆匆赶过去，桂老师说，竹村三组不在这里，而在铁道北。他们一行绕一大圈，穿过另一个铁路涵洞，再往北行两三里，才在一条大道临街的住宅区找见要找的门牌。上了四楼，敲开一个房门，一位满口四川话的男士把他们迎进屋子。

可能因为迟到一个多小时，四川男子没有什么客套，等他们刚一落座，就急匆匆讲起来；“我是一个生意人，搞过建筑、运输、装修、建材等，忙碌十多年，有赔有赚，最后也没落下多少钱。但我的最大收获是交了许多朋友，这是现今社会最大的资源。有人忽略这个资源，把它白白浪费掉了；有人把它用来搞不正之风和歪门邪道，也是资源的极大浪费。而发达国家人的观念就不是这样，他们把这视为不可再生的资源和财富。世界上许多最富的人，就是凭借人际关系建立起自己的销售网络，又凭借销售网络聚敛更多的财富。可以这么说，网络多大你的财富就多大。那么怎样才能有效地发掘这些人力资源和编织自己的网络呢？以我为例，很能说明问题。是的，我的人力资源很好，但起初犯了大错误，就是不听推荐人的话，胡乱打电话邀约，把人力资源全破坏了。我来的第三天就认可这个行业，以为这事简单得很，不出一月管保能叫来七八个人，当经理易如反掌。我急不可待，多次要打电话叫人，都被推荐人阻止了。我实在没法就钻进厕所，一连打了十多个电话。结果没一个人来，而且一个传一个，几天功夫，亲戚朋友都知道我搞传销，人员市场破坏得一塌糊涂，一年多没邀约来一个人。这时我才懂得邀约多么重要。但后悔已来不及了。世界上许多事都是这样，一步走错，全盘皆输。毛主席曾说，政策和策略是革命的生命线。我希望新来的同胞能记住这句谆谆教导，也能记住我这个惨痛教训。”

他看了看时间，接着又说：“好在我的人员市场没局限在一个地方，我又把邀约目光投向别的地区。在以后邀约时我作到五不，就是学习不到位不打电话，不先慰问不打电话，不写电话稿不打电话，心情不好不打电话，不在一个固定地方打电话。这办法真灵，两个月我就补齐三条腿，现在快当经理了。成功和失败往往在一念之差，而自己也只是两三个人的目标，如果自以为是、我行我素，一念之差就成了天壤之别，失败就为时不远。这是我今天要讲的中心议题，希望各位得以借鉴。好了，时间有限，到此为止。实在对不起，以后有机会再聊。”

上午吃饭时，三哥告诉大家，他的第二条腿要来了。他说他春节回家去厂里转了转，想不到碰到多年不见的老雷。他原是材料科长，被厂长整得很惨，七八年没发工资，只好回老家承包山地，靠挖药材养羊过日子。萨风说着顺口骂了厂长几句，接着又说他问他现在干啥？他说在南方做生意。他问情况怎样？他说不错。他又问还需要人不，如果可能他也想和他一起干。他略一思量就对他说，他回去给领导谈谈，尽量争取。他很高兴，两人就进小饭馆喝了几杯。说到这里，萨风有些激动，把小半碗麻食面呼噜呼噜扒进肚子，打着饱嗝说：“真的，我压根把这没当回事，怕他没钱。想不到他上午打电话，说他马上就来，而且把钱也凑好了。”

小范说：“三舅运气真好！”

老韩说：“关键是你三舅号召力强。”

桂平筠说：“你俩说的都不是本质，本质是三哥学习到位，邀约技巧恰到好处。如果没打这个伏笔，不吊一吊胃口，当时满碟子满碗答应了，肯定不会有这好效果。”

司令俊男吃完饭，抹着嘴站起来说：“饭里放的味精太多了。”

下午是操作课，萨雷把这个例子大讲特讲了一番。他说这个例子很有典型意义，说明操作技巧多么重要。他夸奖老三粗中有细，这次邀约很成功，成功之处就是歪打正着，是放长线钓大鱼，是毛主席诱敌深入思想的活学活用，完全称得上经典之作。

操作课在998，由萨雷主讲。俞溟体系的人都参加，房内和走道全坐满了。商映没来，他现在热衷于给外体系讲沟。俞溟和杜航也没参加，他们有更重要的工作。白石山有时来，但不是他的课他很少闪面。杜航的妻子柳一枝、小姨子柳二絮、柳三笛也没来，回西安带人去了。除了这几个人外，大部分人都到齐了。柳二絮的女儿盈儿并不关心其它话题，只是和凯凯唧唧咕咕说个没完没了。党自觉大声喊着盈儿，怂恿她唱歌，活跃一下气氛！大家齐声附和，都鼓掌欢迎。盈儿无法推辞，便羞赧地站起来，很传神地唱起邓丽君的《甜蜜蜜》。她的声音很小，却委婉传情。接着有人喊朵朵，要她也唱一首。这时刚好时间到了，萨雷宣布上课，接着就讲了前边那些关于老三邀约人的开场白。

萨雷言归正传，开始讲课：“今天操作课主要讲邀约。上节课讲了列名单，这是计划，也是基础。邀约则是关键，方法多种多样，如电话邀约、书信邀约、现场邀约等。邀约前必须注意几个问题，首先要选好目标，就像自己谈恋爱或给儿女找对象一样，得把对方的家庭背景、人品性格、经济状况等搞清楚，要进行全面分析。不能把那些地痞流氓、乞丐叫花子和一脚踢不出个屁的人弄来，这样就可能安个死腿或给网络埋下隐患。其次要学习到位，认识到位，语言到位。说白了就是不但对行业有足够认识，还要善于语言表达，使对方先接受你的话，再接受你的人，然后才接受你的邀约。另外要打好慰问电话。电话邀约中的慰问电话很重要。就是第一次打电话时，目的就是问候问候，沟通一下感情，传递和接纳一些信息，为以后邀约做好铺垫。时间控制在一两分钟。绝不能一开始就邀约，这样会使对方感到唐突，从而产生怀疑，最终导致邀约失败。”

接着他讲了电话邀约的技巧。一要心态好，既不能趾高气扬，也不能唯唯诺诺，要有亲和力；二要胆壮气足有激情，增强感染力和吸引力；三要随机应变，编造善意谎言，刺激对方的隐痛和发财欲望等等。萨雷讲这些内容时，列举了许多实例，态度庄重而神圣，语言也很流畅。自然他那始终讪笑的脸上，讪笑的程度也一直把握调控得很有尺度。讲完邀约技巧，他停了小会，翻翻笔记本，脸上复又转换出另一尺度的讪笑。

“现在我专门讲一讲善意谎言。谎言就是不真实的话。那么什么是真实的话呢？陈胜吴广‘天大道，陈胜王’是真的吗？刘邦砣山斩蛇是真的吗？央视有个节目，说一位母亲得了尿毒症，要换肾，几个儿女偷偷让医生配型，结果大儿子符合条件，就把自己一个肾移植给母亲。事前兄妹约好，对母亲谎称移植的是无名氏肾脏。这个谎言一直保持了十多年，直到母亲去世她也不知道真相。像这样的例子，电视、报纸和网上多得很，谁能说这些谎言不是善意？再看看现在发了家的大款们，起根发苗有哪个没虚张声势、懵人骗人呢？奸商奸商，无奸不商，历来如此。何况，我们说的谎言又不是让他杀人放火、贩毒卖淫，而是让他来发财，来加入百万富翁的行列啊！再说了，如今假广告满天飞，假冒伪劣产品愈打愈烈，那么善意谎言又有什么值得脸红和张不开口的呢？所以说，有人说他不会和不忍说谎，都是无能之见、懦夫之见，与反传统精神格格不入，与百万富翁名讳格格不入！”

萨雷显得很兴奋，索性站起来，滔滔不绝地又讲起他的光荣历史：“大家都知道，我在云南当了八年兵，参加过对越自卫还击战。只是我没去前线，而是在后方通讯指挥所，通过电子屏幕观察整个战斗过程。中国为什么要打越南，真的是越南在边界捣乱吗？当然有这方面因素，但绝不是主要的。主要是越南欺侮柬埔寨，而后台又是苏联，这就使中国不能容忍。打越南实际是敲山震虎，杀鸡给猴看。华国锋、邓小平、叶剑英亲自在北京遥控指挥，只几天就完成了军事部署。就在等待总攻命令时，我方一架侦察机突然改变方向，全速向越南境内纵深冲去。前线指战员目瞪口呆，越方更是丈二和尚摸不着头脑。正在双方密切注视、即将做出反应时，侦察机又迅速返航。谁也没料到，就是这个小细节，敌方的火力布防全被我军掌握了。越南部队还在迷怔，这时我军已发起全面进攻。地面部队在空军掩护下，以摧枯拉朽之势，所向披靡。当时我通过屏幕，把前线看得一清二楚。好家伙，天上地下，一片火海。炮弹密密层层，像狂风暴雨似的，把整个天空都染红了。战斗进行了十七天，我军一直打到越南首都河内附近。二月十七日晚，越南全民皆兵，开始大举反攻。但就在两小时前，我军已全线撤退，同时向全世界宣布中国对越自卫还击战胜利结束。这场战斗如此快速顺利，那架违犯军纪的侦察机起了很大作用。大家知道驾驶飞机的人是谁？他就是我们的军长。战争结束后，我们通讯团荣立三等功，而军长没奖也没罚，功过相抵。我讲这些想说明两个问题。一是什么叫违法？显然，军长违反了军纪，按理是要杀头的，但由于他的情报却赢得了战斗胜利；二是什么叫机会？正是提前两个小时撤退的时间差，既使我军避免陷入越南全民皆兵的烂泥坑，又使苏联鞭长莫及挨了个肚子疼。这两点，正是目前网络发展带倾向性的问题，大家下去好好悟一悟。最后再强调一点，就是我常说的口头禅，你的网络有多大，你的财富就有多大。好了，今天的课到此为止。”

操作课结束后，司令俊男被萨雷的话搞得昏头转向。他真不明白，一眼就能识破的歪理邪说，为什么这么多人甘愿接受呢？他趁屋里没其他人，就把这个疑虑告诉给老韩。老韩说这是精神暗示，也就是人们常说的洗脑。一个荒谬理论或学说，整天没完没了，大容量、高密度地灌输，久而久之，就会在意识里形成一种意识积淀，误导人的思路总朝着某个提前预设的方向发展。老百姓把这叫钻牛角尖，佛家叫入境，心理学家叫走火入魔，作家叫集体无意识。当然这不排除私心杂念和麻痹侥幸的心理作用。老韩说他是听一位作家说这些的，他是另一个大体系的人，住在花科新区，有机会可以去拜会他。

正在这时范主动进来，打开手机让老韩看短信。

老韩接过手机念道：“动动，段经理又找我，要你回公司，待遇照旧，盼你早归，我和晨晨都想你。”

司令俊男问：“动动是你媳妇对你的爱称？好动情好刺激呀！还有晨晨，名字也很美，是你女儿吧？”

范主动傻笑着回答："我女儿叫晨晨，今年五岁了。"

司令俊男叫苦连天："一个年轻媳妇，除了自己独守空房外，既要上班，还要抚养女儿，这未免太残酷了啊！"

小范似乎习以为常，仍傻笑着说："我只是光想我女儿晨晨。"

老韩笑说："其实想女儿也就是想媳妇。"

小范傻笑着没做声，仿佛别人越这样说，他便越多了一些天伦之乐。

司令俊男又问："你来了半年多，现在情况怎样呀？"

小范翻看着其它短信，无奈地说："叫来两人，回去一双。他们回去后一传十，十传百，把人员市场全破坏了，还邀约鬼呀！"

司令俊男说："你可以让你大舅帮忙呀，他的办法多的是。"

老韩仍笑着说："他呀，宁给尹杭杭叫两三个人，也不愿给亲外甥安一条腿。"

小范脸上没了笑容，避而不答，只管看手机上的黄段子。

第十二章 善意谎言叨、咪、咪

CHAPTER 12

老韩果然搬家了，司令俊男高兴地给他帮忙。老韩租的是南北走向的楼房，在四层，三面向阳，比998条件好多了。他给门上自编了门牌，用粉笔写着几个很大的阿拉白字母：888。楼上二三层住的是武警战士，环境不像其它楼那么混乱复杂。四层有四间房子，两头各一大间，内有套房。老韩早安排布置好了，北头大间作厨房，套间睡人兼库房；南头大间作客厅，套房是他的卧室。客厅摆着沙发和写字台，卧室已支好了床。司令俊男帮老韩铺好床位，又去其它房间看了看，桌凳床铺、锅碗瓢盆等都置办得齐齐全全。老韩神秘地向他伸出三个手指头：“置办这个家，花了三千多元，还不算水电费。不当家不知柴米油盐贵！”

三天后，老韩的新人如约而至。老三、桂老师和小范，都到老韩家做房配和带人去了，998只剩下司令俊男一人。实在闲得无聊，他就去了话吧，先拨通体委黄主任家的电话。他其实希望黄主任不在，最好是他老伴接电话，但事与愿违，偏偏就是黄主任接的电话。他很高兴，说这是他退居二线后接的第三个电话，第一个是在新疆当兵儿子问候他，第二个是老年大学聘他当兼职体育教师，第三个就是他打的。他感谢司令俊男在他无职无权时能来电话，说明他不趋炎附势，还没忘他这个老朽。也许是退休人员的通病，总希望有个倾诉对象，一旦碰到了，就紧紧抓住不放，惟恐自己心里的话不能倾诉净尽。他的话实在太多，司令俊男都有些不耐烦了，便打断他的话，直奔主题。

“黄主任，你想在外地找个事干不？”

“想呀！不知在哪？”

“在春城，这里气候条件很好，最适合像你这样的老同志，工作不累，回报又很高。”

“春城我去过，四季如春，当然想去。你不知道，我老伴给女儿看孩子去了，家里只剩我一个，真成和尚了。这两天我正考虑去不去老年大学兼职，你的电话来得正好，说明咱俩有缘。但不知到那里干什么工作？”

司令俊男觉得和他关系不一般，没必要隐瞒，就很慎重地说了连锁销售的事。末了又说：“黄主任，我已考察两个多月，的确是短平快项目，国家试点，政策优惠，只须投资三万多元，三四个月就收回成本，一年后月薪上万。我知道黄嫂最喜欢干这事，让她来一干准成。”

黄主任一直没应声，他知道他一定是在作短暂思考。司令俊男为他刚才的一席话得意，用萨雷的话说，他必须千方百计搞定拿下。他正想再刺激他一下，这时他说话了。

黄主任说：“这么说，你现在在春城？那好，你把手机挂了，我给你打过去。我的手机还是公费报销，给你节约点电话费。”

司令俊男忙阻止：“不不，我这里也是公费，你就说吧，不怕花电话费。”

黄主任语气很郑重地说：“你所说的我不感兴趣，我也劝你不要加入，赶快回来另谋出路，不然会愈陷愈深。哎，司令小弟，你听着吗？”

司令俊男锐气大跌，忙支吾着：“黄主任，你误会了，不是你想象的传销。你想想，是传销我能搞吗？”

“我不管是不是传销，但只要交钱投资就不是好事。现在是多元开放，泥沙俱下，鱼龙混杂，骗子多得漫天飞，别冒那个险！我是为你好，才劝你，要快刀斩乱麻，赶紧回来吧！好了，我挂了。我在家等你回来。”

第一次电话邀约失败，对司令俊男打击太大。他不是生黄主任的气，而是由不得回过头对这个所谓的连锁销售进行一番反思。他质问自己，难道这真的是一个陷阱，是自己决策出了问题？连续几天，他就一直在这种矛盾胶着状态中生活，心情抑郁而沉重。没人带路，他不用串体系，上课也心不在焉。晚上睡不着觉，勉强睡着了，不知什么时候会突然惊醒，沮丧失落的情绪一直纠缠到天明。咳，有什么法子，他不住叹息，上了这个贼船，何时才能靠岸呢？……每每这时，他就只能用瞎瞎大爷的诗句安慰和解脱自己。不这样又如何是好？

他于是又琢磨起邀约名单，突然有两个人引起他的注意。一个是本村的武镇，虽然大他十岁，现已提前内退，在税务所打工管市场；另一个是职校同学孙乾，原在区政府开车，后来下海买车跑的士。他把这两人衡量了又衡量，分析了又分析，觉得他俩最容易接受和认可，最有把握搞定拿下。他一时高兴就去了话吧。他接受上次教训，精心设计了善意谎言。对武镇说这里新建一座大型农贸市场，急需一个有经验的管理员，包吃包住，月薪三千元；对孙乾说公司老总高薪招聘一位身材魁梧又能开车的贴身随员，月薪四千元。真可谓山不转水转，俩人都很高兴，满口答应把手头事办完立即就来。

他俩的情绪也感染了司令俊男，便兴冲冲地给儿子打电话。这天恰好是星期日，景旒儿接的电话，互相问候几句，她就把手机给了小俊。分别两个多月，儿子变得很懂事，说话不再像以前那样总是讥笑和挖苦老子，现在却知道疼人和关心人。正是儿子的这些微妙变化，一下触动他感情的脆弱点和现实的瘙痒处，他怎么也控制住，竟失声哭了。

儿子惊慌不已，大声叫嚷："爸呀，你哭啥嘛！是生病，还是出事了？你快说话呀！你一哭我心里也好难受。"

司令俊男极力控制自己："爸好着哩，就是想你，一想就忍不住。"

"爸你别哭，我和我妈也想你啊……"儿子说着也忍不住哭起来，并连声大喊，"妈，妈呀！快来接我爸的电话……"

电话里又传来景旒儿的声音："你怎么了，不会发生什么事吧？"

前妻此时的出现更刺伤他的感情，哽咽得几乎说不清话了："没没，什么也没发生，就是想你们……"

"不会吧，你的感情会这么脆弱？一定是遇上什么难缠事。"

"真，真的没事，一切都好……好着呢。"

"没事就好。还是我过去说的话，凡事想开，亏是吃不死人的，吃亏权当给佛许愿呢，权当交学费呢！"

"我知道了，你不要操心。你多保重，照顾好小俊，权当咱们没离。你和儿子还是搬回家去吧，钥匙小俊拿着。我有机会回去看你们……"

司令俊男感情已到了崩溃的边沿，说完立即挂了电话，丢下一张二十元，头也不回地出了话吧。

武镇和孙乾给了他极大希望和勇气，他不再犹豫动摇，高高兴兴地等待他俩的好消息。与此同时，老韩的新人留下了，并很快办了申购手续。这无疑又给司令俊男吃了颗定心丸。老韩的新人叫程家宽，五十岁出头，长着一头乌发，脸红刚刚的，看起来年轻精干，很有精神。那天晚上，他独自在广场闲转，突然看见老韩几个领着新人迎面走来。他刚要上前和他们打招呼，不想桂老师抢先一步，狠狠地推他一把，悄声嗔道："不许和新人说话！"他扭过头，正要回避，却被老韩一把抓住，并把他介绍给新人。程家宽紧紧握着他的手，热情地说他刚一来就听说他了，全省冠军，名人呀，能认识很荣幸，也是缘分么。

这几天真是形势大好，家家都有喜事。老韩的第二条腿马上要来。程家宽说他儿子和女婿下岗，他计划把他们都叫来搞连锁销售。老董和商映分了家，他女儿朵朵已经认购，听说她一次邀约三人，最近就要来。老三的新人老雷已买好车票，今晚上车，后天就到。小范有一位同学过几天也将坐飞机前来考察。这么好的发展势头，使萨雷喜出望外，满脸全天候绽放出永不凋谢的讪笑。他整天没完没了地赴宴、沟通和"搭平台"，威风凛凛得像一个部落酋长。"搭平台"是他的发明创造，就是在新人未听沟前，先由他下一点"毛毛雨"，使善意谎言与实际之间的反差尽量缩小和模糊一些，以消除对方的逆反心理。除此之外，他还得忙前忙后地帮体系里的人租房子和组织新家，他把每个细节都想得很仔细周到。

桂平筠的房子就是这时租来的。房子在临街的一座楼上，和998并排，中间只隔着一栋楼。四楼共有五间房子，以楼梯为界，南边两间，北边三间，走道一通到底，两头各一张窗户。房子都是铁门铁窗，式样很陈旧落后。特别是窗户，很小，推拉式，铁栏栅，光线很暗，咋看都像牢房。南边两间原先相通，是后来用三合板隔开的。桂平筠计划她住外边向阳一间，司令俊男住隔壁一间。北边临街一间是厨房。这一切都是桂平筠和萨雷商量好的，没必要和司令俊男商量，所以他至今不知道。

老三的新人老雷昨天下午到，桂老师、范主动搞房配和带人，司令俊男就被安排到老韩家借住。他觉得老韩家环境宽松，气氛很好，不像998那样拘谨和窒息。老韩也有同感，他说在998处处受约束甚至监视，心里总不自在。特别是小范和桂平筠，一不小心说的话就被反映上去了，鬼祟警惕得就像苏联的克格勃。程家宽也是个直率之人，说既然名正言顺做生意，为什么还神神秘秘搞那一套，要那样让人不怀疑也不得不怀疑。三个人性格相似，说话投机，生活也显得很有趣味。

每天，他们除上课和串体系外，大多时间就是闲聊和作饭。程家宽的拿手戏是歧山臊子面，其特点是面细，汤汪，突出酸辣，满口生香。做法很简单，关键要炒好臊子烧好汤。他一边津津有味地说着，一边很娴熟地操作着。只见他切好姜、葱、香菜和韭菜，接着烧油泼辣子，然后烙鸡蛋薄饼。等鸡蛋饼放凉后，切成菱角形，和香菜韭菜放在一起。下来就是婪臊子。为什么把炒臊子叫婪臊子呢？他解释说，婪就是贪婪，意思要狠着心把肉臊子炒好焖好，不能添水，全凭火把肉的脂肪肉色炼出来，这样的臊子一两个月也放不坏。说着他已烧好油，再放入大香、花椒、桂皮等调料，待油着色后把调料捞出，随之倒进切好的肉丁，不住翻炒，并加入少量白糖、酱油和白酒，等肉熟烂婪透再出锅待用。最后给原锅倒一定量的醋，加清水烧开后，放入食盐、味精、葱花、香菜和蛋饼，再浇上辣子油，一锅别具风味的臊子汤就做好了。这时另锅煮面条。面条煮好后，碗里不能捞得太多，然后先浇汤，再放入臊子，吃起来又酸又辣又香，受用极了。

老韩除了发面蒸馍外，他的绝活是楸面。这符合他“吃饭凑合”的哲学，也是男人们图省事偷懒的一种面食吃法。方法是把面擀得差不多薄厚时，用刀犁成宽长条，然后用手楸短，直接放入开水锅里煮，待煮好后干吃、汤吃或炒着吃均可，吃起来又筋又蔓，可口解馋。

司令俊男只会摊煎饼和油炸茄子，偶尔露一手，也颇受青睐。总之三个男子汉自做自吃，想吃啥就做啥，日子过得如住寺和尚一样逍遥自在。

第十三章 韩氏烩鱼和老程进出口

CHAPTER 13

这天是星期五，全行业休息，不用上课和串体系。吃过早饭，司令俊男和两位老兄正要去登山游玩，这时老韩手机响了。电话是桂平筠打来的，她要司令俊男立即下楼，和她去旧货市场买家具。老韩关掉手机，对司令俊男说："你家长租了房子，正在置家，咱们不能在一起住了。"

司令俊男莫名其妙："八字没见一撇，置什么家？真是穷疯张！"

程家宽开玩笑说："孤男寡女，早成家，早享福么。"

"我才不愿和她住一起哩！"

"她是你老师和教练，住在一起有啥不好？"

"得考虑成本呀！两个人负担房租，傻了吗？疯了吗？"

"那就住这里别搬，大家还舍不得你哩。"

"不搬就不搬。她有钱，就一人独住一层楼吧。"

"开玩笑是开玩笑，但你快帮她买家具去。一个女的，也实在不易。"

"就只两个人，她也该和我商量一下呀，真是的！"

司令俊男满脸不高兴地下了楼。桂平筠和范主动已在前面路口等着。他不耐烦地向他们摆摆手，意思让他俩先走。旧货市场在沿河岸，规模非常大，据说是外地人来了后才兴起的。东西南北四条街全是旧货，都是成套成套的，有卧室用品、厨房用品、客厅用品，店内店外琳琅满目，彰显着这个新兴产业的勃勃生机。

桂平筠领着他们先在四条街上转了一圈，基本摸清行情，便开始物色所需要的家具。其实也不必摸行情，范主动把这里的物品和价位早已掌握得清清楚楚。在萨雷体系里，原先属他最年轻，所以各家买家具和置家，都是他具体操办实施的，自然情况熟悉经验丰富。床是大件，桂平筠提出先买床，范主动却主张不买成品，而要现场加工制作，他说这样能保证质量。桂平筠点头同意，三人就依次察看询问。最后来到一家夫妻店铺，范主动一边翻看门前摞的床，一边问店主："老板，这床多少钱一个？"

老板正用钉锤拔模板上的钉子，头也没抬说："五十元，没货了。"

"五十元就五十元，但必须现在做。"

独眼老板放下手里活，站起来问："要几个？"

桂平筠说："五个，两小时后来拉。"

独眼老板说："可以，先交三十元定金。"

桂平筠交过定金，顺手在杂物盆里抓了一把钉子。走出木器店，路过一家杂货铺，桂平筠看高脚塑料凳不错，就拿出一个比试。

她问老板："多少钱一个？"

老板是个女的，肩上斜挎着钱袋，带子很长，直吊到肚脐眼，手里还攥着一沓零钱，带理不带理："八元一个。"

"别家七元，你咋贵了？"

"谁家便宜你买谁家的去。"

范主动悄声对桂平筠说："都是这价，没搞头。"

"咦，那老韩为啥买的是七元？"

"老韩是个犟熊稚熊，那凳子质量差多了。瞧人家这塑料多硬，腿还是三棱子，坐上稳当得很。就买这吧。"

三个人挑挑拣拣，买了八个凳子，付过钱，桂平筠让司令俊男把凳子拿到做床的店铺，就在那儿等着。司令俊男来到店铺门前，独眼老板已经加工好一张床。他坐在上边试试，又翻过来看看木板，质量的确不错。虽然上面还残留着许多钉眼和污水痕迹，但都是正经木板，不像其它店铺用三合板和纤维板糊弄人。不然那晚他与桂老师也不会压坏床，不会滚到地上。想到这里，他突然灵机一动，亲自进店铺挑了几块好木板，让老板给自己特制一个加重床。

他对老板说："我的块头大，两个木桄不行，得加四个，再用几块好板，不然这床我没法睡。"

老板给床上钉布罩，抬头看着他笑说："嘿嘿，晚上又没婆姨搅活，这么好的板子，还能把床压坏？”

“主要是我的身胚太大太重。”

“你听说了吗，当地人传着你们的歌谣哩。”

“什么歌谣？”

“新人外边挂鸡呢，主任内部包女呢，经理攀比赛蜜呢，再高一级换妻呢。”老板说完瞪了妻子一眼，又问他：“不知兄弟是什么级别？”

司令俊男不好意思地说：“我刚来。”

“唔，那就是最低一等，无权也无钱。好好干，很快就会升级。”

老板说是这么说，但还是按他的话办了，加了四个木枕，又用上他挑的木板，质量自然比其它床好得多。大约快两个小时，五张床才算加工好。这时桂平筠和小范也来了，身后跟着一辆载货三轮摩托，车上满载新买的家具。桂老师让司机把家具卸下来，连同床一起重新装车。装车时她很巧妙地把两块板子塞到床下，老板娘看见就要拿回。她忙拦住说，用板子把床垫平，不然路上翻车怎么办？老板娘是个结巴，说刚才你……你拿钉子都不……不说了，现又拿……拿木板……独眼老板看看木板，又看看桂平筠，嘴一咧，说拿去算了。老板娘不再吱声。

司机和老板装车都很内行，先装啥，后装啥，怎么装，怎么绑，都非常熟练，不一会就装好满满一车。计有床五张、床头柜五个、塑料凳八个、餐桌一张、厨柜一个、煤气灶一个、煤气罐一个、案板一个、双人沙发一个、茶几一个，以及拖把、条帚、小簸箕等。装车时，司机留好两个座位，小范不愿坐，司令俊男也不愿坐，桂平筠只好独自坐了。小范和司令俊男先走，摩托车过一会才开动。等小范和司令俊男赶到时，司机已把东西搬得差不多了。他俩帮着搬了几个小件，全部家当就都上了楼。空荡荡的屋子被这些什物填充后，居然就有了家的感觉。桂平筠忙这忙那，喜不自禁。而司令俊男依然心里堵得慌，总觉得有一股监狱的味道。

午饭不是老韩的揪面，也不是老程的臊子面，而是烩鱼大米饭。上午老三送来萨雷的慰劳品，一只鸡和一条大草鱼。鸡是五香酥鸡，不用加工，可直接入盘受用。鱼却得自己动手烹饪。老程爱吃鱼不会做鱼。老韩不爱吃鱼也不会做鱼。最终老韩推脱不了家长的义务，只好亲自做鱼。他把鱼洗净用刀划了许多口子，再给上边撒些面粉，就放进油锅炸。他掌握不住火色，炸得太过，刀口又太大，一翻两翻，肉全掉进油锅，手里只剩下一副鱼的骨架。老韩慌了，不知如何是好。老程建议，干脆添些水，做成大烩鱼，一人一碗，和大烩菜一样。当司令俊男从666回来时，大烩鱼刚刚出锅，厨房弥漫着浓浓的鱼香。这时老三也来了，用筷子在盆里一搅，听了做法，不禁哈哈大笑，说好一个韩氏烩鱼，真该上迪士尼大全啦！老韩笑着说，无论“韩氏烩鱼”怎么不好，总归是鱼，不像“老三思想”却是钓钩，让人一个个都上了钩。又是一阵哄堂大笑，直觉得饭菜也格外清香可口，余味无穷。

四个汉子正吃着，突然萨雷给老韩打来手机，说他和俞溟马上来他家吃饭。老三听罢慌了，要老韩再烧几个菜。老韩扫视一下菜筐，实在没有什么菜能拿出手，就坐着没动。说有鸡又有鱼，这就不错了，都是自己人，有必要穷讲究么？司令俊男下楼开门，接过俞溟手中的礼物，领着两人来到厨房。大家站起欢迎，刚一落座，萨雷脸上的讪笑就消失了。

“老韩，你这老家伙，就这么招待俞经理？”萨雷惯称老同志为老家伙。

“你搞突然袭击，我怎么来得及呢？”老韩不以为然地说。

“就是我俩不来，你也该好好款待老程嘛！”

“一连几天，大宴小宴不断，把人肠子都吃腻了。”程家宽满足地说。

“程哥辛苦了，我来看看你，还习惯吗？”俞溟问。

“习惯习惯，一切都很好。多谢领导关心！”

“这里没有领导，大家都一样，以后就直呼其名吧。”

老三忙给俞溟让菜：“你尝尝韩氏烂鱼，做法和吃法都很特别。”

俞溟笑问：“怎么是韩氏烂鱼？”

老三把老韩的做法说了一遍，乐得大家不禁笑了。萨雷和俞溟忙品尝起来，味道真的不错。

萨雷一见无酒无杯，又挖苦老韩：“哎哎，老家伙，怎么没酒呀！俞经理来慰问，你未免太啬皮了吧？”

老韩站起来说：“我和老程滴酒不沾，所以没买酒。要不我现在买去。”

俞溟忙按他坐下，说：“不必了，都是自己人，还讲啥客套？”

萨雷说：“那就取杯子，以水代酒。这个程序不能免。”

老三拿来六个杯子，都倒上开水，每人一杯。

俞溟举杯站起说：“来，各位，为程大哥，还有司令兄弟到来，干杯！”

大家一齐站起举杯说欢迎欢迎、干杯干杯！

干过杯，老韩屁股还没坐稳，突然哗的一声，连人带凳子一起摔在地上。众人大吃一惊，忙搀扶他起来，这才发现塑料凳子四腿开花，彻底报销了。老韩只是苦笑着没言传。正在这时，萨雷屁股一扭，突然也奇怪地摔倒了，塑料凳同样四腿开花。大家这才明白，原来是凳子质量太差了！老韩把两个坏凳子拿走，又换来两个好凳子。

萨雷小心地坐下，又砸老韩的洋泡："听小范说，你为节省一元钱，才买了这烂货凳子。现在看来，这些凳子都要另换，恐怕还得再花几十元。图省反而浪费了，真是老道失算。"

老韩尴尬地说："没办法，假货挤堆堆。只七八天，烧开水就烧坏两个热得快，你看倒霉不倒霉。"

萨雷说："便宜没好货，还是古人说得好。以后买啥别图便宜，也该培养点百万富翁的气度呀！"

在其他人说话的当儿，俞溟和司令俊男也悄声交流了几句。说了些冠冕堂皇的应酬话后，俞溟问他是不是现在还没手机？他点头说是。他问为什么？他说桂老师让他过几天再买。俞溟眨眨眼，哦了声，好似明白了什么，抿着嘴没再说话。老三见他俩亲热，就揶揄说俞经理舞跳得特别好，司令兄弟何不约她去跳舞？俞溟连忙摇手，说三哥真会逗趣，谁说她舞跳得好，纯粹是捕风捉影嘛！萨雷也跟着凑趣，说就是就是，俞经理是该请美男子跳跳舞呀！司令俊男有点腼腆，说他在学校时学过几次，如今早不会跳舞了。萨雷说，正是不会才要拜师学艺，好了就这么说定，到时候安排一场舞会，让俞经理专门给司令兄弟教舞，大家都去凑热闹。

饭后不久，老韩随萨雷、俞溟开组长主任会去了。这个会每星期开一次，主要是通报情况，传达上边精神，安排下周工作。所谓通报情况，就是各小组长汇报新人的思想动态，在家表现，然后分别不同人不同情况，采取相应的跟进方法甚至组织措施。参加会议的必须是有两个以上业务员的人。就是说虽然取得组长或主任资格，但还没有下线的人不能参加。例如司令俊男、程家宽和小范，虽然各自认购十份产品，已具备主任资格，但因为还是单个司令，所以就不能参加这个会。会议安排极其严密，纪律也很严格。开会迟到，组长每次罚五十元，主任罚一百元，经理罚二百元。会上的信息不能随意外传，该传达的必须传达到人，不该传达的一句话也不得透露。上边的精神该哪一级知道的就那一级知道，不该知道的就是妻子老公也不能透一个字腿腿。正是这个会，使看起来表面松散而实际高度严密的整个网络，才得以运转起来。下面发生任何一件小事，要不了五分钟，立即就反馈到深圳总部。用桂平筠的话说，谁要不听话或干了有损网络的事，整个系统立即会把他孤立起来，使他在这里寸步难行。

老韩走后，程家宽把司令俊男叫到客厅闲谝。老程烟瘾和茶瘾都很大，一天抽三包烟，喝半两茶叶。只见他一手夹着烟卷，一手攥着茶杯，抽一口烟，喝一口茶，茶从嘴里进去，烟从鼻孔出来，如此周而复始，红刚刚的脸庞便有了微微醉意。他说这是他的进出口生意，抽烟是吸毒，喝茶是消毒，一进一出，两相抵消，既不吐痰，也不咳嗽。

说毕茶道烟义，他才很郑重地说："司令小弟，我看咱俩说得来，所以想听听你的意见。你说这事到底怎么样，会不会有风险，风险有多大，我心里仍不塌实。"

司令俊男有点为难，嗫嚅着说："我和你一样，心里也没个底。"

"我是这样想的，你听听。"老程先是一口烟，后是一口茶，接着继续说："你看咯，这几年虽然粮食生意不好做，但我每年还偶尔做几趟。每趟三十多吨，每公斤赚二分钱，就是万把元，再减去运费和人员工资，所剩寥寥无几。而连锁销售呢，本钱也三万来元，和做一趟粮食生意差不多，但回报却大得怕怕。三万多和七八百万相比，完全值得一赌嘛！赢了算咱命大福大，输了算咱倒霉。再说我也没想那七八百万，最终能落个百十万，也心满意足了。司令小弟，你说我这想法如何？"

司令俊男说："你说得很有道理，起初我也和你一样，只是为了赌一把，才认可了。不过我感觉，这事必须快，整体推进，不然时间拖得太长，总归不是好事。"

"你和我的想法完全一致。时间一长，谁料哪里会出问题？就说传销吧，当年国家发了文，颁了条例，合理合法，还不照样取缔咧？所以我计划，把女婿和儿子都叫来，每人十分，连我就三十分，他们每人再发展两个人，我就当上经理，这样局面一打开，一年上高级业务员没啥问题。再退一步，只要我一个人成功，也是很划算的，也比做粮食生意强得多。"

"你女婿和儿子都下岗了？"

"原来都在粮食部门工作，改制后国家对粮食系统待遇优厚，一次买断工龄，每人各拿了四五万元。他俩都很年轻，不能闲在家里呀！女婿自己做粮食生意，儿子买了车跑出租，虽然收入不错，但也是小打小闹，成不了气候。"

司令俊男佩服他的魄力和精明，同时也为他捏一把汗。他心里想，这么干未免有些鲁莽，风险太大了。一家三口，投资十多万元，万一有个三长两短，不都吊死在一棵树上？但接着他又想，作为商人，不敢投资，不敢冒险，就永远不能聚敛更多财富。正如萨雷常说的，秦朝开国宰相吕不韦，先头也是个商人，他如果不去赵国为秦国公子异人投资大批钱物，不冒着随时杀头的风险，能有后来倾城倾国的财富和权势吗？这就是商人的哲学和敛财之道。相比之下，自己实在是小肚鸡肠……他觉得再不能和老程交流下去了，不然自己的隐情和疑虑就会暴露无余。所以他没再说话，顺手拿着俞溟带来的水果让他吃。

“老程，快吃香蕉，这可是俞经理慰劳你的。”

老程剥着香蕉，颇有感触地说：“他妈的，这里和官场刚好相反，官场是百姓给当官的进贡呢，这里却是领导给下属送礼呢。自我来后，除了大小宴席外，俞溟、萨雷、萨风、老韩送鸡又送鸭，还有水果，真是礼节太多了。我看共产党反腐倡廉，就该到这来学习取经。”

“这也与他们的利益相关。他们赚钱不赚钱，全靠下边人哩。”

“说得也是。但咱给单位也拼死灭活地干，却没见过领导慰劳送礼呀！大概正因为这里的领导原先都是平头百姓，所以才没有官僚腐败那一套，才风气这么淳朴。”

两人天南地北谝了整整一个下午，正商量要做饭时，老韩抱着新买的凳子回来了。老韩给他们每人一个，让试试坐，并伸出一大一小两个手指头，懊丧地说多花了六十四元。试过坐过凳子，大家这才来到厨房。还是老韩主灶别人当下手，择菜，洗菜，切菜，倒油，开火，但当老韩拧煤气罐阀门时，手却落了空。他扭头一看，不禁惊叫起来。啊！煤气罐不见了！这就奇怪，煤气罐怎么不见了呢？程家宽和司令俊男也惊呆了，大白天，家里还有人，小偷竟敢偷东西，连煤气罐也偷，真是天下奇闻！

老韩连忙跑上六层，找房东要主意。女房东是个热心人，听了一阵也没搞清发生了什么事。老韩拉她来到厨房，比比划划说着，她总算明白过来，顿时恼得满脸通红，吱吱哇哇地说个不停。她说话声音很大，很快，就像与人吵架。说了一阵，她拉着老韩跑上五层，把其它住户的房子齐齐搜了一遍，什么线索也没发现。她又拉老韩要到二三层去搜，老韩知道那两层住的武警战士，就给她摇头说算了。她又跟着来到厨房，依然像吵架似的说个没完没了。说了几分钟，大家才听清“出去随手关门”六个字。老韩长叹一声，只好自认倒霉，忙拿出手机打电话。只十多分钟，煤气站派人送来一罐煤气。他重新打火热油，炒菜做饭。这顿饭吃得人心里总是疙疙瘩瘩不痛快。

第十四章 走个穿红的来个穿绿的

CHAPTER 14

晚上，三个男人坐在一起，还在为煤气罐耿耿于怀，而998却正在召开会前会。所谓会前会，就是新人到来之前，安排怎么接待和如何考察的会议。说白了就是根据新人性格特点，研究具体对策，用萨雷的话说就是如何“搞定拿下”。今晚的会前会，是为三哥的新人老雷召开的。参加的有萨雷、萨风、桂平筠、范主动、燕翔之。燕翔之是贵州人，在外体系，才来不久。她原来当包工头，一直搞工程，经济状况很好。像她这样有成就的人，本身就很有说服力。萨雷是通过几道关系才把她请来的，相信她一定能发挥连锁反应。本来还有商映，这家伙与老三那次发生口角后，心里一直别扭，所以找借口没来。

会上，萨风先介绍了老雷情况，最后强调说，老雷爱激动，又喜欢显示自己，只要顺情说好话，搔到痒痒处，认可的程度很大。缺点是经济情况不佳。桂平筠说像这种人，作沟通的最好选择具有煽动性的人，把火加旺，把气氛搞浓。萨雷说这些他已安排好了，都是钢牙利嘴，搞定拿下没多大问题。关键要注意环节和细节，不得有丝毫纰漏。这种性格的人很容易认可，也很容易翻把。所以要随时跟进，尽量说一些带刺激性的话，刺激他现在的狼狈处境，刺激他急于挣钱的胃口。老三要把威信发挥到极致，用信任度和交情突破心理防线。平筠见缝插针，语言要到位。小燕是客人，但在新人面前不能当客人，一有机会就讲自己的经历，这是活教材，很有说服力。最后作了分工，老三、桂平筠去火车站接人和带沟；小范和小燕买菜、做饭和房配；萨雷搭平台。接待地点就在998，燕翔之和桂平筠住一起，老雷和小范住一起，要把床铺和房间收拾整洁。

第二天上午，桂平筠和三哥到火车站接人，司令俊男便跟着老韩、老程去串体系。要去的是花科新村99号，主讲人叫薛雪，是隔了几代的外体系人，在整个大系统里颇有名气。她很年轻，穿着打扮很时髦，讲一口流利的普通话，听起来像秋夜沙沙的雨声。她说她原在省城一个研究所当工人，看到专家教授们的高工资和优厚待遇，心里极不平衡，就辞职开商店做生意，挣了不少钱，从物质上得到心理平衡。但在精神上还是没有体现自己的价值。去年冬季，当嫂子打电话要她来这里作网络时，她毫不犹豫地把商店转让了。她来了后，没有考察就直接申购了。她说主要原因是前边有榜样，她的亲属已来了八个人，她是第九个。前边八人，有三个已是高级业务员去了深圳，其余五人都成了经理。她来得最迟，马上也要升为经理。她说她们家族因此在老家出了名，邀约人很容易，有的还托人说情要来。她说她的条件很严，不是党员不要，人缘口碑不好不要，经济状况差的不要。不然他们发展不了下线或在这里惹是生非，就会影响网络发展甚至毁掉整个体系。

程家宽问："你给我谈谈，怎样才能使自己的网络发展得尽量快？"

薛雪端详一下他，略一思忖说："除了我刚才说的三不外，要首先从亲属打开缺口，其他人就会顺着这个缺口源源不断。亲属信誉度高，又有剪不断的感情关系，比较容易邀约和认可。必须齐心协力，一鼓作气，发挥群体优势，实现整体推进。当然有一帮生意圈的铁哥们也不错，这些人有时比亲属更讲义气，一呼百应，网络很快就织成了。这时不想快也不由你，因为下边的人也这样快速织网，一级逼一级，逼着你非当经理当高级业务员不可。这就是网络的魔力，也是我们共赴百万富翁天堂的必由之路。"

薛雪的话对程家宽启发很大，促使他最终下定了决心。回到888后，他立即分头给女婿和儿子打电话，要他俩把手头事处理完，马上过来。打完电话，他一手夹烟，一手握杯，又开始进出口程序，激动的心情还未平静下来。

正在此时，老韩的手机响了。他一接，是一个邀约对象的电话。他听着竟兴奋得叫起来。啊？老焦！现在？坐飞机……已到了爨城？哈，老焦呀！怎么不先来个电话！……什么，现在西门广场？好好，你等着，我马上来接……老韩没想到老焦来得这么快。这家伙，简直是搞突然袭击么！他一时方寸大乱，忙打电话向萨雷汇报。萨雷正在外体系讲沟，要他沉住气，别慌张，先和老三去接人。老韩说老三家也有新人，能不能让老程和他去。萨雷大发雷霆，骂他真是个稚熊，说老程和老焦认识，让他接，事情非砸了不可！接着他提出他和商映去接人，要老程立即搬到商映或老董家借住，暂且回避。又说司令来不及搬，就在家把屋子整理好。他说他快结束了，一结束马上就过来。老韩分头给商映和老董打了电话，又让司令帮老程搬到老董家去。说完他就下了楼，找商映去接老焦。

老韩走后，司令俊男帮程家宽搬到老董家，他没敢多停，转身又回到888。他把客厅刚打扫整理好，老韩他们就回来了。司令俊男忙上前接老焦的旅行包，不料他却像遇上拎包毛贼，使劲把包一摆，差点把他撞倒。老韩和商映显得尴尬，忙给老焦让座递茶。但他不坐也不喝，一直紧抱旅行包站着，这里看看，那里瞅瞅，警惕得像一只兔子。大约三四分钟，老焦倒吸了口气，目光惶恐地朝走廊扫去，只说声“再见”，扭转身慌慌张张地走了。老韩追出屋子，死拉硬扯，好话说尽，而老焦仍坚决要走。

“你走可以，但也该歇会儿，洗一洗，吃个饭嘛！”老韩执意挽留。

“就是的，乡里乡亲，跑这么远，住一晚再走吧！”商映婉言相劝。

“别吵嚷拉扯，不然我就翻脸了！”老焦说着，把商映往后一推，噔噔噔地下了楼，径自朝街上走去。

老韩和商映跟到街上，叫来出租车，要去车站送他。老焦不理不睬，一边撒腿小跑，一边东张西望，还有意拐了几个弯，最终消失在人群之中。

“这种人，留下也是麻烦。”商映遗憾地说。

“他妈的，真没想到，这家伙比我还犟！”老韩摇着头，喃喃自语。

两人刚回到888，萨雷正好赶来。他骂老韩真是个稚熊笨熊，到了笼子的鸟还能让飞了！说完他拉着商映，就要去车站追老焦。

老韩无趣地说：“走个穿红的，来个穿绿的，何必强求呢！”

萨雷瞪了老韩一眼，憋气道：“这是死马当活马医！叫一个人谈何容易，能来更了不起，说明他有发财欲望，比叫不来的人大有进步，怎能轻易放弃？”

萨雷和商映急匆匆赶到长途汽车站，在广场找了几圈，还是没见人影。接着他们赶到火车站，候车室没有，售票厅也没有。他俩正发愁，却见有个人影从栏杆前一闪，随之躲在一根大理石柱子后边。商映马上认出他正是老焦。萨雷让商映别动，自个向着石柱走去。

老焦发现了他，出来惊叫：“站住，别过来！再过来我就喊警察了！”

萨雷的讪笑绽放到最大限度：“嘿嘿，我又不偷你抢你，叫警察干啥？”

老焦仍惊慌地叫道：“站住，别过来！我不认识你！”

“我是老韩的乡党，自然也是你的乡党，你就不容乡党说几句话么？”

“我与你无话可谈，也不想听。”

“那好，咱们到旁边饭馆吃顿便饭，也是乡党该尽的地主之谊嘛！”

“我不饿，也无心吃饭。下午就坐车回去。”

“那我该给你买张车票，再买些水果。你在这等，我马上就回来。”

“不要不要，别来这一套！”

老焦说着，真像有人要绑架他似的，惊慌地跑到一位警察跟前。此时在他心里，怎么看萨雷和商映都像一对凶神恶煞的打手。萨雷无奈地摇摇头，没再说话，转身朝着还在发愣的商映走去。

第十五章

666，有个家真好

CHAPTER 15

桂平筠已搬到666号自己的家。她心里充满着自豪和喜悦。这是她多年来从未有过的好心情。她一边哼唧起在职校最爱唱的《黄土高坡》，一边打扫屋子和擦拭门窗。做起这些长期荒疏的家务，心里别有一番激动和感慨。

是呀，总算迈出成功的第一步，总算有了一个暂时的家。这是她事业的起跑线，是为乡亲们赎罪还愿的佛堂。她的 切都被这种忏悔和还愿的心绪主宰着，都被因这种心绪而膨胀的发财欲望支撑着。除此之外，她又多么希望自己有个家啊！尽管这个家是虚拟的、另类的，但总归是一个暂歇的港湾，是一个任由自己安排操持的居所啊！多年的漂泊生活使她心力疲敝，实在太苦太累。她急需一个相对平静的环境和暂且安身的地方。她想起前两次真正意义上的婚姻，那些浪漫和温馨的细节已经远去，她现在无力奢望。家的概念对她来说只意味着一时的安宁和蓄势待发，意味着一个获取成功不可缺少的支点。所以她比别人更迫切渴望这个家，更珍惜和呵护这个家。

桂平筠像一个家庭主妇，把屋子和走道齐齐打扫了一遍，然后抱出一大堆包皮布清点整理。这些上边还留着黑红两色字迹的包皮布，是她买被褥床单时向店主要的，现在可排上用场。她把它们分成几类，有的做厨房抹布、有的做卧室抹布、有的做拖把布、有的做擦鞋布。接下来她端起盆子，接来水，开始擦洗门窗和桌凳。包皮布做抹布用起来得心应手，不像棉纱那么脱絮，也不像别的细布那么光滑，它的摩擦力和手感都非常好。她一边擦拭一边为自己的精明仔细而得意。想想看，出门在外，像这些鸡零狗碎的小什，常常会绊住人手脚。所以她早就留意收集这些东西，如铁丝啦、绳子啦、钉子啦、木块啦等，她搜集了不少。反正迟早都得成家，有了这些东西，到时免得手忙脚乱。

一层餐馆老板来上厕所，看到这么多包皮布，惊羡地问："哎呀大姐，你从哪弄来这么多包皮布？"

桂平筠直起腰，自豪地说："给城里布店老板要的呀！"

"大姐真有办法，我是本地人，也不准能要来呢！"

"人都是互相帮助、互相利用的。"

"包皮布做厨房抹布最好使了。"

"你想要就挑几块拿着用去。"

"那太感谢大姐了。等会我让徒弟帮你打扫卫生。"

"不必了，我马上就完了。"

餐馆老板挑了几块包皮布走了。不大一会，她果然领来一位姑娘，让帮她擦洗整理卫生。小姑娘叫果儿，长得非常漂亮，干活也很麻利。两人很快擦洗完门窗和桌凳，又一起给各个房间钉衣帽钩，给走道绷晾晒衣服的铁丝。送走小姑娘，桂平筠独自进厨房，开始做第一顿饭。她已买好菜和面条，一个人省事，就做西红柿鸡蛋面。这些活对她并不陌生，虽然常年过着漂泊生活，但她一直没丢弃女人的本色手艺。多年来，无论到什么地方，也无论条件怎么艰难，她都会想方设法把吃饭的事打理好。她很少在外边吃饭，一图节省，二怕染病，三嫌在众人场合吃饭暴露人的欲望和本能。所以她常常一个电炉子、一个小饭锅，就自做自吃起来。她对单身汉做饭的程序太娴熟了，孤独闲散的生活能被她烹饪出别样的意味。这样想着，一碗香喷喷的西红柿鸡蛋面就端上餐桌。她像居里夫人作实验，不紧不慢地放盐、醋、味精、辣子，接着又不厌其烦地搅呀搅呀，搅到一定程度，才亮齿张口慢条斯理地吃起来。

本来三哥和小范要来新家吃饭庆贺一下的，但因司令俊男不愿搬，一时搞得不痛快，所以大家都没来。听三哥说，司令俊男不愿搬的原因，主要是嫌孤男寡女不方便和被人议论。起初她很失落，也很生气。这个司令俊男，太没良心了，太绝情绝意了。有什么不方便？男女之事对她来说，已经淡而又淡，如果不是为了百万富翁的事，她才没兴趣和他上床呢！为了获得事业的成功，她连丈夫女儿都忘了，还在乎一个二十年前的蹩脚情人！哼，只要他能把住自己的情欲闸门，不在这里拈花惹草，就算烧高香了，何必故作姿态矫情造势？真是可笑至极！……还有议论，谁议论，议论谁？在这个行业，制度都是给下边定的，不准谈情说爱，不准搞两性关系，但哪个大主任和经理没有外遇和腿？……腿，他妈的什么腿！她最反感这个字眼，下线就是下线，为什么要把下线叫腿？这腿和那腿全混淆了，又有谁议论呢？

直到吃完饭躺在床上，桂平筠还生司令俊男的气。她知道他和媳妇离了，正处于性的空白带和情欲的旺盛期，对异性的渴望不知比自己强势多少倍。她所以要提前置家，所以把他的卧室安排在自己隔壁，正是怕他勾引别的女人。她要像母亲一样管理和掌控他，不能让情欲的祸水毁掉百万富翁大业。她也清楚他突然冷淡和不在乎自己，完全是出于对俞溟的幻想。那才叫孤男寡女，干柴见火，一拍即合。是的，作为他的老师和教练，她希望他们能结合到一起，为了那段情意和现实利益，她也应该成全他们和为他们高兴。但不管怎样，他不该轻视自己，更不该做出不搬家伤害她感情的事。

想到这里她把枕头和被子往上挪挪，垫高头，视线也宽阔了许多。她的目光久久停留在与隔壁相隔的三合板墙上。墙的中央贴着一张中国地图。三合板很薄，她试过几次，手机放在隔壁，关了门窗，呼叫的音乐在这边听得非常清楚。依此推知，以后无论谁在隔壁，那边的一切动静都逃不出自己的眼睛和耳朵。她的戒备和防范都是好意，这都是为了他不被其它事情干扰，为了使他和自己一起尽快获得成功啊！她耸耸耳朵，此时隔壁和整个楼层都鸦雀无声。她喜欢这样的环境，孤独和寂寞常常会激发人的内在潜能。她现在多么需要这种东西啊！

下午上课在889，就是白石山家，比商映家999还要远。听完课，老三、老程、老雷、小范、司令俊男和桂平筠一块往回走。不出萨雷所料，老雷果然考察得很顺利，第三天就认可申购了。不过他只申购了三份，听说正积极筹钱要补够十份。他的个子不高，却很机灵精干。满嘴四川口音，说话频率很高。爱激动，发财的欲望特别强烈。桂平筠因为给他带过沟，所以印象极好，更乐意和他说话。她认为搞网络就需要这样充满激情和欲望的人。老雷对她说，他马上就要租房，一个月内确保安两条腿。老三劝他先别租房，不然租下房没人住也是浪费，正像司令兄弟说的要考虑成本。他说这话时，下意识看了看桂平筠和司令俊男。司令俊男没反应。桂平筠却不依了，涨红着脸，对老三说她不会搞阴谋诡计，说罢像遭人抢劫似的哧溜一下朝前跑了。众人都莫名其妙，老三解释说，她嫌司令不搬到新房住。程家宽扑哧笑了，捅了下司令俊男，说这么好的事不去，真是傻娃。小范开玩笑，说没人去他去呀，住在她家，不用做饭！大家都笑得很邪。

自那以后桂平筠不再理睬司令俊男，像少男少女谈恋爱闹意见似的，有意无意地回避他，有时回避不过如通知开会学习等，就例行公事似的没有一句多余话。司令俊男上行下效，也有意无意地回避她。每次上下课时，两人绝不同行，一个先走，另一个必然磨蹭其后。好在串体系人多，不然一男一女两人互不搭理，这场面还真不好应付。

这天下午，学习结束，司令俊男从999走到888门口，老韩还没回来，他进不了门。突然他想起一本书还放在998，就朝着998走去。走到门前，范主动刚要关门，司令俊男喊着闯进去，这才发现桂平筠站在楼梯上。他只好跟着小范上楼，还没走上楼梯，桂平筠忙挡住他，说别上去，人家接新人！司令俊男说他只拿本书。她生气地说，要回避新人，这是行业纪律！司令俊男一脸晦气，扭转身，头也不回地走了。

来到888，老韩和程家宽仍没回来，他只得在小区转来转去等。十多分钟后，老韩和老程买菜回来了。司令俊男接过老韩手里的菜，三人一同回888去了。

司令俊男还在为自己被奚落而生气。他妈的，这算什么行业嘛！整天鬼鬼祟祟的，连人取个东西都不让上楼，这不是传销是啥？他把刚才的遭遇讲了一遍，他们也抱怨桂平筠做得过分，动不动伤害人的自尊心，谁受得了？

司令俊男赌气说：“老韩，我真的拿定主意，要和你住一起，不回那个破家，让她一个人当尼姑去！”

老韩连忙阻止：“千万不敢再说这话。你还不知道，她已把我告到萨雷那了，说我拆她的台，支持怂恿你不搬家。”

“她放狗屁！”司令俊男更生气了，站起来直嚷，“我去找萨雷，看他怎么说？”

“找他也好，但你不能出卖我。只要萨雷同意，我就让你一直住下去。”

程家宽也附和道：“就是的，我也欢迎。咱三个住在一起，还能谝。”

司令俊男立即拨通萨雷手机。萨雷说他刚给外体系讲完沟，接着还要赴一个聚会，中间刚好有一段空档，让他立即到大礼堂门前等他。司令俊男二话没说，匆匆赶到大礼堂，萨雷已在门前等着。他把刚才在998的事给他说了一遍，提出不愿搬家，要和老韩住。萨雷绽放出满脸讪笑，说这么个碎渣渣事，也如此火急毛燎，真是小题大作。

司令俊男大失所望，责问道：“这牵扯人格尊严，怎么是小题大作呢？”

萨雷毫不客气，回道：“人格重要，还是百万富翁重要？连这点委屈都受不住，不如卷铺盖回家算了！”

司令俊男恼火了，大声嚷道；“好呀，这可是你说的！只要退钱，我立即走人！”

“你真要走，没人强留。不过钱不能退，因为你违反了行业规定。”

“什么规定，难道桂平筠不让我上楼，也是行业规定？”

“来了新人，就该回避。”

“好吧，让你回避，让你回避鬼去！”

司令俊男说完，骂骂咧咧地走了。

第十六章 俞经理手捧玫瑰袅娜而来

CHAPTER 16

老韩突然催司令俊男搬家。他一再声明这不是他的本意，只是奉命而已，希望他能理解。司令俊男不解释也不争辩，就是赖着不搬。老韩无可奈何地坐着干瞪眼，这时手机响了。他一接，原来是俞溟打来的。俞溟说她给666送东西，让他和司令俊男现在去666楼下等她。司令俊男莫名其妙，但碍于面子，只好和老韩来到666楼下。

天下着小雨，雨滴在司令俊男脸上，觉得烫烫的。只等了一会儿，果然见俞溟坐着三轮车，像一只燕子似的在雨中飞翻穿行。看到她如此模样，司令俊男心头一热，向她招着手，冒雨跑了过去。

他激动地说："大经理还坐三轮车，又冒雨而来，真让人感动。"

俞溟一边和车手卸写字台，一边说："给你送写字台和藤椅。"

"给我？为什么？"

"你喜欢看书学习，就该有这些呀！"

司令俊男这才明白过来，不好意思地说："我不需要，你也不该破费。"

"我已搬进城里，这些东西用不上。"

"你还骗人？瞧这标签，该是刚从旧货市场买的。"

俞溟撇嘴一笑，催促说："快帮着抬吧，别问得那么仔细。"

这时桂平筠也来了，几个人一起动手，把写字台和藤椅抬上楼。桂平筠知道这两件家具是经理送司令俊男的，早已打开隔壁房门，帮着把家具抬了进去。俞溟看看房子，和大家先把写字台靠隔墙放下，试了试，觉得光线不好，又挪到窗户下，比比看看，这才拉过藤椅坐下，吁吁地喘气。

桂平筠扫视一下屋子说："这就是司令俊男卧室，很宽敞的。"

老韩打趣说："这条件比我当局长时还好呢！"

桂平筠瞪他一眼："别提你那烂局长，与咱们行业根本没有可比性。"

老韩红着脸说："是呀是呀，没有可比性。司令小弟，现在就搬过来吧！"

司令俊男窘红着脸，偷看俞溟一眼，说了声"不急不急"，扭转身自个下楼走了。

俞溟对桂平筠说："桂姐，你应该主动和他谈谈，男子汉最讲自尊。"

老韩也说："就是的，这人很有个性，你给个台阶，他就下来了。"

桂平筠瞪着老韩："只要你别掺合！"

老韩叫苦不迭："哎呀，你可冤枉人了！我一直催他搬家呀！"

俞溟忙站起来说："好了别说了，都忍让一些。我还有事走了。"

俞溟这一举动，使司令俊男好多天都一直惴惴不安。他知道这是作秀，说得再难听点是施展计谋。目的无非要自己安下心，快点叫人发展下线。但他似乎也感到了某种温情。这种感觉自从和她单独共进晚餐与跳贴面舞后，就常常在他的脑海里出现。那时他也怀疑过，这是风流女子惯用的美人计老把戏，不单单对自己，恐怕对所有新人都是如此。所以他当时没多想，只觉得同是天涯沦落人，既怜悯又佩服，一个独身女子能混到如此程度，实在不易。可是眼下，这种感觉却完全不同。大家可以想想，她如今网络很大，该有五六十人吧？这么多人，她为什么偏偏给自己送写字台和藤椅，这里边难道没有其它隐情？所以他现在必须作出抉择：该不该向她回应，该不该走进她爱情的门扉？与此相关的还有，就是要不要缓和与桂老师的矛盾，继续留下完成百万富翁大业呢？……他想起萨雷的话，"人格重要，还是百万富翁重要？"他觉得现在应该再加一句，"人格重要，还是爱情重要？"他最终没有超越一般常人的价值观念，毫无例外地选择了两个后者。他同时也想起瞎瞎大爷的诗句，"贵了贱了福了祸，褒了贬了对了错。"既然大方向已经确定，还在乎谁对谁错吗！

又过几天，司令俊男掐指一算，已来三个多月，该给武镇和孙乾打个电话。他刚要勾曳老韩进城买手机，他却走进屋子，把他的手机交给他，说俞溟电话。俞溟说她有事要对他说，让他立即到西门来。司令俊男赶到西门，俞溟正和人说话。她看见他，便跑过来，交给他一款手机，说有它联系方便。他觉得意外和激动，说声谢谢，问多少钱？她说她还有事，得马上走，让他别提钱的事，只管拿着用呗！说完，她转过身，匆匆向那人走去。司令俊男看着她，只觉得一股暖流涌上心怀。这是为什么呀！真的是爱神向他微笑，爱情向他招手吗？他直愣愣站着，看着她消失在人群之中，这才端详起手机。手机有八成新，牌子不错，功能也很齐全。他走进一家商场，看了同一品牌，标价两千八百元。走出商场，他直接去盘江公园，坐在一堆竹丛旁，分头给武镇和孙乾打电话。

武镇在电话里说他的手续没人接，大概还得两三个月。孙乾要给儿子结婚，他说等儿子结过婚，他给他打电话。这就是说，三个月他在这里白等了。但他仍对他俩抱有希望。他突然想起该不该给孙乾送份礼，那么又该委托谁送呢？他想了好大一会，觉得只有景旒儿最合适，便又给她打手机。

景旒儿一听，讥讽他是贼鸡叫鸣没个准，还有一个月，急着送什么礼？他说，反正，这礼很重要，要她别忘了，到时候送二百元，和儿子一起去吃宴席。他又说孙乾她认识，过去坐过他的车，先打个电话问问，他的号码在手机里存着。最后他又问儿子情况，她娘俩是否搬回家住了。景旒儿说，儿子好着呢，他晚上回去复习功课，她还住在租房。他劝她也住回去，不然儿子一个人晚上害怕。她说儿子的事不用他操心，又说她不会随便闯入他的公馆，奉劝他别自作多情，在那边管好自己就万福了。

有了手机，司令俊男就想加快邀约步伐。他觉得不能把希望全寄托在武镇和孙乾身上，必须多头发展。回到888，他拿出名单一个个推敲琢磨。另有两个人引起他的兴趣，一个是表弟芒芒，家在农村，原先经营出租车，后来把车卖了，又养了几头奶牛。另一个是景旒儿她弟景颇儿。他越想越觉得他俩最适合干这事，也最容易邀约和认可。他给他俩打手机时，没有编造善意谎言，而是利用萨雷说的命令口吻，凭威信直接命令他们。他先给景颇儿打了手机，他说他刚到保险公司上班，恐怕走不了。他就让他请假先来考察，觉得好就留下，把保险公司那鸟工作辞掉算了。景颇儿说那好，让他考虑一下再说。对表弟芒芒他说得更强硬干脆，让他快把那几头奶牛卖了，靠它永远摆脱不掉打牛后边的命！他要他快到这里来，每月三千元，比养牛卖奶强多了。芒芒说那就等把牛卖个好价钱，不能赔了呀！他骂芒芒是天生熊囊鬼，等什么等？舍不得盆盆罐罐，能干鸟大事！芒芒连连表示，说那就越快越好。

司令俊男刚打毕电话，想不到桂老师来了。他正不知该怎么面对，她却一本正经地说：“司令俊男，咱俩谈谈。”

老韩和老程知趣要走，桂平筠说是谈工作，没必要回避。老韩说，就是就是，好好沟通沟通，发展是硬道理，其它都是次要的。说完还是和老程走了。

“司令俊男，你应该搬回去，那里才是咱们的家呀！”桂平筠连称呼都是一副公事公办的样子。她见司令俊男不吭声，接着又说：“是这样，我和萨雷商量了，按行业规定，你每月交二百五十元生活费，其余我一人揽底。你觉得怎样？”

司令俊男眉毛蹙得更紧了。他突然怜悯起这位可敬的老师和教练，不想和她再执拗下去，便坦然说：“这不是钱的事，你不该忽视我的存在。你想想，你要置家，就咱两人，你得和我商量一下，看有没有必要马上租房，这样划不划算。”

桂平筠眼睛有点红，但尽量控制着，佯装平静地说：“这都怪我粗心大意，过高地估计了咱们的关系，总想包揽一切，所以忽略了。难道你还计较吗？”

这几句富有感情色彩的话，立即打动司令俊男的心，便坦诚地说：“我不会计较，但我觉得除了这一点，你还有些走火入魔和神秘主义。正因为咱们关系特殊，所以我才坦诚相告。你也不会计较吧？”

桂平筠的眼睛更红了，但已不是先头苦楚的目光，而是带有明显不认同的那种倔强与狐疑的眼神。她最终还是抑制住这一情绪，谦卑而很有分寸地向她的学生做出让步：“但不管怎么说，你应该搬回咱们家，现在就搬吧。”

这时老韩走进来，对司令俊男说：“快搬吧，回你们家去，别让我撵你。”

程家宽闻声而来，把他拉出客厅，走进他的房子，帮着收拾东西，要送他回去。

第十七章 虚拟的家庭真实的腿

CHAPTER 17

司令俊男从此搬回666，住在桂老师隔壁。他独自坐在床边发了一阵愣，然后探头在床下检查，一看不是独眼老板为他特制的加重床，便给桂平筠要了钥匙，打开其它房子，换回自己的床。他重新铺好床铺，整理好衣物用品，就闭了门，想躺着休息一会。刚躺下，觉得光线太暗，忙起来打开窗户。过了一会，听到有苍蝇嗡嗡声，他再次爬起，发现两只苍蝇在屋子飞来飞去。他心里实在腻烦，就拿着一块抹布捕打起来。这里的苍蝇小而敏，一股脑地绕圈子飞个不停，很难捕打。他刚想放弃这个计划，突然桂老师站在窗外，手里拿着一个苍蝇拍。

“这里苍蝇多，你不要开门窗。”

“不开门窗光线太暗。”

“要看书学习，就到我屋子或厨房。”

“我现在想休息。”

“那就把窗户关上。”

司令俊男关上窗户，拉开灯，挥动苍蝇拍，总算把它们消灭，屋子恢复了平静。但他依然感到压抑，一闭上眼，脑海立即就出现刚才桂老师站在窗外的镜头。铁窗铁栅，又矮又小，这画面怎么看都像牢房，而自己就是牢房里的囚徒。

晚饭是桂老师做的，味道比老韩家可口多了。主食是花卷和大米稀饭。有三样菜，一碟凉拌豆芽、一碟红萝卜丝、一碟酸辣炝莲花白，都是司令俊男喜欢吃的。吃饭时，两人一左一右，坐在圆形餐桌旁，各吃各的，很少说话，好似小两口闹矛盾赌气，又像老两口把一辈子的话全说完了，吃饭只是完成某个机械程序。

最后桂老师不得不说："按行业规定，从明天起，轮流当值日做饭。"

司令俊男说："我不会做饭，不如让我把洗碗和卫生包了。"

"那就这样，每人每天伙食费四元，我会安排好的。"

第一夜在这个所谓的家里，司令俊男怎么也睡不着。尽管独眼老板用了好木板，又多加了两个枕，但床还是负重过大，稍一动弹，就咯吱咯吱叫个不停，任凭怎么分赃搭配四肢足首，仍难以消除讨厌的叫声。这声音可谓男女做爱的同义词，也是唤醒单身男女原罪的勾魂曲。而此刻，只有薄薄一张三合板之隔的两个旧时的情人，怎禁得住这声音的煎熬与煽惑呢！

司令俊男实在难受，就爬起来检查床是哪出了问题，看来看去还是不知所然。后来他灵机一动，拿了香皂，给四条床腿的大铆乱抹，再一试，果然灵验，咯吱声小得多了。他重新上床，一翻身，那声音依旧响亮，只是少了床腿的咯咯声，却多了床板的吱吱声。他正苦于无法整治，这时窗户响了。

桂老师在窗外说："你的床声音太大，吵得人睡不着。"

司令俊男打开窗户："我侍弄一通，也止不住。"

她从铁栅递过一个小瓶："缝纫机油，把油膏上就不响了。"

她说完转身进了自己卧室。司令俊男关上窗户，开了灯，揭起被褥，将瓶子小嘴儿对准钉铆，油便很自然地渗入缝隙。这种作业颇带刺激性，但此时此境，他却没有丝毫的非分之想。

这些天来，他感到桂老师完全变了。她不再像二十年前那样真心真意地疼爱自己，而是给感情涂上一层厚厚的功利主义的油彩，包括在老家和998的做爱，都是一个诱饵，是为了引诱自己上钩。刚等申购了产品，成为她一条腿，她就立即翻脸不认人。他的性格决不容忍任何人践踏自己的人格，玩弄自己的感情。所以他现在对她没有一点兴趣和激情，即便她找上门他也不会动情，更谈不上主动找她了。

他这么想着，将缝纫机油几乎滴完。有了油的润滑，钉与铆、木板与木板的摩擦力就锐减许多，使偶尔的松动挤压也求得和谐，不再咯咯吱吱地叫唤了。

而此时，在隔壁的桂平筠也难以入眠。还是她不知想过多少遍的观点，如今又在她脑际翻腾起来。她知道司令俊男对她不满，除了没和他商量租房的事外，真正的原因是嫌她回避以前的感情。这一点她心里很清楚，完全理解，她何尝没有和他同样的渴望啊！她不是忘情别恋，也不是绝欲主义者，而是她的使命和事业逼着她不得不这样。她多么渴望情欲又不得不憎恨情欲，多么迷恋情欲又不得不拒绝情欲，惟恐情欲这个无孔不入的害群之马毁掉自己的伟大计划，毁掉自己破釜沉舟的最后一搏。现在她就睡在他情人身旁，中间只隔着一张薄薄的三合板，这怎能不激起她情欲的黄钟大吕和缱绻长思呢？

她记得，有人曾说过，女人的意志力有时比男人更坚强，甚至有些偏执。往往一个思想或主意，一旦在她们脑海形成，就变得根深蒂固和矢志不渝。对目前正处于窘迫现状的她来说，这种观点在她身上得到最强有力的验证。她既然认准这个行业，就要倾其一切投入进去，为之奋斗和拼搏。她知道湖南的传销，自己能干到B级，就是意志力的体现。如果没有接连发生的事故，没有后来国家的取缔，她一定能获得成功登上皇冠宝座。萨雷所以能轻易把她搞定拿下，除了她急于挣钱弥补乡亲们的损失外，另一个原因就是她坚信自己的意志力。是的，她承认，在司令俊男身上，她不无功利主义思想，但这都是为了她和他的共同利益呀，怎能扯到色情诱饵上去？至于现在藏匿和回避情欲，也是为了她和他的共同利益呀！……再就是，他说她过于痴迷，有些神秘主义和走火入魔，这样的话她更不能认同。在老韩家里她没有反驳，那是急于要他搬回来，所以才默认了。但现在一想，他的观点该是多么幼稚可笑！痴迷，神秘，入魔，这是一种境界，是她七八个月悟出的大道真谛。世界上一切成功者，有哪个不是在这一境界和真谛中成就大业的？司马迁不痴迷、神秘、入魔，能受宫刑大辱写出无韵之离骚？居里夫人不痴迷、神秘、入魔，能发现稀有元素从而为原子武器奠定基础？陈景润不痴迷、神秘、入魔，能摘取歌德巴赫猜想的桂冠？还有中国古代那么多著名的佛家、道家、儒家人物，以及书画家、文学家等高德大家，不痴迷、神秘、入魔，能创造出灿烂的中华文化？所以说他的观点完全是愚顽之见，是学习不到位和心态不好的必然反映。这样的认识水平和现实表现，怎能发展自己的网络并最终完成百万富翁大业呢？……

第二天起床后，桂平筠准备早餐，司令俊男拖地，一切都按章办事。她馏上馍，熬上稀饭，就招呼司令俊男到她房子学习。学习内容仍是《羊皮卷》，读者如天籁之音，听者似醍醐灌顶，半时光景，学习结束，电饭煲里的饭和馍也恰倒好处，两人又默默完成着吃饭的程序。在以后的好多天里，师徒俩就像居家过日子一样，既谈不上亲近热烈，也不曾磕磕碰碰，时光就这么从他们并不和谐的气氛中悄然流逝。

这天，司令俊男在厨房看书，突然闻到酸溜溜的发酵气味，揭开盆子一看，面发得快溢出来了。他不知桂老师什么时候才能回来，就放下书，自己动手揉面蒸馍。本来像蒸馍做饭这些事，他原先在家时都干过，而且手艺不错。特别有一段时间呆在家里没事干，就想着法儿变花样改善伙食，乐得景旒儿直呼他“老婆”，要和他置换身份，他主内她主外。儿子却主张，既然老爸闲着也是闲着，不如开饭馆，凭老爸的手艺绝对能赚钱。来到这里以后，别人不相信他会做饭，他也懒得做饭，所以就逃避了做饭。但现在眼看面发了，再继续发酵下去，蒸的馍就会发酸。所以他二话没说，就自己干起来。等桂平筠回来时，馍已蒸好起锅了。桂平筠激动得眼睛飞眨，伸出手指头不停地在馍皮上按按点点，连连夸奖：“真想不到你会蒸馍，会蒸出这样好的馍！”过后她逢人便说：“我们家俊男会蒸馍了，蒸的馍既好吃又好看！”每当司令俊男不在场时，她总是这么叫他俊男，声音里明显还保留着少许当年的温情。

自从他露了一手后，桂平筠便提出恢复行业规定，轮流值日做饭。司令俊男觉得整天闲着没事，还不如做饭，学点手艺，就点头同意了。从此以后，他除了学习和串体系外，大多时间就忙着买菜、做饭和打扫卫生。按行业规定，没有发展新人者，串体系要一直串下去，而且有了新人还得陪着继续串。像这样马拉松式的串体系，据说有两大功能，一是磨练人的性格，再怎么三棱暴跳的家伙，都会在没完没了的串体系中磨掉棱角，变得乖乖顺顺的了；二是长时间串体系不由得使人腻味，腻而生厌，厌而生气，气而生勇，这时便只好编谎言邀约骗人了。而司令俊男只能腻而生厌，厌而生气，气而却怎么也生不出勇来，便歪打正着地修炼起烹饪艺术。

司令俊男尽力按桂老师规定的标准，每人每天四元伙食费，绝对不会突破。他的办法是傍晚菜农收摊时再去买菜，这样买的菜又多又便宜。有一次，一个菜农急着回去，就把茄子断堆堆卖，他恰好赶上，花两元钱买了十多公斤茄子。回去后一天三顿饭不离茄子，凉拌、烧炒、油炸，又是蒸包子，又是包饺子，又是烙菜合，整整吃了一个星期，吃得人出气放屁都是茄子味。偶尔也有突破标准的时候，但他都会在下一次挤兑出来，决不会超支。桂平筠自然高兴，对人夸他真是个过日子的行家里手，哪个女人跟了他绝对鸿福齐天。

当然了，他一边在琐碎的家务中忙碌，同时也一边等着邀约对象的消息。他平生第一次遭遇等的玩弄。他真搞不明白，在人复杂的意识活动中，等究竟属于一种什么样的心理机制？那让人焦灼不安的情绪，那渴望期盼的欲念，那无助难耐的心情，像搅肉机一样搅拌着人性的本质。三个多月来，他正是这样被等搅拌得既无限振奋又无限沮丧，既十分厌倦又不忍舍弃。这种感觉真他妈的比上绞刑架还难受！

司令俊男实在等不及了，就分头给邀约对象打电话。武镇仍没交手续，仍激情洋溢，仍表示他来他来他一定来。孙乾说大儿子刚结婚，接着又要给二儿子结婚，说办完事马上就来。他放下电话，直骂孙乾，他妈的又不是老鼠生儿子，还能一个接一个没完没了？过了一会他又给表弟打电话，芒芒说奶牛便宜贵贱卖不了，卖不了就来不成。最后一个电话打给景颇儿，他说他刚上班不好意思张口请假。他就骂他是个熊囊鬼，张不开口就不用张口，尻子一拧走人，撂下那鸟事，熊管！景颇儿无奈，勉强答应说他想办法尽快前来。

第十八章 小舅子总归是小舅子

CHAPTER 18

景颇儿终于打电话来了，他说他已买好机票，下午就到。桂平�和司令俊男一时方寸大乱，又是打扫整理房间，又是置办被褥用品，忙得马不停蹄。萨雷更是大喜过望，立即召开会前会，研究对策，安排分工。老三和小范房配，老雷做饭，桂平筠和缇缇带人听沟。萨雷本来和外体系一个女大学生联系，也就是上次带程家宽女婿听沟的萧荷，但她明天有工作来不成，所以才临时打手机叫来缇缇。萧荷的母亲是末流电影演员，也在这儿。女儿大学刚毕业，分的工作不理想，就跑来和母亲一起搞网络。萨雷一提起萧荷就兴趣大增，说她如何漂亮，如何有气质，那眼睛机灵得能说话，口齿伶俐得能勾魂，让她带人听沟，搞定拿下确保百分之百。直到缇缇来了，他还一再要她好好向萧荷学习，不能整天贪玩，要学点真本事。缇缇母亲尹杭杭就是萨雷的情人，比俞溟还来的早，网络却发展得最慢，不是萨雷给她安了两条腿，至今还是单个司令。缇缇17岁，不爱学习，在家没人管，母亲就把她带来，母女俩合作了三份。因为来的时间长，缇缇对行业很熟悉，常帮人房配，带人听沟，一图好玩，二图有好饭吃。在缇缇眼里，萨雷就像父亲一样，他的话一句九鼎，不能不听。缇缇瞧了下萨雷，呲咩一笑，说记下了，要学真本事。直到最后，也没涉及司令俊男，他真不知在这场表演中，自己该担当什么角色。

下午五点，司令俊男和范主动去高管汽车站接景颇儿。春城飞机场直通高速路，下飞机的乘客一般都坐高速路专用车，所以他们就去城里高管车站接人。在车站等了半个小时，才见景颇儿从一辆大型旅游车下来。司令俊男向他走去并连连招手呼喊。景颇儿虽少激动，却不乏亲热，递过提包就向他撒怨气：“姐夫，你怎么跑到这烂地方来了，下了飞机还老远，路又长又难走。”司令俊男拍着他的肩膀，以怨抱怨地说：“你咋不提前来电话？不然我到机场去接，就不觉得路长难走了。”

坐出租车一会儿就到了666，缇缇和桂平�已在门口等着。上楼稍事休息，便开饭了。雷钊的手艺不赖，满桌鸡鸭鱼蛋，香气诱人。几人刚刚落座，景颇儿就拿起白酒瓶，给自己倒了半杯，然后高高举起，说：“各位，谢谢大家热情款待！我借花献佛，以干为敬，各位请便。”说完脖子一仰，咕嘟咕嘟半杯白酒便一杯见底。众人无不唏嘘惊骇，齐夸他好酒量，不愧陕西冷娃！

老雷本来就容易冲动，这时被景颇儿的壮举激励得更加按耐不住，顺手抓起酒瓶，给自己也添了半杯，站起对他说：“小兄弟，就你这一下，我服啦！好酒量，好慷慨，好豪气！各位请看，为了景颇儿小弟的慷慨和豪气，我也半杯见底。来，干杯！”

司令俊男和大家共同干杯后，还在暗自吃惊。他不知这位准小舅子葫芦里装的什么药，更怕他一时失了体面或惹出事端，就不停地向他瞪眼示意。但景颇儿却故意回避他的目光，只管兴冲冲地一边和大家讨热乎，一边用五个手指头按着酒杯上沿徐徐旋转，随时都有再干半杯的可能。司令俊男觉得这家伙太张扬了，便端起酒杯转移他的兴奋点。他说：“各位，我这小弟慷慨激昂，以干为敬，半杯见底；老雷也前行后效，等量齐观。所以，我也以干为敬。豪饮到此为止，后边大家随意，不可勉强。”

萨雷和萨风都没来，雷钊就成为宴席的主宰。他见景颇儿颠倒酒杯，就又一次次和司令俊男干杯。司令俊男喜欢喝啤酒，喝白酒只是应付场面，真正要摆龙门海喝白酒，自觉不是雷钊的对手。他只和老雷碰了数杯，就甘拜下风，连连拱手讨饶。老雷没了喝酒搭档，便觉失落。而这时，桂平�、范主动和缇缇只顾埋头吃菜，并不时发表几句“菜真好吃”、“老雷手艺不赖”的议论。一听到这些夸奖的话，老雷便大大降低酒兴，又夸夸其谈地说起鱼的刀法和菜的火色之类话题。

“司令兄弟，以后来了新人，就叫我做饭。想吃什么做什么，我可有厨师等级证哩！”他见桂平�使眼色，又对景颇儿，“小兄弟，听说你搞过保险？其实保险和咱这事一样，都是靠网络挣钱，但保险任务重、发展慢、回报少，没有咱这事见效快、回报高。今天算你找对了庙，烧对了香。凭你刚才那两下子，我就看出你是个大赢家！”

“快吃菜，多吃菜，老雷做的菜川味实足，吃起来香辣到顶。”桂平�偷偷捅下老雷，然后把一个鸡大腿夹给景颇儿：“来，把这个鸡腿吃了。你不知道，这里鸡都是放养的，肉很瓷实，味道既鲜又嫩，好吃极了！”

散席后，司令俊男把景颇儿领到自己房子，想问问儿子和他妈的情况。

“你来这里，你姐知道吗？”

“为你俩的事，她很长时间都不理我，说我是叛徒内奸。我的事她不过问，我也没给她说。谁叫我是你肚子的蛔虫呢！”

“那就好，我怕她操心。是这样，在这你要认真考察，独立思考……”

正说着范主动推门进来说：“累了一天，休息吧！”

司令俊男说：“等会儿，还早着呢。”

范主动扭身出门走了。

司令俊男又问景颇儿：“你知道你姐搬回去住了吗？”

景颇儿答道：“我不再关心你俩的事，所以没留神。”

缇缇又走进来说：“桂阿姨让这位哥哥休息哩。”

司令俊男生气了，一摆手：“去去去，才九点，休息啥呢休息？”

两人还没说几句话，接着老雷闯进来。他拿出烟，给每人递一根。司令俊男推辞了。景颇儿接过烟没抽。雷钊自己口衔一根，打着火，点着烟，深吸一口，对司令俊男说：“司令兄弟，我看时间晚了，还是让景颇儿休息吧，我想和你谝一谝。”

司令俊男发火了，不客气地说：“真是的，才九点，晚什么晚？我们几个月没见，说说家务事，有什么不可？神神秘秘的……”

老雷讨个没趣，站起来走了。刚出门就对在外边偷听的桂平筠说：“去去，人家说家务哩！”

这种气氛使司令俊男和景颇儿都觉得迷惑，顿时谈兴大消，无话可说，出现了冷场。司令俊男甚为丧气，打个哈欠，说睡吧，遂把景颇儿领到他的房子，打来水，让他洗了脚，才分手各自睡去。这一晚两人都睡得很不塌实。

翌日，萨雷早早来搭平台。还是那讪笑的面容，还是那灌输法的高谈阔论。司令俊男没有想到，萨雷的话竟然引起景颇儿极大兴趣，这种亢奋状态一直延续到上午听沟。当时他的优雅举止和插话提问，都表现得非常得体和富有激情。这些信息立即反馈给萨雷，他给景颇儿寄予厚望。吃中午饭时，他和俞溟一起拿着礼物慰劳来了。酒席非常丰盛，气氛十分热烈。萨雷不住夸赞景颇儿，观念新锐，意识超前，气质特佳，人又长得很帅。在这里干一两年，不但能成为百万富翁，也能找个漂亮媳妇。接着他把萧荷大加赞赏一番，又问景颇儿有没有对象，如果没有，他愿当月下老，把萧荷介绍给他。俞溟也很温柔体贴，像阿姨和母亲一样疼爱着他。她说她很相信缘分，刚一和他接触，就有一种亲情感。也许因为保险和连锁销售模式都是网络，行业的血缘也影响着人与人的关系，所以才感到特别亲近。

晚上自然又是宴会。潇湘酒楼的豪华设施、丰盛酒席和热烈场面，的确使景颇儿激动和感慨了好一阵子。俞溟和萨雷分坐他的两侧，热情亲近的程度在家乡只有新女婿才有这份儿。萨雷为陪同景颇儿，破天荒头一次婉拒了尹杭杭。宴席上缺少这个“夫唱妇随”的风景，许多人都觉得惋惜。酒席间，萨雷果然把那位叫萧荷的女子介绍给景颇儿。萧荷个子不高，戴一副眼镜，容貌靓丽，气质不俗。她和景颇儿碰着杯，说着祝他早日成功的话，便款款坐下。她的嘴唇很红，像一轮椭圆形的太阳；两排牙齿洁白晶亮，又似重重叠叠的雪峰。说话时声音潺潺而流，仿佛雪山红日中消融的雪水，清纯而甘冽。她说实在对不起，本来很想陪他听沟，但提前应了别人，所以只能抱憾推谢。也是天生缘分，想不到在此邂逅，真是幸会！景颇儿也算如水男儿，和女孩子说起话来游刃有余，蛮讨人欢心。他夸她气质高雅，女儿味实足，认识她实为三生有幸。说得萧荷咯咯直笑，接连与他碰杯后依依离去。

两天的考察都很顺利，只是司令俊男觉得没事可干，好似一个局外人。下午范主动和缇缇带着景颇儿去听沟，其他人就到999上课。老三领着一干人刚走到商映家楼下，突然接到电话，便神秘地让大家别上楼，下午不学习了，都到别墅区去逛。老韩问为什么？老三说叫咋办就咋办，不该知道的就别问。司令俊男没听清，问他到底出了什么事？老三生气地斥他咋是这人，一时糊涂一时明白。司令俊男涨红脸，身子一转，气冲冲地走了。

司令俊男一路怒气难消。他妈的什么行业嘛！他小声咒骂着，简直莫名其妙！整天神神秘秘、鬼鬼祟祟，把人当猴耍呢！哼，有啥可逛？一堆堆一串串，像狗一样，不嫌丢人显眼，能给自己逛出个别墅小楼？

回到666，他才记起桂老师拿走钥匙，进不了门，只好在门外等。但他等呀等呀，等了一个多小时，才见小范和缇缇回来，却没见景颇儿。小范说他和桂老师到菜市场逛去了。司令俊男一听，火气更旺。他妈的又是逛！逛逛逛，逛窑子还是逛庙会？他突然想起那次被桂老师赶出998的情景，心中的怒火又熊熊燃烧起来。真是不可理喻！既然要回避新人，那么我的新人为什么就不必回避反而招摇过市？这算什么规定嘛！但他还是强忍着。范主动和缇缇虽然能进自己房子，却喝不上水，热水瓶都在厨房和桂老师卧室。范主动渴得喉咙直冒烟，就咕嘟咕嘟在水管喝生水。司令俊男窝着一肚子气，仍在走廊转来转去。景颇儿没回，桂老师没回，老雷没回，冰锅冷灶的，哪有个接待新人的气氛？直到晚上七点多，才见景颇儿走上楼。

司令俊男再也忍不住了，冲着景颇儿就嚷：“你没看看时间，七点多了，才回来，跑哪去了？”

景颇儿说：“走到半路，碰见桂阿姨，让我和她逛菜市场。”

“别的新人让我回避，我的新人就逛市场，真他妈的见鬼！”

“见了许多人，桂阿姨都给我介绍了。这很正常呀！”

“正常屁！正常能把我从998赶出来，能不让我进门取个东西？”

“那就太过分了。我也觉得这里神神秘秘的，有点怪诞。”

“真他妈的可恶！逛到七点，不吃饭了，哪像个接新人的样子？”

正在这时，桂平筠和雷钊上了楼，听到骂声，两人立即止住说笑。桂平筠进了厨房。老雷知道耽误做饭，便解释道：“在路上我就催着快回，家里有新人，要做饭呢，他们就是磨磨蹭蹭，所以回来迟了。不要紧，我的手艺你知道，只一小会，饭菜就好，不耽搁吃饭。”

司令俊男：“我只觉得他妈的太扫兴了！老雷，不关你的事，你忙去吧。”

老雷到厨房去了。司令俊男给萨雷打手机。他劈头盖脑地质问萨雷：“老萨，我问你两个问题，一是国家法大还是行业制度大，下午取消学习，不让人回家，又不准问为什么，这不是剥夺人的知情权吗？二是我的新人被带去逛菜市场，七点多才回来，到现在还没吃饭，这符合你说的回避新人的规定、还像个接待新人的样子吗？上次把我从998赶出是为了回避新人，今天却领着我的新人逛市场，为什么又不回避了？”

看不见萨雷的讪笑，但司令俊男能体会到他此时的神态，只听他在电话里说：“司令小弟，别急，我了解一下情况再说。你现在在哪，还没吃饭？好好，我现在就过去。”

关了手机，这时厨房传来敲击案板的巨响，持续两三分钟，把楼下餐馆老板都惊动了。老雷说拍蒜呢。老板不解，说拍蒜能用那么大的劲？桂平筠说没事，推着老板下了楼。老雷做好饭菜，气呼呼地夹着铺盖卷要走。司令俊男明白他是冲他来的，忙拦住说：“老雷，我刚才已说了，这事与你无关，为什么要走？”

老雷小个子向前一蹿一蹿，瞪着眼直嚷：“心里不爽就来犟，这就走！”

司令俊男也犯了犟，夺过铺盖卷往床上一撂，说道：“你现在走了，就是和我过不去。你也说过你反对神秘主义，我刚才就是向神秘主义开火，你为什么坐不住了，为什么发这么大火？”

雷钊被问得闭口无言，只好让步回到厨房。他没吃一口饭菜，只是喝闷酒。景颇儿忙向他敬酒，他和他干了几下，就提前告退。

吃过晚饭萨雷来了。司令俊男把事情经过说了一遍，萨雷的讪笑显得很生动。他说：“这事都怪我，下午得到消息，说工商部门突击检查，所以给老三打手机取消学习。这家伙是猪脑子，给大家说明一下不就好了，却吞吞吐吐让人生疑。我把他狠训了一顿。至于上次在998和今天的事，你就谅解一下，桂平筠必定是个女人，头发长，见识短，疏忽纰漏在所难免。”

司令俊男说：“这不是疏忽纰漏的问题，而是她搞神秘主义，搞传销那一套。如果再这样，我和景颇儿马上走人回去。”

“嘿嘿，你回去，就不怕人说你是逃兵？大丈夫虚怀若谷，包罗万象，岂能和一个区区女人较劲！”

司令俊男知道萨雷和桂平筠是一伙的，也知道他绝不会承认她是思想意识问题。因为在萨雷的天平上，桂平筠就代表他，他怎么会为一个不足挂齿的小事而否定她，也就是否定他从而否定这个行业呢？上一次为998的事，他已领教过了，萨雷那讪笑的胚胚脸宁可自己承担责任，宁可大骂桂平筠几句，也不肯接受神秘主义等关乎行业的指责。现在，面对同样的问题同样的人，还会有别的新花样吗？司令俊男觉得如此坚持下去没意思，就再没说什么。

就在萨雷和司令俊男谈话的时候，景颇儿正被俞溟邀请参加一个茶话会。茶话会在一处豪华歌舞厅举行，去的都是她体系的年轻人，当然也少不了那个叫萧荷的姑娘。这是萨雷和俞溟特意安排的，目的就是要搞定拿下景颇儿。这里边门道大着呢，一般局外人难以摸清其中的奥秘。就说这次接待景颇儿吧，为什么不让司令俊男和景颇儿住一个房子，为什么不让他带人听沟，为什么不让他参加宴会等等，目的就是要把他们两人隔离起来，怕司令俊男影响景颇儿。就像这个茶话会，本来俞溟执意要司令俊男一起来，几天没见她心里总觉得空落落的。但萨雷一再坚持把他俩隔离开来，绝不能让司令俊男把动摇的情绪传染给景颇儿。他还含蓄地劝她，在事业和感情之间，必须以事业为重。俞溟对萨雷的话自然百依百顺，这不单因为他是她原先的顶头上司，更因为他已经成了她的精神领袖，她所以能干到目前的业绩，全靠他的引导和扶持。所以她必须按他的话办，必须把感情的闸门暂且关闭起来。

这一切景颇儿并不知晓，所以就张扬出许多档次和水平。他时而和这个那个女子跳舞，时而和这个那个男士唱歌，言谈举止潇洒优雅得让西安和重庆等大都市的人也刮目相看。当然了，萧荷是他的首选搭档，两人跳了一曲恰恰舞，那线条，那节奏，特别是那手臂的流转和腰肢的扭摆，使在场的哥们姐们无不狂呼怪叫，赞不绝口。还有杜航的外甥女盈儿，身材比萧荷更顺溜，线条更暴露，和她跳舞绝对是最好的享受。但她比较腼腆，只和他跳了一个曲子，就坐在一个角落和凯凯闲聊。他没和缇缇跳舞唱歌，觉得她年幼不懂事，有些疯张，找不来感觉。这却正中缇缇下怀，独自攥住话筒死不丢手，一首一首唱个没完，气得董朵朵和关羽羽等人都瞪眼讨嫌。

俞溟一直很兴奋，和这群年轻人在一起，她觉得自己也年轻许多。是的，能看出来，今晚她经过精心化妆，被迷彩灯一照，根本分不清实际年龄。她先和党自觉表演一段东北二人转，接着与景颇儿跳起三步舞。中三注重于波浪感，她的身条高，愈显示出线条的曲美。随后她不再出场，只是招呼服务生尽管供应茶水咖啡、水果点心，俨然一个大老板的作派。

到了第四天，该是景颇儿决断的时候，他就征求准姐夫的意见。司令俊男还是要他自己独立思考，牵扯到钱的事，别人进言会埋下许多隐患。景颇儿说他觉得这事能干，也容易干成，只是不知小旋子同意不同意。

“小旋子是谁？”

“就是舒旋，你认识她呀！”

“怎么，你俩又好了？”

“原先她妈不同意，嫌没正式工作，我一到保险公司，她妈就同意了，还张罗着今年国庆结婚哩。”

“你这家伙，来了也不说，我还以为你真的对萧荷有意思。”

“没有的事，只不过玩玩而已。”

“那你快给舒旋打手机，征求她的意见。”

景颇儿拿出手机，给舒旋打着电话。他没说具体事情，只告诉她连锁销售和深圳玉莹公司。她让他先别急着参加，等她在网上查了再说。大约过去半个小时，舒旋打来电话，说网上根本查不出玉莹公司相关资料，说明没有这个公司。不过倒有许多受骗者的帖子，还附有记者的调查报告，都说连锁销售是个大骗局。她要他回去，马上动身，坐飞机。她最后警告，如果不听她的话，参加传销，立即分手拜拜！

景颇儿不再征求姐夫意见，也不用绞尽脑汁思考。她的话就是命令。他立即收拾东西，要现在就走。司令俊男没有挽留。景颇儿说他先下楼，让他过一会把提包从窗户扔下去，不必送。司令俊男想了想，觉得这办法很好。景颇儿住的隔壁就是厨房，厨房紧挨大街，厨房门开着。他进厨房看了地形，楼下餐馆门前正好放着一堆沙子。正是午饭后休息之时，其它房门都关着，景颇儿很顺利地下了楼。过一会，司令俊男把景颇儿的提包准确地扔在沙子上。景颇儿拣起提包拍了拍，向他招招手，钻进出租车，眨眼就没了踪影。司令俊男长嘘一口气，回到自己卧室。

隔壁桂老师问："你小舅子呢？"

司令俊男回答："可能睡了吧。他已不是我的小舅子。"

"看你俩热乎劲儿，谁知道？哎，你刚才干啥去了？"

"肚子有点憋，在厕所蹲着。"

"我这里有治拉肚子的药。"

"屙了一大泡，现在好了。"

"好了就睡一会，下午要带景颇儿去萧荷家串体系。看你小舅子对她很有意思，说不定真能谈到一块。"

"但愿如此。"

"睡吧。"

"好睡吧。"

刚过两点，桂平筠就逐个敲房门，司令俊男、范主动和缇缇马上都起来了，惟有景颇儿的门一直未开。她再次来到他门前，一边敲门一边喊，还是不见动静。这时其他人也围了过来。

司令俊男狠砸着铁门喊："景颇儿，景颇儿！串体系了，怎么还睡得像死猪一样？快起来！"

屋里仍没反应。这下桂平筠慌了，忙找来备用钥匙，打开门，里边却空无人影。她再一看不见提包，便惊叫一声，知道他逃跑了。她气得大声质问司令俊男："你，是你放跑了他？"

司令俊男故作镇静地辩白道："没呀，我压根就不知道呀！"

"不可能，你不可能不知道！"

"凭什么？"

"就凭你在厕所蹲……蹲了半个小时！……"

第十九章 师徒二人真的较上了劲

CHAPTER 19

自从景颇儿逃走后，师徒俩的关系更紧张。桂平筠每天早晨不再主持学习了，更多的时间是独自看《羊皮卷》或背诵“成功誓言”。司令俊男也不用“天天读”和抄写资料，一有机会就去网吧上网。师徒二人在外边相遇也不说话，都转过头佯装没看见。做饭和吃饭按既定程序，不必交流沟通。上课串体系还是老一套，时间地址已提前公布了，万一变动就赖之于手机。现代化科技就有这些好处，不必当面尴尬，拨个号码就传达了意思。而且用语很吝啬，像过去发电报一样，不会多一个字；顺序也决不会弄乱，先时间，后地址，约定成俗。譬如今天下午四点在老韩家学习，只须在手机里说“四点，888”就行了，言简意赅，像道教隐语，又似共产党初期活动的联络暗号。

而此时，整个萨雷体系发展迅猛，不但出乎萨雷本人所料，也使俞溟感到非常惊异。首先是被视为落后分子的老韩，居然成为一匹勇往直前的黑马，发展势头使所有人望尘莫及。他的第一条腿程家宽，果然把女婿和儿子叫来了，来了就很快认购了，而且每人都是十份。老程儿子程星很快叫来战友许果，同样申购了十份。老韩的第二条腿金全会来得更容易，只打了一次电话，只说“这里有个好生意”一句话，邀约就成功了。金全会来了也是一句话：“你老韩能干我也能干。”更令人难以置信的是，金全会只来了十多天，也成功地安上一条腿。他的腿叫胡天水，申购一个月，竟奇迹般一次邀约来两个人，一个叫乐正，一个叫郑越，都是十份。

提起乐正和郑越，更是令人瞠目结舌，哑然失笑。胡天水打电话邀约乐正，恰好郑越和他在一起喝酒。郑越一听云南药材生意好做，也要一同来。胡天水知道行业规定，一次只能邀约一个人，就谢绝了郑越。但郑越是个很有鬼点子的家伙，到了乐正走的那天，他说是为朋友送行，却备好全部行头。他把乐正送上车，直到车开了也不下去。更让人啼笑皆非的是，下了火车，见了胡天水，乐正觉得气氛不对，执意要回去。相反，还被胡天水训斥冷遇的郑越，此时却做起乐正的思想工作，揶揄怂恿，终于使他回心转意。

他俩来到爨城，一起考察，一起申购。申购更有意思，按规定，乐正是胡天水的腿，郑越是乐正的腿，但乐正嫌郑越邋遢，人又特鬼，不想要；而胡天水却打起小九九，阴错阳差地把郑越安成自己的腿。这样一算，胡天水一下子安了两条腿，连他一共三十分；而他的上线老韩，只两个多月，业绩高达七十分，已远远超过经理标准。

下来就是老三，除了老韩这条腿的业绩外，他的第二条腿雷钊的势头也很好。雷钊发财心切，情绪高涨，向萨雷和桂平�借来上万元，给自己补够了十份。那次接待景颇儿，他其所以发那么大的火，正应了“借人钱手软”那句古话，所以才讨好桂平�，给司令俊男来了个下马威。现在，他先后叫来两个人，都很顺利地认可申购了，刘真申购十份，何全根申购三份。老雷刹时烧包起来，先花三千多元置了家，接着进高档美发厅掏一百八十元理了发，再后又花三百多元买了双高档皮鞋。他心里暗想，百万富翁的素养和气质，从现在起就该好好培养。

再看商映，他的伞下虽然仍是个糖葫芦，也就是只有一条腿，即他的腿是他妻子荚荚，荚荚的腿是岳月，岳月的腿是她老公董世轩，董世轩的腿是他女儿董朵朵。如此直线发展，不像个糖葫芦？但别小瞧了老董两口子。他们家男主内，女主外，阴盛阳衰是他们从关中带来的老传统。妻子岳月干过乡镇妇联主任，搞过保险，当过国营厂车间支部书记，要政策有政策，要口才有口才，人际关系好得更不在话下。朵朵的三个同学考察完毕，说是要去西双版纳旅游。岳月明知是托词，还是买了许多食品，亲自把他们送上车。她从不强求于人，一切顺其自然。就像月亮和太阳，一个出来了，一个进去了。世界原本就是这样，何必强人所难呢？但谁也没想到，那三个人旅游结束后，竟有两人又折转身来，来了就很快申购了。岳月把一切家务事宜料理妥当，交给丈夫董世轩掌管，又和女儿回关中带人去了。临行前她买了几大包沱茶，又买了许多精致的茶叶盒，然后仔细地把茶叶分成若干份儿，再把分好的茶叶装进若干茶叶盒里，一批精美的礼品就准备好了。回到关中后，她和朵朵一家家串门，一家家送去云南名茶，大方体面得像回国华侨。十多天后，她果然又带来两个人，果然又顺利地申购加入了。截止眼下，岳月家已有七八个人，虽然申购的份数都不多，但也有五十多分，当经理不远了。岳月马上能当经理，那么荚荚和商映就更是弹指之间的事。这个行业就有这个特点，上拉下推，到时候不想当经理也由不得人。

相比之下，范主动和桂平筠就惨淡得多了。小范的同学说回去结清手续就来，至今没有下文，他仍是孤家寡人。他的优势是有他大舅，实在没戏，只要萨雷一出手，一河水就开了。而桂平筠却不然，她虽有司令俊男一条腿，但这家伙只是站着不动，半年没发展一个人。她最担心这是一条死腿，真那样她就彻底栽了！所以从各方面分析，她的压力最大。她不能坐以待毙，要主动出击。怎样出击？她思前想后，还是觉得应从司令俊男身上下手。那么怎样下手呢？她一时没了主意，就去请教萨雷。萨雷还是那几句话，他说他不是不动吗，那就像对待黔之驴那样，在他屁股上抽一鞭子，看他动不动！

这天吃罢早饭，司令俊男接到桂老师电话，仍像隐语和秘电码那样简单："八点半，998"。司令俊男接完电话还在纳闷，串体系都是去外体系听取成功人士的经验，为什么今天是本体系，而且在998，998又有谁是成功人士值得学习取经呢？

司令俊男准时来到998，进门一看，不是别人，都是自己人，三哥、雷钊和桂平筠。好在他喜欢和三哥谝，互相交流谝谝倒也不错。他这么想着就和他们打过招呼，随便坐下来。老雷显得很热情，忙给司令俊男泡茶，递烟，殷勤得失去多日修炼的百万富翁的派头。三哥稳坐着没做声，只管抽老雷给的烟，胚胚脸上便堆起与萨雷截然不同的微笑。桂平筠正襟危坐，没有一点儿表情。但从她不住蠕动的嘴唇，能感到她内心正经受一场风雨的侵扰。

没有开场白，也没有主题。开场白就是主题，主题也就是开场白。这是三哥的一贯风格。他办事说话，直来直去，不讲客套，毫无程序。他先讲了古今中外许多著名战役，如长平之战、赤壁之战、滑铁垆之战、珍珠港大战、平型关大捷等，隐约能听出强调的是天时、地利、人和。接着他又讲了三国和水浒里的几个人物，也隐约能听出强调的是机会与行动。直到最后，他话锋一转，才大讲连锁销售的形势和发展前景，话里未点名地刺了刺司令俊男的伤疤。大概意思是说既然干上这个行业，就要按行业制度行事，不能人在曹营心在汉，更不能充当内奸叛徒，帮着新人逃跑。

三哥夸夸其谈，狂轰乱炸，一直讲了一个小时。司令俊男听着听着便听出一些味道。但他佩服三哥的渊博知识和居高临下的演讲才能，所以还是兴致勃勃地听着。三哥讲完，老雷接着开言。他讲时就没了三哥的气势，脸上肌肉微微抽搐，目光散乱，不敢正视司令俊男。司令俊男脑海立即出现《最后晚餐》的画面，心里偷笑，老雷此时的表情不正像出卖耶稣的犹大么？

老雷终于鼓足勇气，嗫嚅地说：“司令兄弟，我和你一样，刚来时对这里许多事都看不惯，但已经来了，就要一心一意。你来了半年多，至今没发展一个人，不知你是怎么打算的，最近有没有邀约对象？”

司令俊男完全明白了，所谓串体系，完全是针对自己来的啊！他没有回答老雷提出的问题。他在等待，等待他的老师桂平筠发言。他猜想她的话一定更精彩。他必须看透她的全部用意。会场出现片刻空白，使气氛遽然紧张起来。

桂平筠似乎有点得意忘形地说：“我说一下。我问司令俊男，你为什么要和我过不去，要和行业过不去？连锁销售是国家试点，网络是二十一世纪新潮流，你为什么至今仍怀疑这怀疑那？我最反对怀疑主义！怀疑主义是连锁销售的大敌。你现在不发展的思想根源，就是这个可恶的怀疑主义在作怪。作为推荐人，我希望你能认真反思一下，改变自己的心态。心态非常重要，像你这种心态，永远发展不了下线。”

司令俊男控制着自己的情绪，很平缓地说：“首先，我对今天的串体系感到很意外，叫谈心会也好，叫批判会也罢，反正我是第一次领教。三哥的狂轰乱炸我爱听，老雷的支支吾吾我理解，但使我不能接受的是我的推荐人，为什么要搞突然袭击，安排这个乖戾的会议呢？我认识到不到位，心态好不好，在这里没必要辩解。我只问桂老师一句话，你来了将近一年，仅仅只发展我一个，难道你也认识不到位、心态不好吗？”

桂平筠满脸涨得通红，嘴角下意识地撇了一下，说道：“我没有怀疑主义。不像你，怀疑一切。正因为你怀疑这怀疑那，所以才叫不来人，才帮着新人逃跑！”

司令俊男站起来：“凭什么说我帮新人逃跑，有证据吗？”

桂平筠乜斜雷钊：“当然有证据，要得人不知，除非己莫为。”

老雷扭转话题道：“司令兄弟，你也不该怀疑一切。”

司令俊男更生气了，说：“别提怀疑主义，我才最反对神秘主义！”

三哥插话说：“你说的神秘主义，正是行业的制度，既然加入这个行业，就必须无条件遵守！”

“什么行业制度，分明是国民党特务那一套！”司令俊男见已成围攻之势，再也控制不住自己，大声质问，“请问各位，到998拿本书不让上楼，偷听监视甚至隔离新人，这难道也是行业制度？如果是，那么口口声声说人性化管理哪儿去了？如果不是，那么除了神秘主义又作何解释？既然要回避新人，却为什么领着我的新人逛市场？而且明知道家里接待新人，为什么逛到晚上七点多，难道这也是行业制度？”

司令俊男一连串反问，激怒了三哥和桂老师，再加上老雷，四人刹时吵成一锅粥。三哥时而怒目相向，声如雷吼；时而挥手耸肩，哈哈大笑，总想从气势上镇住司令俊男。桂平筠一争吵，平日的优雅全扭成麻花，声音叽叽嘎嘎得像鸭公吊嗓。老雷心里有鬼，不敢直对司令俊男，只是阴阳怪气地劝劝这个，又劝劝那个，话语支吾含混，不像劝架倒像火上泼油。司令俊男没资格做房配和讲课，总算等来这个初露锋芒的机会，岂能轻易放弃。只见他左右开弓，三面应对，毫不示弱。他的话思想深刻，逻辑缜密，语言犀利，连珠炮似的，打得对方晕头转向。就连能把《羊皮卷》倒背如流的桂平筠也不禁暗自吃惊，想不到这家伙平日吊儿浪荡，却对行业认识这么到位，对国家大政方针这么融会贯通，真是钢牙利嘴，难以对付。

她咽口唾沫，缓冲一下，趁机插话道：“你到998拿书，我只不让你上去，又没让你滚，你生那么大气干啥？”

这句话更刺伤司令俊男的自尊心，不由勃然大怒，指着桂平筠大叫：“真是可恶！你把我骗来了，竟敢让我滚？你要真说这句话，我当下就给你两个耳光！”

桂平筠气得浑身哆嗦，上前一步，逼着他说：“你敢，你敢打我？”

司令俊男迎着她愤怒的目光，说：“你敢让我滚，我就敢打！”

桂平筠用手拍打着他的胸膛，哭叫起来：“流氓无赖，你敢打我？”

司令俊男一摆胳臂，把她摔到一边，怒道：“我是流氓无赖？你才是巫婆、神经病、走火入魔！”

司令俊男说完，砰的一声摔上门，气咻咻地走了。

桂平筠还趴在床上啜泣。三哥和老雷没了主意。三哥指责老雷不该说得太直太露，惹起这场吵闹。老雷却抱怨三哥不该夸夸其谈讲一个小时，话多失言，肯定什么话刺痛这家伙。桂平筠站起来，啥话也没说，用纸巾揩揩眼，径自出了门。

会开砸了。屋里只剩下三哥和老雷。

三哥萨风头脑反应敏捷，看问题准确，有很强的直观整合能力，缺点是毛糙鲁莽，缺乏长远计划和谋略。现在他不得不承认，今天这事办得实在有些出辙。本来，桂平筠提出要来998串体系，当时他就不乐意，认为都是一个体系的人，自己没啥可讲。但后来她又说了她的意图，目的要帮助司令端正心态，他就答应了。按他这几个月和司令俊男的接触，觉得两人谝得来，他热衷于夸夸其谈，他喜欢默默聆听。他敢打保票，今天如果没有老雷的搅和与桂平筠的纠缠，他再讲两个小时，他也不会如此暴跳如雷。但他仍不明白，桂平筠为什么突然安排这个会呢？别说行业串体系没这个先例，就是社会上这样的做法也早被淘汰了呀！三对一，傻子也能看出苗头，这不正是文革的批判会吗？他咳了声，真不明白桂平筠是怎么想的。

在这种场合，雷钊无论怎么装腔作势，也抖擞不出百万富翁的派头。这不纯粹是他心里有鬼，主要还是由于性格素质决定。他正是凭着爱表现、爱激动、爱讲意气、爱耍小聪明、爱巴结讨好上司这些特点，才当上材料科长。工人们都叫他“五爱”科长。然而也正是这个“五爱”，使他吃尽苦头挨了不少锉。为了耍小聪明表现自己，他给厂长立下军令状，材料实行大包干。结果他凭感情和意气办事，外边的钱根本收不回来。厂长更是个生拔毛，一纸令下，停发工资，让他自己去收款，啥时收回款再发工资。这样下来，他跑了四五年，不但没收回欠款，还花光所有积蓄，只好回老家承包山地混日子。至于他心里的鬼，一是司令俊男指桑骂槐那晚，他听了本来毫不在意，但经桂平筠一煽动，又因为借了她的钱，所以他就有意把案板砸得哐哐响，以至后来不辞而别；二是景颇儿那天偷跑时，他恰好从旁边路过，亲眼观看了那幕滑稽剧，随后就向桂平筠告发了。这不正是背叛耶酥的犹大吗？他心里有鬼，不敢正视司令俊男，脸上的表情也显得很虚伪惶恐。

老雷看三哥也在低头纳闷，就说：“她会不会觉得委屈出什么事？”

三哥也觉得蹊跷，便说：“是的，要不你快给她打手机！”

老雷拿出手机，拨了号码，对方关机。过了一会他再拨，还是关机。三哥也拿出手机呼叫桂平筠，传呼台仍回答关机。两个大男人顿然慌了手脚。她为什么关机？真出事了？三哥的直观整合能力此时发挥了重要作用，立即意识到问题的严重，也立即知道该怎么应对。他二话没说，拉着雷钊就往外走。

两人顺着大街上了后山。后山半坡有一座监狱，监狱门前是一条水渠，水渠两岸林木参天，当初是俞溟哭鼻子的地方，也是后来桂平筠常去逗留的地方。三哥推测，此时桂平筠肯定在那里哭鼻子。他们很快来到渠岸，找了一大圈，却没见她的影子。她会去哪里呢？这时不知从什么地方传来隐约的哭声。他俩仔细辨听一会，三哥把手一挥，对老雷说：“走，上山。”他们绕回监狱，继续向山上走去。上了山，山后是一大片洼地，半坡有一座鱼塘。哭声正是从鱼塘方向传来的。他们朝那边扫视，果然发现美人蕉旁有一个女人对着鱼塘哭嚎，她正是桂平筠。

必须悄悄过去，必须在她未发现前一把抱住。三哥的直观整合能力相当准确，但他却拙于行动，这就使老雷有了报答她的一个极好时机。他猫着腰，像一只机警的狐狸，下了土坎，绕过巨石，挨近美人蕉。桂平�还在哭天抢地，他一个狐步跃蹿，紧紧抱住她。

桂平筠惊骇不已，尖叫着，大骂："流氓流氓！"

老雷使劲把她抱离水边，说："我是雷钊。"

"放开我，你跑来干啥？"

"我和三哥找你。"

"我又不会自杀，找我干啥！"

"你自杀了，谁给咱作配房？"三哥开玩笑说。

"有司令俊男呀！看他那嘴巴，厉害得把人能吃了。"

"他还没资格呢！"

"男人都有点脾气，你不必生他的气。"

"我心里难受，想排泄一下。"

"回吧，我请你吃过桥米线。"

三哥对老雷说："桂老师借给你三四千元，你当然应该请她呀！"

就在三哥和老雷到处找桂平筠时，范主动和司令俊男等不及，只好到楼下饭馆每人吃了碗米线。桂平筠下午没去上课。司令俊男见她还在较劲，下课回家后就蒙头大睡。直到范主动叫他吃晚饭，他也没起来。第二天他仍然蒙头大睡。桂平筠头一次经历这种局面，只好委曲求全，亲自敲门叫他吃饭。司令俊男推开窗户，大声嚷道："我声明，从今天起，凡针对我的一切活动，我概不参加！"

快到十一点时，突然有人敲门，外边传来三哥和老韩的声音。

三哥说："司令兄弟，快开门，我光想和你谝。"

老韩说："我把瞎瞎大爷的诗悟通了，快开门，咱俩切磋切磋。"

司令俊男只好开了门。三人坐定，三哥先开口。他笑着说："没想到你这兄弟脾气忒大。但话又说回来，没有脾气的男人，还算啥男人嘛！所以我就爱和脾气大的人谝。不是有本事，有水平，才脾气大吗？！一脚踢不出个屁的熊囊鬼，想要脾气连个本钱都没有。谁愿意和他谝？但话又说回来……他妈的今天怎么了，总离不开这句话……对对，但话又说回来，发脾气看给谁发哩，譬如给我发，就值；给老韩发，也值。但话又说回来，可你给她发，我认为不值。必定是女人，头发长，见识短。古人总结的这话，真是太精辟。但话又说回来，你和她计较不觉得有失身份？要是我，不管她那一套！发展是硬道理，各人做各人的生意，只要能发展来人，只要能成为百万富翁，喝屎喝尿我都喝呢！这是我的真心话……但话又说回来……”

老韩插话道：“老三说的有道理，事情就是这么回事。你只要安上一条腿，就可以和她分家，眼不见心不烦，她总不能追到你家里纠缠吧。是的，她这人是有些神神秘秘。但你要理解，女人么，可能是更年期，孤僻怪诞，也不为奇……”

桂平筠突然在门外喊：“老韩你胡说八道啥嘛！我都快五十岁了，还有啥更年期！难道你老伴也有更年期？”

老韩哭笑不得，小声喃喃：“听墙根子哩，呃呃，像啥话么……”

三哥冲出门，向桂平筠吼道：“我们说话，你偷听啥呢，快走吧！”

司令俊男说：“你二位也别费口舌。我已声明过了，从昨天起，安排针对我的一切活动，我一律拒绝参加。我说到做到。”

三哥笑道：“嘿嘿，说了一整，这就是你男子汉大丈夫的气度？”

司令俊男说：“整天神神秘秘的，监视这监视那，连人格尊严都没了，还谈什么男子汉大丈夫？”

老韩无奈地说：“刚才已看到听到了，就那水平，你和她较啥量！”

三哥站起来拉他说：“好了，消消气，今天我做东，请你吃羊肉泡！”

老韩补充道：“刚开张一家羊肉泡馍馆，陕北人开的，味道真不错。”

无论三哥和老韩怎么拉扯，司令俊男就是不去。他俩刚要走时，司令俊男突然问老韩：“你不是说切磋瞎瞎大爷的诗吗？”

老韩笑着说：“不说那话，你能开门？不过，我觉得，你目前应多读多悟那首诗，特别是对与错一句，很有启发。这个行业是没理可讲的。”

三哥也笑着说：“你不知道吗，听话发展快，头脑简单发展快，这可是行业的至理名言呀！”

这天下午，司令俊男没去上课，独自进城逛了大半天。他先找了瞎瞎大爷，却不见他的人影，旁边人说他两三天都没来。后来他就毫无目的地到处乱转，直到傍晚时分，才进了一家饭馆，吃了一碗米线，喝了三瓶啤酒，走出饭馆时天已大黑。他仍不想回去，醉意朦胧地出了西门。

西门广场人山人海，看起来雾蒙蒙的，像洪水一样四处漫溢。他沿着边缘来到一处堆满石头的地方。这些奇形怪状、张牙舞爪的石头，好似拒绝自己。他知道自己喝得有点多，酒喝多了看什么都是这种效果，所以他很喜欢这种姿态。这里几乎没有一个人，很清爽安静。他躺在一块巨石上数着星星。此刻他心里只有天上的星星，只有那数了错、错了数，永远也数不清的星星。这种感觉真好。他懵懵懂懂地有点睡意。

司令俊男一步步走近周公。突然，他觉得后脑门一震，接着便见两个家伙不容分说将他按倒在地，噼噼叭叭的便是一阵拳打脚踢。他不知发生了什么事，等挣扎爬起时，才明白自己遭受暗算。他徒然猛醒，要回击报复，却发现早没了对象，那两个家伙已跑得无影无踪，周围只剩下一个个奇形怪状、张牙舞爪的石头。

他在乱石里转了几圈，就给老韩打手机。老韩听后惊骇不已，问他伤得怎样？他说不要紧，只是脸打破皮，腰扭伤了。他说他怀疑是内部人干的。老韩说不可能，内部谁会这么心毒手辣？他让他不要声张，快坐出租车回来，他陪他去诊所包扎。司令俊男擦擦脸上血迹，上了出租车。他顺路去了诊所，大夫仔细检查一遍，没有其它内伤，只把伤口消毒包扎一番，给瓶云南白药，他就回到666。

桂平筠不在，听说她最近在广场跳交际舞。他开了门，拉亮灯，用小镜子照照，下颌和眉梢贴着两个胶布，其它再没异常，便放心地合衣躺在床上。刚躺下不久，老韩和程家宽来了。他俩看过伤势，劝他最近别一个人出去。

老韩神秘地说："最近形势很紧张，湖北体系发生一起命案，一个带沟的人和一个新人串通起来，背叛了推荐人，成为带沟人的腿。推荐人一时震怒，乘晚上熟睡之机，把两人一起杀了，带沟人当场毙命，新人至今还在医院。最近公安部门查得很紧，你一定要注意安全。"

司令俊男疑虑地说："我觉得今晚这事很怪。直觉告诉我，一定是她雇人干的。听说她在外体系朋友很多，肯定为昨天的事报复。真没想到，她会这么狠毒！"

老韩阻止说："没有证据，不敢胡说。"

程家宽插话道："司令兄弟说的有道理。她看自己发展得比别人慢，就狗急跳墙，什么事也能干出来。"

老韩又说："关键还是你快叫来人，一分家，不理她就是了。"

"这话也对，只要分了家，一河水都开了。"

司令俊男想了想，最后下定决心说："两位老兄的话很对，我计划这两天就回去，不信叫不来人。我实在和这个神经病无法相处，快来人，快分家，我已下定决心。"

"回去叫人也好。你看岳月，回去一叫一个，难道你还不如妇女？"

第二十章 萨雷经理，网络的神父

CHAPTER 20

萨雷硬着头皮关掉手机，总算挤出一天清闲时间，独自在998四层自己的卧室思考问题。说实在话，他现在不但是俞溟体系的经理，而且也充当着爨城网络系统的神父，每天都要接四五场工作，讲课啦，沟通啦，大鼓啦，搭平台啦，还有五花八门的应酬啦……电话多得应接不暇，真有些力不从心，难以招架。他想静下来，把一年工作好好总结一下，思考一些深层次的问题，比如网络管理、团队建设、操作技巧、与直销的关系等等。特别是后者，老韩和司令俊男多次提出直销，不能不引起他的注意。这是关系网络发展方向的大事，具有很强的政策性，必须弄清弄懂。再说了，自己现在已是经理级别，而且俞溟将来走后把她的体系交给自己代管，这样责任就更重大了。所以他必须从现在起，摆脱以前的日常琐事，对整个网络做一番宏观的研究和把握。不然将来临时抱佛脚，就很难驾驭庞大的网络，甚至会失控出乱子。

998四层与二层结构不同，走廊为开式，光线很好。南边三间住着房东一家四口，北头临街的一间就是萨雷的卧室。室内摆设虽很简单，但非常整洁讲究。一张写字台，两个考究的木质单人沙发，一张单人床，一个小杂柜，一个衣帽架，两把折叠椅。墙角放着一盆插花的天竹和梅花。写字台不大，上面堆满业务资料和许多表格。杂柜一二层放着一些营养品和几样云南名茶；三四层放着书籍，多是国内外伟人的传记和商界精英的著作，最近又增加了几本关于直销的书。沙发朝北，中央墙上贴着一幅榜书“禅”字，一撇捺得很长，像一条弯曲的蛇，一直挨着茶几。床上铺盖也很简单，说明他很少在此过夜。门外靠走廊窗下放着几盆花卉，枝型优美，花影错落。

萨雷坐在写字台后，认真看着“直销条例”。这是国家取缔传销后颁发的一份重要文件，也是目前商业流通领域唯一的一部法律。正如司令俊男说的，既然有法可依，为什么整个网络只字不提并有意回避直销条例呢？他当时虽然用一些歪理邪说驳斥了他，但过后细想，这还真是个令人费解的迷。他请教过俞溟，她回答得更干脆，说大概没到该知道的级别，所以她和他一样，也是两眼墨黑。现在学了直销条例，又看了一些这方面的书籍，心里才豁然开朗。原来自己干的网络的事，都是条例明令禁止的呀！但作为具有绅士风度的他，却另有一番理解和发挥。是呀，条理只禁止传销网络，并未禁止连锁网络呀！世界上最富的五十人中，靠连锁销售富起来的就有十多名；而且已写进大学教材，所以连锁销售不在条理禁止之列。何况，中国加入WTO时，已对全世界许诺开放无店铺销售业务，也就是多层次销售，而条例却只字未提。难道是中央疏忽遗漏？不可能，绝对不可能。惯以理论和政策水平很高而自居的他，此刻眼里闪过一丝非常明亮的光芒，似乎已从这个漏洞中扑捉住什么天机。他脸上显出固有的讪笑，站起来，在屋子来回踱着步。他发现一个信号，一个由中央发出的信号！既然条例没提，就是一个空白，一个含金量很高的机遇。从网络高层传下来“钻法律空子”的理论指的就是这个空白和机遇。他越想越激动，索性倒在床上，望着屋顶哑然失笑。嘿嘿，老韩呀，司令俊男呀，你们的问题不值一驳，看你俩还能要什么花招？

萨雷的卧室由于和房东混在一起，所以体系里的人很少知道，即使三弟萨风和外甥范主动来的次数也很有限。当然尹杭杭除外。尹杭杭一般白天来，来了主要是整理屋子，给花浇浇水，然后像妻子一样坐下来和他说说话。他们都是在尹杭杭家里亲热做爱的，除非缇缇在家不方便。所以在这里，看上去他们总是正儿八经的，是类似于白领阶层那种从容不迫的上班和下班。再说萨雷年已五十六岁，对女人的激情正在弱化，更没了当年之勇。他现在的激情全都倾注在工作上。他所以和尹杭杭同居，主要是为了生活的便利。在这个特殊环境下，生活的便利也就是工作的便利。当然偶尔的感情之赖和情欲之骚也不能或缺，特别是寄居他乡的单身生活更有保留的必要。他们像一对结发夫妻，把情欲和事业的份额搭配得很合理，决不会出现顾此失彼的现象。但他们也决不怕别人议论指责，一起吃饭照旧一起吃饭，一起逛街照旧一起逛街，一切都自自然然，大大方方。上帝创世纪时只创造了两种人，所以无论何时何处，男人都离不开女人，女人也都离不开男人；男人都为了女人而活，女人也都为了男人而活，天经地义，约定俗成，有什么可值得大惊小怪和议论指责的呢？

再说了，萨雷是何等之人，还在乎这些不值一提的议论指责吗？他认为这是“吃不着葡萄嫌葡萄酸”，那就让这些家伙永远酸溜溜地瞧着葡萄流涎水去吧！从这句话里就能看出，他的确是个不拘小节而又颇具绅士风度的人。说真的，无论凭胆识和能力，还是凭性格和气质，他都属于中产阶级之列，与上流社会只差那么一步。他从部队转业时就是副团级，又在地方混迹十多年，各方面都具备再升一步的条件。当然也有过几次绝好的机会，但都被他不拘小节的毛病弄瞎了。一次是他当县乡企局长时，省厅要选拔一位民主党派副厅长，有关部门推荐他，结果一查原来他也是共产党员。但他仍抓住这个机会不放，连夜找市民盟主席的小学同学，没费吹灰之力，当场填表，当场盖章，第二天就审查批准了。省厅考察上报的手续很顺利，但报到省委组织部后，不知那些官僚怎么一抠两抠，就把他突击入盟的事查出来了。所以至今，他仍身兼两党，既是共产党党员，又是民盟盟员。还有一次，已是市委副书记的老战友极力推荐，又经组织部门考察，准备提拔他为市乡企局局长，暂调市局上班，等待正式发文任命。本来这事就很敏感，觊觎和竞争者多如牛毛，可他偏偏不拘小节的老毛病又犯了。来市里的第三天，他竟把歌厅三陪女带到宾馆鬼混。而此时，那些觊觎和竞争者早已跟踪盯梢，恰好逮个正着。气得老战友直骂他“狗改不了吃屎”，真是个政治浑浑！他却不以为然，屁股一拍走人，干脆调到市丝绸厂，补了个办公室主任的空缺。许多人私下议论，说丝绸厂漂亮女人多，这家伙才得捶了呢！

虽是办公室主任，但副处级待遇不变。他三指拨两指拨，就把那些厂长一个个料理得顺顺的，都心甘情愿跟着他的屁股转。这一点，厂长们不服也由不得人。就拿保全车间的刺猬来说吧，那可是全厂有名的刺儿头，手下有七八个拜把子弟兄，专找车间主任和厂长岔儿，动不动就撂挑子罢工。几任厂长都想处理，却苦于抓不住把柄，谁也拿他们没办法。但这事到了萨雷手里，却易如反掌，很快就搞定拿下了。他首先在保全车间竞选，果不然刺猬得票最多，理所当然地当上车间主任。接着他与他签订了目标责任制，立下军令状，达不到目标自当下台受罚。这个办法的确很灵验，刺猬带着一帮弟兄，不但出色完成了各项检修维修任务，还开展了多个技术革新项目，成为厂里的骨干力量。随后，萨雷又在全厂提出“内练外放”的整改方案，对内练素质、练技能，千方百计提高生产能力；对外放开政策、放开人员、放开渠道，无论什么人，只要能销出产品，就按一定比例提成。这样以来，全厂对内对外的局面全打开了，搞活了。上级多次民意测验，他都在其他厂长书记之上。大家都说这家伙思想超前，胆大敢闯，真是搞企业的一块好料！

当然了，在这些政绩掩护下，他不拘小节的爱好也始终没有搁置荒废。有人说丝绸厂漂亮女人，十有八九都被他过了一遍手。这话虽有些夸张，但有名有姓和他染指的女人就有四个。一个是团委副书记，一个是工会女工部长，两个是车间工人。俞溟当时是团委书记，他所以绕开正的而独宠副的，并不是看不上俞溟的姿色，而是觉的她身上的政治因素太浓。感情这东西一旦夹杂上政治成分，就像戴避孕套一样有些夹生感和虚假感，所以他就选择了纯情的副书记。

团委副书记叫小蕙，是个重庆女子。用萨雷的话说，无论身条还是容颜，她绝对是丝绸厂第一大美人。小蕙爱人外号叫赖娃，是刺猬手下的干将，两人结婚三四年还未生育。萨雷误以为她夫婿不是阳痿就是性无能。他稍作勾引，小蕙果然扑入他的怀抱。他就在阳痿和性无能的幻觉下，与她爱得死去活来，粘得如胶似漆。其实，赖娃并非阳痿和性无能，而只是小两口闹矛盾，所以小蕙一直没开怀。但无论怎么闹矛盾，也是自己的老婆呀，也不能给自己戴绿帽子呀！赖娃多次要收拾萨雷，都被刺猬拦住。刺猬是个讲义气的人，不愿对萨雷下手不纯粹处于感恩，主要原因是看这家伙真是个干家子，厂里眼下还离不开他。他劝赖娃："君子报仇十年不晚，等厂里局面彻底改观，再收拾他也不迟。"

但越来越大的舆论压力，使赖娃再已无法忍受。那天晚上，小蕙又要去办公室加班，他没做声，偷偷跟踪着进了厂部。厂部大楼静悄悄的，只有一楼萨雷的办公室还亮着灯。窗户敞开着，一排高大的女贞树遮住灯光。不多会儿，隐约听见两人小声说话。小蕙说；"拉灯呗，灯光怪耀眼的。"萨雷说："傻女子，开着灯才不会被人怀疑。厂长也知道，我是在加班制定厂里的总体改革方案呢。"

大约过了十分钟，屋里突然鸦雀无声。赖娃知道正在火候上，便一个鹞子大翻身，从窗户蹿了进去。他一把抱住两人的衣服，狠踢了小蕙一脚，连人带衣服一起抛出屋子。他随即关了门窗，抽出一把杀猪刀，一步步向萨雷逼近。萨雷赤身裸体，用报纸盖着下身，只是朝他讪笑。这讪笑像蔑视，又像挑战，赖娃更加怒不可遏，一只手死死摁住萨雷脖子，另一只手举刀就要往下砍。

萨雷咳了声："死猪不怕开水烫，我难道还怕杀猪刀子？不过我真为你可惜。"

赖娃高举的刀子在空中搭住了，不解地问："我有什么可惜？"

萨雷这才动手把刀子拨拉到一边，说："你把我杀了，你娃也活不成，起码判个死罪。我这一辈子，官当腻了，女人也玩够了，死了也不后悔。可你呢，年轻轻的，连个儿子都没留下，这样死了还不可惜？"

赖娃傻了眼，一跺脚，把萨雷下身盖的报纸掀翻了。一见他那可憎的阳具，他的杀机又起，恶狠狠地瞪着他说：“我把你废了，让你这狗球再张狂！”

萨雷岔开腿，不动声色地说：“要废就把它逗起来，硬着才好割。”

赖娃哭笑不得，突然改变主意：“那就砍掉一只手！”

萨雷笑了：“这还差不多，砍手我不报案，咱俩扯平。你说，左手还是右手？”

赖娃说：“男左女右！”

萨雷果然伸出左手，端端放在桌面上，等着他处置。而此时，赖娃却叫苦不迭，面对这个流氓无赖，思忖片刻，心一横，终于举刀向他的手腕砍去。但就在刀要落下的瞬间，他再次改变主意，刀锋一转，只砍下他的一只小拇指。他长叹一声，把刀摔在地上，抱头冲出屋子……

第二天，萨雷无事一般，照常上班修改厂里的改革方案。有人问他小拇指咋了，他说昨晚在机修车间参加技术革新，让老虎钳子咬掉了。大家更纳闷，说昨晚机修车间并未加班呀！他就说，不信去问赖娃，是和他在车间偷偷干的。

没人再追问他的小拇指，也没人问赖娃晚上技术革新的事，大家只一心关心他制定的改革方案。时间不长，改革方案出台了，内容很充实，涉及厂里的方方面面。其中也包括精简机构，裁冗减负，人员分流，提倡员工停薪留职，自谋出路。就在全厂动员大会上，萨雷第一个报名停薪留职，会场一时大乱，掌声和呼叫声响成一片。嗨！自己制定的方案，首先把自己精简分流了。这是何等胸怀，又是何等气派！看看当今社会，有哪个共产党员、哪个公仆能做到？而萨雷居然做到了！他的举动在全厂乃至全市引起一场地震，开创了人才和劳动力市场双向流动的先河。许多工人都向他学习，纷纷停薪留职，重新选择自己的位置，也都一个个干得红红火火，有声有色。但也有人怀疑，说萨雷在丝绸厂染指的女人太多，一个女人就是一枚炸弹，现在少了个小拇指，恐怕接下来就得少胳臂少腿，所以不敢在厂里呆了。

持这种怀疑论的人，首当其冲者是他的妻子常棣花。她毕业于农业大学，现在是县农业局副局长。他们的婚姻是在传统媒妁之言、鸿雁传书的方式下促成的。那时女性择偶的第一志愿就是解放军，而且萨雷又是对越自卫还击战的英雄，可想他对她该有多大的吸引力！他们的结合称得上一对恩爱夫妻。可偏偏人到中年，萨雷不拘小节的毛病屡屡暴露，给妻子带来极大伤害。她苦苦相劝，他连连保证，但过后又一犯再犯，如此无限循环，夫妻关系已发展到离婚的程度。对萨雷来说，他身上必定流淌着传统的血液，无论妻子怎么折腾，他就是抗着不离。在他看来，只有这样，自己不拘小节的毛病才有归属感。所以长期以来，他们的感情若即若离，婚姻关系名存实亡。

这一次，自从得知萨雷莫名其妙地少了一只小拇指和停薪留职后，常棣花就彻底死了心。好在儿子已读大三，无牵无挂，她就在单位要了两间房子，搬出那个令她万分痛心的家，从此断绝和萨雷的一切来往。

而萨雷却如鱼得水，彻底解脱，毫无牵挂地开始了他的闯荡生涯。他先后办过三家企业，赚的多赔的也不少，忙了十多年，手头总算攥有五六万元。后来他用这些钱在县城买了八亩地，又贷款三十多万元办起一家造纸厂。造纸厂刚刚开业，突然中央刮起一股环保飓风，限令关闭所有小型造纸厂。他千方百计逃避检查，贿赂执法人员，偷偷摸摸生产两年，又乘机拍卖了地皮和厂房设备，净赚三四十万元。这些钱是炒地皮所得。真是歪打正着，办厂没挣下钱，想不到地皮却拯救了他。这就是市场经济的魔力。他深为自己当初的眼光和魄力而自豪。有了这些钱，他计划干更大的事，挣更多的钱。在以后的半年多里，他一边四处逮信息跑项目，一边博览群书研究中外实业精英的发家史。一个偶然机会，他与妻子的大学老师邂逅，几次长谈，买得一项专利，又在社会上集资二百多万元，办起一家环保叶肥厂。产品在北京农展会上一露面，立即引起国家有关部门的关注。得到这个信息，他膨胀得无以复加，不等会展结束，就回到关中，又是访农户，又是搞调查，又是整资料，又是报项目，忙得只恨不能生出八只手。接下来就整天奔波于县、市、省和京城，马不停蹄地折腾了半年多，终于争得国家“星火计划”项目，并无偿获取扶持资金三百万元。

直到现在，他一想起那些日子，就觉得自己一会儿是神，一会儿是鬼；一会儿在天堂，一会儿在地狱。有的时候要睡土炕，吃方便面，坐蹦蹦车；有的时候要住豪华宾馆，上高档酒楼，出入省部级国家部门。瞧这社会，他妈的就像个扑朔迷离、变幻莫测的万花筒。就这样，他贪婪得像一位美洲大陆的淘金狂，风光得像一位被英国女王宠惯的爵爷，使原有投机钻营的智慧和胆大妄为的魄力，得到最大限度的修炼和磨砺。他自以为自己是市场经济得心应手的社会精英，是官商之间游刃有余的时代宠儿。他武装起全套行头，穿着进口名牌，攥着两三个手机，开着四环奥迪，不远万里地去了趟儿子的学校。他对儿子说他现在有钱了，只要他好好学习，无论考研还是出国留学，爸爸都提供有力的资金支持。但儿子对此不感兴趣，眼泪吧嗒着说，即使成了百万富翁，也不能没有妈妈，没有一个完整的家呀！他劝爸爸关心一下妈妈吧，快接妈妈回家吧！他从学校回来，专门去找常棣花，又是按汽笛又是敲门，等到的只是她从窗户撂出的一句话：“要叫我回去，你就先回厂里上班。不然，就是开着飞机来，也休想接我回家！”

貌似公爵而心如淘金狂的萨雷，只好再回他的叶肥厂。而这时厂里的一切都发生了变化。工人全是新面孔，认识的几个人见了他也待理不理，原来的合作者更是躲躲闪闪不露面。后来一打听，才知他不在时，那几个合作者已更换了企业法人，他现在只不过是一个普通股东而已。这还了得！这不是背信弃义吗，不是非法夺权吗？更可怕的是，集资户得知消息后，都跑来围着他要钱。他束手无策，只后悔当初认错人，更不该把厂子建在这个虎狼窝。面对这些黑心的地头蛇，他一筹莫展，有理也无法说清。

他只好诉诸法律，于是又开始了马拉松式的官司。三四年官司，打得他实在精疲力竭，吃尽苦头。白天没完没了地跑法院，晚上无家可归，时时还得提防集资户的突然袭击。手机被抢，小车被扣，多次被人暗算。官司一审二审，上上下下反复三四次，结果自己却输了。原因一是他在跑"星火计划"时给合作者写了委托书，委托他全权代理法人职权；二是办厂和项目申报手续都是以地方政府名义出面的，而地方政府恰恰与合作者坐在一条凳子上，所以变更法人是合法的。当他看完判决书时，只觉得天塌地陷，整个世界都好似不复存在了。他形如丧家之犬，惶惶不可终日。特别当他一想起给儿子许的愿，给妻子造的势，如今全成了泡影，还有何面目再见他们呢，还有何面目再活在世上呢？他想到了死。死对一位像淘金狂和公爵一样的绅士来说，实在太容易了。在很长一段时间里，他就这样踌躇徘徊在生与死之间。

那是初冬一个微雪的傍晚，萨雷雇了辆出租车，风驰电掣地奔驰在渭北原上。他选择了一个最理想的结束生命的地点和方法。司机是个大烟筒，一根根地抽烟，车内雾蒙蒙的，和窗外的雪花遥相呼应，人就像进了冥冥天国。是的，此前他一再反省，承认自己罪孽深重，对不起儿子和妻子；但他不甘失败，不甘就这样被人误解和唾骂啊！所以他要用一个特殊的死法告慰亲人，昭示天下。他很满意这个选择，能死在乾陵无字碑下，也算一种缘分，一种生命的超越。他衣兜里装着一瓶安眠药，手里攥着一瓶矿泉水。这是他一生最现实的财富，是他退出人生舞台不可缺少的道具。他此时更加珍惜和呵护这两件宝贝儿。

司机见他神态诡异，怀疑不是逃犯也是劫匪，心里立即就充满了恐惧。他说老哥，和嫂子闹矛盾，没必要大动干戈。瞧，这么大的雪，还是调头回去吧！他扬了下矿泉水瓶，斥他狗逮耗子多管闲事，只管开好车，二百元不少一个子儿。过了一会，司机又说发动机出了毛病，要停车修理。他眉毛一竖，一边抢方向盘，一边骂他混账。他说他有十年驾龄，别想骗过他的耳朵。他让他滚，要自己亲自驾驶。司机无奈，只得乖乖地开着车朝前走。

乾陵银装素裹，在一片洁白笼统中，两座奶头山更具有性感和魅力。萨雷下了车，朝着无字碑走去。整个景区杳无一人，只有那些无头使节的石雕像拱手欢迎。他站在无字碑前，久久地望着奶头山凝神。转瞬，他坐在碑墩上，拿出手机，思忖着该不该给儿子和妻子打个电话。思考的结果，一怕自己控制不住感情，如果感染他们，那就太残酷了；二怕被他们所感染，这样又会动摇意志力，使自己突然改变主意。所以他取消打电话的念头。他把手机向雪地里一扔，掏出安眠药，拧开矿泉水瓶，然后闭上眼深深吸了口气，情绪才慢慢安静下来。正在这时，手机奇怪地嘎嘎鸣叫。他看了一下，不再搭理，更不想让它搅乱自己好不容易平静下来的心情。而手机却很执拗，只管一个劲儿叫着。死神的好奇心怂恿他的好奇心，他只好捡起手机。里边既不是儿子的声音，也不是妻子的声音，而是一个很遥远很陌生的女高音。

“萨主任，您好！我是俞溟，怎么听不出来？”

“俞溟？哪个俞溟？我正忙着，别打搅！”

“就是厂团委书记俞溟呀！”

“噢，是小俞，找我干啥？”

“没事。只是好多年不见，问候一下。”

“你还在厂里上班？”

“不，我现在南方做生意。”

“情况怎样？”

“还不错，一年挣个四五万。”

“四五万也不错呀！”

“有的人还能挣十几万。”

“真的？真的一年能挣十几万？”

“像你这样有能力的，挣得更多，相当可观。”

“真的？我去了能挣更多的钱？”

“如果你来，不但你能发大财，我也能沾上光。”

“搞啥生意，我适合不？”

“边贸，零关税，国家重点扶持。”

“那好，我干，啥时去？”

“如果方便，立即就来。这里急需高层管理人才。”

“就这么说定，我明天启程。”

“我等你，萨哥，萨主任！”

萨雷捡回手机，情绪非常亢奋，不由朝奶头山大喊大叫起来。这不是懦夫捡到救命稻草时的狂欢，而是勇者在性命攸关时果断决策的绅士风度。他对自己临终前的这个决策深信不疑。生与死本来就是写在一张纸上的咒符，翻过这面就是生，翻过那面就是死。命运也是如此，上帝眼一眨先给你许多苦难，接着再一眨又给你许多快乐。所谓机遇，就是在生与死、苦与乐之中藏而不露，抓住了就会得到财富和幸福，错过了就会失去财富和幸福。想想自己走过的路，无论是唾手可得的盟员还是得而复失的副厅长，也无论是停薪留职还是跑“星火计划”，不都验证了这个道理吗？他有感于死亡使他更加清醒，爱神特别青睐自己。既然如此，何不抓住这个千载难逢的机遇，破釜沉舟、背水一战呢？他不再多想，一切都化为行动。他一脚踢翻矿泉水，继而把安眠药向远处抛去。他原地转了两圈，四下望望，苦于没有一辆过路的车。突然，他发现那位出租车司机还在，正从树丛里向他走来。他一阵惊喜，忙跑了过去。

“你咋没走？”

“看你的样子，我能忍心走吗？”

“太好啦！快送我回去，再给你一张大团结。”

“只要老哥安全无恙，比十张大团结都金贵。”

“真是贵人保驾，天不杀我也！”

两人说着上了车。萨雷让司机休息，执意要自己开车。

“你喝了酒，能行吗？”

“那不是酒，是矿泉水。”

“和嫂子讲和了？”

“不关嫂子的事。”

“我刚才真怕你自杀。”

“所以你就藏起来，想见义勇为。”

“谈不上见义勇为，但觉得一个人这样死了划不来。”

“那就好好活着！”

第二十一章 神父果然有神父的招数

CHAPTER 21

不但要好好活着，还要活得有头有脸，活得风光体面！这是萨雷经常在课堂上讲的一句口头禅，也是他矢志不渝的人生追求。他现在手下已发展二十六人，可谓春风得意，财大气粗。约略算算，除了直接提成的两万六千元外，还有间接提成五万多元，加起来他已经到手的钱就有八万多元。当然这只是个零头，按照他的话说，老鼠拉锨把——大头还在后头呢。他也按理论算过，如果将来当了高级业务员并拿满出局，那可是一千多万元呀，是步入上流社会不可缺少的资本呀！所以目前，确保网络健康有序发展，对他来说该多么至关重要啊！

萨雷兴冲冲地翻身而起，将直销书籍放回书架，随手拿出一摞他编拟的网络发展规划手稿。双手摊开来，少了小拇指的左手就本能地弹动不止。刚看了几页，突然有人敲门。他以为是尹杭杭，说声“自己进”，头也没抬地继续浏览手稿。

“哎呀萨哥！你怎么把手机关了？”

萨雷一抬头，见是俞溟，忙站起说：“太烦了，想好好思考一些问题。”

俞溟揩着额头的细汗，着急地说：“快走吧，和我去889。”

“啥事嘛，这么急的？”

“出了大事，党自觉和新人打起来了！”

“这是白石山的人，让他去管呀！”

“正因为老白管不了，我才来搬你！”

“白石山和我不铆，他的事我不愿插手。”

“不纯粹是他的事，弄不好会影响整个网络。”

“到底是怎么回事？”

“事情紧急，还是边走边说吧。”

两人下了楼，俞溟招手叫来一辆三轮摩托，萨雷却摇手让车走了。他急走几步，在路口挡住一辆出租车，并要俞溟以后注意形象，已是大经理了，咋能坐三轮车？让新人见了不寒酸？俞溟诡谑一笑，没说话，随他钻进车。

在路上，俞溟才告诉他，原来党自觉叫来他嫂子，还有他嫂子的二姨夫，说是来搞药材生意。两人来后没见个药材渣渣，把他大骂一通，转身就走。党自觉去送，刚走到楼梯口，他嫂子转身就给了他两个耳光，接着二姨夫又是几脚，把他踢得滚下楼梯。党自觉满脸是血，抓起一根木棍就向二姨夫打去。二姨夫被打成脑震荡，现在还在医院里。他说他要找公安局，告发传销。俞溟说话声音很小，但还是被司机听出意思。

司机关掉收音机，大声骂着：“二姨夫是个疯狗，胡踢胡咬，脑震荡活该！他妈的不看看，政府支持，群众拥护，还能是传销？真该打！”

萨雷讪笑：“快开好你的车！你是盼人多了生意好，才这么说的。”

司机嘿嘿笑着说：“事情明摆着嘛，三四年了，十万人，要是传销，政府早就打击取缔了。”

“你对政府情况了解得这么清楚？”

“我岳父就在政府工作。听说政府把你们的事，当作支柱产业和新开税源支持培育呢。银行给老百姓无息贷款盖房。看看这些住宅楼，都是近两年专门为你们盖的，每月房租就是数千万上亿。电信局受益最大，每月增收几百万。你们天天宴会不断，饭店酒楼更沾大光，收入成倍增长。商户和郊区农民也大受其利，粮油汽电、农副产品、日用杂货等行情见涨，销路大增。还有火车、公交车、出租车，都比原来效益高了几倍。一年下来，你们就为爨城创收几个亿呀！拿我来说吧，车是你们来时买的，不到两年，已赚回本钱。真是的，狗屁不通的二姨夫！”

俞溟没说话，只是抿嘴笑。萨雷的讪笑更是笑出了许多感激，忙问司机的手机号码。司机也有点激动，顺手给他一张名片，回头问：“是不是想吸收我加入网络？”萨雷反问道：“你愿意加入吗？”司机说：“当然愿意，出租车和网络两不误，太好啦！”萨雷说：“可惜行业有规定，不准当地人加入。”“那是为什么？”“一怕卷入黑社会，二怕官方介入，如果这样，不是传销也成传销了。”“原来是这样，那么你为什么要我电话号码？”萨雷看着名片说：“刘端兄弟，你好豪爽，好讲义气，够哥们！以后我们就把你的车包下了。”到了十字路口，司机停车等绿灯，回头和他俩握手：“那就太好啦！太感谢老板啦！你们有事，就打电话，我随叫随到，保证服务到家！”

车到889，萨雷没和俞溟商量，就让司机等着，抢先向楼上走去。俞溟疾步赶上，问他该怎么处置。他仍没有和她商量的意思，只说“到现场再说”，就上了楼梯。白石山在屋子训斥党自觉，见了萨雷和俞溟，两人突然都不做声。萨雷看了看党自觉脸上的伤，也不和白石山商量，就让他俩立即下楼去医院。白石山说他刚从医院回来，那里安排了其他人照看。

萨雷果断地说：“这不行！把人家打得住院，你们却不去照看，于情于理都讲不过去。特别是党自觉，不但要赔情道歉，还要去医院伺候。”

白石山生气地说：“让他到医院看望一下，他都不去，真是混账透顶！”

萨雷对党自觉说：“不说打人，光凭千里外的客人，你也该尽主人的义务。”

党自觉很委屈：“他也打了我，谁又给我尽义务？”

俞溟说：“你又不跛不瘸，给你尽啥义务？”

党自觉争辩着：“那我不是白挨打了？”

萨雷狠狠瞪老白一眼，继之破口大骂党自觉：“你他妈的半年多等于白来了，认识根本没到位。不然就回去，让你妈尽义务去，让你媳妇尽义务去。你在这里，还怕死老鼠坏了一锅好肉汤！”

萨雷这一招，立即镇住党自觉，只见他受伤的嘴唇嗫嚅半晌，也没说出一句话。白石山像身上痒痒，蜷起胳臂左扭右扭，终于摸出一包烟，只顾打火点燃。看得出他对萨雷的蛮横武断很反感。是呀，你算哪门子伙夫，竟敢出此大言，随便开销人，这不是给我头上泼屎撒尿吗？所以他一直闷头抽烟，没出声。俞溟见出现冷场，便一边看党自觉的伤，一边苦口婆心地劝他。为了顾全大局，也为了自己百万富翁大业，党自觉只好委曲求全，答应去医院伺候病人。

萨雷脸上露出平日的讪笑，对党自觉说：“这还差不多。你想么，人家来了一看，反差太大，怎能不生气？万一他去工商局告发，虽不能怎样，但尿泡打人臊气大。再看你们体系，有谁能上席面？都是几脚踢不出屁来！所以你和老白必须守在医院，除尽主人之谊外，更重要的是防止他告发和胡跑乱喊。就这样，现在就走吧。”

萨雷的话斩钉截铁，毫无回旋余地。他既未和俞溟商量，也未征求白石山的意见，只拍下党自觉的肩头，就独自下楼走了。党自觉磨磨蹭蹭地随后也出了门。白石山坐着没动，只管抽闷烟。

俞溟催他："快走吧，车在楼下等着呢。"

白石山仍没挪窝，大骂萨雷："他妈的太目中无人，在老子跟前要什么大拿！他能推上席面，能踢出屁来，那就让他去，我不去！"

俞溟忙解释："他没说你，你生啥气嘛！"

老白丢掉烟蒂，用脚踩着说："说我的人就是说我，他别整天埋汰人！"

"要顾全大局，你的事，你不去合适吗？"

"俞经理，你快走吧。我过后再去。我就是不想见那家伙！"

俞溟无奈，只好说："那你就在家，有事及时给我打手机。"

俞溟、萨雷和党自觉，坐着出租车路过超市，买了许多食品，匆匆来到医院。一进病房，二姨夫却没事一般，正和两个小青年在一起唠嗑。他们一进门，二姨夫连忙又躺下，哼哼唧唧装狗熊。萨雷放下礼物，走到他跟前，看了伤势，便和俞溟挨床坐下。

萨雷指着俞溟对二姨夫说："这是俞经理，听说你病了，专门来看看。还有小党，青年人一时冲动，冒犯了你，特来向你来认错。小党，还站着发啥愣？快给二姨夫赔礼道歉。既是乡党，又是亲戚，更是长辈，千里之外打架，不怕别人笑话？"

党自觉走过来对二姨夫说："我错了，对不起，请你原谅！"

"把人忽悠来忽悠去，还想再忽悠？你走吧，我不愿见你！"二姨夫说完扭过头，不再理他。

嫂子插话道："自觉也太没良心，你妈去世早，是我供你上学成家的，你就不该埋汰人，忽悠人！"

俞溟拉着她的手说："其实自觉也是为你好，要发财都发财，他第一个想到的就是你呀！"

萨雷说："现在啥话都别说，只希望好好养伤。伤好了，要回去，公司买票，把你们送上车。如果有兴趣，也可留下考察，觉得能干就干，不愿干同样买票欢送。"

嫂子激动地说："既然公司这么好，领导又亲自看望，说明自觉没骗人，是真的做生意。那我也给兄弟道个谦，嫂子不该打小叔。现在一笔勾销。走，咱们出院吧。"

俞溟和萨雷忙阻拦："刚住下怎能出院？病要紧，咱不怕花钱。"

嫂子看了二姨夫一眼，动手拉着他："没事，不要紧，病好了。"

党自觉慌了："来时检查是脑震荡，只半天时间，真的好了？"

二姨夫一边穿鞋一边说："你以为二姨夫是孬种，经不起几棍子打？"

党自觉更加莫名其妙："那么脑电图呢，难道脑电图失灵了？"

嫂子捅他一下，悄声说："你不知道么，他会气功呢！"

党自觉傻了眼："气功也能忽悠洋机器？"

二姨夫在党自觉背上捶了一拳，嗔道："不像你，只会忽悠你嫂和我！"

党自觉哭笑不得："二姨夫呀，你这个忽悠太厉害，差点把我吓死了！"

大家都被逗得哈哈大笑。党自觉结清手续，随后一干人出了医院。

党自觉的嫂子和二姨夫留下没留下，萨雷都不关心，因为那是白石山的事，与自己无关。从心底说，那两人不认可才好哩！当然加入了他也不反对，起码对俞溟有利，对整个网络有利。但这些对他来说都无所谓，他只看重事情的过程，只看重自己挽狂澜于即倒的精彩表演，不但化解一场剑拔弩张的矛盾冲突，更重要的使整个网络避免一次严重威胁。不然他们真的告发或到处宣扬煽动，就会产生连锁反应，动摇军心。为了整个网络，也为了自己的体系不受冲击，所以一开始他就理所当然地挺身而出，武断果决地处置这一事件。他对此很满意，也很自豪。一是干晾了白石山，使他的威信扫地；二是进一步证实自己的能力，稳住了俞溟，她对他将更加百依百顺。

从医院出来，已到吃午饭的时候，萨雷没回998他的卧室，而是直接来到尹杭杭家。绲绲没在，尹杭杭和关羽羽已做好麻食面，正等他回来开饭。尹杭杭耳朵很灵，一听见噗嗒噗嗒的脚步声，就知道他回来了。她把他迎进自己卧室，帮他脱下外套，出门抖抖，顺手把外套挂在衣架上，然后倒水，让他擦洗。这几件极普通的事，尹杭杭都做得很到位，萨雷表现得也非常自然得体，没有一点儿偷偷摸摸之态。当完成这些夫妻之间应尽的义务和享受后，关羽羽已将一碗香喷喷的麻食面端了进来。

羽羽递过饭，恭敬地说："萨叔快吃，饭早就好了，只等你回来呢。"

萨雷接过碗说："889出了点事，我去处理，回来晚了。你们也快吃。"

羽羽二十四五岁，河南林县人，是萨雷原先造纸厂的工人。萨雷来后不久，就叫来羽羽，并把她安在尹杭杭伞下。处于这种关系，所以羽羽对萨雷就像父亲一样尊敬，而萨雷和尹杭杭也从不把她当外人看待。羽羽坐了一小会，见尹杭杭端饭进来，就知趣地出了门。

看到羽羽欲言又止的样子，萨雷问杭杭："羽羽好象有心思？"

杭杭递过几瓣蒜，说："她对象来了。"

“哪个对象？”

“就是浙江那个小崔，高条个儿，长得很帅。”

“他俩已领了结婚证呀！”

“虽领了证，却没入洞房，羽羽就来了这里，上次回家又离了。”

“既然离了，他又来干啥？”

“他仍没死心，来这就是想挽回，还要加入网络。”

“好事么！既多了一条腿，又挽救一个美满婚姻。”

“那姬小荣怎么办？一个女的，两个男的，怎么相处？再说了，羽羽死活也不要小崔。”

“这好办。她不要，可以安在别人伞下，反正都给你算分哩。”

“我只担心两个男人在一起争风吃醋。”

“啥时代了，谁还在乎这些？没事，车到山前必有路。他现在人呢？”

“在对面屋子吃饭。”

“好了，我去看看。”

萨雷端碗进了对面大房间。羽羽和姬小荣坐在圆桌旁，默然地吃饭，见他进来忙打招呼。他摆摆手，示意他们坐下别起来，然后走近小崔。小崔站在窗前，一边吃饭一边看着街道，好似没发现他进来。

萨雷站在他身后问：“小崔来了？”

小崔这才转过身，微微向他点点头。

“坐下，快坐下吃饭。”

小崔坐在床边，同样没说话，腼腆得像个大姑娘。

“听说你想申购加入？”

“上次考察了，觉得是个好生意，就又来了。可惜没钱，只能认购一份。”

“一份也不错，高级业务员里，许多也是一份三份，照样成功呀！”

“看尹阿姨的态度，不想要我。”

萨雷看了羽羽一眼说：“没有的事，她只是担心……”

小崔明白他的意思，腼腆地说：“别担心，我不会纠缠。我相信真情。真情会打动人心。万一打不动，我只好认命。但我必须再努力一回。”

羽羽出门去了厨房。姬小荣表情很坦然，既不回避，也不多言，只是埋头吃饭和听他们说话。萨雷和小崔谈得很投机。他喜欢小崔腼腆纯情的性格。小崔显得很真诚，看得出他一直留恋羽羽，对这里的生意也充满着憧憬。姬小荣深深被他的真情感染，也端着饭走过来。

他对小崔说：“兄弟，只要羽羽愿意，我就忍痛割爱，不会挡你俩的事。我是个复退军人，说到做到。”

小崔看看他，很平淡地说：“我谁也不恨，只相信真情。”

萨雷扫视着两人说：“既然如此，那就看真情吧，还有缘分。不过你们要处理好关系，不能影响网络和百万富翁的大事。再说了，只要搞成网络，有那么多钱，何愁找不到漂亮美貌的女人？好了，你们吃饭，以后有啥事尽管找我。虽然你们不是我体系的，但凭杭杭的关系，凭小荣和羽羽过去都在我手下干过事，我也会格外关心你们。”

萨雷在厨房舀了饭，回到尹杭杭屋里，对杭杭和羽羽说：“小崔是个老实娃，不会惹事，可以申购加入。如果羽羽真不想要，就安在老黄名下，他现在正愁叫不来人。羽羽你看怎样？”

羽羽羞赧地说：“单怕小荣容不下他。”

萨雷肯定地说：“我看问题不大。军人出身，心胸大着呢。关键在你。”

尹杭杭问羽羽：“你真的死心跟姬小荣？”

羽羽长睫毛扑扇了几下，然后低头腼腆地说：“他这人不错，能关心体贴人。我就喜欢这样成熟的男人。”

萨雷说：“你的事你决定，但无论如何不能影响网络。另外，杭杭，这件事也该给裴斐说说，征求一下他的意见。”

尹杭杭为难地说：“他根本不管，打电话也不接。”

“他是你的代管，你伞下的人都给他算业绩呀！”

“他从来都不过问我的事，而且还处处为难。”

“再给他说一次，要是还不管，就按我说的办，把小崔安到老黄名下。”

萨雷吃毕饭，刚下楼，又想起该给裴斐打个电话，不然杭杭真拿他没办法。他拨通裴斐手机，简单地把小崔的事说了一遍。裴斐正如杭杭说的，一再表示他管不了，话里明显流露出对他的不满。

萨雷也不客气，话里带话地说：“好好，我是背着儿媳朝华山，出力不讨好。但你明白，你是代管，真要出了事，你负得起这个责任吗？”

裴斐态度更蛮横了：“你把尹杭杭的事全包了，出了事当然你负责！”

“你这话是什么意思？”

“你和她像夫妻一样，我怎么管？”

“那是个人生活，与工作毫无关系。”

“既然个人生活你都能管，那你就一管到底，找我干什么？”

裴斐说完立即关掉手机。

萨雷碰一鼻子灰，心里老大不高兴，骂骂咧咧地上了998四楼。

第二十二章 戳破窗户纸，看见一层天

CHAPTER 22

星期三下午召开组长、主任和经理会。俞溟体系除了她和萨雷外，杜航、萨风、韩翰、柳一枝、柳二絮也都成了经理，再加上大小主任和组长，一下来了二十多人。白石山还不是经理，伞下的组长和主任也有限，加之接待二姨夫和党自觉的嫂子，所以他的体系没人参加。

会议在董世轩家进行。他家的条件最好，三层，四室一厅，房间很大，客厅特别宽敞明亮。楼房新建不久，装修豪华，家具摆设都是配套好的。每月房租六百多元，水电费另算。缺点是房东爱挑剔，不允许其他人来来往往，不然就要收地板磨损费，每人每次五角钱。岳月听后差点和她吵起来。她暗地抱怨："租房交钱，一分不少，管我来人不来人？真是不识抬举！"多亏董世轩脾气好，不住地和房东套近乎："来得人多，说明你家人气旺，风水好呀！"房东想想也对，便不再坚持，只是一见来人多了就撅嘴瞪眼，直心疼自己刚铺的高级瓷砖。

会议一开始，俞溟讲了最近网络发展情况和出现的一些思想苗头，强调无论对内对外都必须顾全大局，不能为了赌气或一点蝇头小利而影响网络。特别对新人更要忍辱负重，只要能留住人，当孙子当儿，都在所不惜。她顺便举例党自觉，没点名地批评了白石山，表扬了萨雷。他要大家向萨雷学习，关键时刻挺身而出，化解矛盾，维护网络名誉和利益。

接下来由各个主任汇报各自体系的情况。商映谈了回家叫人问题，并举了岳月的例子，说她回家叫一个成一个，这个办法值得推广。但必须注意方式方法，不能自沟。他提议让她讲讲经验体会。岳月说回老家直接叫人，有利也有弊。关键自己要学习到位，认识到位，语言到位。要随机应变，见啥人说啥话。另外要注意自己形象，要大方，该花钱就不能吝啬，让对方一看就觉得咱在这里干得不错，很羡慕。每次回去都带些云南的土特产，如茶叶、鲜花、手工艺品等，花钱不多，送给人，一下就拉近了距离，产生亲切感和信任感。杜航说他完全赞同商映和岳月的看法，并表扬柳二絮回家带人的创举，提议让她也讲讲。柳二絮说她七八个月来，大部分时间都花在老家和火车上，虽然开销大点，但成功率高。回家叫人便于感情投入和沟通。她说她对知己人都是直接沟通，打开窗子说亮话，用真诚打动人，用高回报吸引人，愿干就干，不愿干拉倒。这样从源头就把那些动摇分子筛选掉了，来的人保证百分之百成功；同时也避免来人因不认可而造成的浪费，以及回去乱宣传的负面影响，保护了自己的人员市场。

后来话题又扯到行业纪律上。杜航体系一个组长说，他的一个新业务员最近反差很大，不串体系，也不上课，常常一个人出去胡逛。他请教对这种人该采取什么对策。老韩讲了两件事，一是新来的业务员要订购单，说他交的那么多钱，连个字据也没有，心里老不放心；二是有个业务员整天钻网吧，网上信息很多，褒贬不一，对他影响很大。他问到底允许不允许上网，行业应有个明确态度。桂平筠又提出司令俊男的问题，说他故意放走新人，这个事很典型，说明心态很重要。他这一回去，十有八九不来了。桂平筠还要说下去，却被萨雷制止。他说这事不用再提。说一千道一万，司令俊男的反差，推荐人有责任。这个行业有句不成条文的规定，只有不好的推荐人，没有不好的业务员。如果两人闹矛盾，首先挨批评的是推荐人。桂平筠撅着嘴，不再言传。老韩悄声插话，说那晚有人把司令俊男打了，他的情绪很低沉。这话立即引起一片喧哗，大家议论纷纷，有同情司令俊男的，有咒骂打人的，都把目光投向桂平筠。

桂平筠很尴尬，四下望着尖叫起来："又不是我打的，都看我干什么？"

萨雷接着说："也许是黑社会干的，不提这事了，以后要提高警惕。"

俞溟似乎才知道这件事，脸上的表情很复杂。她看了眼桂平筠，接着又看了眼萨雷，语气略显激奋地说："我才知道这事，萨哥和桂姐应提前告诉我。我想，这事决不是我们内部人干的。现在其它体系很乱，有人搞不下去了，就为非作歹，偷人抢人，大家以后要特别注意安全。我再强调一下纪律，不许上网，不许赌博，不许酗酒，不许乱搞男女关系，不许一个人外出，不许长期回家不来。各人管好自己伞下的人，出了问题首先追究推荐人的责任。另外我宣布，从今天起，由萨雷负责整个网络管理，杜航配合。”

萨雷站起来，首先宣布讲沟人员的分工：杜航讲全面分析，他讲一沟，韩翰讲二沟，商映讲三沟，萨风作大鼓，算帐仍请外体系的人。接着他重申，以后无论走出去还是请进来讲沟，都必须通过他和杜航，不能各行其是。关于讲课，他强调，凡三十分以上的主任都要讲，既是对别人尽义务，也是锻炼自己。

萨雷还要说下去，突然俞溟手机响了。电话是在楼下放风的董世轩打来的，他说有几个工商人员刚下车，正朝这边走来。

俞溟一下慌了，对萨雷说：“工商人员来了，快疏散！”

一听工商人员来了，会场一时大乱。有人要往楼下冲，有人要上楼顶，还有人要跳窗。萨雷扫视一下会场，镇静地说：“慌什么？都别动！先把资料藏起来。大家分散坐开，随便聊天，态度要自然。”

大家刚刚平静下来，这时进来四个工商人员。他们一看，这些人有的打扑克，有的看报纸，多数人三七二八地说闲话。他们的到来，似乎并未引起注意，仍各干各的事，嬉闹声和喧哗声响成一片。工商人员没理大家，也没说话，只是清点着人数。

大约清点完了，带头的人顺便问旁边的桂平筠：“你们是干什么的？”

桂平筠猝不及防，顺口答道：“搞连锁销售。”

那人看了她一眼，一边在表上写一边说：“什么连锁销售，写成做生意不就行了。来，谁是头，请签字。”

萨雷二话没说，上前签下自己的名字。

那人又对他说：“以后四十人以上聚会，必须向工商和公安部门申请。”

萨雷满脸堆笑地说：“我们是合法商人，这些规定还是懂的。快，请各位坐一会。朵朵，给客人泡茶。”

商映整了整自己的工商服，忙过来散烟：“我也是工商人员，来这里看女儿。打搅你们了，请多多包涵。”

四个人，三个不抽烟，一个接过烟也没点着。朵朵端来茶水，他们也没喝，互相望望，耸耸肩，然后夹起公文包下楼了。他们一走，大家这才松了口气，又叽叽喳喳地议论起来。

老韩纳闷说：“是谁缺德告发的？”

岳月很肯定地说：“还能有谁，是房东呗！”

商映说：“这地方不能住了，得搬家。”

岳月说："现在来人太多，房子不好找，不然我早就搬了。"

"房子是一个方面，但我们的人也没到位。法律规定不能超过四十人，咱们并未违法呀，慌什么慌？"萨雷说着脸上又绽放出讪笑，"像桂老师，回答真干脆，实话实说。人家工商人员给嘴里递话，你却那壶不开提那壶，连他们都不如。"

桂平筠不以为然地争辩着："搞连锁销售，正大光明，工商人员谁不知道，为什么还要说谎骗人呢？"

老韩插话道："还有商映，说他来这看女儿。他女儿是谁？我怎么不知道。萸萸你说，商映的女儿是谁？"

金全会、胡天水等人也随声附和："该不是干女儿或情人吧！"

商映忙解释："我忽悠他们呢，你们不敢胡猜，不然晚上进不得门了。"

萸萸嘴一撇，道："管他干女儿还是情人，只要能安上腿，多多益善。"

会议在一片嬉笑声中结束了。

两天后，萨雷和俞溟刚商定好宴请的事，突然接到司令俊男的电话。他说他已谈好三个人，马上就来，已买好明晚的车票。萨雷大吃一惊，没想到这家伙蔫驴踢死人，怎么一下就落实三个人？他问过三人情况，劝他不要贪多嚼不烂，最好先带站长一个来。万一推脱不了，就把厂党委书记捎带上。那个科长就算了，年龄偏大，来了各方面都不方便。萨雷说完，把手机递给俞溟，等她接听时，手机已挂了。萨雷要重拨，俞溟摇摇头，说算了吧，过两天他就来了。

萨雷看她的表情，就问："你俩发展得怎样？"

俞溟佯装不解："什么怎么样？"

"你和他不是谈恋爱吗？"

"没有的事，也不可能？"

"为什么？"

"我比他大三岁。"

"嗨，你的思想还没突破老传统。如今婚姻市场，时兴老少夫妻，要么男比女大十几岁，要么女比男大十几岁，讲究的就是这种羼合着父爱和母爱的爱情。再说你现在身价倍增，好多人都垂涎三尺，难道司令俊男不动心？"

窗户纸一旦戳破，俞溟心里刹时就荡漾起一层涟漪。面对萨雷这个过去的老领导如今的好部下，她怎么也掩饰不了女人的本色，好不容易才说出一句骄矜而羞赧的话："只是还没谈到这事呢。"

萨雷心里有了底，很干脆地说："司令这人不错，你可要抓紧噢！即使不能作合法夫妻，作个情侣何尝不可！"

俞溟瞪了他一眼："我决不像你，非法同居，这是行业明令禁止的。"

萨雷笑着说："行业不许乱搞，而我只和杭杭一个，很专一，并未乱搞呀！而且，我们不但不影响社会治安和网络发展，相反有很大促进作用。"

俞溟不耐烦地说："平时我不好意思和你说这件事，既然今天提到了，我就劝你慎重，不要太过分，要注意影响。据大姐说，这事老头子也知道！"

萨雷哼了声说："不就是裴斐告的吗？我不怕。你放心，我会处理好的。"

临分手，俞溟一再叮嘱萨雷，要不惜一切代价，确保接待好司令俊男的新人。关于宴会的事，再往后推，等他的新人来了再定。五六个人同时升经理，一定要办得隆重热烈，给新人留个好印象。

萨雷没回卧室，一边下楼一边给桂平筠打手机，要她立即来998，有重要事情商量。老三没在，只有范主动津津有味地看着手机短信。

他一见大舅，就笑眯眯地说："大舅，这条短信真有趣，我念给你听。当上初级业务员，想法拉人上贼船；当上业务小组长，天天教人咋说谎；当上业务大主任，谎话连篇心毒狠；当上业务大经理，情人时时不离你；当上高级业务员，卷钱走人消失完。"

萨雷没笑也没训外甥，只是把司令俊男的消息告诉了他。小范关掉手机，激动得连忙询问详细情况。

萨雷佩服地说："他一共约来三个人，让我把一个挡了。"

小范连连嚷道："这家伙，看着蔫蔫的，没想到放了个老老卫星！"

"看看人家，比比自己。你光知道整天笑眯眯地玩手机，发短信。"

"当初我就说叫不来人，你非让我来不可。现在好了，既丢了工作，还在这多花钱。我老老后悔死了。"

"年轻轻的，干事没一点毅力。不要气馁，成功就在脚下。"

"大舅，要是你成功了而我没成功，你说咋办？"

"难道你不相信你舅？难道我舍不得给你二三十万元？"

"那好，你写个字据，我马上回去。"

"混账！给舅还耍花枪？真没出息！不能回去，许多事舅还靠你呢！"

甥舅俩正说着，桂平筠来了。桂平筠心情不好，大概还为萨雷在会上屡屡出她的洋相而赌气。她真想不明白，他不知道保护他的业务员，却为什么总和自己过不去呢？

萨雷早就察觉到她的心思，讪笑说：“你想，你是司令俊男的推荐人，我不批评你批评谁？这是行业规矩，将来司令俊男和他的业务员发生矛盾，你也会和我一样对待他。你说是这个理不是？”

桂平筠不耐烦地说：“别罗嗦！你叫我来，就是为这事？”

萨雷这才言归正传：“是这样，刚才司令俊男来电话，说他约好两个人，一个是污水站站长，一个是针织厂党委书记。已买好票，明晚就上车启程。接电话时俞经理也在场，她要求必须搞好接待，只能成功不能失败。你通盘考虑一下，明天抓紧准备，晚上开会前会。”

随着萨雷话语的循序渐进，桂平筠的表情也循序渐进地变得明朗起来。她先是一惊，继而疑惑。心想，他连行程回去仅仅七八天，怎么一下就约两个人？真不知这家伙又耍什么花招！但当她听说他已买车票时，一切憎恨和疑虑霎间全没了影儿。是呀！几个月来，师徒俩磕磕碰碰、哭哭笑笑，不都是为了邀约人安腿么？

桂平筠等萨雷说完，就兴冲冲地说：“那好，讲沟的人你联系，我这就准备去了。”

萨雷说：“让主动给你帮忙。”

小范正闷得慌，就高高兴兴随她走了。

第二十三章 爱情在宴会上突然发酵

CHAPTER 23

这天下午，桂平筠和小范没去上课，一直等着司令俊男的电话。大约四点多，司令俊男打来电话，说他们已下火车，坐出租车马上就到。桂平筠还想表示一下关心，那边的线已经断了。她完全恢复当年的热情，哼着小曲，踏着鼓点，噔噔地下了楼，袅袅地来到路口。范主动跟在后边，紧撵慢撵没撵上，只是眯着眼傻笑。桂平筠知道这是来666必经之路，司令俊男一定要在这里下车。她的心怦怦跳得很快，只希望早点见到他，早点看到那两个新人是什么样儿。

小范见她如此兴奋，眯笑着说："这两人要是留下来，你也快成经理了。"

桂平筠眉梢一挑，爽然道："他俩能留下，我就四十分了。"

"这两个人你认识不？"

"不认识。"

"听说还有个党委书记？"

"党委书记咋？党委书记也是人，也想发财！"

两人正说着，突然一辆出租车停在路口。桂平筠连忙迎上去。副驾驶室下来一个身材高大的汉子，间白头发，戴一副玳瑁眼镜，有点老态龙钟。接着后座下来一个矮点的，头发乌黑，五十多岁，状态很好。司令俊男最后下来，神情略显倦怠。桂平筠忙上前和他俩握手。司令俊男做了介绍，高个子叫辛岱，原是污水站站长。年轻点的叫成智，是针织厂党委书记。

一行人上了666三楼，刚刚落座，这时老三也赶来了。互相介绍后，他说坐了两天车，实在太累，提议先去捏捏脚、洗洗头，以解除旅途劳顿。两个新人还在推辞，老三和小范已拉着他们出了门。楼下洗脚的门店星罗棋布，都是为搞网络人开设的。老三谢绝一个个门迎小姐，带着大家径直来到黛丝美发足疗店。女老板和老三是熟人，桂平筠也认识，所以不用搞价，直接安排小姐为他们服务。安排就绪后，司令俊男要三哥、小范和桂老师先回去，他一个人留下就行了。

他们走后，司令俊男也被带进洗脚室。辛岱和成智宽衣解带，已舒舒服服地把脚伸进药水盆里。盆是桉木的，桉木本身就有很强的药性，再加上中草药，药味就更浓，深深一吸，直冲人的天灵盖，感觉特别刺激和提神。他们按小姐吩咐，松了皮带，脱了鞋袜，把脚伸进桉木盆子。泡脚大约十分钟，这时小姐便开始按摩。先是腿，后是肩，再是头。那葱白似的十个手指头，又捏，又捻，又摁，配合得非常细微紧密。力量的分布调度也很到位，什么部位重，什么部位轻；什么时候快，什么时候慢，决不会乱了指法。虽然隔着衣服，但仍能感到酥酥绵绵的舒坦，恍惚之间人仿佛就成了一堆发酵的面团。

捏脚更是一番令人销魂的享受。等到药性透入皮层组织时，小姐便撤了盆，端一软凳，让人把脚放上去，然后就一遍遍重复捏、捻、抚、锥、掰、捶的程序。那个痒，那个麻，那个痛，那个透彻，直觉得这脚不是自己的，而是属于农妇手中正纳的鞋底子。特别是锥和掰，鞋匠绱鞋时怎么锥小姐就怎么锥，农民掰玉米棒怎么掰小姐就怎么掰。掰时，充分利用手指四对一的抓挖功能，仔细而使劲地掰呀掰呀，掰得脚掌不住地抽搐跳芭蕾，掰得五个脚指头摇头晃脑只管疯张。锥时，一手抱脚，一手团团成拳，中指关节突兀，勃如少女初绽乳头，锥在脚掌上，疼痛痒麻，直砭脊骨，真让人欲罢不能，欲舍不得。瞧辛岱诚惶诚恐的样子，单怕自己脚上的老茧掰得小姐手指头流出血来。成智乃官僚胚子，熟知此道，所以安闲许多。无论是锥还是掰，他都安卧如神，仿佛自己日益老化衰朽的肌肤，正在接受年轻生命的安抚和召唤……锥和掰就这样制造出剧烈的疼痛。在这里，疼痛不再是感觉，而是一种工具。小姐们正是用疼痛这个工具，驱赶着疲劳，创造着舒服。半个多小时过后，当他们离开洗脚室时，肉体上这些先是疼痛后是舒服的感受，已完完全全转化为精神的爽惬和愉悦了。

洗头就简单多了，只是洗的方法和程序却很稀罕。洗时不是坐着，而是躺着。那床也很奇特，有点像传销的摇摆机。身下是弹簧海绵，头顶是水银灯和怪机器，脖子和头卡在一个玻璃钢器皿里，躺在上面，形如上手术台。水也不是龙头流的或盆子盛的，而是由那个怪机器吐的。随着一阵潺潺流水声，人的头就像一个绿皮西瓜，任由小姐一双玉手摩挲浣洗。不知什么香料和洗剂，抑或是从怪机器嘴眼里挤出来的吧，刹间，整个屋子弥漫奇异的芳馨。小姐把十根手指头款款插入头发，紧贴着头皮，不停地来回扑簌揉搓，使人觉得脑袋里有无数蚯蚓蠕动……接下来就是通常的刮脸、剪发、锔油、吹风，大约花了一刻钟。当他们做完所有程序走出店铺时，一个个变得精神饱满，意气风发，平添几番大老板的风度。

晚上酒席很丰盛，老三把气氛也酿造得甚为浓烈。可惜的是，成智吃腻了大餐，对眼前美味佳肴并不稀罕，只作了番礼节性和象征性的品尝，便连连婉绝推辞着坐冷板凳。而辛岱，严重的糖尿病不但折损一身肥膘，也大跌了食欲和胃口，不吃蛋，不吃肉，不吃甜，不吃辣，也不喝酒和饮料，只管抱着大旅行杯一口接一口喝茶，一根接一根地抽他的大中华。他虽然很少动筷子，但嘴却始终没闲。他一会侃新疆剿匪的惊险，一会又谝修污水站的辛酸。一谈起他为污水站五年打了四十一场官司，玳瑁眼镜就闪耀着异样的光辉，使得吃惯大葱略带鼻音的山东话益发亢奋和冲动。他说他和司令俊男是十多年的莫逆之交，他能干他也能干，他干啥他也干啥。他一再摇头表示不用考察，明天就办手续，就开展工作。他说他虽然退休几年，但一直没闲着，到这来正好坐最后一班车、发挥一点儿余热吧！

第二天，无论萨雷搭平台，还是听一沟二沟，两个新人都表现出极大的兴趣和热情。成智连连惊叹，这的确是个好生意、好机遇。只可惜自己当了十多年共产党的县团级，除坐车吃请外，没捞下一点油水，积攒的钱只够抽烟看病，实在爱莫能助。而辛岱却极具发财欲望和幻想冲动。他多次拿出整条大中华，要给萨雷送礼，要司令俊男领他去见这里的最高领导，走后门立即办手续，单怕耽搁时间失去这个发财的机会。他说他把儿子的身份证和钱也带来了，一共八万元。说着他真的掏出银行卡和身份证让大家看。他还说他两个女儿一个在深圳，一个在济南，都是高官大款，有的是钱。干事业，创江山，就不能怕投资风险，否则将一事无成！

看到他的银行卡，听到他如此决断的话语，司令俊男心里早有了底，并未表现出多少惊讶和激动。但桂平筠就不同了，她真没想到，这个看似老态龙钟的站长，居然有一颗年轻人火热的心，居然有一股凡人所缺乏的强烈的发财欲望。父子俩，每人十份，将给自己徒然增加二十分，真是烧了高香啊！所以她显得异常兴奋和激动，对他的态度也更加体贴和亲昵。当然了，这些信息很快就反馈到萨雷和俞溟跟前。他俩商量决定，把一推再推的经理晋升庆宴，就放在当晚举行。俞溟指出，一共六个经理，每人六千元，规模要大，档次要高。本体系的人都参加，外体系有合作关系的一个不漏，必须形成巨大吸引力和社会效应。

果如俞溟要求那样，宴会比过去任何一次都气派，都隆重。酒店内外，张灯结彩。鲜花簇拥着红地毯，一直从楼梯口延伸到街旁。氢气球在空中欲飞欲止，上面巨型竖标被风吹得猎猎飘舞。酒店还特意请来军乐队，铿铿锵锵的乐曲让过路人都无限振奋。萨雷、杜航、萨风、柳一枝、柳二絮、韩翰胸戴大红花，在门厅一字排开，欢迎着各方来客。大家喜笑颜开，互相祝贺，气氛十分热烈。潇湘饭店二楼十个包间和大厅，全是他们的人，共二十六席。人员之多，规模之大，场面之隆，是该饭店首创，即使整个爨城也绝无仅有。

范主动成了大红人，手拿名单，跑前跑后招呼来宾。他把桂平筠、司令俊男、辛岱、成智等领进一个小宴会厅。里边只有三席，俞溟已经入座。见他们进来，她立即起身和大家一一握手，并把几个高级业务员和外体系大经理介绍给他们。当看到辛岱和成智兴奋的样子，她显得更加踌躇满志，多娇多媚。她热情地握着两位新人的手，连连祝福他们成功，祝福他们好运。说这句话时，她热烈的目光一刻也没离开司令俊男，其中含义不问自明，祝福他们自然也是祝福他啊！

当各位新经理陆续入座后，一个高级业务员宣布宴会开始。这时走廊里鞭炮齐鸣，乐声四起，一片欢腾。没有祝词，也没有讲演，一切都在酒杯中。俞溟一行人首先向各位新经理干杯祝贺，接着互敬助兴，然后两拨人合为一体，与其他来宾一一碰杯同喜。俞溟分别向辛岱、成智、桂平筠等敬酒后，让人重新把酒添满，这才站在司令俊男面前。她同样没说话，但目光里含着比酒还浓的情意，早已使司令俊男醉眼朦胧了。两个高脚杯口沿对口沿，轻轻一碰，便碰出浑身的灼热和颤动。俞溟仰头喝了一大口，示意他随便。司令俊男不甘示弱，也喝了一大口，以表诚意。俞溟没敢逗留，朝他点头一笑，转身和萨雷一行步出小宴会厅，到别的包间给客人敬酒去了。

这时小宴会厅显得有点寂寥。辛站长还是大口地喝茶，大口地抽烟，偶尔动动筷子，也只在金菇、木耳、黄花菜和鱼翅上踅摸。成书记则稍稍改变矜持的姿态，这儿夹夹，那儿捣捣，像是估算每桌宴席的价位，又似评估南北大菜的异同，自然还是滴酒不沾。但他兴奋和激动还是显而易见的，也是难以掩饰的。好家伙！在祖国西南边陲，竟然隐逸这样一方田园乐土，活跃着这样一批商界精英！瞧他们，一个个西装革履，风流倜傥，活得多么潇洒、多么超脱、多么逍遥自在啊！眼前的景象，带给他的不仅是羡慕和吸引，更多的是刺激和怂恿。如此大好生意，大好机遇，岂能观望等待和轻易放过呢？

他俩的这些心理活动，被桂平筠一一观察在胸。尽管他们厌酒，厌食，但她仍为他们一次次夹菜、一回回敬酒、一遍遍讲着连锁销售的前景和无法想象的高额回报。司令俊男不无激动，一杯杯斟满白酒，一次次陪着他们的茶水干杯海饮。不知什么时候俞溟已回到座位，只见她满脸绯红，话语和眉眼多了些许醉意。萨雷看她实在难以支持，忙劝她去茶室休息，并叫过司令俊男，两人搀扶着她一起去了茶室。

茶室是一个独立的包间。一进门，俞溟踉跄几步，就倒卧在沙发上，吱吱唔唔地让萨雷回去主持宴会，她要和司令俊男说点事，别让人来打搅。萨雷自知其中奥妙，吩咐司令俊男一定照看好俞经理，便知趣地出了门。就在萨雷刚出去关上门的刹间，俞溟突然站起来，风情万种地向司令俊男扑去。也许他和她一样多喝了酒，也许他俩已有了贴面舞的经历，所以司令俊男并不觉得突然。他接纳了她，紧紧地拥抱着她。一对单身男女在历练了半年多后，竟以这种时空和方式践行着真正意义上的拥抱和接吻。酒精燃烧着情欲。情欲与酒精羼和一起，互为作用，在他们灼热的唇舌和肢体上得以恣肆挥发和释放。他们长时间地拥抱接吻，纵使宴会再怎么觥筹交错，再怎么喝五吆六，也无法摇撼彼此的渴望和投入。

“俊男，几天没见，我可想你了！”

“我也想你，只可惜没机会单独相处。”

“咱们公开吧，撕掉这层面纱吧！”

司令俊男看着她清澈而激情的眸光，惊叫道：“你没喝醉？”

俞溟用嘴拱着他的耳轮，娇滴地说：“我故意装的。”

他更加迷惑：“萨雷也知道？”

她以问作答：“他怎能知道呢？”

“那他为什么叫我来？”

“也许是缘分吧！难道你不愿意？”

“我当然愿意，更相信缘分！”

司令俊男说着已把她抱离地面，两人顺势滚落在真皮大沙发里。

他俩在茶室厮混不久，就一起回到小宴会厅。宴会已近尾声，桌上狼籍一片，而酒兴正酣。杜航还在和一位高级业务员较劲，谁多谁少，一概不论，只有老虎杠子最显公平。老三舌头僵硬，说话已难分地的得。但他依然高高举杯，依然缠着柳一枝频频劝酒。柳一枝虽有几分醉意，但还能辨得白酒和饮料的颜色，于是便一杯杯斟满饮料，与三哥连连碰杯海饮。韩翰靠墙坐在一把折叠椅上，独自无言，昏昏欲睡，脸色嫣红慈祥得像个如来佛。惟有萨雷仍保持着绅士风度，尽管与尹杭杭在一旁卿卿我我。

俞溟的复归，使宴席气氛再起高潮。杜航、老三等人立即把目标转向她。杜航说她中途退场，当罚三杯。老三抢先一步，递过一杯酒，要她亲不亲，一口扪。不扪不亲，就扭屁股走人！俞溟盛情难却，接过杯正要一饮而尽，这时手机响了。她放下酒杯，忙去接听，电话却断了。她刚端起酒杯，手机突然又响。她再接时，对方又关机了。她觉得奇怪，就站在窗前查看呼叫记录。一查竟是司令俊男的号码。她这才恍然大悟，原来他是要自己借故离席，不能再饮酒了。俞溟朝他投去深情的一瞥，忙走到席前，说她有急事，得先走，失陪了。大家不要急，慢吃慢喝，一醉方休！说罢挎了小包，匆匆离席而去。

这种小把戏，辛岱和成智自然不知，但仍未逃脱桂平�的视线。司令俊男手里的手机就是证据，两人发电与接电的时间差就是证据。特别是俞溟会心的一瞥，更是这种小把戏最好的注释。这些嗜酒如命的男人呀，还有那几个玩情如痴的女人呀，全都被他俩蒙蔽和忽悠了。只有她，只有被人污蔑为克格勃的桂平�，才能读通读懂那一瞥，才能理会其中的隐秘含义。她不知这是嫉妒还是羡慕，是嘲笑还是庆幸。但无论如何，她仍然保持着清醒头脑，掂量出这个小把戏应有分量。是呀，与两个新人比较，与百万富翁大业比较，它又显得多么渺小、多么无趣啊！所以她没给任何人说，更不把它当一回事。直到宴会结束，直到上了666三楼，直到辛岱催促要提前申购，她也一直守口如瓶，不愿也不想点破这个秘密。

宴会收到极好的效果，其他新人不敢断言，单看看辛岱和成智的表现，就是最好的例子。第二天一早，辛岱嚷嚷着要换手机卡，要去银行取款。桂平筠坚决反对，她说等考察完再说，行业有一定程序，不是想办就能办那么容易。成智也说，他计划申购三份，三千八百元挤兑一下还是可以的。只是他坐惯小车，像这样整天跑来跑去吃不消。他想让儿媳来做，她认识许多西安康福路的生意人，又刚好下岗没事，她来最合适。整整一个上午，两人的情绪都很高涨，特别通过算账，高额回报的诱惑使他们更处于亢奋状态，恨不得立即申购，立即叫人，立即当经理当高级业务员，立即成为百万富翁。午餐时，萨雷和俞溟拿着礼物来看望。饭菜依然丰盛，新人依然厌食，这可给俞溟和司令俊男提供了机会。他们连连互敬，连连干杯，一顿饭下来，足足喝了一斤白酒，等散席时双双都晕晕忽忽的。

送走萨雷和俞溟，安排新人休息后，司令俊男这才感觉真的喝多了，只想倒头大睡。他接受景颇儿的教训，偷偷溜进辛岱房子，刚要提他的皮箱时，发现他并未睡。

他问他干什么？他说他发现皮箱有个轮子坏了，他去修理。辛岱再没吭声，继续睡觉。他把皮箱拿到自己房子，给轮子膏了点缝纫机油，然后关门倒头就睡。桂平筠在那边说，要多留神，别像你小舅子那样，到时候又偷跑了。司令俊男说他的皮箱在这呢，想跑也跑不了。桂平筠笑出声来，夸他大有长进，这个办法实在太妙。

司令俊男不知睡了多长时间，当桂平筠使劲敲门时，他才一轱辘爬起，第一眼就看那皮箱。皮箱好好地还在，瞧，膏过的轮子正向外淌着缝纫机油呢。突然，桂平筠闯进门，惊慌地说辛岱不见了！司令俊男指着皮箱说，不可能，瞧他的皮箱还在哩！桂平筠忙让他快去找人，说下午还听大鼓，时间马上就到了。两人忙分头去找，找遍整个街道，也没见辛岱的人影。司令俊男要回去，突然发现辛岱从一个话吧出来。

他忙跑上去说：“你打电话，用我的手机多方便。”

辛岱狡猾地笑着：“我看你睡了，就来给女儿打个电话。”

“哪个女儿？”

“深圳的玲玲，你认识她呀！”

一种不祥预感，使司令俊男立即意识到问题的严重。瞎了瞎了，他妈的真是人在事中迷，聪明反被聪明误！明知他女儿在深圳，明知网络总部在深圳，自己却为什么偏偏忽略了这个细节？万一他女儿说些不利的话，生意不就泡汤了，一切努力不就前功尽弃了？

辛岱见他没说话，就抱怨说：“真没想到，你怎么会干这种事？”

这句话验证了司令俊男的推想，便急问：“别问这，先说玲玲怎么说？”

他很生气地说：“玲玲说深圳有七八万人，爨城有十万人，广西和贵州也有，整个网络有上百万人。而深圳却根本没这个玉莹公司，是个大骗局。我下午就回去，劝你和我一起回。”

司令俊男哑口无言，只是深深地叹气。

正在这时，只见桂平筠迎面走来，一边走一边喊：“快一点，时间已超过一刻钟，迟到了！”

司令俊男对辛岱说：“你先上楼等着，我和她说几句话。”

他疾步跑过去，把桂平筠拉到一旁，慌忙道：“事情瞎了！他刚给深圳的女儿打了电话，说玉莹公司根本不存在，是个大骗局。他下午就要走。”

桂平筠大惊失色，连连跺脚道：“怎能这样，怎能这样呢？”

“是不是该给萨雷打个电话？”

桂平筠这才醒转过来，忙拨通萨雷的手机。萨雷听了也大吃一惊，后悔忽略了这个关键细节。他说，父亲对女儿的话，比听一百次沟都管用，此事毫无回天之力。他顿了一下，当机立断，要桂平筠直接通知本人，由于年龄偏大，身患疾病，经总部审查，没有批准他俩，实在抱歉。他最后特别强调，必须让他们立即离开爨城，不能让这个信息扩散传播。

打完电话，桂平筠再也忍不住，眼里流出几粒晶莹的泪水。她揩了揩，没搭理司令俊男，径自上楼去了。尽管萨雷已对此判了死刑，但她仍不甘心，仍要做最后一番努力。她知道，有时候把死马当活马医，也能创造奇迹，所以她不能轻易放弃。就在她上楼的当儿，一个新的说服他俩留下的理论，已在她脑海里酝酿成熟了。

上了楼，看见辛岱和成智正在收拾行李，桂平筠对他俩说："辛站长，听说你女儿在深圳当副总，我很佩服和羡慕。二位肯定知道，如今市场经济，竞争非常激烈，商场就是战场。特别是同一城市的公司，竞争更是白热化，针锋相对，有时为了各自利益，会不择手段地互相拆台，互相攻击，甚至绑架暗杀。所以你女儿的话，可信可不信，可听可不听。她既然说连锁销售多达上百万人，就说明玉莹公司规模庞大，怎能说是上当受骗呢？所以我劝二位不要一时冲动，做出错误判断，失去这个改变人生命运的好机会。"

司令俊男束手无策，只好站在一边呆如木鸡。

成智已收拾好行李，坐着没做声，脸上流露出明显的反感和厌弃。

辛岱一边慢腾腾的收拾着，一边狡猾地微笑说："我奉行邓小平的政策，不争辩，但决不摸着石头过河。因为年龄大了，划不来。再说呢，我俩并没放弃呀！成书记回去就让儿媳来，我让儿子来，他们年轻，闯一闯有好处。"

成智催促道："别说了，咱们走吧！"

桂平筠忙拉住辛岱："既然这样，你就把儿子身份证留下。"

他提起皮箱："儿子来时，买飞机票还要用身份证。"

桂平筠无奈，只好与司令俊男把两人送到高管车站，直等到大巴车徐徐开动，才闷闷不乐地回去了。

真是空忙一场，空喜一场啊！俞溟没有想到，萨雷没有想到，桂平筠和司令俊男也没有想到。就那么一个小细节，偏偏大家都疏忽了，偏偏问题就出在被大家疏忽的小细节上了！当初，如果司令俊男提示一下，如果桂平筠细心一点，如果萨雷不让他看封面上印有深圳字样的"业务洽谈"，如果俞溟讲二沟时回避深圳这个地方，如果辛岱的女儿没在深圳而在别的城市当副总，不就很容易把他们搞定拿下了吗？

人生福祸，成败得失，真他妈的失之毫厘，谬以千里！对此谁又有什么办法呢？但桂平筠不这么想，她认为错就错在司令俊男没给她打电话，不该同时带两个人。这可是行业不成文的规定呀，是许多人用血泪得出的经验教训呀！作为经理，萨雷为什么要反其道而行之呢？对萨雷来说，他却显得很坦然。他在多次会议上都说，连锁销售是新生事物，是二十一世纪商业流通领域的新潮流，不是谁想来就能来的。像司令俊男带来的两个人，年老多病，总部就没有批准。所以今后选择合作伙伴时，一定要选准选好，不能重犯这样的错误。俞溟和司令俊男没有多大反应，他俩当然知道问题究竟出在什么地方。

第二十四章 上课还不如看狗连蛋

CHAPTER 24

正是盛夏时节，几乎天天都下雨。那雨下得也够玄乎，刚才还晴朗朗的，眨眼却雨蒙蒙的；饭前还是雨蒙蒙的，饭后却晴朗朗的。总之，只要天空有一片乌云，随时都会下一场倾盆大雨。

如此时雨时晴，时晴时雨，连续一个多月，把人的心绪也搅扰得混沌起来、烦闷起来。特别是那红土壤，经过雨水侵蚀冲刷，就像女人的经血一样四处漫流。这对于漂泊他乡而奢望百万富翁的人来说，更具有强烈的煽情味和刺激性。

尽管雨没完没了地下，但人们仍风雨无阻地坚持着听沟、上课、串体系等雷打不动的工作程序，虔诚的模样犹如狂热的宗教信徒。他们三五成群，密密麻麻，有的打伞，有的披塑料纸，多数人却无遮无掩，甘愿把一个纯粹的肉身交给上帝爱抚和洗礼。

司令俊男就夹杂在他们中间，属于无遮无掩的那种人。自从辛岱和成智走后，他的情绪很不好。原因不全是留人失败的沮丧，也不全是辛岱女儿传来信息的困扰，而是越来越感到孤独无助。萨雷开始代替俞溟管理网络，他在他的天平上已失去分量，所以他不再招理他。俞溟把家搬进城里，住址绝对保密，连萨雷都难以知晓。桂平筠虽不再有景颇儿逃跑时的震怒，但明显表现出对自己的不屑和嘲弄。她曾不止一次对他说："这个行业就这么怪，谁不听话或不发展人，整个体系就会把他孤立起来。"她的话挺灵验，无论上课还是串体系，大家都有意无意地回避他，都用异样的目光看着他。三哥见了他只是打哈哈而已。程家宽不再和他套近乎。雷钊对他更显出一副排斥和傲慢。韩翰升为经理后必须与组织保持一致，所以也很少和他交流沟通。只有范主动依然如故，总是笑眯眯地劝说："别管他们，那是逼着你发展人。谁都一样，只要能发展人，他们比我还笑眯眯的呢！"他真的成了孤家寡人，出门办事都不愿与人搭连，即使上街逛公园也是独来独往。今天更是如此，逢人便回避，有伞也不打，希望把自己赤裸裸暴露在雨中，以此来排泄心里的孤独和郁闷。

他突然发现前边有几个人回头看他，接着又不约而同地站下来等他。他仔细辨认着，原来是胡天水和他手下的人。他们来的时间不长，又都是些爱凑热闹开玩笑的角色，所以对自己还算客气，他偶尔也乐意和他们谝一阵儿。

"司令老弟，走快点呀！"胡天水招手喊。

"时间还早，不用急。"他大声回答。

郑越打着伞走过来问："你咋没打伞？"

司令俊男身子一趔说："想让雨冲掉身上的晦气。"

胡天水说："你一次叫来两人，一个科级一个县级，你还晦气？"

司令俊男说："那像你，叫两个留一双，百发百中。"

"怪我瞎了眼，上了胡天水的当！"乐正一边笑骂，一边动脚踢郑越，"还有这我儿，硬把我拉上贼船！"

郑越打个趔趄，溅得一裤腿泥水，只是笑着没说话。

乐正指着他的湿裤腿说："你看那红泥水，就像他媳妇来了月经！"

郑越呲咩一笑，说："这家伙，光知道想女人弄乃事！"

乐正又说："你不想弄乃事，把媳妇叫来弄啥？"

"叫媳妇安腿跑得快。"

"射得也快！"

"你见来？"

"羞先人呢，上去动弹两下，就射了。该是家具有毛病吧？"

"你这家伙，天天趴在窗外偷听，把人害得整夜睡不着。"

"你媳妇叫床就像唱秦腔。"

"咦，这几天咋不见郑越媳妇？"

"回去叫人去了。他岳父马上就来。"

"郑越这家伙真有办法！"

"看那驴日的，一对老鼠眼，一眨一个计，糊弄人净是本事。"乐正说着又问司令俊男："老哥，你刚才看那红泥水想啥？"

司令俊男反问道："没想啥。你呢？"

乐正笑说："那水血红血红的，我一看就想郑越媳妇的大屁股。"

郑越说："想弄乃事，广场上妓女多得很。"

"我怕染病。要是咱的家长是女人多好。"

"司令大哥的家长是女人。"

"哎，司令老弟，咋不见你家长？"

"不知道。"

"我真搞不明白，你们孤男寡女，晚上是咋过的？"

"别提啦！我们连话都不说，她还要在全体系孤立我呢。"

"为什么？"

"嫌我没发展人，落后呗。"

"我也是落后分子。从今天起，咱俩就是难兄难弟。"

"还有我，光爱和司令谝。"

"你驴日的已是小组长，不要你！"

"咱们是一个道上的，以后不管先进还是落后，都要互相关照。"

他们说着说着，不觉过了铁路隧洞，来到商映家。今天上素质课，由白石山主讲。原先通知在白石山家，不知什么原因又改在商映家。有人是从白石山家折转来的，有人还在路上正走着，还有人干脆借机不来了，所以到场的人并不多。屋子气氛很不对劲，显得有些紧张和沉闷。商映、小范和老韩等人端坐在沙发上，都紧绷着脸不说话。靠套间的墙角里，坐着岳月、荑荑、桂平筠等几个女人，也一个个沉闷寡言。柳一枝姐妹和盈儿在东边套间里唧唧咕咕地议论，脸上显露出对什么人或什么事不满的情绪。雷钊和两个新人在西边套间抽烟，烟雾飘出房门，和白石山的烟雾汇合一起，使整个客厅云遮雾罩。党自觉和曹漕忽坐忽站，出来进去把门弄得吱吱响。白石山独坐茶几前，一根根抽烟，表情阴郁而烦躁。他突然秃头一转，朝着党自觉和曹漕吼道："你俩忽悠来忽悠去，是母猪发情还是咋地？"党自觉和曹漕这才安静下来，大家你看着我，我看着你，谁也没说话。

大约一刻钟后，白石山丢掉烟蒂，坐着说："今天迟到和至今未来的人，一律免于处罚。责任在领导，必须追查到底。为什么随意变更地址，变更了为什么不及时通知？这么远，又下着雨，特别是老同志，冒雨跑来跑去，把人当猴耍咋地？"

胡天水和司令俊男几个摸不着头脑，只是挤眉弄眼地悄声议论。

范主动仍笑眯眯的，咳了声，站起来出门打手机。

商映知道问题复杂了，忙说："白哥，好了不说了。快上课吧。"

"今天课不上了！"白石山站起来，朝屋子扫视一下，双手一摊，嚷道："来了不到三分之一人，还上个鸟课！我就不信这邪，网络是大伙的，不是谁一个的，还能一手遮天，想咋地就咋地？"

"白哥甭生气，算兄弟错了，要罚就罚我吧。"商映说着掏出一张百元大钞，顺手放在茶几上。

白石山抓起钱，往商映怀里一撂，说："不关你的事，谁屙的屎谁擦！就这么着，今天不上课了，愿唠嗑的唠嗑，不愿唠嗑的回家！"

大家终于听出一点眉目，这家伙原是和萨雷赌气哩。但详细情况，除了商映和范主动外，谁也不知道。不知道就别问，这是行业规矩。所以多数人不问也不关心，陆续出门开拔。

下楼后，天突然放晴了。司令俊男正要撒腿独行，却被乐正和郑越拦住，执意要和他一起逛大街。

乐正说："天好不容易放晴，咱们去广场放放风吧。"

司令俊男说："又不是坐监狱，放什么风？"

乐正狡猾地笑说："他妈的这日子，和坐监狱有啥两样？"

郑越小眼睛飞闪："主要是雨，把人下得腻腻歪歪的。"

乐正又说："正因为这样，所以让司令老兄去广场开开眼界，放松放松。"

"这家伙光想去广场看皮影。"

"怎么广场演皮影？"

"别听郑越我儿胡说。晚上叫皮影，白天叫二人转。"

"什么皮影二人转，我越听越糊涂。"

"大哥连这都不知，真是妄为老业务员！你听我说，我是做过市场调查的，可不是胡说哩。当前爨城约有妓女三四千人，都是冲着咱们来的，与网络相配套，是当地财政的又一大支柱产业。每到晚上，广场周围，全是拉客的妓女，公开讨价还价。透过月色和灯光望去，男男女女，影影绰绰，就像演皮影一样活灵活现。但白天就不同了。白天没那么公开，而是狗踅油葫芦，男的踅摸女的，女的踅摸男的，如此踅来踅去，转来转去，不像东北二人转？"

司令俊男哑然失笑："只是我不想看二人转。你想想，大白天的，人家转，咱也转，转着转着，旁人还以为咱演二人转呢！”

“那你说现在干啥？”

“后山环境很幽静，风景也很好，我想去那里转转。”

郑越忙附和：“那地方野菜很多，顺便挖一些，也该改善改善伙食。”

乐正踢了郑越一脚，骂道：“你做的饭和猪食一样，改善个屁伙食！”

郑越笑着反骂：“你才是个懒猪！不做饭，不洗碗，夜里不去厕所，尿到脸盆也不倒，和猪有啥两样？”

乐正一边追打一边骂郑越：“你驴日的勤，勤得比猪还脏！和面不洗手，又擤鼻涕又抠眼，涎水能淌一面盆，要不就把手插进裤裆搔痒痒，看见就让人想吐，这不是脏猪？”

“你是懒猪！”

“你是脏猪！”

司令俊男忙解劝：“好了好了，现在不说脏猪懒猪的事，你们到底去后山不？”

两人齐声说：“去，去去，为了给司令大哥做伴，上刀山下火海也去！”

三人出了铁路隧洞，过了小区，正要上通往后山的路，突然发现不远处围着一群人，嬉笑喧哗声响成一片。乐正窜进人群，一会又钻出来，拉着司令俊男，说今天运气真好，叫人大开眼界！说着三人一同钻进人群，一瞧，原是几只狗在沙石料旁交媾。一只黑狗趴在一只花狗屁股上，不停抽搐摇晃，亢奋得浑身鬃毛都张扬起来。特别是胯下一串嫩肉，像蛇信子似的，血红血红，摇曳不止，炫耀着生命力的雄壮。花狗更是全神贯注，得意时脖子朝上一仰，呜呜地叫着，听起来特别刺激。旁边还有几只狗互相猥亵撒欢，时而追逐打斗，时而走到正在交媾的同类跟前蹭蹭嗅嗅，但始终没有实质性进展，仿佛它们是性无能或正在接受性启蒙。

围观的大多是搞网络的，也有个别当地人，一个个龇牙咧嘴，看得津津有味。有人鼓掌加油，有人夹紧大腿唯恐发生连锁反应，还有人捡起石子朝狗们打去，人群里不时爆发出浪浪的叫声和轰然大笑。一个河南小子打开随身听，迪斯科旋律恣肆疯狂，感染得人和狗一起战栗起来。到了高兴处，那小子带着浓重的河南口音连连大叫：“拷他奶奶的，中，中！”女人们则远离现场，有的装模做样地站在土坎上，有的旁若无人地伫立在楼房凉台旁，一阵潮湿的风吹过，隐约能听见她们嗤嗤的笑声。你也看，我也看，谁也不回避谁，谁也不笑话谁，大家都彼此彼此，灵犀相通，不言自明。

大约过去一刻钟，黑狗才从花狗屁股上溜下来。说来也怪，不知怎么搅和的，两只狗的屁股仍紧紧连在一起，无论如何也难以分离，只能在原地转圈圈。这时有人跑到跟前，大声吆喝驱赶它们，但那圈圈却转得更快，把周围经血似的红泥水踢踏得四处溅射，场面非常惨烈，人们的叫声和笑声也更加放肆豪壮。坡坎上有几个小孩拍手叫起来："连住了，锁住了！连锁连锁！"立即就有几个妇女呵斥追打，一边追打一边骂："你们这些狗崽，肯定是那公狗和母狗弄出来的！"孩子们也不示弱，跑远了就转过身对骂："你们才像公狗和母狗，连住了，锁住了，连锁连锁！"

司令俊男一阵颤栗，只觉得龌龊恶心。孩子们的话无疑是对连锁销售的诬蔑。但他却打心眼里佩服他们观察事物的能力，佩服他们用词造句的技巧。听听，"连住了，锁住了，连锁连锁！"能把公狗和母狗弄那事与连锁销售联系在一起，没有深刻细致的观察体验，再高明的作家也难以创造出如此生动形象的语言。所以他现在并不忌恨孩子们，却为自己误入连锁销售歧途而感到羞耻。

乐正却不这么想。他还执迷不悟地沉浸在公狗与母狗交媾的情境中。他才三十岁呀，才进入而立之年呀，才品尝出男欢女爱的滋味呀！但两个月来，他远离媳妇，远离女人，只能靠每天看皮影和二人转满足生理与心理需求，怎禁得住这等男寡似的单身生活，怎禁得住眼前的这般挑逗和刺激啊？此番他已浑身燥热，心旌摇荡，总觉得身上少了些什么又多了些什么，急需排遣些什么又接纳些什么。他急得像一只公猴，不停地抓耳挠腮，不停地在心里咒骂。妈的，妈妈的！瞧那公狗，还有母狗，好不自在，好不痛快！人却不如狗。这算他妈的什么嘛！这么骂着，他便全然不理孩子们的诬蔑，全然不顾司令俊男和郑越的拉扯，涎着脸蹲下来，要看个仔细看个够。他觉得看狗连蛋比上课和串体系都好玩有趣。

郑越和他俩的想法却不同。他现在不但有了乐正和他媳妇两条腿，而且他岳父马上就到，凭他的计谋搞定拿下老人家将不费吹灰之力。所以他对连锁销售的感情还是蛮深厚蛮虔诚的。听了孩子们的话，他先是呲咩一笑，觉得挺有趣。接着老鼠眼贼溜溜地转动几下，似乎才反应过来，脸上就立即严肃起来。他噌地钻出人群，吸啦着爱流清鼻的鼻子，向孩子们追去。"碎驴日的，你爸你妈没在炕上狗连蛋，哪来你？我叫你骂狗连蛋、骂连锁销售！"追出百十米，突然脚下一滑，摔了一跤，爬起时却捡到一把薷韭菜。他一阵高兴，心想回去正好包饺子，便忘记追打孩子的事，更没了为连锁销售挺身而出的忠勇。

三个人三条心，就这么磨磨蹭蹭，眼看到吃晚饭的时候，后山是去不成了。公狗和母狗还屁股连屁股地在一起连锁着转圈圈。大概孩子们的话刺痛了人们的隐痛，都扫兴地纷纷离去。看看周围只剩下寥寥数人，乐正也感到索然无味，便朝司令俊男走来。

乐正嬉笑着：“他妈的，好多年没见狗连蛋，想不到今天长眼福了！”

司令俊男：“别光想那丑事。看你家长，把包饺子的韭菜都弄下了。”

乐正说：“他只是灶长，饲养员。胡天水才是家长。”

郑越傻笑道：“饲养员把你喂饱，然后再来看狗连蛋？”

“狗连蛋咋了？你驴日的为啥撵人家娃？”

“他骂连锁销售是狗连蛋。”

“原话是连住了，锁住了，连锁连锁。”

“说得太妙了！简直把话的屎都说出来了！”

“所以我就想踢那些碎崽娃几脚，没想到跌倒却拾了一把韭菜。”

“我先踢你驴日一脚！”乐正说着就踢郑越屁股，“那菜上净是屎，能包个熊饺子！”

郑越很受耍，挨了一脚，并未动恼：“菜都是粪浇的，一洗照样吃。”

司令俊男说：“不干不净，吃了不得病。不过现在，后山是去不成了。回吧，你们还要洗菜包饺子哩。”

乐正叹息道：“老哥真幸福，有个女家长，不用做饭。”

司令俊男说：“我们是轮流做饭，今天轮她。”

乐正又说：“有个女的总归是好，起码不用咧嘴瞪眼看狗连蛋。”

第二十五章 猪蹄子、腱子肉和红牛啤

CHAPTER 25

经过前一段忙乱，现在666已恢复原状，司令俊男不得不过起这种虚拟的家庭生活。这天上午，就是看狗连蛋一个星期后，他串体系回来，顺路去楼下小图书馆借了一部小说，回家后直接进了厨房。桂老师已经做好饭，见他回来，就说吃饭。于是她舀饭，他端饭；她取筷子，他摆凳子。不必客气，也不必推让，一切都按既定程序默契进行。吃饭也是一成不变的规律：她一个馍，他两个馍；她一小碗稀饭，他一大碗稀饭；她爱吃红萝卜，他爱吃莲花白；她吃菜声音很清脆，他吃饭声音很杂沓。两人都不说话，只有吃菜吃饭的声音悦耳动听，像男女二重唱。接下来，她放下碗筷出了厨房。他开始收拾锅碗瓢盆，然后端到水管洗刷。水哗哗流着，冲在各种餐具上，发出不同声音，弹奏出虚拟家庭一日三餐最感人的乐曲。

收拾停当后，司令俊男回到卧室，觉得百无聊奈，就拿出那部小说看。图书馆手续很方便，每部每天五角钱，一部书看完也就两三元。他已看过四五部小说，认为这是当下消磨时间的最好方法，所以他坚持两三天必看一部。他相信小说读得多了，狗看星星到天明，兴许不久他也会成为作家呢。屋子光线太暗，他拉开灯，头枕着被卷阅读。他读小说时都采取这个方法，桂老师以为他读连锁销售教材，自然不会责怪白天拉灯浪费电。他刚看了三四页，突然手机响了。他忙打开手机，里边传来韩翰的声音。他说程家宽在他家里，他让他过来，说好多天没见，该好好谝一谝。司令俊男有点受宠若惊，看来这两个老家伙没忘记他，先前的误解都是自己思想过敏。他不再去想皮影和二人转的事，立即关门下楼，去了888。

三人谝了一会，老程就直奔主题，说他父子三人把十多万元撂到这里，让人越来越不放心。萨雷的话言过其实，总觉得背后隐藏着什么。咱们必须和萨雷开诚布公谈一次，把底子拾清。不能月亮地里卖尻子，没挣下钱连人也没认下。咱的都好说，赔了就赔了。但叫来的亲戚朋友怎么办，难道让他们也月亮地里卖尻子吗？

老韩现在已是经理，说话很注意分寸。他说他如今是骑虎难下。本来心里就不瓷实，没想到叫来老程和老金，一下子发展得这么快，成了萨雷处处表扬的典型。真他妈的门神打鬼，借助钟馗，有口说不清！他说和萨雷谈话可以，但真正要弄清内幕也很难。一是他没到更高级别，许多事他也两眼墨黑；二是即便他知道一些内幕，看那讪笑的面孔，未必会说真话。

司令俊男正要发表见解，这时萨雷推门进来了。他的突然到来，使三人惊诧莫名。再看他的表情，脸上没了讪笑，眼睛湿湿的，好像受了什么委屈，显得很阴郁。三人忙站起，客气地看茶让座。

萨雷坐下来，看看他们，沉闷地说："我就知道，你们正议论这事哩。本来么，让我负责网络管理，我就有权变更上课地址和时间。只是我当时急，把这事忘了，给白石山和商映通知得有些晚。但即便我有错，也应该通过组织反应，他怎么能把这事扯到课堂上去呢？简直是拆我的台嘛！简直是目无组织原则嘛！和这家伙共事实在乏味。想当初，我帮他处理过多少难缠事。不是我，他下边两条腿能保住？不是我，俞溟早把他开销了。没想到这驴日的是个没良心的东西。他攻击我，如果能发展几个人，那我就认了；如果对网络有利，那我也认了。可是他啥也不为，那他起火带炮得是尻子痒了？"

老韩三人万万没有想到，萨雷原来还在和白石山较劲呢。看到他委屈生气的样子，三人都有点惶惶然不知所措。程家宽坐在沙发上，一手捻烟卷，一手握茶杯，只管演绎他的进出口生意。韩翰闷着头，坐在圆桌旁，大拇指把一本直销书皴得沙沙响。他是小经理，萨雷是大经理，按组织原则，小经理应紧跟大经理。但他从不关心这些钩心斗角的事，要不是刚才萨雷说明，他还以为那天在课堂上，白石山只不过发牢骚而已。既然现在知道了事情原委，他就不由在心里为萨雷愤愤不平。司令俊男在老程身旁，手不住扇动眼前的烟雾，唯恐被动吸入尼古丁。他觉得萨雷在演戏。是呀，既然白石山不该在课堂上煽风点火，那他为啥在此大放厥词？这不是搞小动作吗？

司令俊男完全猜透萨雷的思想动机。他此番来的目的，就是游说鼓动他手下的人，必须把白石山的气焰压下去。按理，凭他的能力，整治白石山易如反掌，没必要动此干戈。但他知道，现在他掌管整个体系，表面上应树立一个中庸公允的形象。所以他要借用手下的力量，给白石山迎头一击。让他月亮地卖屁子，挨了球，失了身，还连个人都认不出来。

老韩仍皴着书页，激愤地说："都是乌合之众，和他较劲划不来。"

老程附和道："当时我就觉得奇怪，他不该这么干，看来素质太差。"

萨雷继续说："他攻击我，就是对咱体系的挑衅。这次决不能饶了他，不让驴日的身败名裂，我就不算男人！"

司令俊男插话道："还是冷处理比较好。"

"不行！怎么能冷处理？"萨雷说着站起来，在屋子踱着步，"什么叫冷处理？冷处理就是息事宁人，就是投降妥协！我能忍，你能忍吗，老韩和老程能忍吗，咱们体系二三十人能忍吗？你们应该知道，这个行业就是一个利益的大拼盘，是一个大鱼吃小鱼、小鱼吃虾米的上海滩。如果不抱团，如果软弱无能，就永远处于被动挨打地位！你们想想，不通过这件事把他镇住，今后网络怎么管理，百万富翁目标怎么实现？"

萨雷见他们瞠目结舌的样子，接着说："我只是给你们吹吹风，一旦到了事中，要说得出话，要得出手段，甭当那能囊鬼！就这样，我还有事，该走了，你们谝。"

果然，第二天俞溟亲自来萨雷体系召开座谈会。除回老家的人外，该来的都来了。还在俞溟未到时，萨雷已给众人把昨晚的话重复了一遍，说着说着竟然落泪。他的表现很有感染力，激动得乐正等青年摩拳擦掌，立马要和白石山那个秃驴决斗。就在这时俞溟走进来。萨雷没说话，站起来走了。还不等俞溟说明来意，大家就争先恐后发言了。

三哥第一个发言，他说他那天去房配，不知道这事。如果那天在场，他非把这驴日的打趴下不可。说着他真的挽挽衣袖，高喉咙大嗓门地说道："我的体会，这个行业就凭素质和心态。像白石山这一伙，要素质没素质，要心态没心态，只会疯狗咬人。弄不好，一只老鼠瞎了一锅汤。所以我的意思，干脆把驴日的开除算了。如果要动粗，我一个就把他们连窝端了！不信让他来试试。"

程家宽说："老白这人素质太差。领导之间的矛盾，应该通过正常渠道反映，他怎随便在公众场合胡说呢？更重要的是不该耽搁大家学习。路又远，雨又大，让人空跑一趟，真是扫兴。"

乐正也愤然叫道："就是的，把人整的不能学习，只好去看狗连蛋！"

大家都被逗笑了，齐问：“狗连蛋，什么是狗连蛋？”

郑越狠捅着乐正，忙解释说：“别听这家伙胡说八道！我们那天吃的老鸦脎，就是面疙瘩，像鸽子蛋似的，一个连一个。”

他的话和滑稽的表述方式，又引起一阵哄堂大笑。

三哥大声喊：“严肃点，不要跑了主题！”

老韩很随意地说：“其实这事很简单，要我说，可分为两个部分。第一部分是学习为什么会出现差错？这个责任不在老白，但无论是谁，以后都要尽量避免；第二部分是出现差错怎么办？按理应通过组织反映，不能公开化，这样影响领导之间关系，也有损于整个网络的安定团结。”

三哥打断老韩的话：“老韩你糊涂了，怎么为白石山解脱呢！”

老韩嗫嚅着说：“这，这咋是解脱呢？只有分两步走，才能划清责任。不然眉毛胡子一把抓，白石山不就乘机遛脱了？”

接下来无所谓发言，大家都七嘴八舌地嚷嚷，无非是些指责咒骂白石山的话，一个个慷慨激昂，愤愤不平。俞溟特别留意司令俊男，发现他有点深沉，一直坐着没说话。自从搬进城里后，她很少抛头露面，自然与他接触的机会更少了。但她一直牵挂着他，常想起和他几次不寻常的幽会，那好感的确令她激动。

想到这里，她热情而略带歉意地睥睨了他一下：“让司令俊男说说他的高见。”

司令俊男显得局促，眉头一舒，说：“我同意老韩的看法，应分清两个责任，一个是工作差错，一个是素质问题。前边是因，后边是果。但后边情节严重，影响较大。所以要分别对待，最好的办法是冷处理，搞得太激烈对谁都不好。另外，我觉得现在体系太大，人太多，最好分开学习。这样既便于管理，又避免人数超限引起公安部门怀疑。”

大家哗的一下议论起来：“这办法好，干脆分家吧！”

桂平筠忙纠正：“不是分家，是分网，其实早就该分网了！”

三哥说：“快分网吧！一分网，再也不和那些鸡骨头马脎搅和了！”

俞溟对司令俊男的发言很满意，连连点头，眼睛不眨地在他棱角分明的嘴唇和洁白牙齿间来回逡巡。当看到大家对他的话做出同样反应时，她的眉宇立即泛溢出一层喜悦的光彩。她深情地看了他一眼，然后把目光转向众人，不紧不慢地说：“大家的意见我都记下了，请相信会有一个公正合理的结局。这件事到此为止，以后不要再议论了，一切为团结考虑。另外，司令俊男提出分网的建议很好，我与其他经理商量后尽快做出决定。我还有事，先走了。”

俞溟走出门，又转身折回，看着司令俊男，想说什么又觉不妥，稍稍停顿一下，继而对桂平筠说：“桂姐，上午我去你家吃饭。”

桂平筠忙问：“你想吃啥？”

俞溟说：“手工面。你把面和好，等我来了擀。”

俞溟原先在西关住着时，走到哪吃到那，可以说是吃的百家饭。自从搬进城里后，除了大小经理宴请外，每天不是进快餐店，就是去地摊吃小吃。在她有限的食欲里，无论是宴席还是快餐，抑或小吃，怎么都吃不出陕西面食的风味。所以她现在特别想吃杨陵蘸水面。这一点桂平筠自然理解，但她认为这不是问题的本质，本质是她要借机和司令俊男幽会。在桂平筠的意识里，当前有两个敏感区，一个是发展人，另一个就是司令俊男和俞溟的关系。她虽然多次发誓不吃醋，不嫉妒，希望有情人终成眷属。但理智始终驾驭不了感情。她现在变得非常自私。司令俊男作为她的当年所爱，就像自己的一件衬衣、一枚头饰，虽然由于种种原因暂时不用了，但也要悉心珍藏，决不能让给别人或被人偷走。所以，每当俞溟和司令俊男稍有风吹草动，也会在她的意识里掀起轩然大波。她总觉得心理不平衡，身上不舒服。现在，这种心理和生理反应又在她身上出现了。她既要给她做饭，还要眼睁睁看着他们在眼皮底下和她的情人自己的曾爱卿卿我我，这让她如何接受得了呢？！

就司令俊男而言，他现在仍处于混沌麻木状态。这是因为，自从他来到这里，就一直生活在虚拟世界。尽管申购前后暴露出许多矛盾，也引起种种怀疑，但他仍怀有侥幸心理，仍对这个虚拟世界抱有幻想。后来，随着一个个邀约电话失败，随着景颇儿的逃走、辛岱和成智的无功而返，慢慢地，他变得混沌和麻木起来，不知不觉地适应了这个环境，融入了这个行业。每天都是老一套，做饭、吃饭、睡觉、上课、串体系、逛大街，没完没了地重复。他觉得自己像老牛拉磨似的，被一股无形力量牵引着，既无目的又无终点，一切都顺其自然地转着圈儿。正因为这样，所以他忽略了俞溟对他的那分感情。现在，听到她要去666吃饭，他就像卸磨的老牛揭去蒙面布，心里一下子亮堂了。他知道其中的含义。吃饭背后掩藏的将是难以咀嚼的甜蜜。他突然变得很清醒，恢复了自信。

散会后，桂平筠没敢停，立即买来菜，回家后又是洗菜又是和面，心情也好了许多。司令俊男没有和其他人闲谝，连忙到楼下美发厅理了发，随后又匆匆回到666。以上的思想活动，就是他俩在完成这些事情时进行的。现在他们的思想已经平静下来，各人做着各人的事，配合得还算默契。不多会儿，俞溟提着一大包礼物来了。桂平筠不像她想的那样吃醋嫉恨。她热情地接过俞溟手中的礼物，埋怨她不该这么客气，又不是招待新女婿，还拿什么礼物？司令俊男忙打来一盆热水，让俞溟擦洗一下缓缓气。

俞溟擦着面颊，突然好奇地说："哎呀，俊男好像和刚才不一样了！"

桂平筠瞟了一眼司令俊男，揶揄道："见大经理么，当然该理发，显得有风度。"

俞溟眨眼笑说："哦，原是理了发，我就觉得和刚才不一样。"

司令俊男摸着脖梗，搪塞道："前一向接新人，忙得忘了理发。"

有了第三者，桂平筠的话就多起来："取悦俞经理就取悦好了，没必要掩饰。"

司令俊男哼了一下，红着脸没说话。

俞溟佯装生气地说道："桂姐真会开玩笑，他为什么要取悦于我呢？"

"女为悦己者容，男人也一样呗！"

"越说越神了，我怎么没感觉呀？"

"都是过来人，谁心里没数？别虚伪了。"

俞溟窘了一下，没再做声，挽着袖子要擀面。

桂平筠挡着她说："还是我擀吧，你炒菜。"

"炒啥菜？"

"豆角西红柿炒鸡蛋。哎，你想吃啥面？"

司令俊男走进来，手里端着一盆刚冲洗的豌豆苗。

俞溟看着他问："你喜欢吃啥面？"

司令俊男随口道："你喜欢吃啥我就吃啥。"

"那就吃蘸水面，"俞溟抓起一把豌豆苗，"这豆苗真嫩！"

"我最爱吃豌豆苗，比关中的苜蓿都好吃！"

"俞经理肯定也爱吃！"

"爱吃是爱吃，就是有一股草腥味。"

不多一会，俞溟炒好菜，烩好汤，又拿出她带的食物，切了一大盘牛肉，一大盘猪蹄筋。牛肉都是腱子肉，里边的筋筋黄亮黄亮，看一眼就能感到韧力。听说猪蹄筋和牛腱子肉都具有壮阳补肾功能，俞溟只是微笑并未说明，但司令俊男却为之一颤，身上立即就有了一股难以遏止的渴望。这个细节桂平筠没发现，她仍专注地擀着像皮带一样又宽又长的面条。当她终于完成全部工序时，锅里的水刚好开了。接着下面条，煮过三滚后，俞溟放进豌豆苗。一顿陕西蘸水面就这样全部告竣了。

这顿饭吃得很满意，也很舒心。俞溟还带来几听灌装红牛牌啤酒。桂平筠不喝啤酒，只好以茶代酒。她也不吃猪蹄筋和腱子肉，嫌塞牙缝。司令俊男最爱吃硬的顽的东西，猪蹄筋和腱子肉正合胃口，所以他吃得很多。俞溟本来对肉食不感兴趣，但为了陪司令俊男，不得不一口口咀嚼着猪蹄筋和腱子肉。她吃猪蹄筋时，不知牙齿和舌头在嘴里是怎么搅拌的，一边咀嚼一边发出清脆悦耳的响声。就在这像深夜钟表运行和母牛反刍声中，他俩不知不觉每人已喝下三听啤酒，都有点晕乎乎的了。蒙胧中只听见桂平筠小声嘟囔："又不是入洞房，还值得这般膏油添料？什么猪蹄筋、什么腱子肉、什么红牛啤，一满的壮阳补肾之物。真是莫名其妙！"

饭后两人都有些醉意。桂平筠把俞溟搀扶到她的房子，让她躺在床上休息。司令俊男有点扫兴，只好恹恹回到自己卧室。他喝下几口热茶，醉意醒了大半，这才意识到先前的设想该是多么荒谬！是呀，即使今天没多喝酒，即使俞溟同意献身，但这间只一张三合板之隔的居室，还有桂老师警惕而嫉妒的目光，岂容他们卿卿我我地倾诉衷肠或缱缱绻绻地拥抱接吻呢？他靠在被卷上，浑身虚脱一般，觉得这挠心的爱情也像虚拟似的令人捉摸不定。

好在时间并不长，大约半个多小时，俞溟就完全清醒。她和桂老师一起来到他的房子，坐了一会，说了些不咸不淡的话，就告辞要走。她趁桂老师上厕所的当儿，在他脸上飞吻一下，并约他明天晚上到城里去玩。具体时间地址，到时候用手机联系。

下午素质课没意思。讲课人是曹漕。小伙子是个好娃，就是文化底子薄，说话字不对字，句不对句，胳臂和腿放不到地方。还有点结巴，讲课真是活受罪。他说不到两句话，就结结巴巴地向大家解释道歉，说他过去不好好上学，没学下文化，如今连个话都不会说，实在后悔，希望大哥大姐大伯大姨们谅解。当然他说此番话时，并非这般连贯通顺，用词也缺乏准确恰当，都是大家启发引导着说出来的，大体意思就是这样。整整一堂课，他没讲几句有关素质的内容，只是一遍又一遍地重复上边的话。大家也不笑话，也不埋怨，都嘻嘻哈哈地盼着早点结束这堂素质课。

下课后，乐正拉着司令俊男又要去看狗连蛋。司令俊男说那事太龌龊了，有损男子汉形象。郑越也反对，说狗们也劳逸结合，不能没完没了。他说真想寻找刺激，还不如晚上到广场看皮影二人转。乐正这回没踢郑越的屁股，而是骂了声"我儿这才放了个响屁"，于是拍板敲定，约好晚八点在路口会面，一同去广场看皮影二人转。

第二十六章 皮影和二人转引出网络妓女

CHAPTER 26

一个月连阴雨，瘙得人好像发了霉，所以都不愿失去这个久雨乍晴的时机，都倾巢而出涌到广场来兜风。人比过去多得多，搜尽所有成语和词汇都难以描述。据说，现在爨城搞网络的有十万大军，如果来广场百分之六十，就是六万人。六万人是怎样一个概念呢？粗略估算一下，相当于两个山区县城的常住人口。

当地政府为吸引这些外地人和确保他们安全，增设了许多灯饰灯艺、石椅石凳、园艺小品、露天舞场等设施，并增加了环卫、警察、城管和治安巡逻人员。这些执法者比内地的和蔼可亲多了。他们像敬重财神爷一样，对这些外乡人温情脉脉，毕恭毕敬。如果有人突然病了，他们会热情地介绍附近诊所，有的甚至直接送到医院。如果当地人和外乡人发生口角，不用问，首先挨批受罚的是当地人。特别在去广场各路口，车辆川流不息，但只要这些人横穿马路，无论人再多时间再长，也无论怎么逗留怎么磨蹭，司机们都会友好地等待礼让，绝不会发生像内地那样横冲直撞和吵架斗嘴现象。

那些小商小贩也乘虚而入，有卖报的、卖手机的、卖气球的、卖瓜果的、卖藏药的、卖小食品的，还有卖黄碟和避孕套的，等等。他们的嗅觉比警犬还灵敏，所搜集的市场信息绝对准确可靠。在他们眼里，这些外地人是一个庞大的消费群体，关心他们也就是关心自己的钱袋子。这些人当前最缺少什么，最需要什么，他们就贩卖什么，满足他们什么。他们把心思都用在这些人身上，唯恐这些人一时受委屈，唯恐自己一时大意失去这个最好的赚钱机会。讨价还价在这里只是个形式，面对百万富翁们的矜持，他们表现出从未有过的大度和慷慨。能让价时不假思索，手一摆，咳一声，生意就敲定了。不忍让价时，便惊愕地瞪着小眼珠，连连恭维献媚："各位腰粗腿壮，个个都是百万富翁，还在乎掉下个碎钱渣渣嘛！"

大礼堂旁有个露天舞场，刚开始时免费。桂平�原先就是在这里跳交际舞的。现在情况不同了，主持者给周围拉起绳子，按月收费，每人每月十五元。但外地人不买他的账，先是隔着绳子看热闹，后来就有人在场外跳起来。一人跳，众人和，慢慢地，场外跳舞的人越来越多。多到一定程度，场外就成了真正舞场，而场内却成了陪衬。这种喧宾夺主的把戏，气得舞场主人干瞪眼没办法，只能嘘嘘地生闷气。咳，有什么法子嘛！一天五角钱都不想掏腰包，还充什么百万富翁！咳咳，绳子绳子！绳子只能控制地盘，却控制不了音乐。怎样才能使他们听不到音乐呢？听不到音乐他们不就无法跳舞了嘛！嗨，真要这样，除非把他们的耳朵塞了，除非自己收摊不开这个鸟露天舞场了！

妓女们也看好这个消费群体，一拨一拨地在人群中穿行，一匝一匝地倚着河堤栏杆苦苦期待。她们眼眸飘忽不定，任何一个微小动静都能引起极大兴奋。她们像演古装戏一样，要么手捻折扇，要么手拿雨伞，随着道具的时折时合，立即就洒脱出万种风情。也有不入群的，只身一人，独来独往。这种"跑台子"形式，最适合演二人转，后边跟踪踅摸者不乏其人。但人们注意力大多集中在群体的皮影上，这便有了近旁像绿头苍蝇麇集似的一些嫖客。他们飘忽不定的目光里，这时又多了一番焦灼和渴望。再远一点，便是像乐正之流凑热闹看皮影的人。此等正人君子，或像幼儿院小朋友"排排坐，吃果果"，或像敬老院翁媪"靠南墙，晒暖暖"，全神贯注的神情实在令人感动。他们看皮影，岂不知皮影里的角色也在心无旁骛地看他们哩。

此刻，乐正、郑越和司令俊男三人，就坐在面对河堤一个半圆花坛的平座上。台沿是花岗岩砌筑的，非常光滑干净，距河堤五六米，妓女们一举一动都看得清清楚楚。平座里坐着七八个人，一边抽烟，一边闲聊，看起来都很正派。但只要稍一留神，便从他们嘴与眼南辕北辙的矛盾中，立即发现闲聊是假而看皮影才是真！

此等花拳绣腿，绝非乐正所好。是呀，眼是自己的，想看皮影就看皮影，为什么要虚伪掩饰和装模做样呢？所以他不怕旁人笑话，不但敢直视那些妓女，而且敢指手划脚大声议论，有时还敢乘机和她们搭讪嬉笑几句。而郑越却是个蔫驴踢死人，不说话，不吭声，全部欲火都暗藏在一对贼溜溜的老鼠眼里。这家伙看女人时眼睛贼亮，贼锐，贼胆大。尽管对方嫌他丑，嗤之以鼻，甚至尖声叫骂，但他那像锥子一样尖锐的目光仍不舍不饶，羞得人家只好红着脸逃之夭夭。据乐正观察，凡是女人被郑越看得拂袖而去或逃之夭夭后，一般都要走出十多米、历时二十八秒左右，这家伙才不得不收拢他那“三贼”的目光。郑越的理论和乐正大同小异。他认为，女人就是给人看的，不让人看长得那么漂亮穿得那么时髦干啥？男人长着眼就是看女人的，不让看女人长得那么大那么亮干啥？他妈的，真是少见多怪！

“哎哎，你看，”郑越一手指着一个秃头，一手娴熟地擦把鼻尖的清鼻，轻声抱怨，“看那个拉皮条的，他妈的老在人眼前晃荡！”

乐正看了一眼，嬉笑说：“这地方公开公正，还要什么拉皮条的？那个秃头，肯定是他妈的老油条，既想当嫖客，又舍不得掏腰包。”

“他为啥和妓女一直胡扯蛋？”

“大概和咱一样，咱是给眼杠劲，他是给嘴杠劲呢！”

“你说的叫口淫，这就是口淫？”

“司令大哥你说，这算不算口淫？”

“我不知道。不过，他既然喜欢那样，也算是一种享受吧。”

“那不就和咱一样了？”

“这驴日的净胡说八道！他演皮影，咱看皮影，咋能混为一谈？”

就在他们议论秃头的当口，已有两对儿终于成交。他们勾肩搭背，说说笑笑地通过观众席，然后一对儿过了大桥，另一对儿进了西门。秃头这时也有了作为，领着一位披发女子来到圣诞树下，口齿飞闪着说个不停，到了高兴处还不住向身后吐唾沫，想必那口淫的快乐的确让他津液四溢。但不知为什么，只过一会儿，秃头便甩下披发女子，又朝河堤栏杆走回，一边走一边还得意地哼着小曲：“左手一只鸡，右手一只鸭，身上还背着个胖娃娃，哎呀我的妈！”

就在这时，郑越两眼突然发亮，只见一位娇嫩美艳的女郎，正阿娜婆娑地向这边走来。他眼睛立即就有了尖锐的程度，透过那不曾粉饰的玉容和性感的曲线，断然判定这绝对是一个纯情女子，是一个出道不久的蹩脚新手。当女子款款经过面前时，他迅即猫下腰，拧转头，像看天上星星似的自下而上地读遍她的全身。姑娘飘然而过的裙袂划落他鼻尖的一滴清鼻。

“二人转，二人转！”女子走出十多米，郑越还傻乎乎地看着叫着。

“明明一个人，咋是二人转？”乐正不解地问。

“一个人转着转着就转成两个人了。要不咋叫二人转？关键是个转字。”

“我还是不相信，那女子如此年轻纯情，也干乃事？”

“不信咱跟着转，一转就知道了。”

“那咱不也成二人转了？”

“咱们只是谝闲传图热闹，又不咥实活。”

“司令大哥，走吧，咱的也转去。”

“你俩转吧，我在这歇一会。”

乐正不管不顾，拉起司令俊男就走。郑越已前头走了，这家伙看女人最积极。他们与那女子拉开一定距离，悠闲的样子谁也难看出他们的龌龊勾当。女子走走停停，时而独伫凝望，时而留连盼顾，显得从容不迫。乐正心里虚了许多，暗骂郑越判断有误，人家原本不是演二人转，也许是等情人抑或找儿子。但郑越坚信不疑，眼珠里就有了毒火。果然不出所料，旁边有两个像他们一样尾随许久的帅哥儿，已朝她走过去。女子仿佛对他俩不感兴趣，背转身，自顾自地悠着。两个帅哥讨个没趣，长发一甩，揶揶揄揄地径自走了。这时立即就有一位中年男子补上缺，两人唧唧咕咕一阵，便沿着花坛朝东走。转过塔形园艺景观，男子突然站定，跺脚惋惜，眼看着她消失在人海里。郑越眼尖腿快，抢先一步，目标才没有丢失。又过一会儿，一个五十多岁的男子快步迎上，只点点头，闪闪眼，两人就心领神会地相伴而去。

他们尾随两人走过喷泉和唱山歌的人群，然后横穿马路，进了西门内一条大街。这条街很长，两旁连着许多小巷。无论大街还是小巷，全是旅馆招待所，广告招牌多得遮住天上的星星和月亮。档次高点的门厅里坐满小姐小妞，有的还挤眉弄眼地向行人嬉笑招手。他们三人从未来过这个地方。听三哥说广场东边有个红灯区，妓院和妓女多得像满天星。司令俊男这才意识到不妥，怎么会来到红灯区呢？郑越和乐正只顾给眼杠劲，目不转睛地一家家看着门厅里的小姐小妞，早把尾随的目标忘得净光。他们不以此为憾，有眼前这番风景，不啻是一部没完没了的电视连续剧，谁还稀罕在乎那些鸡零狗碎的皮影和二人转呢？

三人转着转着，竟然迷失方向，摸不着回去的路。他们叽咕一会，壮壮胆，索性钻进一条小巷，毫无目的地转来转去。夜色在这里更具有煽动性、蛊惑性和挑逗性。这里都是民房，三四间甚至一两间房子，美其名曰旅社或旅店，有的干脆不要招牌，对于驾轻就熟的常客来说更省去许多麻烦。妓女们三个一堆，四个一匝，就站在门口拉人接客。她们鼓着亮亮的腮帮，伸着长长的脖子，舒展着性感的曲线，仿佛随时都会把人熔化了。比起那些坐在门厅里和演皮影二人转的小姐，她们的姿色就低了一个档次。但她们媚态可鞠，激情犹盛，生意还是蛮红火的。

三个男子刚一出现，她们的目光就立即拼射出摄魂般奇异的光芒。妓女是灰色社会的尤物，是市场经济的畸形儿。她们用肤色点燃灰色社会的航标，用风情演绎市场经济的游戏规则，用心血润滑社会大机器上生锈而不可或缺的小小齿轮。竞争在这里是小葱拌豆腐——一清二楚，只意味着自身实力的比拼，任何商业欺诈、恶意竞争和官场尔虞我诈都与之无缘。价位是公开的，无须讨价还价。偶尔也可优惠，决定因素视其供求需要的多寡和小姐心情的好坏。敲定了的说一不二，决不会中途变卦宰客；更不会乘机顺手牵羊，偷窃嫖客的手机或藏匿巧妙的钱包钞票。对嫖客如此，对自己的姐妹也不例外。该你接的客我决不去争去抢，该我接的客她决不会作梗坏事。有时谁出了事故，姐妹们也会挺身而出，当作自己的事一样操劳。同是天涯沦落人，何必争风吃醋和嫉妒拆台？能包容天下男人，为何就不能包容自己的姐妹呢？

就这样，他们拒绝一个个渴望和诱惑，像酒徒烟鬼似的徜徉于烟花巷。突然旁边有两个小姐向他们发出邀约信号。这时三人眼睛徒然发亮，立即定格在一个穿白色连衣裙的小姐身上。乐正怂恿司令俊男快响应，说好不容易遇见一个人精，不尝尝实在可惜！司令俊男连连摇头，说他现在的兴趣都在小说里，那里边的爱情故事正纠缠得他死去活来。乐正又让郑越去。郑越战战兢兢地忙摆手，说他有贼心，却没贼胆。又说他媳妇就要来，他还得考虑给她交公粮哩！乐正推让过后，便不再伪装，自告奋勇去单刀赴会。

穿白色连衣裙的小姐领着乐正拐个弯，走进一条半截胡同，然后来到一处院子。院里住着好几户人家，都是二层小楼，各自为政，互不干扰。只是东户门前高台上有一间石棉瓦小屋，相比之下显得过于暴露和碍眼。乐正站在门前，正踌躇是进还是退时，小姐已开了门，并随手把他拉进去。屋子很小，只容一床一桌。剩下的空间，整齐地摆放着锅碗瓢盆和其它生活用品。窗帘拉得严严的，十五瓦灯泡发出的光非常暗淡。乐正还在为此暗自叫苦，这时小姐已情意缠绵地依偎在他怀里。

“你这么漂亮，为什么不租间好点房子？”

“房费、水电费、生活费，还有工商和公安的罚款，成本太大了。”

“这种环境人总是不自在。”

“虽然环境差些，但我身子好，床艺也好，保证叫大哥满意。你们搞网络的许多经理，都找我玩。”

“你怎么知道我搞网络？”

“不是搞网络的谁来找我们？”

两人说着便脱衣上床，不一会就紧紧媾和在一起了。小姐的皮肤和几处敏感部位的确非常棒，非常优秀。她眯缝着一双凤雏眼，作出各种媚态，骚扰刺激得他浑身癫狂如筛糠。但无论她如何挑逗煽情，也无论他如何奋勇挣扎，却一直找不到感觉。他呼唤上帝，呼唤往昔精力过剩的欲望。一次次努力，一次次失败。屋外人来人往，不时传来吱呀的开门关门声、杂沓的脚步声、断断续续的说话声和电视里热烈的乐曲声。在这些外力作用下，他疲软得像一条搁浅的河豚，觉得世界很空泛，自己的心情和力量也很空泛。人性原有的一切本能和技巧，此刻全都变得一塌糊涂。

乐正穿衣下床，掏出五十元钱，交给小姐："对不起，让你扫兴了。"

小姐退回二十元钱，歉疚地说："也让你扫兴了，少给二十元吧。"

他又把钱递给她："原先说多少就多少，你讲意气，我也讲意气。"

他的话使小姐很受感动。她脸腮绯红，凤眼微热，又紧紧搂抱着他，用唇舌不停地舔舐他的耳鬓。"大哥，你真是好人！如果看得起，就常来，我会使你习惯和满足的。"

"这话我信。但我要问你，这生意收入究竟怎样？"

"还可以。不过，如果能搞个网络，情况会更好。"

"什么？这事也能搞网络？"

"不瞒大哥说，我有几个姐妹，就靠网络拉人头，收入非常可观。"

"怎么搞网络？怎么拉人头？"

"譬如说，你每带来一人，我给你免费三次；你的下线每带来一人，我也给他免费三次；你的下下线每带来一人，我还给他免费三次。等三代完了，就可出局，重新建网，以此类推。这样以来，何愁没有客源，何愁赚不到钱，何愁住不起高级饭店？"

乐正沉默一会，突然扭转身，盯着她说："照此发展，三三得九，三九二十七。一个月三十天，你把二十七天都给了旁人，让我和母狗耍呀？！"

小姐娇滴地说："哪能呢！时间是个松紧带，伸缩性很大，我咋能没时间陪大哥呢？"

乐正噌地站起，一把将她推倒在床，恶狠狠地骂道："去你的！连锁销售搞砸了就来卖身，又要搞什么鬼网络妓女？真是骚货！"

乐正骂毕，哐一声，摔门走了。

郑越和司令俊男还在麻将室里逗留，看见乐正从岔口出来，立即迎了上去。郑越忙问他感觉怎样，为什么时间这么短？乐正顺势踢了他一脚，大骂那小姐和他一样，也是搞网络的，网络妓女！啊？网络妓女，什么是网络妓女？郑越和司令俊男大惑不解，紧紧追问。乐正把刚才的奇遇说了一遍，逗得两人捧腹大笑。郑越扑簌着屁股，责怪乐正自己无能，却踢他的屁股弄啥？乐正又要踢，郑越一闪，没踢上，便骂他和网络妓女一样，让自己上当受骗，踢他的屁股就等于踢她的屁股哩！司令俊男觉得实在滑稽可笑，便说乐正的推测很有道理，那女的搞连锁销售失败后，不得不靠卖淫维持生活，所以才把网络那一套也用在妓女行当里了。嘿嘿，真是林子大了，什么鸟都有啊！

三人分手后，司令俊男回到666，悄悄开了门，悄悄脱了衣，悄悄上了床。桂老师不知没回来还是已经熟睡，隔壁屋子非常寂静。夏天的夜晚，越寂静越使人想入非非，越想入非非越睡不着觉。今晚所闻所见，是那样的新鲜，那样的生动，那样的滑稽可笑和令人激荡。这种游离于主流社会之外而处于最底层和最边缘的社会生活景象，不但透析着时代跳动的脉搏，也从侧面折射出人性的不朽和无奈。他同情和敬佩那些妓女，她们为灰色社会提供了特种服务，同时也为自己创造出物质与精神的生存条件。他也同情和敬佩乐正之流，当自我遭受压制，当情欲无端禁锢，他们敢于寻找各种机会进行发泄和抗争，实现着生命的狂欢与精神的涅槃。还有郑越和秃头，面对种种诱惑，尽管怯于攻击，乏于行动，但通过眼淫与口淫，同样也获得生理和心理的满足。与他们相比，他觉得自己简直不是男人，一方面把人性包裹得严严实实，另一方面又任由原罪之火在心中熊熊燃烧。他不知这是人格虚伪的原因，还是行业戒律的作用，抑或由于其它因素所致。到底是什么呢？

现在，他独自躺在床上仔细考量，突然心里一亮，才发现这种心理反差原是处于对俞溟的爱情。是呀，明天自己就要和俞溟幽会了，就要把空泛的思念赋予形体交融的现实了。这是怎样的幸福和快乐呀，是怎样的满足和实际呀！让皮影二人转见鬼去吧，让乐正的网络妓女见鬼去吧，让郑越和秃头的眼淫口淫见鬼去吧！他相信自己的真情和意志力。尽管他对他们的不轨之举不无同情和理解，但他决不会像郑越那样热衷于眼淫口淫，更不会像乐正那样在网络妓女的罗网中浪费生命与感情。这并非自己的人格有多么高尚，而是由于爱情的无形力量。他认为，爱情本身具有类似磁性一样的魔力，常于冥冥之中规范和约束彼此的行为。在与桂平筠的师生恋中他有这个体会，在与景旎儿的恋爱中他更是这样做的。而眼下，面对俞溟的爱情，又何尝不是如此呢？情人眼里出西施，既然自己有俞溟这个西施，还希图什么皮影二人转和网络妓女吗?

他就这样想着想着，不知不觉进入梦乡。睡梦中，他先是和桂老师在器械室里缠绵悱恻。一晃之间，桂老师变成了景旒儿，地址也切换成渭河岸边的榆树林，两人正疯狂地拥抱接吻。又一晃儿，当他们滚落到一座鱼塘边时，景旒儿却奇怪地从他怀里消失了。他沿着鱼塘跑呀喊呀，始终没找见她。正在此时，突然前方霞光四射，云霓中现出一座梯形城堡。城堡平台上站着一位仙女，像观世音菩萨那样慈祥娇媚，一边频频向他招手，一边喃喃如佛："喽啰们，冲呀！谁能冲上梯形平台，就可成为百万富翁！阿弥陀佛！"他放弃了景旒儿，奋力向梯形城堡冲去。冲上平台一看，原来那仙女是俞溟。他俩立即拥抱在一起，从平台一直滚到城内，滚到街衢。他们赤裸裸交媾在一起，没有床铺，也没有被褥，身下全是钞票。俞溟迷醉着说："我们成功了！我们成百万富翁了！"他们开始做爱，开始灵魂与灵魂、肉体与肉体的交割兑付。一切都徒劳无益。尽管他做出种种努力，但仍找不到感觉，莫名其妙地蹈入乐正连连失败的覆辙。他好不惶悚惊奇，分明感到了她的滑湿和吸纳，分明听见那猫吃浆糊的吧唧声，为什么自己却表现得如此无能无为呢？！

司令俊男无法遏制心中的焦灼和渴望，醒来后仍为刚才的情节耿耿于怀。正在他无比懊丧之际，突然传来那像猫吃浆糊一样的吧唧声，听起来比梦里还要响亮沉迷。他不觉悚然，仔细辨听，原来这声音来自隔壁桂老师的卧室。是什么声音呢？他好奇地贴耳偷听。深夜万籁俱寂，那声音益发清晰真实。他听出来了，是那声音，绝对是男女做爱的声音！世间任何拟音专家和制假高手，也无法仿制这种特殊声音！难道，他想，难道她也有情人，她也在品尝男爱女欢的快乐？那么又会是谁呢？萨雷，三哥，雷钊，小范，还是外体系的人？他感到吃惊，不可思议。贯以修女自诩的她，竟然也偷情养汉！他在墙上搜寻，希望能有一个缝隙，能透过缝隙验证自己的判断。但他什么也没发现，耳畔只有经久不息的吧唧声和喘息声，撞击得三合板墙和自己烦躁不安的心一起颤动起来。

他此时更渴望俞溟。

他此时更渴望明晚。

他相信明晚将属于他的，将属于他和俞溟的幽会。

他相信明晚将创造奇迹，将诞生一个伟大的爱情。

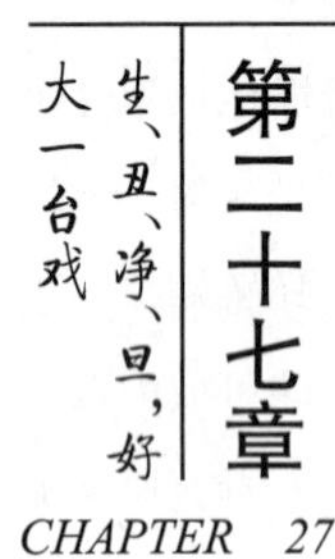

第二十七章 生、丑、净、旦，好大一台戏

CHAPTER 27

这天轮司令俊男做饭，他无心施展厨艺，顺路买了两碗凉拌饵丝。他等着她回家吃饭，这时手机响了。是桂老师发的短信，只有八个字：即到北郊长途车站。司令俊男惊诧莫名，连连诅咒。他妈的，什么事嘛，竟如此紧急，该不是日本鬼子进村了吧？真是活见鬼！他这样骂着，心里仍不踏实，就给俞溟打手机，不料她已关机。他又给萨雷打，回答同样关机。他只好再给老韩打。老韩闪烁其词，说领导让来就来，甭问为什么，来了自然知晓。

他轻咳声，匆匆吃完一碗饵丝，然后下了楼，步行到十字路口，乘公交车，急匆匆地赶到北郊车站。候车室里人满为患，有俞溟体系的，也有外体系的，一个个像东北沦陷时的难民，神情沮丧而不无仓皇。萨雷体系的人，都坐在西南角几排坐椅上，有的大口抽烟，有的交头接耳，气氛显得神秘而乖戾。

司令俊男走近三哥问："到底出了什么事？"

三哥掸着烟灰说："领导开恩，让咱旅游去呢。"

司令俊男喜形于色地又问："是黄果树瀑布，还是西双版纳？"

程家宽说："可能是意大利佛罗伦萨吧，那可是世界闻名的旅游城市。"

乐正也说："给意大利公司创了那么多效益，就该请咱们逛一逛。"

郑越开玩笑说："要是去意大利，就看不成皮影二人转了。"

乐正这次真生气了，狠踢郑越一脚，忿然骂道："你这驴日的！什么皮影二人转，还不如听你媳妇唱秦腔！"

小范眯着眼就笑："不必掩盖了，问问大家，谁不知道皮影二人转？"

三哥嬉笑着："看皮影二人转不要紧，可千万别去红灯区。"

乐正和郑越佯装惊奇："红灯区，这里真有红灯区？"

桂平筠摆摆手，扇着眼前烟雾，继而站起来，厌恶地瞪了一眼，然后转身朝荚荚、岳月和朵朵几个女人走去。

朵朵正在热恋，原先工作的公司老板为了追求她，已把公司转让给朋友，也加入连锁销售队伍。小伙子叫陈一先，家在上海，是华东科大朵朵同校而高两级的学长。他父亲前年死于车祸，他继承了父业，独立经营一家公司。他认为连锁销售和他的公司营销模式相似，很有前瞻性和发展前景，更因伟大的爱情，所以就选择了这条道路。朵朵今天打扮得时髦靓丽，比刚来时成熟了许多。但稍一留心，还是很容易发现她天真烂漫、无忧无虑的童稚之气。譬如她始终对这个行业满怀自信和憧憬，对这种生活充满热爱和激情，对这次大迁徙抱有极大兴趣和好奇。此刻，她一不理睬那些大爷们的牢骚骂娘，二不理会母亲和荚荚阿姨的猜疑埋怨，只管脉脉含情地和恋人卿卿我我，压根儿不关心事情的来龙去脉。旅游就旅游，既不要自己掏腰包，又能游山玩水，有什么值得担惊受怕？她盼天天都能这般风光潇洒呢！

司令俊男没有得到确切答案，仍感到事情甚为蹊跷。他独自站在一根圆柱前，盲无目的地望着出入口，目光充满诧异和狐疑。突然，他看见俞溟、萨雷和商映从入口处走进来，心头微微颤抖了一下。他没迎上去，相反有意收拢目光，迅即扭过头，靠在石柱背后佯装什么也没看见。他还为俞溟突然关机心怀芥蒂，为泡汤的约会和虚拟的爱情愤愤不平。不知为什么，刚才几乎忘记这事，现在一见她，又一下子变得清晰和执拗起来。此时他一想起昨晚为她洁身自好，一想起梦中对她的渴望和自己的美好设想，就不由产生一种被欺骗愚弄的屈辱感。所以他现在不想理她，有意回避她。然而，就在他瞬间的思想落差里，俞溟却发现了他，并行色匆忙地来到他面前。

俞溟歉疚地说："今晚的事又要失约了，实在对不起。"

司令俊男故作姿态："本来我也没当一回事，你不必客气。"

"等这次事情过后，我再约你。"

"那倒不必。不过，我想问你，今天到底是怎么回事？"

"工商局突击检查，让大家出去散散心，回避一下，躲躲风头。"

"怎么会这样呢？真是岂有此理！"

"实在没办法，搞这个行业就得冒点风险。"

"我们去哪呢？"

“人太多，只能各讨方便。有的去昆明，有的去贵阳，有的去郊县。萨雷体系去乌蒙，距这一百多公里，风景很美，还有著名的彩色沙林。”

“你忙去吧，我在这里等。”

“车包好了，快去和他们上车。”

萨雷体系除了萨雷、萨风、商映外，其他人都去，共二十七人，坐满一辆旅游大巴。韩翰和雷钊带队。大巴车设施很好，彩色电视，苹果绿窗帘，天蓝色座椅，白色新座套，可随意调整的靠背，坐上感觉很舒适优雅。这种环境明显冲淡大家先前的疑虑和不快，气氛慢慢活跃起来。朵朵和陈一先粘粘糊糊地窃窃私语。乐正和郑越没了眼淫口淫的对象，只是全神贯注地看电视武打片。桂平筠与何全根打得火热，嗲声嗲气的样子，使司令俊男立即猜出昨晚的答案肯定是何全根。荚荚还为她发的一盆面惋惜，说是两天后回来，那盆面准发酵成酒糟了。这话立即引起众人的谈兴，纷纷议论嬉笑开来。

金全会说：“你蒸的馒头，面发得再好，也是牛粪噗塌。”

荚荚冲着他喊：“谁说是牛粪噗塌，你见来吃来？”

金全会说：“是老三说的，不信打手机问。”

荚荚意有所指：“别提老三那活宝，光爱说酸话，给女人骚情！”

她说时有意朝桂平筠看了一眼。但桂平筠只顾与何全根嬉笑，并没有什么反应。其他人更不知她话里的含义。

雷钊便说：“现在不说骚情，只说牛粪噗塌。谁吃过荚荚的牛粪噗塌？”

范主动歪过头，眯笑着：“样子是牛粪噗塌，但吃起来却像牛肺叶！”

荚荚嗔骂道：“没良心的东西，不是我每次帮忙，你能做饭蒸馍？真是的，好心当了驴肝肺！”

老韩也耍笑：“不关牛粪噗塌和驴肝肺的事。问题是老商没来，今晚谁给荚荚当家长呢？”

程家宽立即答道：“谁带队谁就给她当家长。”

大家齐声附和：“好啊！老韩既是经理又是带队，当然是她的家长啦！”

老韩接着说：“行呀！只要荚荚同意，我俩就住高级宾馆。”

荚荚转过身，挥动矿泉水瓶就打老韩：“和老三一样，真是个老骚情！”

雷钊问荚荚：“听说你刚来时，买菜不花钱，光捡菜帮子？”

小范忙补充：“分家时，她把卫生纸全都拿光了。”

茣茣嗔骂道："去你妈的脚后跟！你家没女的，还要卫生纸干啥？"

程家宽反驳："卫生纸不只女的用，男的也要用，擦屁股嘛！"

乐正一直想搞笑，这时便来了灵感："难道茣茣阿姨现在还来月经？"

郑越捅了乐正一下，不像制止倒像有意重复似的："胡说八道！阿姨五十多岁了，还有啥月经？"

乐正的话再加上郑越的重复和渲染，像赵本山和宋丹丹演小品似的，逗得众人轰然大笑。雷钊嘎嘎的笑声最响亮。程家宽笑一声咳嗽两声。岳月拍着茣茣的脊背，笑得满脸通红。胡天水一笑，头来回摆得像个拨浪鼓。其他人虽然笑声不同，姿态各异，但多少都有些前仰后合的程度。朵朵和桂平筠也望着大家莫名其妙地微笑。茣茣更是哭笑不得，头蹭在前排靠椅上只是吁吁喘气。司机听不懂陕西话，但也猜出喜剧噱头，回头冲大家笑笑，然后使劲按了几声汽笛，以示同喜同乐。只有乐正和郑越没笑，如此好的搞笑效果委实使他俩有些得意忘形。

车到乌蒙县已近傍晚，偏偏下起雨，大家都有些瑟瑟寒意。一干人走在这座陌生县城，既有些显眼，又有些狼狈。只有桂平筠和朵朵带着伞。她们原是遮阳防晒的，没想到却用来遮风挡雨，真是歪打正着。世界上有许多事都是这么歪打正着演进的，机遇和财富有时也是这么歪打正着获得的。大家这才体会到萨雷经常强调这四个字的深刻含义。生活中的小事常常蕴涵着哲学的大道理。

这时有人喊肚子饿，大家这才幡然醒悟，齐喊饿，他妈的真的肚子饿了！老韩要老雷和司令俊男去联系旅馆，他带着众人找食堂吃饭。这时大家更是七嘴八舌，有的要吃大餐，有的要吃烧烤，进了三四个饭馆，都因意见难以统一，又一一退出。实在无法，老韩宣布自主选择，每人十元。岳月家七八个人进了牛菜馆。程家宽一家上了彝乡酒楼。胡天水和乐正等人去了川菜食府。其他人都是七零八散地打游击。

胡天水和乐正、郑越原先都做药材生意，是多年合作伙伴和好朋友，彼此不分你我，好得像亲兄弟。现在添了老马，是郑越的准岳父，但俩人却是狗皮袜子没反正，加之他性情豁达乐观，所以使原先就很热闹的家庭气氛，更加充满欢乐和自由化倾向。萨雷曾警告胡天水，说他们家像中东地区，是动乱不安的策源地，必须严加防范。胡天水嘴上答应得干巴浪脆，背过身仍我行我素，照样和哥儿弟兄搅和得没个天高地厚。老马是郑越媳妇的养叔父，开过歌厅，现在家里还经营着一个鞋店。他是被养侄女甜言蜜语骗来的，来后又被养女婿哄得团团转，就糊里糊涂加入了。通过几天观察体验，他越来越疑虑重重，又适逢这个该死的大逃亡，肚子里正窝着一团怒火。

他不吃菜，也不吃饭，只管默默地抽烟喝酒。

郑越看岳父还在生气，就一杯杯给他敬酒，一根根给他献烟："二爸你甭急，这酒这烟，都是你的。"

老马长嘘口气："我撂了三万多元，难道就为这烂烟烂酒？哼！"

郑越眨着老鼠眼，说："有这烟酒，再吃上这菜，就熬过去咧，就离百万富翁不远咧。二爸快吃菜，瞧这肘子，可是宣威名牌哩！"

老马扪了一大口酒，嚷道："我骗了大半辈子人，没想到最后让女婿一下骗得这么惨！甭再说那鬼名牌啦！"

郑越又说："二爸不是最讲究名牌吗？"

乐正要踢郑越，被胡天水拉住，他复又坐下骂郑越："你这驴日的，还坐着干啥？快给你二爸买好烟好酒！"

郑越推辞着："国宾烟，滇池啤，都是云南名牌呀！"

乐正又骂道："你这家伙真是个老鼠眼，看不来火色。你二爸是何等身份？乃萨雷体系唯一有执照的合法商人，是工商部门正式任命的经理，还稀罕五元国宾和两元滇啤吗？"

胡天水也说："去，要一瓶白酒，一盒红塔山。"

乐正忙纠正："两盒红塔山。"

郑越还想磨蹭："超标咋办？"

胡天水说："超了也得超。"

乐正又要踢他："你拿了你二爸六千多元直接提成，还不值得请客？"

郑越无奈，只好要来好烟好酒。老马这人除好热闹外，也很讲意气，有了好烟好酒，便不再赌气，拿起筷子和大家一起海吃海喝起来。四个人喝得都有点微醉，乐正就看着老马窃笑。郑越问他笑啥。乐正说如果再给老马领个小姐，一切思想问题都迎刃而解了。老马满嘴酒气，说他开过歌厅，还希图小姐吗？如果去歌厅，他把任何一个小姐都会搞定拿下。乐正提议，说那好，晚上就去歌厅，让哥们也长长见识。老马连声说好，醉眼立即就有了火花。

四个人正醉语连天地胡嗟浪谝，这时老韩和小范来了。他俩去巴台结帐，竟多达一百八十元，超出标准四倍多。范主动不依了，说超出部分由他们补。郑越要他先垫上，等回去再清手续。范主动不同意，要立即结清，不然回去和鬼清手续呀！老马酒气冲天地嚷嚷，说再这样，他就回去找萨雷，把钱一退不干了！乐正说他也一样，现在就回去，给萨雷要钱回家！小范说这是妄想，甭拿不干吓唬人！他顿了一下，搬出他大舅平时最爱说的一句话，冲着乐正喊："中国的富翁太少，但长两条腿的却多得像蚂蚁！"乐正破口大骂："妈的，这是鸟行业嘛！让人像逃难似的，吃顿饭都管不起，还吹嘘什么百万富翁哩！"骂着骂着，俩人就撕打起来。小范哪经过这种阵势，三下两下就败下阵来。但乐正仍不依不饶，抓起啤酒瓶，就朝他头上砸去。胡天水眼疾手快，一把夺过酒瓶，抱住乐正。老韩实属无奈，只好采取折中办法，要求他们付一半钱。

乐正挣脱胡天水，指着巴台大叫："我们是搞连锁销售的，经理叫萨雷，他俩是办事员，由他们买单，如果不买，就打110报警！"说完，他狠踢郑越一脚，骂道："驴日的，还不快撤，撂下那账熊管！"

乐正等四人走后，老韩和小范只好清了饭钱。刚走出门，老雷打来手机，说已订好饭店，标准间，每人每晚三十元。老韩连说三声太贵，让他俩再找找，要普通旅店或招待所，越便宜越好，每人不得突破十元。老雷说已和饭店定好了，不能变。他又说主要是司令俊男和人家谈的，要不让他说。司令俊男说标准间一般都五十元，费了许多口舌，才优惠到三十元，环境也不错。他一再说明，大家好不容易出来一趟，住得舒服点也是应该。应该个屁！老韩燥了，大声问钱呢，钱超了怎么办？司令俊男说他把账都算好了，住宿费一千五百元，伙食费一千五百元，旅游门票一千六百元，来回车费六百元，共计五千二百元，总部给了六千元，还剩八百元。老韩大吃一惊，想不到这家伙账面这么清，信息这么灵。他无法反驳，哼了声，让他们多想想办法，压压价，等他来了再决断。老韩关掉手机，跺跺脚，对小范嘟囔着。咳呢，瞧这些货，啥没见啥，都大手大脚，打肿脸充胖子，能成个熊百万富翁！

大家吃完饭，这时天黑了，雨也小了，都聚在门外等老韩要住处。老韩把众人带到乌蒙饭店，乐正等人已提前到了。乐正和司令俊男还和经理巧言论说，讨价还价。一看人马全到了，乐正就对经理施加压力，说如今饭店多如牛毛，十有八九都闲着。他再次声明，如不优惠，就立即走人。说着他把手一挥，嚷嚷着要大家快走！经理见状，连忙招手挽留，说二十就二十吧，然后向服务员交代一番，径自上楼去了。

饭店条件的确不错，只是长期没人住，有些潮湿和霉气。房间有双人间、三人间和四人间，以家分住，其他人自由结合。胡天水家里正好四人，又爱热闹，就住了四人间。他们擦洗后，稍微缓缓气，真的就上街找舞厅去了。

四个人转遍三条大街三条小巷，也没找见歌厅舞厅。只是在一个菜市场里，拐了三四个弯，才发现一家大众舞厅。每人两元，买了票，里边人却很少，小姐女士更是凤毛麟角。老马很是扫兴，没去搞定拿下任何女子，只管一根根抽烟。郑越很后悔，大骂他妈的白撂钱！乐正连连诅咒，小姐死完了，演空城计嘛！胡天水说，大概小姐都转移到足浴店了。乐正一拍头，直骂自己浑头，咋就忘了这个大转移呢？他说完手一挥，率领大家出了舞厅，又去寻找足浴和发廊。他们连续进了几家发廊，却未发现一点蛛丝马迹。后来在一家理发店，老马见女老板年轻漂亮，口齿伶俐，手艺也不赖，就让她给自己理发。小姐很健谈，无话不说。从她口里得知，原来这里老百姓太穷，潇洒不起，加之工商和公安收费罚款重，所以小姐都转移到大中城市和沿海地区去啦！

回到饭店，许多人都关门睡了，唯有老雷房子人声嘈杂。推开门，只见老雷、何全根、刘真和桂平筠还在玩扑克。他们玩的是挖坑，每人脸上都贴着多少不等的小纸条儿，看起来滑稽可笑。刘真原在雷钊手下当搬运工，后来受聘外厂当车间主任，这几年混得不错。当时接到雷钊电话，听说这里急聘经理，月薪四千元，就立即辞掉车间主任，来到这里。这几天他打了许多邀约电话，有六七个人答应近期就来，发展前景看好。所以尽管他对这次逃亡很反感，但仍尽量克制着，希望能度过这一难关，使自己在连锁销售上创造奇迹。他脸上只一张小纸条儿，说明今晚手气不错。现在，他刚抓过底牌，正要重新排列组合，突然手机响了。他把牌交给胡天水，出了门，站在走廊里接电话。乐正、郑越和老马不爱打牌，就回自己房间去了。

胡天水打牌不老练，又没弄清他的意图，结果满手好牌却输了。大家正不知该给他俩谁贴纸条，这时刘真兴冲冲地走进来。桂平筠早已备好纸条，见他进门，就把纸条在舌尖舔舔，眼疾手快地贴在刘真面颊上。刘真特别激动，顺手把两张纸条统统摘去，像喝醉酒似的伸出右手大拇指和食指，在老雷面前晃来晃去。

老雷惊讶得屁股颠了两下，也伸出两个手指："啊！八？！"

桂平筠打了下老雷的手，诧异道："什么八？像坐山雕说黑话，真是的！"

何全根忙说："刘真有了第八条腿，该请客！"

老雷还激动地看着他的两个手指头："这家伙真有办法，来了半个月，就落实八条腿，放卫星啦！"

桂平筠忙纠正："来了留下的才叫腿，没来的只是邀约对象。"

刘真自我吹嘘："凭本人身份和影响力，确保十拿九稳！"

何全根还在嚷嚷："到底请客不请客嘛？"

刘真爽快地："老雷请客我就请！"

老雷分辨道："又不是给我安腿，我请啥客？"

刘真反问："我的腿难道不给你算分，难道不给你提成？大家说，他该不该请客？"

大家齐声喊："该请该请，两人都该请客！"

老雷非常爽快，顺手掏出五十元，朝桌上一摔："请就请，只要你小弟能安上腿，安一个我请一次！"

刘真也很痛快，拿出百元大钞，问大家："一百五十元，去酒馆还是买回来？"

大家都说去酒馆，那里环境好。五个人去酒馆，要了八个凉菜，一捆啤酒，三瓶白酒，一直吃喝到凌晨一点多。一捆啤酒业已报销，白酒还剩一瓶。他们带着猪头肉、花生米等残羹剩粥，拎着一瓶白酒，摇摇晃晃地回到饭店。酒兴助长牌瘾，大家顿时睡意全无，接着继续打牌。这时不必再贴纸条，而是改成喝酒，谁输了就喝一口酒。旧酒未散，新酒又灌，醉了便喊。如此醉了喊，喊了喝，喝了醉，无限循环，吵得隔壁英英怎么也睡不着，几次敲门发出抗议。他们喝五吆六直到东方既白，酒是完了，人也一个个醉了睡着了。就连平日像修女似的桂平筠，也大腿压大腿、胳膊连胳膊地和四个男人混睡在一起。

第二天雨下得很大，韩翰和萨雷联系后，决定取消到彩色沙林旅游的计划，让大家原地休息待命。

这个决定首先遭到乐正等人反对。他们说，天天上素质课，教育大家干事业要有顽强的毅力，要有挑战极限的勇气，今天下点雨，难道就不要毅力和勇气了？

朵朵和陈一先也表示不满。他俩的理由很简单，就是原先咋说现在咋办，不能忽悠人。善意谎言可以忽悠别人，怎么能忽悠自己？如果连自己都忽悠，谁还相信这个行业呀？他俩嘴上是这么说的，但心里却想着另一码事。这就是他们的爱情。她和他虽然认识两三年，但真正成为恋人，才是最近几个月的事。他们相信，爱情在大自然的亲近和拥抱中，更具有天赐良缘和生命化蝶的神奇魅力。所以，他们不愿失去一切机会，把这次出游看得和新婚典礼一样珍贵。可是现在，一切都成了泡影，这不是忽悠人是啥嘛！

英英和岳月只要把门票钱发给大家，去不去旅游都不在话下。至于老雷一干人，老韩通知时才发现他们还横七竖八地躺着沉睡不醒。他没喊也没问，便根据多数人意见，自作主张地给每人发二十元生活费。

不去彩色沙林，天又下着雨，整整一天可怎么过呀！其他人都好说，睡觉的睡觉，打牌的打牌，逛商店的逛商店，只一天时间也好打发。可对于乐正之流，就不那么容易了。他们爱说爱动，喜欢搞笑和寻找刺激。这么闲着熬着何啻自杀啊！他们绞尽脑汁，设想着各种消磨时光的办法。最后还是老马一锤定音，说干脆杀个回马枪，再去找发廊女老板磨嘴皮子！这么商定后，三人就立即下楼。走出不远，乐正想起司令俊男，说他是大城市人，见多识广，应该叫上他。说着就给司令俊男打手机，说上午有好节目，要他快下来。

他们在十字路口吃罢早餐，接着一路寻寻觅觅，费了很大功夫，才找到那家美发厅。女老板还没上班，三个小姐仍记得他们，就问大哥大叔需要什么服务。老马已理过发，不能再理了。其他三人头发也不长，更无须烫发焗油。但总得找个说话的理由呀！四个大男人想来想去，最后异口同声地说洗脚，跑了一天实在该洗洗脚了！

一位彝族姑娘羞赧地说："我们早就没这个服务了。"

老马窃喜找到了说话的由头："那是为什么呀？"

另一个圆脸姑娘说："昨晚不是给你们说过吗？因为顾客太少。"

乐正说："我们不是来了吗？"

彝族姑娘说："你们不常来，人又少，要重新开张，划不来。"

郑越说："那就证明，你们过去有过洗脚项目？"

圆脸姑娘说："开过一年多，赔了不少钱，才取消了。"

"那些工具还在吗？"

"在库房里放着。"

"快拿出来吧，给我几个洗洗看。"

"那不行，得有老板安排。"

"你们偷偷把钱挣了，老板又不知道。"

"我们不敢，要不就被炒鱿鱼了。"

"老板几时能来？"

"快了，十点准时上班。"

"那就等老板来了再说吧。"

他们就这样漫无边际地和姑娘们磨着嘴皮子。直到十点多，女老板才骑摩托车来了。她见是他们几个，就格外高兴热情，连忙让小姑娘给各位先生泡茶，接着她又拿出烟给每人献一根，然后换上白大褂，问他们洗头还是理发。

老马在烟雾里瞧着她说：“洗脚。”

乐正也随声附和：“我们要洗脚。”

老板微笑着解释：“我们已没了这个服务项目。”

郑越眨着眼说：“你把工具拿出来，凑合着洗吧。”

老板推辞道：“没有中草药呀，洗脚关键是药。”

郑越眼睛凝住不动了：“关键是用手捏和搓。”

老板仍很为难：“但小姐不够呀！”

老马爽道：“刚好四个人，我就让老板小妹捏脚。”

老板微笑说：“三个小姐有两个不会洗脚。”

乐正诙谐地：“只要会剥香蕉，就会洗脚。”

逗得四个女人都捂嘴偷笑。

郑越觉得有希望，便给老板显殷勤：“再说了，我们等了两个小时，也没来一个顾客，主动上门的却往外推，你得是嫌钱扎手哩？”

女老板喜滋滋地说：“那就试试看呗，让各位大哥委屈了。”

女老板说着就让小姐快收拾房间，准备工具，并随手打开蜂窝煤炉子，坐上铝壶烧水。郑越和他岳父眼里最有水水，连忙进去给姑娘们帮忙。等了一会儿，乐正也进屋凑热闹，前堂只剩下司令俊男一人。他脑袋空空如也，坐着坐着，觉得乏味，也踱进屋子去帮忙。女老板忙拦住他，说用不了这么多人，让他出去烧水和照看前堂。

乐正指着司令俊男对老板说：“他可是大名人，体操冠军！”

老板惊异地：“我就看他不一般，奥运冠军光临，小店沾天光啦！”

乐正并不纠正，连连点头：“那是那是，谁说不是哩！”

彝族姑娘问：“你们是拍电影的吧？”

乐正再次连连点头：“正是正是，的确的确。”

彝族姑娘又说：“那个低个子，看着丑丑的，咋不像电影演员？”

乐正忙解释：“任何电影里，有美也有丑，这就叫美的丑，丑的美。陈佩斯丑不丑？雷格生丑不丑？巩汉林丑不丑？正因为他们丑，才显出其他人的美；正因为面貌丑，才现出艺术美。你说是不是这个理？”

彝族姑娘闪着大眼睛，崇拜地说：“大哥不愧搞艺术，讲的话很深奥。”

大约忙了半个小时，一切业已就绪，老板就关了前堂门，暂时停业为他们服务。

四个男人并排躺在座椅上，四个女人一人伴一个顾客两只脚，室内的气氛颇有点诡谲和尴尬。女老板和彝族姑娘谙熟此道，一边自我复习久违的科目，一边给另外两个姑娘传授机宜。两位新手亏得天资聪颖，很快就掌握了技艺要领，搓擦捏弄，下下都在向上。慢慢地，手艺熟练了，人便适应了，气氛也好起来了。老马双目微闭若佛家入了法门。乐正眯缝着眼像仰望盛夏的骄阳。郑越老鼠眼骨碌碌转个不停，恨不得小瞳仁同时容纳四轮皎洁的月亮。司令俊男美眸不眨亦不闪，只管注视着天花板上一张蜘网，好像辨认聊天室千奇百怪的网名。尽管他们眼睛都有些瓷愣，但嘴头却丝毫没有疲怠，随着小姐玉手不停地搓擦捏弄，他们的话语便多得如潺潺流水。四位女子也很传神，没有中草药就献上一片真情，条件太差就加倍用手的温柔补偿。她们捧着他们的脚，认真地搓呀擦呀，仔细地捏呀弄呀，仿佛要从脚丫里搓擦出自己的心情，要从脚指头里捏弄出自己的价值和效益。所以她们都很兴奋，一扫羞赧腼腆之色，举止便显出几分大方，言语也多了一番开朗。如此你说我笑，互问互答，欢声笑语流淌不尽。四位男子更是感觉良好，渐入佳境。他们就在这蹩脚地方，接受着蹩脚服务，满足着蹩脚心理，消磨着蹩脚时光。

正在出神入化之时，突然前堂传来急促的敲门声。彝族姑娘起身开门，见是两个警察，立即慌了手脚。警察不理不睬，不询不问，径直朝后堂闯。女老板见状，知是不妙，忙站起热情应酬。警察扫视一下现场，神情流露出几多惶惑。再看四个男人：一位长者安卧如神。一个愣头青闷头抽烟。另一个小子眨着眼畏缩得像个犯事的小学生。还有一个傲岸得犹如鹤立鸡群。

胖子警察招招手，把他们带到前堂，要检查身份证。老马、郑越和司令俊男一一交出证件，唯独乐正没带。

乐正毫不在乎地说："走得太急，忘带身份证。"

胖子打量着他问："你们是干什么的？"

司令俊男抢先回答："旅游，去彩色沙林。"

乐正补充道："下雨没事干，就来洗脚放松一下。"

另一个戴眼镜的警察说："这里是发廊，没有洗脚服务。"

老马成竹在胸地："经营项目属工商部门管。"

胖警察看他一眼："是属工商部门管，但检查证件是我们的职责。"

眼镜警察让三人登记身份证号，对乐正说："你没证件，罚款三百元。"

司令俊男恳求地："优惠一下，罚一百元。"

女老板也帮着腔："又没搞非法活动，就少罚点。"

胖子一扭头："如果非法，还用费口舌吗？好了，罚一百五十元吧。"

乐正只好交钱，抱怨着："真没想到，这里警察和咱们那里一样。"

眼镜警察笑说："都是共产党领导，那里都一样。以后出门带上身份证。"

警察走后，乐正大骂郑越："洗脚的钱，就该你驴日的掏！"

郑越咧着嘴笑："按行业规定，AA制，各人掏各人的钱。"

乐正又骂道："那你刚才为啥不说话，得是嘴里塞驴毛了？"

"给老板帮忙时，落了满头满脸灰，"郑越说着，又是抹脸，又是擦头，又是搔痒，"警察来时我只顾搔痒痒，哪有空和他们闲磨牙？"

老板想想也是，几位大哥帮忙受累，还罚了款，自己也该优惠，于是便道："是呀，这位大哥说得对，你们又是挪床，又是扫地，头脸一定很脏了。好呗，洗脚钱不变，每人二十元，再给各位免费洗洗头，也算我的一片心意呦！"

第二十八章 爱情的高度有多高

CHAPTER 28

早晨六点，俞溟刚洗漱完毕，突然尤晚春打来电话。她平时早晚七点定时给她打电话，这也是高级业务员和下面网络保持联系的唯一方式。今天她为什么主动打来，又为什么整整提前一个小时？当俞溟一看是她的手机号码时，立即判断她一定有重要指示。所以她顾不得搽匀脸上的菁华素奶液，就急忙摁了接收键，把手机对准右耳轮。

俞溟一边用左手匀奶液一边说："尤大姐，早晨好！"

尤晚春应道："好呀！你呢？还没出被窝吧？"

俞溟笑着说："我可按行业规定办事，六点准时起床，正一边听电话，一边搽奶液呢。"

尤晚春关切地问："回避的人都回来了？没发生什么事故吧？"

"回来好几天了，一切都很顺利。只是，钱只剩下两三百元。"

"花了就花了，只要安全就好。另外，萨雷的事处理得怎样？"

"萨雷什么事？"

"他不是和白石山闹矛盾吗？"

"这事你也知道？"

"老头子很生气。他不但知道这事，还知道你伞下超过五十人，学习开会太显眼，已经引起工商部门注意，你们应该马上分网！"

"这两件事都研究过了，这两天就落实。"

"你准备怎么处理？"

“萨雷工作失误，罚款一百元。白石山违犯组织原则，罚款一百元。商映在关键时刻忍辱负重，顾全大局，奖励二百元。萨雷和白石山两人写出书面保证，并在小组长会上公开检查。分网的事今天就开始。”

“商映表现好，应在全体系表扬，号召大家向他学习，形成人人爱网络、人人维护网络的氛围。”尤晚春说着顿了一下，然后略带神秘的口吻道：“听说你的网下，有个姓司令的，印堂发亮，双日如火，身材魁梧，颇有龙虎之气。但如果管理不当，就会成为祸患。你是不是和他谈恋爱，进展怎样？听大姐的话，如果条件好，又有感情，就干脆和他结婚吧！再说你也太孤单，更重要的是，如果你和他结合，就免除一大隐患。”

虽入不惑之年，但俞溟仍显露出少女般羞赧之色，声音微颤而不无激动地说：“大姐真会开玩笑！我们只是聊过几次，压根儿没有那事。听了你的话，我会认真考虑，那就看天意吧！不过大姐，我还是不明白，你怎么对我们的情况知道得这么仔细，你常说的老头子究竟是怎样一个人？”

“这些信息和指令，从上边一级级传达下来，只知道是老头子指示，但谁也没见过他。我至今仍疑惑不解，感到很神秘。说他是大领导大富豪吧，他却对下边的事摸得一清二楚；说他是一般老百姓吧，他却对中央精神和国家政策了如指掌。真是不可思议！好了，不该知道的就别问，这是纪律。”

“我知道了。另外，本月送工资你来春城吗？我有许多话想和你说。”

“还有十多天，到时候我会通知你。你现在要集中精力，着重抓好分网和萨雷、司令的事。这三件事都很重要，也很紧迫，进展如何，及时和我联系。”

俞溟关了手机，在客厅里踱来踱去，心情很激动，觉得呼吸都有些急促。这并非神秘老头的作用，因为整个网络是个藏龙卧虎的地方，据已掌握的信息就知道，有人的亲戚在中央部委，有人和央视论坛保持着特殊联系，有人本身就是从中央部门退下来的或是他们的子弟，所以老头子不足以让她如此激动呐！而真正令她无比激动是司令俊男，是她与他刚刚萌发的爱情。她万万没想到，她们的爱情刚一露头，就被上边摸得清清楚楚。尤大姐的话无疑给她吃了颗定心丸，更坚定了她对他的爱慕之心。如此等等，怎能不令她万分激动和心潮澎湃呢？！

她步到梳妆台前，想看看自己此时激奋的脸庞，这才发现奶液还没搽匀，便用双手上下左右来回摩挲着面颊、额头、耳鬓、脖颈。有人曾说女人衰老始于脖子。但她的脖子富于弹性，很光滑，没有一丝儿皱褶和松弛的坠肉，显得很美。慢慢地，她终于找出美中不足，一是眼囊微显肿大，二是睫毛稍有耷拉。她知道这是中年女子难以避免的缺陷。但她也知道现代化美容术又是怎样妙手回春，怎样令人叹服！她突然产生一个念头，为了司令俊男，为了他们伟大的爱情，稍微空闲时她一定要去美容院，一定要挽回业已流逝的青春。

她极不情愿地离开梳妆台，坐回沙发，两手仍在颜面上摩摩搽搽，想以此平息过于激动的心情。往常这时，她都是在凉台上凝视或作深呼吸运动的，要不就练那夹生不熟的健美操。自从搬进城区租住这套两室一厅单元房后，她就不再去室外晨炼，凉台成了她活动腰肢最理想的地方。她一直坚持锻炼，唯恐身体发胖。特别是近来，她像爱护网络一样爱护自己的线条。但她现在却无心锻炼，心都被尤大姐的话扰乱了，被司令俊男勾走了。她想立即见到他，要兑现几天前对他的诺言，要把自己的身体和灵魂一起交付给他。这样一想，她本来要平息的心情，此刻愈加激动和亢奋起来。

她现在开始策划他们的爱情，开始精心设计他们这次非同寻常的约会。她想了，一不做二不休，要行动最好就在今天上午。不然永远也没个空闲时候，忙中偷情更具有神秘色彩和虔诚意味。至于地址，她首先否定了前两次的选择，盘江公园和禾香基餐厅都是公众场合，既容易暴露身份，又不适宜爱情向纵深发展。她也否定了在这一室两厅的套房幽会，原因不全是由于行业纪律和保密要求。在爱情的圣诞树下，恋人之间还有什么可值得隐瞒和保密的呢？她主要考虑的是，正因为行业纪律和保密要求这两条影子的存在，才使临时家里充满了狰狞和魍魉。她担心这种环境会影响约会效果和爱情质量。她必须回避这个现场，开辟一个真正属于他们两人而又毫无拘束的爱情空间。

这样想着，她就在手提包里翻出一张优惠卡，忙给珠江饭店打电话，预约一套豪华房间。珠江饭店有她的账号，原先高级业务员来爨城都是在那里接待的。她最终选择在那里和司令俊男幽会，除了上述原因外，更重要的是要提供一个全新享受和现代化感觉，使他们的爱情从一开始就有一个很高的起点。她把这个高起点看得很神圣，对每个细节都精心设计。所以当吧台小姐问她要哪层时，她不假思索地就选了二十三层九号房间。不但数字吉祥，而且层次最高。能将自己的爱巢建造在渺渺太空之中，那是一种怎样的档次和感觉哪！

一切安排就绪后，她就给司令俊男打手机，话语不多，语气也很平静。她约他上午九点到珠江饭店会面，她在门前等他，不见不散。她说她有许多话，今天要和他好好谈谈。她对邀约技巧特别在行，不等他回话，就说声好了，来后详谈，随即关了机。

刚过八点半，司令俊男就提前来到珠江饭店门前。这是一家四星级饭店，环境设施比潇湘饭店高档得多。门前停满小车。他觉得自己站在这里像一个乞丐。他硬着头皮走进门，在会客厅选择了一个不起眼的座位坐下。会客厅空无一人，他独自坐着很不自在。他拿起一张报纸浏览，上面各种广告十分刺眼。他努力把视线笼络在报纸上，心却仍停留在俞溟刚才的电话上，停留在他们即将碰撞的爱情火花上。

刚才，就在俞溟给他打电话之前，桂平筠发来短信，说她有事，让他和老马去串体系。但他没按她的话去做，而是给老马谎称身体不舒服，不能串体系，就独自呆在家里看小说。他看的是莎丝琪·荷波的长篇小说《亚马逊河的激情》。那是一次充满各种欲望的旅行和探险。维卡巴姆芭，这个印加人最后的根据地，一直被认为埋藏着从西班牙人掠夺中抢救的巨额财宝。那儿有纯金铸像，有金制岗哨，还有金质骡马、无峰驼、羊驼，等等。这些财富超过亿万美金，足以清偿巴西的全部国际债务。印加君王拒绝告诉征服者财富所藏之处，直到晏驾，那些最忠实的奴仆用金子埋葬了他，然后留下热带雨林中神秘的维卡巴姆芭，还有一座只有幽灵出没的城堡断垣。几百年来，无数探险家、淘金狂和宗教狂热分子，以一种毫无人道的方式挖地三尺，苦苦寻找着宝藏，却全然没有结果。而就在这时，一支独特的探险队伍出发了。他们在狂热的寻宝旅程中，也开发了各种色相和情欲。他们不分场合，不分昼夜，用尽所有技巧恣肆放纵，在一片虚妄中完成着色情和金钱的一次次媾和。他们最终没有获得传说中的财富，却贪恋地攫取着另一类财富——精神的癫狂和肉体的快乐。

看到这里，司令俊男就有了一种历史再现的参照，总是把眼前的现实和书中的描写混为一谈。他极力忘却但不能忘却，极力回避却无法回避。这些情节和场景始终占据着整个意识，像鬼蜮似的在他心中固着罔替。正在这时，他接到俞溟的电话。从那一刻起，维卡巴姆芭带给他精神的骚扰霎间化为乌有。他头脑徒然清晰起来，不再混淆历史与现实、东方与西方、淫欲与爱情的界限。他以一个宗教信徒的心态响应她的邀约，以一种纯粹和虔诚的心情去赴会爱情的圣典。他当时激动和兴奋的神情无人知晓，但从他入时着装和提前半小时光临，就能猜出个八九不离十。

大厅服务台墙壁挂有世界各大城市分区记时钟表。当北京时钟刚指向九点时，俞溟出现在门厅里。司令俊男忙站起来，向她招手。她也向她招手，点头莞尔一笑，从服务台拿过钥匙，便和他一起上了电梯。电梯里只有他俩。无须伪装，无须试探，两个渴望已久的生命个体，即刻拥抱在一起。司令俊男自肩到背把俞溟箍裹于自己怀抱，下巴微微颤栗，无所适从地在她的耳鬓蹭来蹭去。俞溟双手搂着司令俊男的腰髋，恨不得让他把她融化成一包清水。但她的手指却很从容灵巧，死摁着开关电钮不放，如同他灼热的唇舌已牢牢封堵住情人滑湿的齿口。电梯一路未停，徐徐上升，一直把他们送到二十三层。

爱巢的高度标志着爱情的高度。

爱情的高度支撑着爱巢的高度。

他们关掉手机断绝了和外界的一切联系。

他们执拗地认为爱情是没有时空概念的。

当他们褪去豪华外壳只剩下赤裸裸胴体时，一切高度皆倾覆了，坍塌了！时间和空间龟缩成一块狭窄的弹丸之地。生命变得异常简单。无论爱巢还是爱情，此番都成了他们身下一堆狼藉不堪的瓦砾碎屑。他们呼风唤雨，他们开天辟地，他们在相互赐予和索取中演绎着祖先最古老的传统与技巧，锲而不舍地追求着一个既定的高度。此刻在他们眼里，所有物质都失重了，世界不复存在了，唯有临窗杲杲的阳光和柔柔的信风，悄然安抚和超度他们的灵魂。

尽管他们在瓦砾碎屑中变换着各种手法，在阳光和信风中不住地呼唤着上帝，但他们始终没有达到快乐的高度。他们不得不回归到现实之中，睥睨豪华的居室和高贵的衾枕，无不充满失落和无奈的阴霾。问题首先归咎于司令俊男。不知是他过于紧张和兴奋，还是患有恐高症，抑或乐正的先例在他身上发生连锁反应，总之他一直处于无能无为的状态。他的无能无为自然也引起俞溟的连锁反应，连番几次，她都无端地从快乐的高度跌落下来，只能在瓦砾碎屑里捡拾稍纵即逝的感觉。一个构思已久的故事就这样中途梗阻，作为既是作者又是主人公的一对情人，着实感到怅然和惋惜，感到沮丧和疲惫。他们相依相偎地躺在一起，互相抚摸和安慰着对方，喃喃的话语显得异常空泛。

“也许你有恐高症。”

“高度和深度是对宽度和广度而言，没有后者也就无所谓前者。”

“我听不懂你的话。”

“高层容易产生孤独感。孤独感要么使人激情勃发，要么使人委顿无术。”

“我觉得还是心理作用。你有些紧张，缓一缓，一定会好起来。”

“有点像太空人的感觉。”

“难道太空人就不能做爱？”

“除非一男一女结合成一个整体，失重都失重，漂浮都漂浮。”

“那样还会产生高潮和快感吗？”

“只要有肉体的接触和摩擦，就会有精神的愉悦。”

“要是将来移民月球，男女做爱时到处漂浮，不全乱套了？”

“移民月球是八辈子的事，无须咱们操心。”

“那就说眼前吧，你好好睡一觉，我相信你的能力。”

“这种环境，我怎能睡得着呢！”

“要不讲故事，”俞溟用食指在他的胸膛上连续画着8，想了一下，“如果你愿意听，我就讲讲我的故事。”

司令俊男兴趣猝来，轻吻着她的耳轮说：“好呀！但你必须说实话，必须说你的隐私。语言挑逗是刺激性欲的最好方法，我期待你能催发我的激情！”

“谈不上隐私，但感情纠葛很烦乱，我试试呗。”

“我洗耳恭听。”

俞溟搂着他的脖颈，如同习风拂柳般絮絮而谈：“我老家在东北长白山下，父亲随支援西北建设的大军来到陕西关中。我在关中出生长大，是最后一批插队知青。当时正逢生产队扩大养猪场，需要一个有文化的饲养员，我就自告奋勇承担了这个重任。一个多月后，尤晚春也来了，就是咱们的顶头上司高级业务员尤大姐。她比我大三四岁，是个很有经验的老知青。养猪场离村子三四里路，环境荒疏寂寞，也充满骚动和刺激。母猪发情时非常有趣，不停地拱土，不停地叼柴，屁股又红又胀。尤大姐就告诉我，那不是屁股，而是生殖器。我当时不懂，以为屁股就是生殖器，猪崽也是从屁股生出来的。尤大姐听了哈哈大笑，说我连前后门都分不清，真是个大傻帽！直到母猪生猪崽，我才看清那原是两个分工不同的独立器官。给猪接生更有意思，就像在地里刨红苕，一刨一个，急得我手忙脚乱，浑身血啦啦的。特别是给母猪配种，那其实是最初的性启蒙，我周身立即就发生了连锁反应。养猪场没有公猪，每次都是邻村人牵着公猪上门服务。那公猪非常肥大雄壮，当它趴在母猪后臀时，胯下刺喇一下拱出一串尖锐细长的嫩肉……那一刻，我真的恶心死了，羞耻死了。但同时，一种毫无由来的奇妙感觉，顷刻传遍全身，我感到意识的空洞和四肢的麻木，几乎眩晕昏厥了。”

“停停，俞姐你停停！”司令俊男只觉下身燥热憋屈，坚挺蓬勃，真有一发不可收拾之势，“俞姐你摸，奇迹出现了，奇迹就在二十三楼的高度出现了！”

俞溟惊喜地尖叫起来："呀！真的！感谢仁慈的上帝，感谢爱情的天堂！"

他们故伎重演，一切从零开始。他们循序渐进，一步步迈向高度。高度和深度旋转九十度，就变成宽度和广度；而原先的宽度和广度，这时又成了高度和深度。空间的多维带来感官的多面性，意识便有了空间概念。而时间却是个流程，是一条无头无尾的射线，能唤起人连锁式的记忆。世界就是在时间和空间的交集中运行的，人类就是在时间和空间的坐标上繁衍的，爱情就是在时间和空间的网络里演绎的。这是箴言，还是谬论？此间，已被情欲冲撞得昏头转向的一对情侣，全然不顾这些冗繁的学说，他们把复杂微妙的感情简化成单一的行动。他们用肌肤和肢体装饰着爱巢，用高度与深度、宽度与广度组建爱情的网络。时空的交汇点因此而大起大落，时云时雨，化蛇化龙。他们无限重复着同一个程序，已失去时空概念，混沌空洞的意识里只留下快感和满足……

阳光镀满窗楞，信风轻拂窗帘。当他们从亢奋走向疲惫，从疲惫走向梦乡，从梦乡又走向现实时，头脑就如同过滤了似的异常清晰，精神也更加焕发和饱满。他们像盼望阳光雨露的禾苗，像贪恋大海的鲤鱼，在经历了一番爱液的滋润和沐浴后，彼此的心贴得更紧了。

俞溟头枕着司令俊男一只胳膊，悄声问："俊男，你现在想干什么？"

司令俊男把另一只手移向她的乳房，说："想听你继续讲故事。"

"再讲你又要疯张了。"

"我不相信，你还有比那更让人刺激的事？"

"是另一种刺激，你听了一定会流泪。"

"那就试试看吧。我的感情很脆弱，很容易流泪。"

俞溟的脸腮紧贴着他的面颊，一边在他胸膛上画着8，一边像蜜蜂一样嗡嗡嘤嘤地讲开了："我是最后一个回城的知识青年。不是我不想回城，而是我自己把自己逼到了骑虎难下的地步。正因为我养猪有成绩，所以一切荣誉和桂冠都随之而来，什么养猪模范啦、知青标兵啦、再教育先进啦、扎根农村闯将啦等等，一时成了青年人的偶像。更重要的是公社革委会主任设下圈套，用妇联主任作钓饵勾引我，希望我永远留在公社，成为他续房的娇妻。当时我并未意识到，这些都是回城后他多次来我家提亲时，我才幡然醒悟的。是呀，他为什么如此关心和优待我？那么多荣誉和桂冠，还有入党申请表，甚至每月两捆卫生纸，他都安排得非常体贴周到。那时卫生纸是稀罕之物，一般人很难买到。尤晚春多次问我从哪买的，缠着我要走后门给她买。如果不是后来公社主任亲口求婚，我还一直蒙在鼓里，以为那就是党的温暖和政府的关怀呢！当时我也实在懵懂糊涂，真不知道他送卫生纸和母猪拱土噙柴有什么区别。多亏父亲是毛泽东时代的强硬派，拒腐蚀永不沾，婉言谢绝了他的一切甜言蜜语和恩赐许诺。”

司令俊男轻轻抚弄着她的乳头。她的乳头本来就很瓷实，这时益发勃然饱满，激动得她连连发出母鹿一样的呦呦声。他最喜欢这种呦呦声，犹如上帝在冥冥之中发出的召唤。但他已没有精力再响应这一召唤。他急切地想知道下文。于是他一边抚弄她的乳头一边问：“你和他干过乃事吗？听说那时把女知青叫高压线，可仍有不少人利令智昏，敢于冒险触电，所以许多女知青都被他们搞定拿下了。你没被他搞定拿下吧？”

“搞定拿下？这是萨雷常说的话。你怎么选择了这个词？”俞溟尖叫了几声问。

“这四个字已成了行业用语，我觉得很有趣，突然就想起来了。不说这了，快说下文，他有没有把你搞定拿下？”司令俊男急切地追问着。

俞溟朝他怀里缩了缩，又侃侃而谈：“他永远不会把我搞定拿下！一是我父亲很正统，自小对我管束很严，不许和男孩子玩耍来往，所以我也很正统；二是我的性意识很迟钝，对男女感情一窍不通；三是自从看了母猪配种一幕，实在觉得龌龊丑陋，无形中产生一种厌恶恐惧心理，回避与所有男人亲近。所以说，回城前我是个性盲，这一点你尽可放心。我的悲剧在于婚姻不幸。回城后我刚满二十岁，先在车间当工人，后来调到厂团委，再后就当了团委书记。还在车间时就有几个小伙子追我，但被父亲一一否决了。后来从三线建设分来一批工人，其中有个军队干部子弟，苗正心红，早在进厂培训时就被父亲相中了。父亲是政工科长，但他没有任何表示，只是偷偷把他分到我的那个班组。他叫李通，长得很帅。我当时是班长，他寻找各种借口和我接近。慢慢地，他的音容笑貌就在我脑海生了根，有事没事都喜欢在他面前走动，有时上下班也要用目光在人群里搜寻，不看他一眼心里总是空空的。三四个月后，他果然托人提亲了。我们第一次单独接触是在我家里。一切都按传统模式进行，先是父亲谈话，后是母亲审核，接着两人就互诉衷肠。过了半年我们便结了婚，一年后生下一对龙凤胎。孩子两岁那年，厂里来了几个大学生实习，其中有个襄樊女子，就分在他们班组，直接由他跟班带徒。当时我已调到团委，和父亲想法一样，只希望通过这次带徒传艺提高他的技能和名望。但万万没有想到，正是这个阴差阳错的安排，从此埋下不幸的种子。时间不长，我就发现他特别注意穿戴打扮，讲究风度；接下来晚上就经常外出，回来得很晚，直到后来夜不归宿。那天是个星期日，我带孩子去父亲家，中途回家一看，他俩像母猪配种一样正在床上搅成一团。我气得浑身打颤，捡起皮鞋就朝他打。他毫无惊慌羞耻之色，翻身一跃，几脚就把我踢出屋子，砰地关上门，接着又干那事去了……”

“畜生！他妈的简直是畜生！”司令俊男把头一纵，勃然大骂；“这家伙毫无人性，和牲畜有什么区别？真是天生挨揍的胚子！”

俞溟鼻翼微微翕动，眼里闪着泪光，继续说着：“过后他跪着向我求饶，说他酒喝多了，以后绝不会再发生乃事。但过后他狗改不了吃屎，仍经常和那女学生幽会偷情。为了面子，我既不能和他大吵大闹，又难于给别人启齿，只好忍气吞声地等女学生实习结束。一年多里，我就这样生活在人鬼之间，那种痛苦和折磨真是无法用语言表达。这件事结束后，他安生了一年，我也作出种种努力，希望弥合心灵创伤和挽救岌岌可危的婚姻。但时间不长，他又旧病复发，不但嗜酒成性，而且常出入舞场歌厅，每晚都喝得酩酊大醉，夜不归宿更是家常便饭。无奈我只好跟踪盯梢，发现他和酒店女服务员勾搭一起。那一晚我独自跑到野外，坐在大渠岸放声大哭。第二天我带着孩子搬到父亲家，开始和他分居。谁料我搬走后，反而给他腾了地方，他们公然在家里同居。他母亲气得大病一场，我忙请假到医院伺候婆婆。婆婆出院后，每天都要打针，为了照顾方便，我就把她接到我们家里，这才赶走了那个服务小姐。俊男，你想想，整整三个月，我既要上班，又要照顾婆婆和两个孩子，该是多么劳累和辛苦哪！但劳累辛苦我都不怕，我要以此来排遣心中的郁闷和羞辱。特别是刚开始，婆婆下不了床，我就端屎端尿，晚上陪着她睡。有一次把婆婆背到卫生间洗澡，洗着洗着，我突然眼前发黑，重重地摔倒了，好长时间起不来。婆婆挣扎着喊我拉我，等我醒来，俩人抱在一起嚎啕大哭。婆婆哭叫着说：‘溟呀，你就答应婆婆，快和那贼东西离了吧，这样你就解脱了。离了后，我还把你当亲女儿看待呀！’面对婆婆，我能说什么呢？我只能将泪水强咽进肚里。”

司令俊男听到这里，眼睛也湿漉漉的，他极力控制着没使眼泪流出来，一边为她拭泪，一边感慨赞佩：“你的爱情不幸，但你的心却那么善良！”

“你太夸奖了。”俞溟哭时声音略显沙哑，像雨打芭蕉似的带着微微颤音：“等婆婆病好回家后，我就答应和李通离婚，但他却中途变卦，死活不离。他不但写了保证，还鼓动一双儿女劝我。为了儿女，也为了给他一个改过自新的机会，我只好答应。但他并未真正回心转意，仍和那个小姐偷偷来往。他的目的是脚踩两只船，要过封建社会大婆小妻的生活。当他拐弯抹角说出这个意思时，我气得浑身哆嗦，大骂他鬼迷心窍，别说法律不允许，就是法律允许，像他这样的纨绔子弟，能养活起两个女人和三四个孩子吗？简直是痴心妄想，白日做梦！他一边不停地喝酒，一边死乞白赖地要我在协议上签字。我将那荒唐可笑的协议撕成碎片，扔进垃圾筐。他气急败坏，扑上来就对我拳打脚踢，完了又要干乃事。你想想，这种气氛，这种心情，我哪有这份兴趣？可他仍不肯罢休，用绳子捆了我，强行干起来，一边干一边威胁：'不同意，我就这样干你。这叫强暴，叫强奸！强暴和强奸更有味道！'天哪！这算什么话，算什么夫妻啊！我大叫一声，立即昏厥过去。吓得两个孩子在外边使劲地敲门，哇哇哭叫……"

司令俊男猛地坐起，双手不住搓擦着脸，仿佛要揩掉天下所有的肮脏和耻辱："真是畜生流氓！这样的夫妻还有何感情可言，这样的婚姻还有何实际意义？俞溟，可怜的大姐，可爱的宝贝！真的，此刻，不知为什么，他对你的强暴，我觉得就施展在我的身上，我的整个身心都感到龌龊羞耻！我真想把这个卑鄙下流的家伙一刀捅死，方解我心头之恨，方雪你身上之辱！"

俞溟拉着司令俊男躺下，头枕在他的胸膛上，继续哭述道："从此以后，我就铁了心，无论如何也要和他分手。离婚官司前后经历了三四年，跑得我实在筋疲力尽，容颜憔悴。最终我放弃一切财产，只要一对儿女，他才肯签字。离婚后，我先在父亲家里住了两三个月，过后就借住渠道上两间斗房，和一儿一女过着十分清贫的日子。在斗房我整整住了八年，八年啊！俊男，亲爱的人儿，真是难以想象，这八年我是怎样过来的啊？好在儿女争气，女儿技校毕业后招聘到某公司，儿子考上大学，我总算长长地松了口气。我真想离开这个令人痛心的地方，到外边走一走，闯一闯，为儿子挣来学费，为自己后半生多些积蓄。所以我提前离退了。正在这时，尤大姐给我打电话，所以我就来了。我真是做梦也没想到，人到中年，竟然能有这样一个发财的门路，能有这样一个重塑人生的机会啊！"

司令俊男端详着她的面容，深深叹了口气："是呀，你的事业如日中天，蒸蒸而上。但这两年多，你的感情，你的爱情，难道就一直风平浪静？像你这样的成功女性，追求的男人肯定不少，你为什么独宠偏爱我呢？溟，你说，我想听听这方面的故事。"

俞溟搂着他的脖子，温柔而娇气地说："是的，有人死死追求过我，还有人向我提出非礼要求，但我都一一拒绝。这不是我有多么高贵，也不是我过于挑剔，而是我觉得，在这里，人性太暴露，各人的各种欲望都是赤裸裸的，无遮无掩，所以爱情就显得鄙俗和猥亵。我喜欢蒙蒙胧胧的感觉，喜欢蒙蒙胧胧的爱情。爱情如果太现实、太暴露，就像母猪配种和男人强奸一样令人恶心反感。我把对情欲和爱情的渴望，都倾注在网络上了。无论多大的诱惑与刺激，我都会把握住自己，都会在网络中得以排遣和释放。惟独你，亲爱的，我却无法拒绝这种诱惑。当第一次给你沟通时，我的心就怦怦跳得特快，完全没了给别人讲时那种女强人的姿态，完全恢复了一个柔弱女子的天然本色。虽然我并不知道你是独身，但蒙胧中我总觉得咱们之间将会出现些什么和发生些什么。后来从桂平筠口里获得一些信息，我就强烈地暗恋着你。这种只有少女才有的初萌爱情，搅扰得我魂不守舍，寝食不安。我惊讶自己真的坠入情网！后来得知我比你大三四岁，我又心灰意冷，诅咒命运太不公平，爱神对自己太绝情了！就这样，我在渴望和矛盾中度过那些焦灼难捱的日日夜夜。俊男，说真的，虽然咱们跳过贴面舞，有过几次幽会，但直到此前，我心里一直都没个底，始终认为这不过是自己单相思。但退一步想，即使单相思，即使我们不能结婚而作为情人，我也会心满意足呀！”

司令俊男深深被她的真情所感动，扳着她浑圆的肩胛，充满激情地说：“我也和你一样！你第一次给我沟通时，我就对你产生极好的印象。尽管不知道这个印象意味着什么，以后会发生什么，但我都把它珍藏在意识的最深处。后来单独接触几次，又看到和听到你的许多事，原先的印象越来越占据我心灵的重要位置。特别是你送写字台和手机的细节，使这个印象徒然变成了渴慕和追求！你想想，男女之间的印象一旦带上感情色彩，便于爱情不远了！你也许还不知道，我和前妻只是一时赌气才分手的，而且彼此还依然思念着。但自那以后，我就在你和她之间作出了抉择。我的前妻是个好妻子好母亲，我以后会像对待朋友一样对待她。但她婆婆妈妈、絮絮叨叨的性格我受不了；她像管教幼儿院小朋友一样管束我，大大阻碍了我的自我发展，所以我理所当然地选择了你。我选择你不是因为的成功，而是你的善良和才干，当然更重要的还是对你的感情！”

俞溟被他的话陶醉了。她像一只猫，依偎在主人的怀抱里，感到从未有过的快乐和幸福。她用手指拨弄着他的鼻子、眼睑、嘴唇、耳朵，仿佛解读命运的符咒，又好似翻译爱情的密码，心中对他充满无限依赖和憧憬。她眉梢一挑，眸子辉映出异样的亮光，鼓鼓脸腮，瘪瘪嘴唇，刚要说什么，这时电话响了。

她拿起话筒，是服务台打来的，说午餐时间到了，问她去餐厅还是送到房间，什么时间送，送什么拼盘。她手遮传声筒，征求他的意见。两人稍一商量，她便传话过去，点了两份情侣五仙套餐、两杯酸奶、四筒罐装红牛啤，让服务员半个小时后送到房间。

打完电话，他们又紧紧搂抱在一起，狠狠地亲了一会，爱了一会，觉得已到极致，无法再深入下去了，这才各自起身穿衣。

“时间过得真快，不知不觉一个上午就没了。”

“还是你说得对，情人走进爱巢，就没了时空概念。”

第二十九章 他妈的第二次大逃逸

CHAPTER 29

除了在珠江酒店幽会外，在后来的日子里，司令俊男和俞溟再没有这样的机会。时间变得又稠又黏，像凝固了一般缓慢地流动。他们也很少通电话，更难得见上一面，仿佛之间相距十万八千里。

时间和空间并未因为他们的爱情而改变固有的形态。

这样以来，司令俊男觉得时间和空间都非常空泛，不得不再回到原先麻木呆滞的日子。他整天不是看小说，就是被乐正拉去看皮影二人转，后来又常去网吧上网。他现在上网主要是查阅连锁销售的信息，偶尔也打开信箱阅读以往的信件和浏览个人相册。现代化科技真是不可思议！远离千里之外，但仍能收到新邮件，仍能看到相册和搜到原先的网文。所以他再次迷恋起上网，常常一两个小时，一眨眼就不知不觉过去了，兜里三四元钱也眨眼之间不属于自己了。更要命的是在网上查不到深圳玉莹公司的任何资讯，相反却有许多揭露连锁销售的文章。跟帖也不少，多是贬损，也有褒扬的，众说纷纭，真伪难辨。司令俊男看着看着，原先的疑虑重新涌上心头，笼罩了他的整个意识。但一旦走出网吧，这些疑虑却烟消云散，又惯常混沌麻木地面对现实。

正当他在虚拟世界与现实生活纷繁难辨的矛盾中被搅扰得失去自我时，又发生了一件让人无法接受的突然变故。那是在分网后的半个多月的一天早晨，先说放假一天，要大家到城里去游玩，晚上再回家，每人补助十元。后来大约九点，每人都接到电话或短信，要求立即到西门内车场集合，统一去盘江水库旅游。半个小时后，五六辆面包车载着俞溟体系的全班人马，风驰电掣地向盘江水库奔去。

尽管有人叫苦，有人埋怨，有人骂娘，但水库的自然环境还是蛮优美的，所以大家不再发牢骚，心情也疏放了许多。俞溟和杜航没来，萨雷请假回老家了，这次活动由萨风全盘负责。水库景区分四大板块，有库区游艇、原始森林、游艺场馆、农家乐山庄。杜航体系由柳一枝带队，一干人坐游艇在库区游玩。白石山体系的人上山进了原始森林。三哥带着萨雷体系的人在各个景区胡转。

到处是青青的山，清清的水，蓝蓝的天，白白的云。云很轻很低，似乎一不留神，就会掉进水库里或挂在树梢上。相反水却很拥挤，拥挤得随时都会脱颖而出，一拨儿一拨儿和蓝天白云连成一片。植被非常好，随处可见许多亚热带植物，红土地制造的叶绿素特别丰沛，浸润得漫山遍野都一片黛绿。阳光像是从白云里边溜下来的，又似从黛绿的山川反照出来的，泻在身上一晃就有了醉和睡的意味。空气顺着阳光的端口和路径，款款而来，款款而去，清新爽怡得渗人心脾。

三哥领大家在大坝和水库周转了一遭，也没转出啥名堂，一干人折转身又去了坝肩的风景区。只有司令俊男一人留在大坝外坡脚遛达。先头乐正和郑越一直跟着，后来他借故解大便，甩开这两个黏胶皮。现在只有他一人，四周一片空旷寂静。他在坝脚树林边闲转一圈，甚觉无聊，又上了坝坡。坝坡枯草很厚，新苗茵茵，踩在上面，就像珠江饭店的栽绒地毯，感觉非常舒服。他在草坡上坐了一会，后来索性躺下，一种砭入脊髓的舒坦使他顿然失声尖叫：“啊！太舒服了，太美妙了！”

他将身躯和四肢伸展开来，在草坡上排成一个大大的火字。他就这样静静地躺着，觉得整个肉身都被阳光融化了，整个心灵都被空气氧化了，整个由肉身和心灵诞生的意识都被大自然物化了。他像一个植物或动物，已成为大自然的一员。这种主客错位、思维失忆的状态，反而最易撬开潜意识的坚层，引起连锁式的无序回忆。他现在正是如此，忘记周围所有的人和事，只把感情和意识建构在珠江饭店二十三层的爱巢，建构在时间与空间、高度与深度、深度与广度的爱情网页。他毫无退路，一切都处于自觉不自觉的惯性推力之下，连锁销售无路可退，和俞溟的爱情也无路可退。虽然他早已对前者疑虑重重，失去信心；但后者呢，爱情呢，谁能保证它不会像前者一样也是一个骗局？他这样想着，不由问自己，是呀，如果这是骗局，那么为什么她要以身相许和自己同床共枕呢？如果不是骗局，那么为什么她又掖掖藏藏好长时间不露面呢？他苦苦思索着，做出各种推测。俞溟，这个佼好而神秘的女人，太虚无缥缈了，太让人捉摸不定了。

他这样躺着，想着，阳光把脸庞吻得红堂堂的，风把眼眸拂得细眯眯的。几只蜜蜂和蝴蝶在周身翩翩飞舞。胸膛爬着几只青虫，有一只钻进衣领，在脖颈轻轻蠕动。

他觉得这感觉特好，舍不得捉它撵它。他带着这种痒痒麻麻的感觉，还有阳光的轻吻和风儿的爱抚，混混沌沌地进入梦乡。此时他的确异化成一个外在之物，像一块石头、一堆泥土或一蓬树丛，毫无知觉地依偎在大自然的怀抱……

不知过了多长时间，突然一阵嚎叫声闯入梦乡。他大吃一惊，一骨碌爬起，发现坝顶有一女子大喊大叫。那声音很尖锐狂放，像歇斯底里一样，是发自生命内核那种发泄和排遣的尖叫。他定睛一看，不禁大惊，原是桂老师，桂平筠！她为什么独自一人？又为什么如此疯癫失态？司令俊男不禁怜悯同情，站起来向她走去。

桂平筠依旧朝着远处大叫："喔啊啊——，噢哇哇哈嗬嗨——"

司令俊男还没登上坝顶，便大声急问："桂老师，你咋一个人？"

桂平筠似乎没发现他，只顾一古脑地叫喊："哦哇哇！啊哈哈——"

司令俊男上了坝顶，走到她跟前问："桂老师，你咋一个人？"

桂平筠这才意识到他的存在，看了一眼说："后边还有！"

就在他朝大坝那端看时，桂平筠像发现猎人枪口的一只狐狸，嗖的一下，百米冲刺般拼命地向前跑去。司令俊男莫名其妙，咳了声，回头等着后边的荚荚和岳月。

荚荚老远就喊："司令兄弟，你把你家长咋了？"

司令俊男窘得满脸通红，吱唔着："她歇斯底里，我能把她咋？"

荚荚嘴一撇道："看她慌张狠跑的样子，我还以为你强暴了人家。"

岳月手一拨拉，嗔她："你这嘴烂得像猪屁股！司令兄弟这么帅气潇洒，能看上她？真是乱点鸳鸯瞎扯淡。"

荚荚故意揶揄："那她为啥那么慌张，那么狠跑？"

朵朵和陈一先还在一旁黏糊，听了这话，抬头眨眼道："神经病呗！"

荚荚忙表示赞同："这话说得在理。不是神经病，她能有这等表现？"

岳月朝桂平筠背影望去，长长叹息："她也太可怜，快一年了，只安一条腿，心咋能不急呢？瞧她瘦了许多。"

荚荚又说："那是减肥，塑造线条。"

朵朵笑了："还减肥哩，再减就只剩下皮包骨头。"

荚荚也笑了："俞溟说她是小女人、袖珍女人。"

陈一先插话道："她年轻时一定很漂亮。"

岳月附和说："现在也很漂亮标致，四十多了，一点不显老。"

朵朵吭哧笑了："就是割的双眼皮过于夸张，像个熊猫。"

茵茵努努嘴："熊猫是国宝，她算啥？纯粹一个巫婆！"

司令俊男心里不是滋味，瞪了茵茵一眼："你也太尖酸刻薄了。这样挖苦人，得是和她刚才一样，也用嘴发泄哩？"

茵茵打他一拳，嗔骂："真不识好歹！你嫌挖苦，就快追她去呀！她可是你的教练哩，是你的家长哩！"

岳月说："茵茵真是的，那壶不开提那壶。好了好了，不说别人了。咱们快走，别让老三丢下咱不管。"

司令俊男讨个没趣，独自一人朝前走了。

坝肩风景区地盘很大，下面是一条河，上面是一座山，就在山与河之间，开辟了许多自然和人文景观。进了景区，到处是亭台楼阁、高大树种、奇花异草、泉池桥涵。地形地貌更是高低起伏，参差不齐，峰回路转。茵茵她们一边跌跌撞撞地走着，一边大声呼喊着老三。她们的叫声虽然很大，但在这里根本听不出声音也引不起人注意。直到半个多小时后，她们才在水闸旁的草坪上找见三哥一干人。他们有的围在一起打扑克，有的坐在一旁谝闲传，有的躺在草地上睡大觉。老三赢了一局牌，看看时间，该吃饭了，于是把手一挥，领着一行人朝山顶走去。

他们来到山顶农家乐饭庄。这里食客很多，环境不错，价格也合理。但大家七嘴八舌，意见无法统一。老三一想，干脆每人发十元，自讨方便。最后只有老程一家五人留下，其余人都出了饭庄打游击。这时小范说，山背后有农家小吃，既便宜又实惠。大家急急忙忙往山后走，到了山背后，只见几座鱼塘和一个养狗场，压根没有什么农家小吃。茵茵便说，公路边有个村子，老百姓家家都接待零散游客，每人十元钱，自己杀鸡自己做，饭菜无限量。老三听后一挥手，一干人又争先恐后地向公路奔去。来到公路边，四下一望，附近却没一个村子。有人突然指着远处山坳几间房子大叫，说那里有村子呢！老三问茵茵。茵茵说她也没记下方向位置。老韩说她是月亮地里卖尻子，没挣着钱连人也没认下。乐正说现在肚子饿得咕咕叫，谁还管卖尻子没卖尻子！郑越大骂，他妈的这才叫二人转，从山下转到山上，又从山上转到山下，把人的肠子都转成糖麻花啦！刘真、何全根和雷钊三人一脸晦气，不搭理众人，只管蹲在路旁小声叽咕。

老三见状，不再挥手，径自下了坡道，穿过一片稻田，拼命朝那几间房子跑去。公路在这里转了个大弯，从稻田走比公路近一半路。大家又一窝蜂似的冲向稻田，追赶着老三。此时有三四辆小车嘎然而止，上面跳下的人不知发生了什么事，盲目地为他们呐喊助威。何全根、刘真还在公路边蹲着没起来。雷钊和桂平筠沿公路朝前走，一边走一边抱怨老三，说又不是土匪打劫人，为什么放的大路不走，偏要走那田间小道？真是乌合之众！

老三率先跑到跟前，这几间房子原是小卖店，背后果然有一个村庄。他坐下吁吁喘气，后边的人陆续也到了。大家分头进村打问，回答却没有一家经营过农家小吃，也死活不愿受麻烦挣这稀罕钱。有人抱怨小范撒谎，小范笑眯眯地说他也是听人说的嘛！有人指责荑荑骗人，荑荑瞪着眼，指指商映，说她是听他说的。商映哈哈大笑，说他压根没来过这里。荑荑强辩，那就是萨雷说的，反正她是听人说的。

大家这才明白了，原来全是道听途说、人云亦云！一个臆想连着另一个臆想，一个谎言连着另一个谎言。这样就形成一种惯性，人人都失去自主意识和正确判断，你去我也去，你跑我也跑。所以才如郑越说的二人转那样，转来转去，也没转出个名堂。真他妈的扯淡！咕咕叫的肚子，可怎么奈何呀？！

乐正、郑越和老马瞅准小卖店的方便面，已撕开饭盒正让店主人给里边倒开水。他们的行动立即提醒大家，才知还有一个更简便填饱肚子的办法。于是众人一轰而上，把小卖店的方便面一抢而空。店主异常高兴，又是烧开水，又是煮鸡蛋。大家一边吃一边谝，都说这顿饭吃得特满意。男子汉饭量大就吃两盒，一盒三元，两盒六元，还剩四元，这不就赚了么？至于女人，饭量小，吃得少，那赚头就更大。郑越说他盼天天出来二人转呢，既能赚钱，也不用在家当饲养员。乐正留了情面，没动脚踢郑越，说他也盼天天出来逃难呢，逃难吃方便面也比在家吃猪食好。桂平筠还未吃毕，正剥煮鸡蛋皮儿，回头瞪了他俩一下，质问道，猪食狗食无人管，但不能诬蔑连锁销售，咋是逃难呢，咋是二人转呢？大家笑着都没说话，陆陆续续离开小卖店，返身又回水库景区。

程家宽一家人吃完饭，还在饭庄等着。众人一到，儿子程星租了两盘麻将、一盘象棋，并订了音乐茶座，立即带大家去露天游艺场。露天游艺场依山临水，建在山下，没墙没顶，只是利用一片桉树林子，在树与树之间镶嵌上木板，加以美化装饰，设以音响茶座，就成为一座优美独特的空中楼阁。浓荫遮天蔽日，泉水潺潺而流，鸟鸣清脆悦耳，真是个对阵博弈、休闲聊天的好地方。

两盘麻将，金全会和胡天水、乐正等人为一个阵营；老三和程家宽父子等组成第二个阵营。董世轩和商映下象棋。荑荑等人打扑克。其余人都围在周围看热闹。只有韩翰和司令俊男没参战，坐在一个偏僻茶座闲聊。聊了一会，也没聊出什么新鲜，老韩迷糊着眼睛昏昏欲睡。

两个麻将场的气氛都很激烈，输赢阵线非常显明。程星、金全会是最大赢家，乐正和程家宽次之，其他人纯粹是掏腰包垫背。现在，无论输家还是赢家，眼睛都有些发红，唾沫星子都有些汪洋恣肆。他们像一群斗红眼的公鸡，完全丧失理智，心里只有炸或胡的蝇头小利。那一边，郑越的鼻尖挂着清鼻，老鼠眼滴溜溜飞转，不时偷看上下两边人的牌。金全会五指排成鸭头，手撮牌九，伸出又缩进，晃上又晃下，反反复复举棋不定，仿佛手里攥的是一锭黄金。雷钊大口大口地抽烟，烟从口里吸进，又从鼻孔喷出，那个狠劲和贪恋，足以吞咽满桌的骨牌。程家宽没完没了地调整牌阵，闲下时右手总捏着一枚麻将，五指来回旋转摩挲，好似查验刚刚收购的玉米豆豆。老三巳整好牌阵，眼里闪耀着渴望的光芒，只等上首打一个理想的牌，便可炸可胡，胜局就在股掌。围观的人也心急如焚，一个个指指点点，纷纷为他们参谋筹划，吵闹声响成一片。

“三哥，打吧，快把这个牌打下去！”桂平�说着伸手就要打那个牌。

“别动！去去去，你的臭手，甭臭了我的好牌！”三哥边说边打她的手。

“谁手臭？你的牌才臭呢，你的手才臭呢！”桂平筠先是瞪着老三喊，然后拂袖而去，走出人群又朝树身呸呸唾了两口。

桂平筠的反常举动并未引起赌徒们注意，他们依然像鸡斗鸡、狗咬狗似的，痴迷忘形地组建各自的牌阵。如此吵吵嚷嚷，一直玩到旁晚。金全会净赢二百八十元、程星净赢一百九元，其他人有输有赢，具体数目不详。只听郑越抱怨，说他再不出来二人转了，吃饭省了四元，打麻将却赔了十几倍，真他妈的邪牌犟骰子！

老三急忙打手机，一会儿就叫来原先的面包车。大家纷纷上车，这时雷钊才发现不见了刘真与何全根，便慌忙下车四处寻找。朵朵突然想起，忙说他俩坐出租车走了。老三问他们去了哪？朵朵说好像去春城了。陈一先补充说，他们上车时骂骂咧咧，大概说去春城吃饭，晚上不回来。老雷一下傻了眼，大骂他妈的真是浑浑，跑到春城吃饭，来回光车票就五六十元，得是钱挣得太多没处花了？真真的大烧包，穷折腾！

第三十章 两个谐音字发出爱的颤音

CHAPTER 30

从盘江水库回来后，接连发生三件事。萨雷还未回来，俞溟没了主心骨，一时手忙脚乱。这三件事，一是这次去水库回避完全没有必要，纯系老三情报失误。本来那天早晨，有一户当地居民因家庭纠纷，兄弟俩发生械斗，公安机关正常出警。老三早晨锻炼，见了警车，就慌忙给俞溟打电话，声称公安局今天有大动作，必须带大家外出回避。俞溟没调查落实，才做出这个错误决定。第二件事是，刘真与何全根那晚果然去了省城，而且找到省公安厅，举报夔城有十万人传销。他俩在省城没搞出什么结果，回夔城后又多次去公安局和工商局告发。这事立即反馈到深圳总部，尤大姐指示必须严加查办。第三件事是，前天，范主动要来新人，请桂平筠房配，她说他没资格请她。范主动只好搬三舅来请，桂平筠却说她手臭得很，别把香饽饽弄臭了！老三恍然大悟，原来病根子在这儿，便笑着说，嘴臭手臭，这话在牌场棋场是家常便饭，怎能把它当真呢？桂平筠仍不退让，说君子口中无戏言，如果自己说话一风吹，那就不是君子，更不是男人！老三也燥了，问她答应还是不答应？桂平筠仍说不答应！从此，桂平筠和老三、范主动闹起别扭，好长时间互不搭理，视同陌路。

这三件事当属何全根和刘真的事最为严重。这些不安定分子是网络的大敌，不及时解决就会遗患无穷。深圳总部一开始就对此类问题高度重视，一再强调要从源头杜绝，避免邀约那些风派人物和动乱好事之徒，万一出了这类人要坚决清除，决不能心慈手软。但俞溟和三哥却抱有幻想，希望留住两人，希望通过说服教育使他们改弦易辙。老三的想法好理解，因为他俩是雷钊的腿，雷钊又是他的腿，他们一走自己不就大受损失了吗？所以他一直主张软着陆，冷处理。俞溟也许处于和萨风一样的动机，必定他俩是自己体系的人，为自己多少创造着效益；也许由于同情怜悯的缘故，必定自己是女人，慈悲为怀是女人的天性。总之在这个问题上，她和三哥始终保持一致，试图说服和保留他们。

然而，问题并非他们想象的那么简单。首先是何全根和刘真矢口否认这件事。他们再三申辩，说那天去春城是对四处逃亡有抵触，但主要目的是想去春城玩一玩。至于去公安厅纯属谬传。刘真说他有个亲戚在省公安厅，他去找他没找见，顺便咨询了有关传销的政策。就这么回事。他质问俞溟，这是公民的权利和自由，受法律保护。如果连这都限制，那就把钱退了，他立即走人。其次是雷钊，他不但竭力为他俩辩护，还流露出对网络的不满，喋喋不休地大放厥词，指责什么大逃亡啦，什么剥夺公民权利啦，什么神秘主义啦，等等。俞溟没和他们争辩，但心里清楚，即便何全根和刘真没有告发，起码说明他们反差极大，雷钊的思想也根本没学习到位。这样以来，问题就更复杂化了，工作比单纯的清除难度更大。

所以这些天，俞溟和三哥就住在老雷家，专门处理此事。这天中午，俞溟和三哥正在商讨对策，调整思路，突然隔壁房子传来激烈的争吵声。他俩忙过去打问，原来雷钊要均摊他置家的三千多元，而何全根和刘真坚决反对，所以三人大吵大闹起来。

老三一听，气不打一处来，大声呵斥老雷："你能事没干成，专会制造新闻。你置的家，怎能让别人承担费用？"

老雷不服气，冲着老三喊："他俩真要回家走人，不是白住了吗？"

老三毫不客气地说："真那样，也是你没管好，你也得认！"

"那我就不干这鸟连锁销售了！"

"不干了滚，没人强迫你！"

老雷气得乱转圈圈："把钱退了，我立即就走！"

老三坐下喊："要走就走，退钱没门。除非你把份额让出去！"

"让给鬼呀，鬼才会再上当受骗！"老雷说完砰地摔门走了。

俞溟出了门，来到老雷屋子。雷钊一见俞溟到来，态度立马温和起来。

雷钊乘机说："俞经理，你看看，老三这家伙跟他大哥一模一样，专横武断，我就不服他那一套！"

俞溟婉言道："但你怎能想出均摊费用这个馊主意呢？而且正处理他俩的问题，这不是添乱吗？"

雷钊争辩道："昨晚在饭馆喝酒，他俩亲口答应，只要让他们回去，只要能把钱退了，他们愿意负担置家的一切费用！”

“你们又喝酒了？”俞溟心里这才亮堂起来，“你怎能担保给他们退钱呢？如果要退，首先你得退。七八千元，你愿意退吗？雷哥，我发现你的思路有问题，一个幻想支撑着另一个幻想，全都是空中楼阁！”

“咱们干的事，本身就是空中楼阁嘛！”

“完全是两码事！通过这两天观察，我觉得，他俩的问题根源在你。”

“你怎么和老三一个腔调？”

“正因为你思想不到位，心态不端正，所以他俩就反复无常。顺利了兴高采烈，又喝酒，又打牌。有挫折了又互相埋怨，吵架骂娘，乱成一锅粥。现在只三个人，以后网络大了，你怎么管理？”

“我的事你甭管，请你放心，出不了问题，我有办法。”

俞溟摇摇头，没做声，站起来出了门，又来到刘真与何全根房子。她见三哥和他俩谝得热火朝天，便没打搅，出门回到自己屋子。她心里埋怨三哥，看他谝的那兴头，肯定把正事早忘了！她在屋子坐了一阵，本想给萨雷打个电话，催他快点回来。真是的，不就是儿子要一万元么，银行卡一打多方便，偏要亲自回去送。送就送吧，还能十多天没个完。是不是又和老伴纠缠上了？真是猪公子！这里占着一个，又舍不得另一个。男人为啥都是这货呢？

下午本该开会，让雷钊作自我批评，先缓解一下家庭矛盾，然后再处理另外两人。但老雷死活不接受，他要先处理他俩，然后自己再让步，他说这样有利于维护家长威信。一提家长威信，另两人不由恼怒，连连抱怨诅咒，矛头直指老雷。何全根大骂羞先人哩，好像一辈子没当过领导，啥都想叫别人伺候！说着他一一举出例子，如不扫地、不洗锅、不倒垃圾、不招待客人，甚至抽烟喝茶也不掏本，光指望别人给他敬献，把官场那些瞎毛病全都带来了！刘真更是拍着胸膛，说他是正儿八经的科级干部，手下管着一百多人，咋能跑到这里给人当伺候娃？！

下午就这么白白浪费掉。到了晚上，刘真接到邀约对象的电话，说他已买好机票，明天中午十点就到，让他在机场接。刘真高兴得手舞足蹈，感染得老雷与何全根也兴奋不已。三人言归于好，又跑进饭馆，每人喝了两瓶啤酒。老三回他家睡了。俞溟虽然没陪他们喝酒，但的确为他们高兴。她想这也许是个转机，能安上一条腿，他们的思想反差自然就缩小了。第二天，刘真与何全根早早起床，坐上去春城的头班公交车。车还没开，刘真给对方打去电话。谁料对方说他听人说他搞的是传销，已退过机票，改变主意不来了。刘真如五雷轰顶，半晌都没缓过气，回来后情绪一落千丈，和谁也不说话，进门就蒙头大睡。何全根和雷钊也气得拍桌子摔板凳，嗷嗷叫着直骂娘。俞溟见状，哭笑不得，完全失去操控能力。

当天晚上，雷钊不知跑到哪去了，晚饭也没人做，冰锅冷灶的。俞溟只好动手做饭。饭做好了却没人吃。老雷仍不见人影。何全根一个人钻在屋子里喝啤酒，不开门也不吃饭。刘真还在蒙头大睡。到了九点多，刘真与何全根突然闯进俞溟屋子，逼着她退钱，扬言不退钱就给她动粗。俞溟开始给他们讲道理，但慢慢地，她从他们贪恋和狠毒的目光里，终于看懂他们所谓动粗的真正含义，心就不由紧缩起来。她想乘机跑掉，但门关得死死的。她想打手机，手机已被他们夺走。她只好让步，说这事不能一个人说了算，得有高级业务员点头。他们不同意，要动手搜身，要抢她的手提包。于是三人拉扯厮打起来。她怎禁得起他们的厮打，特别是刘真，壮实的身胚，抵压得她浑身痉挛。何全根一边掰她的手，一边威胁，说再不松手，就要把她强暴了！他说着真的动手解她的裤带。她突然想起前夫李通，只觉眼前一黑，昏了过去。大约半个多小时，等她睁开眼时，看见他俩还在喝啤酒。

俞溟挪动身子坐起来说："你俩太胆大了，就不怕我叫110？"

何全根瞪着她说："你敢？一报警，你搞的传销全暴露了！"

俞溟无奈地说："钱和银行卡你们都抢去了，还要我怎样？"

刘真指着桌上的银行卡和一沓钱说："明帐明算，八百元现金归我们。银行卡暂时保管，啥时退钱啥时还你。"

俞溟想了一下说："那好，让我给三哥打个电话。"

"不能打电话！"

"不打电话怎么拿钱？"

"反正不能给三哥打。"

"要不，给司令俊男打，他又不是主任经理。总得有人跑腿取钱呀！"

刘真与何全根小声叽咕一阵，然后把手机交给她说："不许胡说！"

俞溟拨了司令俊男号码，吸着鼻涕说："俊男，我是俞溟。"

司令俊男大吃一惊："俞大姐，你在哪？怎么哭了？"

俞溟真想恸声大哭一场，但还是忍住了，强言道："我没哭，只是有点不舒服。你现在到老雷家来一趟，越快越好！他家在新科花园188，门前有三个夹竹桃。记好，是三个，三个！"

俞溟挂了机，这却让司令俊男大惑不解。他从她的语气里判断她在哭。是有病还是出了什么事？而且，她为什么一再强调三个夹竹桃？夹竹桃应该论棵呀，她为什么偏说成个？三个，三哥……他突然悟出来了，是的，是三哥，她要他给三哥报信，立即去解救她！聪明的司令俊男，这时心里只有一个念头，快通知三哥，快解救亲爱的人儿！

二十多分钟后，当司令俊男和三哥坐出租车赶到老雷家时，不觉大惊。俞溟再也控制不住，哇地失声恸哭起来。三哥一看现场，问过实情，一拳就把何全根打得趴在地上乱哼哼。他又要收拾刘真，被司令俊男拉住。他“土匪流氓”地把两人大骂一顿，又打手机叫来杜航和商映。这时俞溟已哭得昏过去。三哥让司令俊男和商映立即送她去医院，他和杜航留下处理现场，来对付这两个王八蛋。

俞溟被送到医院，一检查，体温下降，血压偏低。医生立即打了强心针，她的血压和体温才慢慢恢复正常，但意识仍处于昏迷状态。医生说是受了刺激惊吓，不要紧，休养一下就好了。不过，医生又说，病人精神刺激太大，处于深度昏迷，需要留下观察。商映办好手续就走了，只留下司令俊男一人。后来又输了几瓶盐水和葡萄糖，直到凌晨她才苏醒。俞溟睁开眼，一见司令俊男，眼泪像泉水般涌出来。

司令俊男拉着她的手安慰说：“俞姐，不要伤心，一切都过去了。”

“多亏你和三哥及时赶到，不然他俩会给我下毒手。”

“你真聪明！把三棵夹竹桃说成三个夹竹桃。三个，三哥，是这两个谐音字提醒了我。俞姐，你说这是不是缘分？”

俞溟眨眨眼，娇媚地说：“你也很聪明，爱情使我们灵犀相通。”

“但我还是没搞明白，他们到底对你怎么了，又是为什么呀？”

“他们逼着我退钱，不给就抢，还要强暴。”

“真是两个畜生！那你为什么不报警？”

“这类事，又没产生多大后果，只能自我化解。”

俞溟拉过司令俊男一只手，把它藏掖于自己胸怀。司令俊男微微挪下身子，抄过另一只手，拥住她的肩膀，两人亲密无间地依偎在一起。

俞溟在医院留观了三天，都是司令俊男伺候的。根据她的指示，除了已知的几个人外，这件事严禁向外扩散，并谢绝一切探视。其目的为了避免负面影响，更多的是她想和他单独呆一些时间。两个经历了形式不同但结果完全相似的婚变男女，以一种同命相连和心心相印的情愫，完成着爱情的深度探秘和感情的高度粘连。

第三十一章 让驴日的挨个肚子疼

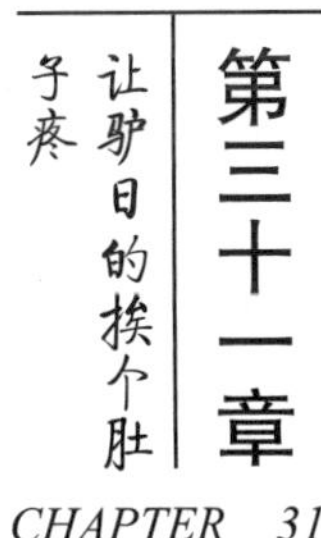

CHAPTER 31

俞溟正要出院时，突然接到萨雷电话。他说他已经回来了，也听过老三汇报，劝她先别出院，再休养几天。他说他再做些调查，晚上来医院和她商量处理意见。接完电话，司令俊男办好手续，他们从观察室搬到了住院部。

晚上八点多，萨雷匆匆来到医院。问过病情，聊些闲话，他就直入主题。他首先谈了自己看法，认为这件事非同小可，情节恶劣，性质严重，必须做最坏打算。接着他详细分析了包括雷钊在内三人的背景和动机心态。俞溟越听越觉得自己简单幼稚，越听越感到萨雷高屋建瓴。就连一直对萨雷不怀好感的司令俊男，此刻也不得不佩服他的卓绝独到的认识能力，佩服他处置突然事故的铁腕风格。司令俊男这么想着就要出去回避，却被俞溟挡住了，说没啥神秘的，坐下听听无妨。萨雷也向他讪笑着说，坐下没事，听听对自己以后也有好处。

萨雷很严正地对俞溟说："千里之堤，溃于蚁穴。他们三个都是动乱好事之徒，是网络的最大隐患。特别是雷钊，这家伙才是真正的搅臊棍棍，正因为他的思想反复才引起连锁反应，才怂恿了另两人的胆大妄为。他们的告发绝不是空穴来风。所以必须下决心清除，越快越好。不能留恋三个人，目光要始终瞄向整个网络，瞄向百万富翁的高度。"

俞溟茅塞顿开，连连赞同："是的是的，我完全同意。只是怕三哥思想一时接受不了。另外，搞得过于激烈，万一他们真的告发怎么办？"

萨雷心有城府地说："他敢？我把证言材料都搞好了。只要一告发，就等于告发他们自己。光一个抢劫罪，起码判驴日的三四年。这就叫做茧自受，自取灭亡，只好挨个肚子痛。至于老三，我和他说。整个处理过程，你都不要出面，就住在医院，一切由我处置。”

“那就一切拜托萨哥了，”俞溟长长嘘口气，剥了个香蕉递给萨雷，“这次回去没看看嫂子，她现在怎样？孩子考研的事办好了吗？”

萨雷吃着香蕉说：“她仍是老样子，像王宝钏一样，还住在寒窑里，等着薛平贵凯旋而归哩！儿子不考研了，明年毕业出国留学。现在他老爸有能力，不让娃出国镀金，要那么多钱干啥？”

“现在兴起出国热，当官的和有钱人，都把孩子送到国外留学。你这个选择很好。”俞溟又剥了一个香蕉递给司令俊男，继续对萨雷说：“只是太清苦了嫂子。”

萨雷站起来说：“她呀，才不清苦哩！退休没事干，又是练书法，又是作健美操，日子过得比咱潇洒。好了，我该走了，还有许多事要办。”

第二天晚上八点左右，萨雷、杜航、商映相继来到雷钊家，按昨晚商量的方案，要正式解决雷钊三人问题。在此之前，萨雷专门和萨风谈过几次，都是不欢而散，毫无结果。就在来老雷家之前，弟兄俩还展开了一场激烈论战。老三的火暴脾气，哪能接受这样处置？他又捋袖子又瞪眼地说：“要清除他仨回家，我就勾鞋掸烟锅走人！哼，说得轻巧，一下开除三个人，这不是胡整呢么？”萨雷讪笑着给他讲问题的严重性，要他顾全大局，不能因小失大，忘了百万富翁的总目标。老三只是大喊大叫，破口大骂俞溟和尤晚春，扬言谁作的决定他就和谁算账，不然就去深圳总部大闹天宫。萨雷也翻了脸，拍着胸膛说：“这是我作的决定，要算账就和我算吧！”老三尖叫一声，不由分说，一拳出手，重重打在萨雷的胸口，转身气咻咻摔门走了。吓得范主动慌了手脚，不知该搀扶大舅还是去追三舅。萨雷朝他喊：“还发啥愣？快看你三舅去！”范主动连忙追上去。三舅已在房子收拾行李，一边收拾一边大骂萨雷。“真是乌龟王八蛋！这么狠毒，压根就不是一娘所生！”范主动阻拦三舅，他一挥胳膊，就把他摔在床上。这时萨雷走进来，坐在沙发上，手捂胸口。范主动倒杯水，递给他；“大舅快喝口水，缓缓气就好了。”

萨雷喝口热水，心里好受了许多，便对萨风说：“你这脾气啥时才能改？话还没听完，就发那么大火？真是的，我看你思想就没到位。这种心态，怎能当好经理，怎能管好网络？”

老三一脚踢翻两瓶啤酒，气愤地说：“你把我的人都开除了，我还给鬼当经理，还管鬼网络呀！”

萨雷解释道："不是开除，是劝其回家。"

"还不是一回事？叫来三个人谈何容易？一年了，两个孩子上大学，老伴又是病病身子，我全都顾不上，被你骗来再去骗人。如今好不容易当上经理，你却把我的人往回撵，这不是拆我的台吗，不是要我的命吗？"

"你的情况和受的苦累，我还能不清楚？正是为了改变这种现状，才要拼命一搏，才要绝对保证网络万无一失。你整天给人说三国讲水浒，总该懂得一张一弛、内讧内乱的道理吧？像雷钊这三个人，他们的表现你最清楚，的确是一大祸害。不及时清除他们，迟早会爆发！与其那时侯大厦将倾，何不现在防微杜渐呢？"

"要撵你撵去，反正我没钱退。一万多元，让我偷呀抢呀？"

"真是猪脑子，谁说让你退钱了？"

"我不退难道你给他们退钱？"

"退他妈个蛋！把驴日的干干撵走！"

"这怎么行？！都是朋友，你想黑吃黑？"

"他们抢劫俞溟，最少得蹲两三年牢，所以不敢报案，只好挨个肚子痛！"

老三气得把旅行箱拉手一摔，扑过去就想再给他一拳，到了跟前，心却一软，跺着脚大声斥责："你过去干一事瞎一事，叶肥厂的人狠整你，原因就是你的心太黑，不讲朋友交情！"

萨雷不以为然："我正是向他们学的。在激烈的市场竞争中，朋友只不过是一个利用的工具，搞网络更是这样。谁叫他们违法犯法呢？"

老三拉起箱子就要走，被外甥死死抱住不放。

萨雷恼怒地喊："主动，放开让他走。他的损失，等我成了百万富翁，再给他弥补。亲兄亲弟，还在乎几十万元吗？"

范主动仍抱着三舅苦苦相劝："三舅别走，你走了谁管我呀！"

老三哼一声，丢开箱子，使劲摔门走了……

萨雷是最后一个到老雷家的。商映和杜航见他脸色阴沉，也没多说话。雷钊再也不喊何全根和刘真快快敬烟沏茶了，而是事必躬行，急得屁颠屁颠地忙来忙去。萨雷摆摆手，让他别忙，快把他俩叫来，临时开个会。

刘真与何全根知道没好事，灰溜溜地进了门，和谁也不打招呼，各自找位子闷坐着。雷钊看着大家，正想说几句开场白，萨雷抢先对杜航点点头说开始吧，把雷钊撂到干塄上去了。

杜航清清嗓子说："今天开个特殊会，议题只有一个，就是处理刘真和何全根的非礼行为。说文明点叫非礼，用他俩的话叫动粗和强暴，用法律名词叫抢劫。我对法律还是懂的，根据那晚的现场和情节，犯罪过程已经完成，有关证言材料老萨已掌握在手。但咱们不报案，都是乡里乡党，最好的办法是冷处理。现在让萨经理宣布处理意见。"

气氛立即紧张起来。刘真眼盯天花板，一只脚把塑料矮凳蹭得嗞啦响。何全根斜靠在被卷上，只管浏览手机上的黄色短信，一副死猪不怕开水烫的架势。雷钊诚惶诚恐，既恨这两个咬狼狗，又怕把他们开销了，所以脸上表情复杂多变。

萨雷咳嗽两声，以引起他们注意。见他们毫无反应，他只好大声说开了："老雷已来五个月，刘真和全根也有两三个月了，你们三个能加入连锁销售队伍，说真的我很高兴。但刘真和全根一直学习不到位，心态不好，思想反差很大，多次违反行业纪律。更严重的是违法犯法，进行流氓猥亵，并抢劫现金八百元和银行卡七万余元，已构成抢劫罪……"

何全根从床边跳下来喊："既然犯罪，为何不报警？"

刘真也大喊大叫："这是非法审讯，我要控告你们！"

萨雷坐着没动，不紧不慢地说："两个乡党先别发火，等我说完。如果不想听，要闹事，那就放开缰绳任你们胡踢胡咬，最终逮捕法办的还不知是谁呢！"

刘真与何全根被唬住了，只好扭脖子瞪眼坐回原位置。

萨雷抿抿大嘴唇继续说："我专门打电话问了爨城市公安局的朋友，他们说抢劫五至十万元，最少判十年刑，两个人均分，每人五年。你们想想，都是乡里乡亲的，又在千里之外，我怎忍心报案呢？但你们问题性质的确很恶劣，不处理不能维护网络的严肃性。所以，经和总部多次交涉，最终选择一个折中办法，就是劝你们三人自动放弃。必须在明天早晨八点前离开爨城，否则一切后果自负。老雷你坐下别急，听我解释。为什么也劝你回去？问题是，你作为推荐人和家长，不但没管好他俩，而且支持纵容，同流合污，你留下对网络和自己都没好处。"

老雷坐不住了，气得只是低头转圈圈。啊！怎能这样啊？！他万万没料到事情会是这个结局。他真想放声大哭一场！但他不能哭，更不能屈服。他要争辩，要拿回自己的本金！不然，三万多元，他可赔不起，那钱都是借亲戚朋友的呀！在经历瞬间的感情风暴后，他气急败坏得像一个输得精光的赌徒，伸手一步步向萨雷走近："拿来，把我三万元给我，我马上走人！"

刘真与何全根也围住萨雷，伸手要他退钱。

杜航对他们解释道：“按行业规定，你们的资格可以转让，可以继承，不存在退钱问题。”

刘真暴跳如雷，向着杜航喊：“这是他妈的鬼规定！我们都不想干了，谁还愿意继承？纯粹是骗人坑人嘛！”

商映拉着刘真说：“兄弟坐下，你也不用骂人，这是总部意见，我们也没办法。”

刘真把胳膊一甩，骂道：“不退钱就骂，还要骂到深圳去，骂到中央电视台去！我就不信共产党的天下，还没个讲理的地方？”

“不但骂，还要打驴日的！”何全根指着萨雷，一边叫骂，一边扑上去扯他的衣领，“驴日的，全是一伙骗子流氓！老子和你们拼了！”

何全根刚抓住萨雷衣领，被他轻轻一搡，就倒在地上。刘真和雷钊也扑上来跃跃欲试。萨雷毫不畏惧，往前一站，形如铁塔。与此同时，商映和杜航也威风凛凛地站着，一个比一个高大粗壮，虎视眈眈地盯着他们。

“你俩向后，我一人就把他三个收拾了！”萨雷向三人招手喊：“来呀！单对单，还是一对三，由你们选择！”

刘真、何全根和雷钊见状，早已从气势上被他压倒了。

萨雷指着他们说：“别来黑道那一套！实话告诉你们，我在云南当兵八年，在官场混迹十多年，在社会上闯荡十多年，黑道红道见得多了，对付几个蟊贼易如反掌。现在有三条路可走，一是立即回去，限令明天早晨八点离开夔城；二是你们报案或我们报案，等待法律判决；三是黑吃黑，你们敢搞黑道那一套，我坚决奉陪到底!现在给你们两个小时，可以独立思考，也可以讨论商量，到时给我个答复。”

雷钊忙问：“那我的本钱呢，还有租房没到期和这些家当咋办？”

萨雷回答道：“租房和家当我负责给你转让，这一点，作为乡党我会尽力帮忙。本钱我已说了，唯一办法就是转让或继承，你们回去多想些办法，让其他人来代替。这里能提供方便的，一定尽力而为。”

一切都秘密进行着。在这个边陲城池，在这个号称十万大军的网络世界，谁也不知道这里正发生着什么，更不知道此刻有三个关中汉子沮丧狼狈得形如丧家之犬。雷钊关了门，呜呜地小声哭泣。五个月呀，眼睁睁看着损失三万多元，这可怎么给亲戚朋友交代呀，怎么面对妻子儿女呀！他感到无地自容，感到无限哀伤和悲痛，真想从窗口跳下去结束这条老命。刘真与何全根仍不安生，蠢蠢欲动，总想在失败时搞点什么举动。他们分头给几个自认最好的朋友打去电话，约他们出来密谈，但对方都婉言谢绝。更让他们不解的是，这些人刚和自己通过电话，信息立即就反馈到萨雷耳朵。他们不觉觳觫，惊惧不已。太可怕了！这个网络组织严密得就像克格勃，真是太可怕了！

翌日清晨八点，他们被萨雷、杜航和商映送到公交车上，带着各种复杂心情，离开了这个充满谎言欺骗、野心阴谋、仇恨恐惧的网络世界。直到上了火车，刘真与何全根还不甘心，还执拗地要给这个网络体系埋一个定时炸弹。他们分析来分析去，认为桂平筠是最佳人选，便立即拨通她的手机："桂姐吗？我是何全根。我和刘真，还有雷钊，现正在回家的火车上。告诉你一个特大新闻。前几天，我和刘真给俞溟要钱不干了，她不给，我俩就把她强暴了。俞溟现在还在医院。昨晚萨雷带着几个打手，把我们三人开除了，限令早晨八点离开，不然就让我们在地球上消失。桂姐呀，我才看出来了，他们完全是黑社会组织。所以我给你打电话，你可要提高警惕呀！"说完，他不等桂平筠开口，关掉机，拆下手机卡，随手扔到窗外去了。雷钊和刘真都夸他说得好，这颗定时炸弹埋得更是叫绝！

第三十二章 清官难断家务事

CHAPTER 32

尽管萨雷采取强有力的保密措施，但这个特大新闻仍很快传遍整个网络。而且经过加盐加醋，内容已发生重大变化。如说刘真与何全根把俞溟轮奸了，现在俞溟还在医院住着。又说刘真、何全根和雷钊三人被总部开除，他们赖着不走，想讨要本钱，结果被十多名黑社会打手绑架到春城，扬言一天内不离开，就叫他们永远从地球上消失。这些最具诱惑力的桃色新闻，立即在整个网络发生了连锁反应。

首先受冲击的当属桂平筠。她本来就对俞溟有着难以诉说的忌恨，这时更激起她一股幸灾乐祸的兴奋。在她心里，明知她与司令俊男的感情无法修复，但也绝不容许别人在自己眼皮底下眉来眼去，卿卿我我。这个新闻来得真是太好了，太及时了！这不但使她受伤的心灵得到稍许慰藉，也满足了她积蓄已久的报复心理。她把这个桃色新闻一分钟也没耽误，立即发短信和打电话，在第一时刻传播给外体系几个朋友。这可是天大新闻啊！那些接到传播的人更不甘寂寞，立即传播给他们的朋友。然后朋友传朋友，依次几何倍增，一个聊以自娱的桃色新闻就在网络迅速疯传开了。不等俞溟出院，整个行业已炒得沸沸扬扬，俞溟体系更是无人不知。她千方百计打听到俞溟所住的医院，并以探视和提供情报的双重身份走进病房，这时她惊愕得差点昏厥。啊？原来如此！司令俊男这几天不串体系不学习，原来一直在医院伺候俞溟！她此番的嫉恨决不亚于听到桃色新闻时的强烈程度。

这个特大新闻对萨雷冲击可谓最大。他不管什么桃色和暴力，而只注重于泄密原因和泄密后果。真是奇了怪了！怎么会泄密呢？怎么会传得这样飞快呢？他首先怀疑是雷钊他们三人干的。为了孤注一掷，为了发泄报复，他们临走散布一些流言蜚语是完全可能的。但问题是他们没有时间啊？想想看，他和杜航、商映三人一对一地跟进，从睡觉到起床再到上车，他们根本没有和别人接触的机会；即使他们打手机约人密谈，身边都有人监视，反馈的信息也都没涉及这些内容呀！还有，如果他们真的轮奸了俞溟，岂能指名道姓地暴露自己呢？除非他们是傻子和疯子！

接着，他又怀疑商映说漏嘴，是他告诉妻子荚荚的，而荚荚又是个极喜欢传播花边新闻的高手，任何消息一经她的嘴，不但传播迅速，而且加盐加醋，传出去味道就全变了。商映却矢口否认，荚荚也赌咒发誓，说她知道得最迟，她还因此责怪商映呢！

再下来就是老三，他喜欢夸夸其谈，会不会从他那里走漏风声？他思前想后还是否定了这个可能，一是他为人正直，如此侮辱名誉和人格的事他做不出来；二是虽然他对这个处理结果有意见，但他尽可大喊大叫，也决不会搞阴谋诡计暗箭伤人。那么到底是哪儿出了漏洞？

惯以老谋深算的萨雷，这时却糊涂起来。他追查了几天也没个结果，便不再追查，而是想方设法消除负面影响。他利用各种会议辟谣，说这是无稽之谈，是别有用心。他解释说，雷钊等三人学习不到位，心态不好，他们回家完全是自动放弃，不存在开除一说。对这些朝三暮四、毫无诚意之徒，连上帝也没有办法。至于诬蔑俞溟的话，纯属天方夜谭，空穴来风。他说她早在一个月前就检查出心脏有点小毛病，这次住院只是留观，过几天就出院了。她的病与雷钊三人回家没有丝毫关系，完全是风牛马不相及嘛！他一再强调，从现在起不许议论这事，必须做到不听谣，不信谣，不传谣。要互相监督，互相揭发。对查出的造谣和传谣者，除组织处理外，还要追究法律责任。损坏他人名誉，这可是犯法的事啊！

而在三哥萨风这里，尽管他知道事情真相，但仍给他带来巨大冲击。他首先为这条新闻歪曲事实感到吃惊。谁这么缺德，怎能编出如此谎言，怎能对一个独身女人进行如此名誉侵害呢？其次他对大哥的解释心怀不满。什么挨个肚子痛，什么自动放弃，全是骗局，是黑吃黑的魔道！通过这件事，他才算真正领教了与自己一母同胞的大哥！作为一手供养自己读完大学的兄长，他打心眼里敬佩和感激他；但作为有悖于家族传统和道德良心的兄长，他却为他感到惭愧和羞耻。在那个周人和秦人崇尚礼仪、讲求诚信的家乡，萨家世代都是本本分分、勤劳善良的农民。母亲借人半碗米，到时准定大碗相送。父亲欠人几元钱，想法子也要提早偿还，不然就睡不着觉。可是大哥萨雷呢，为了弄钱六亲不认，为了自己的利益可以把白说成黑、把圆说成扁、把是说成非。如此这般，哪有一点祖先的传统，哪有一点天地良心？他感到无限悲哀。他不是因为自己少了三条腿而悲哀。他的悲哀是对不起朋友，是在他们面前永远失去诚实和信誉。这种自责和愧疚像魔鬼似的，纠缠和折磨得他心神委顿，寝食不安。

这条新闻传到俞溟耳朵时，在她心中掀起一阵狂涛巨澜。她恨透这些造谣的小人，恨透这些摇唇鼓舌传播谣言的家伙！这不但严重伤害她的人格和名誉，也对整个网络发展产生很大破坏，更重要的使刚刚获得的爱情面临难以设想的严峻考验。如何面对司令俊男？当然，她心里清楚，司令俊男绝不会相信这个桃色新闻，因为他是仅有几个知情人之一，更因为他们相知相爱的感觉。但在强大舆论冲击下，他能经得起这种人格的贬损和精神的压力吗？她把这个疑虑告诉给桂平筠，说她对不起司令俊男，给他带来无端的烦恼和忧伤。桂平筠笑着，说她像林黛玉，太多敏善感了。为了爱情和百万富翁大业，谁还在乎流言飞语呀！萨雷也看出她的心思，要她不必忌讳那些谣言，新生事物无不是在谣言包围中发展起来的。天下无人不说人，世上无人不被说。所以，他劝她好好学学厚黑学，多悟悟厚黑与成功的辩证关系。古今中外凡有大作为的人，无不是厚黑学集大成者。刘邦靠地痞无赖开辟了西汉天朝，李渊父子凭心黑脸厚龙登大唐帝尊。帝王尚且如此，何尝普通老百姓呢？再说了，爱情值几个钱，与百万富翁大业相比，还不是小菜一碟？……这些不无道理的道理她根本听不进去。是呀，厚黑学固然重要，众人的议论也可以弃而不顾，但对恋人的处境和感受不能不让她牵肠挂肚。她陷入感情的孤岛，无法调整爱情的航标，时刻经受着惊涛骇浪的冲击和搅扰。

面对扑面而来的谣言，司令俊男却表现得特别冷静和清醒。那是俞溟出院的当天下午，他是在去学习的路上听乐正说的。乐正说完老马连忙补充，说他后悔没对俞溟先下手为强，让那两个家伙捡了便宜，真是太可惜啦！他听后顺手就给了老马一拳，打得他捂着脸半晌摸不着头脑。郑越劝岳父说算了，别再传谣了。老马没再吭声。听了这个谣言，司令俊男不假思索，当即就确立一个大前提：刘真与何全根只是语言发泄和肢体猥亵，并没有达到目的，用法律名词来说就强奸未遂。他其所以这么肯定，一是他亲临现场，听了俞溟与他俩的质对；二是他和她在医院独处五六天，无论从感情还是爱情角度，都丝毫没有这方面的感受。有了这个大前提，他以后的思路便很单纯，不必追究谣言的来龙去脉，更不把后果遗患当一回事。在他看来，她对他们的拒绝正是对自己的忠贞。想一想，一个女人在危急关头能想着另一个男人，靠睿智传达和召唤另一个男人，这是怎样一种关系和感情呀！所以无论当时还是现在，他都感到无比激动和幸福。他现在想得最多的不是自己而是俞溟，担心她难以承受如此巨大的舆论压力，担心她难以应对险象环生的网络体系。作为恋人和情人的他，此时更有责任为她排忧解难，给予感情上的有力支撑。但他万万没有想到，俞溟几乎在爨城消失了，既见不到人，也打不通电话。这是为什么呀？

当然其他人也或多或少地受到冲击。总之，这个桃色新闻产生的冲击波是前所未有的。在这个人欲横流的网络世界，无论男人还是女人，除了百万富翁金钱梦外，还有什么比这件事更令人激荡和震动呢？尽管萨雷喋喋不休地一再发布禁令，但人们一闲下来，脑海里仍不由翻卷起这个桃色新闻的余波，嘴里仍不由重复那很有刺激性的细节，日子便过得不再像以前那么漫长空泛了。

但司令俊男恰恰相反。自从和俞溟失去联系后，在他的感觉里，时间就像凝滞了似的，过一日如度三秋；空间也徒然放大了许多，觉得俞溟此刻在另一个星球，既相距遥远又虚幻缥缈。

俞溟出院半个月后的一天下午，司令俊男吃毕午饭，看了几页小说，正想睡一会，这时有人敲窗户。他推开窗一看，原是桂老师。他一愣，猜想她不发短信而敲窗户，肯定有什么大事情。果然不出所料，桂老师说他上一月还没交生活费，要他现在把上月和这月的生活费交了。他感到惊异，回答他交了呀，早在上上月底和辛岱接待费一次交的，共六七百元呀！她断然否定他的话，说他一定记错了，她只收过接待费，压根儿没收过生活费嘛！他瞠目结舌，只好答应让他想想再说吧。

司令俊男关上窗户，绞尽脑汁思考着与此相关的细节。他对自己的记忆力还是蛮自信的。是的，一点没错，辛岱和成智是五月十六日来的，他们走后他多次催她算账交接待费，而她都以忙为由推迟了。直到二十九日，他找到她房子，她才算了账，接待费共计四百多元。他一看自己身上钱不够，就对她说干脆他明天去银行取钱，连下一月生活费一起交吧。她点头说也行。第二天他到银行取了钱，回来就给她交了。那天是六月三十日，就是第一次大逃亡的先天上午。交后他还觉得花销太大，就做了决算，半年多共花四千多元，其中也包括六月的生活费二百五十元。他实在有些吃惊，这么巨大的费用，如何负担得起呀！当天晚上，范主动来他屋子玩，他还把决算让他看过，他说他费用大的主要原因，是在招待和网吧多花钱了。接着就是第一次大逃亡，当时他庆幸多亏把钱交了，不然装在身上终归不安全。逃亡回来第三天，在厨房吃饭时他对她提起决算的事，说自己花钱太多，简直有些承受不了。她问了他花钱的数目和用途。他一一报给她听，自然少不了招待费和六月份生活费。当时是六月四号，她并未提出任何质疑，也未向他催要六月份生活费呀！按行业规定，每月五日前必须交清当月生活费，否则发生纠纷，一律由家长自负。但现在，时间过去一个多月，她为什么突然提出这个问题？

他百思不得其解，第二天就去找桂老师说明情况。敲开门，应声进去，她坐在沙发上默诵“成功誓言”。她见他进来，既未站起，也未让座，鼻腔只瓮瓮地哼一声。

“桂老师，是这样。咱俩都好好回忆一下，这里边可能有差错。”

“你交你的钱，”她抬起头，带理不带理地，“有什么可回忆的？”

司令俊男顿一下说：“我前前后后想了，记得和招待费一次交的，共七百元左右，是第一次大逃亡前一天交的。”

桂平�拿出一个小本子说：“你看看吧，我有账。”

司令俊男拿起本子一看，上面果然只记着招待费而没有生活费。他心想，本子在她手里，她不记自己又有什么办法？但他没这样质问，随手拿出自己的决算和银行取款单对她说：“你没记是事实，但我有决算，范主动看过，给你也说过，你当时并未提出这事呀！不信你看看我做的决算和银行账单。”

桂平�瞧也不瞧，说：“我不管这些。”

司令俊男继续解释：“好在时间不长，事情一定会搞清楚。桂老师，你总还记得，我对你说过银行取钱和决算的事吧？”

桂平筠武断地：“我不知道这些，只要求你把六月份和这个月生活费交了。”

司令俊男生气地嚷道：“刚刚过去的事，你怎能睁眼不认账呢？！”

桂平筠仍坐着：“是你不认账还是我不认账？我只认我记的账！”

“账在你手里，记不记由你，与我毫无关系！”司令俊男恼怒地冲出门。

司令俊男一肚子闷气，独自跑到后山渠岸，连续做了四十个俯卧撑，累得大汗淋漓。他觉得还不解气，索性脱掉衣服，跳进渠里打扑嗵。渠水不怎么清澈，虽没有工业污染，但仍能看到生活污水的痕迹，一股臊气直冲鼻窦。他知道当地人从不在渠里游泳，网络的人也很少在里边洗涤。但他今番认为，只有以污去污，以毒攻毒，才不失为一种独特的发泄方式。

啊！生活太无情了！桂老师，多么令他敬重和爱慕的人，二十多年，竟变得如此怪戾乖张和刁钻无赖啊！她可以把他骗来搞网络，可以给他搞神秘主义，可以给他开批判会，可以蓄意孤立和雇凶暗算自己，但无论如何也不该在区区生活费上大做文章呀！更让他难以置信的是，她竟然有此本领，撒起谎来脸不红心不跳，把白说成黑，把有说成无，诡辩狡赖到了无以复加的程度。这不就是地痞无赖么，不就是萨雷说的厚黑学的具体表现么。二百五十元？仅仅是二百五十元？谁能设想背后没掩藏更大的祸心？所以，他拿定主意，决心和她一刀两断，决心用恶人对待自己的的招数来对付这个恶魔。

司令俊男爬上渠岸，躺在一棵圣诞树下乘凉。太阳晕乎乎的，显得没精打采。西斜的阳光把圣诞树的花簇映得更加金黄灿烂，像涂上一树鸡蛋黄。两排参天桉树在微风中沙沙作响，一阵浓郁的药味扑鼻而来，他心里顿时充满了苦涩的滋味。风舔干了水珠，身上立即现出一层像盐分似的污渍，用指甲一划一条印。他就这样在胸膛和四肢上划呀划呀，不一会就划成了花斑马。

司令俊男没找萨雷反映情况，他等着看他怎么处置这件事。一天没反应，两天没反应，师徒俩剑拔弩张生活在同一个屋檐下，其中的尴尬别扭可想而知。第三天晚上，萨雷来了，他先到桂平�房子，听得出谈话很不投机。过了一会，他又推开司令俊男的房门，脸上的讪笑在灯光下显得特别灿烂。

“司令小弟，我发现你胖了。”他惯用这种说话方式，不等司令俊男回答，坐下继续说：“是这样，老三回老家了，998只剩主动一人，不好开灶。你们这里也只两人，做饭不方便。所以我想调整一下，你和桂平�，还有主动，一起搬到老韩家去住。老韩家只他和老金，大家住在一起，既热闹又方便。你准备一下，现在就搬。”

司令俊男听他这么一说，心里全明白了。他预感到，这是萨雷给他采取的第一步措施，目的是避免他和桂平筼矛盾激化。但他同时又觉得迷茫，既然如此，萨雷为什么闭口不提生活费的事呢？矛盾是回避不了的，越藏着掖着，越遗患无穷。惯以马列水平很高的萨雷，怎能连这么简单的辩证法都不懂？

司令俊男经过以上简单思考，坦然说道：“搬家我没意见。但必须解决问题呀！问题不解决，搬到啥地方都是一样。”

萨雷明知故问：“啥问题么，这么严重？”

司令俊男也卖关子：“既然你不知道这事，我就从头至尾说了。”

萨雷没想到自己被这家伙套住了，嘿嘿笑两下：“你是说生活费吧？嘿嘿，那碎渣渣事还值得一提？大丈夫走南闯北，凭的就是度量！这事要是我，唰一声，把钱往她脸上一摞，连正眼看也不看，让她自惭形秽去吧！嗨呢，那是何等风度！”

司令俊男气得大声骂道：“你说的屁话！你有钱你撂去，我不会打肿脸充胖子！”

萨雷就有这种本领，无论司令俊男怎么叫骂，也不动恼，只是脸上的讪笑凝了一小会，复又绽放开来："兄弟别动怒，我说这话有个大前提，就是你俩无论哪个，都没有赖帐之嫌，只是偶尔忘了而已。生活这么紧张，谁没个丢鞋掉帽子的时候？"

司令俊男大声叫嚷："我的记性很好，不会忘了！虽没直接证据，但我有间接证据，一是银行取款单，二是决算，三是小范证言，可以形成证据链。而她呢，她有证据吗，能证明我没给她交钱吗？"

"任你有多少证据，现在也不是解决问题的时候。所以，今天不说这事，还是先搬家吧，等冷静下来再说。"

司令俊男强忍着，无可奈何地收拾东西。萨雷趁机打过手机，不一会范主动就来了。于是乎，范主动帮着司令俊男，萨雷帮着桂平筠，四个人急急匆匆把行李搬到老韩家。五个人四间卧室，小范和金全会一间，司令俊男一间，老韩一间，桂平筠住厨房套间。萨雷诙谐地对大家说，就这个宝贝女性，可得重点保护，住进套间，免得老韩这家伙骚扰。老韩窘迫地说他老了，力不从心，只是担心那两个小伙子犯规。桂平筠连喊滚滚，使劲把他们推出去，砰地关上门，然后扫床铺被子，躺下安寐，一夜无事。

第二天，老韩和老金到外体系去房配，不回家吃饭。这样以来，家里只剩下桂平筠、范主动和司令俊男。而桂平筠恰恰和他两个都不招嘴，做饭吃饭便增添了许多尴尬和别扭。为了回避这种狼狈局面，她只好采取"敌进我退，敌退我进"的游击战法，要么回得很早，自做自吃；要么回得很晚，有啥吃啥。好不容易熬过一天，翌日起床吃饭时，大家一等再等，仍不见她出来。老韩不由纳闷，推门一看，床上不见铺盖，原来她搬回去了。

老韩咳声叹气地对司令俊男说："咳，你们家闹矛盾，却让我夹在中间受气，真是窝囊透顶！"

范主动嗤嗤笑了："人家嫌你做的饭不好吃。"

老韩莫名其妙："昨天我没在家，是你俩做的饭呀！"

老金神秘地说："他俩呀，都不和人家招嘴，她能在这呆住？"

老韩夹了块凉拌黄瓜，放到嘴边又停下来："她和司令闹矛盾，怎能和小范也不招嘴呢？"

老金给碗里倒了些菜汤，一边搅一边说："还不都怪老三，嫌她手臭。"

"就为这事？那又与小范何干？"

“谁叫他是他外甥哩！”

“外甥也不能株连嘛！真是的，女人就是难缠！”

范主动吃了口辣子夹馍，辣得唏溜唏溜地说：“有这个因素，但主要原因还是老韩吝啬，吃饭胡凑合，这可是出了名的！”

老韩红着脸嗔道：“嫌我吝啬饭不好，你俩就快走吧，我才不愿又受麻烦又受气！”

司令俊男笑着说：“我可没嫌你吝啬饭不好！我成了乞丐，吃好吃坏，都不弹嫌；再骂再撵，也不搬走。”

老韩透过眼镜上沿空隙瞪着他：“你这兄弟，也有些掂不来轻重。666多好，有女人做饭，有女人关心，为啥非到我这来受罪？不就二百五十元么，要是我，把钱往她怀里一撂，看也不看她一眼！”

“老韩你怎么和老萨一个腔调？”司令俊男吃惊地望着老韩，“这不是钱的事，而是牵扯人格尊严和道德品质问题！”

当天晚上，司令俊男本想找萨雷谈谈，但又反感他那讪笑，所以就没找，而只是打了电话。他质问萨雷为什么给他搞小动作？萨雷说没呀，搬家只是权宜之策，压根没有其它目的呀！他又问，既然如此，为什么桂平筠虚晃一枪，又搬回去了？萨雷火冒三丈，大骂桂平筠是个混蛋，怎能出尔反尔，不打声招呼就搬回去了呢！他告诉司令俊男，说他找她问问，真是这样，这次非好好收拾她不可！

第三十三章 男人与锅碗瓢盆的故事

CHAPTER 33

几天过后，司令俊男偶尔碰见董世轩，他告诉他桂平筠回老家了。他说她走时心态不好，他猜想，她这一走，恐怕不会再来了。司令俊男听后心里很震惊，立即意识到这是萨雷给他采取的第二步措施。正如他先头说的，“你爱在老韩家住，就一直住下去。一天喝三顿稀糊涂，把你撂到那儿熊管！”当初一句开玩笑的话，如今却成为现实，他果然要把自己撂到这里熊管了！

而且，司令俊男明显感到老韩对自己态度越来越不好。除了吝啬和吃饭凑合两大特点外，他还对他格外戒备和挑剔。过去两人无话不说，现在他却吞吞吐吐，言不由衷，闪烁其词。他多次指责他买菜太贵，炒菜油太多。有一次，不知谁上厕所没关水，老板娘找老韩嚷嚷。老韩以为是他干的，也在他面前嚷嚷个没完。他真不明白，老韩为什么这样对待自己，自己又在哪得罪他了呢？想来想去，最后才明白可能他嫌他没交生活费。他连忙拿了钱，要交这个月生活费。但老韩却断然拒收，说他只和桂平筠说话，怎能随便收他的钱呢？更使他不可接受的是，就连老成持重的金全会和他在一起时，也讳莫如深，始终保持着一段距离。所以这些天来，他心头一直盘绕着一个不祥的预感，猜想萨雷肯定在会上点了自己名，或者开会研究了孤立自己的对策。这样一想，他决定和老韩谈谈，探探口风，以便今后严格约束自己，当心被人抓住把柄。

这天下午学习结束，司令俊男回来后，怎么也开不开门。范主动跑来给他帮忙，又是灌铅笔芯，又是用身份证戳，仍然打不开。他找来老板娘，她叽里哇啦嚷嚷一阵，才听出她把备用钥匙给了老韩，她也无法开门。司令俊男无奈，只好等老韩回来。闲着没事，他就帮范主动做饭。范主动和他一样，没资格参加有关会议，所以态度丝毫未变，仍笑眯眯地显得热情客气。

“小范，你炒菜咋倒这么多油？”

“就剩这点油了，倒完熊管！”

“正因为油不多了，才应该节省。”

“老韩是个吝啬鬼，不倒完他就不知道买油。”

“他回来一定要嘟囔哩。”

“爱嘟囔就嘟囔去！明天轮他做饭，看他买不买油？”

司令俊男熬好大米稀饭，刚关掉电饭煲，突然听到老韩房门响，便出去给他要备用钥匙。

老韩听他一说，满脸不高兴，嘟囔道：“就挂在你房子衣帽钩上，不开门怎么拿备用钥匙？”

司令俊男就说：“能开门还要备用钥匙弄啥？”

“你的钥匙呢？让我开。”老韩接过钥匙，试了又试，还是打不开。

“只好撬门了。”司令俊男焦急地说。

“就你一天事多，对谁有意见，也不该和门赌气。”

“我没对谁有意见，也没和门赌气呀！”

“没赌气能使那么大劲，没使那么大劲门锁能震坏？”

“好好好，都怪我粗心大意。”

这时范主动喊开饭了。老韩扭着脖子气呼呼地进了厨房。司令俊男一脸晦气，紧跟着也进去了。范主动摆好饭菜：一盘炒西葫芦、一盘烧茄子、四碗稀饭、五六个热馒头。老韩说老金不回来吃饭，咱们吃吧。

老韩吃了一口西葫芦，说：“主动这西葫芦炒得好吃，香。”

范主动笑眯眯地说：“你再尝尝烧茄子。”

老韩又吃了一口烧茄子：“也很香，好吃。主动厨艺大有长进。”

范主动笑着说：“不是厨艺长进，而是油多。”

老韩拿下眼镜，用筷子在盘子拨拉几下，愕然叫道：“天爷！咋这么多油？太浪费了嘛！”

“吃到肚子不叫浪费。”

“好好，不浪费不浪费。”

老韩戴上眼镜，然后掰下半拉馒头，在盘子里蘸呀，蘸呀。馒头像海绵似的，吸收足够的菜汁，已变得油乎乎的。当他把馒头绕过饭碗作曲线运动时，有几滴油十分显亮地滴在桌面上。他将蘸满油的馒头一口咬下，慢慢细嚼，脸上流露出复杂表情。未几，蘸油的部分业已不再，他就咚咚两下，如蜻蜓点水般蘸着桌面的油渍，准确神速得犹如北约的巡航导弹。之后，那像海绵一样的馒头，就在盘子、桌面和嘴上周而复始，使单调的吞咽咀嚼充满幽默感。

范主动向司令俊男挤挤眼，扭头对老韩嬉笑："虽然节省，但不文明雅观。"

"咋不文明雅观？"

"人家还没吃菜，你就下锤子揩油水，难道文明雅观？"

"不先下锤子，你们吃毕就把油水倒了，还怎么节省？"

"等最后再下锤子揩油水呀！不然让别人咋吃？"

"你俩又不是别人，自己人还穷讲究啥？"

"既然是自己人，那你就该给司令换个门锁。"

"这与门锁毫无关系嘛。"

"你是家长，本应负担。"

"修一修还可以用。"

"那你得掏钱。"

老韩正要表态，突然手机响了。他接过电话，匆匆喝完稀饭，说他有事得出去，让他俩把老金的稀饭分着一喝，如果喝不了，就放到明天早晨，添些水烧开，现成的稀饭就好了。

吃罢饭，司令俊男和小范借来起子，好不容易才把门撬开，接着卸下门锁，便去街上找人修理。锁匠是河南人，四十多岁，姓田，也是搞网络的。他来了一年半，没发展下人，只好重操旧业，挣些生活费，以锁养网。他很幽默开朗，说他原来干了十多年锁匠，修过各式各样的锁，没想到最后栽在连锁上。他说着便大骂连锁销售，奶奶的，连锁真该叫锁链，是套在人脖子的锁链啊！他手艺果然不错，敲敲打打，戳戳弄弄，一会就把锁修好了。付过五元钱，他俩又急忙赶回家安锁，安好后用钥匙一试，下下都灵活便利。第二天老韩试了又试，只说以后不敢再使劲摔门，却只字未提钱的事。

星期三休息，司令俊男约老韩到喽啰山去玩。老韩说他今天还有事，去不成。司令俊男就坐下来，说想和他谈谈。老韩坐着弯腰擦皮鞋。他现在是经理，比原先讲究多了。司令俊男看着他，脑子里盘旋着该怎么向他开口，该从什么角度和他交谈。

老韩上完油，用刷子在鞋上不停地打磨，问他："你还有事？"

司令俊男窘迫地说："咱俩和过去一样，好好谈谈。"

"可以么，不过十点半我得准时走。"

"要不了那么长时间。"

"那就说么。"

"老韩，我最近有个预感，觉得有人在背后设圈套整我。你说说心里话，是不是萨雷或桂平筠在会上点了我的名，要不就是上边给我采取了措施？"

"老弟思想过敏了。像你这性格，和谁都难以融洽。你到我这才住了几天，就嫌吃得不好。桂平筠家吃得好，你却不想在她那儿住。你说这算啥嘛！"

"我没嫌你家吃得不好呀！那只是老萨和我开玩笑，他说让我在你这里一天喝三顿稀糊涂，撂下熊管娃，我也是开玩笑重复他的话呀！如果你在意这话，以后我就不说了，也向老兄赔礼道歉。但我认为问题没这么简单，背后一定掩藏着什么秘密。"

"这……这，你凭啥这么认为？"

"就凭老兄脸上的表情。我知道你是个直脾气，根本不会掩饰，心里有事，脸上立即就反应出来了。你心里肯定藏着什么机密。我相信我的第六感觉非常准确。韩哥你说是不是这样？"

老韩脸胀得很红，嘴唇嗫嚅着说："组织不让胡说么。"

司令俊男坦诚地说："我一直把你当成知己，凭半年多交情，也该给小弟透点风声，即使提示一下，我也会很感激的。"

老韩支吾道："组织派人调查了你的背景。"

司令俊男吃惊地叫道："还有这事？网络还搞外调？"

"凡是危险分子，都有专人外调。这话你不敢给任何人说。"

"你放心，我绝对守口如瓶。那么他们到底掌握了我哪些背景？"

"说你上学时就谈恋爱，还和多个女生发生关系。在厂里不服领导管制，投机倒把，被厂里开除。后来招聘当记者，搞有偿新闻，让报社清理辞退。在家虐待妻子和儿子，逼得妻子离婚，儿子断绝父子关系。来这里后，经常去妓院，多次对萨雷和桂平筠寻衅闹事，与网络对抗，故意不发展人。"

天啊！这个神秘的鬼网络！

天啊！这个可怕的克格勃！

司令俊男彻底被击倒了。他这时才明白过来，为什么萨雷骗他搬家，为什么杜平筠突然回去，为什么俞溟藏而不露，这一切，原来背后掩藏着一个天大的阴谋！他气得半晌缓不过气，在屋里来回踱着步子，恨不得一脚把楼板踏穿，把整个楼房踢成齑粉。

他推开窗户，望着蓝天怒喊："太卑鄙无耻了，太阴险狠毒了啊！"

老韩安慰他说："其实你也不必在意，关键要发展人，这才是根本！"

司令俊男回头对他说："老韩，这些造谣诬蔑之辞，我不想澄清。我是怎样的人，党组织知道，厂里职工知道，我的亲人知道，何须这个鸟网络做结论？韩兄谢谢你了，我懂得该怎么对付这些恶魔！"

第三十四章 被逼出来的秘密计划

CHAPTER 34

到底该怎么对付这些恶魔？司令俊男心里还是一片空白，丝毫没个底。他独自跑上喽啰山，来到第一次发泄的地方，躺在那块石板上，试图再次过滤纷乱的思绪，升华思考的成果，确立今后的方向。他回顾了自己来此的前后经过和所见所闻，以及从书籍网络掌握的信息资料，一一和中央关于取缔传销的文件及“直销条例”加以对照，最终得出连锁销售完全是变相传销的结论，从而下定决心与之彻底决裂并进行坚决斗争。那么该怎么斗争呢？他觉得首先应掌握网络黑幕，搜集证据，写出调查报告，然后寄给中央电视台和有关部门。另外，要充分估计事情的难度和险情，必须作好受苦受难甚至为之献身的思想准备。其次就是要注意策略，把自己隐藏得愈深愈好，造成假象，得到信任。对萨雷和桂平筠不能对抗，对俞溟能利用也要利用。

有了这个大胆计划，他的身心一下子轻松自由了许多。他为自己这个重大转变暗自庆幸，也暗自吃惊。是什么力量促成这个重大转变，为什么半年多没转变偏偏这时转变了呢？人呀，人的思想呀，有时实在太奇妙而又令人匪夷所思！投机取巧、利益驱使、道听途说、人云亦云、盲从盲动，等等，这些人性脆弱和敏感的东西，往往最容易形成一种强大而执拗的思维惯性、一种逆向动力。浩浩十万网络大军呀，可怜可悲的淘金狂呀，他们不正是这样一步一步误入歧途上当受骗的吗？想想看，萨雷和俞溟，还有大小经理所讲的，那些国家试点和从国外引进的神话，那些写入大学教材和当地政府大力支持的鼓动，那些央视二台态度暧昧和深圳总部用口袋发钱的宣传，等等，有谁真正考察和求证过呢？就说连锁销售这个名词吧，明知是指连锁店销售，却眼睁睁看着他们偷梁换柱，瞒天过海，竟没人动脑筋思考戳破这个阴谋。更简单的例子是，萨雷常讲某人去工商局和公安局咨询，全都碰得灰溜溜无功而返。这话是真是假，谁曾查过问过，又有多少人真正咨询过呢？……啊啊！一切都是道听途说，一切都是人云亦云，一切都是盲从盲动。再说自己吧，不是他们外调，不是他们把自己撂下熊管，不是他们危及自己身家性命，会有今天的幡然醒悟和根本转变吗？

司令俊男呆了两个多小时，下山时发现有人在草坪上睡觉，轮廓很像乐正。他走过去一看，果然是他，就把他喊醒。乐正这些天思想反差也很大。胡天水对他还好，不像萨雷和桂平筠对自己那样处处设防，时时刁难。但他始终没叫来人，自然就郁闷苦恼。乐正很久没去看皮影二人转了，也很少给他打电话和胡谝。他认为再这样浪荡下去就是自我毁灭。他很年轻，家里还有药材生意，实在耽搁不起呀！所以他最近一直考虑是否放弃，是否给胡天水一点颜色！他俩是多年的合作伙伴和好朋友，是他把他骗来的，他总得给自己有个交代呀！司令俊男一听这番话，就劝乐正先别放弃，等一等或许会有转机。他没敢说自己的思想转变和将要实施的计划，只告诉他连锁销售是指连锁店销售，并非拉人头网络销售。所以只要设法把网络销售纳入直销范畴，就合法化了，就可名正言顺地做生意了。但怎样才能纳入直销范畴呢？司令俊男说他在网上看了许多资料，想写一篇文章发到网上，如果能引起争论和中央关注，就大有好处。乐正说他大力支持，要他把文章写好让他看看，然后一起在网上发。他说他也想学上网。

随后两人走进小饭馆，各吃了一碗过桥米线。今天没喝啤酒，乐正说酒喝多了，精神总是恍恍惚惚的，人光想乃事，所以不想喝就没喝。来到步行街，司令俊男突然想起瞎瞎大爷，忙赶到自选商店门前，却没见他人影。一打听，他已好长时间没来。旁边有个卖藏药的人告诉他，说瞎瞎大爷现在不拆字算卦了，而是专门为人代书诉状，就在法院巷街口。司令俊男问乐正想不想见这个怪人。乐正早听他说过，天生好奇找乐的性格这时便受了怂恿，不假思索地点头同意。

法院巷是个背巷，南端连着自由市场，北端连着主干大道。许多政府部门都在主干大道两旁，唯有法院和工商局在巷子里。前者位南，后者居北。无论南还是北，进出两个机关的行人车辆，都是向北去主干大道，而很少朝南走自由市场。法院门前有七八个代书诉状的人，有的伏案疾书，有的和当事人促膝交谈，有的朗读他的佳作，一个个都非常繁忙。只有最北边的一位白发老者，却显得悠闲自在，仿佛他不是为人代书诉状，倒很像工商局的市场执法人员。他的位置选择也颇奇怪，距法院大门很远，距工商局大门却很近。而且他的注意力好像也不在前者而在后者，一双鹰鹞似的眼睛总在工商局门前留连逡巡。这位老者不是别人，正是那位神秘奇怪的陕西乡党瞎瞎大爷。

此番情状，让司令俊男不由激灵一下，心里便产生一种不着边际的联想。难道，难道他和连锁销售有关，难道他是网络派来的卧底？他妈的真是太可怕了，太不可思议了！他只是暗中怀疑，并未给乐正透漏。他领着乐正向老人走去，心里充满狐疑和迷惑。

“知无！”司令俊男还记着藏獒的名字，就朝着它喊。

“呜汪——”藏獒轻叫一声，仿佛想起来了，跑到他脚下依绕。

“大爷好！不认识了？我和一个戴眼镜的找过你呀！”

“唔，想起来了，咋不见那个周原老乡？”

司令俊男指着乐正说：“他是雍县的，和你老是一个县。”

乐正忙说：“我原先在雍县药厂上班。”

“咋不见那个戴眼镜的？”

“他现在当了经理，可忙啦！”

“人不能攀比，更不能贪图虚名。”

“这与经理毫不相干嘛！”

“经理也罢，老总也罢，今天的冠冕，也许就是明天的蒙尸布。”

“那又是为什呀？我更糊涂了。”

“糊涂了就不要问，回家好好悟去。”

大爷说完，兴奋点立即转移到工商局门口。司令俊男顺着他的目光望去，只见工商局陆续驶出两辆执法车。老人凝视着车牌号，警惕得像一只山羊。藏獒更显机灵，在车轮上闻闻嗅嗅，然后撒着欢儿追出很远。直到车拐过十字向东驶去，老人才转过神来，藏獒也回到他的膝下。

司令俊男急问：“大爷，你为啥这么关心工商局的车？”

老人似乎意识到自己失态，忙掩饰道：“如今工商官司不少，希望能有更多人找我写诉状。”

司令俊男巧妙地转移话题：“大爷你不拆字算卦了？现在写诉状收入怎样？”

老人此刻也有了警觉，反问道：“你俩到这来干啥？”

司令俊男连忙解释：“你给的那首喽啰诗，我有新颖悟，到步行街找你，人家说你搬到这里了，所以专程请教老前辈。”

老人释然了，手捋银须道："说说我听。"

司令俊男娓娓说道："其实那只是一种感觉，并没有什么具体指代。正如道家说的阴阳互转、祸福相依、无为而治、顺天应道等辩证思想，是关于天地玄黄的大道理。有了这种感觉，人不但可以认知宇宙万物发展变化的玄机，也能窥识自我内省通变的奥妙。以此看物，便知'得了失了有了无，富了贫了少了多'的盈亏互转之道；以此看人，便晓'贵了贱了福了祸，褒了贬了对了错'的方圆思辨之理。所以对我们正在做的生意而言，更要保持平常心态，顺应自然，无为而治，这样才能于无意中进入大境，于无为中获得成功。老前辈，在你面前丢丑了。不知陋见可合诗意？请前辈多多指教。"

大爷兴奋得连连点头："佳甚！佳其！没想到秦中宝地，果然天杰地灵，人才辈出，真乃弘论嘉言！不知你原来搞学问，还是搞艺术？"

司令俊男谦虚地说："老前辈过奖了，学生受之有愧。不过，我既没搞学问也没搞艺术，只是个下岗工人。"

乐正插话道："他是全省体操冠军！"

司令俊男忙解释："只是中学生冠军，不值一提。"

老人显得更兴奋："那也不简单哩！体操既是人体艺术，也是行为艺术，和我练的半拉子气功一样，是主体与客体、内功与外气、人与自然的对接与融合，适应与挑战。所以你的一席话，是最本真的体验。"

这时有位中年妇女匆匆赶来，老人一边给她让座，一边对司令俊男说："小伙子对不起，我和当事人有话要说，再见了。"

司令俊男忙问："老前辈住哪，我可以登门拜访吗？"

老人摇手示意："免了吧，有事就来这找我。"

回去后，司令俊男实在觉得蹊跷，这位神奇的陕西老人像一个谜，怎么也让人猜不透。他没给老韩提说这次造访，也一再叮嘱乐正别给人说。

司令俊男开始绞尽脑汁地写那篇至关重要的文章。写文章的确不是个好活。他原先在网上发的那些帖子，都是很随意的闲聊，无所谓修辞章法，所以来得很容易。但现在真拿起笔来写，却并不那么简单，实在有些力不从心。他想呀想呀，写呀写呀，两三个小时过去，废了一张又一张纸，才写下一个题目。第二天又去网上查资料，越查头绪越乱，把想好的题目也推翻了。后来他想起秦二尊说的话，他说他写文章时，先想好几个重点句子和关键词，接着围绕这几个句子和词写成小段，最后再把各个小段串起来顺一顺，一篇文章就告成了。他于是就按这个办法试写，还真灵验，写了整整三天，终于写成一篇短文。他让乐正看了，两人又推敲修改一番，便去网上发表。

来到网吧，打开机子，在桌面建起一个文件。司令俊男说不能用自己名字，这样会招来许多麻烦。乐正说干脆起个化名，并立即说就用云南吧。司令俊男说有点太暴露。乐正随即一想，说要不颠倒一下，变成南云，谁还以为是个女士呢！司令俊男点了下头，说不错，就用这个化名吧。接着他就敲打键盘，开始打文件。他打字很慢，用了一个多小时，才将文章打出来。他又重新阅读修改一遍，接着保存。然后复制，打开论坛，点发帖功能，再粘帖，文章就成功发表了。网上设有自动排版功能，排出的版式非常严整美观。两人特别兴奋，心里充满着喜悦和成就感。

过了两天，当司令俊男和乐正在网上察看这篇文章时，两人都不约而同地大吃一惊。好家伙！点击数已超过三万，而且跟帖很多。他们一一阅读跟帖，有说好的，有说坏的；有的大加赞赏，说文章写得很棒，道出了大家只能意会不能言传的话，是流通领域一面理论旗帜；也有的张口骂娘，指责连锁销售是变相传销，是大骗局，作者南云肯定是传销头目。更令人惊讶的是，他俩再一搜索，不禁失声惊叫起来。天啊！不但人民网、新浪网、新华网、凤凰网、网易等著名网站转载了这篇文章，而且也被许多专业网、企业网和个人网页纷纷转载传播。真是一石激起千层浪！可想而知，这是一个多么敏感而万众瞩目的话题啊！司令俊男有些沾沾自喜，认为自己挠到社会的痒痒处了。乐正也喜形于色，大骂他妈的这才叫网络，才叫真正的网络！瞧那鼠标，轻轻一点，整个地球的旮旮旯旯都响动了。他妈的太神啦，现代科技他妈的真是太神啦！

这个信息也以最快速度反馈到萨雷耳朵。那是文章发表的第三天，深圳总部打来电话，通报了这篇文章的重大意义和引起的强烈反响，要求立即下载，并组织全员学习。当时大家并不知道作者是谁，暗中猜想南云一定是个大教授或商界精英。后来乐正不留神说漏嘴，人们才搞清南云就是司令俊男。这下可炸开锅！大家都用敬佩和赞许的目光看他。乐正自吹自擂，说他还改了几句话和几个字，南云就是他给司令老兄起的化名。郑越忙纠正，说不是花名是笔名，花名光叫人想起花案和寻花问柳。乐正就骂他有眼无珠，花化不分，只知道看皮影二人转！萨雷的讪笑便添了几份媚俗，一再向司令俊男讨好献殷勤。在后来的几次操作课上，他反反复复地表扬他，说自己来了一年多也不如司令俊男学习到位、思想到位、认识到位。而司令只来了半年多，能总结和升华出这样独特的观点，的确不简单，是网络之幸，是百万富翁之幸啊！唯有韩翰独自纳闷。他不是嫉妒他的才华，也不是不赞同他的观点，而是不明白在巨大压力下他为什么突然来此一招，不明白这位小兄弟葫芦里到底装的什么药。

司令俊男看到自己第一步胜利，心里非常振奋，一时忘了桂平筠赖他生活费的烦恼，忘了萨雷骗他搬家的愤懑，忘了俞溟藏而不露的蹊跷。他仿佛此时才理解瞎瞎大爷诗句的真正含义，心无旁骛地实施着自己的计划。他后来又写了篇文章，同样发表在商界高端论坛。所不同的是，这次发表前不但让乐正看了，也征求过老韩的意见。老韩颇有点学究气，虽不会写文章，但却很会看文章。他看后提出好几处毛病，而且每处都是致命伤。他像他当局长时圈阅文件似的，一一作了修正，使文章更趋完美。

这篇文章发表后，和前一篇文章一样，也引起很大反响。一时间，司令俊男成了焦点和热点人物，原先岌岌可危的窘境彻底得到改变。他此刻觉得自己完全是一个独立特行者，就像一位站在高山之巅的道家高人，正睥睨凡世的一切陋习和俗气。这种超然物外的状态，使他头脑呈现出从未有过的清醒，越来越看清事情的本质。他想，人从一个认识黑洞猝然转向另一个思想境界时，达观真如的心态比正常情况来得容易得多，虔诚痴迷的程度也比前者表现强烈得多。

几天后，萨雷对司令俊男说，他的体系要办三天学习班，全天集中学习操作课，要他在会上作一次讲演。司令俊男推说他来得迟，学习不好，又没发展人，没啥可讲，免了吧。萨雷说，可以讲讲体会，讲讲那两篇文章，实话实说嘛！司令俊男只好点头应诺，说那就试试看吧。随后他也不知怎么搞的，突然脱口而出，问这些天咋不见俞经理？萨雷解释，说出了那档子事，俞溟精神状态不好，一直在省城住着休养。他告诉他，学习班大会发言那天，俞溟也要回来参加呢。

两人正说着，范主动进来了。小范拿着手机，一边坐在大舅身旁，一边翻动短信让他看。萨雷看后嘘了一声，没说话。司令俊男接过手机，只见上面写道："段主任又来催了，条件比原来更优惠，请速回。"

小范接过手机，问萨雷："大舅，你看咋办？"

大舅反问道："你的意见呢？"

"这是个好机会，我想回去。"

"大糊涂蛋！什么机会，那机会有这机会好？"

司令俊男站起来，没说话，知趣地走了。

大舅见司令俊男走了，就扳起面孔，教训外甥："没一点出息！每月三千元就把魂勾走了？与百万富翁相比，那些钱渣渣钱算个屁！碌碡拉到半坡，想松套也没相，除非让碌碡把你碾成肉浆！”

“反正我得走。再说，我半年多没回去了。”

“你要硬回去，就别再来了！”

“那你得给我钱。”

“没钱！”

“你办叶肥厂时，还欠我一万多元。”

“刚给你表弟一万多，还有这里的花销，哪个月不得几千元？”

“这些我不管，反正你得给我钱。”

“咋是这货？没钱，你还打抢不成？”

小范嚯地站起来，走到大舅跟前就抢他的手提包：“你说打抢就打抢，反正你今天得给钱，不给我就抢！”

萨雷把提包一躲，顺手给了他一个嘴巴：“混账！没教养的东西，竟敢给你舅要花招？小心我把你这货捶扁！”

小范毫不退让，一边抢提包一边大声叫嚷：“我没教养也是你逼出来的，你有教养就如此糊弄外甥？天下还有这样的舅，这样的教养？”

甥舅俩正争夺得难分难舍，司令俊男闻声赶来，忙拉开小范。小范嗵地坐在床上，哇地哭出声。萨雷在另一张床边坐下，胚胚脸胀得通红，只是吁吁地喘气。司令俊男不知发生了什么事，也不好开口，便陪着他俩干坐。

沉默一两分钟，萨雷拉开提包，拿出一张银行卡，对小范说：“真是个糊涂蛋！为这点小事，就和你舅翻脸动粗。你说说，哪次你要钱我没给？关键不是钱的事，而是你心态不好。现在你说，回去还来不来？要来，你可取五千元，你拿三千元，给你三舅两千元。要是当逃兵，对不起，没钱，等我成功了再兑现诺言。”

小范擦擦泪水，瓮声瓮气地说：“我总得回家看看，安顿一下嘛！”

萨雷缓和了语气：“不是不让你回去，而是怕你回去不来。你三舅回去住了医院，你再一走，网络让谁管？你要知道，你可是个标杆，如果你当逃兵，那负面影响可就大了！所以你要体谅舅，也等于体谅你的百万富翁大业。”

小范扭着脖子说：“我三舅病得不轻，恐怕来不成了。”

“那你更不能当逃兵！回去安排一下，马上就来。记住了没有？”

“记住了！”

他把银行卡递给他：“你自己去取钱，回去后看看你三舅，要他病一好转，立即就来，在这里一边管理网络一边看病。”

甥舅俩走后，司令俊男才安下心，思考着萨雷刚才说的话。得知俞溟的消息，他不得不重新审视他们的爱情，重新审视他的秘密计划。很明显，他的计划矛头直指连锁销售，而俞溟则是连锁销售的重要头目。换言之，面对事业和爱情、正义和邪恶，自己必须立即做出选择。他这时真的陷入进退两难的尴尬境地。经过两三天苦苦思考，他终于选择了一条两全其美的道路。无论对计划还是对爱情而言，这次讲演都至关重要。所以他必须尽最大努力取得成功，既要为计划做好铺垫，也要为爱情奠好基石。

第三十五章 演讲就像给情人示爱

CHAPTER 35

学习班在胡天水家里举行。自从分网后，萨雷体系的集体活动，基本都是在这里进行的。原因主要是他家客厅大，东家好说话，另外有郑越这个好勤务员。一家五口，除郑越媳妇外，其他几个都是懒懒身子，只会享受不会劳作。老马仗着辈分高，年龄大，是当然的老太爷，君子动口不动手。胡天水是家长，领导架子还是要端的，所以勤杂事务与他无缘。乐正自不必说，除了懒，更是个大蜡座子，一根根抽烟，一口口吐痰，地上脏成垃圾堆，他也熊管娃浪叽当。这样一来，郑越就成了当之无愧的大管家。亏他脾气好，手脚勤，吃喝拉撒睡集于一身。会前抹桌搬凳，会中端茶倒水，会后打扫卫生，都是他一包到底，态度热情，服务周到。虽然老鼠眼光往女人堆堆瞅，动不动又爱和乐正找乐子搞笑，但大家还是喜欢在这里上课开会。

参加培训的都是萨雷体系的人，除了个别回老家的外，其余人全都来了，约有三十多人。尹杭杭和她体系的五六个人也来了。在场的人有的惊讶，有的撇嘴，但无一不佩服萨雷的手段。这家伙真厉害，搬网终于搞成了！岂止搬网，简直就是偷网、抢网么！据知情人透露，围绕尹杭杭的管辖权，俞溟拒绝接收，裴斐不愿放弃，萨雷坚决收编，三人闹得不可开交。后来官司打到深圳总部，尤大姐亲自主持谈判，吵闹了整整三天，最后以俞溟让步、裴斐保留意见、萨雷得胜而告终。谈判回来第二天，整个俞溟体系以及外体系的熟人，都收到这样一条短信：萨雷和尹杭杭长期非法同居，并教唆纵容尹的女儿卖淫。这一新闻引起的连锁反应，远远超过当初俞溟的花边新闻。但萨雷和尹杭杭佯装无事一般，依然我行我素。所以今天看来，两人不但毫无羞耻之色，而且脸上还洋溢着得意的微笑。

学习班由萨雷唱独角戏，内容无非列名单、邀约、打电话、带人、听沟、房配、跟进之类，都是些老生常谈。方法仍未突破填压式满堂灌的臼窠，于精神暗示中达到洗脑的目的。唯一变化是不再忌讳直销，而且时不时还列举一些直销的条文和例子。他说他受司令俊男和老韩影响，最近集中学习了这方面的材料和书籍，对直销和连锁销售有了全新的理解和认识。大家听得也很认真，特别是新来的几位大小娘们，认真的样了仿佛她们正在婚礼上接受神父的祝福。萨雷的讪笑有多么灿烂，她们的笑靥就有多么灿烂；萨雷的声调有多么高涨，她们的兴致就有多么高涨。

最后一天下午是总结大会，人员扩大到整个俞溟体系，约有六七十人，客厅和三个房子坐得满满堂堂。俞溟果然来了，还带来外体系几个大经理，其中有陕北的谷穗、贵州的燕翔之、河南的陈友、北京的刘京。他们几位都是网络高手，成功之士，是爨城十万大军的名人。在座的一些老人手，刚来时有的听过他们的沟，有的上过他们的课，十有八九都知道他们。所以大家都投以热烈目光和掌声。杜航主持会议。开会前由盈儿、朵朵和郑越媳妇每人表演一个节目。盈儿、朵朵各唱了一首流行歌曲。郑越媳妇是陕西电视台秦腔戏迷大叫板的月冠军，昨天下午才来，刚赶上给大家唱了段“苏三起解”。她的嗓音甜润，音律柔婉，把肖派唱法发挥得淋漓尽致，博得了一阵阵掌声。但更使人感慨的是她容颜俏俊，气质佳甚，大家都说她嫁给郑越那活宝，真是鲜花插在牛粪上。

会议正式开始，首先由韩翰发言。他主要讲连锁销售和直销的关系，说他所以发展快，是一直把连锁销售当作直销来认识和操作的。他说他刚来时心态不好，始终持怀疑观望态度。但学了《直销条例》和有关书籍后，心里越来越亮堂，也越来越实在。这样自己心正胆壮，所以邀约人也就心正胆壮。他希望大家不能杯弓蛇影，更不能因噎废食，而要理直气壮地学习直销方面的书籍。只有自己把方针政策搞清搞懂了，才能说服别人，才能留住人并形成自己的网络。

接下来是司令俊男发言，他看看大家说：“萨经理让我发言，我实在没资格，因为至今我还是单个司令。但萨经理多次要求，老韩又一再怂恿，所以我以反面教员的身份，实话实说，也许对大家有好处。”

乐正和郑越率先鼓掌，接着大家纷纷响应，会场爆发出热烈的掌声。

他看了俞溟一眼，忙又收回目光说：“我所以来这里，一是对推荐人的信任，二是被萨经理等人的理论所吸引，三是看到这的确是个发财的机会。通过半年多亲身体验，我仿佛感到冥冥之中有一只无形的手，正在操控我们的命运，一步步把我们推向理想的彼岸。这只无形的手就是连锁销售。”

又是一阵雷鸣般掌声响彻会场。二十多年了，司令俊男很少经历这样的场面。此刻，他仿佛回到省全运会上，正在进行体操表演和登台领奖，鲜花和掌声使他变得异常亢奋。这样一来，无形中增加了他对俞溟示爱的底气和勇气。

他向大家点点头，又偷看了俞溟一眼，继续讲道：“有的人可能在网上看到我发的两个帖子，也可以称为文章，一篇题目是《直销的另一条腿》，另一篇是《销售网络与网络销售》。文章发表后，在社会上引起很大反响，点数达十多万，跟帖也很多，还有众多网站进行了转载。有说好的也有说坏的，有赞扬的也有骂娘的。我发表这两篇文章的目的，就是希望引起社会争论和轰动。只要一争论，一轰动，自然会引起国家领导关注。如果国家在制定和出台有关法律法规时，能把连锁销售纳入直销范畴，并加以规范与合法化，我将不虚此行，也算对连锁销售同仁一个小小的帮顾吧！”

“哗！——”一阵强使一阵的掌声，经久不息，再次打断他的演讲。

司令俊男万万没想到，他的发言会产生这么好的效果，情绪更加高昂，缓冲一下后接着说：“文章的内容主要说，网络是人类社会生活不可缺少的载体，也是创造财富和人才最实用的工具。与诸多网络模式相比，连锁销售的梯形网络是目前最理想合理的网络。但时至今日，网络销售仍未合法化，流通领域唯一的一部法律《直销条例》，只字未提连锁销售，更把网络销售摒弃于条例之外。所以有必要调整我们的思路，不能忌讳直销条例，更不能把自己排除于直销之外。大家想一想，全国上下，无论非直销企业还是传销组织，都争先恐后地打起直销的旗号，而我们自诩直销的连锁销售为什么要有意回避呢？所以我以为，我们应理直气壮地瞅准直销，靠近直销，融入直销。只有这样，连锁销售才有准合法性，才有准直销资格，才有较大生存空间并最终获得成功。”

“哗——”掌声时起时伏，还有人连连叫起好来。

司令俊男这时才有机会端详一下俞溟。但他似乎发现，她对自己发言并无激动，表情显得淡然而复杂。总之她看起来态度暧昧，与其他人有很大差距，也与整个会场气氛很不协调。他怀疑这是爱的效果。这一点，别人也许毫不在意，但作为和她有肌肤之亲的他，却很容易从她游移的目光和脸上变化不定的神色看得出来。这样一想，他于是和她一样也游移迷茫起来。这些思想活动都是转瞬之间的事，别人没有察觉，他也不曾流露，一切看起来都很正常。

他接着说道："网上的反面意见也很多，主要说连锁销售是传销和变相传销，是个大骗局。对此我这样认为，连锁销售的模式毋庸置疑，问题是自己适宜不适宜搞这个行业。大千世界，物种千媚，物业环生，不是每个职业都适合于每个人，也不是每个职业都保证每个人大获成功。特别在竞争激烈的商品社会，适者生存，悖者淘汰，这是千古不变的规律。这样以来势必使一些人失败，一些人成功。成功的就大赞千好万好，失败的就大骂上当受骗。这是很正常的事。我们必须保持一个平常心，顺应自然，无为而治，不可过度痴迷，更不能走火入魔。作为我，实话实说，的确不适合这个行业。对此我有自知之明。但我希望各位能取得成功，成为腰缠万贯的百万富翁。到时候，希望大家别忘了我这个网友，开着你们的皇冠、宝马来看看，我也将十分荣幸和自豪。老韩、老程，还有乐正和郑越，你们记住了没有，来还是不来？"

"哗哗！——"人们一边鼓掌一边哄堂大笑。乐正和郑越等人已站起来，冲着司令俊男大喊大叫。

"记着哩，记着哩！一定开着皇冠去看你！"

"还要开着奥迪去看皮影二人转！"

会场顿时大乱，掌声、笑声和喧哗声响成一片。

萨雷和杜航要大家肃静，喊了一阵，会场才恢复平静。接着由外体系几个人讲。他们讲的时间不长，却都很精彩，能感到长期演讲练出的真功夫。刘京大学本科毕业，学习经济管理，原在某市经贸委工作。他主要从经济理论讲的多，什么新名词、新观念、新视觉等，大容量高密度地旁征博引，真有醍醐灌顶之效。燕翔之和萨雷体系的人很熟，讲时就比较随意。她主要讲她和爱人如何放弃建筑公司来搞连锁销售，如何叫来家族和亲戚五十多人，中心话题是"听话跑得快"。谷穗是陕北个体户，经营过小杂货店，现在是大经理，业绩当在俞溟之上。她主要讲她来的经过和叫人的技巧，中心话题是"头脑简单跑得快"。"我不管它什么传销还是芒硝，只要能赚钱就行"，她的这句话早已成为网络的至理名言和新业务员的座右铭，现在再听时依然新鲜有趣。最后一个讲演者是俞溟。她今天表情稍显迷离，但风采依旧，从发式和颜面上能看出着意修饰的成分。她的语气很平顺，不像以前那么富于激情。她先讲了自己开始来的矛盾心理，一年多没发展一个人，但她永不言败，永不放弃。时至今日，她的业绩已达六百多分，即将成为高级业务员。她的中心话题是"坚持坚持再坚持"。最后她重复了司令俊男的一句话，以老子的"无为而无不为"作为给大家的赠言。

会议由萨雷进行总结。他今天的表现出人所料，没有长篇大论，更没有填压式满堂灌。也许他处于对外体系客人的礼节性考虑，也许别人满堂灌用完仅有的时间，总之他的总结言简意赅，简明扼要。他首先肯定了这次学习班的意义和收获，接着提出几点要求，最后对外体系客人表示感谢，前后不到五分钟。萨雷讲完，杜航宣布会议结束，说着带头鼓掌，欢送各位客人。

会议结束时，司令俊男一直想找机会和俞溟说几句话或打个招呼，但未能如愿，心里总觉得空落落的。杜航带头鼓掌时，俞溟回头看了他一眼，他以为她会等自己，谁料她鼓完掌，就和几位客人出门走了。他正在懵懂，这时乐正和老马几个跑过来，围住他直嚷嚷，说他讲得最棒，说出大家想说而不敢说的话，不愧是哥们好弟兄！老韩在旁边听见了，忙摆手阻止，让他们别瞎说，没看萨雷和俞溟态度，司令的话惹祸了。几个人立马大眼瞪小眼，莫名其妙地问，他讲的是实话，合乎民意，咋能惹下祸？老韩扭着脖子说，不让说就别说，问那么仔细弄啥？说罢低头转一圈，径自下楼走了。

晚上吃罢饭，司令俊男来到老韩卧室，问他会议结束时说那话是啥意思？老韩几次欲言又止，但最终还是没逃脱他的一再追问，吞吞吐吐地说出其中曲直。他说他发言时，萨雷气得不停扭脖子嘟囔，几次要站起来阻止，都被他拦住了。老韩说着一再声明，他基本同意他的观点，只是这种场合未免有些张扬，他们听了不舒服。他还说他挺狡猾的，表面上说连锁销售的好话，骨子里却暗藏着贬损之意。一般人都能听出弦外之音，岂能掩住他们的耳目！至于大家为啥不停鼓掌，说明多数人心态还有差距，和他们发生共鸣。他抱怨他头脑简单，怎么连这点苗头都看不出来？

两个人正说着，突然萨雷进来了。老韩把他让到客厅，司令俊男也跟着进来。三人刚一落座，萨雷佯装开玩笑地说："司令兄弟，看你那两篇文章挺好，说话却语无伦次，那壶不开提那壶。你在会上讲的都是一些熊话嘛！"

司令俊男强辩道："你要求实话实说，这可都是实话呀！"

萨雷变了脸，哽声哽气地说："谁让你这么实话实说！你的话将产生怎样的后果，你知道吗？"

司令俊男摊手道："都是正面话，不可能产生负面影响呀！"

萨雷严正地说："你的话归纳起来，无非是这个中心主题：连锁销售和直销条例相抵触，是违法的，是没有法律根据的，是得不到法律保护的。搞这个行业的人，随时都有失败的风险，成功率微乎其微。它是一只无形黑手，时刻操控我们的命运。你听听，这是实话实说？我看是煽风点火！"

老韩插话道；“他的出发点还是好的。”

司令俊男只好低头默认：“真没想到后果这么严重？但我出发点绝对是好的，只是一时心慌，说了错话。你说咋办？”

萨雷脸上恢复了讪笑：“还能咋办？以后别在网上乱发帖子，实在要发，必须让我或老韩审查。另外，你要快点发展人呀，这是正事，别再挽花子了！挽那些分文不值的花子管什么用，能提成还是能晋升？”

老韩也随声附和：“萨经理这话说得一点不错，叫人发展才是硬道理。”

“说得再天花乱坠，没叫来人还是一个熊囊鬼！”萨雷说着站起来，“好了不说了，我和老韩还要去老董家。”

萨雷和老韩走后，司令俊男狡猾地窃笑了一阵，随后又自责起来。尽管他刚才承认了错误，但内心对自己挽的这个花子还是很满意的。什么声东击西，什么避重就轻，什么模棱两可，什么虚晃一枪，这些兵家和官场惯用的伎俩，竟被他运用得如此娴熟自然。大家经久不息的掌声最能说明问题。这说明自己的话具有广泛的群众基础，以此类推，也说明自己的秘密计划很符合民情民意。只是，正像老韩说的，自己是否太张扬，以至被萨雷看出破绽。还有俞溟，她的复杂表情，是否也因此而来，是否也和萨雷一样对自己有了相同的看法？

正在他苦苦思索之际，突然手机响了。他一听正是俞溟电话，先一阵惊喜，随之端起架子，瓮声瓮气地装着没听出她的声音。

“俊男，前些天我去了春城，今天又没机会和你说话，你不会怪罪吧？”

“哪能呢，我算什么人，怎能怪罪你呀？”

“听口气你还是怪罪我呢。俊男，我最近遇到许多不顺心的事，你可要理解呀！”

她的话无形勾起他感情中残留的爱意：“怎么了，你遇到什么麻烦？快告诉我！”

她口齿含混地说：“你别问了，请原谅我不能告诉你。”

“好了我不问了，那你去找萨雷，他挺有办法呀！”

“别提他啦！麻烦正是他惹的！”

“那你说该怎么办？”

“你现在能来我这里吗？”

“在哪，你现在哪儿？”

“在我的租房，你打的到阿诗玛广场，我在那儿接你。”

第三十六章 忙中偷闲的爱情才叫爱情

CHAPTER 36

他们的爱情像刘兰芳说评书，每每说到关键时就煞住了，“要知后事如何，且听下回分解”；要不就像电视连续剧一样，往往到了要害处，唰地一下，图像全变成没完没了的广告，真叫人又烦又急！现在好了，总算等到“下回分解”和广告结束之时，他们的心情该有多么炽热和激动啊！当司令俊男下了车，当两人刚穿过斑马线，他们就在一排橡皮树阴影里紧紧地拥抱接吻起来。彼此都忘了该说的话。其实他们早没了说话的余地，因为一对唇舌正烧灼地粘连在一起，语音频道已被别的波段所占领。在一阵强似一阵的热吻中，他们把多日来的思念和隔阂、爱怜和疑虑，不分青红皂白地赋予唇舌，连同该说未说的话一起吞之咽之，统统化为身上喷薄欲出的情欲了。

他们像一对燕尔夫妻，手牵着手，穿过广场和大街，来到一个鲜为人知的住宅小区，走上三楼，进了俞溟租住的两室一厅单元房。他们一路无话，到了室内也很少说话，仿佛吞咽到肚子的话还未反刍到一定程度，唯恐贸然说出会影响做爱的质量。一切都默默无言，一切都心有灵犀，一切都按既定程序进行得娴熟自如，有条不紊。这种心情使他们始终保持着平常状态，时间和空间便不再扭曲变形，随之意识也恢复了固有的自然之觉。他们演绎着祖先遗传的技巧，把感情与肉体、快乐与痛苦、满足与遗憾排列组合得层出不穷，尽善尽美。他们在收获爱情的同时，也收获了人性取之不尽的生命硕果。

“溟，现在说说，你为什么一直没打电话，为什么一直躲藏和回避我？你究竟遇到什么麻烦，又为什么那样戚戚艾艾和惶惶不安？你知道吗，这些反常表现给我带来多大痛苦呀！俞溟，大姐，我的心肝宝贝！你说呀，这一切到底为什么呢？”

“俊男，我的宝贝！我何尝不和你一样，也忍受着巨大痛苦啊！这些话按理不能对你说，但命运既然把我们捆在一起，还有什么可值得保留呢？我相信，即使高高在上的上帝，也不会怪罪的。亲爱的，你一定知道尹杭杭，也一定知道她与萨雷的关系吧。这件事在总部和整个网络传得沸沸扬扬，影响很坏，反映非常强烈。但我一直包容着，只希望他们不要太招摇，就睁只眼闭只眼放过去了。你想想，网络发展全靠他，网络管理也全靠他，我怎能为了这件小事和他闹僵呢！可他不该得寸进尺，不该肆无忌惮，更不该以此为筹码处处嵌制要挟我。特别让人气愤的是，他居然要把尹杭杭的体系接收过来，使他们同居关系从组织上合法化。我当然不同意，总部也不同意，裴斐更不同意。”

“我早就对萨雷这家伙不满！但我不知裴斐是谁，为什么又把他搅合进来了呀？”

“裴斐给你做过沟通，你应该认识。他三个月前已成了高级业务员，现在深圳总部。我和尹杭杭，还有孙才才，都是尤晚春的直接下线。裴斐是孙才才的直接下线。尤晚春和孙才才成为高级业务员走了后，就把尹杭杭委托给裴斐代管。裴斐见尹杭杭和萨雷公开同居，就顺其自然。实际上尹杭杭的许多事都是萨雷一直照管的，这一点我并不否认。但这是越权呀，是行业绝不允许的呀！何况她一搬网，裴斐将失去这一部分业绩，他当然不同意。再就是把她接收过来，无形中就给他们同居提供了便利。不考虑网络的利害关系，单就萨雷的妻子，我也不能容许他这样啊！所以萨雷就和我大吵大闹，并多次给高级业务员打电话，说我和你的坏话。更令人恼怒的是，他居然对我跟踪盯梢，把咱们在珠江饭店的事掌握得一清二楚。你可能已感觉到了，前一段他给你采取种种措施，目的一是逼你发展人，二是以此为条件胁迫我向他妥协。为此我和他大吵了一场。后来，尤大姐把我们三人召集到春城，谈了三天，萨雷凭着三寸不烂之舌和高超手腕，说通高级业务员，终于把尹杭杭收编了。这样他就记下仇，处处和我作对。万般无奈，我只好跑到春城住了几天。与此同时，裴斐也给我施加压力，说我和萨雷串通一气，他不会饶我。亲爱的，你说我一个弱女子，怎禁得住他们两面夹攻？！”

“他妈的全是流氓无赖！”司令俊男看俞溟伤心落泪，便给她擦拭，“别伤心，我完全理解你。你现在说，该叫我做什么？”

俞溟紧紧依偎在他怀里，惊慌地说：“我害怕，我怕你突然走了！”

司令俊男使劲抱着她："不用怕，我不会走，我会保护你。"

"那你这几天别回去，就在这里陪我。"

"太好了！只是，对老韩他们怎么说？"

"请几天假，就说你去西双版纳旅游。"

司令俊男立即接通老韩的手机。老韩有些惊讶，说他年轻赶时髦，真会享受生活。不过，他说，出去转转也好，思想放松放松。他提醒他一定要注意安全，早日平安返回。老韩答应给萨雷通个气，说桂平筠不在，他可是他的直接上司。

打完电话，他们躺了一会儿，两人就一起去卫生间冲澡。这里的气候特怪，冬季不用暖气，夏季不用空调，但太阳能沐浴器却很普遍，寒冬腊月照样可以洗澡。俞溟的肌肤非常光滑洁白。乳房浑圆尖锐，能感识到久无男人抚弄的渴望。肚脐很深，周围分布着几条细微的皱褶，右上方有一枚扁豆般大小的红痣。腰围和臀部肌肉绷得很紧，水在上面附着力几乎为零，就连最具黏性的浴液泡沫也很难滞留。阴毛乌黑葱茏，阴户饱满突出。而在俞溟眼里，司令俊男的裸体相对就简单得多。透过雾气和泡沫，她感觉那是体操运动员的形体艺术，宣响着力量和美感的旋律。瞧那胸脯和腿肚上的腱子肉，瞧那四肢暴起的脉管，瞧那让任何女人都会动心的阳具，是那样令她心醉神驰，热血澎湃！……他们就这样，彼此阅读着对方的裸体，再次煽动情欲的翅膀，穿越哗哗流水和蒙蒙雾气，完成了又一程惊心动魄的翱翔与远航。

第二天早晨，一直睡到八点多，两人才懒洋洋地起床。俞溟洗漱打扮已毕，便匆匆下楼去买早点。司令俊男活动一下腰身，然后叠被子，打扫整理卧室。他突然想起自己的使命，刚要动手翻找有关资料时，俞溟提着一箱牛奶和油条回来了。

司令俊男忙接过牛奶："买这么多东西，也该让我去。"

俞溟走进厨房说："我一人就行了，你不好抛头露面。"

"你有连锁销售的资料吗？我想乘此机会好好学一学。"

"吃毕饭，我给你拿资料，"俞溟剪开两包牛奶，一人一包，和他一起坐下，喝着牛奶，吃着油条，"其实也没啥资料，都是平时工作纪录之类。"

"正好我需要学习熟练，不然和你一样，当上大经理，不懂管理咋行？"

"那也是。不过要说管理，萨雷那家伙真有一套，比我强多了。"

"所以我要向你俩好好学习。"

"你学习好了，肯定超过萨雷。光那两篇文章就比他有水平。"

"他对那文章也有看法。"

“总部已重新考量过了，正面和负面作用各占一半，基本上是肯定的。萨雷揪住不放，主要是想用这事掣肘我。”

吃过饭，俞溟翻出一大摞资料，有素质和操作课教材，有她的讲演稿，有学习和工作笔记，还有许多图表等等。她把这些资料往茶几上一放，说她还得出去办事，要他自己选择学习。她在他额头吻了一下，叮嘱无论谁敲门，都别应声。这里是公安局家属院，一切都要格外谨慎小心。

俞溟走后，司令俊男如饥似渴地翻阅那些资料。他根本不关心什么教材之类，注意力全集中在工作笔记和图表上。表格是每月提成也就是工资表，领款人、发款人和经理都在上面签了名。工作笔记上内容很多，既有大事记要，也有每周课程表，还有各次经理和小组长会议纪录。图纸共五张，一张是经理图，上到尤晚春（第七代），接下来是孙才才、俞溟和尹杭杭。再下来是孙才才体系下四个高级业务员，二十一个经理；俞溟体系下七个经理；尹杭杭体系无经理。上面都标着各个经理的名字和总积分。另一张是俞溟体系图，上至俞溟（第八代），接下来是杜航、萨雷和白石山。再下来是杜航体系三个经理、七个主任；萨雷体系四个经理、八个主任；白石山体系五个主任，上面也都标着经理主任名字和积分。另有三张分别是杜航、萨雷和白石山体系业务员详图。萨雷体系上至萨雷（第九代），接下来是萨风、商映、桂平筠和范主动；再下来是这四个人伞下的业务员，同样标着每个人的姓名和积分。

“太好了，这就是证据！”他如获至宝，为避免事情发生变化，他决定现在就去复印。这么想着，他立即用塑料袋装起资料，急匆匆下了楼。

司令俊男在街上复印好资料，却不知该怎么藏匿，正往回走，偏偏这时憋尿了。他好不容易找见一个公厕，就在撒尿的刹间，突然来了灵感。他大喜过望，出了公厕，走进一家商店，顾不得挑拣，随便买了一件裤衩和内裤。他装好衣物，说声谢谢，匆匆离开柜台。走出门，他这才想起自己没有钥匙，进不了俞溟家门，又转身回到商店。他对那个服务员说，他的肚子不好，内裤都湿了，得马上换。服务员愣了一下，终于明白过来，便给他指明去卫生间的方向。他进了卫生间，连忙脱下裤衩和内裤，换上新买的，然后用脱下的裤衩和内裤把复印资料包裹起来，再装进黑色塑料袋里。这些细节和动作，总共用了不到一分钟，眼疾手快的程度连最老练的小偷也甘拜下风。

回到公安局家属院，俞溟还没回来，他就在门外等。快到十二点，他怕下班的人看见怀疑，只好下了楼，站在大门外等。半个多小时过去，才见俞溟拎着一大袋食物走过来。她一见他，不禁大吃一惊，问他怎么在这里。他说他出去买换洗的内裤，回来却进不了门。俞溟呶呶嘴，说都怪她，没想到这一点，让他久等了。

回到家里，俞溟给了他一把备用钥匙，两人就开始动手做饭。他们像一对夫妻，配合得非常融洽。俞溟烧水下面条。司令俊男洗菜。他洗毕菜，乘俞溟不注意，忙走进客厅，把原来的资料放回茶几，把复印的资料和衣物藏进墙角一个废纸箱。俞溟做饭很麻利，一会儿就好了。俞溟买的凉菜都是调好了的，一盘猪蹄筋、一盘猪耳朵、一盘腱子肉。啤酒还是罐装红牛牌。他们吃着喝着，心里充满喜悦和幸福。

"以后不要随便出门，生活由我安排。"

"你怎么想到在这里租房子？"

"这是公安局老家属院，年轻人都搬走了，住在这里最安全。"

"我希望咱俩永远住在一起。"

"我的积分已超过六百分，马上就要搬到深圳总部。等拿完所有提成后，咱们就买别墅，就结婚，就永远不分离。"

"但眼前，你去了深圳，我一人在这里多孤单呀！"

"到了深圳，我更有钱，你可以每月来一趟，坐飞机呗！"

"如果在这里我真的干不下去了，你说咋办？"

"我相信你能成功，万一不行，就来深圳。行业规定，每个高级业务员可带一名秘书。有你帮着，我的网络会做得更棒。一旦出局，有八百多万，我们就自己开公司。"

司令俊男虽然觉得她幼稚可笑，但表面仍装出一副惊喜的样子，不停地说些祝福祝贺的话。他见她至今执迷不悟，心里一阵痛楚，不免同情和怜悯起来。但他仍保守着自己的秘密，没给她吐露半点儿实情。他知道，就她目前的业绩和心态而言，谁也无法动摇她的决心和幻想。除非她像自己那样，当遭受沉重打击甚至危及身家性命时，才有幡然醒悟和改弦易辙的可能。所以他现在不能说出自己的秘密，必须对她保持高度戒备。这样想着，他便重复起当初被桂平筠迷惑时他说的那一番话，什么办体操学校啦，什么买高级小轿车啦，什么步入上流社会啦，等等。俞溟也被他的话深深感染了，频频用啤酒浇灌未来美好的爱情和生活。

饭后他们闲聊了一阵，俞溟突然站起来，要给他洗内裤。司令俊男顿时慌了，支支吾吾地说他的内裤很脏，他从来都是自己洗的。俞溟坚持要洗，说为了表示真情，她必须恢复女人的天然本色。说着她到处找他的内衣。他更加慌张，说内裤屙了屎，的确太脏了。她问他到底把内裤放在哪？实在隐瞒不过，他就连忙过去拿出内裤，紧紧抱在怀里不放。俞溟扑哧笑了，说他和她的前夫一模一样，回家总是乱藏内裤，男人咋都这个德性呢？他忙解释，说他一个人在家，没事可做，洗衣服也是一种享受。何况，他接着又说，既然将来他给她当秘书，现在就该实习，从一点一滴做起。本该秘书做的事，怎能让老板做呢？俞溟一想这话在理，就放弃原来的念头，坐回沙发，又和他相依相偎地亲热起来。

第三十七章 爱情有时也能用来当枪使

CHAPTER 37

以后几天，他们隐居在这个临时家里，极尽男爱女欢之能事，各自内心都感到从未有过的愉悦和充实。早饭仍是油条，要么就做荷包蛋，吃面包，喝牛奶。午饭和晚饭大多是司令俊男做的，他用尽十八般武艺，想方设法改善伙食。俞溟每天都出去，时间有长有短，时早时迟。他不知她都干些什么，她不说，他也不问。她每次回来，饭菜业已做好，无须手忙脚乱，只等着就座用餐。她感受到爱情的甜蜜和家庭的温馨，好几次都激动得落了泪。有时她不出门，索性关掉手机，静静地在家里和情人厮守。他们现在做爱也恢复了常态，决然舍去大白天的天合之美。他们认为只有黑夜才适应天合之美，这是祖先留下的传统，也是蒙胧美在床事上的自然体现。艺术来自现实，现实要有距离，这就是蒙胧美。太真实了，看得太清了，就没了蒙胧美，艺术魅力将会大打折扣。男女做爱也是一种审美活动，正因为大白天太真实清楚了，所以感觉就没有黑夜效果好。这样以来，他们白天一心只想乃事，信守渴望，把情绪调整到最佳状态。一到晚上，他们就倾其所有，加倍投入，在蒙胧虚幻中把状态推向极致。偶尔，他们也会踏着月光，在背街小巷转悠。但那绝不是享受蒙胧，而是采撷蒙胧，以便为即将开始的房事做一些煽情和铺垫。

眼看四五天过去了，但司令俊男始终没发现一张订购单，也就是唯一的法律凭证。这份材料很重要，既是他们搞传销的证据，也是自己打官司索赔的凭证，必须设法弄到手。有几次他都要问俞溟，又怕引起怀疑，只好把话咽回肚子里。直到第六天早晨，不得不和俞溟分手时，他也没打探出订购单的下落。他恋恋不舍地告别俞溟，匆匆赶回老韩家，不料他家接新人，自己的房子被挤占了。而且听老韩说，桂平筠也回来了，还带来一个新人。司令俊男说，即使她不回来，他也不回666，谁让他搬的，总得有个说法。老韩和萨雷联系后，要他回避桂平筠的新人，可以到别人家借住。司令俊男一想，就说自己找地方好了，不用他联系安排。他趁屋里没人，连忙把复印资料装进枕芯，用别针别好。他拿着内衣内裤和洗漱用具，给老韩打声招呼，就下楼走了。

司令俊男走出西关新村，立即给俞溟打手机。俞溟一听，高兴得叫起来，说太好了，真是太好了！她让他立即过去，就住在她这里吧！她说她现在更需要他，更舍不得他，更离不开他呀！

司令俊男这次回来，完全适应了这种准夫妻的生活。他改变了千百年来"女主内，男主外"的传统，心甘情愿地当一名称职的男主妇。他把一切杂务都安排整治得非常到位，不给俞溟留下任何插手的余地。俞溟彻底被他的真情感染了，打动了，掳掠了。两年多在网络里修炼的猜忌、多疑、戒备、警惕等职业专长，此时全都解除了武装。她把感情和肉体交给了他，也把心灵和命运交给了他。他们已融合成一个人，成为真正意义上的一对恩爱夫妻。

当天晚上，他们吃过饭，去阿诗玛广场闲转。刚走到半路，司令俊男突然惊叫一声，连喊糟糕，把手机和钥匙忘在家里了！他说他和一个邀约对象约好这时通话，这可怎么办？俞溟拿出手机，让他用自己手机。他说不行，对方的号码还在手机里呢！俞溟说那就不转了，回家打电话吧。他连忙阻止，让她在这里等着，他回家去拿，一会就来了。俞溟不假思索地拿出自己的钥匙，交给他，让他不要急，她就在这里等。

司令俊男回家后，拿出钥匙，一个个试着开俞溟唯一上锁的旅行箱。试了几下，总算打开来。里边全是衣物，还有一个存折和两沓整捆的百元大钞。他慌张地翻看着，终于在一个衬兜里找到他所要的东西。他在这些订购单里找见自己的那一份，又随手拿了两份别人的，然后锁好旅行箱，把订购单装到内衣口袋，锁上门，匆匆去赶俞溟。俞溟接过钥匙，问他打过电话了吗？他说打过了，是报社一个记者，答应过几天就来。俞溟一听记者，就有点担心，说对记者这类人一定要慎重，当心惹事捅娄子。他说这人绝对可靠，而且能量很大，他一来自己这盘棋就全活啦！

有了这份材料，司令俊男彻底放下心，随后就安安静静地履行起一个男主妇应有的职责。这天他做好中午饭，突然俞溟来电话，要他立即去潇湘饭店。她说有个聚会，让他来应酬一下。司令俊男觉得唐突，再三推辞说他出面不合适，而且家里饭已做好，就免了吧。俞溟只好作罢，让他自己吃饭，她三四点就回来了。

司令俊男吃毕饭，躺了一会，睡不着，就上街闲逛。路过农行营业室门口，他无意间看到一位白发老人排队取钱，样子很像瞎瞎大爷。他透过落地窗玻璃仔细一看，果然是他，而且身旁还站着那位中年妇女。他觉得蹊跷。这位妇女不就是他的当事人么，为什么却出现在这里？他们有经济关系还是别的关系？一直怀疑瞎瞎大爷的他，这时更加好奇，便站在一棵大树后监视他们的行踪。大爷取出一整捆百元大钞，没有点数，直接塞进妇女提兜，然后一同走出营业室。大爷给妇女一再叮咛，要她拿好，今天就回家，说完转身独自走了。司令俊男远远跟踪着中年妇女。

走到西门广场时，司令俊男抢先一步，追上她问道："大嫂，听你口音是陕北人？"

大嫂惊惧地看他一眼，嘴里只吐出两个字："内蒙。"

司令俊男掏出身份证让她看："我是关中人。大嫂别怕，我只是向你打听个人。"

大嫂没看身份证，一直朝前走："我不认识你，也不认识别人。"

"就是刚才那位大爷，"司令俊男诚恳地说着，"他是我的一个亲戚。"

"那你就该问他本人。"

"他有神经病，一见我肯定跑得没影了。"

"他是个好人，大大的好人！"

"怎么个好法？"

大嫂想了一下说："我被人骗来搞传销，投资三万多，又花销了几千元。一年多了，不但没发展人，把钱也花光了，没啥吃，没处住。实属无奈，我就去工商局告状，在门口遇见这位大爷。他真是个好人，听了我的遭遇，非常同情，劝我快点回家，也不用告状了……"

"所以他给你一万元。你知道他现在住哪吗？"

"不知道，"她突然恢复警惕，"咦呀，你怎么知道他给我钱？难道你跟踪我？"

"大嫂，对不起，我也是无意发现的。但你相信，我绝对是好人。"

大嫂突然转过身怒道："滚开，快点滚开，不然我就叫110！"

司令俊男耸耸肩笑说："好好，我走。不过大嫂，你一定要注意安全！"

司令俊男回到家，越想越觉得瞎瞎大爷神秘莫测。他怎能有那么多钱，又怎能轻易把钱赐给他人呢？还有，他在法院门口是真为人代书诉状，还是安插在工商局的卧底？这些疑团像鬼影似的，纠缠得他坐卧不安。但不管怎么扑朔迷离，有一点完全可以肯定，就是这位瞎瞎大爷与连锁销售的确有着千丝万缕的联系。他长长叹了口气，更加为这个网络感到震惊。

他计划跟踪瞎瞎大爷。他给乐正打了电话，约他明天下午在工商局门前会面，一起找瞎瞎大爷闲聊。乐正说他也有重大发现。他说昨天他听人说，火车站贴出巨幅标语，说深圳玉莹公司是传销组织，要坚决打击取缔。听了后他不信，跑去一看，果然如此，上边还有工商局和公安局的举报电话。司令俊男大吃一惊，刚要到火车站去看，这时俞溟回来了。他佯装什么事也不知道，便和她亲热起来。他发现她感情很不投入，神情恍惚，话语也少了许多。直到晚上，俞溟说她很累，所以两人早早就睡了。盼了一天的乃事，也自然免去不提。直到凌晨，俞溟蹑手蹑脚地下床，正要出门，司令俊男醒来了。他问她干啥去。她说到火车站有个事，要他好好睡觉。他问是不是看工商局贴的巨幅标语。她吃惊地问他是怎么知道的。他说有人打电话告诉了他。他要陪她一起去，说黑天半夜的，她一个人出门他不放心。她想他既然知道这事，也没必要回避，就答应和他一起去看个究竟。

他们坐出租车来到火车站，可是四处寻找却不见巨幅标语。两人正纳闷，这才发现旁边有一个广告牌，所谓巨幅标语正是贴在它上面的。他们走近一看，不觉暗自吃惊。原来广告牌上只有“坚决打击传销和非法传销”的口号，其它内容好像刚刚被人撕掉了，既没有深圳玉莹公司名字，也没有工商局举报电话等内容。司令俊男好生奇怪，不由四下扫视，突然发现瞎瞎大爷。他正要上前打招呼，不料他已钻进出租车，一溜烟似的逃走了。

“他是谁，你认识他？”

“不认识。只是他很像我的一个亲戚。”

“标语肯定是他撕掉的。”

“也许吧。但他怎么这样胆大，竟敢撕政府的标语？”

“政府也睁只眼闭只眼，哪还顾得追究呢？”

“这话是什么意思？”

“你还不明白？政府既然下决心打击，为啥把标语不贴到广场和各个住宅小区？要说呢，这只不过是虚晃一枪，是装样子糊弄上边呢嘛！”

“这么说当地政府暗中支持？”

“没有地方政府支持，十万人能安宁地呆在这里？不过，最近形势有些不妙，你要时刻提高警惕，别随便出门乱跑。”

第二天下午，俞溟出门办事，司令俊男连忙赶到工商局门口。乐正已来了好一阵子，他说一直没见瞎瞎大爷。两人又等了一会，仍没见大爷到来，只好顺着街道乱转。司令俊男说火车站的标语被人撕掉了。他要乐正猜是谁干的。乐正猜了猜，说他猜不出来。他就说是瞎瞎大爷干的。接着他把昨晚在火车站看到的告诉他，自然隐瞒了有关俞溟的细节。乐正两眼发愣，连连称奇，咭问道，这个瞎瞎大爷，到底是干什么的？司令俊男说他也感到奇怪，这可真是一个谜啊！

他们来到西门内小花园，坐在一个背阴处闲聊起来。乐正问他这几天到哪去了。他说在别人家借住。乐正抱怨他不关心他家长，她叫的人留下了，昨天已申购。接着又说新人叫刘篆，和女婿离婚三四年，刚要复婚，却被桂平筠叫来了。她来时就带着三万多元，是对象给的买房钱……是她，怎么是她？！她咋能把她叫来呢？司令俊男大吃一惊，暗自叫苦不迭。他支吾着说他还有事，等明天回去再谝，说完便和乐正分手，匆匆向城里走去。

司令俊男在俞溟家再也住不下去了。他一直打听刘篆的情况，着急要见她。因为她的情况太悲惨，再经受不起这个挫折和打击了！但萨雷和桂平筠警惕性很高，根本不给他留下接触的机会。所以两天后，他无心再在俞溟家住了，当得知老韩家新人已走时，他立即告别俞溟，回到西关新村老韩家里。

第三十八章 不安腿永远是个熊囊鬼

CHAPTER 38

回来几天了，司令俊男不但没见到刘篆，也没见到桂平筠。听老韩说刘篆申购十份，已回老家带人去了。桂平筠现在可是大红人，整天忙着到处做沟通、讲课，他好多天也没见过她。更让司令俊男不解的是萨雷，他避而不见自己，真像当初开玩笑说的那样，把他撂在这里熊管了！熊管就熊管，住在老韩家倒安宁，他才不在乎这些呢！但老韩却不依了，不但对他态度明显不满，而且对萨雷也大发雷霆。有几次他当着他的面给萨雷打电话，质问他为啥把司令俊男撂到他家熊管了，为啥桂平筠回来这么长时间不看看他的业务员？他说像这样没个原则，得是看他软弱好欺还是咋的？真是岂有此理！萨雷骂他是个犟熊稚熊，有人掏水电住宿费，管他住到猴年马月哩！老韩没话说了，只好把满肚子的怨气朝司令俊男身上撒。

司令俊男不在乎这些。他学会了夹着尾巴做人，也学会在生活夹缝里看风景。特别是老韩，天生的直杠子脾气，不会掩饰，生气也是直直的，没一点儿曲里拐弯的风格。譬如做饭时生气，他不像雷钊那样把案板拍得咚咚响，而是既不要你帮忙，也不要你多嘴，一个人毫无声息地默默操作，让你在难以插手和坐享其成中体会他生气的多寡。又譬如上课时生气，他也不像萨雷那样动不动骂人训人，而是不讲也不读，要么就胡谝一阵提前散伙，让你在熊管娃浪叽的气氛中领略他生气的程度。如此等等，谁说他生气不是一种风景，受他的气不是一种享受？

所以说，司令俊男不在乎这些。他在乎的是刘篆，是她遭遇的灭顶之灾。刘篆是他职校同学，也是体操队的队友。她的运动技巧本来很优秀，但身体越来越胖，所以无缘参加省全运会。毕业后，她成了棉纺厂一名织布工，干了四五年，工厂破产，就一直在社会上游荡。后来在歌厅混了半年，傍上一个老板，两人同居一年多，却被甩了。她一时想不开，就跳进滔滔渭河。多亏一个捡破烂的发现，才把她救上来，又送到医院抢救。后来她就和他结了婚。婚后小两口感情很好，第二年生了个女儿。慢慢地，她发现捡破烂很能赚钱，就再没找工作，一边照看孩子，一边帮女婿捡破烂。但万万没想到，当女儿刚要上学那年，女婿得了场大病，住院半年多，花光所有积蓄，也未挽回生命。他就是那时才知道她的遭遇的，才帮着她料理他的后事的。那些天，每到晚上，刘篆都领着女儿，在垃圾场放声恸哭。他与景旒儿晚上常去看她。当她终于从悲痛中解脱出来时，突然看到捡破烂的人越来越多，她的收入一天不如一天。后来，还是他通过各种关系，在废品回收公司给她找了个保管员的差事。就在不久前，他还通过熟人给她介绍了对象，两人感情很好，正筹钱准备买房结婚呢。

刘篆呵，刘篆，你怎么如此糊涂？司令俊男在心里大声诘问。她带来的三万多元，那可是她对象给她买房的钱、结婚的钱呀！天啊！这是为什么，为什么啊？！为什么桂平筠偏偏找见她，为什么她偏偏就认可申购了，为什么自己偏偏那时就躲到俞溟家里呢？他后悔极了，内疚极了，痛苦极了！如果是辛岱，如果是成智，如果是景颇儿，或者如果是武镇、孙乾和表弟芒芒，他也许不会如此痛心疾首，不会如此悔恨交加！但对她，可怜的刘篆，苦难的刘篆，他怎能眼睁睁看着她往火坑跳，看着她上当受骗自己却毫无阻拦啊？而现在，一切都迟了，一切都难以挽回了。啊啊！这可叫她如何承受得了，叫她今后如何生活呀？

当司令俊男情绪稍微平静后，思路便从刘篆身上回到桂平筠身上。他不知她是怎么联系上刘篆的，是怎么把她哄来骗来的，又是怎么设计让她很快认可申购的。但他从这件事上，彻底认识了桂平筠的本质，彻底决断他们早已变味的师生之情。好一个尊敬的老师，好一个可爱的教练！她的心理完全扭曲变态了，她的意识完全走火入魔了！为了一己私利，为了一个虚拟的百万富翁美梦，她拉来一个男学生还不够，又拉来一个可怜的女学生，这让他无论如何也难以接受。人格何在？天地良心何在？一个人连这些都不要了，还谈什么为人师表，还谈什么友谊和情爱呢？！

司令俊男一筹莫展，他只能把对刘篆的同情怜悯，转化为对桂平筠的怨恨。这种怨恨和原先的怨恨合而为一，简直就变成了仇恨。但仇恨又算得了什么呢？仇恨只是一种看不见的分文不值的东西，而桂平筠得到的却是他和刘篆为她创造提成的一万二千元，再加上她的直接提成六千四百元和三千八百元的产品，她已实实在在地拿回了二万多元。相比之下，所谓的仇恨还有什么分量？桂平筠才不把这个叫做仇恨的东西当一回事儿呢！她知道只要被仇恨者对仇恨嗤之以鼻，仇恨者便干瞪眼没办法，仇恨也就不了了之了。桂平筠的这一心理活动，司令俊男完全清楚，因为她的厚黑学造诣不在萨雷之下，自然这么做就会脸不红心不跳。而仇恨之于他，则正如桂平筠预料的那样，只能是感情分泌的一点无形物质而已，只能是阿Q精神胜利法而已。堂堂男子汉，堂堂体操冠军，总不能把仇恨发泄在拳脚上，发泄在法律以外的一切复仇方式上啊！

司令俊男只好把仇恨暂且埋在心里。就目前而言，他只有这条路而没有其它路可走。他现在面对的不仅是桂平筠，还有萨雷，还有俞溟，还有瞎瞎大爷，还有这个庞大无比的网络体系。小不忍则乱大谋。他现在特别体会到这句话的精髓和重要。他必须忍受一切压力和痛苦，默默地实施自己的计划，开始调查报告的构思和谋篇。他已想好了标题：和谐社会的一大肿瘤。副标题：——揭秘西南边陲十万传销大军内幕。他掂量了一下掌握的材料，觉得表象多而内幕少，低层多而高层少，感受多而证据少，枝节多而要害少。他想，面对这种“四多四少”的材料，要写出一份真正有力度、有深度、有影响力的调查报告，的确感到把握不准和力不从心。还有，像当地政府的态度、深圳总部的真伪、高级业务员的实情，以及涉案资金、交纳税款、生产厂家、产品价格等等，这些关键环节还是空白，还须掌握更翔实的第一手资料。所以他现在必须忍辱负重，卧薪尝胆，把仇恨深深埋藏起来。

为了取得俞溟和萨雷的信任，司令俊男不得不装出一番积极邀约人的姿态。他多次给武镇、孙乾和芒芒打电话，谁料都不约而同地寻找各种借口谢绝了。他不再强求，反而暗自庆幸。说实在话，如果他们真的要来，那才令人左右为难呢；如果他们真的来了又加入了，那才更令他难以承受正义的拷问和良心的煎熬呢！在后来的日子里，他就这样把人的两面性像烤烧饼似的，翻过来倒过去地烤呀，烤呀。他陆续又给五六个人打了邀约电话，他们全都和武镇、孙乾之流一样，嘴上答应得很干脆，却没一个付之行动。老韩听他打电话都听烦了，说他打的电话最多，邀约失败的也最多，根本原因是选择的对象档次过高。他说：“刘篆是你的同学，关系并非一般。这么理想的人选，你不去邀约，却拱手让给别人。所以说，还是你的指导思想有问题。”司令俊男不听则已，一听立即火冒三丈，脖子一扭说：“刘篆的惨状我已给你说了。像她这样的人，我宁可自己是个死腿，也不会把她拉来为自己垫背。我的人格和良心不允许我这样！”老韩一看他动了气，便改变口气：“这个例子也许不当，但我是想说，你得调整思路。咳，真没想到，你这犟熊脾气，犟起来比我还犟。”

司令俊男感到异常苦闷和焦急，一时又不知该怎么突破。他常常独自站在走廊上，望着对面的楼房出神。对面那排楼房，约有二三十户，其中四五户人家的楼房只盖了半拉子。那些勉强称为房子的房子，既没内粉，也没门窗，但里边全住着客户。毛坯墙贴几张报纸，架起床，就是一个窝。地板凸凹不平，站在这里几乎能看见露出的小石子。听他们口音像是河南人，一举一动都暴露无余。他们在屋里上课、沟通、吃饭，程序和场面都与自己这边差不多。半拉子楼房顶上，有人用剩余的砖块垒起一间低矮的窝棚，不时还冒着缕缕炊烟。但时间不长，窝棚就不见了，楼下突然拉来一堆砖和沙石料。又过了几天，半拉子楼顶架起电葫芦，出现许多工匠。原来房主人看到网络人这么多，出租房价这么贵，一改当初怀疑观望态度，正昼夜不舍地续建工程哩。

这天，下着小雨，司令俊男和老韩几人刚上课回来，看见女房东和对面续建楼房的人家吵架。真没想到，这里的人居然会吵架，居然和内地人一样也吵得天翻地覆，难分难舍。特别是女房东，平时说话就声大而快，这时更有了展示机会。只见她昂头挺胸，手脚并用，时而指指半拉子房屋，时而指指堆积如山的砖块，时而又指指她家的楼房，嘴里呜哩哇啦便觉得天旋地转。对方虽然语言比不上女房东，但人多势众，每人说一句，也得女房东说上半晌。所以女房东唇舌便加速了频率，说话快得连多年邻居都有些听不准，外地人更不消说。一人面对他们四五人，但她并不惧怕，越斗越勇。她拿起一块砖，就向自己家新修的台阶砸。对方有个中年妇女上去阻拦，她和她推拉起来，眼看就扭打在一起。中年妇女很克制，没动手，只是慢条斯理地讲道理。她说的是普通话，又说得很慢，所以大家才听出一些端倪。原来他们拉砖时不小心，让砖砸了她家新修的台阶，女房东自然不同意。他们答应给她家重修，但她指责他们是看她家房盖得早，收益大，所以眼红嫉妒，才故意这样干的嘛！中年妇女一再否认他们是故意的。她承认他们没有她家信息灵，眼光远。正因为他们落后了，所以才急着续建房屋，向她家学习。再说了，她指着看热闹的人群说，外地人铺天盖地没完没了，赚钱容易得很，没必要眼红嫉妒别人呀！

外地看热闹的人总算听出些眉目，知道他们吵架因自己而起，脸上就流露出复杂的表情，一个个摇着头，无奈地走开了。现场只留下吵架的双方，还有一些劝驾的邻居们，仍吵吵嚷嚷好大一阵子。

老韩和司令俊男、金全会回到家，刚要掏钥匙开客厅门，这才发现钥匙忘在屋子里。老韩知道是司令俊男最后走的，就怨他和上次一样，关门使劲太大，肯定又把门锁摔坏了。司令俊男只是摇头瞪眼，没吭声。老金却嗤嗤笑了，说这次和上次情况不同，上次有钥匙开不了门，而这次却是没钥匙门自然开不开，怎能说门锁被摔坏了呢？老韩想想也是，就不再抱怨司令俊男，眼睛直瞪着他要主意。司令俊男拉着老韩，跑上五层，敲开门，说明情况，就探头向下观察。司令俊男脱掉上衣，找来一条粗绳，一边往腰里缠，一边要翻窗进四层客厅。老韩一把拉住他，说他块头大，这样太危险。他看了老金一眼，摇摇头，遂说，郑越，郑越个子小，身量轻，他最合适。他说着便给郑越打电话，说有要紧事，让他们马上到888来。不大一会，郑越、乐正和老马三人赶来。刚听完情况，看过地形，郑越一眨眼就不见了。老马一声不吭，只是缩着头往后退。气得乐正直瞪眼，大骂郑越是个怕死鬼，如果看皮影二人转，这驴日的比谁都跑得快！这一骂，仿佛他身上立即添了胆量，不由分说，从司令俊男手中夺过粗绳，只管往自己腰里绑。他说黄继光能堵枪眼，董存瑞能炸碉堡，咱咋就不敢翻个窗户？真要光荣牺牲了，也算一条好汉，网络组织可别忘了给送个花圈！

一切都准备停当，司令俊男在前，老金在后，老韩次之，老马又次之，紧紧拉着粗绳，乐正便跨出窗户，徐徐往下降落。这时看吵架的人群刚刚散去，立即有人惊叫起来："哎呀不好！这家人上吊自杀了！"大家都惊慌地朝上看，有几个邻居还跑上楼要帮忙抢救。这时乐正已顺利地翻过四层窗户，门开了，钥匙果然在茶几上。乐正揶揄老韩快拿好烟犒劳。老韩没推辞，拿出一包国宾烟，一根根给大家散。郑越刚接过烟，就被乐正夺走，同时屁股也重重地挨了一脚。他蔫蔫地笑着，说他撒了泡尿，没想到眨眼功夫，乐正这家伙就把钥匙取出来了。说着他伸手又给老韩要烟。乐正从老韩手里一把夺过烟盒，装进自己衣兜，骂着郑越，驴日的，撒一泡尿，还能用这么长时间？郑越呲咩一笑，只好掏出自己两元一包的飞马烟，自个点燃抽着。

第二天，桂平筠突然来到888，要司令俊男搬回去。司令俊男不再和她赌气，只是说当初萨雷让他搬来的，没有他的话他不能搬。她说那好吧，不搬就先住着。接着她要他把这两月生活费交了，说她得和老韩清账。司令俊男二话没说，拿出五百元交给她。

过了几天，萨雷总算来找司令俊男谈话了。但他闭口不提搬家的事，而是问他最近的打算，为什么至今没发展一个人？他要他好好总结一下，千万不能在一棵树上吊死。司令俊男尽量压抑心中的怒火，调整自己的情绪，缓和谈话的气氛。但不知为什么，一听谈发展，谈叫人，他就由不得烦恼，说话的口气自然也不那么客气。

"别催人逼人嘛！各人有各人的情况，我总不能强迫人家把自己的事撂下，不管不顾地来我们这里吧？再说了，无论如何说咱们的事多么能挣钱，但人家脑袋在人家脖子上长着，我又有什么办法呢？”

“嗯呀，真没想到，你来了七八个月，至今还说这样的话，太让我失望！兄弟，别再挽花子了，你有天大本事，不发展人永远是个熊囊鬼！譬如刘篆，本该在你眼皮底下，你没列入名单，而桂平筠却列了，而且列了就邀约了，邀约了就成功了。你说说，这到底为什么？”

“别提刘篆的事！一提起这事，我就浑身打颤！”司令俊男再也忍不住了，站起来大声吵嚷着，“告诉你，刘篆遭遇太悲惨！她失业了，丈夫死了，靠捡破烂为生，刚谈个对象，却被你们骗了。你知道吗，她的钱就是对象给她买房结婚的钱呀！谁狠心做出这种事，肯定良心让狗吃了，肯定不得好死！”

萨雷慢慢绽放出他的讪笑，随之脸部细密的皱纹和毛孔也轻微颤动起来：“司令兄弟还这么多情多意。但商场就是战场，在战场多情多意就会被敌人打死，在商场多情多意就会被对手吃掉。就说刘篆吧，正因为她的不幸，她的悲惨，就更应该破釜沉舟，背水一战。只有我们才能挽救她，只有连锁销售才能改变她的命运！”

萨雷这一大段议论，使司令俊男有了思考和调整情绪的余地，他想起自己的秘密计划，所以语气和缓了许多：“原来如此！你要是今天不说，我恐怕还钻在牛角尖里出不来呢。刘篆固然值得同情，但也不能因此耽搁自己的百万富翁大业呀！对不起，刚才我心情不好，语言过激，请你不要计较。”

萨雷的讪笑立即掺合出一些儿真诚，涎着脸笑说：“这还差不多，有点绅士风度。男子汉大丈夫，如果没有绅士风度，就不是男人，更不是伟丈夫。”

司令俊男戏谑地说：“听你这番高论，我才算真正洗脑了！”

萨雷哈哈大笑：“你这脑子和老韩刚来时一样犟，就该好生洗洗。”

“老韩脑袋洗得好，所以才跑得快？”

“不说老韩了，说你吧。你打算怎么办？”

“有个朋友最近要来，我再和他联系一下。”

“是那个记者吧？我听俞溟说过，她有点担心，怕他来了惹事翻把。我认为不可能，万一出事，我也有办法对付。你要尽快和他联系落实。”

第三十九章 秦二蹲剁掉一只脚从天上飞来了

CHAPTER 39

司令俊男不得不打电话邀约那个记者。本来是无意中随便说的一句话，没想到俞溟信以为真，萨雷信以为真，现在逼得他也只好弄假成真了。这个记者何许人也？正是他的同村同学，那位他早已和他闹翻了的报社广告部老板秦二尊。也许由于自己写作水平太差，也许自己的秘密计划急需一个得力帮手，所以自从在俞溟面前夸下这个海口后，他就一直思考谋划着这一步险棋。他是这样考虑的：按秦二尊的实力和个性，他肯定有更大的发财欲望，也肯定热衷向外发展，所以邀约成功的几率当在百分之八十以上。而且，他来后能认可申购更好，退一步讲，真要上当受骗，他也不把三万多元当一回事儿；万一不认可，凭记者的职业特点，他一定会对这个新闻题材感兴趣，也一定会助自己一臂之力。至于善意谎言，他也策划了，虽谈不上恰如其分，也称得上别出心裁。

糟糕的是，他一连几次拨打秦二尊手机，回答都是空号。他又拨彩印厂座机，回答同样是空号。他暗自吃惊，担心这家伙是不是倒闭了。实在没法，他只好给报社总机打。真是万幸，总机号码没变，一打就通。电话员态度很好，告诉他秦二尊早离开广告部，现承包着报社一份周报，当总编了。说着她立即给他接通周报电话。接电话的说秦总到内蒙去了。她听说他是总编的同学，就给了他手机号码。他立即又拨通秦二尊的手机。

“秦总编，别来无恙？”

“你是谁？还文绉绉的？”

“是你哥，司令俊男！”

“啊？日本鬼子？哈哈，八格呀鲁，丝啦丝啦的。”

“你这家伙，不愧叫秦二蹲，还蹲着报社的茅坑？”

“是呀，光蹲茅坑不屙屎，混呢么！”

“听说你蹲得不错，已蹲上总编位子了。”

“子报，每周一期，不值一提。你呢，情况怎样？多年没见，怪想你这个日本鬼子。”

“我现在南方一家大型国营公司，情况还不错。就是光牵挂家乡，特别想念你这个乡党、同学和大老板。”

“你说，有啥事要我帮忙？就凭你当年创造的效益，我也鼎力相助。”

“谢谢老板的深情厚谊！”司令俊男顿了顿，平静一下心情，“我问你，想不想到南方发展？南方社会很开放，政策很优惠，发展潜力和空间都很大。你总不能把目光只盯在家门口，只满足像乞丐讨饭一样拉广告赞助吧？”

听得出秦二尊很激动：“当然不能只盯在家门口，当然不能只当乞丐讨饭吃。快说吧，你有什么信息，有什么更吸引我的项目？”

司令俊男再次平静一下心情，佯装毫不经意地说：“这里有一家大型彩印厂，原先承包的是当地人，整天扯皮不交承包费，所以政府不让他干了，想找个有实力、有能力、有信誉的外地承包商。我也是无意中听朋友说的，就自然想到了你。”

秦二尊显得特别冲动：“好啊！我正想去南方发展哩，正想扩大彩印事业哩！但不知那里市场怎样，厂子规模怎样？”

司令俊男想再刺激这家伙一下，便道：“彩印厂原先给烟厂印盒子、广告和商标。就是红塔山、阿诗玛等名烟，还有茅台酒。再加上边贸和南亚外资企业多，彩印业务量很大，活多得没法说。”

秦二尊问：“厂子有多少固定资产？”

司令俊男想了一下说：“我不懂，也没细问，大概有四五百万吧。”

秦二尊有点惋惜：“太少了，可能是个小厂。”

司令俊男纠正说：“不包括地皮和厂房。”

秦二尊炫耀说：“当然不包括地皮和厂房。告诉你，我去年买了台日本彩印机，进价高达五百多万元！”

司令俊男忙解释：“我不懂，可能说错了。但规模绝对很大，彩印机也绝对最先进。你想想，政府办的，规模还能小，设备还能落后？”

秦二尊说："那好，我决定去考察。你必须搞清彩印机是什么牌子，什么型号，那个国家生产，原进价多少。然后来电话，我再决定行程。"

司令俊男满口答应："好的，就这么说定了，我这两天给你打电话。"

打完电话，司令俊男为难起来。怎样才能搞清彩印机资料呢？他索性亲自去城里找彩印厂，谎称自己印画册，让他们核算报价，趁机搞清这些情况。但厂家就是不核算不报价，一再坚持要拿来图片资料再说。几家厂子态度都一样，他忙了一上午也没个名堂。他只好向俞溟求助，两人吃过午饭，又跑了几家彩印厂，结果和上午一模一样。这些狡猾的厂家很注意保守商业机密，不见图片资料绝不报价，更不会暴露彩印机品牌型号，警惕得比西门外搞网络的人还要贼精。实在无奈，俞溟建议用模糊概念搪塞过去，又给他教了许多邀约技巧，要他到时候灵活运用。

两天后，司令俊男给秦二尊打手机。他告诉他厂子还封着，进不去，其他人也不知道详细情况。有关领导只说固定资产在两千万元以上，彩印机是前年进口德国的，价格大约五六百万元。秦二尊一听喜出望外，说他现在已回到西安，这两天就买机票，要他等他电话。

就在等秦二尊电话的当儿，司令俊男又面临一个问题，就是新人来了在哪儿接待？按他的想法在老韩家最妥贴，一是这里条件好，二是避免自己搬回666的尴尬。但萨雷不同意，说他是桂平筠下线，必须在她家接待。司令俊男只好默认，但又一想，矛盾没解决，搬回去两人别别扭扭，怎么能接待好新人？所以他建议，要萨雷出面，把他和桂平筠召集一起，沟通一下，以免再出现差错。萨雷武断地否定了他的建议，说接待是最好的润滑剂，在共同利益面前任何矛盾都将化为乌有。他说关键问题是搞好接待，到时候他会把一切安排得很好。司令俊男无话可说，既怨恨萨雷偏向桂平筠，又不得不佩服他高超手腕，不乏绅士风度。仔细想想，当初为回避生活费的事，是他让自己搬的家；现在又为回避搬家的事，他又用接待新人来敷衍。矛盾都是他制造的，他却故意不解决，让它在现实中自生自灭。吁——，司令俊男不由长嘘口气，暗自诅咒这个可爱而又可憎的家伙。

过了两天，秦二尊果然打来电话，说他已买好明天机票，下午三点到春城，让他准时去接。司令俊男立即向萨雷作了汇报。他很高兴，说他马上就到888，商量具体接待事宜。不大一会，他和桂平筠一同来到老韩家。将近两个月没见桂平筠，今天一见，觉得她精神状况很好，白皙的脸腮泛着淡淡红晕，眼眸流盼出当年特有的妩媚和温情。他猜想，她现在安了刘篆和他两条腿，再加上即将来的秦记者，心情一好，自然精神面貌大为改观。其实也没说多少接待的事，因为晚上还要开会前会，只不过随便聊了些有关话题，萨雷和桂平筠抱起铺盖行李，接他回666。

两个多月了，再回到这间用三合板隔的房间，司令俊男的确感到很陌生。这天晚上他长时间睡不着觉。他既高兴又担忧。他所谓的既高兴又担忧，和萨雷在会前会上说的本质完全不同。萨雷的高兴是叫来一个记者，不但可提高他体系的档次，而且一旦认可申购无疑又杀出一匹黑马，记者的社会能量他是领教过的；担心的是留不住人，这样以来少一匹黑马事小，单怕他回去后胡宣扬，弄不好捅到媒体上后果更严重，记者的这些阴谋伎俩他也是领教过的。而司令俊男恰恰相反，他高兴的是有了一个得力干将，担忧的是怕自己的计划被萨雷识破。所以他认为，这次接待是走钢丝，险之又险。他必须把每个细节都考虑周全，不能让他们看出任何破绽。

他正想得入神，突然又传来原先那奇怪的吧唧声。他屏着气，不敢翻身，静静地聆听。那声音越来越激烈，越来越亢奋，三合板墙也随着节奏呼扇摇晃，偶尔能辨出桂平筠呦呦的呻吟。她和谁？这个几乎遗忘了的问题，此刻又尖锐地提到面前。三哥回去了，小范回去了，雷钊、何全根被开销了，这些可能一一都变成了不可能，那么还会有谁呢？他想了好大一会，还是没想出子丑寅卯，便不愿再费脑筋，迅即在一阵只有成年人才能听懂的那种吧唧声中进入梦乡。

第二天，司令俊男来到春城机场，感叹现代人真会享受。无论整个人类还是某个自然人，始终都未脱离“生老病死，衣食住行”这个主题，为了它们可以吃苦受累，可以奋斗牺牲，还可以用那个叫高新科技的东西让世界不断翻新花样。所谓WTO，所谓的GDP，都无一例外地围绕着这个主题。就说行吧，干脆就说行里的飞机吧，不消说什么空中客车名目繁多的机种机型，也不消说机上安适的设施和始终微笑的空中小姐，单看看眼前这个称为空港的飞机场，就足以为现代人的奢华而汗颜。瞧那宏伟壮丽的候机大厅，瞧那立体交叉的天桥和地下通道，瞧那美仑美奂的广场和车辆如云的停车坪，瞧那宽阔的大道、繁华的街衢和各类豪华的商厦酒楼，以及为之配套的草坪、花园、景观、绿化带等等，真是亘古未有，空前绝后。站在它面前，人就像初上天宫的孙悟空，又像误入水晶宫的猪八戒，恍恍惚惚便如神似仙的了。

司令俊男在广场转来转去，心里毫无来由地产生一种虚脱感。他望着一排象征万国博览的各色旗帜，强打起中国公民的精神气，昂首阔步地走进候机大厅。这里更是一个五彩缤纷世界，各种设施超前先锐，各种功能奇特神秘，各种服务完美周全和无不体现浓厚的人情味儿。再看看出出进进的各色人等，一个个时髦漂亮，风流倜傥，脸上都洋溢着天使一般的微笑。特别是各个进出口，无论接人的还是送人的，也无论是被接者还是被送者，每个人都是一道风景，每次招手或握手都是人生的一次定格。相比之下，司令俊男更加自惭形秽。此刻，原先的感觉愈来愈明朗，慢慢地，虚脱感被失落感所取代，他委顿得简直有些无地自容。

航班归港还有两个多小时，他百无聊赖地独坐半个钟头，接着百无聊赖地走出候机大厅，随后又百无聊赖地在广场上转悠。有几个排队接客的出租车司机以为他租车，纷纷跑过来询问，他一一摇头一一谢绝。他发现他们许多人正吃盒饭，便跟踪着，来到一处专门为司机服务的快餐店。他仔细观察一番，便花六元钱，吃了一份快餐。吃过饭，他顺着一条迎宾大道闲转，觉得有点乏累，就坐在绿化带旁休息。绿化带非常漂亮，约有十米宽，一律的香樟树，一律的茶花，一律的树间草坪。草坪绿茵茵的，草叶很皮实，很稠密，像一张很大的栽绒地毯。他选择一块理想的地方，把手提包往头下一枕，索性躺下休息。这样一来，他便有机会思考刚才蓦然而来的失落感的缘由。

他想起初来爨城时神秘的考察，想起萨雷和桂平筠的跟踪盯梢，想起黑夜小石林里的暗算，想起封闭式模拟的家庭生活，至今仍感到禁锢和窒息。置身于这个与外界隔绝的网络世界，人就很容易麻木、僵化、扭曲、变形、痴迷、失态、走火、入魔，认识能力只剩下"井底之蛙"和"山中无老虎，猴子称霸王"的狭小空间。现在，当他偶尔跳出这个圈子，虽然只是短暂一天，也使他在现实中有了比较，在比较中有了甄别。他的失落感正是由这个三段论式产生的。看看外部欣欣向荣的社会，看看眼前逍遥自在的人群，那个叫网络的世界简直就是一个无底深渊，那些奢望百万富翁美梦的人简直就是占山为王的蟊贼。他躺在草坪上，觉得自己是被洪流抛弃的一抹泡沫，是被潮汐搁浅的一条死鱼，一阵强似一阵的遗弃感和失落感，紧紧包裹着他的整个肉身和灵魂。

不知过了多长时间，突然洒水车的嘟嘟声和滴在脸上的水花惊醒他。一看时间差不多了，司令俊男一骨碌爬起，顾不得看一眼环卫工人，匆匆朝候机大厅走去。数字化电子屏幕不停滚动着航次和离到港时间。他站在屏幕前，一回又一回察看N次航班。还有半个小时，秦二尊就要从天而降了。他坐在L形靠背椅上，望着大型电子广告幕墙，心情像那上面的图画和文字一样，也在快速滚动切换着颇具煽情意味的色彩。

出入口开始放行，出出进进的人越来越多。司令俊男站在围栏外，焦急地张望着，等待着。他不再感到失落。他把失落感扔进来回走动的清洁工人的垃圾车里了。

他脸上也洋溢出成功人士的得意神情。虽然他知道，现在乘飞机出行不再新鲜，但他依然认为整天在空中飞来飞去的人，十有八九或是有职有权的官员，或是有钱有势的大款，总之都是人之尤物。作为他，能在空港来接人，能和天上来客有点挂搭，自然也应归于准尤物之列。所以他现在不再有失落感，不再有网络蟊贼的沮丧了。

旅客像天上的电磁波一样，各有各的频率，各有各的波段，在经历一阵乱麻似的干扰后，接人者和被接者各得其所地实现了最完美的互动与结合。大约过去十多分钟，出入口人越来越少，但仍不见秦二尊。突然，一个不祥预感出现在司令俊男的脑际，他暗自吃惊，这家伙会不会要花招忽悠自己呢？正在他惊恐不安之时，手机响了。是他，是秦二尊的电话。

“日本鬼子，咋不见你的人影呀！”

“秦二蹲，你这家伙，还蹲在天上不下来？”

“你在哪？”

“我在出入口，你在哪呀？”

“我在贵宾大厅出口。”

“你这货，还装得挺像，又不是小布什来访，跑到贵宾厅干啥？”

“找感觉呀！你不知道，他妈的这感觉就是和一般不一样！”

“我怎么还看不到你？”

“我也看不见你呀！”

两个人各自打着手机，四处张望呼叫，但仍像捉迷藏似的互不相见。他们不约而同地从耳朵上拿走手机，才发现对方就在跟前，屁股几乎撞着屁股。于是哈哈大笑，两人紧紧拥抱在一起。

没有车接，秦二尊满脸不悦，抱怨说，鸟国营大公司，连车都舍不得派，他妈的太失体面啦！司令俊男忙解释，说要车就得有随从，再加上司机，能和鬼说悄悄话！真是的，咱俩谁和谁，还穷讲究啥呀？说着钻进出租车，驶向市区。下了车，司令俊男来到一家小饭馆，要为朋友接风洗尘。秦二尊不屑地摇摇头，拉着他不管不顾地朝前走。他轻车熟路，很容易就找见一家豪华饭庄。走进门厅，入了雅座，推开菜谱，只给服务员先伸出三个指头，接着又伸出两个指头，两人便端坐如神。看到老同学满脸狐疑，秦二尊便解释道，三是“三老下凡”，三盘菜，都是该店著名品牌，每盘六十元；二是两碗高档过桥米线，每碗也六十元。说毕他怕他产生误会，又说今天他做东，要他尽管贴赔一张嘴就行了。司令俊男说那不行，他是客，他是主，主人怎能让客人破费哩！秦二尊诡谲一笑，说他那点钱渣渣不够塞牙缝，还是给景旒儿留着贡献去吧。

吃罢饭，司令俊男忙去租车，和司机讨价还价一阵，最后商定，坐四人拼盘车，每人六十元。秦二尊一听还有一百多公里，心里老大不高兴，一路上昏睡不语。刚出春城半个多小时，天就全黑了。夜间行车别有一番心情。月光似水，浩浩渺渺，把沿途的农田、村舍、山冈、城镇都淹没了。眼前一片混沌，空间被车轮碾轧得一派紊乱。桑塔纳小轿车像一只黑夜出击的大鸟，分不清是上还是下，是左还是右，只觉得星星就在车屁股追赶呢，银河就在车灯前流淌呢。这时人就有了睡意，仿佛身前身后、天上地下的物事都是梦幻一般。司令俊男没敢睡，漫无边际地和司机闲聊，唯恐他一时打盹把车开到地球外边去了。车行约一半路程，突然桂平筠打来电话，问现在到了哪。他告诉她一个小时就到，饭已吃过，不用准备了。

第四十章 记者秦二尊和真假李逵

CHAPTER 40

车快进夔城市区，秦二尊的鼾声还此起彼伏。司令俊男没打搅他，只是给司机说着去西关的线路。刚到电视台门前，秦二尊像神人开天目似的，惊乍而起，急不可待地朝车窗外张望。桑塔纳在西关新村停下，司令俊男付过钱，两人就下了车。金全会、老韩立即走上前，握手欢迎，甚是热情。老韩一见新人没有推拉式旅行箱，手里只拎着手掌大一个老板包儿，便暗说糟糕，这人肯定留不住！

上楼进了桂平筠卧室，秦二尊四下一望，还未坐定，就嚷嚷着要到外边去住。大家七嘴八舌劝说一整，他还是坚持自己意见，说在这里他睡不着。司令俊男无奈，只好答应到旁边旅馆住宿。他说这里旅馆很多，都是刚刚开业，设施精良，干净卫生，服务周到。下了楼，秦二尊招手挡住一辆出租车，正要往里钻，被司令俊男拉住了。

“你看看，这里旅馆多得像满天星。”

“档次太低，没有星级的。”

“那就到珠江饭店去。”

“电视台跟前有个四星级酒店。”

司令俊男诧异地问老韩：“你知道吗？”

老韩摇摇头：“不知道。”

秦二尊很肯定地说：“没问题，四星级，刚开业。”

司令俊男大惑不解：“你这家伙，是能掐还是能算？”

他一摆手，牛气地说：“我整天出入五星级酒店，眼力棒极啦！刚才路过，一看那灯饰夜景，就知道是四星级，而且刚开业。”

秦二尊说完，随之上了车。接着司令俊男和金全会也上了车。韩翰说对不起，他还有别的事，不能奉陪，就没上车。

这的确是一家刚刚开业的四星级酒店。司令俊男和金全会不得不佩服他惊人的眼力，这家伙实在太厉害了！酒店还处于开业优惠阶段，收费一律打六折。秦二尊订了一处豪华套房，打折后每天八百元。房间真可谓高档豪华：客厅约四十平米，彩塑镶金吊顶，枝型豪华顶灯，锦缎软包墙裙，栽绒地毯，真皮沙发，立式空调，液晶电视，多功能健身器，全自动麻将桌，组合式古玩架和书橱，整个空间被巧妙地隔成三个单元，既各自为政，又融合贯通。卧室约二十多平米，床很宽大，不知使用了什么高科技成果，躺在上面立即就会产生失重感和梦幻感。被褥和枕头都是清一色白棉布，内装具有药疗效果的高级网套和枕芯。室内备有组合衣柜、笔记本电脑、写字台、沙发等。卫生间也很宽敞，一边是封闭式玻璃钢淋浴器，一边是落地式穿衣镜，座便器和洗手盆都是高档釉面陶瓷制品。整个房间豪华典雅，富丽堂皇。

一切安置停当后，金全会找借口推辞走了。秦二尊几次打听彩印厂的事，司令俊男都巧妙地转移了话题，只和他聊一些这几年的情况和见闻。秦二尊得知他与景旒儿离婚后，就大骂他不该出此下策，丧失根据地永远都是个蟊贼草寇。他说他还是原配发妻，有这个根据地，发展空间就大了去了，也游刃有余得多了去了。他问他今晚想不想成神？他说如果是白族或傣族姑娘，自然要潇洒一番。说着他真的打电话要按摩美容部，问有没有白族或傣族小姐，回答只有彝族姑娘，他说那就算了。随后他俩谝了一些其它闲话，司令俊男执意要回他的宿舍。秦二尊再三挽留，也没留住，就把他送到楼下。

第二天早晨，司令俊男和金全会来到酒店。秦二尊刚刚用过早点，三个人就坐下闲聊起来。司令俊男说，老金过去搞过印刷，后来做药材生意，家里还有运输车，彩印厂的事就是他介绍的。老金说现在啥生意都不好做，所以他才跑到这里闯荡来了。他说二次创业更艰难，关键要抓住机遇。秦二尊急着打问彩印厂的情况，老金正要搪塞，这时萨雷来了。互作介绍后，寒暄一番，萨雷便按部就班地搭起平台。他刚说几句，秦二尊就不耐烦了，话题直奔彩印厂。萨雷说这里生意很多，除彩印厂还有别的项目，都很能赚钱。他要他住几天，一一考察后，也许看不上彩印厂而选择其它项目。秦二尊说他只谈彩印厂，也不用现场考察，就在这里洽谈吧。萨雷说彩印厂的事让老金和政府再联系一下，他现在向他介绍另一个短平快项目。秦二尊连连摇头说他只谈彩印厂，对其它不感兴趣。司令俊男说既然来了，顺便听听无妨，作为新闻记者的职业特点也该如此。秦二尊这才安静下来，但目光一直充满狐疑和迷惑的阴霾。

秦二尊的表现完全打乱萨雷的既定程序，不得不把搭平台和沟通掺合在一起进行。他刚讲完连锁销售的模式，秦二尊就坐不住了，嘿嘿讥笑说那是传销，是货真价实的传销！他说这些把戏他经得多了，昨晚就有感觉，只是碍于朋友情面才没戳破，现在萨经理一说，事情全明白了。萨雷拿出一本杂志，指着封底的彩色广告让他看，说连锁销售已写进大学教材，怎么能是传销呢？秦二尊瞥了广告一眼，说广告是商贸学院他同学发的，杂志也是他印的，当然知道内情。他说商贸学院的连锁销售是指连锁店，并不是网络上的拉人头。网络拉人头可是国家明令禁止的呀！真是一语中的，一针见血，沟通无法再进行下去。

平时显得趾高气扬，被尊为精神领袖的萨雷，一下子没了底气，乱了方寸。他极力稳定自己的情绪，重新调整思路，本着死马权当活马医的原则，又夸夸其谈地说起自己的创业史。他从部队到官场，从企业到下海，从建筑队到屠宰场，从叶肥厂到星火计划，从打官司到连锁销售，越讲越激动，越讲越煽情。他想用自己创业的曲折和辛劳，勾起秦二尊对当初创业的回忆，点燃他二次创业的激情。但他万万没想到，正是他的这些辉煌历史，使秦二尊对他有了这样一个不雅的印象：这是一个极能折腾、极能荤整、极能钻营的家伙！折腾一辈子，没干成一件事，已进天命之年，仍处于如此尴尬狼狈的初级阶段，足证明他的精神领袖和绅士风度该有多么滑稽虚妄！管中窥豹，由此便知他所极力吹捧和倡导的事业，也一定不会有什么好结果！司令俊男心情却很复杂，既感到失落，又感到庆幸，更多的是对萨雷狼狈的幸灾乐祸，窃喜这可为自己出了口恶气！

秦二尊再不愿听了，站起来说，如果彩印广告吹，他下午就回去。萨雷没辙了，建议他不妨进城转一转，十二点班车很多，要司令俊男一定把客人送上车。临下楼，他再三叮咛司令俊男，说这家伙是个危险分子，必须在十二点以前让他离开爨城。

萨雷、金全会走后，秦二尊把司令俊男大骂了一通。他骂他真是个屁事不懂的日本鬼子！长着那么高个子，有着那么大本事，怎能跑到这里搞传销呢？他抱怨他当初不该和他闹翻，更惋惜他后来再没找他。他说当初如果继续合作或后来再去投奔他，如今肯定发了大财，还值得在此偷偷摸摸、鬼鬼祟祟的像乞丐？司令俊男承认他骂得对，他说，但现在还不是后悔的时候。他要他好好想想，这个事件背后能否挖掘出别的宝藏？他说这里号称十万网络大军，光陕西人就有两三万，难道没有新闻价值，难道不足以引起新闻媒体关注？秦二尊大吃一惊，瞪着眼睛叫嚷。啊？十万，十万人，这里有十万人搞传销？那么，为什么国家置若罔闻，为什么当地政府姑息养奸？司令俊男说，所以，问题很复杂，涉及面很广，自然新闻价值就更大。秦二尊嗵地倒在沙发上，拍着头大叫。他妈的，怎么就忘了这一窍？他沉默片刻，当机立断，说他计划住下来采访，要揭露这个黑幕。他说如果写成纪实连载，他的周报发行量肯定大增，新闻效应和经济效益也将双馨双赢。司令俊男说不仅如此，如果弄好了，捅到中央去，说不定还能得大奖哩！

他们去餐厅吃了自助餐，回到房间，又继续秘密策划。司令俊男给他谈了七八个月来的感受和所掌握的证据材料，也谈了自己的设想和计划，并说出已拟好的标题。秦二尊仔细斟酌后，连连赞赏，说几年没见，他大有长进。这标题好，副标题更好，既有诱惑力，又有煽情味。司令俊男笑说，跟着猫头鹰能熬眼，跟着公鸡能打鸣，这些长进都是那几年跟着他学的呗！整整一个下午，他们从总体构架和具体采访细节都制定出一套完整方案。秦二尊后悔没带照相机，他说现在读者更注重视角冲击，特别是社会焦点热点问题，如果配上大幅照片，更能吸引人的眼球和引起阅读兴趣。他说他明天就上街买数码相机，在这里拍照好，马上就能发回去见报，他妈的现代科技真是叫绝，方便得完全抹杀了时空界限。司令俊男说要是钱不够，他这里有。秦二尊哈哈大笑，说他整天周游列国，一卡在手，随身银行，还怕没钱花？

晚饭后，司令俊男回到宿舍，拿来许多资料。秦二尊刚翻阅了几页，这时有人敲门。他拉开门，只见一位时髦小姐袅娜而入。他问她有什么事。她反问他要不要特殊服务。他忙给她让座，问她多大了，哪里人，哪个民族。她说她十八岁，四川人，汉族。司令俊男闻听，从卫生间走出来，搭眼一看，不禁大惊，忙捂住头，钻进卫生间再没出来。是她，尹杭杭的女儿，缇缇！怎么会，怎么会呀！司令俊男不敢相信自己的眼睛。十八岁，正是花季少女，她怎么干这事哩！难道尹杭杭不知道，难道萨雷不知道？要不然，也许其中另有隐情。那么会是什么隐情呢？他觉得蹊跷，又一细想，不禁再次愕然。他立即给秦二尊发了短信：千万注意，她是奸细！

秦二尊看过短信，有意询问她的身世。缇缇也太老实，经不住三问两问，就说出实情。她说她父母离异，母亲下岗，家里生活困难，她已失学三年。母亲在这里做生意，收入少，再加上她要吃要穿，负担更重，所以她偶尔来酒店为人民服务。但她不乏狡狯精明，隐瞒了陕西人、连锁销售和奸细这三个重要细节。秦二尊很是同情，也不再追问，给过三百元，说他累了正待休息，要她好自为之，说着便把她送出门。

秦二尊朝卫生间喊："日本鬼子快出来，八路的走了走了的。"

司令俊男这才走出来问："你知道她是谁吗？"

"我得先问你，得是和人家娃干过乃事？"

"那么小的，我嫌造孽呢！"

"那你为啥躲着不闪面？"

"她是萨雷情妇的女儿，我怀疑是他派的奸细。"

"难道他们跟踪盯梢？"

"目的是赶走你，看来这里不能住了。"

"谁敢？我不相信他们敢惹记者。"

"你不知道，这些家伙心狠手辣，什么事都能干出来。"

"越是如此越要试试，这样新闻才更真实，更有价值。"

两人说着就开始翻阅资料。秦二尊看了一阵手抄教材和"业务洽谈"，接着浏览着那些表格和图纸，心里便对连锁销售有了一个总体把握和印象。他觉得这些资料还不够充足翔实，缺乏情节和细节，更缺乏高层内幕。一个大的新闻事件，没有这两方面素材，难以吸引读者。所以必须打入内部，才能掌握更多情节和细节。司令俊男说这些情节和细节他可以弥补，只是掌握高层内幕难度大。秦二尊一想，说要不过几天他亲自去趟深圳，看看这个总部到底是哪路货色。他俩正说着，又有人按门铃。司令俊男警惕地收好资料，顺手藏在沙发背后。

秦二尊开了门，三个彪形大汉一拥而进。他大声质问他们有什么事。他们并不回答，只是在客厅和卧室转来转去，目光警惕地四处扫视。司令俊男紧跟着一个蛮横的家伙，已作好随时回击的准备。他问他们是干什么的。他们仍不回答，转了一阵，大约没发现什么可疑之处，这才在客厅沙发落座。

司令俊男问道："你们到底是哪个部门的，有什么事？"

留络腮胡须的人说："是刚才那姑娘的朋友。你们说，私了还是公了？"

秦二尊说："什么私了公了，没有事了什么了？"

络腮胡说："怎的没事？刚把人家姑娘玩了，转过身就不认账？"

司令俊男怒道："纯粹讹诈！我们不但没碰她，还白给了三百元。"

另一个人说："三百元就是证据，还有本人口供。"

秦二尊忙说："要是私了呢？"

一个鹰勾鼻说："那现在就滚，马上离开爨城！"

秦二尊明白了，掏出记者证说："我是记者，你们不怕犯法吗？"

鹰勾鼻说："记者咋地？记者就敢嫖娼？"

司令俊男说："没有就没有，还能把白说成黑，把圆说成扁？"

络腮胡说："别罗嗦，到底走还是不走？"

秦二尊站起来说："我们遵纪守法，掏钱住店，为什么要走？"

络腮胡也站起来说："那好，不想私了，就只有交公安局。"

秦二尊说："叫110，他们反应快。"

络腮胡果然打电话报案，不大一会，来了两名警察。警察问过情况，就要带他俩走。酒店老总让他们清手续。司令俊男指责说，私自放妓女和打手进来，勾引和威胁旅客，没追究酒店责任就算便宜了，还要什么鸟房费呢！老总强辩说这些人来时，都称是他们的客人，门卫也有登记呀！秦二尊说今晚房费已交了，房子继续保留。如果违法，房费照付不误；如果没违法，今晚房费就免了，或者谁的责任谁负。有公安人员为证，他问他如何？老总说，只要没违法，就这么办，今晚免费。

来到派出所，警察作了询问笔录，让络腮胡三人签字画押，留下电话号码，要他们明天上午八点带受害人来派出所，随后就放三人走了。警察让他俩签了字，接着把他们关进一间黑房子。秦二尊显得很冲动，深有感触地说，看来这个连锁销售不简单，水很深，鱼鳖海怪肯定不少。真值得趟这场浑水，蹲这个黑房子。司令俊男扑哧笑了，说他这家伙不愧叫秦二蹲，是个天生蹲黑房子的胚子。秦二尊问他蹲过黑房子没有？他说他是大好良民，蹲黑房子弄啥？秦二尊说他蹲过不下十次黑房子，其中有一次去煤矿采访，被关三天三夜，饿得吃了不少玉米芯，出来后屙不下，只好让媳妇用筷子掏。司令俊男说，要是咱们也被关三天三夜，想吃玉米芯也没有呀！秦二尊就问他在这里有没有知心朋友，如果饿了打电话让他送些食物。

司令俊男第一个想到的就是俞溟，说她很漂亮，很性感，很多情，一打电话准来。秦二尊暗自窃喜，揶揄他讲讲他俩的故事，越骚越好，越黄越好，反正睡不着，权当看黄碟呢。于是他就讲了他们怎么认识，怎么跳贴面舞，怎么在珠江饭店做爱，怎么在公安局家属院同居等等。末了，他说她现在已是大经理，马上就成高级业务员去深圳了。

最后的这个信息，立即冲淡秦二尊刚刚煽起的欲火，表现出强烈的职业敏感。他说这条线很重要，要紧紧抓住不放，通过她或许能搞清高层内幕。司令俊男说他不想伤害她，更不想给她添麻烦，因为她的爱情和婚姻很不幸。他说他很同情和怜悯她，也很喜欢和疼爱她，只是心里仍放不下景旒儿。秦二尊骂他大笨蛋，既然舍不得景旒儿，就和俞淇做个临时夫妻。将来真要与景旒儿复婚，与她保持情人关系也是一件美事呀！再说了，不与她保持这种关系，怎么能打入高层，怎么能掌握内幕呢？但现在不能惊动她，不能让她产生怀疑。他说他们现在主要针对他，想把他撵走。他嘿嘿笑着，说那就等着瞧吧，看他们能怎样把他撵走？

第二天，直到九点多，那三个报案的也没来，更没见小姐的面。警察打电话联系，想不到三个电话全是空号。警察请示了领导，只好按他俩的口供结案。司令俊男要警察出一份材料，证明他们没违法，给酒店也有个交代。警察说没必要，答应给酒店打个电话就行了。秦二尊问传销的事怎么办？警察说传销归工商局管，除非引起刑事案件，公安局才立案出警。

他俩正要告别警察，突然院子冲进十多个当地群众，吵嚷着严惩流氓，撵走记者。秦二尊要出去解释，被司令俊男一把拉住。这时已有几个人冲进办公室，质问谁是记者，谁昨晚嫖娼？警察忙拦住他们，说没有证据，一切都是误会，请大家出去，不要干扰办公秩序。有人就喊，小姐得了钱当然不承认，哪来证据？又有人喊，当场捉奸，还怎么抵赖？更多的人则破口大骂，什么流氓呀，什么狗屁记者呀，等等。其他警察也来了，向群众作疏导工作，说法制国家，一切依法办事。他们看警察都为记者说话，便纷纷泄了气，但仍不愿离开，要亲眼看着记者滚出派出所。

秦二尊看群众安静下来，就拉着司令俊男走出派出所。他招手挡住一辆出租车，突然看见络腮胡就在不远处，只见他挥了挥手，立即就有人追上来。他俩忙钻进车，让司机快开！出租车急速开走了。追上来的人一边扔瓜皮和西红柿一边叫骂：流氓记者，假冒记者，滚蛋吧，滚蛋吧！

第四十一章 采访就像读古典章回小说

CHAPTER 41

回到酒店，问过老总，果然派出所打来电话，证明他们无辜。秦二尊对老总说，如果再出现这种情况，他就要退房。老总赔礼道歉，说保证今后不会再发生此类事情。秦二尊提出换房，房号要绝对保密，没有他允许无论谁也不能找他。老总满口答应，一再表示要把他列入重点服务对象，以弥补昨晚的过失，并立即向总台作了落实。

他们从原房子取出资料，搬进另一套同档次的房间。昨晚的遭遇使秦二尊兴趣大增，对这次意外采访更加充满信心。他有了新计划，要干就大干，平面媒体和立体媒体双管齐下，陕西和云南同时推进，地方和中央连锁互动。司令俊男扑哧笑了，说他真会借题发挥，蹲一夜黑房子，和连锁销售发生感情，把连锁这个名词都用上了。听听，连锁互动，既妥帖又有趣，真是活学活用到家啦！他嘿嘿笑说，也许是潜意识，不知怎么突然就蹦出这个名词。但是，他说，但是这不重要，重要的是他突然想起他的一个大学同学。他叫南云，就在春城，是一家电视台记者。南云，什么南云？司令俊男忙打断他的话，问这个南云是男是女？秦二尊莫名其妙，说当然是男士。怎么，他问他难道认识他？司令俊男说不认识，只是自己在网上发了两篇文章，就用的这个名字。当初还以为是个女人名字哩，没想到也是个男士，更没想到真有其人。哈哈，瞧这世界，他妈的能这么巧合！秦二尊也哈哈大笑，夸他居然发表文章了，居然也附庸高雅有笔名了！他顿一下，说他说话总爱跑题，好了别打岔，谈正经事吧。接着他说他想把南云叫来，一是可以摄像，发挥立体新闻作用；二是他熟悉情况，可以保证安全；三是他和央视法制栏目有长期合作关系。他一加盟，采访肯定更顺，新闻含金量肯定更大，轰动效应也肯定更强烈。

秦二尊说着，就拿出手机给南云打电话。南云骂他不够朋友，来本省不找他，跑到爨城寻死呀！他回骂他光知道禁毒打拐，这里有十万传销大军，为什么置若罔闻？南云大惊道，天哪！十万！真有十万人搞传销？他说他只听说那里有这事，也在网上看了和他同名专家的文章，却压根不知道会有这么多人，更不知道大本营就在爨城呀！秦二尊骂他是政府的跟屁虫，同念“地方保护主义”一本经，所以才不闻不问，隔岸观火，坐收渔利。南云大叫冤枉，说他禁毒打拐十多年，正是得罪了各级政府才出的名，才被人称为‘南毒拐’，怎么是跟屁虫呢？秦二尊说，既然不是跟屁虫，那就快来爨城吧，这里水深浪大，绝对有大鱼！南云说他正为央视制作一套节目，刚好赶上，他马上就来。他叮嘱他，这里风险很大，采访困难，最好带一台小型摄像机。另外，如果方便再带一台数码相机，如果不方便就买一台，来了付钱。南云满口答应，说他这个“南毒拐”，现在又有了“打传”新头衔。

南云到了爨城，将近中午十二点，刚赶上吃午饭。他们在酒店老总特意安排的一个秘密小型雅间就餐。一向滴酒不沾的秦二尊为表欢迎，破例与南云对酌了两盅洋酒，之后就以茶代酒，频频和南云、司令俊男碰杯，预祝合作愉快。秦二尊指着司令俊男，问南云认识不认识他？南云说不认识。他说他就是网上的专家南云。南云大吃一惊，说久仰了，那两篇文章写得很好，没想到能在此见到真人。司令俊男连说惭愧，不值一提。他说盗用他的大名，实在对不起。秦二尊哈哈大笑说，真李逵遇见了假李逵，乃天地造化也。

随后，他们在席间互通情况，商量具体采访细节。饭后稍事休息，他们便开始了秘密采访活动。根据商定的“先外后里，先远后近”原则，在司令俊男带领下，陆续采访了外体系几个经理。有燕翔之、谷穗、薛雪等。他们打着支持新生事物、总结网络销售经验的旗号，装出一派敬慕赞佩的样子，很容易取得对方的信任。特别是摄像机在面前一晃，使这些原本默默无闻的所谓成功人士，立即产生了许多幻想，谈起怎么编谎言骗人如倒核桃枣儿，哓当当地毫无保留。燕翔之还专门把他们领到课堂上采访，不但拍摄了现场，还采访了更多人员，效果非常好。接着他们又找见几个失败者，有河南修锁的、甘肃卖水果的、陕西卖煎饼和糊辣汤的，采访也很顺利。这些人一个个叫苦连天，说连锁销售把自己坑害咋了，逼得人欲罢不能，实在走投无路，只好摆地摊混日月。

晚上回到酒店，大家分头整理资料，赶写稿件。南云没有编辑机，写好文字稿后，就去旁边电视台编辑，并传输给省台审定。而秦二尊却不同，选好照片和写好文字稿后，立即打开电脑上网，把稿件和图片一起发回报社，确保明天就见报。

第二天早晨刚上班，他们匆匆赶到工商局，要求采访局长。工作人员听说是关于传销的事，一个个诚惶诚恐，讳莫如深。经过再三交涉，最后由一位副局长出面接受采访。副局长提出要求，说他的声音可以直播，但头像只能出现背影或遮掩。南云答应他的要求，并选定两个不同角度，演示一番，采访便正式开始。副局长坐在写字台后，桌前放着一盆橡皮树，硕大的枝叶恰好挡住他的颜面。秦二尊提问，南云摄像。

秦二尊问："局长先生，听说夔城现有十万传销大军，是这样吗？"

局长回避着镜头："据我们掌握，西关有人搞什么连锁销售，是不是传销还吃不准。原来有过传销，我们也打击过几次，公安局还拘留了几个人。现在连锁销售的具体人数，因为住得很分散，我们无法掌握。但绝对没有十万人，充其量有上万人吧。"

秦二尊问："晚上西门广场人山人海，足有五六万人，这作何解释？"

局长说："广场又不是专为他们修的，怎能以此论多少？何况我晚上又不到广场去，谁知道是否有那么多人。"

"但我们有录像。"

"录像也不能证明就是连锁销售人员呀！"

"我们有几年前同期录像资料，比较最能说明问题。"

"那也不能排除群众生活水平提高，休闲娱乐方式改变的因素。"

"你说得很有道理。另外，听说连锁销售拉动了当地经济，局长能否列举一两个例子，譬如电信，譬如租房等，今年比往年增收了多少？"

"这方面情况，尽可去电信局、商务局或统计局采访，恕我无可奉告。"

"你们今后对传销将采取什么防范和打击措施？"

"对传销我们一贯旗帜鲜明，立场坚定，露头一个，打击一个，决不手软。而且中央已作了统一部署，今年是打击传销年，我们更要加大力度，使传销毫无藏身之处。"

南云让副局长换一个角度，坐在沙发上，并采取遮光措施，成图框里呈现出模糊的头像，然后他示意采访继续。

秦二尊问："那么，对号称十万大军的连锁销售，你们将采取什么措施？"

"只要有人举报，我们就去查，是否是传销，还有个政策界限问题，不能一提到连锁销售就是传销，要重证据，依法执法。”

“就是说没人举报，你们不会插手干预。”

“可以这么理解。”

“这也是市上领导的意见吗？”

“要知道市领导意见，你们可以找他们采访。”

“直销条例明确规定不许搞网络销售，这个界限很明确呀！”

“但我们很少发现搞网络销售的证据。”

“如果我们有证据，你们将如何处置？”

“坚决取缔，坚决打击！”

“那好，”秦二尊说着，拿出提前复印的一张萨雷体系的图表，“请局长看看，这些算不算证据。”

副局长看了看，点着头说：“算，算。不知他们住在什么地方？”

司令俊男插话道：“西关六组，自编门牌号998，经理在四楼住着。”

副局长说：“那好，我们研究后，将立即做出反应。”

“能不能讲讲公安局拘留传销人员的情况？”

“这些情况可去公安局了解。”

“工商局和公安局在打击传销上是怎么分工和配合的？”

“工商局没人举报不查，公安局没发生刑事案不出警。”

“在防范和打击传销上你们还做了哪些工作？”

“成立了打传办公室，配合城管人员在西关等处不定期巡逻，印刷打击传销的报纸，书写巨幅标语等。”

“请把印刷的报纸让我们看看。”

副局长取出几份报纸递给秦二尊：“不定期，只是内部交流。”

秦二尊一边浏览一边问：“听说巨幅标语只刷了一个，在火车站，第二天就被人撕掉了。有这事吗，查出肇事者了吗？”

“有这事，但没查出肇事者。”

“是没查，还是查不出来？”

“这事么，真不好说。国家的大案要案，有许多也不了了之。”

“连锁销售人员最集中的广场和住宅小区，为什么从未悬挂巨幅标语呢？”

副局长有些语塞：“这么，这些枝节我不太了解。”

秦二尊指着报纸说："你们的报纸办得很好，上面明确宣传深圳玉堂工贸公司是虚拟的，是传销组织，那你开始为什么还说连锁销售难以定性？"

"这，这，我一时着急，可能是口误吧。"

"报纸上的文章资料很翔实，很有说服力，为什么连锁销售人员都没见过？"

"仅是内部交流，不对外散发。"

"散发的范围都有哪些？"

"市上有关领导和部门。"

"这就是说，市上领导也知道玉莹公司是传销组织？"

"不不，这话我可没说过。"

"我完全理解你的心情。另外，这几张报纸能否送给我们？"

"可以。宣传品，又不是什么绝密文件，可以带走。"

"好了，采访到此结束，谢谢局长合作。"

走出工商局大门，司令俊男一眼看见瞎瞎大爷，忙向秦二尊嘀咕几句，就匆匆躲到一旁去了。秦二尊和南云向老人打过招呼，便问他是不是专门为工商官司写诉状。他说不一定，但这类诉状居多。南云端起摄像机，拍摄老人的特写，并提出要采访他的几个当事人。老人立即恢复警惕，说他只图挣钱，过后如空，前事皆无。既空且无，还要什么当事人？秦二尊夸赞大爷爱心如莲，经常救助一些落难之人，已成为爨城文明之佛，和谐之祖。老人连连摇头说没有的事，慈航远渡，即使真佛在世，也不曾回头，一切皆为空无。秦二尊又问他知道不知道连锁销售，他们有没有人来工商局告状，他给他们写没写过诉状。老人闭口不答，脸上平静如秋，连喊几声知无，藏獒即从远处蹿来。接着他又喊声送客，藏獒就张牙舞爪地嗷叫起来，朝着他们又扑又吠，吓得两人落荒而逃。

下午他们去了公安局，要求采访在押的传销头目。公安局的人似乎比工商局的人随和得多，也健谈得多，一提起这些政绩，都夹杂着许多炫耀的成分。与局长交谈后，接着由一位经济稽查大队长把他们带到看守所，先后采访了几个犯罪嫌疑人。

一个是河南的，姓徐，来了两年多，发展三十多人，只差几分就要升为高级业务员。但他的体系有两个人已来一年，却没发展下人，所以自暴自弃，破罐破摔。一次因生活费发生口角，勾起原先在家乡的仇恨，就演变成械斗，一个当场毙命，另一个跳楼自杀。人命关天，老徐只好报案，这才自投罗网，罪名是非法传销头目。他说他不后悔搞传销，也不后悔判刑，而是后悔葬送两个乡亲的生命。他算了一笔帐，说他挣的七八万元，不够安葬和抚恤两个死者，家里还贴进十几万元。他说连锁销售就是钻法律空子，可是自己命运不好，没钻过去，只好接受法律惩罚。

另一个是江西的，家里很穷，借了三万多元高利贷，已来半年，好不容易叫来一个人，却被他的上线安成他的腿，气得他一时失去理智，乘机用菜刀把他砍死了。他的罪刑是故意杀人。他独自享受着一个单间，牢房阴森灰暗。他面如枯槁，身体虚弱，仿佛哗啦响的脚镣手铐随时都会把他压跨。他说他是死刑犯，现在万念俱灭，只等着政府枪响，一切都了结了。“我死后放心不下两件事，一是媳妇还年轻，又没文化，在这骗子满天飞的世界，她可怎么生活呀！二是不知阴间有没有骗子，如果和阳间一样，他的日子更不好过！”

其他几个人情况大体相同，有的来了一年多，已成为大主任，有的才来一个月，都因刑事案锒铛入狱。还有一个山西女的涉嫌传销被拘。她只有三十出头，长得挺漂亮，原是一名中学教师。她爱人来了十个月，发展很快，刚当上经理，却不幸在一次车祸中丧命。她得到保险公司一笔赔偿，就辞去公职，来这里继承爱人的份额。她只来了半年，即将成为高级业务员，不料与一个经理发生矛盾，他就告发她搞传销。工商局不得不立案侦查，就在此时，这个经理串通高级业务员暗中搬网，逃之夭夭，只剩下她独自一人被生擒活拿。公安局虽然四处通缉其他经理以上人员，但无疑大海捞针，至今毫无结果，她自然成了他们的替罪羊。她已在看守所呆了三个月，因为其他人犯尚未捉拿到案，所以案子迟迟不能了结。她说她已请了律师为自己辩护，督促公安局快快结案，罪与无罪，她都听从法律判决。“我最痛心的是自己不该来继承这个所谓的遗产，不该参加这个该死的连锁销售。这里真是虎狼窝，是尔虞我诈的上海滩。我一个柔弱女子，怎禁得起这一切呀！我后悔极了，后悔死了！”

一桩桩血淋淋的案情，使司令俊男更加愤慨，使两名记者更加热血沸腾和感到重任在肩。吃罢晚饭，他们顾不得休息，又匆匆来到西门广场。秦二尊让司令俊男和他俩保持一定距离，一是避免引起怀疑，二是观察动静，以应不测。广场华灯初放，喷泉腾空，人流如潮。秦二尊和南云佯装游人模样，不经意地这里拍拍，那里照照，摄下许多珍贵镜头。有的“排排坐”如燕儿嗷嗷待哺，有的无所事事地转来转去像乞丐，有的又歌又舞张扬得似天使。特别是那些自发的歌舞场，一个圈就是一个省区，一个圈就是一个戏班，有东北二人转，有安徽黄梅戏，有湖南花鼓，有河南豫剧，有云南少数民族歌舞，有陕北信天游和关中秦腔……这里简直成了艺术百老汇和乡音博览会。两名记者似乎对这些并不在意，拍了一些大场面，便沿河堤继续朝前走。突然，他们发现凭栏伫立着一个个妖冶女子，立即猜出她们的身份。他俩先后采访了四五个女子，三个是当地人，说是家里穷，这里外地人很多，又都是有钱人，所以来挣些肌肤钱，以补家用。还有两名外地人，也是搞连锁销售的，来了一年多，投资两三万，血本无回，只好以此为业，挣些生活费，网内损失网外补。

九点多，他们登上大会堂几十级台阶，站在平台上拍摄广场全景。从高处望去，整个广场与沿河公园，到处灯火辉煌，人山人海，非常壮观。南云吃惊得连连摇头，表示不可想象，不可理解。秦二尊更是不住叫骂，怎么会，怎么会有这么多人啊！妈妈的，这不是文化大革命，不是红卫兵大串连吗？他俩指指划划地刚走下台阶，突然从拐角处蹿出几个人，不问青红皂白把他们扭进一辆出租车。等司令俊男赶到时，车子已风驰电掣地开跑了。

司令俊男一时慌了手脚，不知该追车还是该报警。他感到非常恐怖，他本能地躲避着所有人，独自在阴影中踯躅蹀躞。他神智已经麻木，思绪一片混乱。他孑孓地沿河堤回到西关新村，又顺菜市场找到派出所。值班警察还认识他，问他有什么事。他没敢报案，只打听那个记者来没来过。警察说没有呀，他随便来派出所干什么？他又赶到酒店，像去殡仪馆一样，明知人死了不能复活，但还必须履行人道主义的种种程序，果然他们没在酒店，果然他又像哭丧似的回到西关新村。

他踽踽上了666三楼，在楼梯口和桂平筠差点撞个满怀。她惊叫一声，像躲避毒蛇似的躲过他，再没吭声，匆匆下楼走了。这么晚她去干什么，会不会和这事有关呢？他机警地追下楼，跟踪着她。她穿过小区，走过菜市场，然后进了一家幼儿院。他也尾随进了幼儿院，蹲在一间房后偷听。屋里传出说话声，有男人，也有女人。他仔细辨听着，没想到竟听出萨雷的声音。

“这是桂主任，她晚上和你住在一起。”萨雷介绍说，“她姓苗，是幼儿院院长。你们可能认识，她也是搞网络的，兼职承包幼儿院。”

桂平筠说：“我到她家串过体系，只是不知她还兼职。”

苗院长说：“这里最安全，因为有孩子，没人敢胡闹。”

萨雷强调说：“那两个人就在后边房子锁着，很保险。万一有啥情况，立即给我打电话。咱们也不打不骂，只是给些颜色看看，把他们轰走了事。记住，明天早晨给他们买些油条豆浆。”

桂平筠：“司令俊男刚才回去了。”

萨雷：“这事肯定和他有关。熊管他，撂开缰绳，看他驴日的能蹦达个啥？我明早八点准时来。好了，就这样，我们走了。”

司令俊男忙隐蔽在一架滑板后。过了一会，萨雷和那个满脸络腮胡的人走出来，一边走一边把一沓钱交给他。只听那人说多去一个，共三人，再给两张，正好一千元。萨雷又掏出两张百元大钞，塞给那人，两人才嘀嘀咕咕走出院子。苗院长紧跟着关了院门。

司令俊男屏住气，没敢挪窝，紧紧蜷曲在滑板的阴影里。这是一座二层小楼，底层有两个小班教室和两个寝室，上层有三个大班教室和保育员办公室。两个寝室已熄灯，偶尔传来孩子的哭叫声和保育员的哄劝声。上层漆黑一片，整个院子只有院长的房子还亮着灯。过了一会，两个保育员上厕所。厕所北边留有一个刀把胡同，透过矮墙能看见底层最北边屋子也亮着灯。两个保育员办完事，进了楼道。接着苗院长和桂平筠也上过厕所，回到屋子很快就熄灯睡了。司令俊男仍没挪窝，只舒展一下身躯，背靠滑板支架，静静地等待时机。

大约过了二十分钟，一切都安静下来，他便敏捷地猫腰蹿进厕所，又纵身一跃，翻过矮墙。但当他刚一落地时，不料左脚踩在一个钉子上。他没敢出声，连忙弯腰去看，只见一枚长铁钉刺穿了脚掌。他咬紧牙关，使劲拔出铁钉，刹时血流成注，疼痛钻心。他掏出卫生纸掩住伤口，又捡来一个塑料袋，胡乱一缠，穿上鞋。他艰难地移动脚步，走近那间房子，果然听出他俩的声音。窗外安装着钢管护栏。他大喜过望，忙伸出胳膊，轻轻敲着窗户。

“二尊，我是司令俊男。”

“呀！你怎么跑到这里来了？”

“快打开窗户呀！”

“窗户钉死了，打不开。快说你咋来的？”

“我跟踪来的。你俩还好吗？”

“好着哩，有床又有被。只是幼儿被子太小，光能盖个DD。”

“啥时候了，还说酸话？”

“苦中作乐呗！”

“你说事情咋办？”

“你放心，现在公安人员恐怕正在四处侦察破案哩！”

“你们今晚就在这里过？”

“如果明天十点前仍没结果，你就给110打电话，把线索提供给他们。这里挺好的，我俩就在这里过夜，你快回酒店去吧。”

“我已被怀疑了，不如回宿舍住。你还有什么叮嘱？”

“记住，明天，十点，110。再没了，你快回去吧。”

“那好，明天见。”

司令俊男出了小胡同，发现隔壁是一所小学。这个学校他知道，大门外就是街道。他辨别一下方向，然后朝大门一侧走去。他来到西南角，看看地形，便忍着疼痛翻墙。亏他身材高大，没费多大周折就翻了过去。翻过墙，大概放心了，这时伤口却更加疼痛。他缓了口气，牙一咬，扶着墙艰难地朝前走。他来到一个诊所，大夫看了看，然后消炎，上药，包扎，又打了预防破伤风的针剂，便一跛一瘸回666去了。

第四十二章 人造器官彻底摧毁爱的城堡

CHAPTER 42

第二天早晨八点，萨雷没来幼儿院，直到九点也没见他踪影，桂平筠忙打电话，手机却关了。正在这时，两辆警车朝幼儿院开来。警车停在一条背巷，其他警察在车上待命，只有刑警队长和两名女警察下来，进了幼儿院。苗院长和桂平筠惊恐万状。女警察出示了证件，询问两个记者的下落。苗院长佯装糊涂，说没有什么记者，只是有人带来两个朋友在这里借住。警察问谁带来的，现在他人呢？她说是个熟人，他答应八点来，到现在也没见人。警察让她打电话，通知他马上来。桂平筠再打电话，萨雷手机仍关着。刑警队长要见两个记者。苗院长不敢怠慢，只好把他们领到北边房子，开了门。刑警队长立即认出南云，握手哈哈大笑起来。

“我还以为哪路神仙，没想到是你！”

“我也没想到，在你的地盘马滥淤泥河，成西楚霸王啦！”

“你这家伙，给我打个电话不就行了，何必惊动省厅？”

“不给这些家伙点颜色，就显不出‘南毒拐’的厉害！”

“这里又没贩毒和拐卖妇女儿童，你跑来干什么？”

“行业纪律，暂时保密。”

南云把秦二尊介绍给刑警队长，两人寒暄一番，队长便问他：“这事主谋者你们认识吗？”

秦二尊看了一眼桂平筠：“和她是一起的。”

桂平筠慌忙分辩道：“我只是派来照看他俩，其它一概不知。”

“哪谁知道？”

“萨雷，萨经理。”

“他在哪住？”

秦二尊说：“他们只是想把我俩撵走，又没动手动脚，不必追究了。”

南云也说：“就是的，算了不提了，权当玩捉迷藏哩。”

“那怎么行！不收拾这些家伙一下，还以为咱们打击力度不够。”

南云说：“那就吓唬吓唬，别立案处理了。”

刑警队长说：“十二点给我打电话，为你们压惊洗尘！”

说罢，他让一名女警察用车把记者送回酒店，要桂平筠带路去找萨经理。桂平筠吓得浑身哆嗦，死赖着不去。队长就吓唬，说如果不好好配合，就连她一起带回公安局。桂平筠只好磨磨蹭蹭地跟着，一干人出了幼儿院。警车开到998，三楼没见萨雷，四楼也没见。警察透过窗户朝里看，屋里一片狼藉。房东说他刚搬走，具体搬到哪他也不知道。下楼后，桂平筠灵机一动，说他可能搬到他情妇家了。警察让她带路，一行人又来到尹杭杭家。尹杭杭正和关羽羽说话，见了警察，顿时呆若木鸡。警察问她萨经理呢？她说不知道。刑警队长盘问一阵，也没问出结果。他在屋子转了一圈，没发现什么可疑迹象，留下话，让他回来立即去刑警大队，说完一挥手走了。

警车刚离开不久，突然又有几辆工商执法车开进西关新村。车上下来十多名执法人员，气势汹汹地直扑尹杭杭家。尹杭杭在家里接待串体系的人，见状吓得丧魂落魄，正要藏匿资料，被工商人员抢了过去。他们说她涉嫌传销，要进行搜查取缔。说罢其他人一齐动手，搜的搜，砸的砸，所有家具用品，顷刻成为齑粉。接着，他们砸了关羽羽的家，又赶往998。三哥和小范回老家还没来，屋子没人。执法人员撬开门，翻出一些资料，然后举起铁棍乱砸。眨眼之间，三个房子的床架、桌凳、锅灶、花盆、洗漱用品，全成了一堆垃圾。出了998他们又来到888。家里只有老金一人。执法人员问他是不是韩钊？他说老韩有事出去了。带队的说韩钊涉嫌传销头目，回来后立即让他来工商局投案自首。刚说完，其他人员一拥而上，有的撬门，有的搜查，有的乱砸。金全会惊恐万状，不敢争辩，更不敢阻拦。离开888，执法人员直奔666。这时看热闹的人越来越多，里三层外三层地把道路围得水泄不通。

桂平筠不知发生了什么事，站在楼道窗前观望。刚才警察的出现，已使她精神大受刺激，不由勾起潜意识中长沙的一幕。她成了惊弓之鸟，成了热锅上的蚂蚁，冥冥中感到末日的到来。此时任何一个突发事件都足以使她疯癫，使她昏厥。突然，她发现工商人员向她家走来，不由大骇，手足无措，只好向司令俊男求助。她惊慌地说，工商人员到咱家来了，快出来应付吧！司令俊男刚走出卧室，执法人员已冲到楼梯口。有人还认识他，但没搭理，径自走进桂平筠房子，不打招呼就动手搜查。他们搜出许多资料，仍在四处翻腾。突然，一个肉红色的橡皮棒掉落下来，无声地在地上弹跳着。有人哼了声，一脚把那什物踢出门外，恰好落在司令俊男脚下。他定睛一看，不禁大吃一惊。啊？原来是它！原来陪伴桂平筠做爱的竟然是它，是这个肉红色橡胶电动阳具！真是太残酷了，太滑稽了啊！

桂平筠眼睛闪着泪光，仍不依不饶地和他们争辩拉扯。她说她是合法商人，为什么平白无故搜查她的住处？他们说她涉嫌传销，必须坚决打击取缔。她说既然是传销，为什么提前不打击取缔，现在骗来十万人，给爨城创造了几亿元，才想起打击取缔？工商人员也不客气，说她只是大主任，如果当了经理，还要把她带走！他们要她紧密配合，快打开其它房间。她仍然胡搅蛮缠，就是抗着不开。他们说不开门就撬，就砸锁。她这才不得不打开其它房子。执法人员一起动手，打的打，砸的砸，势如秋风扫落叶，所有家具器物无一幸免。看到工商人员扬长而去，看到自己精心操持的家土崩瓦解，桂平筠如丧考妣，只觉眼前发黑，两腿发软，一下子瘫在了卧室门口。司令俊男忙去搀扶，她双手摆得像作水上花样，神经质似的尖叫滚蛋，快滚蛋啊！她顺手捡起那个给了她无限快乐的人造器官，像村妇用棒槌捶布一样在地上捶呀，捶呀，一边捶，一边神经质地喃喃：“滚蛋，快滚蛋，统统快滚蛋啊！……”

司令俊男扭过头，脸上流露出很复杂的表情。楼下餐馆老板娘和徒弟果儿闻声赶来，与司令俊男一起把她抬进卧室。卧室狼藉不堪，毫无立足之地。司令俊男这才有机会回到他的卧室。也许自己的床板质量好又加了桄，也许工商人员有意手下留情，总之现在唯有他的床勉强可以使用。他随便整理一下，又去了隔壁，把桂平筠背过来，让她躺在自己床上。这时，朵朵、程星、董世轩等人闻讯赶来。他们被眼前的惨状震惊了。桂平筠躺在床上，手里仍拿着那个人造器官，不停地在三合板墙上磕打，一边磕打一边喊滚蛋，快滚蛋！程星从她手中夺过那个物件，转身藏进一个角落。她立即歇斯底里发作，双手乱打众人，尖声怪叫：“滚蛋，滚蛋，统统滚蛋！啊嗬嗬！……”

朵朵端了杯热水，好说歹说，桂平筠才喝下几口，随后情绪稍稍安静下来。董世轩给萨雷打电话，依然打不通。他觉得她受的刺激太大，病情严重，弄不好精神会彻底分裂。他和司令俊男商量一下，决定立即送她去医院。老董看他又跛又瘸，就让他留下看家，他和朵朵、程星几个去医院经管，有事电话联系。

送走桂平筠，司令俊男在其它房子转了一圈，然后回到自己卧室，坐在一片废墟中暗自伤神。盆子坏了，水壶坏了，床头柜坏了，藤椅坏了，写字台坏了，三合板墙被砸出几个大洞，枕头、被子、衣服、牙刷、牙膏等扔得乱七八糟，撒落一地。他不想收拾，也不知该怎么收拾。他感到悲哀，既为桂老师悲哀，也为自己悲哀。他自责是他出卖了她，也出卖了整个连锁销售。他甚至对自己正在实施的计划，也产生了怀疑和动摇。天啊！这才是开始，后边打击力度将会更大更激烈呀！那么，他问自己，不这样又能如何呢？还能让大家再编造谎言去骗人吗，还能让魔鬼似的网络再捉弄和坑害更多无辜的人吗？他觉得自己正处于人与鬼、英雄与叛徒之间，完全失去了正常的判断力。

俞溟送他的写字台和藤椅，现在已变得支离破碎，透过微弱光线看去，抽象而艰涩，深奥而怪诞。她当初送的这些寄情物，没想到他却用它写出背叛她的文章和计划，更没想到它却在自己计划刚一开始就成为齑粉。这个残缺能否修复，又如何修复呢？还有桂老师，他一看见三合板墙上的破洞，一想起像谜一样让他一直猜摸不透的吧唧声，整个心灵都震撼了，整个意识都颠覆了。啊啊，一个多么虔诚痴迷的女人，一个多么走火入魔的女人啊！为了虚拟的百万富翁，她宁可在人造器官虚拟的快乐中敷衍生理和精神需求，也要把人性包裹得严严实实，不允许任何男爱女欢干扰她的既定目标。他现在对她既同情怜悯，又痛惜留恋。那么，这个残缺能否修复，又如何修复呢？

他突然想起秦二尊，想起他昨晚叮嘱的十点，110。他忙看时间，将近十二点了呀！他一下慌了神，这可怎么办？他想了想，干脆给他打电话吧！秦二尊说他和南云早被刑警大队解救出来，现在酒店。他要他快过来，说刑警队长设宴为咱们压惊哩。司令俊男推辞着，说他们家被砸了，家长疯了，已送到医院。秦二尊立即来了兴趣，问谁砸的，为什么？他说是工商局砸的，涉嫌传销。秦二尊让他在家等着，说他们吃过饭，立即就到他那里去，顺便给他带些饭菜。

下午两点许，秦二尊和南云来到666，给司令俊男带来许多饭菜和饮料，坐了一会就开始拍摄现场。拍完现场，他们又要去医院采访桂平筠。司令俊男忙给董世轩打电话，得知了医院和病房。

秦二尊和南云赶到第二人民医院神经科，医生介绍说，患者由于长时间压抑郁闷，神经系统积重难返，突然遭遇外界剧烈刺激，导致中枢紊乱，发生心理、语言和意识障碍。已打过镇静药剂，服了安神药物，现在好了许多。医生又说，让她留观几天，如果仍不见效，就要转到精神病院。两名记者提出要采访患者，医生想想，就把老董叫来，征求他的意见。秦二尊说了些同情话，指责法制社会怎么能容忍这些打砸行为呢？南云也说，就是执法，也该讲究文明执法呀！他说，听说有位女同志受了刺激，他们想采访一下。老董仿佛遇见知音，满口答应，并一再诅咒工商局无法无天，和文化大革命一样，这种环境，怎么吸引外资，怎么改革开放呢？

大家商定好采访方案，就一同进了病房。医生走近桂平筠，询问病情，她只是闭口不答。两位记者因为认识，怕使她再受刺激，就站在远处拍摄。医生又问她上午发生了什么事，想哭就哭，想喊就喊，发泄一下对心理和情绪都有好处。但她仍一声不响，两眼只直直地望着天花板。老董劝她想开些，不要自己和自己过不去。世上万事都有缘，没有过不去的坎，没有跨不过的火焰山。这句话似乎刺痛了一下，只见她眼睛微眨，嘴唇蠕动，突然抓住朵朵，嚷嚷着要她的《羊皮卷》，要她的《成功八部》。朵朵给她喂着果汁，说有人已回家拿书，一会儿就来了。朵朵叫着阿姨，夸她记忆力好，口才也好，把《羊皮卷》和“成功誓言”倒背如流，人人都羡慕赞扬呢。听着听着，桂平筠就小声背诵起《羊皮卷》中的“成功誓言”：“我为成功而生，不为失败而死。我为胜利而来，不向失败低头。我要欢呼庆祝，不要啜泣哀诉……”

秦二尊和南云向医生点点头，心情沉重地走出病房。

回到酒店，他们对素材进行了全面分析，对事件背后深层次问题作了交流探讨，初步确立了基本观点、新闻定位、报道方向和路径，采访暂告一段落。晚上，他们把司令俊男叫到酒店共进晚餐。席间，秦二尊把他俩的意见作了介绍，说他们明天早晨就撤离，有刑警队的车送，让他不必出面。他说他的周报昨天已经见报，在报社引起轰动，想必社会效应也不会小。他计划连载五期，另给中央《经济导报》组织一篇综述文章。南云已和央视取得联系，他们对这个节目很重视。两省电视台也将资源共享，同步进行专题报道。剩下的事就是高层内幕，南云答应通过各种关系，进行后续采访。秦二尊要司令俊男利用和俞溟的感情关系，力争尽快掌握高层第一手材料，这样就可动手写调查报告甚至纪实文学。他鼓励他独立完成，到时他修改，并协助发表和向中央部门投送。最后他一再强调，要他注意安全，万一有什么事直接给南云打电话。南云也说，他已给刑警队长做过交代，有事直接找他。说着他把自己和刑警队长的电话号码写给他。

第二天，当秦二尊与南云刚走出酒店，突然发现公路上停满出租车，一直从大礼堂延伸到电视台门前。刑警队司机告诉他俩，全市出租车司机罢工，出租房群众围攻工商局，队长去现场了，不能来送行。两个记者又来了兴趣，问为什么？司机说昨天工商局砸了几个传销窝点，听说搞网络的人都要被撵走，引起当地群众公愤，所以进行罢工示威。南云立即拉着秦二尊跑到公路上，拍摄了现场，采访了几个司机。司机们一个个义愤填膺，说政府忽悠人，既然是传销，为什么开始不打击取缔，现在发展到十万人，突然要把人家赶走，这不是忽悠外地人吗？如果他们走了，出租车拉谁呀，还挣什么钱呀，这不又忽悠了当地人吗？有两个小伙子说着竟然落泪，说他们高利贷借钱买车，刚跑半年，生意很好。现在要把这些外地人撵跑，没了客源，只有钻车轱辘寻死了。爨城电视台记者也在采访，南云和他们打过招呼，嘀咕一阵，坐上车，又去了工商局。

工商局门前更是人山人海，人群从法院门口一直拥到大街什字。南云和秦二尊先登上对面商厦六楼平台，拍摄了现场全景，然后来到人群中进行采访。他们都是清一色的当地群众，说话很快，声音又高又尖，秦二尊不时还得靠南云翻译。他们原先都是郊区农民，几年前才转为市民，靠国家贷款盖起五六层楼房，靠房屋出租有了固定收入。可是现在，政府要撵走这些外地人，这不是要他们的命吗，不是逼着他们跳楼吗？一个拄着拐杖的大爷说，当初群众不愿盖房，政府大会小会动员，说什么招商引资，什么拉动地方经济，什么银行无息贷款，什么发展第三产业，这才把人骗得盖了房。现在却出尔反尔，要把招来的客户统统撵走。那么，盖那么多房给狗住呀！哼，说人家是传销骗人，难道政府不是骗人么？有人随声附和，说盖的房也是政府统一设计的，户型全是一顺顺，不是单元房，外地人一走，卖都卖不出去。还有人说，虽是无息贷款，但总得给银行还本呀！这下可好，网络人员走了，没人租房了，拿什么给银行还贷款？888女房东和666餐馆老板娘最为活跃。也难怪，老韩和桂平筠的家被砸，她们先受其害，自然要冲锋在前。餐馆老板娘说，它家本来六间庄基，盖着四五间门面房，但政府强行统一规划，只给两间庄基，盖成五层直通通房。要是这些人一走，房屋租不出去，她家不是吃大亏了？888女房东这才有了用武之地，各种语言精华和吵架技巧被发挥得无以复加。她时而和工商人员争辩，时而向众人哭诉，到了动情处，一把鼻涕一把泪地让人同情掉眼泪。她说她家盖了六层直通通楼，共花二十八万，贷款十三万，借债十万，又贴上自家五万，如果把外地人撵走，她只有和老公抱着一双儿女跳楼了！

秦二尊和南云钻出人群，刚要上车，碰见那个满脸络腮胡的家伙。来不及回避，他已跑过来，紧紧拉住他俩的手，说实在对不起，多次冒犯，请他们原谅。秦二尊说他受雇于人，完全理解。南云问他是不是也搞连锁销售？他尴尬地笑着说，他来了一年多，没有多大收入，就干起这种营生，专门处置网络内外一些难缠事，捞点外快。南云劝他要掌握分寸，别干违法的事，不然会吃大亏。他说就是就是，他以后绝对依法办事。接着他又神秘地说，今天的事，希望两位记者体察民情民意，要从正面报道。他说，刚才群众说的话，都是肺腑之言，真理之言。记者可要为民请命，可要做好群众和政府的桥梁呀！他说他代表十万连锁销售大军，还有几十万因此受益的当地群众，向记者致谢了！

在回春城的车上，两名记者想起刚才群众说的话，觉得提出的问题很尖锐。他俩互相探讨着：既然是传销，为什么政府不防微杜渐，为什么容忍发展到十万人？传销人员用所谓善意谎言欺骗家乡人民，政府却用招商引资、发展第三产业和无息贷款误导当地群众，这是否也算善意谎言？如此你骗我，我骗你，群众骗政府，政府骗群众，社会风气将如何净化，和谐社会将如何建设呢？

第四十三章

老三和“老三思想”的陨灭

CHAPTER 43

尹杭杭连续几天都没做饭，也懒得收拾被砸的屋子。她的悲伤程度远远超过一个女人应有的承受力。裴斐，这个混蛋！一定是他告发的，一定是他报复的！发短信诬蔑她和女儿不解恨，又下此毒手，真是太可恶可恨了！

她躺在临时整治的地铺上，望着窗外迷蒙阳光，心里充满无限伤感和担忧。女儿现在怎样，她爸爸收留她了吗？萨雷情况又如何？七八天了，他杳无音信，无时无刻不让她提心吊胆。还有关羽羽，一个年轻女子，又怀了孕，如此担惊受怕，无家可归，自己怎能不为她牵肠挂肚呢！尽管羽羽仍像无事一般，反而劝她要宽心，说有萨经理做主，事情总会好转的，但她依然捏着一把汗。房东大嫂多次劝她，说前几天出租车罢工，群众围攻工商局，政府不会不考虑这些民情民意。大嫂说着便喋喋不休地大骂起来，这些告密的家伙，这些没心肝的坏蛋，不是他们举报，工商局才懒得搭理呢！她说好妹子，放心住吧，不会有事的。看看别的家，不都住得好好的嘛！小崔与姬小荣也时不时来给她要主意，问搬家还是仍住在这里？要是仍住在这里，就得另买床和日用品，这些钱又该从哪来？作为一家之长，她却毫无办法，只能不住地咳声叹气。好在，羽羽和姬小荣分了手，又与小崔破镜重圆，虽然肚子的孩子分不清是谁的，但小崔甘愿接受，所以持续一年多的三角恋爱才告结束，三人相处得还算不错，否则将更让人愁死烦死呢！

羽羽和小崔走进门，手里端着一碗糊辣汤，要她一定吃了，不然时间一长，会把身体饿坏。羽羽扶她坐起来，要给她喂，她说自个儿能行，就接过碗吃起来。她问她去医院检查了没有？羽羽说没顾得，等这事安静下来再说。她劝她还是抽空检查一下，三四个月了，万一胎盘不正或存在其它问题，也好及早采取措施。羽羽说不要紧，她还年轻，能保住更好，万一保不住也不惋惜，她可以给小崔再怀再生。她一边说一边偷眼看小崔，说这样正好，也可去掉他的疑心。小崔说他不在乎，只要有她，只要是她身上掉的肉，他都高兴，都视为自己的亲生骨肉。尹杭杭说，其实姬小荣也是个好人，也很不容易，对你俩又那么好，即便是他的骨肉，也值得为朋友生养抚育。小崔说他现在担心的不是这些，而是眼下政策越来越叫人吃不准，看这架势，国家可能要打击取缔连锁销售。真要这样的话，他和羽羽就想回老家。尹杭杭说她也搞不清，这事只能等萨经理回来。说着她已吃完糊辣汤，便给萨雷打电话，打了两次，还是没打通。

尹杭杭与关羽羽坐在地铺上闲聊，小崔独自观察砸坏的床，思考着能不能修理，该怎么修理？正在这时，三哥萨风气急败坏地闯进来。看到他面色苍白、嘴唇发紫、呼呼喘气的样子，三个人同时愕然尖叫起来。

“萨伯，你啥时回来的？怎么啦？”

“三哥，发生了什么事？你脸色怎么这样难看？”

“萨经理，你生病了吧？快坐下休息。”

三哥气喘吁吁地坐在被卷上，看着满屋被砸得乱七八糟的场面，脸上的神色更加惊恐。他惶惑地说：“快告诉我，998，还有你们家，到底发生了什么事？”说罢，一双深窝窝眼立即便直直的没了活泛。尹杭杭、羽羽忙给他端来开水，拿来湿毛巾，让他擦把脸，喝口水，才把工商局如何突击搜查，如何砸坏家具的事，一五一十讲给他听。他听着听着，突然脖子一歪，两眼一瞪，闷闷地呜了两声，口吐白沫，一头栽在被卷上再没起来。三个人顿时吓得魂飞魄散，六神无主。尹杭杭当过几年护工，知道一些应急救生的做法，就赶忙掐他的人中，并口对口进行人工呼吸。忙乱一阵，毫无效果，她便让小崔背他下楼，上了一辆出租车，急速向医院奔去。

在车上，尹杭杭又给萨雷打电话，仍打不通。她又给俞溟打，同样也打不通。到了医院，医生检查后，摆了摆手说，瞳孔已放大，呼吸已停止，无法挽救了。天啊！这可怎么办，这可怎么办啊？！真是晴天一声霹雳，他们全被打懵了。正当他们急得团团转时，突然尹杭杭的手机响了。电话是一个女的声音，她问谁刚才给她打电话？她反问她是谁？她说她是俞溟。尹杭杭再也忍不住了，哇地放声大哭，尖叫俞经理，大事不好了！俞溟镇静地说，哭啥嘛，快说，到底发生什么事？尹杭杭哭丧似的说，三哥死了！什么，他不是回老家了吗？尹杭杭说他刚来，见998被砸，就跑到她家来问，看了现场，听了缘由，当时就跌倒再没起来，送到医院抢救无效。俞溟惊叫一声，天哪！怎么会，怎么会这样啊！她极力抑制着问她萨雷呢？她说这几天一直没见他，手机也一直打不通。她要她在医院等着，她马上和他联系，一会儿就来。

大约半个小时后，萨雷和俞溟惊慌失措地来到医院。萨雷一头扑到病床前，抱着萨风放声大哭。俞溟、尹杭杭等也嘤嘤地陪着他抽泣流泪。女人哭时像唱，男人哭时像笑。而这时，萨雷哭得既像唱，也像笑。他那始终讪笑的肧肧脸，现在完全扭曲变形了。泪水与涎水几乎模糊了所有毛孔和皱褶。一阵“啊呵呵”，“哇嗬嗬”的单音节，像讪笑，像梦呓，经久不息地在鼻腔和喉管里轰鸣。悲痛和悔恨已调兑成一盒万能胶，封住了口舌，封住了音带，他只能把千言万语吞到肚子里去。他像女人哭丧那样在心中自责和诅咒自己：兄弟呀，哥对不起你，哥坑害了你呀！是我让你来这里发财的，是我让你在这里得上糖尿病的，是我让你回家住医院的呀！好兄弟，哥是个罪人，哥是个魔鬼！你可要原谅哥呀！你放心走吧，网络有哥呢，弟媳和两个侄子有哥呢！等网络搞成后，哥要让她住最高级的别墅，让两个孩子读最好的大学，还要出国留学，成为国家的精英和栋梁。啊呵呵，哇嗬嗬……兄弟呀兄弟，哥也要说你几句。你做事太莽撞了，来时该打个电话呀，该让我去车站接你呀，那样或许就不会发生这场悲剧了呀！你想想，一个糖尿病人，刚刚出院，一路劳累，又遇到那种场面，怎能不大受刺激呢，怎能不旧病复发呢？啊！啊？糖尿病，糖尿病？……

萨雷哭着哭着，突然灵机大开，脑海马上出现一个大大的问号：糖尿病怎能发作这么快，怎能导致人突然死亡呢？难道抢救出现疏漏？……商人的奸猾和绅士的妄断，立即引起他高度警惕，哭泣声随之嘎然而止。尹杭杭忙掏出卫生纸，让他擦擦脸上的泪痕。他没理会，径自去了医生办公室。他提出自己的疑虑，请求医生解答。医生说致命的原因并非糖尿病，而是高度紧张和刺激引起脑溢血猝死，加之救生方法不妥和延误时间，最终导致病人死亡。医生说着拿出几种检测记录让他看，证明死者送到医院时已经死亡，无法挽救生命。萨雷没看资料，沉默一会，泪水又唰唰地往下流。医生要他在死亡书上签字。他匆匆签下自己名字，转身回到病房就要搬尸体。俞溟问搬到太平间还是998？他说直接上火车站，送回老家安葬。说着他连续打了几个电话。

过了一会，先是姓刘的出租车司机来了，接着络腮胡带着另一个人也来了。他要尹杭杭和他一起回老家，路上也好有个照应。办过手续，折价买了病房的被子、床单等，把尸体伪装成病人转院的假象。大家动手抬三哥尸体，他拦住了，要自己背弟弟走，背弟弟回家。一行人下了楼，上了刘师傅的车。他探头叮咛俞溟，严密封锁消息，不要通知他家里，也不要告诉其他人。他让她迟去总部几天，等他把后事处理回来再走。他们走后，俞溟仍放心不下，和羽羽、小崔挡住一辆出租车，也去了火车站。

赶到车站，萨雷已买了直达成都然后换乘关中的车票。离开车时间还有一个多小时，几个人围着三哥，又是问话，又是喂水，伪装得还真有点危急病人的样子。俞溟摘下自己一件披肩纱巾，裹在三哥头上，说人多空气不好，别染上风尘。络腮胡很有办法，与车站执勤人员叽咕几句，一行人就提前进了检票口。他们在月台等着，开始放行了，旅客越来越多。列车终于进站，络腮胡几人把守车门，其他旅客也颇具人道主义精神，都十分谦让，萨雷背着弟弟很容易上了车。五个人两张卧铺，他把弟弟刚放到下铺，蒙上被子，他就“睡着”了。同房间的人惊奇，说这人真能睡。萨雷说是病人。这时车开了。俞溟、羽羽和小崔不约而同地失声落泪，向着列车招手，向着三哥亡灵招手。

出了车站，俞溟发现羽羽腰身越来越笨重，就硬性拉她去医院检查。她说在这个特殊环境，自己要懂得爱惜自己，保护自己。三哥就是例子，太悲惨了，一想起就叫人伤心落泪。羽羽含着泪说，这些她都懂，她走过一段弯路，最终获得伟大的爱情，她懂得如何珍惜。检查后一切正常。俞溟很高兴，让医生给她开了些保胎药，然后对小崔说，五个多月了，要一定伺候好，别出蛮力，别受刺激，再有几个月就分娩了。她祝福小两口幸福，祝福小宝贝健全发育，早日问世!

俞溟回到公安局家属院，浑身就像散了架，躺在沙发上再也起不来。昨天刚把桂平筠送到精神病院，惊魂未散，想不到今天又发生人命关天事，真是太不幸了，太悲哀了啊！一想起这些天的遭遇，她就胆战心惊，不寒而栗。裴斐的威逼，萨雷的要挟，记者的骚扰，公安局和工商局频频行动，五六个家被搜被砸，桂平筠疯了，三哥死了……这一切说明什么？啊，现实严酷得简直使她透不过一丝儿气。她现在一闭上眼，那一次次争斗，一幕幕悲剧，就一个接一个地在脑海里翻腾，令人不堪回首，令人肝胆俱裂。现在，只有现在，她才对自己所从事的连锁销售，对自己不遗余力追求的百万富翁大业产生了怀疑。可是怀疑又有什么用呢？她诘问自己。她现在是骑虎难下，身不由己。上拉下推，这就是网络的魔力，想逃也逃不掉。她发现自己已不是自己，而是属于一个被操纵着的木偶。她还发现自己不是一个闯荡天下的女强人，而是一个悲悯懦弱、儿女情长的小女人。由此她又想起司令俊男，想起他们像网络一样虚无缥缈的爱情。

说真的，起初她不主张司令俊男邀约那个记者，而萨雷却想入非非，要利用记者造势，要利用记者的优势激活桂平筠的那条腿。但当记者来了不认可时，他又急于把他撵走。后来得知不但陕西记者没走，又来了云南记者，他就更加暴跳如雷，多次提出暗算记者，并要对司令俊男采取措施。如果不是她坚决反对，不知事情会演变成什么样子，不知司令俊男会遭受怎样的恶果。尤大姐也支持他的行动，并给了三千元经费，要他必须摆平记者的事。这样一来，她就成了被他牵着线索表演的木偶。除此之外，更让她闹心的是司令俊男的安全，是他们岌岌可危的爱情。如此对待记者，如此对待他的朋友，如此对待他的邀约对象，这让她怎么面对他，怎么向他解释呢？

她刚想到这儿，突然脑海又出现三哥的尸体，出现他那悲苦而诚实的遗容，出现他那始终歪斜着要说什么话的嘴。她似乎这才觉醒，感到自己太自私，刚刚送别三哥的尸骨，怎么好意思钻进爱情里出不来呢？是的，是该好好想一想三哥，老三，萨风，萨经理的事啊！多么活灵活现的一个人，多么诚实善良的一个关中汉子，多么广闻博记而又夸夸其谈的一个工农兵大学生，现在却离我们而去了，永远而去了！他的死难道与自己无关？现在想起来真是后怕。是自己在会上点了他和柳一枝等人的名，批评他们回老家次数多、时间长。是她郑重宣布纪律，凡回家一个月以上的经理，限令十天内返回，如果逾期不回，必须严加处罚。所以萨雷接二连三地给他打电话催促，他才带着重病初愈的身体返回，才遭遇这场不期而遇的灭顶之灾呀！还有他的病，也是因为她而加重的。那次，刘真与何全根对自己敲诈勒索，要不是三哥和司令俊男及时赶到，岂止一场小小的虚惊！而且，正因为对这件事处理的抵触，他才和萨雷吵翻，才带着满腹郁闷和懑愤回老家。想想看，好不容易安上第二条腿，好不容易成为经理，突然开销他伞下三个人，这叫他如何接受得了，如何偿还良心的债务呢？三哥呀，可怜的三哥呀！他就是这样被萨雷和自己一步一步逼上不归之路的呀！

她的思绪很杂乱，杂乱得泪水像掉了线的珍珠。她在内心经历了此番自责和愧疚后，精神上急需一个可靠而温馨的依傍，这就理所当然地想到爱情和情人。这些天来，她虽然没见过司令俊男，也没给他打电话，但她无时无刻不在惦念和牵挂着他。她向尤大姐申辩，和萨雷争吵，甚至跟踪络腮胡，才使他没有遭受尴尬和暗算。她知道，在那种情况下，别说幽会，就是打电话，不留神就会掀起一场轩然大波。可是现在，一切都过去了，她便有空闲和理由邀约她的情人。

愈是压抑愈是渴望，愈是渴望愈是压抑。俞溟经过这个感情的递进法则后，周身便迸发出难以遏止的冲动。她没有丝毫踌躇和犹豫，立即拨通司令俊男的手机。他惊喜地叫着，说他想她，真担心再也见不到她！他说桂平筠住院了，他现在还在666，闲着没事光想她。俞溟说她也一样，一想起来就像丢了魂似的，看啥啥不顺眼，干啥啥不顺心。她要他来她这里，反正无事可做，不如这几天就住在她家吧。他说那好他马上就来。

半个多小时过去，司令俊男来到俞溟家。紧紧拥抱接吻后，她发现他脚上的伤，痛惜地问他怎么了？他说不要紧，被钉子刺破了。接着他把幼儿院的遭遇说给她听。她听后哦了声，脸上流露出对萨雷的怨恨，不禁脱口而出，告诉他三哥死了。啊？！他吃惊地问她说啥，说三哥咋了？她眼含泪晶，把原话重复了一遍，泪珠已唰唰流下来。天啊！怎么可能啊？三哥，多么健壮、多么开朗、多么豁达的汉子，怎么可能就这样没了呀！他是怎么死的，死在老家还是医院？司令俊男抓住俞溟的肩头，使劲摇着质问。她哭泣地说了三哥如何刚从老家返回，如何看见998被砸，如何在尹杭杭家跌倒再没起来，如何送到医院就咽了气，如何伪装成病人乘火车回老家安葬，说着已泣不成声。司令俊男使劲抱着她，也呜呜哭起来。

“三哥呀，多么健壮的身胚，多么夸夸其谈的学问，多么执拗的三哥思想，就这么烟消云散了？啊！太残酷了啊！”

“俊男，我怕，怕我也会有那一天。”

他沉默了一霎，接着把她搂得更紧：“不会的，你又没病，怎么会呢？”

“三哥刚来时也没病，他是在这里得的病呀！”

“那是各种原因造成的，别胡思乱想。”

“桂平筠疯了，三哥死了，我的心理压力很大。”

“你不是成功了，马上就要去深圳了吗？”

“经受这么多可怕的事，我对此失去信心。”

司令俊男这时突然想起自己的秘密计划，想起秦二尊临别时的交代，没有顺着她的思路说下去，反而做起她的思想工作。他对视着她的目光，深情地说：“亲爱的，别犯傻了。你能干到现在的成绩，谈何容易，怎能轻易动摇、丧失信心呢？”

面对情人，俞溟说出了与行业纪律和自己身份极不相称的话：“不是我失去信心，而是怀疑连锁销售原本就是一场噩梦！”

司令俊男微微颤栗一下，愕然问道：“为什么，你为什么这样认为？”

俞溟目光狐疑地望着他，说：“你想想，党自觉的械斗，刘真与何全根的敲诈，桂平筠的精神病，三哥的突然死亡，还有外体系发生知道和不知道的一桩桩悲剧，这一切难道不是天意，不是上帝惩罚，不是天恼人怨的结果吗？”

司令俊男差点儿被她的话引入歧途，但秘密计划已根深蒂固，所以他不再犯浑，佯装她平日灌输他时的痴迷情状，努力说服他的情人：“这些悲剧固然令人哀伤和沮丧，但又与你有什么关系呢？你想想，光夔城就有十万人，全国各地加起来人更多，高级业务员又岂止成千上万，即使出了再大问题，自有人负责，也该不着你为此内疚担忧，更不必怀疑和动摇呀！”

俞溟朝他怀里一缩，撒娇地说：“我只是给你说说而已嘛！其实在外边，我也会像你说的那样去劝说别人呢！”

司令俊男狡猾地微笑一下，抱着她倒在沙发上，贴耳叫道：“这才像个女强人，像个百万富翁的样子！如果你去了深圳，我还想给你当秘书哩！”

俞溟充满憧憬地说：“萨雷回来我就要走，要让你送我去深圳。”

“好呀，你答应的，可别变卦。”

“不会的，到时坐飞机去。”

就在萨雷回老家和司令俊男隐居这段时间里，老韩回到888，并代替萨雷主持网络管理。他是在工商局突击搜查先天下午走的。他并非别人猜测的有意出逃，而是处于对萨雷暗算记者不满，才独自跑到贵州黄果树瀑布逛了一趟。当时他就警告萨雷，再这么胡整，非惹出大乱子不可！说完脖子和屁股同时一扭就走了。等他回来时，果然闯下大祸，工商局把家砸个底朝天！他本来就是动摇分子，这下可彻底失望了！他与金全会正考虑是否回老家，这时萨雷突然打来电话，说他有急事外出几天，让他主持网络管理。他当然不接受，质问萨雷不听他的劝，撂下这个烂摊子，得是想拔腿逃跑呀？他说即使逃跑，像他这熊式子，屁股后边也会跟着催命鬼！最后要不是俞溟苦苦相求，他才没兴趣管这鸟事哩！所以这几天，他既不安排上课，也不督促串体系，全天候放假休息。他认为，出这么多事，搞得人心惶惶，一切说教灌输都是他妈的徒劳无益！他感到最值得操劳的，是解决被砸人家的食宿问题，无论从人道还是节约角度考虑，作为一个老同志、老党员，自己都应该负起这个责任。所以这些天来，他与小崔到木材市场买回一些破板，借来锯子斧头，挨家挨户修理那些支离破碎的家具。他对小崔说，总得让大家好坏有个吃饭睡觉的地方么！

这期间，司令俊男回来两趟，一次是找老韩闲谝，一次是给666修家具。老韩看他吞吞吐吐、欲言又止的样子，知道他一定有事瞒着他，就揶揄说，咱俩都是动摇分子，有什么可值得藏着掖着，该不是秦记者透漏了中央有关政策吧？司令俊男趁小崔不注意，就把三哥的噩耗告诉他，惊得他斧头一歪，差点剁下两个手指头。他长嘘了口气，扑通坐在地上，只是直直地翻眼窝。真是天恼人怨，天恼人怨啊！兄弟，隔了一分多钟他才说，兄弟好生想想，连锁销售到这份儿上，可不是好兆头，老天爷开始报应了，开始惩罚我们了呀！他一时赌气，索性把工具一拿，喊着小崔不修了，撂下熊管！他脖子一扭，说像这个烂摊子，能修能补好吗？即使修好补好又能咋样？一切都定局了，一切都完结了啊！

第四十四章 "喽啰功"制服了一场凶杀案

CHAPTER 44

在司令俊男和俞溟同居的几天里，他们仍像夫妻一样，度过每一个甜蜜而温馨的日日夜夜。俞溟现在基本不染网络的事，一切交由萨雷管理，即使他回老家也有老韩和杜航代管，所以她有充足时间和精力陪伴她的情人。她很投入，也很珍惜来自不易的爱情。她知道二次婚姻充满风险和变数，所以当她迈出第一步时的确慎之又慎。但她同时也明白成功意味着什么，几百万元将使自己身价百倍，有了这个强有力的资金支持，就可化风险为神奇，以不变应万变。所以她现在对这场爱情完全称得上无所顾忌。她像初恋少女一样，躺在情人怀抱，任由性儿地做着甜蜜的梦，编织着幸福的花篮。对司令俊男来说，虽然偶有那个秘密计划的干扰，但总的还是很专注投入的。他暂时忘记景旒儿，也忘记秦二尊的忠告。他认为爱情和婚姻是两码事。婚姻以理性为主，感性辅之；以责任为主，相悦辅之；以缘分为主，随意辅之。爱情恰恰相反，以感性为主，理性辅之；以相悦为主，责任辅之；以随意为主，缘分辅之。这样一来，眼下的爱情便被他置于感性、相悦、随意的心理链条，从而使激发的激情冲动比俞溟有过之而无不及。他们就这样难分难舍，终日沉湎于情欲之下，徜徉于爱河之中，时光如白马过隙，匆匆即逝。

这天刚吃罢午饭，司令俊男突然问起桂平筠的情况。俞溟忽有所悟，责怪自己粗心，她说，要不然现在就到医院探视。他点头应诺，说师生一场，他心里一直牵挂着老师哩。俞溟说那就快走吧，现在正是探视时间。

神经病院在喽啰山北麓的桥头处，有山又有水，环境非常幽雅。司令俊男买来一大蓝水果，在俞溟引领下通过一道道关卡，来到病房。桂平筠不在，一位护工指着花园说，她可听话了，不乱跑，也不乱叫，就是话多且不着边儿。瞧，她又在那儿独思独语呢！他俩走过去，叫了几声她也不理。她坐在靠背椅上，手里捧着《羊皮卷》，翻在“本周工作纪录表”处，口里却喃喃背诵着“成功誓言”的段落。司令俊男放下果蓝，连续叫了几声桂老师。她突然有了感觉，抬起头惊惧地叫着：“小徽，小徽！”他忙解释：“桂老师，我是你的学生司令俊男呀！”她扔掉书，惊叫着：“小徽，你出来了，十一年牢房，这么快就出来了？”俞溟笑着说：“桂姐，他是你的学生，体操冠军！”她看了俞溟一眼，惊吓得丧魂落魄，站起来尖声怪叫：“大表姐，你怎么来了？快走呀，别纠缠我！表姐夫死了，又不怪我，我还给你两万元。现在没了，两手空空，一切都没了！”俞溟揽着她的肩膀说：“我是俞溟，常吃你手工面的俞溟呀！”她挣脱她的手，敌意地瞪着她：“三表妹，你也来凑热闹。你的事我不管，找大表姐夫去，你可是他的腿嘛！”俞溟拉她坐下，她屁股刚坐定，又嗵地站起来，指着俞溟大叫：“我们不是传销！俞溟说来，萨雷也说来，听话跑得快，头脑简单跑得快。不信问他俩去，别在这儿打扰我！”司令俊男剥好一个香蕉，递给她说：“桂老师，吃香蕉，你最爱吃的芝麻蕉，很甜。”她接过香蕉看了看，不咬也不嚼，惊喜地用嘴唇吻，用舌头舔，故意弄出吧唧的响声，高兴得咯咯怪笑。医生走过来，给他俩介绍，说她的情绪比较稳定，效果也不错，以后不要频繁探视，以免引起刺激。医生说完领着她回病房服药去了。

桂平筠的阴影始终笼罩着他们心头，怎么努力也挥之不去。他们一路无言，直到回家，直到晚上睡觉，也都郁郁寡欢地不知该说什么和不该说什么，总觉得心里堵堵的。第二天早晨醒来，这种感觉丝毫没有减退，仍纠缠不休地影响着他们的情绪。小徽，他是谁？大表姐和三表妹又是谁？难道在她背后，还掩藏着更凄惨的悲情故事？

就在他们灵犀相通而又不愿互相道破之际，俞溟手机突然响起。电话是杜航打的，说苏展又回来了，正在这里闹事哩！他要她快点来。她踌躇一下，要他按萨雷处理的意见办，让他回去不就完了？他说不行，这家伙拿着杀猪刀子，扬言小张不回他也不回，不然就刺刀见红。俞溟说他是男子汉都没办法，她一个弱女子又怎奈何？他说她是女的，又代表组织，总归话好说一些呀！她说那好，她马上就来。打完电话，她要司令俊男陪着她去。他问合适吗？她说只是壮壮胆，又不说话，有什么不合适？

他俩火速来到现场，只见苏展、小张和凯凯三人正吵得天翻地覆。杜航站在旁边一筹莫展。另一间房子门开着，里边只坐着盈儿，样子像看书，注意力却始终没离开隔壁房间。俞溟一进门，三个人才停止吵闹。俞溟拉苏展坐下，亲切地拍着他的肩，问他说好的事，怎么又反悔呢？苏展说太不公平了！要走都走，要留都留。为什么只让他走，他却还留在这里？俞溟说他不是销售人员，而小张是，怎能让人家把生意撂下回去？苏展说他才不管这些哩！他说他是瞎子记个死渠渠，只知要走都走，要留都留。俞溟咯咯笑了，说留下好呀，那就赶快认购加入吧，大家只等着拍手欢迎呢！苏展说他离不开对象，正准备结婚，他才不想参加连锁销售呢！俞溟笑着叫他小不点，说既然爱情这么专一，还不快回去看住女朋友，小心让别人拄走了。谁敢？苏展说，他女朋友才不像盈儿，谁有钱有势就跟谁跑。她绝对讲意气，绝对够哥们，绝对不会背叛他！苏展接着说他也一样，正是讲意气，才跑到这里为朋友两肋插刀。他说他发誓不为凯凯夺回盈儿，就不算男子汉，就永远不回去！凯凯显得腼腆，始终没说话。小张几次要插话，都被杜航制止了。这样以来，唯独苏展占上风，益发显出一身侠肝义胆。

司令俊男实在憋不住，就故意攥着拳头，把指关节握得咯吧响。他叹口气，说把他的，练功练得走火入魔，坐在这里只觉得不舒服。苏展看他的拳头和臂肘的腱子肉，惊异地问，这位大哥练过功？俞溟说他是体操冠军。苏展更加惊喜，问他练的啥功？司令俊男站起来活动着臂膀，不屑地说不但练功法，也练刀术，凑合呗！苏展立即来了兴头，求他演示一下，也好让大家开开眼界。在这个小毳贼面前，司令俊男还是能抖擞出些许绅士风度的，于是便在楼道作了几个自由体操的高难动作，惊喜得苏展连连喝彩，并粘着要他表演刀术。他说可惜没有刀呀！他说他有杀猪刀，行吗？他说还凑合呗！苏展回到屋子，拿出一把雪亮的杀猪刀子，双手交给他。司令俊男手握尖刀，左劈右砍，上刺下挡，把体操和太极拳的动作胡乱搅和在一起，表演得头头是道。苏展惊得目瞪口呆，忙问这是啥功，他怎么从未见识？司令俊男灵机一动，顺口说这是爨氏喽啰功。

苏展一时兴起，硬是缠着他要拜师学艺。司令俊男说拜师可以，但必须答应两个条件。他说行，只要能学到爨氏喽啰功，什么条件都答应。那好，司令俊男说，一是这把尖刀要由他保管；二是练功为了健身，不得寻衅滋事。苏展说行，君子一言，驷马难追，决不反悔！司令俊男拍着他的肩膀说，从明天开始，早晚八点，在大礼堂西边会面，每次练两个小时。另外，他强调，要他对小张和盈儿友善如宾，这样神清气爽，心地坦荡，才能功至要津，果入道门。苏展一一答应，哈哈大笑抱住他，直夸他讲意气，够朋友，绝对是高德大家！

一场持续已久的谋杀案，就这样被司令俊男不经意地抚平于襁褓之中。杜航和俞溟对视一笑，七上八下的心总算有了着落。小张和盈儿自不必说，又是感谢司令大哥，又是感谢俞溟经理，乐得眉眼都渗出笑意。就连一直处于尴尬地位的凯凯，原先绷得紧紧的神经也放松了许多。特别是俞溟，高兴的样子真称得上心花怒放。一是化解一场始终让她提心吊胆的血案；二是证实自己心爱的人的睿智和能力。她想，如果萨雷在场，也不得不甘拜下风，心悦诚服。他俩都有绅士风度，但萨雷的特点是生拔硬整，而司令俊男却多了些睿智大度。她更多地钟情于后者的魅力。所以她现在对她的情人更加钟爱，更加迷恋，更加崇敬。

第二天早晨不到八点，司令俊男来到大礼堂西边小广场。他还约了乐正和郑越，好多天没见这两个活宝，心里一直念想，顺便也约来了。司令俊男问怎么没见老马？乐正说他已搞定拿下一个西安女子，昨晚去她家，至今没回来。司令俊男大吃一惊，问郑越得是？郑越笑而不答，算是默认。司令俊男佩服老马这家伙艳福不浅，果然有了情人，果然夜不归宿。郑越说她女婿也在这儿呢。乐正说在又咋，二龙戏珠更风流！司令俊男问，那女子咋样？乐正说他和她跳过舞。司令俊男想了一阵，终于想起来，忙纠正说那不叫跳舞，只能叫看舞。司令俊男夸她长得很漂亮，要不是萨雷那晚干扰，也许他早把她搞定拿下了！乐正说那才是其一。他问，那么其二呢？他说其二就是擦皮鞋的那个傣族女子，也被老马搞定拿下，拜了干亲，整天领着干儿子逛大街。这家伙吃一个占一个，惹得郑越猴急猴急，硬要岳父让一个给他。郑越呲咩一笑，说他太夸张了，过于夸张人便不信。乐正飞起脚，就踢他的屁股，郑越扭身一躲，差点和苏展撞在一起。司令俊男迎上去，拉过苏展，互相介绍后开始练功。

司令俊男教的都是自由体操的基本动作，如倒立，如劈叉，如翻筋斗，如俯卧撑等等，难度都很大。他们不知真伪，个个诚惶诚恐。司令俊男更是装模做样，故弄玄虚，每每展示，便让他们一一效法。乐正和郑越只练了几分钟，就支持不住，像狗熊似的坐在地上不动弹。

苏展却不同，非常认真投入，每个动作，每个招数，都重复练习几十遍。例如劈叉，先得练习单劈，即一腿伸直，一腿蜷曲平面落地，像运动员练跨栏似的，腰不停前后收挺，臂不住左右摆动，如此循环不止。苏展练了半个小时，已是大汗淋漓，气喘吁吁，直喊着要休息。

司令俊男摆摆手，说不可不可，练功且忌怕苦怕累，如此难入大境。苏展只好缓缓气，又坚持下去，练了左腿练右腿，一直练了一个多小时，两条腿已麻木痉挛得走不成路。他一边擦汗一边喘气，说他跟人也练过功，但没见过此功难度这么大，动作怪怪的。司令俊男便说，这就是爨氏喽啰功的特点，劳其筋骨，发其内功，吐其浊气，断其妄念。说着他指指乐正，说他见过爨大侠，那可真叫气度翩翩，神仙一般。乐正说的确这样，爨大侠须发皆白，目如星辰，谈玄说黄，满腹经纶。还有那只高大凶猛的藏獒，就像天马神驹，整天左右不离地陪伴着他，更显出一番仙风道骨的神奇。

苏展不解地问，既然如神似仙，为什么叫喽啰功，喽啰又是啥嘛？司令俊男解释道，喽啰就是跟着坏人干坏事的人，中性词，贬多褒少，有戏谑的成分，和小子们、伙计们、孩儿们、徒儿们等差不多。例如孙悟空回到花果山，就常对那些小猴子喊孩儿们或徒儿们，当然喊喽啰们也说得过去。爨大侠把它叫喽啰功，就是要人弃恶从善，慈悲为怀。乐正说老马既收干儿子又当临时丈夫，慈悲如佛，练此功一定能大获成功！司令俊男佯装生气，说乐正和老马是一丘之貉，满脑子男盗女娼，永远也练不出真功夫！

与苏展分手后，他们三人绕大礼堂转了半圈，刚过马路，突然看见老马从果品市场出来。乐正招手喊他。他抬头见是他们，就匆匆赶过来。乐正忙问他咋样？他反问他啥咋样？房事嘛！乐正问，昨晚房事如何？老马故作高深，说是个人隐私，无可奉告。司令俊男便问，老兄是否真有外遇，真有情人？老马哈哈大笑，说别听乐正这家伙胡扯，根本不是那回事！

接着他告诉大家，说西安那个女子看女婿来了，也想加入，只是苦于没钱。但她人力资源很丰富，她说谁要借她一万多元，申购三份，她就给谁当下线，一个月保证叫来三四个人。说到这里，老马狡猾地一笑，说他昨晚就是去她家谈这事的。乐正说他骗人，谈事能谈得不回来？老马说她女婿很豪爽，又是喝酒，又是吃西瓜，耽搁得时间长了，就没回来。乐正揶揄道，她女婿得是离床让位了？哪能呢！老马强辩说他在沙发上睡着哩。乐正说睡到半夜弄错床也是常有的事么。老马骂他真是个骚葫芦，脑子里整天不是叫床和房事，就是皮影和二人转。郑越突然叫起来，说他妈的，今天咋没有皮影二人转了？司令俊男忙喊别打岔，让老马快说谈判结果。老马咳嗽一声，唾了口痰，说他只答应六千元，那驴日的女人不干，事情没定论。司令俊男忙问他，那女的要是愿意，他真的敢接收，敢让她搬过来住？乐正警告说，他敢把她安成他的腿，小心她女婿用刀砍断他的腿。

老马蛮有把握地说，只要百万富翁大业成功，她女婿才不在乎呢！在金钱和女人之间，他自然选择的是金钱，女人只不过是个赚钱的工具。郑越又叫起来，他妈的，今天真的没了皮影二人转！乐正说时间还早，恐怕这些人还在被窝和床上演皮影二人转哩！

他们在广场转了一圈，没啥意思，就坐在一棵香樟树下谝闲传。郑越问司令俊男去没去看他家长？乐正说，司令大哥在医院伺候他老师，还谈何去不去？郑越就喊奇怪，说他去医院咋没见他？乐正指着郑越嚷，问他看了桂平筠为啥不承认？真是贼不打三年自招！看来这家伙和桂平筠关系不一般。郑越说领导不让其他人去看，怕产生副作用。乐正问司令俊男，她现在病情好转了吗？司令俊男说，病情比较稳定，就是太凄惨了。好端端一个人，怎么会突然变成这个样子，实在令人痛心。

老马突然说，他昨晚看了电视，云南台把爨城的连锁销售曝光了，里边就有桂平筠的镜头。乐正说，听说陕西台也曝光了，如果中央台再曝光，咱这事就瞎了！郑越说不要紧，那都是政府装样子给上边看呢！要不这么长时间，咋没个响动？老马说砸了五个家，这就是例子呀！郑越又说，那都是有人举报，其它没人举报不都好好的吗？乐正问司令俊男，听说这事与那个记者有关？司令俊男摇头说他不知道。郑越说，尹杭杭和关羽羽家是裴斐举报的，998、888和666才是记者举报的。说着三人就大骂记者狗杂种，抱怨司令俊男当初就不该邀约驴日的！老马说这事也不能抱怨司令兄弟，就像自己收编西安女人一样，都想快安腿，快发展么。

郑越仍诧异地问，那么司令大哥这些天干啥去了？乐正说他真想踢这驴日的一脚！哼，司令大哥在医院伺候他老师，说多少遍了，得是耳朵塞了驴毛？郑越仍不明白，说那时桂平筠还没疯嘛！乐正说还有记者哩，司令大哥陪记者呀！郑越似乎明白了，蔫笑着，说看看，还是记者与司令大哥多少有点挂搭么！乐正站起来，狠狠飞起一脚，却踢在水泥台沿上，痛得捂着脚哇哇直叫。郑越笑说，这就叫多行不义必自毙。乐正骂他是萨雷走狗，怎能栽赃陷害司令大哥呢！老马忙打圆场，说算了不谈这事了，即便和司令小弟有关，不定还是件好事，国家要是打击取缔，也免得后边人再上当受骗。

郑越瞪着岳父问，那么咱的钱不白撂了，咱上当受骗谁来管？老马扬起掌，给了他一个耳光，骂他是个白眼狼，硬是把他骗来了，现在却说别人骗了他。他质问郑越，他上当受骗又该由谁来管？骂完背抄着手，径自走了。乐正哈哈大笑，骂郑越我儿，这才叫多行不义必自毙，虽然免了一脚，却挨了一个大大的耳光！

广场上人慢慢多了，皮影二人转的角色也开始蠢蠢欲动。一脚一掌把兴趣统统打没了，他们无心观看皮影二人转，在河堤公园溜达了一程，便分手各自回家。乐正见司令俊男朝城里走去，就拉住问得是又有新节目？司令俊男谎称他要去银行取钱，让他俩先走，下午八点仍在大礼堂西边会面。乐正要陪他一同去，郑越不停使眼色，继之拉着他朝西关新村走了。

之后几天，司令俊男与苏展每天两趟，练着那莫名其妙的爨氏喽啰功。乐正、郑越和老马有时也来，但来了并不练功，只是看热闹，谝闲传。苏展觉得他们搞笑逗乐的性格很讨人喜欢，也乐意和他们一起谝。这样一谝两谝，混得熟了，就成为朋友。

这天下午，苏展把凯凯也领来了。凯凯只看不练，结束时就和大家闲谝。司令俊男有意往正题上引，问凯凯到底和盈儿关系多深，能不能争过小张？凯凯很腼腆，不爱说话。苏展就替他说，要比感情没说的，要比经济和身份就处于劣势。小张他爸是局长，有钱有地位，来了三个月，就安上两条腿，都三十份了。而凯凯来了七八个月，至今还是单个司令。那么，乐正问，盈儿是什么态度？苏展说她自然偏重小张，这个负心女子，真拿她没办法！凯凯说，要不是小张来，她也不会变心。司令俊男又问苏展，所以就来为朋友抢亲？苏展说只要把小张撵走，盈儿就会回到凯凯身边。老马说不一定，得看缘分到没到。俗话说有缘千里来相会，讲的就是这个道理。苏展急问，那该咋办？

司令俊男念起瞎瞎大爷的诗句，得了失了有了无，富了贫了少了多。苏展茫然地问这是啥意思？司令俊男解释道，意思是说，天下贫富得失，皆有定数，万事须随缘而化，不可强求。老马说凯凯长得这么帅气聪明，何愁找不下媳妇，为啥要在一棵树上吊死呢？郑越说就是的，天下美女如云，只要把网络搞成了，成为百万富翁，想找十个美女也不愁。乐正骂他，这驴日的胡说，法律规定一夫一妻，不许找十个媳妇！郑越说打个比方嘛，又不是真找十个媳妇！司令俊男说，所以，凯凯没必要和小张为争一个女子决斗，苏展也没必要为朋友两肋插刀。凯凯摸着头，说他现在明白了，一切随缘，任其自然呗。苏展看看他，说各位大哥大叔的话很有道理，他决定学完喽啰功就回去，给凯凯另介绍一个更优秀的女朋友，要让小张也眼红哩！司令俊男拍着他的肩膀说，这才像个男子汉大丈夫，几天的喽啰功可没白学呀！

就这样，他们又练了几天，苏展果然要回老家去了。他与凯凯专门在小饭馆答谢司令俊男，并表示不要那把杀猪刀了，送给司令大哥作为防身之用。司令俊男要付饭钱，苏展坚决不让，说要那样就瞧不起他，就不够朋友。司令俊男无奈，买了一大袋水果，说让小兄弟在车上打打牙祭。

第四十五章 告别宴会上的种种嘴脸

CHAPTER 45

送走苏展，恰好萨雷回来，司令俊男只好搬回666。萨雷这次回来显得神情凋敝，但工作劲头丝毫未减。他首先召开组长以上人员会议，消除影响，统一认识，安排下一段工作。他现在话少了许多，不再高谈阔论和满堂灌，旨在行动和实效。对前一段的挫折他只说了三点，一是有人举报工商局就打击，出了刑事犯罪公安局就立案侦察，这是政府的既定方针；二是媒体曝光很正常，就像假冒伪劣产品一样，整天大幅度大容量地曝光，但假冒伪劣产品照样满天飞，这也是媒体的职责；三是正因为以上两条，所以连锁销售更加任重道远，网络管理更加压力沉重。他要求，从明天起恢复正常运转，该上课的上课，该串体系的串体系，该邀约的邀约，该接新人的接新人。特别要封锁小道消息。他说，正如业务洽谈最后的几句话：前途是光明的，道路是曲折的，只有那些百折不回、坚持到底的人，才有幸摘取百万富翁的桂冠。

萨雷回来的第三天晚上，在珠江饭店为俞溟举行欢送宴会。鉴于目前特殊情况，宴会规模和档次降了许多。首先是人员大幅度缩减，只限于本体系组长以上人员和外体系大经理参加，人数由一百二十人压缩到八十人左右；其次是降低标准，由原定每桌一千元降到八百元，酒由茅台降为茅台液，并免除烟和啤酒。司令俊男没去，一是先天他与俞溟幽会过了，告别的话也已说尽；二是他怕控制不住感情，露出马脚，扫了大家的兴。临开席前，俞溟还打来电话，再三邀请他。他说他感情非常脆弱，经不起那种场面，万一激动得落泪就会破坏喜庆气氛。再说了，虽然他不能送她去深圳，但她有他的手机号码，随时打电话他都会去深圳看她。俞溟无奈，只好作罢，整个宴会始终摆脱不了一种奇妙的失落感。

宴会由杜航主持，没有致辞，也没有答谢语，气氛显得郁闷。虽然商映顺口溜不断，但仍酿造不出欢乐的气氛。萨雷正襟危坐，既没有高亢激昂的陈词，也没有潇洒优雅的绅士风度。尹杭杭小鸟依人般坐在他身旁，面色苍白，神情抑郁，眼眸里始终流露着一丝淡淡的痛楚。他俩的情绪立即传染给俞溟，仿佛先头的失落感突然有了同命相连的依傍，此刻益发充满患得患失的幽怨。主人的表现影响了宾客的情绪，其他外体系的大经理也都郁郁寡欢地自斟自酌。这是首席的特写。相邻几席因受其感染，气氛大体相仿，也好不到哪里去。再远一些，其它席的情况就大不相同，大家照样连连碰杯，照样喝五吆六，照样说酸话和黄段子。酸了黄了都是一种心情，醉了醒了都是一种享受。相比之下，他们比首席的成功者头脑简单得多，但酿造的气氛却比他们浓烈得多。

外体系的几位大经理，略知俞溟体系新近发生的事情，非常理解和同情，纷纷和她碰杯共饮，表示祝贺。俞溟一一应和，玉液入喉，总觉得苦苦的，涩涩的，眼里不由就充满泪光。大家都理解她，羡慕她。想想看，一个下岗工人，一个独身女子，能干到这个份儿上，真是不容易。期间的酸辣苦甜，坎坷曲折，艰难困苦，难以用语言表达。现在她终于成功了！此时此境，怎能不令人激动，热泪盈眶呢？但谁又知道，她此时的泪水，不是高兴激动的热泪，而是伤感痛楚的苦泪。也许萨雷洞悉她此刻的心情。但他此番的伤感和痛楚比俞溟更深重。他的泪水也如同她的泪水，没有丝毫热烈激动的因素，全然是一种痛苦的表现形式，一珠又一珠，一滴又一滴，冲破感情的樊篱，在脸上留下一道道刻骨铭心的印痕。

“要是三哥在就好了，”白石山看了俞溟一眼，继续说，“三哥的海量，还有他的夸夸其谈，再加上商映的顺口溜，气氛绝对热烈！”

俞溟打了一下白石山，忙转变话题：“是的是的，大家都放松放松，把气氛搞得热烈一些。”

南京体系的大经理黄愿说：“真的，怎么好长时间不见三哥？”

贵州体系的燕翔之问萨雷：“听说三哥回老家住院了，现在病情如何？”

萨雷再也忍不住，嘴唇嗫嚅两下，哇的一声抱头恸哭。这一哭，感染得尹杭杭和俞溟也嘤嘤营营地抽泣起来。哭声惊动外席的小范，从远处跑来，一边劝大舅，也一边哭着流泪。白石山知道闯了祸，不住地跺脚打自己耳光。商映在一旁独自纳闷，从现场气氛已隐隐感到大事不好，三哥肯定出事了！其他人更是惊骇不已，一个个目瞪口呆得不知如何是好。北京体系的刘京见状，忙和杜航把萨雷搀扶到休息厅，有人问时，便说他喝多了。

在另一桌上，大家更是疑云重重，议论纷纷。朵朵说萨经理真的喝醉了。岳月说不可能，他平时就不喝酒，再说宴席刚开始，怎么唯独他醉了？萸萸说几个家被砸，桂平筠疯了，他感到难受，才忍不住哭的。关羽羽心里最清楚，但她必须保守机密，不能乱说。她像尹杭杭一样，想起那悲惨一幕，就不禁伤心落泪。她拿过一张餐巾纸，不停地擦眼睛鼻子。胡天水说可能俞经理要去深圳，老萨一时激动，高兴得哭了。程星提出反对意见，说那还有小范呢，他现在接收了尹杭杭体系，马上就成为经理，为什么也哭？郑越说管人家醉没醉、哭没哭干啥？快动筷子吧，看菜都凉了！韩翰一直没吭声，脸上的表情惶悚而怪诞。他没喝酒，也没吃菜，只默坐一会，便给金全会说他出去打个电话，之后就再没见人。

这一席都是年轻人，根本不留神也不在乎那边发生的事。他们只看重热闹场面，只看重俞经理的榜样力量，还有就是酒和菜的诱惑。他们不喝白酒，就拿到吧台换啤酒，两瓶茅台液换三捆云南啤，一个个喝得肚子鼓胀。空瓶子摆了一地，摇摇晃晃的一如他们不听话的腿。凯凯与小张化敌为友，虽然心里仍舍不得盈儿，但为了兑现对司令大哥的承诺，不得不抖擞出一番男子汉的凛然大气。所以他俩今天借花献佛，成了把酒豪饮的对手。他俩的表现，大大感动了盈儿，时而和这个碰碰，时而与那个干干。只见她几杯下肚，便凤眼微热，鼻翼如翅，面若桃花，喃喃的醉语不知爱之何属。党自觉、曹漕和黄善也在这一席，东北人的豪爽，东北话的咋地唠嗑，都在酒场得到展示和验证。他们把喝酒叫整，嘴里说着整，手里干着整，如此喝呀整呀，使在座的几个关中愣娃着实难以招架。派出所干警余声不服气，就和黄善打老虎杠子。黄善说话有些口吃，但反应非常灵敏，开始只说一个字，后边的字一时半会却结巴不出来，但当对方刚一说完，他灵机一动，立即就巧妙改了话头，每每只赢不输。多亏有杨璜保驾，代为饮酒，不然非把余声灌醉不可。

整个宴会有些虎头蛇尾和拖泥带水。直到首席散了，前排几席也散了，其它各席全散了，仍有一些嗜酒如命的酒徒迟迟不愿离去。他们有的独自啜饮，有的三五人猜拳行令，有的收集余酒准备带回。他们在虚拟的家中厌烦了寡淡的日子，好不容易赶上一趟盛宴，岂能不尽情享受呢？他们有同一个奢望，就是企盼每个人都当经理，都当高级业务员，这样便天天有宴席，天天有酒喝，即使自己失败尚且混个肚儿圆，也算是一种补偿么！

据说，，俞溟当晚就赶到春城，第二天乘飞机去了深圳。她临走前曾给司令俊男交代过，租房还有两个月到期，房费已付，留给他临时居住。至于为什么不让他送，她说深圳专门来人接她，等去了把一切安排妥当，随后他就可去深圳给她当助手。但她走后好多天，司令俊男却一直没去那套租房。原因一是萨雷抓得很紧，他好像证明自己独立主持工作的力度，又好像转移内心的无限痛苦，所以对网络管理更严。除了正常上课和串体系外，还加强了家访和检查。二是老韩逃跑后在网络引起很大反响，萨雷不得不采取一系列防范措施，如规定回老家必须向大经理请假，每人半年回一次，假期不得超过半个月，并实行连锁制，一级保一级，下一级逃跑或发生事故，首先追究上一级责任；又如实行重点控制，凡思想动摇者，心态不好者，选派专人全天候跟进。重点控制对象有司令俊男、乐正、老马、曹漕、党自觉等人。司令俊男由胡天水跟进，乐正、老马由郑越跟进，其他人也都各归其主。岂不知，郑越、乐正、老马原本就是一路货色，胡天水和司令俊男也臭气相通，所以这个人员组合等于没跟进。他们照样胡吹浪谝，照样四处游逛，照样看皮影二人转。只是偶遇郑越打小报告，但都属皮毛之事，无伤大雅，所以总体还算过得去。

老韩是在宴会那晚逃跑的。这个计划他筹划了好多天，只是一直没机会实施。那晚，当他看到萨雷表现时，不由想起老三的惨状，促使他最后下定决心，便借故退出宴席。他匆匆赶回888，给司令俊男打电话，要他立即来他家。司令俊男和乐正还在网吧，正查看秦二尊的通讯连载和南云的专题报道，见老韩话语慌促，两人就火速赶来。老韩已收拾好行李，正在客厅给老金写留言。听他说了原委，两人都赞同支持，并要送他去火车站。候车室人很多，有等车的，也有下车的，都是大包小袋，拖泥带水。老韩买了九点普快车票，说普快就普快，赶快离开此地。他说他把这事完全看透了，千真万确是传销，后果不堪设想。他劝他俩也尽快决断，尽快设法撤离。乐正说他已挣回本钱，当然可以逃走。老韩赌咒发誓，说鬼才把本钱拿回来了！他算起账，说他充其量拿回两万元，损失一万多，还没算一年的花销。他说这不是钱的事，问题是国家马上将要打击取缔，撤离得越早越好。进站时间到了，送老韩上了车，他俩才闷闷不乐地回到西关新村，这时赴宴的人还没回来。

大约十点半，老金回到888，连声喊老韩，屋里没人应。他心里嘀咕，酒席刚一开始，这家伙就跑得不见人影，该不是会情人？他只好拿出钥匙开门。进门拉开灯，只见套间门大开，屋里一片狼藉，皮箱和行李也全没了影儿。他连连咒骂，这个蔫驴，一定是逃跑了！他转身来到客厅，发现茶几上放着一张便条。上面写道："老金，对不起。老伴心脏病严重住院，恕我不辞而别。对此事的担忧，过去已有交流，近来愈感忧甚，望你好自为之。你愿留，就代替我的位置，所有业绩家用统统归你。如赴我后尘，随你处置。又及，老三前时来此，见状当即毙命。戚戚复戚戚，实乃悲惨！当以为鉴，切切。”老金拍着脑门，大叫遗憾！儿子元旦要结婚，他本想借此告别，没想到老韩竟然捷足先登！这家伙，真是蔫驴踢死人！

老金当时就给萨雷打了电话。萨雷一听火冒三丈，大骂这家伙真是个睾熊、瞎熊！他要老金和他到火车站会面，无论如何也要把他拉回来！老金说晚上就一趟车，已开车半个多小时了。萨雷只好作罢，叮嘱这事一定要保密，有人问时就说他回家探亲去了。所以至今大家都不知道老韩逃跑，所以萨雷才引起高度警惕，加强了网络管理和采取了以上防范措施。

这天上午，乐正、老马佯装串体系，便给司令俊男打电话，要他一同去。三人在路口会面后，却见郑越与胡天水追上来。郑越老鼠眼一转溜，就埋怨说，乐正这家伙，看皮影二人转还偷偷摸摸，咋不叫他俩？老马说他们是落后分子，想去喽啰观烧香，叩请喽啰大王保佑，快点甩掉这顶落后帽子。他斥责侄女婿是催命鬼，贼眉鼠眼地跑来干啥？郑越刚要强辩，乐正毫不客气地踢了他一脚，骂他是萨雷的走狗爪牙，快滚吧，喽啰大王才不愿见他这货！郑越拍拍屁股，笑着说人多势众，热闹，喽啰大王最爱热闹。胡天水也说，就是的，反正没事干，给各位凑凑热闹。

一干人说说笑笑地朝前走。刚到礼堂拐角，老马眼尖，立即看见那位擦鞋的傣族女子。几个人围上去和她磨牙拌嘴。这女子脸面很亮丽，红是红，白是白。一对大眼睛滴溜溜，仿佛是她上蜡打光了似的炯炯有神。她很客气，一边大哥大哥地叫得亲热，一边拉过小凳让座。乐正问，咋不见儿子，他干爸想了。她说今天是星期日，儿子去他爸家了，谢谢各位想着他。说着她就要给大家免费擦鞋。几个人互相看看，没说话，默许了。

胡天水和她不熟，问孩子他爸干啥？她说他原先做药材生意，一时糊涂，被人利用，给毒贩当马仔，坐了三年牢，她就和他离了婚。她说他现在可好了，开着一家建材商店，收入不错。司令俊男问，为啥不和他复婚？她说他早结婚了，已有孩子。乐正打趣问她，得是心里想着老马？她腼腆地微笑着，说哪能呢，马大哥心眼好，常带儿子玩，又到家里帮着干活，真该好好谢谢！老马眯缝着眼，既不附和，也不阻止，仿佛听人如此议论也是一种享受。

乐正又逗她，说干脆和老马结婚算了，省得郑越这家伙整天嘴馋流涎水。她说老马老家是埋皇上的地方，她这个边地小女，高攀不上。胡天水说，老马要是成了百万富翁，在爨城买一座高级别墅，把家安在这里也行嘛！她依旧腼腆地笑说，但愿但愿。

说话之间，五个人已擦了四双鞋。胡天水是布鞋，所以没擦。大家都看老马，他却装聋作哑，毫无反应。乐正只好掏出五元钱，她连连推着不收，他就把钱一撂，几个人扭身走了。乐正骂老马是她的托儿，专门给她拉客呢么！老马笑着说快走快走，当心慢待了喽啰大王。

他们来到广场桥头，两个时髦女郎正恭候在此。司令俊男觉得她俩挺面熟。乐正忙说，就是老马要收编的西安女子，那个卷发头就是。她俩也认出司令俊男，热情地和他打招呼，说真是可惜，再没见面，不知大哥后来去没去城里跳交际舞？他说实在抱歉，闲事太多，一直没机会。卷发头就说，以后她俩陪他去跳舞。那么，他问她们今天干啥去？她说马大哥请她俩去喽啰观。接着她迷惑不解地问，怎么还有个喽啰观，喽啰又是什么呀？另一位女子说，她们平时只去天主教堂，从来没去过什么喽罗观。

司令俊男正想解释，这时手机响了。他一听是俞溟，赶忙跑到一边去通话。俞溟说她这几天在春城，让他随便找个理由请假，立即出发，她在车站接他。真是喜从天降！司令俊男给胡天水说，他家有急事，必须马上回去。他神秘地说，如果运气好，说不定这次能带来一个下线！胡天水当然高兴，让他给萨雷打个电话。他说他没萨雷电话号码，一切拜托他了。说完向其他人招招手，转身快速走了。

第四十六章 爱无凭证而罪恶务求证据

CHAPTER 46

司令俊男随即乘坐旅游大巴，匆匆赶到春城。分别半个多月，两人都觉得恍如隔年，可想见面时心情该有多么热烈和激动！他们毫不回避来往行人，像西方礼节一样在车背后拥抱起来，接着又如久别重逢的夫妻，坐出租车直达一个居民区。上了楼，进入一套单元房，歇息片刻，俞溟开始做饭。司令俊男纳闷，但碍于情面，还是没有问。俞溟提前作了准备，所以程序很简单，而饭菜却很丰盛。依然是牛蹄筋，依然是猪耳朵，依然是腱子肉，依然是红牛啤。他们吃着，喝着，脉脉含情地对望着，心里都燃起一团烈火。他看她几次欲言又止的样子，便没提说自己心中的疑问，只是像她一样也欲言又止。吃过饭，他们相依相偎地闲聊一阵，就开始上床。也许先头两人灵犀相通，都怕影响此番质量，所以才不愿质疑和释疑，所以才每每欲言又止。而此刻，他们业已获得优质和满足，不必再行掩饰，便不约而同地有了倾诉的欲望。

司令俊男诧异地问："不是说高级业务员都在深圳吗，你怎么还在春城，怎么还自己租房做饭？到底是怎么回事，亲爱的，你要对我说实话。"

俞溟叹息一声，意有所失地："咳，我也是来了才知道这样。现实与当初许诺相差十万八千里。房子自己租，家具自己买，和爨城一模一样，一切都从头开始。而且春城物价比爨城贵几倍，光置办这个家，不算房租，就花了上万元。至于深圳总部，我没去过，也不知底细。尤晚春也在春城，听口气，她也没去过深圳，也不知总部情况。一切都是个谜。"

"那就是说，其他高级业务员都在春城，总部也在春城？"

"我来得迟，详细情况说不清。他们闭口不提深圳总部，我在春城也没见过和去过总部。不过这些天，我的确见过几个认识的高级业务员，像孙才才、谷穗等。他们也是自己租房，自己做饭，具体住址都互相保密。”

“还有产品，当初你和萨雷都说，产品和工资都是从深圳用飞机送来的呀！”

“过去来春城领产品和工资，也是在居民区租房里，他们说刚从飞机场来的，所以我一直信以为真。产品是否在春城生产，工资是否在春城结算，我真的不知道。”

司令俊男的这些疑虑，也正是俞溟的困惑。但这些困惑之对俞溟，先头只是一种混沌不开的感觉，如今被一一点破，就如同雏鸡破壳一样，才看到一个千奇百怪的世界。而且，这些蛛丝马迹单独出现在意识时，并未引起多大注意，但一旦把它们集中和联系起来，就促使认识的飞跃。正因为如此，所以此番俞溟心里不只是震撼，简直就是恐惧和愤怒。她越想越害怕，越想越怀疑这是一个阴谋。她觉得自己现在就像落入蛛网的一只飞虫，面对灿烂阳光和偌大世界，却无力摆脱这个罗网。

“亲爱的，我真有些作茧自缚的感觉，”她开始求助于她的情人，“俊男，亲爱的人儿，你说说，我到底该怎么办？”

司令俊男感到很突然，没想到这么快就触及秘密计划的本质，更没想到这么快就引起俞溟的思想转变，一时竟不知该怎么安抚自己的情人：“亲爱的，连你都感到茫然，我作为底层业务员，就更摸不着北了。不过我想，越是这样，越有必要弄清内幕，即使上当受骗，也不能糊里糊涂没个来路。不然的话，我们将被人当傻瓜耻笑哩！”

女人一旦跌入感情旋涡，往往表现出难以想象的弱智。她此番的弱智表现，就是不自觉地顺着她情人的思路，始终朝着一个简单幼稚的死胡同里走去：“俊男，宝贝儿！你说，你说吧，我究竟该怎么办？怎样才能弄清内幕？弄清内幕又能怎样？”

他此时也茫然起来，只能把她朝着死胡同里继续引导：“我也不知该怎么办。但无论如何，总该知道这个总部到底是有还是无，产品到底在哪儿生产，这些高级业务员到底是怎么运转的呀！”

她的思路完全被他所支配，便很自信地说：“是呀，你说的很重要，只有搞清这些，才能证实连锁销售的来龙去脉，才能使百万富翁大业有个可靠的根基。我知道该怎么办，这个行业使我学会了跟踪盯梢的特殊技能。”

事情的奇妙和偶合实在令人啼笑皆非。在以后的几天里，他们的角色正好打了个颠倒。当初的沟通者成了被沟通者，当初的被沟通者却成了沟通者。他像她当初沟通时那样，循序渐进，环环紧扣，一次次地给她洗脑，一次次地牵着她的鼻子走；她也像他当初听沟通时那样，时而痴迷时而彷徨，时而沮丧时而冲动，一次次地被他洗脑，一次次地被他牵着鼻子走。就这样，他终于把她搞定拿下，她终于被他说服认可并成为他一条秘密的腿。从此之后，他们就像地下工作者一样，巧妙地隐居在春城茫茫人海之中。开始几天，他们毫无头绪，毫无进展。原来高级业务员内部，也有一套等级分明、组织严密、纪律严格的管理办法，像俞溟这样刚进入高层的管理人员，是很难触及关键环节和要害领域的。这些人平日不相往来，只有发产品和工资时才偶然接触，如此没了跟踪盯梢的目标，无论多么高超的技巧也都无济于事。

俞溟想着离发工资时间还早，便提出去附近旅游逛逛，也算忙中偷闲，不虚此行呀！司令俊男当然高兴。就这样，两人懵懵懂懂地在滇池蹀躞翩跹了整整一天。当天晚上，他们又坐旅游专列去了丽江等旅游景区，在经历了一番大自然和佛性的洗礼后，这对情人安静睿智了许多。尽管司令俊男并未向俞溟透露秘密计划的丝毫细节，但她无形中已成为他了解高层内幕的唯一助手。他们回到那间租房也就是他们的爱巢，重新展开秘密跟踪盯梢和搜集情报工作。特别是俞溟，连续几天，在山水风光的抚慰下，在佛性禅意的启悟下，在爱情魔力的召唤下，使她原本虚妄麻木的心得到一次最大限度的解脱和改观，重新恢复了常人惯有的心态和感情，所以现在做起这些工作就觉得非常神圣。她巧妙地打电话约会其他高级业务员，极尽所能地打听他们的住址。但一切都无济于事，他们严密得好似铁板一块，没有一个人应约，更没有一个人告诉他们的住址。

过了两天，突然尤晚春打来电话，要俞溟一个小时后，在南郊68路公交车终点站会面。为保护她的安全，也为了提高侦察效果，司令俊男要陪她一起去。俞溟知道他们没人认识他，并商定严密的方案，便和他一起出发了。他们费了很大周折，总算找见68路公交车站，匆匆上了车。好在不用倒车，68路公交车直达南郊终点站。下了车，俞溟一眼就看见尤晚春。两人见面如久别重逢的亲人。俞溟一声一个大姐叫得格外亲切。尤晚春连连答应着拉住她的手久久不愿丢舍。司令俊男与她俩保持着一定距离，无所事事地在一旁转悠。她俩走过一座桥，穿过一片还未封顶的建筑群，又拐两三个弯，这才走进一座技术学院。看得出这是一片正在开发建设的处女地，新修的道路和工厂学校都很时髦新潮。俞溟本能地朝身后看看，见司令俊男紧随其后，便放心地跟尤大姐进了校门。她的举动立即引起尤晚春警觉，问她看什么？她说看路，不认下路，再来就摸不着方向。尤大姐嗔她，真是傻帽，一次一个地方，何须记它？门卫向司令俊男招手示意。他指指前边两位女性，并未开口。门卫摆摆手，不再多言，便点头应允他进了门。他依然悠闲地尾随她俩，直到她们走进一座漂亮的平房，自个儿才坐在一棵圣诞树下歇息。

俞溟随尤大姐进了平房，里边是一间像教室一样大的屋子。旁边堆放着许多产品，有服装、领带、皮带、钱包、钢笔、打火机、绅士包和各种化妆品等。五六个人正忙碌着搭配包装产品。其中有一个是薛雪的上线，她听过她的沟通，还多次去过她家串体系，她应该认识自己。俞溟笑着向她走去，对方却迈过头故意不搭理。她心里不禁一惊，暗问自己：不是说产品是意大利独资生产、国际名牌、从深圳用飞机运来的吗？那么为什么还要在这里分拣和拼装呢？尤大姐看出她的疑惑，悄声警告她，在这里不许乱问乱说，只能和她保持单线联系。说着把她领进一间办公室，让她坐下等候。室内还有四五人，她不认识，按纪律也不能和她们搭言。过了一会，突然来了几个人，其中孙才才和宇文豪是自己的旁系，当然属老熟人。但他俩只向她点点头，又忙起自己的事情，仿佛他们压根就不认识。

这里的气氛显得神秘而又有条不紊，冥冥之中好似有一只无形的手操纵着一台无形的机器。开始分发产品了。没有统一指挥，也没有统一程序，一切都是单线联系。每个新来的高级业务员只须与自己上线查对和清点产品的种类、型号、数目，然后签字认领就行了。俞溟领了六套西装、三套化妆品、六套男士精品礼包。她仔细地按清单一一核查，发现没有上次返工的一套西装，便询问尤大姐。尤大姐在她的单子上查了查，的确少了那套返工的西装。她和孙才才嘀咕一阵，然后拿出手机和厂家联系。过了一会，她对她说，返工的西装还在厂里，忘记拿来。她把她拉到没人处，悄声告诉她服装厂的地址，要她回时顺路去拿。说着她写了一张便条，交给她，一再强调这是违规操作，必须绝对保密。俞溟拿好便条，把产品装入一个纸箱，抱着出了平房。刚走出门，却见裴斐迎面走来。她忙向他打招呼，他却不屑地瞪她一眼，哼了声，擦肩而过。等她再回头时，发现他也回头，只是没看她，而是望着一旁的司令俊男愣神。片刻过后，她见裴斐进了平房，便让司令俊男快绕个圈子走开，她在校门外等他。

俞溟走出校门，在一个巨型广告牌下休息，这时谷穗来了。谷穗比她早三个月升为高级业务员，举止言谈就老练得多。她说她打电话约她，不是她不想见她，而是实在纪律太严，要她理解。俞溟说好不容易姐妹一场，她当然不会计较，只是心里有许多疑团一直解不开。谷穗呵呵笑着，要她把那些疑团吞到肚子好了，甭胡思乱想！只要能挣钱，管他有没有公司，管他住在哪里！俞溟又问，不是说每人可带一名秘书吗？谷穗笑着说，啥秘书么，纯粹是坠子！她要她好好干，半年后就能带坠子了。她说即使现在让带，她也要把老公带来，决不和那些奶油小生染指！妹子别笑，不是怕出感情偏差，只恐上当受骗。如今骗子多如牛毛，整天让人提心吊胆。好了，她说着就要走，顺手在她腰上戳了一下，挤眉弄眼地笑说，妹子再见，到时候带来个好坠子！

谷穗刚一走，司令俊男接踵而来。他问服装厂得是就在这里？她摇摇头说不是，但已掌握服装厂地址。说完她招手叫来出租车，装好产品，两人就上了车。路上很顺利，只半个小时就到了滇南镇，然后在一个挂着滇南工贸公司牌子的楼前停车。上了六楼，转一个弯，服装厂就在拐角楼上。厂子规模还算不小，十多间厂房面对面排列，裁剪、缝纫、烫熨、整形等都是自动化。俞溟直接找到那位王经理，递上尤大姐的便条，拿回返工的西装。司令俊男直夸厂里设备先进和产品质量优良，说他们公司也想和他们长期合作。王经理表示欢迎，说真有此意，可约定时间专门洽谈。说罢，经理随手给他一张名片。司令俊男看着名片，连连点头，说回去向老总汇报后，立即给他们打电话。临走时，他顺便问经理，像这套西服出厂价多少钱？经理看他一眼，毫不介意地说，每套六百元，如果量大还可优惠。

一切都太容易了！越是这样，越让司令俊男感到不安。她拉着俞溟走下楼，匆匆上了出租车，让司机快开。车子刚一启动，只见另一辆出租车嘎然而止，车上跳下三个壮汉，喊着要他们停车。司令俊男催促司机加大油门，别管他们！俞溟不知发生什么事，惊慌地透过后窗向外看。那几个人上了车，在后边紧紧追赶。亏得这里道路宽敞，车辆行人不多，不然像警匪片飙车镜头一样，非发生车祸不可。司令俊男对俞溟说，他们是冲着他来的，等会让师傅顶替一下就没事了。他说着给司机一张百元大钞，要他在拐弯处停下，装成被她雇佣的，下去应付应付。司机问会不会出事？他说绝对不会，他就在车上坐着，万一有事他会处置。司机疾驶一路，然后猛打方向盘，快速停车，快速下车，快速转到副驾驶室一边，并随着俞溟一起朝后边的车迎去。司令俊男乘机坐进驾驶室。后边的出租车猛一煞车，停在俞溟面前。车上跳下三个男子，气势汹汹地朝他们走来。

俞溟客气地问："几位大哥，有什么事吗？"

一个胖子问司机："你是干什么的？"

司机操着当地口音说："这位老板雇我帮忙。怎么了，你们也想雇我干活？"

胖子一听口音不对，就跑到出租车旁观察，车上再没人，只有司机在驾驶室不耐烦地等着。

俞溟跟过来问："这位大哥，到底发生了什么事？"

"没事，找一个朋友。"胖子说完，一挥手，和其他人一起上了车，"大妹子，打搅了，对不起！"

俞溟仍客气地说："不必客气，出门办事不容易，我完全理解。"

看着他们走后，俞溟才长长嘘口气："真是太惊险了！"

司令俊男回到后座，不以为然地说："其实不用这一招也行，凭我的大块头和半瓶子气功，一个人对付他们没问题，只是为省事，尽量避免麻烦罢了。说起来，还是这位师傅应变能力强。"

司机把钱还给他，说："像演电影一样，这位大哥能当导演。"

司令俊男把钱又塞给他："你演得不赖呀！这是演出费，别推辞！"

司机不再推辞，回头看看俞溟，递过一张名片："大哥大嫂这么厚道，我就不客气了。以后用车尽管打电话，随叫随到。"

回到租房，俞溟为难起来，明天萨雷要来领产品，司令俊男怎么办？司令俊男说他来了七八天，想回夔城去。俞溟不让他回去，说再过三天就是她的生日，她要和他共度四十五岁生日。司令俊男只好答应留下，但明天到底该怎么办？俞溟想想，干脆让他明天到民族村逛去。她说民族村的确值得一去，那里有各个少数民族的山寨群落、民俗文化展览、民族歌舞表演等，该去放松心情逍遥一番啊！

第四十七章 网络的虚妄和爱情的真实

CHAPTER 47

第二天下午三点整，送走司令俊男，俞溟把屋子收拾一番，特别对涉及男人的一些遗痕，都一一进行了清除。这时萨雷打来电话，说他已下火车，马上就到。俞溟要去车站接他。他说不用，只让她在路口等就行了。他说他对春城熟悉得很，闭着眼也能找到地方。俞溟来到十字路口，等了一会儿就见萨雷下了出租车。萨雷看起来依然精神抖擞，没有丝毫萎靡不振的神色。她紧紧握着他的手，从掌心传输给她的全是自信和力量的感觉。她暗自为这个顶天立地的汉子感动。多么沉重的打击，多么悲惨的遭遇，多么巨大的压力，都没有把他压倒打垮。她看看他，说三哥的事对他打击太大了，不知现在情绪安静下来没有？他摆摆手说，时过境迁，现在不提这事。大丈夫生为人杰，如果这点事都被打趴下，还谈何闯荡天下，谈何成就大业？

回到租房，俞溟让萨雷擦洗一番，就开始清点产品。萨雷是第一次领产品，核对得很仔细。特别是西装，他一件件对姓名，对型号，唯恐出现差错。一一核对无误后，他把产品重新装入纸箱，这才坐下来喝茶，谈起网络情况。他拿出两张领条，一张是老三的丧葬费两千元，一张是桂平筠住院费五千元。

俞溟看了看，说："这些钱是几个人摊的，要分别打条子。三哥的钱，尤大姐出三千元，我出五千元，你出五千元，基金报销八千元；桂平筠的钱，你出三千元，我出两千元，这样一来就得打六个条子。我、尤大姐和基金共计应出一万八千元，上次我给你一万五千元，还差三千元。你现在重新打条子，我把欠款给你补上。"

萨雷重新打好条子，交给俞溟说："桂平筠病情反复很大，开始乱打乱闹，这样下去我们怎能负担得起呀！"

俞溟把欠款交给他，叹声道："是呀，她爱人在国外，又长期断绝关系，再没其他亲属，这事的确很难缠。只能等等再说吧。"

萨雷长长地叹了口气，说："程家宽和他女婿，回去三个多月，怎么催也不来。刘篆申购后再没闪面，也有一个多月了。还有老三的病逝，韩翰的逃跑，桂平筠的疯癫，这些负面效应无法挽回。再加上司令俊男和记者勾结一起，兴风作浪，舆论大哗，整个网络人心动荡，积重难返。人家以为我是铁打硬汉，岂不知这些都是装出来的。说实在话，我现在才真正感到心力交瘁，力不从心。"

听了这位从不叫苦言败铁汉的一席话，俞溟立即有了一种失去主心骨和大厦将倾的感觉，无比沮丧和迷茫地说："你是铁腕强人，都有这种感觉，我的心情更糟糕。原先的承诺无一兑现，我甚至怀疑有没有这个玉莹公司。萨哥，你说我们该怎么办？"

萨雷喉结快速蠕动，目光重新迸发出激情，咳嗽一声说："你说的这些都不是关键，关键是只要能赚钱，能成为百万富翁，让住茅草屋都住呢，让当叫花子都当呢。忍辱负重，卧薪尝胆，古今中外成就了多少伟人大家？问题的关键还是网络，只要网络发展壮大了，这个公司没有或不好，我们就可以把网络拉出去，和别的公司合作。所以我最近一直在思考这个问题，狠抓整顿和管理，一定要把网络建设成一支拉得起、过得硬、打得赢的铁军。一旦时机成熟，我们就搬网，就独立，就自己干！"

俞溟觉得他的话既有道理，又不乏滑稽，便委婉地说："目前形势很不利，情况复杂多变，再不能折腾了。暂时打消这个念头，正如你说的抓好网络是关键，是根本。"

萨雷脸上显露出讪笑："当然了，要实施这个计划，必须得到你的同意。好了，不说这些了。现在你给我联系尤晚春，我要见她。"

俞溟无奈地说："我多次打电话联系，她一直不同意。昨天我好不容易见了她，又提这事，她仍然拒绝见你，说这是纪律。"

"他妈的，这么神秘？完全和桂平筠一样，神经病么！"萨雷站起来，生气地骂着，"干个熊事，还摆架子，不见拉倒！我走呀！"

俞溟忙拦他："明天再走吧，我把住的地方都准备好了！"

萨雷态度坚决："不啦！网络的事太多，我一时也不敢离开。"

俞溟把萨雷送上旅游车，已是下午五点多，这时才想起司令俊男。她忙给他打手机，打了几次也不通。她不由焦急起来，他玩得怎样，现在在哪？她思前想后，还是觉得先回家比较妥当。

到家后他并未回来，她只好在十字路口等。她转来转去，望眼欲穿，直等到华灯初放，夜市喧嚷，也没见他。她一时慌了，担心他迷路，担心他遭遇不测。她继续给他打手机，一次次拨号，一次次失望。她又回到家里等。家像个闷罐，没有视野，等就非常狭隘。她坐也不是，站也不是，心里火烧火燎。她下了楼，又来到十字路口，一点一滴地等呀，等呀，什么也没等到。她想离开十字路口，乘车去城里找，但又担心万一他回来怎么办？正在她犹豫不决之际，突然手机响了。她接了电话，果然是他。他说他遭人暗算，头昏脑胀，忘了回家的路，现在银行大厦公用电话亭，让她快来。

俞溟又喜又惊，立即坐出租车赶往银行大厦。电话亭旁有个花坛，司令俊男在花坛的台沿上坐着，浑身到处都是血。

俞溟一见，惊叫起来："天哪！怎么被打成这样呢？"

司令俊男站起来，活动着腰身："不要紧，都是皮肉伤。"

"谁干的，太狠毒了呀！"俞溟拿出卫生纸，擦着他脸上的血痕，"没报警吧？"

司令俊男把她拉到隐蔽处，悄声说："估计是内部人干的。当时刚和你分手，我就觉得有人跟踪。到了民族村，这个影子一直在周围盘绕，怎么也甩不掉。下午六点左右，我正要去乘公交车返回，突然开来一辆出租车，司机说十元钱送到家。我一想挺划算，就上了车，上边还有三个人。我一看不对头，就要下去，这时车开得飞快，到了郊外才停下。那几个人一齐动手，把我按倒在地，好一阵拳打脚踢。我当场就昏了过去。等醒来时，天已很晚，我坐出租车回到市区，却迷失方向，怎么也想不起回去的路。我怀疑和昨天的事有关。所以我不敢报警，怕暴露网络的事。"

"俊男，又让你为我受罪了！"俞溟心疼地抱住他，嘤嘤地哭了一会儿，突然惊叫起来，"天哪！差点误了大事！快去医院吧，当心得了破伤风！"

司令俊男点点头，让俞溟搀扶着，一跛一拐地朝医院走去。

在以后养伤的日子里，司令俊男就一直住在医院，没有再回俞溟的家。其实他的伤并不严重，只受些皮肉之苦罢了。俞溟的生日是在病房过的，很简单，一盒蛋糕，两人默默共享，也足以令她激动。之后俞溟白天外出忙碌，晚上就到病房陪伴他。慢慢地，她提供的信息越来越多，越来越触及网络的高层内幕。她没有说是怎么弄到的，只苦涩地一笑，说她偶然认识一个第六代高级业务员，五十多岁，广州人，很有学养，是他陆续透漏给她的。

就这样，司令俊男在医院住了七八天，终于写成一万三千多字的调查报告。报告题目就是原先早已拟定好的，在列举一件件血淋淋的悲剧素材后，接着揭露了连锁销售八大骗术：一、玉莹公司是假的，深圳没有这个总部，春城也没有统一的办事机构；二、所谓意大利国际著名品牌是假的，服装、化妆品和男士精品礼包，都是在春城采购，然后制作假商标拼装而成；三、所谓梯形网络和三代出局是假的，仍属三角形金字塔模式；四、产品价格是假的，每套进价六百元，售价高达一千九百元，每套净赚一千三百元；五、收购产品是假的，以西服为例，新人申购十份，只购一套，其余九套由公司收购，收购价五百元，每套净赚一千四百元，九套共赚一万二千六百元；六、管理基金是假的，按百分之二算，每个大经理升为高级业务员前，就可提取十多万元；七、其它承诺是假的，没有高级公寓，没有出国旅游等，高级业务员衣食住行全由自己负担；八、创造税收是假的，由于不具备法人资格，从未申报和交纳过税款。

通过八大骗术，高级业务员除提成和补助外，额外收入约为投资的数百倍。调查报告最后提出三个尖锐问题：一、中央明令取缔传销，为什么传销更加猖獗，竟在一个地级市发展为十万大军，到底是传销生命力旺盛还是地方保护主义作祟？二、传销无疑制造了一幕幕血案和悲剧，没有发生的也埋下怨恨和复仇的种子，如此几代人连锁反应，恶性循环，建立和谐社会何时才能功德圆满？三、传销以谎言和诈骗为基础，你骗我，我骗你；老子骗儿子，儿子骗老子；群众骗政府，政府骗群众，长此以往，诚实守信何在，公信良俗何在，和谐社会何在？

整个写作过程都是秘密进行的，医生护士不知，俞溟也毫无觉察。完稿后，他偷偷找到一家打字部，打印校对无误后，立即把电子版发给秦二尊邮箱。做完这一切，司令俊男长长舒了口气，晚上自然倾其所有地向俞溟表现了一番。她高兴得尖叫着嗔他疯狂，说无怪他的前妻称他是个永远长不大的孬孩子！

第四十八章 瞎瞎大爷的身世和两面人生

CHAPTER 48

瞎瞎大爷好多天都没去工商局门口写诉状。他躺在喽啰山南麓喽啰观外的山洞，也就是他的家，心事重重地没一点精气神儿。山洞原是道观的，道观改造扩建时废弃了，他就通过关系借用了这个地方。三年多来，他独自一人在这里隐居。山洞共有两孔，一大一小。小的放三轮摩托兼厨房，大的是他和知无的居室。他最忠实的朋友藏獒知无受他感染，也没精打采地蜷曲一旁，不哼不哈，仿佛等待主人的末日，也等于等待自己的末日。居室很简陋，比他原先在老家借住的场房好不到那里去。一台二手彩电和一台望远镜，是他获得外部信息的主要窗口。站在洞口，用望远镜一直能看到西关新村和西门广场，那里行人车辆和场景细节看得一清二楚。电视装了室外天线，可收陕西、春城和中央台七八个频道。他最爱看中央台二和十二频道，那些经济和法律节目，几乎一个不漏地都在收视之列。特别这些天，先是云南和陕西台相继披露了爨城的连锁销售，定性为传销。再后中央二台和十二频道同时进行专题报道，提出的问题非常尖锐。正因为如此，所以他近来心情不好，思想沉重，精神压力很大，懒得再去写诉状。他觉得自己是一个生活在人与鬼、天堂与地狱、荣誉与罪恶之间的两面人。而且随着时间推移，这种两面性愈来愈多地暴露出它的阴暗面，这就更加重了他的心理负担和罪恶感。

瞎瞎大爷本姓爨，名大夏，曾是关中西部那座县城响当当、硬邦邦的社会名流。瞎瞎大爷只是他来爨城后才有的，开始时人们叫他夏大爷，后来以谐音代之，慢慢地就叫成瞎瞎大爷。他的姓也值得怀疑。那时有关百家姓的资料匮乏，所以有人就专门搜罗天下姓氏，记了满满几张纸，唯独没有这个爨姓。但一查户籍档案，他却的的确确姓爨。如果还有谁怀疑，他就搬出字典让他看，并喋喋不休地解释道，爨指古代烧火做饭，如弟兄分家称分爨，夫妻分居称异爨；又指锅灶，如做饭称执爨；再就是姓爨了。至于报刊杂志和书籍经卷上没有，芸芸众生中爨姓也很稀罕，那就更说明爨姓乃人类佼佼者。物以稀为贵，难道不是这样么！

要想搞清瞎瞎大爷的身世，还得从爨氏部族的历史说起。云南省自古民族众多，滇王国遗址出土的青铜器，就雕刻着不同民族纳贡和纺织的场面。《华阳国志》多有文字记载："南夷校尉，持节统兵，镇南中，统五十八部夷族"。到了隋唐时期，洱海地区部族势力日渐强大，作为政治势力公开与唐王朝对抗。唐廷多次举兵征讨，每每失利，不得已只好假手南诏蒙氏，以夷制夷。南诏蒙氏自皮罗阁、阁罗凤父子始，在唐王朝支持下，经过长期讨伐征战，以武力统一了洱海地区。与此同时，唐廷又利用爨氏部族稳定滇东地区，以此与南诏势力保持均衡。嗣后，又历经唐廷、南诏、爨氏三股政治力量长期较量，南诏蒙氏灭爨，唐廷置辖南诏，西南方归一统。

瞎瞎大爷那辆三轮摩托的帐篷两翼，就有他亲自用毛笔小楷记述祖先这段不寻常的历史。

初，爨归王为南宁州都督，理石城，袭杀孟聘、孟启父子，遂有升麻川。归王兄长摩并，生子崇道，量曲轭川，为两爨大鬼主。崇道有弟，日进、日用，均在安宁城。至章仇兼琼开步头路，方于安宁筑城。群蛮大乱，杀筑城使者。玄宗遣使敕云南王蒙归义讨之。归义师次波州，而归王及崇道兄弟，爨彦章等千余人诣军门拜谢，请释前嫌。归义奏章上闻，往返二十五日，诏书下，一切释罪。……

归王妻阿姹，乌蛮之女也，投奔父母，称兵相持，诸爨豪乱。阿姹私遣使诣乌蒙，求援蒙舍川，归义即日抗疏奏闻。阿姹之子守隅，遂代归王为南宁州都督，归义以女妻之。又以一女妻之崇道子辅朝，崇道内怀愤懑，外示和平，犹与守隅母子日相攻伐。阿姹诉之归义，再举兴师问罪。……崇道败走黎州，归义尽俘其家族羽党，杀死辅朝，取其女，崇道亦毙，诸爨由是离弱。归义卒后，其子继位，守隅携妻归于河赕，隐为庶民。……

有关瞎瞎大爷的身世，大约就是从这里衍生演绎的。阿姹虽携子投奔归义，诛灭诸爨，归统南诏，成为乌蒙部落王，但其子守隅实为归王所出，自然继承着爨氏血统。瞎瞎大爷自称，他就是阿姹与爨归王之子爨守隅的后裔。守隅居于山野，渐次强甚，至三代玄孙，亦成一方霸主。到了五代晋天福二年，权臣杨干祯篡夺了南诏政权，建立大义宁国。守隅玄孙响应段思平号令，举兵随诸爨讨伐杨干祯，灭大义宁国，始建大理国政权。北宋开宝四年，滇东各部再起狼烟，战乱频仍。大理国出兵讨平反叛后，与三十七部落歃血为盟。其中一部就是爨守隅的后代，亦即瞎瞎大爷的先祖。三十七部落结盟后，太祖龙颜大悦，召见部落代表，并给每个部落赠送金喽啰一尊。这位进京觐见皇帝的使臣，就是瞎瞎大爷的先祖。先祖在返回途中遭遇不测，被绿林好汉打劫一空，不敢再回大理国，便在关中埋名隐居下来。他说，当时先祖被打得遍体鳞伤，醒来一看，所有侍从护卫皆遭杀害，皇帝赠送的三十七尊金喽啰也不翼而飞。他在草丛中四处寻找，总算拣回遗落的一尊金喽啰。于是他怀揣金喽啰，沿门乞讨，一路西行，最后在西秦雍地安家落户。如此一代又一代，才有了关中这一爨姓分支，才有了爨大夏这一西秦名流，才有了现在这位神秘怪诞的瞎瞎大爷。

瞎瞎大爷的真实身份是中学教师，最辉煌的历史是当过右派，最高的头衔是《闲谝报》主编兼社长，最大的幸运是被国家公安部立案侦察，最忠实的朋友是一只高大凶猛的藏獒，最值钱的家当是一辆三轮带蓬摩托。当然了，藏獒和三轮摩托是他来爨城后才有的。在老家时他还没有此等奢华和堕落。他说他的堕落是从藏獒和三轮摩托开始的，自诩为“三个轱辘四条腿”主义。

瞎瞎大爷自小就有一股贵族气质，行为大不咧咧，对什么事都毫不在乎。他不爱说话，但偶然开口，语必惊人。他的记忆力特好，阅读神速，过目不忘。正是凭着这一超强记忆，他考入名牌大学历史系，毕业后任中学历史教师。那时国家正在大跃进，提出五年赶上美国，两年超过英法，似乎实现共产主义只是一眨眼的事。他有些反感，也有些卖弄，就说美国南北战争后出现的民主政治，距今已一百三十多年，欧洲工业革命也有一百年左右的历史，中国要想赶超美英法，起码得半个世纪。还有一次，杂志上刊登着一幅兴修水利的油画，画上的三面红旗有两面东倒西歪，一面匍匐在地，他看后大叫，三面红旗咋倒咧？！仅此两条，在随后反右运动中足以定他为右派分子。而且他自命不凡，在大鸣大放会上屡屡给领导提意见，高谈阔论，一一暴露出“对党、对人民、对社会主义不满的狼子野心”。这是运动结束时组织给他的结论，一顶右派帽子戴在他头上刚好合适。

从此后，他被遣返农村，三十岁还没结婚，只好倒插门，把自己和伟大的爨姓一同出卖给邻村一个寡妇。婚后媳妇重病缠身，始终未孕，直到他三十六岁才收养一个哑女。社教和文化大革命时，他的问题再次被抖擞出来，一次次没完没了地接受批斗。奇怪的是，当工作组翻阅他的档案时，却发现他并不是右派分子，而只是内定的极右分子。天啊！上帝啊！这十年右派分子不是白当了吗？！

他的贵族血统唤起他的贵族意识，一场马拉松式的上访告状就此开始了。他每天早起晚归，背着破被卷和媳妇烙的野菜饼，整天跑学校，跑教育局。晚上就到城外农村饲养室胡混，还有桥洞、土壕和砖瓦窑，都是他经常落脚过夜的地方。就这样，从革命委员会到人民政府，招牌换了一个又一个，官员换了一茬又一茬，但他的问题依然没有结果。直到文革结束，有关部门才在工商局给他安排了个临时工。但他上访告状并未停止，要求彻底平反，恢复公职。有关方面答复，说他不是右派，不存在平反。于是他又整天往县上、市上跑，成了真正的告状专业户。

有一次，他闯进县长办公室，诉说了十几分钟。县长知道他是个牛黄黏胶皮，没搭理，只管埋头看文件。直到屋子雅静下来，县长以为他走了，这才抬起头，发现他并没走，就问他有啥事？他听后肺都气炸了，大骂县长，日你妈呢！我说了半个小时，你竟不知我说啥！驴日的，耳朵得是塞驴毛咧？县长也暴跳如雷，大声呵斥，滚，给我滚出去！他二话没说，躺下就滚，一直滚到门口，才问县长还滚不滚？县长实在没了辙，只好把他拉起来。他掸掸工商服，正正大盖帽，冲着县长骂，驴日的睁眼看看，大盖帽上有国徽，代表国家和人民！你不是让我个人滚呢，而是让国家和人民滚呢！还有一次，县委书记要上调到市里，他得到消息后，准备了一份礼物，匆匆赶去为书记送行。书记正主持最后一次常委会，见他突然闯入会场，老大不高兴。他手里端着礼物，用红绸子包裹得严严实实。他对大家说，各位常委都在，听说书记高升，特备一份薄礼，请书记笑纳。他说罢将礼物递给书记，转身走了。书记解开红绸子一看，原是一瓶浆糊。其他常委莫名其妙，纷纷低声议论。书记摇摇头，自我解嘲地苦笑着，说他在雍县工作七八年，却落了个糊涂浆子官的名声，真是惭愧呀惭愧！

再后，他索性把承包地出让给别人，把老伴和养女搬到城里。他不但是工商局一位市场管理人员，而且自费创办了一份《闲谝报》，整天忙得顾不上生活起居,所以让她母女来帮忙。这份民间报纸八开大，油印，不定期。主要内容是揭露社会不公、官员腐败、世风日下和奇闻逸事等。形式多为快板、笑话、古诗词、顺口溜、小段子和幽默画。他一个人既是总编又是社长，既是编辑又是印刷工，既是撰稿人又是发行人。他一般晚上创作、编辑和印刷，白天上班发行。发行范围除了在市场散发张贴外，顺路还给政府机关和企业学校送，礼拜天就去市里甚至省会散发张贴。报纸一经问世就产生很大反响，不但小孩大人爱看，那些进城打工做生意的更是爱不释手，成为茶余饭后的唯一噱头。就连一些机关干部，上班后首先打问的就是《闲谝报》来了没来。更有许多热心传播者，有的手抄，有的复印，有的上了墙报壁报，还有几首在官方报刊发表。

这里不妨转载几首，以飨读者。

四不干部

自己工资基本不动，自己老婆基本不用。
自己先人基本不敬，自己跑官基本不停。

某公八见

见了上司就谄呢，见了大款尽攀呢。
见了同僚飞谝呢，见了下属翻脸呢。
见了他妈胡窜呢，见了百姓瞪眼呢。
见了妻子狠撵呢，见了小姐乱舔呢。

八娘歌

嘴里不离拷他娘，眼窝光瞅俊姑娘。
天天都要娶新娘，村村都有丈母娘。
不管家中爹和娘，不管屋里丑婆娘。
气坏爹来气坏娘，声声大骂拷你娘！

新年历

正月里，过新年，大礼小礼送不完。
二月里，龙抬头，进城打工寻他舅。
三月里，桃花开，税务工商都进来。
四月里，清明节，上坟车队一大列。
五月里，才叫牛，变着法子去旅游。
六月里，麦才黄，各项摊派全登场。
七月里，三伏天，买好空调送上边。

八月里，假冒行，钢筋软来月饼硬。

九月里，快下乡，装了大筐装小筐。

十月里，要检查，红吃海喝还要拿。

十一月，奖金多，大小金库齐出窝。

十二月，访贫月，送的还没拿的多。

《闲谝报》办到第二十三期，突然一天，省市领导亲临雍县，大车小车一片片，大官小官一串串，警察和武警更是荷枪实弹，把县委围个水泄不通。他觉得这是好机会，连忙跑回家拿了一沓新出的《闲谝报》，正想给他们散发，只见工商局长和公安局长匆匆来到面前，态度和蔼地说县长请他。一个请字出口，使他大为惊骇，指着自己的白毛头，连说了三遍“请我？”工商局长说不但县长请，还有省市领导。他更加吃惊，问啥事么，这般兴师动众？局长说他也不知道，但警告他，不许胡说八道！

进了常委会议室，县委书记把他介绍给公安部谭司长和魏处长。一听说中央来人，他一时慌得无话可说，顺手把《闲谝报》散给他们。公安部的人一老一少，老的是谭司长，少的是魏处长，态度都很和蔼，给他让座，并递过水果让他吃。谭司长端详一下，突然诙谐地笑着说，为了找到他，部里给全国发了查询令，没想到在先秦故地找到了。真是踏破铁鞋无觅处，得来全不费功夫！他抚弄着手中油桃，总算还保留些许贵族气质，没吃，又蹩脚地放回原处，接着抬起头，惶惑地问找他干啥。谭司长抖了抖他给的《闲谝报》，说就是这个小报，把天戳个大窟窿！有一首顺口溜在美国之音发表，用六种语言，全球同步广播七天七夜。笔名是“雍地野老”。说着他便背诵起那首顺口溜：中央满星辰，省上起乌云。市里连阴雨，乡上雨倾盆。村里发洪水，家家淹死人。念完他问是不是他的杰作？他知道自己惹下祸，眨眨眼，诡谲一笑，说过去好多年了，美国人真是没事干，又翻这陈芝麻烂谷子弄啥？谭司长问他为什么要写这些顺口溜，又为什么要办这份油印小报？他显得很激动，暗自叫好，这下可遇到包青天啦！他略略思索一番，就把自己的遭遇，从头至尾说个滴水不漏。说着说着，他竟像个孩子似的哭起来。谭司长和魏处长被他的不幸打动，两眼湿湿的只觉得鼻管发酸。谭司长惊异地连连说，还有这事？泱泱中华，正在崛起，怎么还有如此冤假错案！他说罢站起来，拉着他就要去家里看。

他家在城外西坡村废弃的两间场房里，一间是老伴和女儿的居室兼厨房，灶连炕，屋里堆满柴草，灰暗潮湿。大板柜上放着一台小黑白电视机。老伴病入膏肓，躺在炕上哼哼叽叽动弹不得，全靠哑女时刻不离地陪伴伺候。另一间是他的卧室兼工作间。正中靠墙并排摆了两张旧课桌，上面放着钢板、刻笔、蜡纸和滚筒油印机。墙角有一个货架似的书柜，书籍报刊倒也不少。门后竖着一尊农村碾场用的青石大碌碡，铺着塑料布，配有台灯和茶杯，旁边放一柳条藤椅。魏处长一一拍了照，对谭司长说，他走访过许多当事人，从未领教眼前的悲惨现实。县委书记和县长深感内疚和脸上无光，再三检讨他们实在官僚，压根儿不知身边还有此等弱势群体，表示立即加以解决。谭司长一直没说话，内心充满怜悯和愤懑。从他家走出后，他向书记和县长提议，立即召开常委会，对他的问题当场研究，当场拍板定案。

就这样，上访告状二十多年，问题总算得到合理解决。他恢复了公职，补发了十多年工资，分到一套单元房，给哑女安排了工作。但就在乔迁新居的先天晚上，可怜的老伴，苦命的老伴，却病逝于她那终年不离的灶连炕上。他和哑女哭了整整一夜。他真不明白她的命为啥这样苦，上帝为啥对她这样不公？他拒绝亲戚朋友的劝阻，执意把老伴尸体搬回新分的单元房，让她认个路，让她在新房躺几天，让她对新生活有一个模糊的印象。

老伴去逝的第二年，他给女儿完了婚，当年退休。退休后，他先学气功，后改学香功。国家明令取缔法轮功后，他大吃一惊，没想到以强身健体和江湖意气为宗旨的功夫也能骗人，所以对任何功法都不再感兴趣。他开始云游四方，先后朝奉了楼观台、金台观、八仙庵、青羊宫、五台山、武当山等道教圣地，又迷恋上道教的科仪法典。他一边访仙求道，一边收集道教医术和民间偏方，几经求证研习，居然能医治疑难杂症。他四处游医，从不收费，只图一片爱心回报社会。又过了几年，他突然对自己的姓氏产生兴趣，便翻阅大量资料典籍，约略知道了一些夔姓祖先的历史。

有了这些发现，他一时心血来潮，独身来到夔城，落脚西关民宅，一边继续免费游医，一边走家串户寻根问祖。那时西关还是一片庄稼地，几个村庄也破破烂烂。两三个月后，村里住进几个青年，听口音都是北方人，说是来做生意。后来混熟了，才知他们做的是现代化生意，叫连锁销售，是国家从国外引进的新项目，在这里搞试点，投资三万多元，就可获得八百多万元高额回报。经过他们几番演说鼓动，他便跃跃欲试，心想真要成了百万富翁，就可像回国华侨那样，办希望小学，开红十字医院，资助更多像他过去那样的穷苦百姓。他拿定主意后，便让女婿汇来钱，很快就成为连锁销售第三代传人。他发展的三条腿，一个是工商局长的儿子，两个是他管市场时的个体商贩。也许因为名人效应，他们的邀约和沟通都没费多大神，一个电话过去人就来了，来了就认可申购了。而且，两个商贩就像阿Q抓虱子，一抓一个，很容易就补齐三条腿。局长儿子更神，熊管娃唧叽当，只凭父亲几句话，接二连三就有人跑到千里之外投奔他。这样以来，仅半年时间，他就有整有零地拿回十几万元，之后就升为高级业务员，坐收渔利，每月都有几万元进项。

至今他已弄不清他总共收入多少钱。他把这些钱除给女儿十万元外，其余全都搞了社会捐赠，也包括资助网络的失败者。他每天看电视，关注点之一，就是那些通过媒体求助的困难学生和患者。他有一个本子专门收集这方面信息，姓名、地址、联系方式等都记得清清楚楚，然后就把款寄出去，署名“雍地野老”等。他所以在爨城颇有人缘，一个重要原因是捐赠二十万元，在山区建起一座希望小学。那是他升为高级业务员不久，因为过不惯大城市生活，他就从春城回到爨城。为了和地方政府搞好关系，确保网络安全，也为了圆自己回报社会的梦，所以他就做出这一义举。当时名声大振，媒体竞相采访，的确风光了一阵子。后来他觉得太张扬，怕干扰网络发展，就买来一只藏獒和一辆三轮摩托，过起隐居生活。他写诉状只是幌子，真实意图是充当消防队，化解矛盾，用经济手段补偿那些上当受骗而要检举揭发的乡党。一边骗人又一边补偿，一边大挣黑心钱又一边无私回报社会。他就是这样一个心理和性格都处于矛盾状态的人。他隐居于山洞，混迹于市井，游离于网络之外。当地人不认识他，网络人不认识他，就连总部的人也只知道“老头子”这个神秘人物，但却很少有人认识和见过他。所谓的总部，完全是子虚乌有，是那几个小青年设下的骗局。原先对高级业务员的许诺，如去深圳总部上班、住高级公寓、出国旅游、带秘书、三代出局等，全都是无稽之谈。他是其中发展最好的，但至今仍没出局，充其量仅拿了一二百万元而已。

藏獒知无是他在农贸市场碰见的，当时它跟着原先的主人盲无目的地乱转，是它的一个偶然举动引起他的兴趣并最终爱上了它。它先是从小饭馆门前经过，恰好店老板倒出一盆弃骨，它只嗅嗅，并不中意，就斜着狐狸一样的眼睛，追着主人走了。可它只走了几十米，突然调转头，又回到那堆弃骨前，用狐狸般的眼睛踅摸一番，就开始啃骨头。他觉得好奇，站在一旁仔细观察。他分明看见，那些骨头全然没有一点肉丝肉星儿，它却滋滋有味地啃得很专注。难道它吮舐骨髓和调味？店老板说那骨头被水冲了三四遍，把魂儿都冲走了，哪来什么骨髓和调味！那么它在干啥？他终于从它那哲学家的脑袋和诗人的目光里，看出它原来在思考和构思哩！动物一旦有了思想，肯定比人聪明睿智得多，也比人忠实守信得多。于是他就对它产生了爱怜之心，就给它的主人提出买它的意向。它的主人是当地一个浑浑，开价两千六百元，他只给一千元，店老板从中斡旋，一千二百元成交。他把它往回牵时，它还固执地回头看了一眼弃骨，仿佛抱怨人比狗还精，骨头上没肉，还能叫骨头么？还有“狗啃骨头”这个职业么？

在回去的路上，他已给它起好了名字，称之知无，既体现道家“大道无边”、“知无不尽”的思想，也符合它善于思考的性格。知无的确是一只很有思想的家伙。它喜欢喝饮料，能辨别真伪，能准确无误地记住出售的商户，并能独自找上门去索赔。它可以替他开关电视，而且懂得主人喜欢哪个频道和哪类节目。它识假能力很强，更具有识别骗术的天分，如果让它打假或抓骗子，绝对胜于工商和公安人员。它闲下时，总喜欢踱来踱去，用哲学家的头脑思考人与动物的异同，即使卧着打盹儿也忘不了诗人的勤勉和浪漫，不停呜呜地小声叫着琢磨推敲新的诗句。它长着一身黑缎子似的漂亮的鬃毛，有人猜测那一定是与藏羚羊杂交的结果。知无还具有黔之驴负重和坚韧的品质，但却凶猛得像非洲的“花狼”和俄罗斯的警犬。它忠于主人但始终和主人保持着一定距离。必定，人与动物有别嘛！它不像被城里有闲阶层宠坏的小不点儿的观赏狗，与主人同床、同浴、同食，如此人狗混淆，不得疯狗病才怪呢！

现在，藏獒知无并未受主人多少感染，依然保持着诗人和哲学家的风格，始终用一种敏感和多虑的目光在电视和主人之间逡巡，希望由此分辨形势的真伪和升华自己思考的成果。它想，既然当今社会假冒伪劣横行，难道电视节目就没有假冒伪劣吗？既然自己有识别假冒伪劣的特异功能，难道就不能识别电视节目的假冒伪劣吗？在它看来，无论中央台二频道还是十二频道，也无论云南台“滇人说事”还是陕西台“三秦乱弹”，统统值得怀疑，统统是善意谎言再版么！所以，总体上它还是很乐观自信的，全不像主人那么慌乱和不安。

第四十九章

藏獒知无也知道 戏该收场了

CHAPTER 49

这天是礼拜日，瞎瞎大爷还在看中央台十二频道“大家看法”节目，背景材料就是夔城连锁销售，中心话题是传销的危害。画面展示了《经济时报》等各大报刊的一篇题为《和谐社会的一大肿瘤》，副标题为“揭秘西南边陲十万传销大军黑幕”的调查报告。其中有个名叫秦二尊的记者连线发言，提出夔城十万传销大军，人人都存在利害冲突和复仇隐患，如果按一半算，最少有五万人处于这种矛盾冲突的旋涡，期间吵闹、撕打、械斗、绑架、暗杀屡见不鲜，是社会的一大肿瘤。如此一边搞和谐社会，一边又放纵这个肿瘤任其蔓延发展，和谐社会何时才能建成？

知无乜斜着主人，似乎觉得这个话题过于沉重和尖锐，便独自踱出洞口，站在一块巨石上向远处眺望。西门广场和西关新村历历在目。它发现今天情况很反常，无论行人还是车辆都甚为惊慌，气氛也非常紧张和骚乱。哲学家的缜密和诗人的敏感，使它立即对这些变化进行了一番思考。它同时还发现，不仅这两处地方，几乎西关所有居民区都一样，到处是横幅标语，到处是警车和工商执法车，到处是像蚂蚁一样落荒而逃的人群。这是怎么啦？它突然不再觉得十二频道的话题沉重和尖锐，真正沉重尖锐的是眼前发生的这场变故喔！它狐狸般的眼里充满着狐疑，额头三道皱褶看起来又深又粗，周身的鬃毛顿时也竖起来。这说明它的思考有了成果，认识发生了飞跃。它开始用前爪使劲地抓挖巨石，嘴里发出呜呜的怪叫。

瞎瞎大爷听见知无怪叫，知道大事不好，连忙跑出来，站在它身旁朝远处张望。他无须思考，也无须思想。知无的思考就是他的思考，知无的思想就是他的思想。他现在只须行动，只须按它的思想制定出应急方案，然后一一实施。此刻，瞎瞎大爷并不惊慌，反而踏实了许多，仿佛一切都是意料之中的事，一切都是必然的结果。他拿出望远镜，仔细观察着西关每个角落、每个小区的动静。工商、公安、消防人员全副武装，挨家挨户搜查，挨家挨户打砸，挨家挨户把网络人员撵走。公安人员四处抓人，有三四个人被押上警车。消防队员架起云梯破窗而入，窗户不时有物件从楼上纷纷落下，摔坏的就地抛掷，没摔坏的就装上卡车拉走。收破烂的大发其财。房东一个个捶胸顿足，真不知该怨天还是该骂地。网络人员有的扛着行李逃跑，有的和执法人员吵闹，有的惊慌失措地站在一旁窥测时机。看来，政府这次动真格的了，制造舆论之大，出动人员之多，搜查范围之广，打击力度之强，都是前所未有。瞎瞎大爷忙收回望远镜，叹口气，踢了知无一脚，忿然骂道，他妈的，戏该结束了！

哲学家兼诗人的知无，尚未领会这一脚的意思，但见主人已发动三轮摩托车，又要出发替天行道了。平时它都是坐三轮车进城的，主人的现代化就是它的的现代化。但它今天不坐三轮车，而是跟在后面跑。它想起主人常讲的玄奘西游和鉴真东渡的故事，他们都是靠两条腿长途跋涉，才获得正果。而自己有四条腿，在关键时刻，为什么不能追随主人跑完“大道无道”的茫茫之道呢？

瞎瞎大爷领着知无，出现在西关新村打击取缔传销的现场。他的一头白发和一挂银须，以及与他形影不离的藏獒，立即引起人们注意。有人赞美他的银须，有人赞美他的藏獒。他旁若无人，只一个心思地观察执法人员的行动，观察网络人员无家可归的惨状。宣传车散发着传单，五六个大喇叭一遍遍播送着“公告”和“告传销人员书”。工商、公安、消防人员分工明确，打砸的打砸，站岗的站岗，应急的应急，现场一片恐怖。网络人员有的不开门，有的死赖着不走，有的和工商人员争辩吵闹。房东们也不示弱，一个个摩拳擦掌，和执法人员争吵着，拉扯着，对峙着。还是888那个女房东和666餐馆女老板，原先围攻工商局时就是急先锋，现在吵闹得更凶，并四处串连鼓动，大有拚个你死我活之势。工商人员几经劝说无效，只好求助公安，以妨碍公务将她俩塞进警车。秩序稍微好转一些，打砸的速度和力度立即大大加快。家具行李雪片似的从楼上飞落下来。地上到处是摔坏的盆盆罐罐、桌桌凳凳。有人点火烧破烂，火又引燃旁边的柴草，一时狼烟袅袅，混乱不堪。

瞎瞎大爷感到无限悲怆。他真想冲上去，质问那些执法人员，当初政府答应过的，没人举报，工商部门决不插手过问，为什么现在说话不算数？但他心里明白，这是大势所趋，一切狡辩都徒劳无益。他没质问他们，而是苦苦哀求他们，无论从人道还是节约角度考虑，都该手下留情。工商人员立即有人认出他，互相指划着说，这不是在门前摆摊写诉状的瞎瞎大爷吗？他说正是，就凭这点关系，也该手下留情么！有人就说，传销人员都是粘胶皮，不连窝端掉，就会卷土重来。他便说，砸了东西可以再买、毁了家可以再建呀！又有人说，再建再砸，不信政府没办法！他就满脸不高兴，说政府何不发个告示，认定传销，谁还愿意留下等死呀！对方警惕起来，问他是什么人，为什么对他们如此关心？当地群众有人认出他，说他是个大好人，免费行医，免费写诉状，听说还赞助了一座希望小学！大家立即对他刮目相看，敬佩不已。但是，执法人员说，尽管如此，还是不能手下留情，因为这是命令。要不，就找局长说，只要领导有指示，他们才不愿意这么干呢！

知无在旁边一直踅摸着没吭声。突然它呜呜向主人怪叫两声，不管不顾地朝前边一堆人冲去。工商人员指着藏獒跑的方向对他说，局长就在那里，快去说说，或许还能顶事哩！知无已在局长脚下乱嗅。工商局长甚为惊异，对公安局长夸口，说这只藏獒就是工商局的看门狗，比公安局的警犬精明凶猛得多。公安局长大喜，问哪来的？工商局长说是一位写诉状老头养的，整天在工商局门口转悠，人人见了人人爱。正说着，瞎瞎大爷来到他们面前。他见过局长但没说过话，要不是性命攸关，他才不想和这些官僚老爷闲磨牙呢！他说了自己的想法，局长连连摇头说不妥，问如果他们不走怎么办？他说只要他们每家每户写出保证三天走人，到时如果仍不走，再砸他们就没话可说了。局长们相对一笑，都说这办法好，既从严执法，又有人情味，就这么办吧！随之让手下给各行动小组通知，照此办理，只须写出保证，就不要砸坏东西。

瞎瞎大爷领着知无，转遍西关新村的旮旮旯旯。所到之处，情况都一样，到处是标语公告，到处是公安和工商人员，到处是围观和吵闹的场面。他正要去别的小区看看，突然有人喊他，四处张望，却不见人。转身走出几步，叫声又起，刚回过头，却见两个小子站在面前，并神神秘秘地把他拉到没人处。知无认出其中一人，他正是和大个子造访过的雍县小子，和主人是乡党，只是它没记住名字罢了。

“大爷，我叫乐正，上次见过你老。”乐正欲言又止地支吾道，“你老人家，也，也……没事吧？”

“我没事，随便转转。”瞎瞎大爷端详他一会，“想起来了，是雍县乡党。咦呀，好长时间了，咋不见那个局长和大个子？”

乐正说：“韩局长逃跑不干了，司令大哥回老家叫人去了。”

大爷关心地问：“你们家也被砸了？”

郑越抢答：“砸了个鸡犬不留。”

大爷问："你是？"

他说："我叫郑越，甘肃灵台人，离雍县很近，也算乡党。"

"你们打算怎么办？"

"想回去不甘心，留下来不安心。现在连饭都没处吃了。"

"为什么？"

"锅灶和盆盆罐罐砸个稀啪烂，咋做饭呢！"

"是不是所有人都这样，都吃不成饭了？"

"差不多吧。"

"那好，这样吧，"大爷捋捋银须，思谋一下说，"这几天，你俩专门接待这些吃不上饭的人，让他们在饭馆就餐，所有花销由我出，你俩只须做好接待服务就行了。"

"那怎么行？萨雷体系三四十人，整个俞溟体系上百人，你能负担起？"

"我不认识什么萨雷和俞溟，我只和你俩说话。钱的事没问题，只三五天么，几千元我还是拿得起的。走吧，去找两家小饭馆。"

他们来到市场，实地考察一番，最后选定陕北羊肉泡馍馆与河南早点铺，并和老板谈妥口头协议。前者每天供应两餐羊肉泡、水饺、烩面，每人每餐六元；后者每天供应一餐早点，有糊辣汤、豆浆、油条、菜合、油饼，每人每餐三元。由他每晚八点分别交三百、一百五十元押金，并结清当天账。瞎瞎大爷说着交了押金，又给乐正和郑越叮嘱一阵，便领着知无走了。

瞎瞎大爷走后，乐正和郑越暂时忘了家被砸的烦心事，痛痛快快地每人吃了碗羊肉泡馍，老板还特意赠送三个凉菜、两瓶啤酒。两人一喝酒就胡说。郑越一边掏牙缝一边说，看看，还是组织关心，又是慰劳，又是保驾，工商局能把咱们打倒砸垮？乐正近来不再用脚踢他了，但仍不客气，骂他得是眼窝让驴圣戳了？人家是行善，是布道施舍呢！郑越瞪着老鼠眼，说他总觉得那个白胡子老头是总部派来犒劳咱们的！乐正咕嘟喝完半杯啤酒，大声嚷道，别再提那驴日的组织了，驴日的总部了！现如今，恐怕他们自身难保，怎顾上咱们这些傻熊？反正，郑越说，他咋看那老头都怪怪的，像个狐仙。乐正生气了，说那白胡子老头是个大善人，大学问家，警告他以后再对老人不恭，当心他恢复脚踢的惩罚！郑越没敢多言，忙拿出手机给哥们姐们打电话，让他们快来吃大户！

第五十章 快来吆，大家都来吃大户

CHAPTER 50

老马和西安女子最后谈崩了，没收编得成，就气吁吁地回了老家。这个准岳父一走，郑越就有些不轨，除看皮影二人转外，还接了老马的班，给傣族女子的儿子当了干爸。傣族女子不知他们班辈，反正都是儿子干爸，就糊里糊涂应允了。现在，有了饭馆这个平台，郑越的猪八戒思想更加泛滥。他不但给本体系来吃大户的姐们姨们献殷勤，而且对外体系和当地女人也陪笑谄媚。他整天坐在饭馆门前，鼻尖吊着一滴清涕，嘴里噙着一根灭了火的烟卷，一对老鼠眼就滴溜不停地在大路上踅摸。只要是女人路过，他就立即站起，立即谄笑，立即连说小姐好，请入内享受，保证随心满意！有好几次，他竟把外体系女人请进来吃大户，这下乐正不依了，非要他照价付款不可。郑越说白胡子老头是总部派的，吃他就是吃总部，到了网络最顶头，大家都是一个老祖先，还分什么内外体系？吃大户都吃大户嘛！乐正没办法，只好恢复脚踢的惩罚，狠狠踢了那家伙一脚，争论才算结束。

几天来，这里成了大家唯一聚会的地方，就连个别没被抄家的人也远远跑来吃大户。他们一边吃羊肉泡馍或水饺，一边倾诉各自的遭际和悲情。他们有的大骂总部和高级业务员，骂他们是骗子强盗，把钱一卷跑了，撂下咱们受洋罪！也有的仍对总部抱着幻想，说患难之中见真情，这个时候总部还想着大家，还让大家吃大户，说明连锁销售垮不了，仍照常秘密运转着哩。

关羽羽说她只担心肚子的孩子受刺激，要马上回河南老家保养。小崔却要她再等几天，看看形势会不会有转机。姬小荣和手下两个新人赌咒发誓，说他们回去前，非把萨雷和俞溟收拾了不可！董朵朵和陈一先已商量好了，他们马上就回上海，回去后先开公司，然后结婚，安安稳稳地做生意过日子。他们说这段不寻常的经历，是对爱情的磨合与考验！胡天水一直没说话，担心乐正和郑越给他动粗，这两个家伙啥事都干得出来，所以他琢磨着赶紧逃走，免得遭遇不测。曹澧与党自觉公然向白石山叫板，发誓不剁掉他一只手，就不算东北好汉！凯凯也扬言，他不在这里和小张翻脸，只要一回老家，苏展的杀猪刀子正等着他哩！不归还盈儿，不退还三万元，就刺刀见红吧！

荑荑家是为数不多的漏网者，她也跑来混着吃大户。她说她家幸免被砸，并非老商的大盖帽起作用，而是恰好到她家时政策变了，只要写个保证，家具就完好无损。她咯咯笑着说，她上学上班时写的保证可多啦，如今再写还不简单得像个一？她说这是天意，天不该杀她嘛！岳月听了，直觉得气堵，说这话打击面太大，质问天不该杀她难道该杀大家吗？哼，真是的，别人都逼着推荐人要退钱，难道就不怕老董叫来打手把她的两个大奶剜了？逗得众人哈哈大笑。

程星和媳妇也来吃过几次饭，但没多说话，只是打听萨雷下落。俞溟、萨雷、杜航、白石山、柳一枝、柳二絮、商映等经理以上人员，是这次打击的重点，早藏匿得没了人影，更不敢在这里露面吃大户。听说外体系经理被抓的很多，而俞溟体系的这些经理是否被抓，谁也不知底细。大家就问范主动。小范收编了尹杭杭体系后，马上就要升为经理，所以对网络可谓忠心耿耿。他听了大家询问，只是笑眯眯地转移话题，说这次行动，不过是虚晃一枪，吓走一些胆小的，留下一些胆大的，网络照常发展运行。大家都说这话咋像他大舅的口气？他说也许吧，反正他们都安全无恙。

总之几天来，大家就这么吃着，议论着，咒骂着。有人回了老家，有人在城里重新租了房子，还有人潜伏起来伺机报复。慢慢地，吃大户的人少了，心情也平静多了。剩下的人，是走是留，暂时还拿不定主意，仍一日三餐在这里吃大户。看他们一个个心安理得的样子，仿佛这里成了他们的新家，压根儿就没有放弃离开的意思。而瞎瞎大爷已有两天没来结账，老板明显表示出疑惑与不满。这下可难住乐正和郑越，总不该自己掏腰包吧，总不该像工商局那样把他们撵走吧！他俩正在互相指责埋怨，这时瞎瞎大爷来了。他一进门就坐在凳子上喘气，脸色憔悴蜡黄，眼神散乱无光。知无没精打采地依绕在他的腿前。乐正忙问他得是病了？他说没事，好着呢。说着他掏出一沓钱，要老板清账。郑越给大爷递过一杯热茶，他喝了几口，神情才稍稍安适下来。清完账，老板问他就此打住，还是继续？大爷又预付了几百元，说当然继续，直到人走完为止。出了门，乐正没见三轮摩托，就问他为啥没开车？他说这几天身体不好，怕出事故。郑越问他在哪住，以后不用跑了，他俩去找他。他没说住址，给了乐正一个手机号码，吩咐他有事就打电话。

这天，还不到开饭时间，郑越端出凳子，坐在门口给眼杠劲，突然看见萨雷鬼鬼祟祟地朝这边走来。萨经理！可盼到你了！郑越惊叫着向他跑去。萨雷忙摆手制止，声张熊呢！快进饭馆说话！乐正见了萨雷，忙让座沏茶，问他吃了没，饿了没？萨雷不客气，让来碗羊肉泡馍，再拿两股朵蒜。

萨雷一边吃饭一边告诉他俩，说他已和北京黛丝商贸公司谈妥，把网络搬到他们的销售系统，已经签好协议，门面房都开始装修了。他说这家公司是全国有名的大公司，也是中央批准仅有的直销公司之一。只要一搬网，咱们就合法化了，就可名正言顺、正大光明地做生意了。郑越插话问，那么原来的业绩还算不算？萨雷说当然算，北京黛丝公司的生意公开经营，深圳玉盈公司的生意暗中操作，这就叫双轨制。接着他要他俩告诉大家，别在这里吃大户了，赶快到城里租房，城里安全得很。请转告各个主任和小组长，从明天起，各负其责，立即恢复正常工作。

另外，他又说，等会儿桂平�到这里来吃饭，她又邀约两个新人，是司令俊男的前妻和儿子，一定要招待好。乐正感到吃惊，一是想不到桂平�居然出院了，居然在这种情况下还能邀约来人；二是为啥司令大哥回去了，他的前妻和儿子却来了，这里边又有啥蹊跷呢？萨雷看出他的疑虑，要他不必多想多问，只须搞好接待就行了。他说只要她母子能留下，既可使司令兄弟安下心，又可使桂平筠心理得到平衡，有利于恢复健康。

萨雷走后不久，桂平筠果然领着她母子来了。她显得很亢奋，一进门就向他们介绍说：“这是司令俊男前妻，叫景旎儿，就是逃跑了的景颇儿他姐。她在幼儿院当老师，每月七八百元，还没咱这里一个零头多。共产党真是会抠，连这么漂亮的女人也舍得抠？还有她儿子，叫小俊，高考只差五六分，要是好好抠一抠，还能抠不出十头八分？硬是让娃落了榜，又可惜又可怜。真是的，该抠不抠，不该抠却往死里抠，谁能受得了？”

小俊不屑地说：“是一本，只差五六分，其它学校我自动放弃，不是落榜。我要补习一年，明年绝对考上一本重点。”

桂平筠让郑越快端饭上菜，接着对小俊说：“要补习正好，这里时间充足，环境幽静，最适合学生复习考试了。阿姨不骗你，网络既是没围墙的大学，又是有围墙的军队，从这里考上大学的人多得很。搬着指头算算，有小范、朵朵、朵朵对象、羽羽、老程女婿，还有上海女大学生叫什么来着？……喔，想起来了，叫萧荷，长得可漂亮了！要不是比你大几岁，可真是天生一对儿！还有三哥，正牌工农兵大学生，怎么这几天不见他了？……”

景旒儿听得不耐烦，忙催促她：“快告诉我，司令俊男到底在哪？”

饭菜上齐了，四菜一汤，也算丰盛。郑越拿来三听饮料，桂平筠忙说不要饮料，要喝啤酒。说着她小声哼唱起来：“喝了咱的酒，能活九十九……风风火火闯九州……”

小俊站起来叫道：“我爸呢？你说我爸呢！”

桂平筠拉他坐下说：“你爸？就是你妈的前夫，俞溟的未婚夫吧？他嘛，现在住院了，神经有点问题，不要紧，受点刺激，休养几天就好了。正是因为他病了，我才把你们邀约来，可以继承他的资格，也是遗产，还可以再申购。嘀嘀，要不了几年，你们就成百万千万富翁了。这个行业学问可大着哩！听话跑得快，头脑简单跑得快……”

郑越抻了抻她的衣襟，悄声说：“你怎么自沟哩？”

她狠狠推了他一把，勃然动怒：“去你的吧！什么自沟？你才自己抠自己尻渠子呢！”

乐正趁机把景旒儿拉到一边问：“司令大哥回去了，难道你没见他？”

景旒儿诧异地说：“没见呀！是她打电话说他病得很重，所以我们就来了。谁知来了竟是这阵势，真叫人哭笑不得。”

乐正指着自己脑袋说：“神经病，别把她的话当真。这样吧，我马上给司令大哥打电话，看他怎么处理这事。”

景旒儿说：“打过了，一直打不通。”

桂平筠指着乐正骂：“你这个流氓，整天不是看狗连蛋，就是看皮影二人转，还以为我不知道？大妹子快过来吃菜，别理他，当心他对你动手动脚！”

景旒儿回到座位，但始终没有食欲，只喝了几口羊杂汤，就坐在旁边傻待。她觉得这里的人都神经兮兮、鬼鬼祟祟的；这里的物事都影影绰绰、虚虚幻幻的，自己似乎不在地球上，而在外星球另一个世界里。

乐正走过来，说：“司令大哥手机还是打不通。”

小俊接过手机说：“让我给家里打。”

他拨了家里座机号码，连拨三遍，还是没人接。他把手机还给乐正，突然手机响了。乐正一看是陌生号码，就到旁边去接，没想到正是司令大哥。他说他在春城，看了爨城打击传销的新闻，强度和深度都很大，不知现在情况怎样？乐正让他别管那鸟事，要紧的是嫂子和儿子来了。司令俊男大吃一惊，要他再说一遍。乐正就把原话重复一遍，说她母子俩就在他身旁。他说快让儿子接电话。乐正走过来，把手机递给小俊，让快接他爸的电话。

桂平筠机警地夺过手机，对着话筒说："俊男，我是桂老师。我们这里好着呢，实行双轨制，利润更大，回报更高。萨雷给你批了半个月假，你就在家里呆着吧，要不就去旅游。你不要急着回爨城，更不要胡说八道！不然就像雷钊一样，挨个肚子痛……"

司令俊男焦急地说："只要你恢复健康就万幸，我祝福你！快把手机给我儿子，我要和他说话！"

桂平筠仍占着手机不放，对他说："这里只有腿，只有上线和下线，哪来儿子？真是莫名其妙！"

小俊实在无法可忍，一把上去，抢过手机，躲到一旁和父亲说话。

"爸呀！你在哪？没出什么事吧？"小俊说着眼泪唰地流下来。

"小俊，真的是我儿子小俊！儿子别哭，你一哭爸也想哭。"他说着说着，手机就传出呜呜的哭泣声，"爸在春城，一切都好着哩，就是光想你！"

"你快来吧，我妈也在这里。我和我妈也想你呀！"

"你们为啥要来这里，是谁让你们来的？"

"是那个阿姨，她打电话说你病得很重，我们就信以为真。来了却硬缠着要加入什么网络，不加入就不让见你，不准我们回去。简直像个疯子！"

"她就是个疯子，刚住过精神病院。你和你妈千万不要听她的话！先应付住，我马上就来！万一有什么事，就找刚才那位叔叔，他叫乐正。好了，我得去车站，两三个小时就到了。你和你妈要注意安全。"

乘小俊打电话的机会，乐正问桂平筠的住址，但她就是不告诉他，说这是行业纪律，绝对保密。特别对他这个流氓，更要提高警惕，以免性骚扰。直到她们出了饭馆，乐正才对郑越说，必须让她母子摆脱这个疯子！郑越说真要摆脱了，桂平筠会疯得更厉害。那也得摆脱！乐正说，不能眼看司令大哥的亲人受罪！郑越问那么桂平筠咋办？乐正说她是萨雷的腿，他应该为她负责。郑越问他该怎么摆脱？乐正骂他驴日的，平时老鼠眼一转溜一个鬼点子，现在轮到司令大哥的事，还能没个好计谋？郑越小眼珠转了转，拉着乐正就往外走。乐正问啥计谋嘛？郑越要他等会儿和桂平筠只管磨牙，其它事就不用管了。乐正说自己嘴笨，而他是和女人磨牙专家，要他和她谈。郑越想想也是，就答应自己缠着和她说话，让他乘机把她母子领进旅馆，登记住下就妥。

两人说着已走出街口，朝前一望，她们三人刚走到党校拐弯处。他俩疾走一阵，很快就赶上。郑越抢上前去，对桂平筠说，有个大事，刚才忘了。说着，他使劲拽了下景旒儿，然后把桂平筠拉到一旁，说他明天有新人来，邀请她沟通。这时乐正乘机拉着她母子，快速进了一个胡同。这边郑越还在浆浆水水说个没完没了，他夸她心态怎么好，认识怎么到位，口才怎么流利，说现在三哥回家了，老韩逃跑了，老商眼高手低，桂姐可是唯一的沟通专家。叫老师！桂平筠得意地乜斜一眼，忙纠正他的称呼。是是，桂老师！郑越乖巧地叫了一声，然后故作谄媚地说，论资格和水平，桂老师早该坐第一把交椅啦！桂平筠一边笑眯眯地听着，一边频频点头说当然，并一再强调关键是选准对象，譬如自己，成功率百分之百，叫俊男轻而易举，叫刘篆没费吹灰之力，现在搞定拿下景旒儿母子也不在话下……正说着，她的小鼻子突然一皱，警惕地四处张望。

“景旒儿，怎么不见她母子了？”

“她们可能去了广场。”

“景旒儿，小俊，你们在哪呀？”

“走，快去广场找，新人都爱去那里看皮影二人转。”

“什么二人转！我和你转来转去，不也成了二人转？滚，你滚吧！”

“要不，给萨雷打个电话！”

“滚滚，不用你操心！我能邀约来人，就有办法对付。”

第五十一章
"权当论"此时派上大用场

CHAPTER 51

看着桂平�朝广场走去，郑越狡狯地一笑，忙拨通乐正的手机。乐正说他们在傣乡旅馆三楼306房间，一切都已安排妥当。郑越忙赶到傣乡旅馆，嫂子长嫂子短地给景旒儿献殷勤。景旒儿听乐正说了连锁销售骗局后，并不责怪司令俊男，反而表现得格外雍容大度。她用她的权当理论原谅司令俊男，也用她的权当理论劝慰乐正和郑越。她说上当受骗就上当受骗，权当旅游呢，权当当了一年兵，权当坐了一年牢。吃一堑长一智，摸着石头过河也得交学费嘛！只要人安全健康，只要接受教训，这比啥都金贵！乐正连连点头，说对着哩，就是这个理，嫂子活得很超脱。郑越也随声附和，说就是的，谁说不是呢？不过，他偷看她一眼说，只是司令大哥不该抛弃她们母子，这样叫人一想就心里难受。乐正捅他一下，说大哥和大嫂只是两地分居，谁抛弃谁来？真是的，净胡说八道！景旒儿觉得他俩幽默滑稽，便不再拘束，咯咯笑道，两位兄弟真会说话。是的，一年多权当两地分居呢，今天到这来权当探亲呢！儿子小俊不依了，说只可惜，他上大学的四万元，却被权当没了。景旒儿嗔道，权当就权当了，农村孩子没钱，还不照样上清华北大，照样读博士研究生？车到山前必有路，条条大道通罗马，到时候总归有办法。

快到开饭时间，乐正和郑越刚要走，司令俊男打来电话。他说他已到爨城，半个小时就到。乐正把旅馆和房间给他交代一遍，说他和郑越得去饭馆，让他到了先别吃饭，一个小时后，他会把饭送到旅馆。打完电话，乐正给她母子叮咛一番，就和郑越下楼去饭馆了。

小俊惋惜地说："真想不到，我爸怎么会参加传销呢？"

景旎儿嗔道："你爸到了后，不许说这些抱怨话！"

"你不是说他是个永远长不大的孬孩子吗？不好好教训他一下，以后还会犯方向性错误！"

"经得多了，经验多了，就不会重犯。"

"反正这次得把他拉回去，不然会越陷越深。"

"等他到了再说，主要还取决于他。"

母子俩正说着，司令俊男敲门进来。小俊立即扑上去，紧紧抱着父亲，两人竟哭得难分难舍。景旎儿看他脸上到处是伤，心一动，也落了泪。

景旎儿擦擦泪水，说："好了，别哭了，快让我看看，脸上哪来这么多伤？"

司令俊男放开儿子，对景旎儿说："不小心摔的，都好了。"

景旎儿抚摸着他脸上的伤痕，再也控制不住，将头埋在他怀里，两人抱着又是一阵抽泣。

"快说说，是不是有人打了你？"

"不会的，我这大块头，谁敢？"

"脖子和手上也有伤，摔还能摔成这样子？"

"真是摔的，现在都好了。"

"我不信！让我看身上。"

景旎儿说着掀起他的衣服，一看果然遍体鳞伤，母子俩顿时惊呆了。她忙扶他坐在沙发上，问他到底发生了什么事。谁打的，为什么？司令俊男无奈，只好把他如何上当受骗，如何请来记者曝光，如何打入网络高层，如何调查黑幕，如何被人跟踪暗算等等，大大炒作渲染了一番，听得母子俩如同看警匪片一般目瞪口呆，大气不喘。

小俊递过茶，问："爸，你的调查报告写好了？"

司令俊男接着茶杯说："写了一万三千多字，让秦叔叔改过，发给商业部、中央电视台和国务院政策研究室，几家联合督办，政府才采取措施，集中打击。"

小俊哧哧讪笑："好惊险喔！要我说，三万多元没白撂，划来着哩！"

景旎儿打一下小俊，嗔道："别多嘴，到一边歇着去！"

司令俊男拉儿子坐下，说："爨城搞连销售号称十万人，全部被抄家撵走了。"

景旎儿诧异地问："既然国家打击取缔，为什么桂平筠还叫我们来？她又一再鼓动，要发展我二妹和女婿，真让人反感讨厌。"

司令俊男气得叫起来："她是神经病，岂能听她的话！当初不是她死缠硬磨，我也不会上当受骗！”

“听她的口气，”景旒儿看一下儿子，见他在沙发上打盹，温和地说，“好像你们在职校谈过恋爱。”

司令俊男脖子胀得通红，乜斜她说：“没有的事！她比我大三四岁，又是老师，怎么可能呢？”

景旒儿剥了个香蕉递给他：“我只是猜想，你也不必在意。但无论怎样，你不该把手机号码给她。”

司令俊男惊异地：“绝对没有！我怎能把你的手机号码给她呀！”

景旒儿更觉奇怪：“这就怪了，她怎么会给我打电话呢？”

“啊？刘篆？”司令俊男突然明白，激愤地叫起来，“刘篆，一定是刘篆告诉她的！”

“你发啥神经？她又不认识刘篆。”

“咋能不认识？刘篆也是职校体操队的，而且她把她也骗来了。可怜的刘篆，硬是把三万多元白撂咧！难道你不知道？”

“天哪！我光知道她被人骗走三万多元，没想到原来骗子就在这里！那你为啥不阻止，眼看着她往火坑里跳呀？”

“他们让我回避，又千方百计封锁消息。等我知道时，她已交了钱，办了手续，回去了。”

“听说对象吹了，整天逼着她要钱。实在太惨了呐！”

司令俊男长长叹着气：“真是噩梦一场！一切都该结束了！”

景旒儿劝慰他：“我也不说权当了。事情既已如此，你不要怨天尤人，也不要责怪自己。你说说，眼前该怎么办，今后该怎么办？”

他拉住她的手，抚摸着：“你和小俊既然来了，就多住几天，权当旅游哩！这里事情有了结果，咱们就回去。秦二尊已答应，让我回去跟他干，这样既弥补损失，也有个正经职业，一切从零开始。”

她紧握着他的手，看着他问：“还有呢？”

他真诚地迎着她的目光：“就这些，完了呀！”

小俊尖声叫道：“还有，你俩快复婚，我妈搬回家！”

“这小子！原来装睡，偷听父母说话？”司令俊男在儿子头上拍了一下，笑骂道，“你妈能来，我自然跟她一起回去，这不是明摆着么，还用得着多说？真是的，就这水平，还想考清华北大？”

乐正送来饭菜，他们一边吃，一边听他讲夔城这些天的变化。乐正说现在整个网络寿终正寝，百分之七十的人都走了，晚上广场空旷一片，像坟地一样阴森。俞溟体系还好些，主要有瞎瞎大爷捐助，人们只图吃大户，吃着吃着，思想就麻木，好像把其它事都忘了。他说他越来越觉得瞎瞎大爷太神奇了，他哪来那么多钱呀！再就是萨雷把网络由深圳玉莹公司搬到北京戴丝公司，门面房已装修好了，马上就要开业，模式和原先一样，产品是营养品，每份三百多元，可以在当地发展用户，这使许多人又产生了幻想。还有一个情况，就是一些亡命之徒，四处寻找推荐人和经理要钱，不给就绑架、决斗和暗杀。有人预测，一个更大规模的刑事犯罪高潮，正在秘密策划和酝酿之中。听说外体系接二连三发生命案，警车昼夜乱跑乱叫，气氛非常恐怖。他劝他们一定要注意安全，即使搬到城里住，也要多加小心。他说他已拿定主意，完成瞎瞎大爷的嘱托，就立即打道回府，自认倒霉。

吃过晚饭，司令俊男说他想见瞎瞎大爷。乐正说好办，他有他的手机号码。说着他就给他打电话。他打了几遍，但一直没人接。乐正觉得奇怪，说晚上他来饭馆结账，到时他和他约好，就在饭馆见面。司令俊男说这事对他很重要，如果联系好了，就立即给他打电话。歇了一会，司令俊男就要搬到城里去。乐正也不挽留，把他们送上出租车，自个儿去饭馆了。

郑越还坐在门前聚精会神地给眼杠劲。他对乐正说，桂平筠找不见她母子，现在不知疯成了什么样子。乐正问他给萨雷打没打电话？他说打过了，萨雷说他对那母子根本没抱希望，只是桂平筠产生幻觉，缠得又紧，才让接待应付一番。现在既然人走了，就算咧别提咧。郑越说，现在萨雷说话态度可和蔼，再也不骂他熊邋遢婆娘咧！乐正说他设下这个大骗局，没人拿刀子捅他就算万幸，还张狂傲世啥？两人正说得热乎，突然知无跑来，围着他们，不停地转圈子呜呜怪叫。他们朝路口看了一阵，却不见瞎瞎大爷。乐正惊叫一声不好，拉着郑越就朝外冲。藏獒知无领会他们的意思，跑在前边带路，一同朝喽啰观方向奔去。

第五十二章 矛盾的涅盘与涅盘的矛盾

CHAPTER 52

乐正和郑越跟着知无，跑了歇，歇了跑，终于跑到瞎瞎大爷隐居的山洞。一进门，他俩被眼前景象吓呆了。啊！瞎瞎大爷！这个神秘怪诞的老人，这个善心如佛的前辈，痛苦地合上双眼，归天了！他的躯体已经冰冷，胸前有几处发紫的淤血，四肢蜷曲如圣诞树枝干。脸色非常苍白，看起来很恐惧。嘴唇歪斜着，两个嘴角一张一闭，似乎一边在笑，一边在哭，充满着喜悦与痛苦的矛盾。左手紧攥一张纸，右手食指抠着墙上“知无钱”三个歪斜的字。乐正取下他左手的纸，一看原是那首喽啰诗。

爨字本是烧饭锅，宋祖赐给金喽啰；
三十七部排排坐，途中遭劫无着落。
世代怨愤苦求索，得失有无谁少多？
得了失了有了无，富了贫了少了多。

东西两爨怎评说，统筹蒙氏南诏国。
命中喽啰就喽啰，何必金蝉把壳脱！
浊酒一壶心不浊，贵贱祸福谁对错？
贵了贱了福了祸，褒了贬了对了错。

郑越指着墙上“知无钱”三字，问乐正那是啥意思嘛？乐正念着，想着，说可能是暗示，告诉人他没钱了。郑越惋惜地说，把他的，没了钱，饭馆的账谁结呀？乐正骂他没眼色，啥时候了，还想这些鸡零狗碎的事？他让郑越快搜查，看还有没有其它遗书之类东西。两人到处翻腾，只翻出一大堆邮局寄款的存根。收款人全国各地都有，寄款人有雍地野老、安睡爨乡、知无等。知无？乐正突然想起藏獒，便大声叫着知无，知无！他见毫无反应，四下觑了，不禁惊叫起来。啊？原来藏獒知无，也随主人一起归天了！郑越老鼠眼一转溜，恍然大悟，惊叫，钱，钱！知无钱，是说藏獒就是钱，知无身边就有钱！他俩抬走知无尸体，扒掉柴草，露出一块石板，再搬走石板，下面果然压着一个塑料袋。打开一看，原来是存折，三张定期，一本活期，共计九万六千余元。郑越攥紧存折，小眼睛贼亮，对乐正说，干脆咱俩把钱一分，回老家算了。没当成百万富翁，有这些补偿也算不赖！乐正骂他贼胆大，这钱怎么敢贪，当心坐牢和老天爷报应！说完，他给司令俊男打电话，要他立即到喽啰观山洞来，瞎瞎大爷仙逝了！

半个小时过去，司令俊男火速赶来，一看现场，立即打110。公安人员带着法医，勘验了现场和尸体，认定自然死亡，没有自杀和他杀迹象，让他们自行处理后事。郑越还打他的小九九，说把他的，转眼之间，二一添作五变成了三一三剩一！吁，变了就变了，司令大哥也该补偿。乐正骂他和桂平�一样，得是疯了，嘴里胡说啥嘛！司令俊男搜出老人的身份证，交给乐正，让他俩一个拿存折，一个拿身份证，互相制约，谁也别打这钱的主意！他要乐正联系家属，快给他家里打电话！乐正翻出电话本，分辨着电话号码。郑越还在怄气，说随便打个电话就行咧！乐正狠狠踢了他一脚，斥问这事岂能随便乱打电话？万一电话打到你媳妇跟前，她还以为你死了哩！哼，驴日的！司令俊男也过来分辨号码，说现在看来，瞎瞎大爷一定是搞连锁销售的，而且是资格很老的高级业务员。所以电话不能随便打，不能让所谓的总部知道。突然，乐正发现一个有老家区号的座机号码，立即拨打。那边传来一个男子声音。司令俊男接过手机，一报爨大夏的名字，对方立即说是他岳父，焦急地问他岳父咋了？司令俊男说老人刚刚去世，遗嘱要葬在爨城，希望他们明天坐第一班飞机来料理后事。因为有遗产，来时带上身份证和户口本。要他记住这个手机号码，有人在机场接，手持爨字为号。

打完电话，司令俊男立即和乐正、郑越坐下商量后事。在家属未来之前，他们必须做好关中人送葬的一切准备，如选墓地，做墓碑，设灵堂，给死人净身、穿衣、化妆等等。乐正说瞎瞎大爷崇尚道家，又离喽啰观很近，不如把他安葬在这个山洞，还可请道士做道场。郑越说干脆给道观一些钱，让他们把这事承包算咧。乐正说这驴日的才说了一句人话。司令俊男也同意这个办法，站起来说走，去喽啰观和他们商量。

喽啰观傍山依水，宫宇层层而上，甬道款款而下，体现了道教崇尚自然、修道成仙的思想。混元殿高大雄伟，内供元始天尊像，顶罩宝盖，前置暖阁，华幢彤彤，香烟缭绕。随后是八卦楼，高约十五六米，四层，身为八角形，底座分别刻有乾、兑、离、震、坤、艮、坎、巽卦形，正中嵌以巨型八卦太极图。两侧书一长联，上联：大道不可道，无为无不为；下联：不神以为神，无极而太极。

他们沿甬道拾级而上，过花墙，穿回廊，左寻右问，最后来到一间诵经房，探访了元德道长。道长听完他们请求，说爨大夏对本观时有襄助，也和他切磋过几次道法精要，深为老者虔诚悟道、广播善缘而敬颂。先生修行，善始善终，果得神应，也是一种超脱。贫道一示志哀，二表庆幸。道家一贯遵循“重生贵生”法度，对后事不铺冗繁。所谓斋醮科仪，本为二义，有清醮与幽醮之分。清醮为祈福谢恩、祛病延年、祝国迎祥、祈晴祷雨之用；幽醮为志哀丧葬、超度亡灵、沐浴渡桥之用。本道观每逢朔望及重大节日举行法事活动，此乃道教宫观例行之常规斋醮科仪，但从未给信众承办过丧葬道场。念及先生善缘宁瑞，功德无量，今破例为其举行“一夜度”小型道场及骨殖存放。至于费用，除山洞墓地五千元外，其它法事活动花销，请量力而行吧。

谈妥一切事宜，道长便选派几名道士来到山洞。道士翻看知无时，发现它脖子上挎着一个小布袋，打开一看，里边装着三千元，还有一张纸条。纸条上只写着“膳款”二字。司令俊男要乐正保管好钱和纸条，说家属没来前先垫付，事后再把钱兑出来，用以清偿饭馆的饭钱。郑越这才放下心，说有了这些钱，吃大户还能持续十头八天哩！道士分头布置现场、购买砖石和服饰，并开始了净身、施食、济炼、破湖等等程式，为丧葬和道场作好各种准备。

乐正打了几个电话，叫来董世轩等七八个吃大户的人来帮忙。临到晚上，一切基本就绪，山洞内外已是灯火通明，香烟氤氲，纸幡萧萧。闲暇之后，司令俊男独自在洞外转悠，望着大爷灵堂，望着爨城夜景，心里充满悲怆和哀恸。他暗自诘问自己，看似平静安谧的爨城，谁能料到，竟像斯巴达克角斗场一样，此番正酝酿和发生着一个个血淋淋的悲剧啊！乐正走过来劝他，说嫂子和儿子刚来，人生地不熟，快回去陪陪他们吧。他想想也对，就让他明天起个大早，准时到机场接人。接着，他又给郑越和道士交代一番，便匆匆赶往城里。

儿子小俊已经熟睡，景旒儿还坐在沙发上等他。她见他郁闷的样子，惶惑地问到底出了什么事？他咳一声，把瞎瞎大爷的事简略地说了一遍。她听后悲楚之余，更多的是惶悚和担忧。她催促他明天就回家，这地方太恐怖，一天也不能呆了！为了孩子，也为了失而复得的家，明天就回吧！他拥她坐在沙发，说大爷是个好人，也是个苦命人，待把他的事情处理完了，咱们就走。他说他也实在不想在这里呆了。景旒儿在他胸前依偎一阵，就说那好，早点睡呗。不知是太熟悉了，还是受瞎瞎大爷的干扰，司令俊男怎么也恢复不了像对俞溟的那份激情，但依然使景旒儿感到尽兴和满足。他突然产生怜悯之心，觉得自己对不起她，有愧于她。他紧紧把她搂在怀里，用抚摸弥补她心灵的痛楚和感情的失落。

"俞溟是谁呀，你得是和她有一腿？"

"什么腿？这里的腿就是下线，人人都有腿，腿越多业绩越大。"

"我说的是乃事，你和她真的没有？"

"俞溟是高级业务员，为了摸清高层内幕，我只和她有所接触而已。"

"我怎么听桂平�说，俞溟是你的未婚妻？"

"怎能相信她的话？纯粹神经病么！"

"没有当然好，即使有，我也权当没有。但从现在起，你们可不能再有一腿了！"

"为了儿子，也为了咱们失而复得的爱情，我会严以律己。"

"这话咋听着有点怪。老夫老妻了，还谈啥爱呀情呀的？"

"那就不说了，睡吧。你也累了。"

"好吧，都睡吧。"

第二天十点多，乐正从机场接回家属。女儿和女婿扑在父亲身上，不管不顾地放声恸哭。特别是女儿，由于是个哑巴，难以用语言倾诉痛苦和悲伤，只有简单的嚎叫和眼泪。她每一声哭泣，都引起五官扭曲变形，像有千把尖刀杀戮她的五脏六腑。大家无法劝说，无法拦阻，只能陪她流泪。这种场面持续将近一个小时，逐渐安静下来，互做介绍后转入正题。直至现在，大家才知道瞎瞎大爷除了哑巴养女外，再没有其他亲人。而且，听同来的县工商局办公室主任介绍，老人一生更是落魄和悲惨。无论司令俊男、乐正、郑越，还是在场道士和吃大户的人，无不感到激动，纷纷为他的不幸和善举潸然落泪。司令俊男拿出署名"安睡爨乡"的汇款存根，说这就是老人的遗愿，他要把自己就地安葬。女儿、女婿和办公室主任，都知道他是来云南寻根问祖的，也没提出什么异议，只要求为他立一块石碑。司令俊男说这些都安排好了，还请了道士做道场。家属听后很满意，让他们就按这里的安排办，越简越快越好。司令俊男要郑越拿出存折，对家属交代说，老人共有九万多元，另有三千元是赞助众人吃饭的，他写有条子，今天买东西用了，到时挤兑出来交给乐正。另外墓地五千元，还有做道场一千元，一并付给喽啰观。说着他把存折交给女儿和女婿。他俩比划叽咕一会，女婿向众人说，父亲一生乐善好施，就把剩余的钱也捐赠了，让他有个善始善终吧！

乐正忙把存折推回去，说即使捐赠，也该拿回去捐赠给老家人呀！办公室主任也说，就这么办，带回去捐献给县希望工程。郑越问其它财产怎么办？女婿在两个洞里看了看，也没啥值钱的，就说其它东西赠送给各位大哥小弟。郑越脑袋反应极快，说这怎么行？老人家也不容易，岂能白吃白拿！说罢，他随即掏出一百元，交给女婿，说他要那个烂三轮摩托，也算对大爷的一个念想。不用客气，快把钱收下！司令俊男说也好，他在这里做生意需要，又是很近的乡党，就便宜卖给他吧！女婿不再推辞，便收了钱。乐正扭转身，小声嘟囔着，骂郑越这贼胚子，眼窝净是瞎水水！

经过一天准备，一切业已就绪。晚上，由元德道长主持为瞎瞎大爷做道场。山洞内外，香火氤氲，磬声瑟瑟，烟岚浮荡。八个道士对面排列，在元德道长引领下吟诵经文。六个乐师演奏着道教洞经音乐。女儿和女婿哭得死去活来，哭声像哀鸿似的在喽啰山飞扬。吃大户的人一个传一个，也都纷纷赶来哭丧。此番，瞎瞎大爷神态安详了许多，雪白的胡须，雪白的长发，既昭示着他的纯洁，也掩饰着他的罪恶。现实太严酷了！他本是来爨乡寻根问祖的，没想到误入歧途，一方面自己受人欺骗，另一方面自己又欺骗别人；一方面贪婪地敛财，另一方面又无限地施舍。临死之前，他也没有冲破这个矛盾的藩篱。他最忠实的朋友藏獒知无就躺在他的对面。三年读个博士，而它这个哲学家兼诗人，跟随主人整整五年了，却一点也没读通读懂这个神奇怪诞的老人啊！它不知自己是否也是一个跟着坏人干坏事的喽啰，所以它和它的主人一样，也抑郁而死，苦闷而死，矛盾而死。

元德道长神情威严，声如磬瑟合鸣，吟诵起瑶池无极老母《十叹歌》：

一叹兮，大收圆，收圆时在眉目前。
原人个个骄矜性，不肯低心问祖根。
天皇上尊休得违，不然汝等罪更深。
油灯黄卷苦为证，岂容妖言惑众心？
从今后，快归根，认祖皇极有安身。

二叹兮，龙华临，龙华不日要封神。
有缘原人速认祖，云城领受辨乾坤。
不进云城非道仙，进了云城天地新。
任凭你是铁罗汉，铜铸金刚难至今。
从今后，快归根，认祖皇极可保身。

………………

十叹兮，好痛心，痛心盲者不知归。
此时不归何时归，当心葬身阴山北。
忤逆天命云城躲，大罗金山成猢狲。
认祖领受十件宝，能防魑魅魍魉侵。
速问祖，快寻根，寻了祖根朝天尊。

道场持续一个多小时，然后按关中习俗，开始鸣炮，祭血，入殓，盖棺，封洞，立碑，焚化幢幡、纸花、冥币、香表、遗物等。一时间，炮仗四起，鼓乐大作，哭声遍野，一直延续到晚上十点，冗繁的葬礼才算结束。家属乘车回了宾馆。郑越开动三轮摩托，载着乐正和司令俊男，匆匆向西关新村驶去。

乐正骂郑越，驴日的，成不了百万富翁，却给死人打主意。网络散了，人跑完了，要这三轮摩托得是给你妈拉棺材呀！郑越问，谁说网络散了，人跑完了？他回头隔窗一笑说，萨经理和北京黛丝公司签了协议，体系原样转过去，摇身一变，又是一副新面孔，而且实行双轨制，效益肯定大大的。司令俊男说他加上摩托，该是三轨制了。郑越说他一是北京黛丝推销员，二是深圳玉莹公司大主任，三是摩托运输户，真叫三轨制，不发财才怪呢！乐正把小窗敲得砰砰响，骂，驴日的开好车，当心下坡插了枣粽子！

刚下坡，郑越突然一打方向，把摩托开进西门。乐正又骂起来，这驴日的，得是又想看皮影二人转咧？郑越笑着说，现在网络人员跑的跑、躲的躲、逮的逮，妓女都失业了，还给鬼演皮影二人转呀！那你进城干啥？到城里兜兜风光嘛！这驴日的是个大烧包，得是想给人炫耀三轮摩托？那当然了，十万网络大军，唯独咱是有车族！乐正大骂，羞先人呢，这算有车族？郑越隔窗傻笑，嘿嘿，但无论如何，也比11路车好嘛！

他们在城里兜了一圈，刚要调头回西关村，突然乐正看到一家新开的店铺，忙指着嚷嚷，快看，北京黛丝！那不就是萨雷的双轨制吗？郑越兴奋得两眼贼亮，鼻子一吸啦，忙调转方向，将车停在店铺门前。店里还亮着灯，内外装修都颇为时尚新潮，全称是北京黛丝集团夔城代理部。三人走进店门，看到墙上挂着营业执照和卫生许可证，经理居然是范主动。店里只有一个青年女子，没见萨雷和范主动，也没见尹杭杭。青年女子惊魂未散，说刚才闯来三个东北人，把萨经理捅了几刀，已送医院了。众人大吃一惊，问为什么？青年女子说，他们骂萨经理是骗子，逼着要钱。萨经理说他不是他们的直接经理，他们的事他不管。有人就拔出刀子，向他腿上刺了三刀。他们刚要跑，被赶来的110抓走了。郑越说肯定是党自觉那家伙干的。乐正说他们应该找白石山，他是他们的直接经理呀！司令俊男说，老白还不是经理，而且俞溟走后，萨雷代管网络，所以他们就找他要钱。郑越说快走吧，去医院看看萨经理。乐正就要踢他，司令俊男一挡说，郑越说得在理，还是去医院看看吧。

三人来到医院，只见小范和尹杭杭搀扶着萨雷，刚从急诊室出来。萨雷一见他们，就坐在走廊椅子上歇息。大家问他怎样？他说不要紧，没伤筋损骨，上了药，包了扎，好啦！他骂道，瞎熊，亡命之徒，不懂一点法律么！郑越问得是党自觉那驴日干的？他说，除了东北那几个瞎熊，还能有谁？简直不知天高地厚，竟敢给我下毒手！我是谁？是北京黛丝公司业务员，正大光明的商人！公安局和工商局来了一看手续，一切都合理合法。他妈的，刑事和诬告两罪并罚，让驴日的好好尝尝手铐的滋味！

郑越就问，即使要钱，他们也该找白石山呀？萨雷压低嗓门说，还不是白石山那瞎熊煽惑的？尹杭杭指着抢救室说，老白正在里边抢救呢。大家更为吃惊，问又怎么了？萨雷扒着小范的臂膀站起来，一边走一边说，那三个瞎熊，这几天到处找白石山要钱，却一直找不见。今晚九点多，恰恰在西门口遭遇了，他们连续捅了他五六刀。我猜想，肯定是白石山为了转移目标，给他们说我代管网络，才让他们找我的！这几个都是猪脑子，一时冲动，就跑到店铺闹事。小范说白石山挨了五六刀，都在胸膛和腰上，至今还昏迷不醒。萨雷让他们快搬到城里来，快投奔黛丝公司，这样才保险安全。

第五十三章

Did you hear, old Barry's getting married

CHAPTER 53

司令俊男回来时，景旒儿和儿子都已熟睡。他没打扰他们，擦洗一番，上床睡了。这一天实在太累，晚上睡得很瓷实，醒来时已是早晨八点多。小俊仍沉睡未醒。景旒儿不在，可能买早点去了。他躺了一阵，想着眼下的形势和去留问题。现在看来，这里大局已定，是该回老家了。但俞溟怎么办，自己真的要抛弃她和景旒儿破镜重圆？他突然怜悯起俞溟。她的热烈，她的柔情，她的真诚，此番都一一呈现在他的脑际，引起他无限眷恋。自己别他而去，这对她未免太残酷了，太不公平了啊！那么，景旒儿呢？她不但具有和她同样的品性，而且她的与世无争，她的权当理论，还有她对自己的理解和宽容，不正是自己一直恋恋不舍的根源所在吗？顾此失彼，是去是留，使他陷入从未有过的彷徨和惆怅之中。他突然想起秦二尊的话，“家里红旗不倒，外面彩旗飘飘”。当然了，自己不像他那样具有大款大腕的实力，也没有他那水性杨花的潇洒，但这话是否可以作为处理三角关系的参考呢？

“Did you hear, old Barry's getting married。”

儿子小俊一边说着英语，一边走进父亲房子。

父亲坐起来靠着床头，问儿子：“呜哩哇啦的，啥意思么？”

儿子说：“你听说了吗，老巴里要结婚了。”

“哪个巴里？”

“就是世界上最后一个光棍汉麦肯泽呀！”

“不知道，没听说过。”

“他和一个澳洲小妞恋得死去活来。”

“那个澳洲小妞以此为借口，想办个签证留在英国。”

“噢，不是这样。巴里说一切正大光明，决无猫腻。他说他爱她。”

“不出几个月就要离婚，等着看好戏吧！”

“难道你不相信一见钟情的事？”

“他们在哪认识的，相处了多长时间？”

“在网上认识的，至今还没见过面。”

“哦，真是个人物！”

“老爸，那么你呢？”

司令俊男这才恍然大悟，狠捶了他一下：“好小子，没大没小！老爸可没那些花心。”

“那我咋发现屋子有女人用品？”

“女人用品是房东留的，别胡思乱想！”

景旒儿回来了，朝着他们喊：“看你父子俩乐的，啥女人用品嘛？”

小俊做个鬼脸，应道：“我爸说了，今天给你买衣服，明天就回家。”

景旒儿边进厨房边喊：“那就快让你爸起来吃饭。”

司令俊男抱着儿子，轰轰烈烈地亲热了一番，随之穿衣下床。他过去认为儿子是夫妻感情的稀释剂，现在却不这样认为，儿子不但成了他的唯一寄托，也充当了他和景旒儿婚姻的黏合剂。正是这种牵扯不断的亲情和男子汉的责任感，才使他在矛盾旋涡里保持着清醒头脑，才使他在三角关系中做出了理智的抉择。爱情让位给亲情，亲情涵盖着爱情。人到中年，能有如此认识，也是一件了不起的事儿。这样以来，他便觉得心情轻松疏朗了许多。

吃过饭，一家三口到街上转了一圈。全国各地商品都大同小异，千篇一律，没啥特色，最后只给景旒儿买了件蜡染围裙，给儿子买了个镀金大烟筒，然后匆匆赶到火车站买票。车站广场人山人海，候车室人满为患，到处都是外地搞网络的人，像难民似的沦落沮丧和狼狈不堪。卖票窗口前拥挤得更是水泄不通，队伍一直排到了广场。警察来回巡逻，不时盘问可疑人员，希望侥幸时能抓捕一两个传销头目。司令俊男挤到前边打问，才知只能买六天后的车票。他怏怏不乐地走出人群，突然看见关羽羽和小崔，他走过去和他们打招呼。这时朵朵和陈一先，还有小张和盈儿等人也看见他，都围过来和他说话。他问他们何时买的票？小崔说他提前五六天买的，到成都后倒车，再到河南她娘家，车还有一个小时进站。盈儿说，他们先在成都玩几天，然后再回西安。陈一先说他们直接回上海，离开车还有两三个小时哩。司令俊男说他没买下票。朵朵就说，大哥干脆从春城上车，那里票好买得很。他看了看羽羽不堪重负的肚子，问她为啥不到春城上车，那里可以直达，不用倒车。羽羽说这里车票便宜，能省一点是一点。她说话时，脸上充满羞赧和自信。朵朵摸着她的肚皮，说肯定是双胞胎，一个姓崔，一个姓姬。小崔瞪她一眼说，和司令大哥一样，双字姓，那才好！逗得大家都笑了。司令俊男问，小姬为啥没来送行？小崔说，他和刘根已走两三个小时，去春城找俞溟要钱去了。司令俊男心头一惊，问他们怎能知道俞溟住址呢？羽羽说是裴斐打电话告诉他们的。

天啊！又是裴斐！他怎么知道俞溟住址呢？联系到那天飙车追杀和雇凶暗算自己，司令俊男至今仍心有余悸。他知道，所谓要钱就是闹事的代名词，包含着威胁、恫吓、绑架、暗杀。他不禁担心起来，俞溟独自一人，怎能经得起这个突然袭击呢？不行，他得立即把这个信息提供给她，让她躲一躲，或有个准备呀！他这才把景旎儿和儿子叫过来，互作介绍后让他们说说话，自个出去打手机。他一连打了七八次，一个也没打通。他暗叫不好，一定是他们已把她绑架了！怎么办？一边是前妻和儿子，一边是情人，早晨刚打定的主意，此番全乱套了！他思来想去，最后断然决定，去春城上车，也好顺便照应她一下。他想，即使和景旎儿破镜重圆，自己也该给她告个别，何况又发生如此性命攸关的事啊！

司令俊男向几个青年告别后，拉着景旎儿和儿子出了候车室，匆匆赶回租房收拾行李，接着又马不停蹄地直奔汽车站。在去春城的大巴车上，景旎儿问他为什么突然改变计划？司令俊男说这里只有五六天后的车票，春城能买到当日的，最迟也可买明天的车票。另外，他想了一下又说，那个俞溟被人绑架了！她头一迈，小声嘟囔，又是这个俞溟！她被绑架，与咱有何相干？他干咳一声，说她刚搬到春城，人生地不熟，怎能经受这种打击？再说了，他接着说，她对自己的确帮助很大，他被人打时也是她抢救的。一个柔弱女子，实在不易，如今有难，自己却见死不救，还算男子汉吗？他对她说，按她的理论，权当见义勇为呢！她说她不是不懂得知恩图报的道理，而是看不惯他鬼鬼祟祟的样子，办事遮遮掩掩，不怀疑都叫人不得不怀疑，真是的！

赶到春城火车站，司令俊男趁买票的当儿，又给俞溟打电话，还是打不通。买好第二天的车票，就近住下，他便急着要去找俞溟。景旎和儿子也要去，他只好答应，三人坐出租车直奔俞溟住处。他们敲了一阵门，里边一直没有反应。他们又向邻居打问，也没人知道。他们只好在大门外等，转来转去，消磨一个多小时，还是不见她回来。司令俊男就再敲门，再打电话，但依然毫无结果。又过了半个小时，天色渐晚，实在没辙了，他们只好无功而返。晚上他又打了几次电话，结果都一样。他感到觳觫，正如萨雷常说的，难道她真的在地球上消失了？整整一个晚上，他都显得极度焦躁不安，使景旒儿的权当理论也几乎摇摇欲坠了。

第五十四章 春城的冬季，还不到玉兰花开放的时节

CHAPTER 54

此刻，在春城郊外一座烂尾楼三层的一间空房里，姬小荣等人死死控制着俞溟。他们没捆绑她，还给她供水供食，和她说话聊天。他们的条件很简单，只要她退给他们每人一半本钱，就立即放人，以后还是乡党朋友。不然就老鼠玩猫似的耗着，看谁能耗过谁！俞溟面色苍白，神情憔悴，极像北方倒春寒中被风雪摧折凋落的一朵梨花。

昨天，就在她为媒体铺天盖地讨伐夔城传销感到惶惶不安时，就在她给尤大姐屡屡打电话打不通时，突然传来急促的敲门声。她觉得奇怪，这个地方没人知道，除非司令俊男！她一阵激动，开了门，原来是姬小荣！她警惕地问他怎么知道住址？他说这不重要，重要的是羽羽流产了，大出血，性命难保，她说她死前想见她一面。俞溟大吃一惊，千里之外，夭折妊娠中的生命已是莫大遗憾，再搭上一个年轻母亲，就是天大罪愆了！她无法推辞，也不能推辞。善良的天性不容她丝毫犹豫，没多想就随他们而去。直到下了车，直到进了这座烂尾楼，她才明白过来。骗局！绑架！她感到无比恐惧和愤怒。她想打电话，他们把她的手机夺走了。她想报警，不但报不成也不敢报，因为她就是公安部门通缉的传销头目之一。她毫无办法，只能像老鼠玩猫似的被耗着。

小孙买回早点，对俞溟说："菜饼，没有油条，凑合吃呗！"

俞溟接过菜饼问："小孙，你来了多长时间，我怎么不认识？"

小孙说："明天正好一个月。没想到这么快，就把三万多元打了水漂！"

姬小荣说："问题不在时间长短，而从根子上就是个大骗局。俞经理，我是直脾

气，从不和人无理取闹。咱说心里话，如果真有这个深圳玉莹公司，那我就自认倒霉，因为现实中企业破产的例子太多了；但现在根本没有这个公司，纯是虚构，所以我得找你要钱，无论从理从法上都说得过去。”

俞溟吃了一个荞饼，又喝了口矿泉水，诚恳地说：“不说了，昨晚我已想好，大家都不容易，特别是老黄，家里更困难。我呢，虽然挣了些钱，但花销太大，近一个月就花了三四万元，告别宴会两万多，桂平筠住院五六千，三哥病逝一万多……”

三个人同时愕然惊道：“三哥怎么死了？太惨了啊！”

俞溟拭了拭发涩的眼睛：“咳，没办法，人人都有一本难念的经！所以，你们要理解。这样吧，我的卡上还有一万三千元，全给你们。小孙和小姬都是十份，每人五千元；老黄三份，家里情况不好，照顾一下，就拿三千元。如果同意，我现在把卡给你们。如果仍不满足，就没办法了，我只好自首，你们也逃不了绑架的罪名。”

三个人交换眼色后，对她说：“但你必须和我们一同去银行。”

俞溟无奈地长叹一声：“好吧，我和你们一起去。”

出了银行，俞溟觉得五脏六腑都被人挖空吞噬了。在这美丽的西南春城，在这熙熙攘攘的车流人流之中，她此番犹如一只绿头苍蝇，显得无比渺小和丑陋。她急需躲避，急需发泄，急需倾诉。她突然想起司令俊男。人在孤独落寞时，总想亲人，要么就想情人。特别是独身女子，每遇突发事件，都表现得弱智和无能，这时更需要情人启迪与呵护啊！

她拿出手机，立即拨了司令俊男的号码。一听见他那熟悉的声音，她再也控制不住感情，蹲在一个花坛旁，嘤嘤地抽泣起来。

“俞溟，别哭呀！你在哪，到底怎么啦？”

“俊男，我被人绑架了，刚刚放出来，太可怕了！”

“是不是姬小荣？”

“是呀，还有他手下两个人，硬逼我要走一万多元。”

“是裴斐把你住址告诉他们的。”

“啊？这家伙，真是心毒手辣！”

“我给你打电话，一直打不通，把人都急死了。”

“你现在快到春城来，我很害怕，也不知该怎么办。”

“我就在春城火车站，再有一个小时就进站了。我要回老家。”

“那好，我立即来车站找你！”

俞溟关了手机，坐上出租车，直奔火车站。

等她赶到车站时，检票口已经放行，人群像决口的洪水，非常混乱拥挤。她在人的海洋里寻来觅去，终于看见司令俊男！她使劲挤到跟前，这才发现他身旁还有一个女人和孩子。她轻哦一声，不分青红皂白地搂住景旒儿，抽抽嗒嗒地泣不成声。景旒儿明明知道，她的哭泣和拥抱都是冲着司令俊男来的，但还是接纳容忍了她，也抱着她做出恰当的姿态。她劝她别哭，只要人安全健康，权当原本就不认识！须臾，她似乎觉得这话有些过分，便又是给她擦泪，又是劝她多保重，常打电话，有机会可来家里玩，说着就要进站。司令俊男把一张站台票交给俞溟，一挥手，她和他们一起进了站。儿子小俊一直没说话，但明显表现出对俞溟的防范，始终插在妈妈和爸爸中间，不给她留下丝毫与爸爸单独接触的机会。

俞溟帮着对好座，放好行李，就和他们坐下攀谈。她简单说了被绑架的过程，然后叹息她现在真像迷途羔羊，不知如何是好。回去放弃吧，有点不甘心；留下搞双轨制吧，又觉得和网络一样。司令俊男哼了声，什么双轨制？又是个陷阱，千万别上萨雷的当！他劝她赶快脱身吧，不然后果不堪设想！俞溟说他的话她会考虑，尽快决断。说着她拿出一个银行卡交给景旒儿，说里边有四五千元，谈不上补偿，给妹子和侄儿买几件衣服也是应该的。景旒儿把卡还给她，说她也不容易，花销又这么大，还是自己留着吧。俞溟把卡又塞给她，说他们损失太大，她实在过意不去。景旒儿又把卡推回去，一再表示这钱无论如何不能收。她说损失就损失了，权当去欧洲旅游了一圈。俞溟无奈，只好收回银行卡。开车时间到了，她恋恋不舍地下了车，站在月台等待和他们挥手告别。

俞溟伫立在一棵玉兰树下，内心充满复杂而迷离的感情。她当然知道，这感情既包含惜别和祝福，也包含羡慕和嫉妒。哦，司令俊男，心爱的宝贝，可敬的人儿！当初为什么要闯入自己感情世界，自己为什么未曾设想这个破镜重圆的结局？这是上帝对他的眷顾还是对自己的惩罚？可怜的俞溟，多情的俞溟，痴迷而懵懂的俞溟啊！她想起与他的每次幽会，每次同床共枕，每次遭遇和互助，那是多么令人激动快活的时刻呀！呵呵，假的，统统都是假的！虚拟的公司，虚拟的网络，虚拟的爱情，虚拟的家庭，虚拟的百万富翁……一切都结束了，一切都化作苦涩的记忆。她流下痛苦和忧伤的泪水，任由它随着紊乱的思绪纷纷飘洒。她不忍目睹离别的场面，扭过头，靠着玉兰树光滑直溜的树干，心比初冬玉兰树肥硕厚实的叶片还要沉重。

列车徐徐开动。司令俊男和景旒儿把头探出窗口，向她挥手告别。俞溟没有追赶列车，也没有挥手致意。因为此时，她的双腿哆嗦得不能走动了，她的双手掩面已泣不成声了。她只能在心里暗暗祝福，再见了，亲爱的人儿！再见了，祝好人一路平安！

列车远了，更远了。刹间，俞溟觉得天地一片混沌笼统，现实的一切都变得模糊起来，只有两条冰冷无情的铁轨在眼前晃荡延伸。她神志一下恍惚起来。哦，那是萨雷的双轨制吗？她只觉浑身觳觫，惊异丁那原本是一副绞索，此刻正牢牢套紧自己的脖颈。她呜哇哭叫一声，顺着玉兰树干，哧溜一下软瘫了。

春城的冬季，还不到玉兰花开放的时节。